아담, 너는 어디에 있었느냐(외)

하인리히 뵐/홍경호 옮김

범우사

차   례

이 책을 읽는 분에게 · 5

아담, 너는 어디에 있었느냐 · 7

말발굽 진동하는 계곡에서 · 163

단 편 선

   방랑자여, 슈파……로 오려는가 · 209

   슬픈 나의 얼굴 · 219

   샘에서 빠진 나의 애인 · 226

   철교를 건너서 · 229

   칼로 먹고 사는 사나이 · 235

   나의 비싼 다리 · 246

로헨그린의 죽음 · *249*

페퇴키의 주점 · *260*

형(兄)의 다리 · *264*

빵 맛 · *266*

무슨 일이 일어날 것이다 · *269*

전쟁이 일어났을 때 · *275*

침프렌 역(驛) · *293*

전쟁이 끝났을 때 · *303*

작가론 · *323*

연 보 · *342*

이 책을 읽는 분에게

　이 책은 하인리히 뵐의 대표작 〈아담, 너는 어디에 있었느냐〉와 그의 중·단편들 가운데 백미만을 골라 엮은 것이다.
　〈아담, 너는 어디에 있었느냐〉는 이른바 '폐허문학'에 속하는 작품으로서 1951년 출판된 뵐 초기의 소설이자 전후(戰後) 최초의 성공작의 하나로 볼 수 있다. 헝가리의 어느 전투 지역에서 후퇴하는 독일군의 상황에 초점을 맞추고 있는 이 작품에서 뵐은 가벼운 부상을 입은 병사 파인할스를 통해 단편적이며 독립적인 이야기 속을 넘나들며 전체적으로 유기적 관계를 맺는 기법을 써서, 전장(戰場)의 공포, 병사들의 초조감, 전쟁의 참화 그리고 그 속에서도 피어나는 인간성과 사랑이 전쟁에 의해 어떻게 짓밟히는가를 생생하게 비추고 있다.
　소설의 제목으로 데오도르 하에커를 전용(轉用)한 것은, 제2차세계대전중 곳곳에서 인간에 의해 행해진 악(惡)을 비난하거나 신의 현존 가능성을 묻는 대신, 그렇게도 철저하게 행해진 악과 공포 속에서, 그래도 인간적인 것을 찾을 수 있는가 하는 진한 휴머니즘적 의문의 제시라 할 수 있다.
　중편 〈말발굽 진동하는 계곡에서〉는 대형 맥주 광고판을 총으로 쏘아대는 한 소년의 심리를 통해 전후의 폐허에 선 새세대들의 절망감과 갈등을 그려내고 있다. 그 외의 단편들에서도 전쟁의 현장, 혹은 전후 전쟁에서 입은 육체적, 정신적 상처를 안고 살아가는 주인공들의 모습이 보여지는 그대로 정확하게, 연민의 정에 노출됨 없이 담담하게 묘사되고 있다.
　이 책에 실린 작품들에서 엿볼 수 있는 그의 작가 의식은 크게 두 가지로 요약된다. 첫째는 전쟁의 고발이다. 그가 직접 눈으로 목격한 전쟁의 참상과 무의미성을 고발하여 또다시 일어날지도 모를 보다 큰 인류의 비극을 막아

보자는 것이며, 둘째로는 경제적 부흥과 함께 나타나기 시작한 인간성 상실에 대한 경고다.

나의 최초의 기억은 힌덴부르크의 귀향 군대였다. 질서정연하지만 음울하고 절망적인 모습으로, 말과 대포와 함께 그들은 우리집 창 앞을 지나갔다.

이 같은 그의 회고처럼 빌헬름 Ⅱ세의 통치 시기인, 1917년 독일이라는 시공(時空)을 배경으로 한 하인리히 뵐의 출생은, 출생 그 자체가 전쟁과 직접 맞닥뜨리지 않을 수 없는 운명을 내포하고 있다. 전쟁의 와중에서 태어나 성장한 그는 제2차세계대전중 보병으로 전선에 끌려가 부상당하고 포로생활까지 겪어야만 했다.

전쟁이 독일 민족에게 안겨준 타격은 붓으로 표현할 수 없을 만큼 컸다. 종전(終戰)과 더불어 독일의 모든 분야는 영점상태(零點狀態)에 놓이게 되었던 것이다. 문단의 경우도 예외는 아니어서, 히틀러 치하의 독일 문학은 나치의 선전 도구로 전락하고 말아 괴테에서 발원된 독일 문학은 거기서 완전히 단절될 수밖에 없었다.

그러한 상황에서 새로이 독문학을 공부하고 문단에 데뷔한 하인리히 뵐의 일생은 패전(敗戰)과 전후의 폐허 속에서 문단을 결속하고 새로운 활로를 찾기 위해 혼신의 힘을 기울였던 역정(歷程)으로, 전후 독일 문학의 재건과 복구라는 대장정에서 핵을 이루고 있다. 하인리히 뵐을 이해하는 길이 곧 전후 독일 문학의 흐름을 파악하는 지름길이 된다고 할 정도로 그의 작품은 전후 독일 문단의 경향을 나타내고 있다. 그의 대표작 〈아담, 너는 어디에 있었느냐〉를 비롯 그의 중·단편을 체계적으로 엮은 이 책은 전후 독일 문학, 나아가 독일 사회를 이해하는 데 도움이 될 것이며, 그 점이 바로 이 책을 내는 가장 큰 뜻이다.

옮 긴 이

아담, 너는 어디에 있었느냐
WO WARST DU, ADAM?

세계적인 참극이 우연히도 많은 사람들에게 도움이
되기도 했다. 그것은 하느님 앞에서 알리바이를 구하려는
사람에게도 그러했다. "아담, 너는 어디에 있었느냐?"
"나는 세계대전에 참가했었습니다."

데오도르 하에커 〈밤과 낮의 수기〉에서

나는 이미 수많은 모험을 체험했었다. 우편선의 개설,
사하라와 남아메리카의 정복……
그러나 전쟁은 참된 모험이 아니다.
그것은 모험에 대한 보상행위일 뿐이다.
전쟁은 티푸스 같은 질병이다.

생 텍쥐페리 〈알라스 비행(飛行)〉에서

1

　그들 중 제일 먼저 지나간 것은 크고 누렇게 뜬 비참한 얼굴이었다. 그것은 장군의 얼굴이었다. 장군은 퍽 지쳐 보였다. 그는 수천 명의 사나이들 곁을 허둥거리며 지나갔다. 푸른 누낭(淚囊)과 말라리아에 걸려 누렇게 뜬 동공과 패배한 사나이가 갖는 생기 없는 입술로 그는 지나갔다. 장군은 먼지 낀 대열의 오른쪽 구석에서부터 시작해서 병사들의 얼굴을 하나하나 슬픈 듯 쳐다보며 모퉁이를 돌아 지나갔다. 절도도, 용기도 없는 맥빠진 동작으로. 사나이들은 그 누구나 알고 있었다. 장군의 가슴에는 금과 은으로 번쩍이는 훈장이 여러 개 달려 있지만 목에는 훈장이 하나도 없다는 사실을. 장군의 목에 걸리는 십자훈장도 별것이 아니라는 사실을 잘 알면서도 그 장군이 그런 것을 가져본 적이 없다는 사실에 사나이들은 아연했다. 아무런 장식도 없는 그 비쩍 마르고 누렇게 뜬 장군의 목은 여러 차례의 패전(敗戰)을 생각나게 해주었으며 실패로 끝나버린 퇴각과 고급 장교들이 나누는 고통스럽고 찌르는 듯한 온갖 비난과 빈정거리는 전화 통화를 연상시켜 주었다. 그리고 그것은 또한 참모들과 피곤에 지친 그 늙은 사나이의 절망적인 처지를 짐작케 해주었다. 저녁이 되면 저고리를 벗고 여윈 두 다리와 말라리아에 시달려 형편없이 된 몸을 침대에 걸치고 화주(火酒)를 마시는 이 사나이의 처지. 그 얼굴을 쳐다보는 999명의 사나이들은 한결같이 무언가 이상한 감정을 느꼈다. 그것은 슬픔과 동정과 불안 그리고 남모르는 분노였다. 너무나 오래 계속되어 장군의 목에 장식이 없어도 상관없게 돼버린 그 오랜 전쟁에 대한 분노. 장군은 낡은 모자에 손을 갖다댔는데, 그저 손을 들어 보인 것뿐이었다. 그리고 열(列)의 왼쪽 모퉁이에 이르자 약간 절도 있는 자세로 방향을 바꾸어 비어 있는 쪽으로 걸어가서 멈추었다. 이어 장교들이 떼를 지어 그를 에워쌌다. 무언가 빠져버린 듯한 몸짓들이지만 그래도 질서 정연했다. 하급 장교들조차 햇빛에 번쩍이는 십자훈장을 달고 있는 판에, 목에 아무런 훈장도 없는 장군을 본다는 것은 마음 아픈 일이었다.

장군은 뭐라고 말을 할 듯하다가 그저 모자에 다시 한 번 손을 올려 경례를 붙였을 뿐 갑자기 몸을 돌려버렸으므로 장교들은 깜짝 놀라 갈라지며 길을 터주었다. 그리고 그들은 그 키가 작고 몸집도 작은 사나이가 자동차에 오르는 모습, 또다시 경례를 붙이는 장교들의 모습을 보았다. 이어 소용돌이 치며 솟아오르는 흰 먼지는 장군이 서쪽을 향해 달리고 있음을 짐작케 해주었다. 이미 태양이 지기 시작한 곳, 평평한 흰 지붕들이 보이는 과히 멀지 않은 곳, 그리고 전선(戰線)이 없는 그곳으로.

이어 333명이 된 그들은 남쪽을 향해 그 도시의 다른 구역으로 행군을 해갔다. 지저분하지만 우아한 카페를 지나고 영화관과 교회를 지나 개와 닭들이 게으름을 피우는 빈민가를 지나갔다. 그곳에는 창문마다 지저분하기는 해도 예쁜 여인들이 흰 앞치마를 두른 채 서 있었고 싸구려 목로주점에서는 단조롭지만 무언가 이상스럽게 감동을 자아내는 술꾼들의 노랫소리가 흘러나왔다. 전차들은 그곳을 아슬아슬한 속도로 달려가고, 그들은 그곳을 지나 무척 조용한 곳에 다다랐다. 푸른 정원마다 별장이 있고 돌기둥 앞에 군용 차량들이 서 있었다. 그 석조 대문을 하나 지나 잘 정돈된 광장에 조그마하게 열을 지어 섰다. 333명의 사나이들이. 그들은 소지품을 뒤쪽에다 정돈하고 걸어총을 한 다음 다시 조용히 서 있었다. 지치고 배고프고 목마르고 저주스러운 전쟁에 대해 분노를 느끼면서 그들은 그렇게 서 있었다. 그때 정력이 넘쳐 보이는 조그마한 얼굴이 그들 곁을 지나갔다. 그는 대령이었다. 창백한 얼굴에 딱딱한 눈, 꽉 다문 입과 긴 코를 가진 사나이. 이 얼굴 밑에 달린 목이 십자훈장으로 장식되어 있다는 사실이 그들에게는 아주 당연한 것으로 여겨졌다. 그러나 그 얼굴 역시 그들의 마음에는 들지 않았다. 대령은 모퉁이에서부터 천천히, 그러나 단호한 걸음걸이로 눈 한 번 깜짝이지 않고 걸어갔다. 마침내 그가 몇몇의 장교들을 거느리고 탁 트인 전면에 나타나자, 사나이들은 대령이 무슨 말인가 할 거라는 사실을 알았다. 그리고 그들은 모두가 무엇이든 마실 것을 생각했고 먹을 것이나 잠을 생각했으며 담배를 생각했다. 마침내 그 목소리가 맑고 깨끗하게 울려왔다.

"제군들을 환영한다. 할 말은 별로 없다. 말하고 싶은 것은 단 한 가지뿐. 우리들은 이제 놈들을 놈들의 초원(러시아의 초원을 뜻함)으로 몰아내야 한다. 알겠나?"

목소리는 잠시 끊겼고 그 사이로 이어지는 침묵은 너무나 고통스럽고 치명적인 것이었다. 태양은 이미 새빨간 진홍색이 되어 그 살인적인 붉은 광선이 대령의 목에 걸린 십자훈장, 반짝이는 네모난 훈장 속에 잡힌 모양이었다. 그제야 그들은 그 훈장이 떡갈잎 모양으로 장식이 되었다는 사실을 알았다. 그들이 야채라고 부르는 떡갈잎 모양으로.

대령은 목에다 야채를 걸고 있는 셈이었다.

"알겠나?" 목소리는 째지듯 외쳤다.

"알겠습니다." 몇몇의 목소리가 그렇게 대답을 했으나 그것은 쉰데다가 피곤에 지쳐 아무래도 좋다는 그런 투였다.

"알겠나?" 목소리가 다시 외쳤다. 그 목소리는 너무 높고 쉬어서 하늘에라도 닿을 것 같았다. 별을 모이로 잘못 알고 쪼아보기라도 하려는 미쳐버린 종달새처럼 너무나 빠르게 뒤집어지는 목소리였다.

"알겠습니다." 먼저보다는 약간 더 많은 목소리가 대답했으나 여전히 지치고 쉬어버린 무관심한 목소리였다. 사나이의 음성에는 그들의 목마름을 진정시켜 줄, 그들의 배고픔과 담배 피우고픈 욕망을 채워줄 아무것도 담겨 있지 않았던 것이다.

대령은 화를 내며 채찍으로 허공을 때렸는데, 그 채찍소리가 그들에게는 '이 돼지새끼들'이라고 말하는 것처럼 들렸다. 그리고 대령은 빠른 걸음으로 무관의 호위를 받으며 뒤쪽으로 사라졌다. 그 무관은 키가 지나치게 큰 젊은 중위였다. 너무나 키가 크고 젊어 그들에게는 싫지 않은 중위였다.

태양은 여전히 하늘에 떠 있었다. 희고 평평한 지붕 위로 굴러떨어질 것만 같은, 불타는 듯한 계란 모양의 태양이었다. 하늘은 회색으로 불타고 마른 잎새는 거의 백색이 되어 늘어졌다. 그들은 다시 행군을 시작했다. 이번에는 동쪽을 향해서였다. 교회를 지나고 언덕과 보도를 지나갔으며 고물상이 즐비한 바라크를 지나 현대적이긴 하지만 불결하기 짝이 없는 막사와 쓰레기 웅덩이와 밭을 지나갔다. 밭에는 수박이 썩어 나뒹굴고 먹음직스러운 토마토가 그들에게는 너무나 낯설게 보이는 먼지 낀 큰 줄기에 매달려 있었다. 그리고 그들에게는 옥수수가 무겁게 달려 있는 옥수수밭도 낯설게 보였다. 검은 새떼가 그것을 쪼아먹다가 피곤에 지친 그들의 발걸음이 가까워지자 느릿느릿 하늘로 날아올랐다. 허공으로 오른 구름 같은 그 새떼들은 이내 다시금 내려와 계속 쪼아대기 시작했다.

겨우 105명밖에 남지 않은, 피로에 지친 사나이들은 먼지에 둘러싸여 땀을 흘리며 부르튼 발로 행군을 계속했다. 선두를 이끌고 가는 중위의 얼굴에는 심드렁하다는 표정이 역력히 쓰여 있었다. 그 중위가 지휘권을 인계받을 때부터 그들은 그자가 어떤 사람인가를 단번에 알았다. 그는 단 한 번 그들을 쳐다보았을 뿐이었으나 병사들은 그 시선에서 그것을 읽을 수가 있었다. 물론 그것도 지치고 목마른 시선이었으나 '개새끼들! 모두 형편없는 치들이군. 하지만 참을 수밖에.' 그 눈초리에는 그렇게 쓰여 있었다. 그리고 그의 목소리는 지나간 온갖 구령을 비웃기나 하듯 무관심으로 가득 차 있었다. "앞으로 갓!"

그들은 이제 반은 시들어버린 숲으로 둘러싸인 어떤 형편없는 학교 건물 앞에서 걸음을 멈추었다. 파리떼가 우글거리는 냄새나는 검은 웅덩이는 몇 달째 그대로 방치되어 온 모양이었다. 웅덩이는 거친 포석(鋪石)더미와 구린내 풍기는 변소 사이에 있었는데, 변소에는 분필로 휘갈긴 낙서가 뚜렷하게 남아 있었다.

"제자리에 섯!" 중위는 그렇게 말하고 건물 안으로 들어갔다. 그의 걸음걸이는 우아하면서도 머리에서 발끝까지 시들한 표정이 역력한 맥빠진 그런 걸음걸이였다.

그들은 더 이상 열을 지어 서 있을 필요가 없었다. 그들 곁을 지나간 대위가 모자에다 손을 대어 답례를 하지 않았기 때문이다. 대위는 탄띠도 두르지 않은 채 지푸라기를 질겅질겅 씹고 있었는데, 검은 눈썹의 그 퉁퉁한 얼굴은 무척이나 느긋해 보였다. 그는 고개를 한 번 끄덕이고 나서 이내 자기 소개를 한 다음 서두를 꺼냈다. "우린 시간이 별로 없으니 곧 하사관을 불러 여러분들을 중대별로 나누도록 하겠다."

그들은 이미 건강한 그 대위의 얼굴 너머로 모든 것을 보아서 알고 있었다. 작전용 차량엔 벌써 모든 것이 실려 있다는 것, 열려진 문으로 들여다보이는 더러운 창틀에 푸른 빛 배낭과 검대와 거기에 딸린 다른 물건들도 놓여 있는 것을 그들은 보았다. 약식 주머니, 탄띠, 방독면 따위를.

거기서부터 다시 행군을 계속해 가는 동안 그들은 24명 한 조(組)로 분류되었다. 그들은 다시 옥수수밭을 거쳐 보기 싫은 현대식 막사가 있는 곳까지 되돌아가 거기서 동쪽으로 방향을 바꾸어 몇 채의 가옥이 서 있는 숲에 이르렀다. 그 가옥들은 마치 예술가의 마음처럼 납작한 단층에 커다란 유리문이 달려 있었고 정원에는 몇 개의 야외용 의자가 놓여 있었다. 병사들이 행군을 멈추고 뒤로 돌아섰을 때 해는 집 뒤편으로 사라지고 하늘 전체는 마치 서투르게 그린 그림처럼 핏빛으로 물들어 있었다. 그리고 그들의 뒤쪽이 되는 동쪽은 이미 어두컴컴하고 따뜻해졌다. 조그마한 그 가옥 앞에는 총이 쌓여 있었고 사병들이 몇 명 쭈그리고 앉아 있었는데, 약 십여 명쯤으로 보였다. 사병들은 벌써 탄띠를 두르고 있었고 가슴쇠에 걸어놓은 철모는 붉게 반짝였다.

집에서 걸어나온 중위는 곧장 지나쳐 가지 않고 그들 앞에 버티고 섰다. 그들은 그 중위가 겨우 한 개의 훈장, 조그마하고 검은 색 훈장을 달고 있다는 것을 알았다. 그것은 훈장이라고 하기에는 너무나 초라한 메달로서 검은 양철로 만들어진 것이었다. 그리고 그것은 중위가 조국을 위해 피를 흘렸음을 보여주는 것이었다. 중위의 얼굴은 지치고 슬프게 보였다. 그는 우선 사병들의 가슴에 달린 훈장을 쳐다본 다음 그들의 얼굴을 쳐다보았다. 그러곤 "좋아" 하고 말하고는 잠시 뜸을 들였다가 시계를 들여다보았다.

"피곤하겠지만, 나로서는 어쩔 수 없다. 15분 이내에 출발해야 하니까."

중위는 옆에 서 있는 하사관을 향해 말을 계속했다. "기록 카드를 받아둘 필요는 없을 테니 곧장 군수부(軍需部)로 보내도록 하고 즉시 분대를 편성하라. 그리고 물을 마셔야 할 테니, 수통에 물을 가득히 채우도록 하라!" 중위는 네 명의 사나이들을 앞에 놓고 그렇게 소리질렀다.

그 곁에 서 있는 하사관은 다혈질이면서도 잘난 체하는 타입이었다. 하사관은 중위보다 더 많은 훈장을 달고 있었다. 하사관은 고개를 끄덕이더니 그도 소리질렀다. "기록 카드를 빨리 내놓도록!"

하사는 흔들거리는 야외용 식탁에 꾸러미를 올려놓고 그것을 세기 시작했다. 그 일이 진행되는 동안 그들은 모두가 똑같은 생각을 하고 있었다. 행군은 지루하고 구역질나는 것이며 진지하지 못했다는 사실을. 장군도, 대령도, 대위도 심지어 중위까지도, 모두가 먼 곳에 가 있어 그들에게 아무것도 원할 수가 없게 되었고 이제 그들은 다른 사람의 수하에 속하게 된 것이다. 모자에 손을 갖다붙이고 그들이 4년 전에 그랬듯 군화 뒤축을 철썩하고 부딪치는 하사와 뒷전에 서서 담배를 꼬나물고 탄띠를 바로 메고 있는 무뚝뚝한 상사의 손에. 이제 그들은 이 두 사람의 손에 떨어진 것이다. 포로가 되거나 부상을 당하거나 그렇지 않으면 목숨이 끊어질 때까지⋯⋯.

1천여 명의 사병들 가운데서 단 한 명이 남아 있었다. 그는 하사 앞에 서서 자기의 앞뒤에 아무도 없다는 것을 알고, 당황해서 주위를 휘둘러보았다. 그가 다시 하사를 쳐다보았을 때, 목이 마르다, 무척이나 마르다, 벌써 15분 가운데서 8분이 지나갔구나 하고 생각하는 게 역력히 보였다.

하사는 책상에서 기록 카드를 집어 그걸 들여다본 다음 그를 쳐다보고 물었다.

"파인할스인가?"

"네."

"건축기사로군. 그렇다면 제도(製圖)도 할 수 있겠지?"

"네."

"중대 본부에서 쓸 수 있겠습니다, 중위님."

"좋아." 중위는 그렇게 말하고 시가지 쪽을 건너다보았고 파인할스도 중위의 시선이 가는 쪽을 바라다보았다. 그는 중위의 시선이 못박힌 곳이 어디인가를 알았다. 저 뒤쪽에는 태양이 두 채의 집 사이를 비추고 있었다. 태양은 두 채의 지저분한 루마니아 교외의 집 사이에서 희미하게 빛나고 있었다. 점점 그 빛을 잃고 자신의 그림자 속으로 빠져드는 썩은 사과 같은 태양이.

좋아, 하고 중위는 또 한 번 말했는데, 파인할스는 중위가 태양을 두고 그렇게 말하는 것인지, 그렇지 않으면 그것이 중위의 입버릇인지 알 수가 없었다. 파인할스는 자신이 벌써 4년 동안이나 떠밀려다니고 있다는 생각을 했다. 벌써 4년이 되었다. 그 당시 그가 받은 엽서에는 몇 주 동안의 훈련이라고 쓰여 있었을 뿐이었는데. 그런데 느닷없이 전쟁이 터졌던 것이다.

"물을 마셔." 하사가 말하자 파인할스도 다른 사병들이 뛰어간 곳으로 달려갔다. 거기에는 앙상한 소나무 사이에 닳아빠진 수도꼭지가 녹슨 수통을 단 채 끼여 있었다. 거기서 나오는 물줄기는 새끼손가락만 했지만 십여 명의 사나이들이 서로 밀치고 욕지거리를 퍼부으며 수통을 들이미는 참이었다.

흐르는 물줄기를 보자 파인할스는 정신을 잃을 지경이었다. 그는 수통을 꺼내 다른 사람들 사이를 비집고 덤벼들면서 자신이 무척 힘이 세다고 느꼈다. 서로 밀치고 당기는 다른 병사들의 수통 사이로 자기 수통을 디밀다가 그는 문득 어느 것이 자기 수통인지를 분간할 수가 없었지만 자신의 팔을 좇아가서야 검게 칠해진 수통이 자기 것임을 알았다. 그는 얼른 그것을 꺼냈는데, 무언가 그것을 흔들어대는 것이 느껴졌다. 무거웠다. 그는 물을 마시는 게 좋을지, 그렇지 않으면 수통이 무거워지는 것을 감각으로 느끼는 것이 좋을지 판단할 수가 없었다. 그는 두 손에 힘이 쭉 빠진 것 같아 갑자기 뒤로 물러섰다. 혈관이 떨려왔다. 뒤쪽에서 "이젠 나와" 하는 목소리가 들려왔다. 그는 그걸 들어올릴 힘이 없었으므로 무릎 사이에다 수통을 끼고 밥그릇을 덮치는 개 모양으로 수통 위로 몸을 구부려 떨리는 손가락으로 수통을 누르고 입술이 닿도록 애를 썼다. 마침내 입술이 열리자 그는 물을 마시기 시작했는데, 물은 그의 눈앞에서 형형색색의 색깔로 변하여 춤을 추었다. 그 춤추는 모습이 마치 환상 속에서처럼 '물'이라는 단어로 보였다. 그의 두 손은 다시 힘을 되찾아 수통을 들어 제대로 마실 수가 있게 되었다.

누군가가 그를 떠밀었고 그는 거기에 서 있는 중대와 중위를 보았다. "앞으로, 앞으로!" 중위는 그렇게 소리를 질러댔다. 그는 어깨에 총을 메고 하사가 눈짓으로 명령하는 대로 앞쪽으로 뛰어가 열을 맞추었다.

그리고 그들은 계속 어둠 속으로 행군했다. 마음과는 달리 몸이 앞으로 움직여 갔다. 마음속으로는 뒤로 처질 생각이었는데, 그런 바람과는 달리 앞으로 움직여 갔다. 자신의 중량이 무릎을 누르고 무릎을 누를 때마다 상처투성이의 두 발이 앞으로 밀려 나갔다. 그리고 그 발은 상처에서 오는 고통도 함께 끌고 갔다. 발보다 훨씬 큰 고통을. 그 고통에 비하면 그의 발은 너무나 작았다. 그리하여 그가 발을 옮겨 놓을 때마다 엉덩이와 어깨와 팔과 머리가 다시 움직여져 무릎을 내리눌렀고 무릎을 구부릴 때마다 상처난 발은 또다시 앞으로 움직여 나가는 것이었다.

그로부터 세 시간 뒤에야 그는 지친 몸으로 메마른 초원 어디엔가 누워 있었다. 그때 잿빛 어둠으로부터 누군가가 기어오는 모습이 보였고 그것이 그에게 두 개의 기름종이와 빵 한 덩이, 드롭스 한 봉지와 담배 여섯 개비를 가져다 주면서 말했다. "암호를 알고 있나?"

"몰라."

"암호는 '승리'야. '승리'라고."

그는 그 말을 입속으로 되풀이해 보았다. 암호는 승리. 그 말은 혓바닥에 닿는 미지근한 물 같은 맛이었다.

이어 드롭스 봉지를 뜯어 입에다 한 알을 넣고 그 시고 달착지근한 맛을 입속에서 느꼈다. 그것이 침샘을 자극해 주었다──그리고 그 새콤한 맛의 파도를 아래쪽으로 흘러내리게 했다. 그때 갑자기 포탄 터지는 소리가 들려왔다. 몇 시간 동안 그들과는 훨씬 멀리 떨어진 전선에서만 날아다니던 포탄이 갑자기 길을 잘못 든 유탄처럼 그들 머리 위로 날아 요란스러운 소리를 내며 그들의 뒤쪽에 떨어지면서 터졌다. 두번째는 그들 앞쪽에서 폭파되었다. 아주 가까운 거리였다. 모래가 동쪽 하늘의 희뿌연 어둠 속에서, 마치 흩어져 흐르는 버섯 모양을 그려주었다. 이제 그들의 뒤쪽은 어두워지고 앞쪽은 훨씬 밝아졌다. 세번째의 작렬음도 그는 듣지 못했다. 그들 사이에 누군가가 망치로 나무판대기를 마구 두드려 요란스러운 소리를 내고 있는 것만 같았다. 깨지고 흩어지는 나뭇조각. 흙먼지와 포연이 지면 가까이로 밀려왔다. 몸을 찰싹 붙이고 엎드려 있던 구렁에서 머리를 약간 내밀었을 때, 그는 돌격 명령을 들은 것도 같았다.

오른쪽에서는 무언가 속삭이며 다가오는 것 같았고 왼쪽으로는 타오르는 화승포 같은 것이 쉿 소리를 내며 그들을 지나갔다. 조용하고 음험스럽게 지나갔다. 배낭을 바로세우고 거기에 몸을 바짝 기대려고 했을 때, 바로 옆에서 폭음이 났고 누군가가 그의 손을 쳐 팔 위쪽을 잡아 빼는 것 같았다. 동시에 그의 왼팔 전체가 축축히 젖어왔다. 그는 구덩이에서 얼굴을 내밀고 소리를 질렀다. "부상당했어!" 그러나 그의 외침은 그 자신도 듣지 못했으며 단지 나직이 "로스아펠"이라고 말하는 소리가 들려왔을 뿐이었다.

아주 멀리에서, 마치 유리벽으로 차단된 듯, 가까우면서도 먼 곳에서 그 목소리는 "로스아펠"이라고 말했다. 나직하고 그윽하며 아득하게 젖은 목소리로.

"바우어 대위, 로스아펠로 돌격하라구."

그러곤 정적이 이어지고, 잠시 후 목소리는 말했다. "예, 중령님, 알았습니다." 다시 주위는 정적에 휩싸였고 아주 먼 곳에서 마치 무엇이 끓듯 은은한 포성이 울려올 뿐이었다. 눈을 감고 있었다는 생각이 들어 그는 눈을 떴다. 대위의 머리가 보이고 목소리도 더욱 크게 들려왔다. 그 머리는 어둡고 더러운 틀을 끼운 유리창 속에서 면도도 하지 않은 부석부석한 얼굴에 피곤함을 역력히 드러내고 있었다. 대위는 눈을 지그시 감은 채, 간격을 두어 세 번씩이나 같은 말을 되풀이하고 있었다. "예, 알았습니다. 중령님―예, 알았습니다. 중령님."

대위는 철모를 썼다. 널찍하고 사람 좋아 보이는 그의 검은 머리가 꽤나 우스꽝스러워 보였다. 대위는 옆에 있는 누군가에게 말을 했다. "제기랄! 로스아펠 삼(三), 돌격, 저격병 사(四), 나는 앞쪽으로 가봐야겠어." 그때 또 다른 목소리가 집 안을 향해 소리쳤다. "대위님께 차를." 그 목소리는 메아리처럼 퍼지며 집 안을 헤매다가 잦아들었다.

"대위님께 차를, 대위님께 차를……."

이어 차가 덜거덕거리는 소리가 들려왔고 차가 가까워지자 그는 그 소음을 추적해 보았다. 차는 모퉁이를 돌아 서서히 속도를 내어 바로 그의 앞에서 멈추며 먼지 낀 엔진소리를 냈다. 피곤에 지친 무관심한 얼굴이 덜거덕거리는 차 안에 앉아 창문 쪽을 향해 소리를 질렀다. "대위님, 차가 왔습니다." 대위는 담배를 물고 천천히 문 밖으로 걸어나왔다. 철모를 쓴 음울하고 뚱뚱한 버섯 같은 사나이와 대위는 아무런 말도 없이 차에 올라타더니 곧 "출발"하고 소리를 질렀고, 차는 엔진소리를 내며 빠른 속도로 먼지를 뒤집어쓴, 들끓는 혼돈을 향해 앞으로 달려나갔다.

파인할스는 지금까지 이토록 느긋한 행복을 느껴본 적이 있었던가 하고 생각해 보았다. 고통이 느껴지지는 않았다. 두껍게 감아서 뻣뻣하고, 피를 흘려 눅눅하고 낯설게 느껴지는 왼쪽 팔에서 오는 불쾌감을 제외하고는 별다른 일은 없었다. 다른 데는 다친 곳이 없었던 것이다. 다리를 들어올릴 수도, 장화를 신은 발을 돌릴 수도, 머리를 쳐들 수도 있었다. 그리고 동쪽 하늘의 회색 먼지구름 위로 손뼘만큼 보이는 태양을 쳐다보며 거기에 누워 담배를 피울 수도 있었다. 소음이란 소음은 모조리 멀리로 사라져 머리가 마치 솜으로 감싸인 듯 느껴졌다. 그러자 거의 스물네 시간 동안이나 아무것도 먹지 않았다는 생각이 떠올랐다. 새콤한 맛이 도는 드롭스 한 개와 녹슬어 미지근한 모래맛이 도는 몇 모금의 물밖에는 먹거나 마신 것이 아무것도 없었다.

몸이 다른 곳으로 옮겨지고 있다는 것을 느끼자 그는 눈을 감았다. 그러나 그 모든 것은 그가 이미 아는 일이었다. 어디에선가 이미 그에게 일어났던 것이었기에. 부르릉거리는 차의 배기 가스를 지나 휘발유 냄새가 나는 뜨거운 차 속으로 그는 옮겨졌다. 들것이 레일에 미끄러지고 차는 출발했다. 그리고 외부에서 들려오는 소음은 전날 저녁에 아무도 모르게 접근했듯 또 아무도 모르게 살금살금 사라져갔다. 교외에는 간간이 유탄이 아주 규칙적이면서 조용히 터졌을 뿐이다. 곧 잠에 빠지겠다고 느끼는 동안, 이번에는 정말로 모든 게 아주 빠르게 진행되었군 하는 생각이 들었다. 약간 목이 말랐고 발에 약간의 통증을 느꼈을 뿐이 아닌가.

차가 멈추는 통에 그는 졸음에서 깨어났다. 문이 열리고 들것은 다시 레일로 미끄러져 내렸다. 그는 조용하고 냉랭한 흰 복도로 실려갔다. 그곳에는 비좁은 갑판 위에 놓인 흔들의자처럼 들것들이 연이어져 있었다. 그의 바로 앞에는 조용히 누워 있는 텁수룩한 검은 머리가 보였고 그 다음 들것에는 이리저리 심하게 움직여대는 대머리가 하나 보였다. 그리고 맨 앞 첫번째 들것에는 완전히 붕대로 감겨 너무나 흉측스럽게 보이는 흰 머리가 하나 누워 있었는데, 꾸러미 같은 그 붕대로부터 덮개를 뚫고 목소리 하나가 울려나왔다. 밝고 분명하고 딱딱한 그 목소리는 힘이 없는 것 같으면서도 또한 뻔뻔스러웠다. 그것은 대령의 음성이었다. 그 목소리가 울부짖었다. "샴페인을!"

"오줌이나 마시라구!" 앞쪽의 대머리가 침착하게 말했다. "네 오줌이나 마시라니까!" 뒤쪽에서 나직하고 조심스러운 웃음소리가 들려왔다.

"샴페인을!" 그 목소리는 분노에 떨며 외쳐댔다. "시원한 샴페인이 마시고 싶어."

"어지간히 처먹으라니까!" 대머리는 여전히 침착한 음성으로 말했다. "그만 좀 처먹어 두라니까!"

"샴페인이 마시고 싶어!" 그 목소리는 애원하듯 말했고 이어 흰 머리가 뒤로 젖혀지자 두터운 붕대 사이로 코끝만이 뾰죽이 밖으로 드러나 보였다. 그러나 목소리는 더욱 높아져 갔다. "여자를…… 조그마한 여자를 말이야……."

"제 몸이나 껴안고 자라지." 대머리가 대꾸했다.

마침내 흰 머리가 문안으로 운반되자 아주 조용해졌다.

그 정적 가운데서도 멀리 떨어진 도시의 다른 구역으로부터 간간이 포탄 터지는 소리가 들려왔다. 전쟁의 외곽에서 조용히 울려나오는 풍금소리 같은 검고 먼 폭음. 대령의 흰 머리가 말없이 옆으로 밀려나고 대머리가 문안으로 운반되자 밖에서 자동차 한 대가 냉랭한 그 흰 집을 쓸어버리기라도 할 듯 맹렬한 속도로 다가왔던 것이다. 자동차가 다급하게 멈추고 어떤 목소리가 뭐라고 소리를 질렀다. 그들이 평화롭고 졸린 듯한 피로감에서 놀라 깨어 몸을 돌렸을 때, 거기에 장군이 보였다. 장군은 천천히 들것 사이를 지나며 말 한마디 없이 담뱃갑을 사나이들의 품에다 올려놓아 주었다. 고통스러운 정적이었다. 그 키 작은 사나이의 발소리가 뒤로부터 가까이 다가오자 파인할스는 장군의 얼굴을 아주 가까운 거리에서 볼 수가 있었다. 눈처럼 흰 눈썹에 누렇고 크고 슬픈 얼굴, 그리고 입 가장자리에 낀 검은 먼지 자국을 그는 보았다. 그 얼굴에는 이번 전투 역시 패배라는 사실이 뚜렷이 쓰여 있었다.

2

그는 어떤 목소리가 "브레센, 브레센" 하고 부르는 소리를 들었다. "브레센, 나를 쳐다봐요" 하고 그 목소리는 말했다.

그는 그 목소리의 주인공이 사단 군의관인 클레비츠라는 것, 그리고 그가 언제 되돌아올 수 있겠는가를 알아내기 위해 그 군의관이 파견되었으리라는 사실을 알고 있었다. 그러나 그는 결코 되돌아가지 않으리라. 이 연대에 대해서는 더 이상 보고 듣기도 싫었다. 그는 클레비츠를 쳐다보지 않았다. 그는 그의 바로 오른쪽 컴컴한 구석에 매달린 그림에서 잠시도 눈을 떼지 않았다. 그것은 회색과 녹색으로 그려진 양떼 그림이었다. 푸른 망토를 걸친 목동이 한가운데서 피리를 불며 서 있는.
 그는 누구에게도 털어놓을 수 없는 일, 약간 역겹지만 회상하고 싶은 일들을 생각해 보았다. 그는 자신이 클레비츠의 목소리를 들었는지조차 분간할 수가 없었다. 물론 그는 그 목소리를 들었으나 그렇다고 자인하기는 싫었다. 그는 피리 부는 목동을 쳐다보았다.
 그러고는 머리도 돌리지 않은 채 말했다. "클레비츠, 정말 잘 와주셨습니다."
 이어 서류를 넘기는 소리가 들려왔다. 그들이 자기의 병상 일지를 검토하고 있다는 사실을 알 수 있었다. 그는 목동의 목덜미를 쳐다보며 전에 니커에 있는 어떤 호텔에 근무하던 시절을 생각해 보았다. 우아하고 멋진 호텔 레스토랑을.
 점심때가 되어 신사들이 몰려오면 그는 몸을 꼿꼿이 펴고 객석 사이를 왔다갔다하면서 허리를 굽신거렸다. 자신의 허리를 굽히는 데 어떤 뉘앙스를 담아야 할지를 그는 정말로 빠른 시간에 아주 정확하게 터득했다. 몸을 어느 정도 깊숙이 구부릴 것인가, 그렇지 않으면 살짝 고갯짓만을 해야 될 것인가에 대해서. 그는 대개 간단히 머리만을 움직이곤 했는데 그것도 사실은 눈을 깜박거린 데 지나지 않았지만, 그것이 묘하게도 머리를 구부리는 효과를 내는 것이었다. 그 각도의 차이를 알아내기는 그로서는 아주 쉬운 일이었다. 그것은 군대의 계급과도 같은 것이었다.
 그 레스토랑에서는 몸을 굽히는 각도의 정도가 아주 간단했다. 돈지갑과 지불액에 의해 결정되었기 때문이다. 그는 그다지 친절하지가 않아 거의 웃는 일이 없었다. 될수록 무표정한 얼굴을 지어 보이려고 애를 써도 그의 얼굴은 절대로 딱딱함을 잃지 않았다. 그의 시선을 받는 사람이면 누구나 자기가 존경을 받고 있다기보다는 빚을 지고 있다는 느낌을 갖게 마련이었다. 그리하여 누구나 감시와 주목을 받고 있음을 느꼈다. 그의 시선이 닿으면 너무나 당황한 나머지 공연히 감자를 칼로 자르는 시늉을 하는 사람들이 많았으며 그가 가까이 지나가기만 하면 불안스럽게 돈지갑을 더듬어보는 축도 있었다. 그러면서도 그들이 계속 거기에 온다는 것을 그로서는 이해할 수가 없었다. 그들은 계속 왔고 그 멋진 레스토랑의 속성처럼 된 그의 고갯짓과 불쾌한 감시를 감내하려 들었다. 그는 조그마하고 심드렁한 얼굴을 가졌고 옷을 멋지게 입는 능력을 지녔으며 대우도 비교적 좋았을 뿐더러 식사는 무료로 제공받았다.

그가 겉으로는 어느 정도 오만한 표정을 드러냈지만 마음 밑바닥에서는 가끔 불안스러웠다. 어떤 때에는 온몸에 땀이 배어 구토증이 일어나거나 가슴이 답답하게 느껴지는 날도 있었다. 주인은 일자무식으로 때로는 약간 참기 어려운 면도 갖고 있었으나 자수성가한 자신의 성공을 은근히 뽐내고 싶어하는 마음씨 좋은 남자였다. 객석이 점점 비어가는 밤늦은 시각, 이제는 집에 가봐도 되겠다고 생각할라 치면 주인은 가끔 그 투박한 손가락으로 담뱃갑을 뒤져서 그가 아무리 거절을 해도 서너 개비의 담배를 그의 윗옷 주머니에 넣어주는 것이었다.

"넣어두라니까!" 주인은 무언가 애매한 미소를 지으며 말했다. "넣어둬요, 좋은 담배라니까." 그러면 그는 받아서 밤에 벨텔과 함께 피우곤 했다. 그는 벨텔과 둘이서 가구가 달린 조그마한 방에서 살고 있었다. 그때마다 벨텔은 담배의 질이 너무 좋다고 감탄을 하곤 했다. "브레센, 자네는 정말 멋진 담배만 피우는군."

그 말에 그는 언제나 대꾸를 하지 않았으나 벨텔이 마실 것을 좀 가져올 때면 그도 사양치 않고 함께 마셨다. 벨텔은 양조회사의 외판원으로 벌이가 괜찮을 때면 샴페인을 한 병쯤 가지고 돌아왔다.

"샴페인!" 그는 누구에게랄 것도 없이 그저 큰소리로 말했다. "시원한 샴페인을!"

"저 사람은 가끔 저 말뿐입니다" 하고 곁에 섰던 그 병동 담당 군의관이 말했다.

"대령 말씀인가요?" 하고 클레비츠가 냉담한 투로 물었다.

"물론, 브레센 대령 말씀입니다. 대령님께서 가끔 하시는 말씀이란 샴페인을, 시원한 샴페인을, 하는 말뿐입니다. 그리고 대령님께서는 가끔 여자 말씀을 하십니다. 조그마한 여자를 말이지요."

그가 부득이 그 레스토랑에서 식사를 하지 않을 수 없다는 사실은 기분 나쁜 일이었다. 불결스러운 뒷방에서 지저분한 식탁보를 깔고 그렇게 상냥하지는 못하나 그래도 그를 좋아해서 푸딩 값을 계산에 넣지 않았던 여자 요리사의 시중을 들며 그는 식사를 했었다. 코와 목과 입에서 구역질이 나고 싸늘한 주방 냄새가 풍기는 여인의 시중과 쉴 새 없이 들락거리는 주인의 꼴이 무엇보다 비위에 상했다. 주인은 담배를 입에 물고 잠시 곁에 쭈그리고 앉았다가는 화주를 따라 말없이 마시곤 했었다.

그 뒤 그는 예절을 가르치는 강의를 맡은 적이 있었다. 그가 살고 있던 도시는 그런 유의 구습에는 딱 알맞은 곳이었다. 그곳에는 부자들은 많았지만 어류와 육류를 먹는 법이 각각 다르다는 것조차 모르는 사람들이었다. 말하자면 그들은 글자 그대로 일생 동안 맨손으로 식사를 해온 사람들이었는데 이제 자동차와 별장과 여자들을 갖게 되었으니 지나간 버릇을 버려야 할 때가 된 셈이었다. 그는 그들을 가르쳤다. 사회적 의무감에서 오는 어려움을 다소나마 해소시켜 주려는 뜻에서였다. 그는 그들에게 식사법과 하인을 다루는 법을 가르쳐 주었으며, 저녁에는 함께 식사를 나누며 시범을 보여주었다. 포크와 나이프를 쥐는 법을 가르치며 그들의 동작을 면밀히 관찰하여 교정해 주었고 실제로 샴페인 병마개를 따는 법을 보여주기까지 했다.

"샴페인을." 그는 혼잣말로 그렇게 소리를 질렀다. "시원한 샴페인을 달라니까!"

"맙소사!" 하고 클레비츠가 소리를 쳤다. "브레센, 나를 좀 쳐다봐요."

그러나 그는 클레비츠를 쳐다볼 생각은 없었다. 그리고 그는 이 연대에 대해서는 아무것도 듣거나 보고 싶지가 않았다. 자기를 사냥개라고 부르던 참모들의 명령을 받아 그의 손 안에서 로스아펠이니 저격병이니 하고 불렸던 고지들이 형편없이 유린당한 연대. 꺼져버려라! 잠시 후 그는 클레비츠가 가버렸다는 사실을 알았다.

마침내 양떼와 바보 같은 목동에게서 눈을 뗄 수가 있게 되어 그는 기뻤다. 그 그림은 너무 오른쪽으로 치우쳐 걸려 있었으므로 목덜미가 약간 뻐근했던 때문이다. 두번째 그림은 바로 그의 눈앞에 걸려 있었으므로 그림이 별로 마음에 들지 않았으나 부득이 쳐다보지 않을 수 없었다. 그것은 미카엘 황태자가 안토네스쿠 원수와 여왕의 호위를 받아가며 어떤 루마니아의 농부와 이야기를 나누는 그림이었다. 루마니아 농부의 태도는 무척이나 긴장된 자세였다. 농부는 두 발을 너무 가까이에 모으고 서 있어 당장에라도 앞으로 넘어질 것처럼 보였으며, 손에 들고 있는 선물을 자칫 젊은 왕 앞에 떨어뜨릴 것만 같았다. 그 선물이 무엇인지는 확실히 나타나 있지 않다 —— 소금이거나 빵이거나 염소젖으로 만든 치즈리라. 젊은 왕자는 농부를 향해 미소를 짓고 서 있었다. 브레센은 벌써부터 그것을 보고 있지 않았다. 단지 목덜미에 통증을 느끼지 않고도 어떤 점에 시선을 고정시킬 수 있다는 사실을 기뻐할 뿐이었다.

예절을 가르치면서 그를 아연케 만든 것은 사람들이 그런 일을 실제로 배울 수도 있다는 사실이었다. 포크와 칼을 제대로 놀리는 그런 하찮은 일을. 그런데 그는 그런 사실을 지금까지 모르고 지냈거나 시인하기를 완강히 거부해 왔던 것이다. 가끔 3개월의 교습 기간을 마친 그들이 정확하고 공손하게 그것도 자기를 약간 완고한 선생님으로 취급하듯 미소를 지으면서 그에게 수표를 건네주곤 할 때, 그는 놀라지 않을 수가 없었다. 하지만 어떤 사람들은 제대로 배우지 못했다. 손가락이 너무 투박해서 치즈 껍질을 벗길 때면 으레 손가락을 베었으며 포도주잔의 손잡이조차 제대로 잡지를 못했다. 그 다음 세번째의 범주는 그가 말로는 들었지만 실제로는 서로 모르는 사람들로서, 교습을 받을 필요가 없다고 여기는 사람들을 제외하고는 그것을 배우거나 개선해 보려고 하지 않는 사람들이었다.

그 기간에 그를 조금이나마 위안시켜 주는 것이 있었다면 가끔 여인들과 불장난을 해볼 수 있다는 가능성이었다. 그것은 과히 위험스럽지 않은 모험이어서 그를 크게 실망시키지는 않았으나 미인들로 하여금 그에 대한 혐오감을 일으키게 하는 것만 같았다. 그 기간에 그는 여러 계층의 여인들과 허다한 모험을 하였으나 그 여자들 가운데서 그에게 두 번 다시 찾아오는 여인은 하나도 없었다. 대개는 그들과 샴페인을 마시는 일에 불과했지만.

"샴페인을." 그는 혼잣말로 소리를 질렀다. "시원한 샴페인을."

그는 혼자가 될 때마다 그 말을 했다. 그것이 더 좋았다. 그리고 그는 잠시 이번 전쟁에 대해 생각했으나 그것도 순간뿐이었다. 이어 두 사람이 그 방을 다시 걸어들어오는 소리가 들렸던 것이다. 그는 다시 루마니아 농부가 젊은 미카엘 황태자에게 들어 보이고 있는 그 알 수 없는 덩어리에 눈길을 주었다. 그는 잠시 그와 그림 사이에서 수석 군의관의 장밋빛 손을 보았다. 군의관은 그에게로 몸을 구부려 체온표를 집어들었다.

"샴페인을! 샴페인과 조그마한 여자를!" 브레센은 크게 소리쳤다.

"브레센씨!" 수석 군의관이 나직한 목소리로 불렀다. 이어 잠시 침묵이 흐른 뒤에 수석 군의관은 옆에 서 있는 누구에겐가 말을 건넸다. "빈행(行) 열차에 태우도록. 사단으로서는 유감이지만 브레센씨를 단념하지 않을 수가 없어. 하지만……."

"알겠습니다." 병동 담당 군의관이 대답을 했다. 그들이 틀림없이 곁에 그대로 서 있을 텐데도 그 이상 아무 말도 들려오지 않았다. 문소리가 나지 않았으니 그들은 틀림없이 그대로 서 있을 것이 아닌가. 이어 빌어먹을 서류 뒤적이는 소리가 들렸다. 다시 그의 병상일지를 검토하는 모양이었다. 입을 여는 사람은 아무도 없었다.

이 세상에서는 브레센이 실제로 가르칠 수가 있고 또 그럴 의의가 있는 일들이 있다는 사실을 사람들은 훨씬 뒤에야 생각해 냈다. 그것은 그로서는 이미 잘 알고 있는 군대의 복무 규정이었다. 그는 새로운 간행물들을 정기적으로 구독하고 있었기 때문이다.

그는 자기가 사는 구역의 철모단(1919년에 창단되어 1935년에 해체된 재향군인회)과 소년단의 훈련을 떠맡게 되었는데, 그 명예로운 직분이 그 당시 그에게는 무척이나 마음에 들었던 사실이 지금 생각났다. 그 시절 그는 자신의 내부에 도사린 진짜 취향이 무엇인가를 알아냈으며 여인들과의 불장난에도 이미 싫증이 났었다.

그리고 타고 다닐 말을 갖는다는 것은 멋진 일이었다. 훈련이 실시되는 날이면 아침 일찍 초원으로 달려가 아랫사람들과 회합을 갖기도 하고, 또 일과를 제대로 수행할 수가 있었기 때문이다. 물론 훈련중에는 서로 알고 지낼 기회가 거의 없을지도 모를 사람들과 친할 수 있다는 것이 무엇보다 즐거운 일이었지만, 나이 많은 참전 군인들이나 어떤 때에는 가끔 덤벼들기도 하는 수줍어하면서도 순진한 젊은이들을 안다는 것이 즐거웠다. 그러나 그를 약간 언짢게 한 것은 얼마 뒤 행렬의 선두에 서서 시내로 말을 타고 들어올 수 없게 된 일이었다. 모종의 비밀유지 때문이었다. 그러나 훈련만은 전과 마찬가지여서 대대(大隊) 단위의 전투 훈련을 해나갈 수가 있었으므로 그로서는 혁명이란 것을 치르지 않고도 실전의 경험을 쌓을 수 있는 그러한 새로운 복무 규정을 비난할 이유가 없었다. 그가 특히 되풀이하며 중요시한 것은 제식 훈련과 기본 자세와 가능한 정확성을 가진 회전 훈련이었다. 그리하여 무슨 축제일 같은 때가 되면 그는 자신감을 가질 수가 있어서 평화시 같으면 훈련이 잘된 군대로서도 모험이라고 할 수 있는 대대 훈련 같은 것도 감히 감행해 보기도 했다.

얼마 후 모종의 비밀유지의 필요성도 사라지게 되어 매일처럼 훈련이 실시되었으므로 그가 어느 날 진짜 소령이 되어 진짜 대대의 지휘관이 되었을 때도 별달리 이상할 것이 없었다.

그는 자기가 실제로 몸을 돌렸는지 또 그것이 자기로서는 더 이상 제어할 수 없었는지도 처음에는 깨닫지 못했으나 아무튼 그는 몸을 돌린 것이다.

그리고 또 그 사실을 알게 되었다. 약간 기분이 나쁜 것은 아직도 자신의 통제 범위 밖에서는 자신에게 어떤 일이 일어날 수는 없다는 사실을 경험으로 알게 된 일이었다. 아무튼 그의 몸은 동여매어졌다. 그들은 그를 들어 조심스럽게 침대에서 내려 앞에 세워둔 들것으로 옮겼다.

그의 머리는 뒤로 젖혀졌다. 그는 잠시 시선을 천장에 고정했으나 베개가 괴어지자 그 시선은 정확히 그 방에 걸린 세번째 그림에 고정되었다. 그 그림은 문 가까이에 걸려 있었으므로 그는 그때까지 그것을 보지 못했는데 그림을 볼 수가 있게 되어 우선 즐거웠다. 그렇지 않다면 부득이 두 사람의 의사를 쳐다볼 수밖에 없을 터이므로. 그림은 바로 그들 둘 사이에 걸려 있었다. 수석 군의관은 이미 밖으로 나간 것 같았고 병동 담당 군의관은 그가 지금까지 보지 못했던 어떤 젊은 의사와 얘기를 나누는 중이었다. 키가 작고 뚱뚱한 그 담당의는 그의 병상일지를 읽어주면서 그 젊은이에게 뭐라고 설명을 하고 있었다. 브레센은 그들의 말을 알아들을 수가 없었다. 그가 들을 수 없는 탓만은 아니었다. 그는 지금까지 무엇이든 듣지 않을 수 없었다는 사실이 더욱 고통스럽게 느껴졌다. 그렇다. 그가 들을 수 없는 것이 아니라 그들은 실제로 너무 떨어져서 소곤거리고 있었기 때문이다. 복도에서 들려오는 온갖 소리를 그는 들었다. 누구를 부르는 소리, 환자들의 고함, 엔진소리, 그는 앞에 서 있던 운반병을 보았다. 그때 뒤쪽에 서 있는 운반병이 말했다. "자, 이젠 가자!"

"짐은 어떻게 할까요?" 앞선 자가 병동 군의관에게 말했다. "군의관님, 누가 소지품을 들어내야 되겠는데요."

"몇 사람 불러요."

두 운반병은 복도로 나갔다.

브레센은 머리를 움직이지도 않고 두 의사의 머리통 사이로 세번째 그림에 시선을 고정시켰다. 어떻게 이런 곳에 그림이 걸리게 되었는지 도저히 믿어지지가 않았다. 이런 그림이라면 교회가 아니면 성당에 걸려 있어야 마땅하지 않을까. 그러나 루마니아에 카톨릭이 있다는 얘기를 지금까지 들어본 적이 없었다. 독일에는 그런 것이 있다는 이야기를 들은 적이 있지만, 루마니아에도 이런 게 있다니! 거기에 걸린 것은 성모 마리아상이었다.
　그 그림을 봐야만 한다는 사실이 그를 화나게 했지만 그로서는 어쩔 수 없는 노릇이었다. 그는 그 그림, 하늘처럼 파란 망토를 걸친 그 여인, 그에게 무척이나 낯설게 보이는 그녀의 얼굴을 싫든 좋든 보지 않을 수가 없었다. 그녀는 대지(大地) 위에 빙빙 떠도는 흰 구름으로 덮여 있는 하늘을 응시하면서 손에 갈색 나무 묵주를 들고 있었다.
　그는 머리를 흔들며 비위에 거슬림을 느꼈으나 그때 두 의사가 그를 쳐다보고 있다는 사실을 깨달았다. 그들은 그와 그림을 번갈아 쳐다보다가 그에게로 다시 시선을 돌렸다. 두 개의 머리와 그의 눈을 들여다보는 네 개의 눈 사이로 그 역겨운 그림을 바라본다는 것은 그로서는 무척 견디기 어려운 일이었다.
　그리하여 그는 자신의 사념을 되돌릴 수 있는 시절을 생각해 보려고 애썼다. 지금도 생각할 수 있는 시절, 언제인가 자기의 세계였던 사물들이 다시금 서서히 하나의 세계로 되는 것을 느끼던 시절을. 참모들과의 교제, 막사에서의 잡담, 부관, 전령들…… 그러나 그런 것을 생각해 보는 것은 불가능했다. 두 개의 머리통 사이에 전개된 20센티미터, 그것이 그의 가슴을 답답하게 만들었다. 그 20센티미터 사이에 그 그림은 걸려 있는 것이다——그러나 그 공간이 점점 커지는 것을 본다는 것은 홀가분했다. 바로 그때 그들이 그에게로 가까이 와서 섰기 때문이다.
　이제는 그들의 모습이 조금도 보이지가 않았다. 그의 시야에는 겨우 그들의 가운만이 보였을 뿐이다. 그는 그들의 이야기를 똑똑히 들었다.
　"상처와 무슨 관련이 있다고 생각지 않으십니까?"
　"아무 상관도 없어요" 하고 담당 군의관이 대답하면서 다시 그의 병상일지를 뒤적였다. "전혀 상관이 없어요. 그저 머리를 약간 다쳤을 뿐이니까. 그것도 닷새 만에 깨끗이 나았거든. 흔히 있는 병의 증후도 없단 말이야. 기껏

쇼크로나 생각할 수 있을까…… 그렇지 않으면…… 거기서 갑자기 군의관은 입을 다물었다.
"무슨 말씀이신지요?"
"그만두겠어."
"말씀해 보시지요."
두 의사가 입을 다문다는 것은 고통스러운 일이었다. 그들은 무슨 손짓 같은 것을 주고받는 것 같았다. 그러다가 그 낯선 의사가 갑자기 웃음을 터뜨렸다. 브레센은 한마디도 알아듣지 못했다. 두 의사가 함께 웃음을 터뜨렸다. 때마침 두 사람의 사병이 또 한 사람을 데리고 들어와서 그는 몹시 기뻤다. 두 운반병이 데리고 온 사병은 팔에다 붕대를 감고 있었다.
담당 군의관이 지시를 내렸다. "파인할스. 이 서류를 차에 싣도록. 큰 짐은 부치도록 하고." 그러곤 그 군의관은 운반병을 불렀다.
"진담입니까?" 하고 낯선 의사가 물었다.
"물론."
브레센은 자신의 몸이 들려 옮겨진다고 느꼈다. 마리아상이 왼쪽으로 밀려나고 벽이 점점 가까워지면서 복도가 나타났다. 다시 한 번 몸이 흔들렸다. 그는 길다란 복도를 내다보았고 거기서 또 한 번 몸이 흔들렸다. 그는 이미 눈을 감은 채였다. 밖에는 태양이 빛나 눈이 어질어질했다. 구급차의 문이 닫히자 그는 무척이나 반가웠다.

3

독일 군대에는 상사(上士)가 너무 많다. 그들의 어깨에 달린 별로, 어리석은 속세의 하늘 전부를 수놓을 수 있을지도 모르리라. 그 중에 슈나이더라는 이름을 가진 상사도 많고 알로이스라는 성을 가진 상사도 많다. 그 많은 상사 가운데 한 사람, 알로이스 슈나이더는 그 시각 헝가리의 어느 마을, 스조카르헬리라는 곳에 누워 있었다. 그곳은 한적한 곳으로 반은 마을이고 반은 온천지(溫泉地)였다. 때는 여름이었다.
슈나이더가 근무하는 곳은 노란 색 융단이 깔린 아주 비좁은 곳이었고 문

밖에는 검은 마분지에 '퇴원 수속 슈나이더 상사'라고 쓰여진 분홍빛 푯말이 붙어 있었다. 슈나이더는 창문 쪽으로 등이 가도록 책상을 놓고 할 일이 없을 때면 자리에서 일어나 몸을 돌리기만 하면 먼지 낀 비좁은 국도를 내려다볼 수가 있었다. 길의 왼쪽으로는 마을과 연결되고 오른쪽으로는 옥수수밭과 살구나무 사이를 지나 초원지대로 통하게 되어 있었다.

슈나이더는 거의 할 일이 없었다. 그 야전병원에는 중환자만이 수용되기 때문이었다. 수송이 가능한 자들은 즉각 다른 곳으로 이송되었고 스스로 걸을 수 있는 자들은 퇴원한 후 전선으로 배속되었다. 슈나이더는 몇 시간이고 창밖을 내다볼 수가 있었다. 밖은 무덥고 숨이 막혔다. 이런 날씨에 제일 좋은 처방은 소다수를 섞은 노란 살구술을 마시는 것이다. 그 술은 순도가 약하고 값이 싸며 깨끗했다. 창가에 앉아 하늘이나 거리를 쳐다보며 한잔 술에 취하는 것은 무엇보다 유쾌한 일이었다.

취기는 서서히 몰려왔다. 슈나이더는 그 취기와 끈질기게 싸워야 했다. 비록 아침 나절이라도 따분한 기분을 참아내려면 꽤 많은 분량의 살구술을 필요로 하기 때문이다. 슈나이더는 자기 나름대로 어떤 순서와 방식을 갖고 있었다. 첫잔에는 술을 한 방울만 따르고 두번째 잔에는 약간 더 진하게 따르며 세번째 잔에는 물과 술의 비율을 반반으로 하고 네번째 잔은 스트레이트로, 다섯번째는 다시 반반으로 한다. 그리고 여섯번째 잔은 두번째 잔과 똑같게 하고 일곱번째 잔은 제일 첫잔처럼 약하게 한다. 그는 일곱 잔만을 마셨다. 열한 시쯤 되어 이 의식이 끝나면 그는 이른바 자신이 말하는 맑은 기분이 되어 찬 불길에 에워싸이고 정신이 팽팽해져 하루의 따분함을 참을 수가 있게 되는 것이다.

보통 첫 퇴원은 열한 시쯤에 시작되지만 대개는 그보다 15분쯤 뒤에 시작되었다. 때문에 아직 한 시간의 시간적 여유가 있어 거리를 내다볼 수가 있었다. 가끔 빼빼 마른 말이 끄는 마차가 먼지에 싸여 마을로 질주해 갔다. 그런 것들을 내다보다가 그는 파리를 잡으며 상상 속에 등장하는 윗사람들과 꾸며서 생각해 낸 대화를 시니컬하게 씨부렁거리기도 하고 책상 위에 놓인 서류에 스탬프를 찍거나 분류하기도 했다.

이 시각, 열 시 반경에 군의관 슈미츠는 아침에 수술을 한 두 사람의 환자가 누워 있는 병실에 있었다. 왼쪽에는 몸 중위로 나이는 스물하나였으나 노인처럼 늙어 보였다. 그의 뾰족한 얼굴은 마취로 일그러졌고 두 손에 감은 붕대 위에서 우글거리던 파리떼들이 머리에 댄 피묻은 모슬린 천 위에서 조는 듯 쭈그리고 앉아 있었다. 슈미츠는 파리떼를 쫓아버렸다. 하지만 쓸데없는 일이었다. 그는 머리를 흔들고 나서 잠든 환자의 머리 위까지 흰 천을 푹 덮어주었다.

　그는 회진할 때 입는 깨끗한 흰 가운의 단추를 천천히 채우고 다른 환자를 들여다보기 시작했다. 바우어 대위였다. 환자는 마취에서 깨어나는 듯 눈을 감은 채 나지막하게 중얼거렸다. 그러면서 움직여보려고 애썼지만 헛일이었다. 꽉 붙잡아 매어져 있었기 때문이었다. 머리도 침대 막대기에 가죽끈으로 묶여 있어 움직일 수 있는 것은 오직 입술뿐이었다. 그는 순간 눈을 떠보려는 듯싶었으나 이내 다시 중얼거리기 시작했다. 슈미츠는 가운 주머니에다 손을 찔러넣고 기다렸다. 방안은 조명은 물론 환기도 좋지 않아 악취가 풍겼으며 출입문이나 창문을 모조리 닫았는데도 파리떼가 우글거렸다. 원래 이 방 밑 지하실은 마구간으로 쓰이던 곳이었다.

　간헐적으로 들리는 대위의 이상한 중얼거림은 마치 자신을 확인하려는 것처럼 보였다. 그는 이제 일정한 간격을 두고 입을 움직였는데, 그 말이 항상 똑같은 말인 것 같았다. 슈미츠는 알아들을 수가 없었다——E와 O가 교묘하게 섞인 후음(喉音)이었다.

　갑자기 대위가 눈을 떴다. 슈미츠는 "바우어" 하고 소리를 지르면서도 소용이 없다는 사실을 알고 있었다. 그는 조금 더 가까이 다가가서 대위의 눈앞에 손을 이리저리 저어 보았으나 반응이 없었다. 슈미츠는 대위의 눈썹에 닿을 정도로 아주 가까이에서 손을 흔들어 보였으나 여전히 반응이 없었다. 대위는 규칙적으로 알아들을 수 없는 그 한마디만을 중얼거렸다. 눈을 들여다보았으나 눈 안에 무엇이 있는지 알 도리가 없었다.

　그때 갑자기 그 말이 아주 똑똑하게 들렸다. 발음도 정확해서 마치 암송하는 것 같았다. 그리고 또 한 번——슈미츠는 대위의 입에다 귀를 바짝 대어 보았다. "뷰엘요고르셰"라고 대위는 말했다. 슈미츠는 정신을 바짝 차려 귀를 기울였으나 그 말이 무슨 말인지, 또 그게 무슨 뜻인지를 알 도리가 없었다. 하지만 그 말은 듣기 좋았다. 그 말이 아름답고 은밀하고 신비롭게 여겨졌다.

밖은 조용했다 — 그는 대위의 숨소리를 듣고, 그의 눈을 들여다보면서 숨을 죽인 채 계속 그 말이 나올 때를 기다렸다. "뷰엘요고르세." 슈미츠는 시계를 보고 초침을 관찰했다. 그 조그마한 바늘이 문자판을 기어가는 것이 무척이나 느리다는 느낌이 들었다. 50초가 지나갔다. "뷰엘요고르세." 다시 50초가 지나갈 때까지 기다린다는 것이 한없이 더디게 느껴졌다. 마당으로 차량들이 몇 대 들어오고 복도에서는 누군가가 소리를 질렀다. 수석 군의관이 대신 회진을 해달라고 부탁한 것이려니 하고 그는 생각했다. 마당으로 다시 차 한 대가 들어왔다. "뷰엘요고르세"라고 대위는 말했고 슈미츠는 또 기다렸다. 그때 문이 열리고 상사가 들어왔다. 슈미츠는 초조한 표정으로 아무 말도 말라고 그에게 눈짓을 하고는 계속 초침을 들여다보다가 30초가 지나자 한숨을 지었다. "뷰엘요고르세." 대위는 말했다.

"무슨 일인가?" 하고 슈미츠가 상사에게 물었다.

"회진할 시간이 됐습니다" 하고 상사가 대답했다.

"갈게" 하고 슈미츠는 말했다. 그는 소매로 시계를 덮었다. 그때 초침은 20초를 가리켰고 대위의 입술이 막 닫혔다. 군의관은 환자의 입을 응시하며 기다리다가 입술이 움직이기 시작하자 소매를 뒤로 젖혔다. "뷰엘요고르세" —— 초침은 정확히 10분의 자리를 가리켰다.

슈미츠는 천천히 밖으로 나갔다.

그날은 퇴원 환자가 없어 슈나이더는 열한 시 15분까지 기다리다가 담배를 가지러 밖으로 나갔다. 복도에 나선 그는 창가에서 걸음을 멈추었다. 밖에서는 수석 군의관의 차가 정비중이었다. 목요일이군. 슈나이더는 생각했다. 목요일마다 운전병은 수석 군의관의 차를 세차했던 것이다.

그 건물은 사각형을 이루고 있었는데, 역으로 이어지는 뒤쪽은 트여 있었다. 건물 북쪽에는 외과(外科)가, 중앙에는 원무과(院務科)와 X레이실이 있고 남쪽에는 취사장과 숙소가 있었으며 같은 줄 여섯 개의 방 가운데서 맨 끝에는 교장이 살고 있었다. 이 건물은 원래 농림학교 건물이었던 것이다.

건물 측면 쪽으로 이어진 커다란 정원 뒤쪽에는 샤워실과 몇 개의 마구간과 시험장이 있으며 갖가지 식물로 가득 찬 아담한 화단이 있었다. 그 정원은 과수원과 연결되었는데, 그 과수원은 역까지 그대로 이어졌다. 거기서 가끔 교장의 부인이 아들을 데리고 말을 타는 모습이 보이곤 했다. 여섯 살 난

아들은 킬킬거리며 말을 탔다. 부인은 젊고 예뻤다. 아들을 데리고 정원 뒤쪽에서 놀 때마다 부인은 원무과에 나타나 오물장에 방치되어 있는 불발탄이 생명을 위협할지도 모른다는 걱정을 했고 그때마다 곧 조치가 취해진다는 확답을 듣지만 여전히 아무런 조치도 취해진 바가 없었다.

슈나이더는 창가에 서서 수석 군의관의 운전병을 바라보았다. 운전병은 아주 꼼꼼하게 일을 하고 있었다. 벌써 두 해나 그 차를 끌면서 깨끗이 정비를 해온 터이면서도 그 운전병은 정비규정 그대로 정비 지침서를 상자 위에 펼쳐놓고서 정비를 하는 것이었다. 작업복 차림의 그 운전병 주위에는 물통과 주전자가 여기저기 놓여 있었다. 그 차는 붉은 가죽으로 만든 쿠션이 달린 아주 납작하게 생긴 것이었다.

목요일이군, 하고 슈나이더는 생각했다. 벌써 목요일이 되다니. 일과표를 적어놓은 달력에는 목요일이 수석 군의관의 차를 정비하는 날이었다. 슈나이더는 잽싼 걸음으로 나가는 금발의 간호사에게 인사를 했다. 그는 취사장을 향해 몇 발짝 걸어가다가 문이 닫혀 그만두어 버렸다. 마당으로 화물 자동차 두 대가 들어와서는 수석 군의관의 차와 어느 정도 거리를 두고 정차했다. 슈나이더는 걸음을 멈추고 다시 밖을 내다보았다. 그때 과일을 갖고 오는 처녀가 마당에 나타났다. 그녀는 손수 조그마한 마차를 조심스럽게 몰아 차 사이를 지나서 취사장 쪽으로 갔다. 슈자르카였다. 그녀는 매주 수요일마다 근처에 있는 어느 마을에선가 야채와 과일을 실어왔다. 야채와 과일을 갖고 오는 사람은 매일 그곳을 들락거렸다. 지불계는 갖가지 납품업자를 상대했던 것이다. 그러나 수요일에 오는 사람은 슈자르카뿐이었다. 슈나이더는 그것을 정확히 알고 있었다.

그는 가끔 수요일 열한 시 반경이 되면 일을 중단하고 창가에 서서 그 조그마한 마차가 일으키는 먼지가 역으로 이어지는 골목 끝에 나타날 때까지 기다렸다. 그 아가씨가 가까이 올 때까지 그는 그렇게 기다렸다. 그리고 먼지 속에 말이 보일 때까지, 그리하여 마침내 마차바퀴와 조그마하고 귀여운 얼굴로 미소를 짓는 아가씨가 보일 때까지 그는 기다렸다. 슈나이더는 마지막 담배에 불을 붙여 물고 창가에 놓인 의자에 앉았다. 오늘은 그녀에게 말을 걸어봐야지, 하고 그는 생각했다. 그러면서 수요일마다, 오늘은 그녀에게 말을 걸어봐야지 하면서도 한 번도 그걸 실행에 옮기지 못했던 것을 상기했다. 하지만 오늘은 틀림없이 그렇게 하리라. 슈자르카는 이 지방 여인들에게서만 느낄 수 있는 그 무엇인가를 지니고 있었다. 영화에서 보듯 언제나 바보처럼 힘차게 뛰어다니는 여인들에게서 느끼는 그 무엇을. 슈자르카는 냉담했다. 너무나 냉담해서 나긋나긋함을 거의 느낄 수가 없었다. 그러나 그녀는 그녀의 말과 상자에 들어 있는 과일에 대해서는 다정했다. 살구, 토마토, 자두, 오이, 배, 고추 따위에 대해서는.

그녀의 얼룩얼룩한 조그마한 마차가 더러운 기름통과 상자 사이를 비집고 들어와 취사장에 멈추었다. 그녀는 채찍으로 창문을 두드렸다. 이 시간이면 대개 건물 전체가 조용했다. 회진이 시작되어 무언가 불안스러운 듯한 숙연함이, 모든 것이 치워지며 무어라 정의할 수 없는 긴장감이 복도마다 넘쳐흘렀다. 그런데 그날은 신경질적인 소음만이 들끓었다. 문이 삐걱거리는 소리, 외치는 소리. 슈나이더는 의식(意識)의 어느 구석에선가 그것을 들었다. 슈나이더는 마지막 담배를 피우며 슈자르카가 취사장 선임 하사관과 흥정을 벌이는 모습을 지켜보았다. 다른 때 같으면 그녀는 지불계와 흥정을 했는데, 그자는 언제나 그녀의 엉덩이를 꼬집으려고 애를 쓰곤 했었다. 그러나 취사반장인 프라츠키는 여위고 약간 신경질적이며 냉담한 녀석으로 요리 솜씨는 괜찮으나 여자 따위에는 무관심하다는 소문이 나도는 자였다. 슈자르카는 뭐라고 열심히 떠들면서 돈을 지불해 달라는 몸짓을 해보이나 반장은 어깨를 으쓱하곤 본관 건물을 손으로 가리켜 보일 뿐이었다. 그곳은 바로 슈나이더가 앉아 있는 곳이었다.

그녀는 몸을 돌려 슈나이더의 얼굴을 쳐다보았다. 그는 의자에서 벌떡 일어섰다. 그때 복도에서 그의 이름을 부르는 소리가 들려왔다. "슈나이더, 슈나이더!" 그리고 다시 잠잠해졌다가 다시 또 불렀다.

"슈나이더 상사!"

슈나이더는 또다시 밖으로 시선을 옮겼다. 슈자르카가 말고삐를 쥐고 마차를 본관 쪽으로 돌리고 있었다. 그때 수석 군의관의 운전병은 마침 정비를 다 끝내고 정비 지침서를 접는 중이었다. 슈나이더는 느릿느릿 기록실 쪽으로 걸어갔다. 그곳까지 가는 동안 그는 많은 것을 생각했다. 오늘은 무슨 일이 있어도 슈자르카에게 말을 걸어보리라는 생각, 수요일에는 수석 군의관 차가 정비될 리가 없다는 생각, 그리고 무엇보다 목요일인데 슈자르카가 어떻게 왔을까 하는 따위의 생각이었다.
 그는 회진을 하는 일행과 마주쳤다. 그들은, 지금은 거의 비어 있는 큰 홀에서 나오고 있었다. 흰 가운, 두세 명의 간호사, 병동 담당 중사, 위생병. 그런데 이 행렬은 수석 군의관이 대동한 것이 아니라 좀처럼 말이 없는 군의관 슈미츠가 이끌고 왔다. 슈미츠는 키가 작고 뚱뚱했으며 별다른 표정을 짓지 않는 사나이였다. 그의 눈은 냉담하고 잿빛이어서 잠시라도 눈을 내리깔 때면 무언가 말을 하고 싶어하는 것처럼 보이지만 실제로는 한마디도 하지 않는 사람이었다. 슈나이더가 기록실에 다다랐을 때에는 이미 회진하던 일행은 멀어졌다. 그는 자기에게로 다가오는 슈미츠를 보았다. 슈미츠는 그를 붙잡으며 문을 연 다음 그와 함께 안으로 들어갔다.
 하사가 귀에다 수화기를 대고 있었다. 그의 널찍한 얼굴은 몹시 흥분되어 보였다. 그는 마침 "아닙니다. 중령 군의관님" 하고 수화기에다 대고 말을 하는 중이었다. 이어 수화기를 통해 수석 군의관의 음성이 들려왔다. 하사는 슈나이더와 군의관을 보더니 군의관에게 의자에 앉으라는 몸짓을 해보이고 나서 슈나이더에게는 미소를 지어 보였다.
 그러곤 수화기에다 대고 말했다. "물론입니다. 수석 군의관님!" 이어 하사는 수화기를 내려놓았다.
 "무슨 일인가?" 하고 슈미츠가 물었다.
 "이동이랍니다."
 하사는 앞에 놓인 신문을 펴다가 다시 접어버리고 어깨 너머로 파인할스와 파인할스가 그린 설계도를 보았다. 슈미츠는 냉담한 시선으로 하사를 바라보았다. 파인할스가 그린 설계도를 그는 벌써 보았던 것이다. 거기에는 '스조카르헬리'라고 적혀 있었던 것이다.
 하사가 말했다. "그렇습니다. 장소를 옮기라는 명령을 받았습니다."
 그는 침착하려고 애를 쓰면서도 슈나이더를 바라보는 눈에는 어쩔 수 없는 흥분이 담겨 있었다. 그의 손도 떨렸다. 그는 뚜껑을 닫으면 수납장이 되지만 열면 책상으로 쓸 수 있는 붙박이 회색 상자에 눈길을 던졌다. 그때까지 슈나이더에게는 의자를 내놓지 않고 있었다.
 "담배 하나 주게, 파인할스" 하고 슈나이더가 말했다.
 파인할스는 몸을 일으켜 푸른 빛 상자를 열고 슈나이더에게 담배를 꺼내주었다. 슈미츠도 담배를 말았다. 슈나이더는 벽에 기대어 담배를 피웠다.
 "나는 알아" 하고 그는 정적을 깨고 말했다. "우리는 이제 후방 부대가 될 거야."
 하사의 얼굴이 금세 붉어졌다. 옆방에서 타자 치는 소리가 들려왔다. 그때 전화가 울리자 하사가 수화기를 들고 즉시 응답을 했다. "네, 수석 군의관님, 곧 사인을 받으러 보내겠습니다."
 그는 수화기를 내려놓은 다음 파인할스에게 말했다. "건너가서 일일명령서가 다됐는지 알아봐."
 슈미츠와 슈나이더는 서로 쳐다보았다. 슈미츠는 책상을 내려다보다가 신문을 다시 펴들었다. "반역범들에 대한 재판이 시작되다." 그는 얼른 신문을 덮어버렸다.
 파인할스는 옆방에서 서무계를 데리고 왔다. 얼굴이 헬쑥하고 금발이며 손가락은 담배를 너무 피워 노랗게 된 사나이였다.
 슈나이더가 그에게 소리를 질렀다. "주보, 문을 한 번 더 열어줄 수 없겠나?"
 "잠깐만 기다리십시오!" 하고 하사가 화난 소리로 말했다. "지금 바빠요." 그러곤 서무계가 서류를 정리하는 동안 손가락으로 책상을 툭툭 두드렸다. 복사한 부분이 네 페이지였다. 타자지에 성명이 나열되어 있었다.
 슈나이더는 그 아가씨를 생각했다. 아마도 여자는 지금쯤 돈을 받으러 지불계한테 가 있겠지. 그는 그녀가 떠나는 모습을 보려고 창가로 서서히 다가갔다.
 "오텐, 여기 담배 갖고 오는 것 잊지 마" 하고 그는 오텐에게 말했다.
 "좀 가만히 있어요." 하사가 소리를 질렀다.
 하사는 서류 뭉치를 파인할스에게 넘겨주며 말했다. "수석 군의관한테 가서 서명을 받아와." 파인할스는 그것을 받아들고 밖으로 나갔다.
 하사는 슈나이더와 슈미츠에게로 돌아섰으나 슈나이더는 계속 창밖을 내다보고 있었다. 정오가 거의 가까웠고 거리는 한산했다. 건너편 들판에서는 수요일마다 서는 장이 열리고 있어 지저분한 가게들이 햇빛을 받으며 쓸쓸히 누워 있었다. 수요일임에 틀림없어, 하고 그는 생각했다. 그리고 일일명령서를 들고 있는 하사에게로 몸을 돌렸다. 파인할스가 벌써 돌아와 문지방께에서 있었다.

"……여기 좀 그대로 있어요" 하고 하사가 말했다. "파인할스가 병영의 스케치를 갖고 있는데 이번에는 모든 것이 실전(實戰)대로 진행되어야겠어요. 격식을 갖추어서. 알겠지요? 상사님은 우선 사병들을 즉시 집합시켜 창고에서 무기를 꺼내오도록 하고요. 다른 병동에는 이미 알렸으니까요."

"무기라고? 격식은 또 뭐야?" 하고 슈나이더가 반문했다.

하사의 얼굴이 다시 붉어졌다. 슈미츠가 파인할스의 담뱃갑에서 담배 한 개비를 꺼냈다. "환자들의 명단을 보고 싶은데…… 수석 군의관이 서명을 했는가?"

"네." 하사가 대답했다. "그가 명부를 작성했으니까요."

"나도 그걸 좀 보고 싶어" 하고 슈나이더가 말했다.

하사의 얼굴이 다시 붉어졌다. 그는 책상 서랍을 열고 명부를 슈미츠에게 건네주었다. 슈미츠는 그걸 조심스럽게 읽어 내려가며 거기에 기록된 성명을 중얼거리듯 알려주었다. 조용했다. 모두가 입을 다물고 명단을 읽어 내려가는 슈미츠의 입을 응시했다. 밖은 시끄러웠다. 슈미츠가 갑자기 목청을 높여 읽었기 때문에 모두 찔끔했다. "몰 중위, 바우어 대위, 제기랄!" 그는 명단을 책상에 내동댕이치며 하사를 쳐다보았다.

"중증의 뇌수술을 받은 환자라면 한 시간 반 내에는 절대로 옮겨서는 안 된다는 것쯤은 의과대학생도 알고 있어." 그는 명단을 다시 집어들고 손가락으로 종이를 툭툭 쳤다. "이건 마치 머리통에다 총질을 하는 것이나 마찬가지란 말이야." 그러고는 슈나이더와 파인할스, 하사, 오텐을 번갈아 쳐다보았다. "오늘 이동을 한다면 어제쯤은 알았을 텐데, 왜 수술을 뒤로 연기하지 않았지? 왜야?"

"명령은 오늘 하달되었습니다. 겨우 한 시간 전에요." 하사가 대답했다.

"명령이라구!" 슈미츠는 명단을 책상에 던지며 슈나이더에게 말했다. "가보라구!" 그러곤 밖으로 나서면서 이렇게 말했다. "부서(副署)를 하는 사람은 나란 말이야. 그 건에 대해 얘기를 좀 하자구." 그러곤 수석 군의관실로 총총히 사라졌고 슈나이더도 자기의 방으로 어슬렁어슬렁 돌아갔다.

그는 지나치는 창문마다 슈자르카의 마차가 아직 그대로 있는지 확인해 보려고 밖을 내다보았다. 마당에는 화물차와 구급차가 즐비했고 그 가운데 수석 군의관의 차가 서 있었다. 그들은 이미 짐을 싣기 시작했던 것이다. 취사장에서 과일 광주리가 차에 실려졌고 군의관의 운전병이 커다란 회색 양철통을 마당으로 굴려가고 있는 것이 보였다. 그리고 복도는 어디나 온통 법석이었다.

 자신의 방에 들어선 슈나이더는 얼른 장으로 달려가 나머지 술을 잔에 따르고 거기다 소다수를 따라 마셨다. 그때 첫번째 차의 부르릉거리는 소리가 들려왔다. 그는 잔을 든 채 복도로 달려가 창에 기대어 섰다. 그 첫번째 차는 바로 수석 군의관의 차였다. 그 차는 성능이 좋았다. 슈나이더는 차에 대해 아무것도 몰랐지만 그게 좋은 차라는 이야기는 들어서 알고 있었다. 이어 수석 군의관이 마당에 나타났다. 그는 빈 손으로 전투모를 비스듬히 쓰고 있었는데, 평상시와 다름이 없어 보였으나 얼굴만은 게처럼 붉었다. 수석 군의관은 미남으로 키가 크고 날씬했으며 명기수(名騎手)였다. 그는 아침마다 여섯 시면 말을 타고 손에 채찍을 휘두르며 초원을 달렸다. 언제나 고른 보조로 말 위에 꼿꼿이 앉아 지평선처럼 보이는 초원을 달렸다. 그러나 그의 얼굴은 지금 게처럼 붉었다. 슈나이더는 수석 군의관의 얼굴이 지금처럼 붉었던 때를 단 한 번 본 적이 있었다. 그가 감행하지 못했던 수술을 슈미츠가 해치웠을 때의 그 얼굴이 그랬었다.

 슈미츠가 수석 군의관과 나란히 걸어나왔다. 그의 걸음은 아주 침착했으나 수석 군의관은 흥분하여 두 손을 연방 휘젓고 있었다…… 그때 그는 자기에게로 다가오는 슈자르카를 보았다. 그녀는 이런 뒤죽박죽인 상황에 당황해서 누군가 출발하지 않고 있는 사람을 찾는 모양이었다. 그녀가 뭐라고 한마디 했으나 그는 알아듣지 못하는 모양이었다. 그는 그녀에게 자기 방을 가리키며 따라오라고 눈짓을 했다. 밖에는 맨 앞서 달리기 시작한 수석 군의관의 차 뒤로 차량의 행렬이 줄을 지었다. 서서히…….

 틀림없이 그녀는 그를 지불계의 대리라고 믿고 있을 게다. 그녀는 그가 내놓은 의자에 앉아, 책상 모서리에 앉은 그에게 열심히 손짓 발짓을 하며 뭐라고 떠들었다. 그는 그녀의 말을 알아듣지 못하더라도 그녀를 그렇게 가까이에서 쳐다볼 수 있다는 사실에 아주 느긋한 기분이었다. 그녀의 말을 알아들으려고 노력한다 해도 아무 소용이 없는 일이었기에, 그녀를 그렇게 쳐다보기 위해 그는 그녀로 하여금 떠들도록 내버려두었다. 그녀는 약간 야위어 보였다. 아마도 그녀는 그가 생각했던 것보다 훨씬 나이가 적은지도 몰랐다. 그녀의 가슴은 빈약했으나 얼굴은 아주 예뻤다. 그는 그녀의 긴 눈썹이 그의 갈색 이마에 닿게 될 순간을 숨을 죽이고 기다렸다. 그녀의 조그마한 입이 닫히고 그 둥글고 빨간 입술이 닿는 순간을. 그는 그녀를 찬찬히 훑어보면서 약간의 실망을 금할 수 없었다. 하지만 여자는 매력이 있었다. 그는 갑자기 저항이나 하듯 두 손을 들고는 머리를 저었다.

그녀는 곧 말을 중단하고 미심쩍다는 듯 그를 쳐다보았다. 그는 나직하게 그녀에게 말했다. "키스를 하고 싶은데…… 이 말을 알아듣겠어?"

그러나 그 자신도 그가 실제로 그걸 바라고 있는지 알 수는 없었다. 그리고 그녀의 얼굴이 빨개지며 그 검은 피부에 윤기가 흐르기 시작하는 것을 쳐다보는 것이 고통스러웠다. 그는 그녀가 자신의 말을 알아듣지 못했지만 그 의미는 알고 있다는 사실을 느낌으로 알아차릴 수 있었다. 그가 천천히 다가서자 여자는 뒤로 물러났다. 그는 그녀의 불안스러운 눈과 핏줄이 뛰고 있는 그 야윈 목을 쳐다보았다. 그녀는 세 달 가량은 더 젊어 보였다. 그는 걸음을 멈추고 나직이 소곤거렸다. "미안해. 용서해 줘. 알아듣겠어?"

그러나 그녀의 시선에는 점점 더 불안한 표정이 서렸다. 그녀가 혹시 소리라도 지르지 않을까 두려웠다. 이번에도 그녀는 조금도 이해하지 못한 것 같았다. 그는 한숨을 쉬고는 그녀의 조그마한 두 손을 잡았다. 그리고 그 손을 입술에 대는 순간 그 손이 무척 지저분하다는 것을 알았다. 흙과 가죽과 파, 마늘 냄새가 났다. 그는 얼른 그 손에 입을 맞추고 미소를 지어 보이려 했다. 그녀는 어쩔 줄 모르고 그를 쳐다보았다. 마침내 그는 여자의 어깨를 툭툭 치며 말했다. "돈을 받을 수 있을지 가봅시다."

그가 몸짓으로 열심히 돈 지불 시늉을 해보이자 여자는 겨우 미소를 지으며 그를 따라 복도로 나갔다.

복도에서 그들은 슈미츠와 오텐을 만났다.

"어디로 가는 건가?" 하고 슈미츠가 물었다.

"지불계한테요. 이 아가씨가 돈을 받고 싶답니다."

"지불계는 떠났어" 하고 슈미츠가 말했다. "벌써 어젯밤에 스조로노크로 떠났다니까. 거기서 전방부대와 만나게 되어 있어."

슈미츠는 잠시 눈썹을 내리깔고 사나이들을 쳐다보았으나 더 이상 아무 말도 하지 않았다. 슈자르카는 그들을 번갈아 쳐다보았다.

슈미츠가 입을 열었다. "오텐, 후속 부대에 남는 인원을 집합시키도록. 짐을 내려야 할 인원이 몇 명 필요해. 우리에게 먹을 것을 남겨두고 가는 것도 잊었단 말이야."

그는 연병장을 내다보았다. 거기에는 아직 몇 대의 차량이 그대로 서 있었다.

"이 아가씨는 어떻게 합니까?" 하고 슈나이더가 물었다.

슈미츠는 어깨를 으쓱했다. "나로서는 돈을 줄 수가 없어."

"내일 아침 일찍 다시 와보라고 할까요?"

슈미츠가 슈자르카를 쳐다보자, 그녀는 그에게 약간 미소를 지어 보였다.

"아니야. 차라리 오늘 오후에 와보는 게 좋아."

오텐이 복도로 뛰어가며 소리를 질렀다.

"잔류 인원 즉시 집합!"

슈미츠는 앞뜰에 서 있는 차로 다가갔고 슈나이더는 슈자르카를 그녀의 마차로 데리고 갔다. 그는 그녀에게 오후에 다시 와보라고 설명을 해주려고 애를 썼으나 그녀는 연방 머리를 흔들기만 했다. 결국 돈을 받지 않으면 떠나지 않겠다는 뜻임을 그는 알았다. 그는 그녀 곁에 서서 그녀가 마차에 기어올라가 방석을 뒤집고 거기서 갈색꾸러미 하나를 꺼내는 모습을 지켜보았다. 슈자르카는 말에게 먹이통을 대주고는 꾸러미를 풀어 빵 조각과 크고 둥근 고깃덩어리와 파를 꺼냈다. 녹색의 투박한 병에 포도주까지 담겨져 있었다.

그녀는 음식을 씹으면서 그에게 미소를 지어 보이다가 갑자기 "나기바라드"라고 말하고는 주먹으로 두세 번 자기의 가슴을 때리는 시늉을 하며 근심스러운 얼굴 표정을 지어 보였다. 슈나이더는 그녀가 경기에 진 어떤 권투 선수 이야기를 하려는 것이 아니면 자기가 속았다는 것을 설명하려는 몸짓이라고 믿었다. 나기바라드라는 말이 무슨 뜻인지 그는 알 수가 없었다. 헝가리 말은 무척 어려운 언어여서 심지어 담배를 뜻하는 타바코라는 말조차 없었다.

슈자르카는 머리를 저었다. 나기바라드, 나기바라드, 그 말을 두세 번 되풀이해 보이고는 다시 주먹으로 가슴을 때리는 시늉을 했다. 여자는 마침내 머리를 흔들면서 깔깔거리고 웃었다. 그 동안에도 열심히 음식을 먹으며 포도주를 꿀꺽꿀꺽 마셔댔다. 그러고는 좀더 자세히 말했다. "나기바라드……
러시아군……."
 그러곤 그 말을 또다시 반복했다.
 "나기바라드…… 러시아……." 이어 그녀는 남쪽을 가리키며 탱크가 굴러
가는 소리를 흉내냈다. "부르릉…… 부릉……."
 슈나이더가 별안간 고개를 끄덕이자 그녀는 큰 소리로 웃었다. 그러나 도
중에 웃음을 멈추고는 몹시 심각한 표정을 지었다. 슈나이더는 나기바라드가
틀림없이 어떤 도시의 이름일 거라는 사실을 이해했다. 그러니 그녀의 시늉
은 이제 명백해진 것이다. 그는 화물차 곁에 서서 짐을 내리는 대열을 건너
다보았다. 슈미츠가 운전병 앞쪽에 서서 뭐라고 설명을 하고 있었다.
 슈나이더는 그에게 소리를 질렀다.
 "군의관님, 시간이 있으시면 이리 좀 와보십시오."
 슈미츠는 고개를 끄덕였다. 슈자르카는 식사를 끝내고 남은 빵과 파를 조
심스럽게 다시 싼 다음 포도주병의 마개를 막았다.
 "말에 물을 먹이겠소?" 하고 슈나이더가 묻자 여자는 무슨 뜻이냐는 듯이
그를 쳐다보았다.
 "말에 먹일 물 말이오." 그는 약간 몸을 굽혀 말이 물을 먹는 시늉을 해보
였다.
 "아!" 하고 그녀가 소리를 쳤다. 그녀의 시선에는 순간 호기심이 잔뜩 서
렸고 따뜻해 보였다.
 건너편에서 차가 출발하자 슈미츠가 이리로 다가왔다.
 그들은 차의 뒷모습을 바라보았다. 밖에서는 또 다른 대열이 입구가 트이
기를 기다리고 있었다.
 "무슨 일이오?" 하고 슈미츠가 물었다.
 "이 아가씨가 '나기'라는 말로 시작되는 어떤 도시가 뚫렸다고 하는데요."
 슈미츠가 고개를 끄덕였다. "그로스바르트아인이야. 나도 알고 있어."
 "알고 있다구요?"
 "어젯밤 라디오에서 들었어."
 "여기서 먼가요?"
 슈미츠는 생각에 잠겨 길다랗게 열을 지어 달리고 있는 차들의 행렬을 바

라보았다. 멀다는 개념은 이 전쟁에서는 어떤 것도 성립될 수가 없어, 백 킬로쯤 되겠지. 이 아가씨에게 돈 대신 담배를 주면 어떨까? 지금 당장에. 그는 한숨을 지었다.
　슈나이더는 슈미츠를 쳐다보며 얼굴을 붉혔다.
　"이 여자가 여기 좀더 있었으면 좋겠다는데" 하고 그는 말했다.
　"맘대로." 슈미츠는 간단하게 대답하고 남쪽 건물 쪽으로 천천히 걸어갔다.
　그가 두 사람의 환자가 누워 있는 방에 들어서자 대위가 중얼거렸다. "뷰엘요고르셰." 슈미츠는 시계를 본다는 것이 무의미함을 알았다. 그 리듬은 시계보다 더 정확했다. 그는 침대 끝에 걸터앉아 병상일지를 손에 들고 끊임없이 계속되는 그 말에 싸여 그러한 리듬이 어떻게 생겨날 수가 있는가 하고 생각해 보았다. 거칠게 꿰매지고 조각이 난 두개골에 어떤 기계장치가 있어 이런 단조로운 음보(音譜)를 내게 하는 것일까? 그리고 이 사나이가 아무 말도 못 하고 그저 숨만 쉬는 50초 동안에 무엇이 일어난다는 말인가? 슈미츠는 그에 대해 아는 것이 아무것도 없었다. 있다면 3월 부페르탈에서 출생, 계급은 대위, 입대 전 직업은 상인, 종교는 신교, 거주지는 부대, 부상, 병 그리고 그 부상의 종류 따위일 뿐이었다. 그리고 이 사나이의 생애에는 별달리 주목할 만한 것도 없었다. 학교 시절에는 결코 우수한 학생이 아니었고 그저 중간쯤이었으며 오히려 다소 게으른 편이었다. 낙제를 한 것이 한 번, 단지 지리와 영어와 체육 과목에 좋은 성적을 올렸을 뿐이었다. 그는 전쟁을 사랑하지 않았으며 또 그렇게 원한 것도 아닌데, 1915년에 중위가 되어버렸다. 술은 좋아하는 편이나 과음은 하지 않았으며 결혼을 한 후에는 다른 여자들과의 불장난이 그토록 간단하면서도 또 유혹이 많았으나 한 번도 부인을 배반한 적이 없었다. 그럴 수가 없었던 것이다.
　슈미츠는 이 사나이가 어째서 '뷰엘요고르셰'라는 말을 하는지 또 그 말이 그에게 어떤 의미를 갖는지를 알아내지 못한다면 병력난(病歷欄)에 적혀 있는 모든 사항이 아무 소용도 없다는 사실을 알고 있었다. 그리고 결코 그것을 알아내지 못하리라는 것을 알면서도 언제까지나 거기에 앉아 그 말이 나오기를 기다리고 싶었다.
　밖은 몹시 조용했다──그는 귀를 기울여 들으면서 정적 속에서 그 말이 흘러나오는 순간마다 흥분했다. 정적은 점점 더 그 정도를 더해가 찍어누르는 듯했다. 슈미츠는 천천히 몸을 일으켜 밖으로 나갔다.

  슈미츠가 밖으로 나갔을 때, 마침 슈자르카는 슈나이더를 쳐다보며 몹시 당황한 표정을 짓고 있었다. 그녀는 얼른 무언가 마시는 시늉을 해보였다.
  "아, 물을 달라는 말이군" 하고 슈나이더는 물을 가지러 건물 안으로 들어갔다. 들어가면서 그는 뒤로 주춤 물러나야만 했다. 빨간 색의 멋진 승용차 한 대가 소리도 없이 쾌속으로 그를 지나 구급차 사이를 비집고 교장의 사택이 있는 쪽으로 달려갔기 때문이었다.
  물통을 들고 돌아오면서 슈나이더는 다시 옆으로 비켜서야 했다. 마당에서는 경적소리가 요란했다. 대열이 움직이기 시작했던 것이다. 제일 앞차에 하사가 타고 있고 다른 차들이 그 뒤를 천천히 따랐다. 하사는 슈나이더를 보지 못했다. 슈나이더는 그 긴 차의 행렬이 지나가기를 기다려 뜰로 들어갔다. 그곳은 텅텅 비어 있어 조용했다.
  그가 말에 물통을 대어주고 나서 슈자르카를 쳐다보자 여자는 건물 남쪽에서 나오는 슈미츠를 가리켜 보였다. 슈미츠는 그들을 지나 입구 쪽으로 나갔고 그들은 그의 뒤를 따랐다. 그들 셋은 거기에 서서 역 쪽으로 멀어져 가는 행렬의 뒷모습을 지켜보았다.
  "전염병동에서 온 두 사나이는 정말 무기를 가져왔더군." 슈미츠가 소곤거리듯 말했다.
  "아이고, 그걸 잊었군" 하고 슈나이더는 소리를 질렀다.
  슈미츠가 고개를 저었다. "그게 필요 없게 될걸. 필요 없고말고. 가자구." 그는 아가씨 곁에서 걸음을 멈추었다. "여자에게 지금 담배를 주는 게 어떨까? 어때?"
  슈나이더는 고개를 끄덕였다. "우리가 타고 갈 차나 남겨두었는지요? 우린 어떻게 가죠?"
  "차 한 대가 되돌아오게 되어 있어" 하고 슈미츠가 말했다. "수석 군의관이 약속했거든."
  두 사나이는 서로 얼굴을 마주 보았다.
  "저 뒤에서 피난민들이 오고 있어" 하고 슈미츠가 피난민들의 대열이 가까이 다가오고 있는 마을 쪽을 손으로 가리키며 말했다. 사람들은 천천히 그들을 지나쳐 가면서 그들을 쳐다보지도 않았다. 그들은 지치고 슬픈 나머지 군인들과 슈자르카를 쳐다보지도 않았던 것이다.
　"저 사람들은 먼 곳에서부터 오는 중이야" 하고 슈미츠가 말했다. "말이 얼마나 피곤한가를 좀 보라구. 도망가 봐야 소용 없어. 저런 속도로는 전쟁으로부터 절대 도망칠 수가 없을걸." 그는 그들 뒤쪽을 가리켰다. 그때 차의 경적이 아주 신경질적으로 들려왔다. 그들은 거기서 갈라져 슈나이더는 슈자르카 쪽으로 갔다. 교장의 차가 밖으로 나가고 있었다. 그러나 차는 피난민들의 마차에 막혀 멈추어야만 했다. 그들은 차 안에 탄 사람들을 똑똑히 볼 수가 있었다. 영화 스크린을 너무 가까이에서 보면 눈이 아프듯 그들을 아주 가까이에서 볼 수가 있었던 것이다. 운전대 앞에는 교장이 타고 있었는데 그의 날카로우면서도 맥빠진 표정은 조금도 움직이지 않았으며 그의 옆자리에는 짐과 이불 보따리가 놓여 있었으나 밧줄로 단단히 묶어 차가 달리는 동안에라도 그에게로 넘어오지는 않게 되어 있었다.
　뒤에 앉은 교장 부인의 표정 역시 그러했다. 그들은 절대로 밖을 내다보지 않기로 결심이라도 한 듯한 표정이었다. 여자는 아기를 안고 있고 여섯 살짜리 사내애는 그들 곁에 앉아 있었다. 밖을 내다보는 사람은 그 사내애뿐이었다. 활기 찬 이 소년의 얼굴이 차창에 붙어 군인들을 향해 미소를 지어 보였다. 2분쯤 지나 차가 다시 움직이기 시작했다. 피난민들의 말이 몹시 지쳐 앞쪽 어디에선가 대열이 다시 정지했다. 운전대에 앉아 있는 사나이는 신경질을 내며 땀을 흘리고 있었고 뒷좌석에 앉아 있는 여자가 그에게 뭐라고 소곤거렸다.
　너무나 조용했다. 단지 피난민들의 행렬에서 들려오는 외침소리와 어린애들의 우는 소리뿐이었다. 그러나 그때 갑자기 뒤쪽에서 고함소리가 들려왔다. 울부짖는 소리였다. 차에 탄 사람들이 뒤를 돌아보았다. 그 순간 돌멩이가 차를 향해 날아왔으나 그 돌은 거기에 묶어둔 천막에 맞았을 뿐이고 두번째 돌은 주말 여행이나 가듯 쬠쇠로 위에 올려놓은 냄비에 맞아 둔탁한 소리를 냈다. 울부짖으며 달려온 사나이는 뒤쪽 샤워실 옆방 두 개를 사용하던 건물 관리인이었다. 그는 아주 가까이로 뛰어와 벌써 입구 근처에까지 왔으나 더 이상 돌을 던지지는 않았다. 사나이는 몸을 굽힌 자세로 계속 욕지거리를 퍼부었다.

그때 피난민들의 행렬이 다시 움직이기 시작하자 멈춰 있던 차도 서서히 움직이기 시작했다. 그러는 차의 뒷모습이 아주 뻔뻔스러워 보였다. 화분 한 개가 날아와 불과 몇 초 전에 그 차가 서 있던 자리에 떨어졌다. 화분은 푸른 돌을 깔아놓은 깨끗한 포도 위에서 박살이 나며 파편이 흩어지고 처음에는 기이한 꽃무늬 같은 것을 땅 위에 그려 그 형태가 그대로 남을 것처럼 보이다가 갑자기 다시 흩어지며 제라늄 뿌리가 밖으로 드러났다.

그러나 제라늄 꽃은 이상스럽게도 그대로였다.

관리인은 병사들 곁에 서서 이제 욕지거리 대신 울고 있었다. 그의 더러운 얼굴에는 눈물자국이 역력했으며 그의 몸 전체가 경련을 하고 있어 무섭게 보였다. 몸을 앞으로 구부린 채 두 손을 움켜쥐고 있어 그의 낡은 덧옷이 가슴께에서 마구 흔들렸다. 마당 뒤쪽에서 여자의 목소리가 들리자 그는 멈칫 물러섰다가 몸을 돌려 울면서 되돌아가 버렸다. 슈자르카도 그 뒤를 따랐다. 그때 슈나이더가 두 손을 벌렸으나 그녀는 몸을 피해 버렸다. 그녀는 마차를 끌어내어 올라타고는 말고삐를 쥐었다.

"담배를 가져올 테니 잠시 그녀를 붙잡아줘요" 하고 슈미츠가 소리를 질렀다.

슈나이더가 말고삐를 붙잡자마자, 슈자르카가 채찍으로 그의 손을 때렸다. 그는 무척이나 아팠으나 고삐를 늦추지는 않았다. 그가 뒤돌아보았을 때 슈미츠가 뛰어가고 있는 게 보였다. 그는 슈미츠의 그런 행동에 놀랐다. 슈미츠 같은 사람은 절대 뛰지 않으리라고 생각해 왔던 것이다. 슈자르카가 다시 채찍을 들었으나 내려치지는 않고 그대로 옆 좌석에다 놓아버렸다. 슈나이더는 그녀가 미소짓는 것을 보고 어리둥절했다. 그것은 가끔 그녀에게서 보았던 다정하면서도 냉담한 그런 미소였다. 그는 마부석으로 다가가서 조심스럽게 그녀를 끌어냈다. 그녀는 말에게 뭐라고 소리를 질렀다. 슈나이더는 그녀를 껴안았다. 그녀는 아직도 불안한 모양이었다. 그러나 반항하지는 않고 불안스러운 표정으로 주위를 휘둘러보았다. 입구는 어두컴컴했다. 슈나이더는 그녀의 뺨과 코에 조심스럽게 키스를 하고 다시 목에다 키스를 하려고 그녀의 검고 윤기 있는 머리카락을 쓸어올렸다.

그 순간 그는 소스라치게 놀랐다. 슈미츠가 달려와 마차에다 담배 상자를 던지는 소리가 들렸던 것이다. 그녀는 얼른 고개를 들어 붉은 담배 상자를 보았다. 슈미츠는 슈나이더를 쳐다보지도 않고 곧 몸을 돌려 마당으로 되돌아갔다. 슈자르카는 얼굴을 붉히고 슈나이더를 쳐다보면서도 그의 시선은 애써 피했다. 그러던 그녀가 갑자기 말에게 뭐라고 소리를 지르고는 고삐를 쥐었다. 슈나이더는 길을 비켜주었다. 그녀가 50보쯤 멀어지자 그는 갑자기 그녀의 이름을 소리쳐 불렀다. 그녀는 마차를 멈추었지만 몸을 돌리지는 않고 채찍을 한 번 머리 위로 쳐들어 대꾸를 해보이고는 계속 달려갔다. 슈나이더는 어슬렁어슬렁 마당으로 되돌아왔다.

잔류부대로 남은 일곱 명의 사나이들은 취사장 앞뜰에 앉아 식사를 하고 있었다. 그들은 식탁에 수프와 두꺼운 빵 조각과 고기를 올려놓았다. 슈나이더가 그리로 가까이 갔을 때, 건물 안에서 무언가 둔탁한 소리가 들려왔다. 그는 다른 사람들에게 무슨 소리냐는 표정을 지어 보였다.

"건물 지배인이 교장 사택을 부수고 있습니다" 하고 파인할스가 말해 주었다. 그는 잠시 뜸을 들였다가 말을 계속했다. "그냥 문을 열면 될 텐데, 왜 부수는지 모르겠습니다."

슈미츠는 네 명의 병사들을 데리고 운반할 물건이 남은 게 없는가 살피려고 건물 안으로 들어갔다. 슈나이더는 파인할스와 오텐과 함께 뒤에 남았다.

"난 멋진 부탁을 받았어" 하고 오텐이 말했다.

파인할스는 묽은 화주를 야전용 잔에 따라 마시면서 슈나이더에게 담배를 몇 갑 건네주었다. 슈나이더는 고맙다고 인사를 했다.

"난 명령을 받았어" 하고 오텐이 말했다. "기관총과 기관단총을 다른 잡동사니들과 함께 불발탄이 있는 오물 처리장에 버리라는 명령이야. 파인할스, 나를 도와줘야겠네."

"알았습니다" 하고 파인할스가 대답했다. 그는 숟가락으로 식탁 가운데로부터 가장자리로 점점 넓어지며 흘러내리는 갈색 수프 국물로 식탁에다 그림을 그리고 있었다.

"가봅시다" 하고 파인할스가 말했다.

슈나이더는 식기 뚜껑에 몸을 구부리고 졸았다. 그의 담배는 계속 타들어갔다. 담배는 식탁 위에 그대로 놓여 있었던 것이다. 엷은 재는 계속 담배를 태워 들어가 마침내 담배 전체를 삼키며 식탁 위에 검은 흔적을 남겼다. 그리고 4분 뒤, 거기에는 회색의 재만이 남았으나 그것도 한 시간 뒤에 슈나이더가 잠에서 깨어 팔을 휘젓는 통에 흔적도 없이 사라지고 말았다. 그는 마당으로 화물차가 들어오는 소리에 잠을 깼다.

그 화물차의 소음과 동시에 처음으로 탱크소리를 들었다. 슈나이더는 벌떡 일어났다. 여기저기 흩어져 담배를 피우던 사람들은 웃으려 하다가 갑자기 멈칫했다. 멀리서 들려오는 탱크소리는 그 의미가 너무나 분명했기 때문이었다.

슈미츠가 말했다. "정말 차가 왔군. 파인할스, 지붕에 좀 올라가보라구. 뭐가 보이는지 말일세."

파인할스는 남쪽 건물 쪽으로 갔다. 관리인이 교장의 거실 창틀에 서서 그들을 내다보고 있었고 안에서는 그의 부인이 설거지를 하는 소리가 들렸다. 그릇 부딪는 소리가 낮게 들려왔다. 그 여자는 유리잔의 숫자를 세고 있는 모양이었다.

"잡동사니를 차에 실어야지" 하고 슈미츠가 말했다. 그러나 운전병은 눈짓으로 그만두라는 시늉을 했다. 그는 몹시 지친 표정이었다. "이따위 잡동사니는 내버려두고 타기나 하시죠."

운전병은 식탁에 놓인 담뱃갑을 집어 담배 한 개비를 꺼내 입에 물었다.

"실으라구." 슈미츠가 말했다. "파인할스가 돌아올 때까지 기다려야 할 테니."

운전병은 어깨를 으쓱해 보이고는 식탁에 앉아 숟가락으로 슈나이더의 대접에서 국물을 떴다.

다른 사람들은 집안에서 찾아낸 물건들을 차에 실었다. 몇 개의 침대, 검은 글씨로 중위 그레크 군의관이란 이름을 똑똑하게 써놓은 장교용 궤짝 하나, 난로, 사병들의 소지품 뭉치, 배낭, 가방, 몇 자루의 총 따위였다. 그리고 세탁물도 조금 있었다. 속옷 뭉치, 바지, 양말, 털가죽을 댄 조끼.

파인할스가 지붕에서 소리를 쳤다. "아무것도 안 보이는데요. 마을 앞 포플러에 가려서 보이질 않아요. 탱크소리가 들려요? 여기서는 아주 잘 들리는데요."

"여기서도 들려. 내려와."

"알았습니다." 이어 그의 머리가 지붕에서 사라졌다.

"누가 철둑이 있는 데까지 가봐야겠는데. 거기서라면 틀림없이 잘 보일 테니." 슈미츠가 말했다.

"소용 없습니다. 안 보일 거예요" 하고 운전병이 대꾸했다.
"왜?"
"소리는 들리는데, 보이지는 않아요. 게다가 그들은 양쪽 방향에서 오고 있어요." 그는 서남쪽을 가리켰다. 그리고 그의 손짓이 마치 부르릉거리는 소리를 싣고 오기라도 한 듯 갑자기 그 소리가 잘 들려왔다.
"제기랄! 우리는 어떻게 한다?" 하고 슈미츠가 말했다.
"떠나는 거지요." 운전병이 말했다. 그는 옆으로 비켜서며 다른 사람들이 마지막으로 식탁과 그들이 앉았던 의자를 싣는 것을 보고 머리를 흔들었다.
파인할스가 건물에서 나왔다. "환자 하나가 소리를 지르고 있습니다."
"내가 가볼 테니 모두 출발하라구." 슈미츠가 말했다.
그들은 멈칫멈칫하다가 운전병을 빼고는 모두 그의 뒤를 따라갔다.
슈미츠가 몸을 돌려 침착한 음성으로 말했다. "떠나요. 난 여기 환자들 곁에 있을 테니까."
그들은 다시 멈칫, 걸음을 멈추었다가 다시 뒤를 따랐다.
"제기랄!" 슈미츠가 뒤에다 대고 소리를 질렀다. "떠나라니까! 이 저주스러운 평원(平原)에서 도망을 쳐야 한다니까."
그들은 이번에도 걸음을 멈추었으나 그를 뒤따르지는 않았다. 슈나이더만이 그가 집 안으로 완전히 사라지자 그의 뒤를 따랐다. 파인할스도 잠시 서서 망설이다가 집 안으로 들어가 거기서 슈나이더를 만났다.
"아직도 뭐 필요한 게 있습니까?" 하고 파인할스가 물었다. "죄다 차에 실었을 텐데요."
"차에서 빵을 조금 내려. 기름도 조금 내리고 담배도 약간."
그때 병실 문이 열렸다. 파인할스는 안을 들여다보고 소리를 질렀다. "저런, 대위님이!"
"그를 아는가?" 하고 슈미츠가 물었다.
"압니다. 반나절 동안을 그의 대대에서 보냈는걸요."
"어디였는데?"
"지명(地名)은 모르겠는데요."
"이젠 떠나라구." 슈미츠가 소리를 질렀다. "쓸데없는 짓은 그만두고."
"그러면 안녕히 계십시오." 파인할스는 밖으로 나갔다.

"자네는 왜 여기 남아 있는 건가?" 하고 슈미츠는 슈나이더에게 물었으나 대답을 기다리는 눈치는 아니었고 슈나이더 역시 대답을 하지 않았다. 그들은 떠나가는 차의 엔진소리에 귀를 기울였다. 차가 입구를 지나 역에 이르는 길로 접어들자 그 소리는 점점 희미해 갔다. 역을 지나간 뒤에도 소리가 들리기는 했지만 그 소리는 아주 느리고 가냘픈 소리였다.

탱크소리가 멎고 총소리가 들려왔다.

"고사포소린데. 철둑으로 좀 가봐야겠군."

"제가 가보지요" 하고 슈나이더가 말했다. 병실에 누워 있는 대위는 "뷰엘요고르셰"라고 말했다. 그 말에는 힘이 없었으나 무언가 기쁨이 깃들어 있었다. 검은 안색에 시커먼 수염이 텁수룩하게 자랐고 머리에는 붕대가 칭칭 동여매어져 있었다.

슈나이더가 슈미츠를 쳐다보았다. "병이 나아도 절망적이겠는데요. 그리고……." 그는 거기서 말을 끊고 어깨를 으쓱해 보였다.

대위는 여전히 "뷰엘요고르셰"라고 말하고는 울었다. 그는 소리를 죽이고 울었기 때문에 얼굴조차 변하지 않았다. 눈물을 흘리다가는 또 "뷰엘요고르셰"라고 발음했다.

"이 사람은 지금 피고야. 군사재판이 진행중이지" 하고 슈미츠가 말했다. "차에서 떨어졌을 때, 그는 철모를 쓰고 있지 않았어. 그는 대위야."

"한번 가보고 오겠습니다." 슈나이더가 말했다. "철둑에서는 아마 잘 보일 겁니다. 되돌아오는 부대가 있으면 거기에 합류하고…… 또……."

슈미츠가 고개를 끄덕였다.

"뷰엘요고르셰" 하고 대위가 또 말했다.

슈나이더가 마당으로 나갔을 때 저쪽 교장의 거실에서 관리인이 붉은 천을 엉성하게 잘라 깃발을 만들고 거기다 누런 낫과 흰 빛의 망치를 그려넣는 모습이 보였다. 그리고 남동쪽에서 탱크소리가 아주 분명하게 들려왔다. 총소리는 들리지 않았다. 그는 천천히 화단 곁을 지나가다가 오물 처리장에 이르러 주춤했다. 거기에는 불발탄이 몇 개월 전부터 그대로 방치되어 있었다. 수개월 전 역 쪽에서 진격해 오던 친위대와 학교에 남아 있던 헝가리 저항군 사이에 교전(交戰)이 있었으나 그것은 너무나 짧고 싱거운 전투여서 이제는 총격의 흔적조차 찾아볼 길이 없고 단지 불발탄만이 남았을 뿐이었다. 그것은 팔길이만큼 길고 둥근 녹슨 쇠붙이여서 눈에 잘 띄지도 않았다. 그것은 마치 썩은 나뭇조각처럼 보이는데다가 그곳에 풀이 우거져 좀처럼 눈에 뜨이지 않았던 것이다. 교장 부인은 누차 그걸 제거해 달라고 항의를 했으나 그때까지 별다른 답변을 듣지 못했었다.
　슈나이더는 그 불발탄이 있는 곳을 지나면서 잠시 걸음을 멈추었다. 풀 위로 기관총을 오물 처리장에 버렸던 오텐과 파인할스의 발자국이 보였으나 구덩이의 표면은 푸르고 평탄했다. 매끄러울 정도로. 슈나이더는 계속 걸음을 옮겨 화단을 지나 임업시험장을 거치고 초원을 건너 철둑으로 기어올라갔다. 이 1미터 반의 철둑이 무한히 계속되는 것처럼 느껴졌다. 그는 마을과 철둑의 왼쪽 평원을 바라보았으나 아무것도 보이지 않았다. 그러나 소리는 좀더 또렷이 들렸다. 그는 총소리가 어디서 나는가 하고 귀를 기울여보았으나 그런 소리는 들리지 않았다. 탱크는 틀림없이 철로가 뻗어가는 쪽으로부터 오고 있었다. 슈나이더는 거기에 앉아 기다렸다.
　마을은 다시 조용해졌다. 수목과 조그마한 집들과 사각의 교회탑과 함께 마을은 거기에 죽은 듯 누워 있었다. 마을은 너무나 작아 보였다. 철둑의 왼쪽에는 집이 한 채도 없었다. 슈나이더는 거기에 앉아 담배를 피우기 시작했다.

　슈미츠는 '뷰엘요고르셰'라는 말을 하는 사나이 곁에 앉아 있었다. 그 말은 줄곧 계속되었다. 이제 그의 눈물은 말라붙었다. 사나이는 어둠침침한 눈으로 앞을 응시하며 말했다. "뷰엘요고르셰." 그것은 마치 멜로디처럼 슈미츠에게는 기분 좋게 들렸다. 어떻든 그는 그 말을 너무나 여러 번 들을 수가 있지 않았던가. 다른 환자들은 자고 있었다.
　끊임없이 뷰엘요고르셰라고 말하는 사나이는 바우어였다. 바우어 대위. 전직 방직회사 대리인. 그리고 그 전에는 대학생이었고 대학생이 되기 전에는 소위였다. 거의 4년간을. 뒷날 방직회사 대리인으로 지내던 시절은 형편이 좋지 않았었다. 물론 돈이 있는가 없는가에 따라 형편은 달랐으나 입고 다닐 외투를 살 수 있는 사람이 별로 없었던 것이다. 비싼 외투는 언제나 잘 팔렸고 싼 것도 역시 그러했다. 그러나 그 중간치의 품질은 늘 잘 팔리지가 않았다 ─ 그런데 그는 비싼 제품의 대리인도, 또 값이 싼 제품의 대리인도 될 수가 없었던 것이다 ─ 그런 것들은 이름 있는 대리점이어서 그처럼 자본이 달리는 사람들은 얻을 수가 없는 것이었다. 결국 그는 15년 동안이나 팔리지 않는 제품의 대리점을 운영해 온 셈이었다.

처음 12년간은 역겹고 소름끼치는 싸움의 연속이었다. 가게에서 가게로, 이 집에서 저 집으로 뛰어다녀야 하는 고달픈 생활이었다. 그러는 동안 그의 부인은 늙었다. 그가 그녀를 처음 알게 되었을 때는, 그녀의 나이 스물셋이었고 그는 스물여섯이었다. 그는 술을 좋아하는 대학생이었고 그녀는 포도주 한잔 못 마시는 날씬한 금발 미녀였었다. 그러나 그녀는 그와 다툰 적이 한 번도 없는 아주 조용한 여인이어서 그가 외투를 팔기 위해 학업을 포기했을 때도 말 한마디 하지 않았다. 그는 가끔 자신의 끈기에 대해 스스로도 감탄을 하곤 했다. 12년간이나 그 외투를 팔아온 그 끈기에 대해서. 그리고 그의 부인은 그 모든 것을 잘 참아냈다.

그 후 3년간은 형편이 약간 나아졌고 15년이 지났을 때는 모든 것이 갑자기 달라졌다. 그는 비싼 제품의 대리점도, 싼 제품의 대리점도, 그 중간치의 대리점도 모두 갖게 되었던 것이다. 사업은 번창해서 이제는 다른 사람들이 그를 위해 뛰어다녀야 했다. 그는 늘 집에 앉아 전화를 걸고 도장이나 찍었으며 관리인과 서기 한 명, 타자수 한 명을 고용하게 되었다. 돈은 벌게 되었으나 늘 앓던 그의 부인이 다섯 번이나 유산을 한 끝에 암에 걸려버렸다. 틀림없는 암이었다. 게다가 번창하던 사업도 겨우 넉 달을 갔을 뿐이다. 전쟁이 터진 것이다.

"뷰엘요고르세." 대위는 말했다.

슈미츠는 그를 바라보았다. 사나이가 무슨 생각을 하고 있는지 알고 싶었다. 사나이를 알아보고 싶다는 호기심이 마음속에 싹터 도저히 그 불길을 끌 수가 없었다. 수염이 텁수룩하면서도 죽은 사람처럼 창백한 약간 뚱뚱한 얼굴과 무언가 말을 하고 있는 것처럼 쏘아보는 두 눈, 그리고 뷰엘요고르세라는 말만 계속하는 잘 움직여지지 않는 입. 사나이는 다시 울었다. 그리고 그 눈물이 소리 없이 뺨을 타고 흘러내렸다.

그는 결코 영웅은 아니었다. 중령이 전화통에 대고 고함을 질렀을 때 그는 정말 참기 힘들었다. 부하들을 염려해야 된다. 로스아펠 고지는 왜 잘 안 되어가는가 하고. 그리고 그는 전방으로 달려가지 않을 수가 없었다. 그 자신을 우스꽝스럽게 보이게 하는 철모를 쓰고서. 그는 결코 영웅은 아니었으며 자신이 영웅이라고 주장하지도 않았다. 그리고 영웅이 아님을 스스로 잘 알고 있었다. 전선이 가까워졌을 때, 그는 철모를 벗어버렸다. 전방에 도착해서 악을 써야 하게 될 때, 자신의 모습이 우스꽝스럽게 보이기가 싫었기 때문이다. 그는 철모를 손에 들고 생각했다. 차에서 뛰어내리는 거야. 해봐! 자. 그리하여 그 바보스러운 소용돌이에 가까워지면서 그는 공포에서 벗어날 수가 있었다. 제기랄! 그들은 그가 아무것도 해낼 수 없음을 알고 있었다. 그리고 그 어느 누구라도 어쩔 수 없으리라는 사실 또한 그들 모두가 알고 있었다. 그들이 갖고 있는 대포는 그 숫자가 너무 적었고 탱크는 한 대도 없었기에. 그런 판에 바보스러운 고함은 도대체 뭐란 말인가? 그 많은 탱크와 대포는 참모본부를 엄호하는 데 쓰이고 있다는 사실을 장교라면 누구나 알고 있었다.

개새끼들! 그는 생각했다. 그러면서도 자신에게 용기가 있다는 사실을 그는 몰랐다. 그리고 뛰어내렸고 뇌수(腦髓)가 깨졌다. 그의 내부에 남은 것은 뷰엘요고르셰란 말뿐이었다. 그것이 전부였다. 그 말은 그의 남은 삶 전부를 포함하는 것이었으며 그에게는 하나의 세계였다. 아무도 모르며 또 앞으로도 결코 알 수가 없을 세계.

그는 물론 자해행위(自害行爲)로 자신에 대한 군법회의가 열리고 있다는 사실을 모른다. 그것은 전투중에 철모를 쓰지 않음으로 해서 야기된 자해행위였기 때문이다. 그는 그 사실을 모르며 앞으로도 결코 알 리가 없으리라. 그의 성명과 관계 서식이 첨부된 서류와 갖가지 추천서도 쓸 데가 없으리라. 그는 결코 그 사실을 모를 것이다. 그리고 그것들은 그에게 아무 영향도 미치지 않을 것이다. 그는 단지 15분마다 뷰엘요고르셰라는 말을 되풀이할 뿐이다.

슈미츠는 그에게서 눈을 떼지 않았다. 이 사나이의 뇌수 속에 무엇이 들었는가를 알 수만 있다면 미쳐도 좋겠다고 그는 생각했다. 그러면서도 사나이가 부러웠다.

슈나이더가 문을 열었을 때, 그는 소스라치게 놀랐다.
"무슨 일인가?" 그가 물었다.
"그들이 오고 있습니다" 하고 슈나이더가 대답했다. "벌써 왔습니다. 우리 부대는 탈출을 못 하게 되었습니다."

그 동안 아무 소리 듣지 못했었는데, 이제는 탱크소리가 들렸다. 그들은 벌써 온 것이다. 탱크는 이미 마을 왼쪽에 와 있었다. 그들이 보이지는 않지만 소리는 들립니다, 하던 운전병의 말이 그제야 이해가 되었다. 이제는 소리를 들을 수도, 또 직접 눈으로 볼 수도 있게 된 것이다. 아주 똑똑하게.

슈미츠가 말했다. "적십자기(赤十字旗)를 내걸어야겠지 —— 해보기는 해봐야 할 것 아닌가."

"해보지요."

"여기 깃발이 있네" 하고 슈미츠는 짐에서 깃발을 꺼내 책상 위에 올려놓았다. 슈나이더는 그걸 집어들었다.

"가십시다."

그들은 걸음을 옮겼다. 슈나이더가 창밖으로 고개를 내밀었다가 이내 뒤로 물러섰다. 그의 얼굴이 갑자기 창백해졌다.

"그들이 벌써 철둑에 서 있습니다."

"내가 가보겠네" 하고 슈미츠가 말했다.

슈나이더는 머리를 저으며 깃발을 높직이 쳐들고 문밖으로 걸어나갔다. 그는 오른쪽 철둑을 향해 곧장 걸어나갔다. 주위가 조용했다. 탱크 무리들도 마을 입구에 조용히 서 있었다. 학교 바로 다음이 역 건물이었다. 그들은 그곳을 향해 포신(砲身)을 겨냥하고 있었지만, 슈나이더는 그걸 몰랐던 것이다. 그에게는 아무것도 보이지 않았다. 그는 마치 행군할 때처럼, 깃발을 배 위로, 높직이 쳐들고 가는 자신이 우스꽝스럽게 느껴졌다. 그리고 공포로 피가 굳어져 가고 있음을 느꼈다.

공포뿐이었다. 그는 깃발을 들고 있는 인형처럼 천천히 곧바로 걸어나갔다. 그렇게 천천히 걷던 그가 갑자기 비틀거렸다. 바짝 정신이 들었다. 임상용 포도덩굴을 떠받치는 막대기를 붙잡아맸던 줄에 발이 걸렸던 것이다. 그제야 모든 게 똑똑히 보였다. 철둑 뒤에 두 대의 탱크가 서서 그에게로 서서히 포탑을 돌리는 중이었다. 숲을 지나자 더 많은 탱크가 보였다. 탱크는 겹겹이 마름모꼴로 서 있었는데, 그 위에 나부끼는 붉은 깃발은 아주 역겹고 낯설게 보였다. 처음 보는 것이었다.

이어 오물 처리장이 나타났다. 이제 화단을 지나고 실험림(實驗林)을 지나 초원을 건너면 철둑에 닿게 된다. 그러나 그는 오물 처리장에 이르자 멈칫했다. 다시 공포를 느꼈던 것이다. 그리고 그 공포는 먼젓번보다 더 심한 것이었다. 갑자기 피가 얼음처럼 차갑게 굳어버리는 것, 그것이 바로 공포라고 그는 생각했다. 그런데 그 피가 갑자기 불처럼 달아올랐고 보이는 것이라곤 붉은 색뿐이었다. 그 외에 아무것도 보이지가 않았다. 공포를 불어넣은 거대하면서도 붉은 별. 순간 그는 불발탄을 밟았고 그 불발탄은 폭발했다.

금방은 아무 일도 일어나지 않았다. 그 폭발음은 정적에 비해 너무나 요란했다. 러시아군들은 그 폭발이 자기 편 쪽에서가 아니라는 것, 그리고 깃발을 들고 오던 한 사나이가 갑자기 먼지 속으로 사라졌다는 것을 알았을 뿐이었다. 이어 그들은 건물을 향해 미친 듯 포격을 가하기 시작했다. 그들은 일제히 포신을 돌리며 다시 마름모꼴을 갖추어 처음에는 건물 남쪽을 향해, 다음에는 본건물과 관리인의 초라한 깃발이 창에 걸려 있는 북쪽 건물을 향해 포격을 가했다. 깃발은 건물에서 흩어진 흙더미 속에 묻혀버렸다. 마지막으로 그들은 다시 성난 듯 오랫동안 남쪽 건물을 향해 쏘아댔다. 그렇게 오래 쏜 것도 아닌데, 그들은 건물의 얇은 벽을 먹어버려 마침내 건물 자체가 무너져버렸다. 상대방으로부터 단 한 방의 총도 발포된 사실이 없었다는 것을 그들이 알게 된 것은 시간이 훨씬 지난 다음이었다.

4

두 개의 커다란 얼룩점만이 아직 거기에 남아 있었다. 하나는 야채 장수의 오이더미였고 하나는 주황색의 살구였다. 시장 가운데 서 있는 배 모양의 그네는 언제나 그 모습 그대로였다. 투박하게 퇴색하여 더러워진 그네의 청색과 적색은 마치 항구에 정박해서 끈질기게 처분만을 기다리는 낡은 배의 색깔과 같았다. 그네는 전부 뻣뻣이 아래로 늘어져, 움직이는 것은 하나도 없었으며 그네 밑에 세워둔 이동 주택(移動住宅)에서는 연기가 피어올랐다.

얼룩점은 천천히 없어져 갔고 가게에 있던 검고 밝은 녹색의 모자이크도 점점 작아져 갔다. 그레크는 멀리서부터 두 사람이 그 얼룩점을 없애려고 애쓰는 모습을 보았다. 살구의 경우에는 그 작업이 무척이나 더디었다. 여자 혼자서 과일을 하나하나 집어 조심스럽게 광주리에 담는 작업이었다. 그러나 오이는 살구의 경우처럼 그렇게 세심하지는 않을 것 같았다. 그레크는 느릿느릿 걸음을 옮겼다.

거짓말을 하는 거야, 하고 그는 생각했다. 절대로 그러지 않았노라고 거짓말을 하는 거야. 탄로가 난다고 해도 그럴 수밖에 없어. 방법은 오직 그것뿐이야. 인생이라는 것이 이미 거짓말이거든.

그러나 그렇게 되지는 않았다. 그는 그것을 알고 있었다. 그가 놀란 것은 아직도 여기에 유태인이 그렇게 많이 남아 있다는 사실뿐이었다.

키가 작은 나무와 조그마한 집들 사이에 뻗어 있는 포도(鋪道)는 울퉁불퉁했으나 그는 그것을 느끼지 못했다. 그는 몹시 흥분했다. 그리고 거기서 빨리 멀어질수록 남의 눈에 띄일 가능성으로부터도 멀어질 것이라는 기분이 들었다. 그렇게 거짓말을 할 필요도 없을지 모르리라. 서두를 뿐이다. 그는 점점 빨리 걸음을 재촉했다. 점점 더 빨리. 그는 이제는 시장 아주 가까이까지 왔다. 오이를 실은 마차가 그를 지나쳐 갔고 차 뒤쪽에서는 여전히 조심스럽게 살구 상자를 싸는 여인의 모습이 보였다. 그 더미는 절반에서 거의 조금도 줄어들지가 않았다.

그레크는 배 모양의 그네를 보았다. 그는 평생 그네를 한 번도 타보지 못했다. 그런 재미는 그와는 인연이 없는 것이어서 그의 가정에서는 금지된 일이었다. 첫째, 그는 늘 병약했다. 둘째, 바보스러운 원숭이처럼 공중에 매달려 흔들거린다는 것이 어울리지 않기 때문이었다. 그는 한 번도 금지된 일을 감행해 본 적이 없었는데, 오늘 처음으로, 그것도 자칫하면 생명이 위험할지도 모를 그런 놀라운 일. 나쁜 짓을 했던 것이다.

그레크는 아직 목줄기에 흥분을 느끼며 비틀거리면서 햇빛 속을 걸어 빈터를 지나 그네가 서 있는 곳으로 갔다. 이동 주택에서 흘러나오는 연기는 더 기승을 부렸다. 아마, 석탄을 새로 넣은 모양이지, 하고 그는 생각했다. 아니야, 나무일 거야. 헝가리에서는 난로에 무엇을 때는지, 그로서는 알 수가 없는 일이었다. 그리고 그로서는 아무런들 상관이 없는 일이었다. 그는 이동 주택의 출입구에서 노크를 했다.

상체를 발가벗은 한 사나이가 나타났다. 금발에 면도를 하지 않아 수염이 텁수룩하고 뼈마디가 굵은 사나이였다. 얼굴은 폴란드 사람 같은데, 코만은 눈에 띄게 좁았고 눈은 검은 색이었다.

"무슨 일입니까?" 하고 사나이가 독일어로 물었다.
그레크는 땀이 입으로 흘러들어가는 것 같아 혀로 핥았다. 그러곤 넓적한 손바닥으로 얼굴을 닦으며 말했다.
"그네를 타고 싶습니다."
문 옆에 서 있던 사나이는 눈을 가늘게 뜨고서 그를 바라보다가 고개를 끄덕였다. 사나이가 입안의 혀를 빙빙 굴리고 있을 때 그 뒤로 그의 부인이 나타났다. 속치마 차림의 여자는 얼굴이 땀으로 범벅이었고 진홍색 치마도 땀으로 얼룩져 지저분했다. 여자는 한 손에는 나무로 만든 주걱을 들고 다른 팔에는 아이를 안고 있었다. 아이는 더러웠다. 그레크는 얼굴이 검은 여자가 약간 음침해 보인다고 생각했다.
이 사람들은 무언가 위협적인 것을 갖고 있음에 틀림이 없었다. 그렇지 않으면 그가 그들에게 의심스럽게 보이고 있거나.
그레크는 이미 그네를 타고 싶은 욕망이 사라져 버렸으나, 그때서야 사나이는 혓바닥돌리기를 그만두고 입을 열었다.
"괜찮지만, 이렇게 더운 대낮에…… 사나이는 그렇게 말하고 층계를 내려갔고 그레크는 옆으로 비켜섰다가 그를 따라 그네 쪽으로 몇 발짝 걸어갔다.
"값이 얼마요?" 하고 그가 힘없이 물었다. 그들은 아마 나를 정신이 돈 사람으로 여기겠지, 하고 그는 생각했다. 땀이 그를 미치게 만들었다. 그는 팔소매로 얼굴을 훔치고는 나무층계를 거쳐 그네 있는 데로 올라섰다.
사나이가 브레이크를 풀자, 가운데 있던 그네가 서서히 좌우로 움직이기 시작했다.
사나이가 말했다. "너무 높이 오르지 않는 게 좋겠습니다. 그러지 않으면 내가 여기 남아 지켜봐야 하니까요. 그게 규칙이거든요."
사나이의 독일어는 역겨웠다. 약간 부드러우면서 전혀 낯선 외국어를 독일어로 말하듯 좀 불손하게 들렸다.
"너무 높이 오르지 마십시오" 하고 사나이가 말했다.
"가보시오. 그런데 요금은 얼마입니까?"
사나이는 어깨를 으쓱했다. "1팽고만 주십시오."
그레크는 마지막 남은 팽고를 사나이에게 건네주고 조심스럽게 그네에 올라탔다. 그 조그마한 배는 생각했던 것보다 넓었다. 그는 자신감을 가지고 지금껏 여러 번 구경만 했을 뿐 실제로는 한 번도 해볼 수 없었던 기술을 부려보기 시작했다. 그는 막대기를 꽉 쥐었다가 땀을 닦으려고 손가락을 푼 다음 무릎을 앞쪽으로 구부렸다가 다시 끌어올렸다. 그네가 움직이자 그는 놀랐다. 아주 간단했던 것이다. 운동의 리듬을 주고 무릎을 굽힘으로 해서 그 리듬을 깨지 않아야 할 뿐이었다. 그네가 앞으로 가면 무릎을 뒤로 젖히고 그네가 뒤로 가면 무릎을 앞으로 구부려야 했다. 그 기술은 아주 간단하면서도 멋이 있었다.

그레크는 사나이가 아직도 곁에 서 있는 것을 보고 소리를 질렀다. "웬일이오? 이젠 걱정 말고 가보시오."

사나이는 머리를 흔들었고 그레크는 사나이의 존재에 더 이상 관심을 두지 않았다. 그는 갑자기 인생에 있어서 가장 근본적인 것을 소홀히 했었다는 것을 느꼈다. 그것은 그네타기였다. 그리고 그것은 참으로 멋이 있었다. 이마에 흐르던 땀이 마르고 그네를 탈 때 일어나는 서늘한 바람이 몸 전체에 흐른 땀을 죄다 말렸다. 그리고 움직일 때마다 몸이 상쾌하여 매혹을 느꼈다. 뿐만 아니라 세상도 변했다. 세상은 넓은 홈을 가진 몇 조각의 더러운 판자로 이루어졌는가 하면 앞으로 달릴 때에는 하늘 전체가 그의 것이 되었다.

"조심하십시오!" 하고 사나이가 소리를 질렀다. "떨어지지 않도록 꽉 붙잡아요."

그레크는 밑에 서 있는 사나이가 브레이크를 걸었다고 느꼈다. 가벼운 충격이 느껴지고 이내 그네의 움직임이 갑자기 둔화되었다.

"가만히 좀 내버려두십시오!" 하고 그레크가 소리를 질렀으나 사나이는 고개를 저었다. 그레크는 다시 힘을 주어 속도를 냈다. 그네가 뒤로 밀려갈 때에는 지구와 평행이 되어 세상을 의미하는 더러운 판자를 볼 수가 있고, 다시 앞으로 나갈 때에는 하늘 속으로 빨려들어가 밑을 내려다볼 수가 있다는 것은 참으로 통쾌했다. 마치 하늘이 풀밭 위에 누워 있어 그것을 좀더 가까이에서 보는 것처럼. 그 사이에 무엇이 있든 그것은 아무래도 괜찮았다. 왼쪽 편에서는 여자가 여전히 조심스럽게 살구를 포장하고 있었는데, 그 살구 더미는 조금도 줄어들지 않는 것처럼 보였으며 오른쪽에서는 규정에 따라 브레이크를 걸려는 뚱뚱한 금발의 사나이가 보였고 몇 마리의 닭이 그의 시야에서 흔들거렸다. 그 뒤에는 거리가 뻗쳐 있었다. 그때 그의 머리에서 전투

모가 날아갔다.
 거짓말을 하는 거야, 하고 그는 생각했다. 그네의 속도가 줄어들었다. 잡아떼는 거야. 그들은 내가 거짓말을 한다고는 생각지 않을 거야. 나는 그런 짓을 하지 않았으니까. 아무도 내가 그런 짓을 하리라고 믿지는 않을 거야. 나는 평판이 좋거든. 내가 만성 위장병을 앓고 있기 때문에 그들이 나를 별로 대수롭지 않게 여긴다는 것을 나는 알아. 하지만 그들은 그들의 방식대로 나를 좋아하므로 내가 그런 짓을 했으리라고 믿지 않을 거야.
 그는 긍지를 느끼면서도 약간 불안스러웠다. 그리고 자신에게 그네를 타려갈 용기가 있었다는 것이 대견스럽게 여겨졌다. 어머니에게 그네를 탔다는 얘기를 편지로 써 보내면 어떨까. 어머니는 그런 데 이해가 없었어. 어떤 상황에 처해도 자세를 흐트러뜨리지 말아라! 그것이 어머니의 신조였다. 그녀는 아들인 중위, 그레크 박사가 대낮에 무더운 더위에도 불구하고 헝가리인의 더러운 시장터에서 지나가는 사람 누구에게나 눈에 뜨이게 그네를 탔다는 사실을 절대로 이해하지 못하리라. 그렇다, 절대로 이해하지 못하리라. 어머니가 고개를 흔드는 모습이 보이는 것 같았다. 어머니는 유머가 없는 여자였다. 그는 그것을 알고 있었지만 어머니를 거역할 수는 없었다. 그리고 다른 이야기는 어떨까. 빌어먹을!
 그는 별로 생각해 보고 싶지는 않았지만 유태인 양복점의 뒷방에서 옷을 벗던 일을 지울 수는 없었다. 그곳은 빳빳한 아마천으로 기운 지저분한 옷들이 여기저기 걸려 있는 곰팡내 나는 가게였다. 빠져 죽은 파리들이 둥둥 뜨는 큰 오이 샐러드 접시가 역겹게 놓여져 있었다. 그는 그 국물이 입속으로 흘러들어가는 것 같아 자신의 얼굴이 파랗게 질렸었다는 것을 알고 있었다. 그러면서도 여전히 그가 덧바지를 벗자 그 안에서 또 하나의 바지가 나타났던 광경이 눈에 떠올랐다. 그리고 돈을 받고 허둥대며 가게를 떠날 때의 이빨이 없는 늙은 유태인의 비웃음이 생각났다. 모든 것이 갑자기 빙글빙글 돌았다.
 "그만, 그만!" 하고 그는 소리를 질렀고 밑에 서 있던 사나이가 브레이크를 걸어, 리드미컬하면서도 딱딱한 반동이 느껴졌다. 그네가 멈추었다. 그는 자신의 모습이 우스꽝스럽고 비참하게 보이리라는 것을 알고는 조심조심 그네에서 내려 침을 뱉았다. 위(胃)는 진정되었으나 역겨운 맛은 그대로 입속에 맴돌았다. 그는 현기증을 느끼고 계단에 주저앉아 눈을 감았다. 그네의 진동이 아직 눈에 보였으며 눈동자가 경련을 일으켰다. 그는 또다시 침을 뱉았다. 눈동자의 진동이 아주 서서히 가라앉았다.

 그는 몸을 일으켜 땅바닥에서 모자를 집어들었다. 사나이는 여전히 곁에 서서 그를 냉담하게 바라보았는데, 그때 그의 부인이 다시 나타났다. 그레크는 그 여자의 키가 그렇게 작은 데 놀랐다. 얼굴이 바싹 여윈, 조그마하고 초라한 여자였다. 여자는 잔을 들고 있었는데, 사나이가 그 잔을 여자의 손에서 받아 그레크에게 건네줬다.

 "마셔보십시오" 하고 사나이가 여전히 냉담한 어조로 말하자 그레크는 고개를 저었다.

 "마셔보십시오. 기분이 괜찮아질 겁니다." 사나이가 또다시 권하자, 그레크는 그때서야 잔을 받았다. 혀에 감도는 맛은 씁쓰레했으나 기분은 괜찮았다. 부부는 웃었다. 그에 대해 동정을 느끼거나 그를 좋아해서가 아니라 그들은 이런 광경에 익숙해진 그런 기계적인 미소를 지었다. 그는 몸을 일으켰다.

 "고맙소." 그는 주머니를 뒤져 돈을 찾았으나 그 무서운 큰 지폐 하나뿐임을 알고 힘없이 어깨를 떨어뜨렸다. 얼굴이 붉어졌다.

 "좋습니다. 괜찮아요" 하고 사나이는 말했고 그레크는 '하일 히틀러'를 외쳤다. 그리고 사나이는 거기에 대해 단지 고개를 끄덕여 보였을 뿐이다.

 그레크는 다시는 뒤돌아보지 않았다. 다시 땀이 흐르기 시작했는데, 마치 땀구멍이 끓는 것 같았다. 시장 건너편에 선술집이 하나 보였다. 그는 몸을 씻고 싶은 강렬한 욕구를 느꼈다.

 술집 안은 이상스럽게 음산하면서도 곰팡이 냄새가 났다. 홀은 텅텅 비었다. 계산대에 앉아 있던 사나이가 자기의 훈장부터 쳐다보고 있음을 그레크는 느낄 수가 있었다. 사나이의 시선은 그렇게 불친절한 것은 아니었지만 냉담했다. 구석에 한 쌍의 연인들이 더러운 음식 접시를 앞에 놓고 앉아 있었는데, 마개가 달린 포도주병과 맥주병도 놓여 있었다. 그레크는 거리가 내다보이는 오른쪽 구석에 앉았다.

 약간 마음이 진정되었다. 시계는 아직 한 시를 가리키고 있었다. 외출은 여섯 시까지였다.

 계산대에 앉아 있던 사나이가 앞으로 나와 느릿느릿 그에게로 걸어왔다.

그레크는 무엇을 마실까 망설였다. 도대체 마시고 싶은 생각이 없었다. 몸을 씻고 싶을 뿐이었다. 술에는 취미가 없었을 뿐더러 체질에 맞지도 않았다. 어머니가 술을 조심하라고 경고한 것은 그네뛰기를 하지 말라고 한 당부나 마찬가지로 당연한 일이었다. 이제 그의 앞까지 걸어나온 사나이가 그레크의 왼쪽 가슴을 바라보며 말했다.
"어서 오십시오. 뭘로 하실까요?"
"커피를" 하고 그레크는 말했다. "커피가 있습니까?"
사나이는 고개를 끄덕였다. 그 끄덕임이 모든 것을 말해 주었다. 그것은 그의 왼쪽 가슴에 멈춘 시선과 커피라는 말이 모든 것을 말하고 있음을 뜻했다.
"술 한 잔하고." 그레크는 그렇게 말했으나 자신의 말이 너무 늦은 것 같았다.
"어떤 술을 드릴까요?"
"살구술로."
사나이가 걸어갔다. 그는 뚱뚱해서 엉덩이 위로 바지가 불룩했는데, 슬리퍼를 신고 있었다. 전형적인 오스트리아 놈이구나, 하고 그레크는 생각했다. 그레크는 이어 건너편에 앉아 있는 연인들을 바라보았다. 파리떼가 우글거리는 불결한 접시와 음식 찌꺼기, 야채, 시든 샐러드, 그 모든 것이 역겹게 보였다. 역겨워, 하고 그레크는 생각했다.
그때 사병 하나가 들어와 불안스러운 듯 휘둘러보다가 그레크에게 경례를 붙이고 계산대 쪽으로 걸어갔다. 그 사병은 도대체 훈장이라곤 하나도 달고 있지 않았는데, 그레크에게는 그렇게 냉담하던 주인이 그 사병에게는 호의의 눈빛으로 대했다. 그레크는 생각해 보았다. 아마도 사람들은 내가 장교이므로 보다 많은 훈장을 달고 있었으면 하고 기대하는 것이리라. 보다 아름다운 금빛과 은빛의 훈장을…… 이 헝가리 녀석의 유치한 머리로는 응당 그렇게 생각하겠지. ──그렇지 않으면 나의 외모로 보아 당연히 더 많은 훈장을 달고 있어야 되리라고 생각하는 건가. 키가 크고 날씬한 금발의 내가. 빌어먹을, 기분이 나쁜걸, 하고 그는 생각했다.
그는 시선을 밖으로 옮겼다.
살구 상자를 포장하던 여자는 벌써 일을 끝냈다. 그는 문득 자신이 정말로 바라는 것이 무엇인가를 깨달았다.
 그가 원한 것은 바로 과일이었다. 과일은 몸에 좋겠지. 어머니는 과일이 쌀 때면 언제나 과일을 많이 사주셨는데, 그건 몸에 좋았다. 이곳은 과일이 싼데, 지금 돈이 없지 않은가. 그는 과일이 무척 먹고 싶었다. 하지만 돈 생각을 하자 멈칫해졌다. 그리고 다시 땀이 솟기 시작했다.
 아무런 일도 일어나지 않겠지. 그리고 무슨 일이 있으면 거짓말을 하는 거야. 나중에야 어찌 되든 무조건 잡아떼는 거다. 더러운 유태인 녀석이 자기의 가게에 와서 바지를 팔았노라고 아무리 주장한들 누가 유태인을 믿겠는가. 그가 잡아떼기만 하면 아무도 믿지 않으리라. 그리고 그 바지가 설사 그의 것으로 밝혀진대도 결과는 마찬가지이리라. 바지를 도둑 맞았다거나 다른 그럴 듯한 핑계를 대는 거다.
 그리고 그걸 밝히려고 그렇게 애를 쓸 사람도 없으리라. 달리 생각해 볼 수도 있다. 도대체 왜 그에게만 그런 일이 일어난단 말인가? 그렇게 생각해 보니 갑자기 눈이 떠지는 것 같았다. 군인들은 누구나 뭐든지 팔아먹는다. 빌어먹을, 모두가 그 모양이 아닌가. 이제야 그는 알았다. 탱크에서 없어진 기름의 행방과 동복(冬服)이 있는 곳을—게다가 그는 자기 군복을 팔아먹은 데 불과하다. 그 군복은 퀘젤데에 있는 쿠룬크 양복점에서 사비로 맞춘 것이었다.
 도대체 군인들이 쓰는 헝가리의 팽고 화(貨)는 모두 어디에서 생긴단 말인가? 아무도 자신의 봉급만으로는 그 뻔뻔스러운 키 작은 중위처럼 살아갈 수는 없으리라. 그 작자는 방에 누워 오후에는 크림 파이를 먹고 저녁에는 진짜 위스키를 마시며 여자를 찾아다니고 담배도 시시한 담배가 아니라 그 동안 자꾸만 값이 올라가는 한 가지 담배만을 피우지 않는가.
 빌어먹을, 나는 너무 어리석었어. 언제나 바보였거든. 점잖고 예의바르기만 했으니. 그런데 다른 녀석들은 언제나 잘 살아왔단 말이야. 제기랄!
 그때 주인이 커피와 술을 날라왔다.
 "먹을 것도 드릴까요?" 하고 주인은 물었다.
 "괜찮소" 하고 그레크는 대답했다.
 커피 맛이 이상했다. 그는 커피를 마셔보았다. 맛이 너무나 연했다. 대용품으로 약간 순한 커피였다. 술은 독해서 쏘는 것 같으면서도 괜찮았다. 그는 천천히 한 모금 한 모금 음미하듯 마셨다. 언제나 그랬다. 그는 언제나 약을 먹듯 술을 마셨다.
　시장에 보이던 살구더미가 사라졌다.
　그레크는 자리에서 벌떡 일어나 문 쪽으로 달려갔다.
　"잠깐만!" 하고 그는 주인을 향해 소리를 질렀다.
　노파는 짐수레를 끌고 천천히 광장을 지나갔다. 노파는 그네가 있는 곳까지 와서는 그 다음부터 말에게 속도를 내게 했다. 노파가 거리를 돌아나오자 그레크는 마차를 멈추게 했다. 노파는 고삐를 쥐고 있었다. 그레크는 노파의 얼굴을 쳐다보았다. 뚱뚱하고 늙은 여자인데도 얼굴은 고왔다. 갈색으로 그을은 얼굴은 단단해 보였다.
　"살구 좀 주십시오" 하고 그는 말했다.
　노파는 그에게 미소를 지어 보였다. 노파의 미소에는 무언가 싸늘한 기운이 느껴졌다. 노파는 광주리에 시선을 보내며 물었다. "주머니에 넣어드릴까요?"
　그레크는 고개를 저었다. 노파의 음성은 따뜻하고 깊었다. 그레크는 마부석을 돌아 마차로 기어오르는 노파의 모습을 쳐다보았다. 다리가 놀랍도록 단단했다. 그 다리가 그의 눈에 띄었다. 그레크는 살구를 보자 입에 군침이 돌았다. 살구는 아주 맛있었다. 그는 집 생각을 했다. 살구! 엄마가 이 살구를 살 수 있다면 얼마나 좋을까. 그런데 여기서는 살구가 시장에서 다시 밖으로 실려 나가지 않는가. 오이도 마찬가지고. 그는 마차에서 살구를 하나 꺼내 먹어보았다. 너무 물렀지만 맛은 새콤하고 달았다. 좋은데, 하고 그는 말했다. 노파가 그를 쳐다보며 다시 미소를 지어 보였다. 여인은 멀쩡한 종이로 봉지를 만들어 거기다 조심스럽게 살구를 주워담았다. 그 시선이 그에게는 약간 이상스럽게 여겨졌다.
　"이만하면 됐어요?" 하고 노파가 물었고 그는 고개를 끄덕였다. 노파는 종이의 끝을 오므려 비튼 다음 그것을 그에게 넘겨주었다.
　그레크는 주머니에서 지폐를 꺼내 여기 있소, 하고 말했다. 노파의 눈이 휘둥그레지면서 고개를 저었다. 하지만 노파는 결국 그 지폐를 받았고 잠시 그의 손을 꼭 쥐었다. 노파는 필요 이상으로 그의 손목을 꼭 쥐었는데, 그건 순간적인 일이었다. 이어 지폐를 받아 입에 물고 저고리 밑에서 지갑을 꺼내

잔돈을 찾았다.
"안 됩니다" 하고 그레크는 나직이 외쳤다. "안 돼요. 얼른 지폐를 치워요." 그는 불안스럽게 사방을 휘둘러보았다. 이렇게 크고 붉은 색의 지폐는 사람들의 눈에 뜨이기가 쉽다. 거기에는 사람들이 우글거렸고 전차가 지나다녔다. "얼른 치워요." 그는 소리를 지르며 노파의 입술에서 지폐를 잡아챘다. 노파는 입술을 깨물었다. 노파가 화를 내는 것인지, 재미있어하는 것인지 그레크는 알 도리가 없었다.

그는 화가 나서 두번째의 살구를 꺼내 입속에 넣고 기다렸다.

땀방울이 맺혔다. 엉성한 살구 봉지를 들고 있기도 힘들었다. 노파는 의식적으로 늑장을 부리는 것 같았다. 그냥 뛰어가 버릴까, 생각했으나 그렇게 되면 노파가 미친 듯 소리를 지를 테고 사람들이 몰려들지도 모른다고 염려가 되었다. 헝가리는 동맹국이지 적국은 아니지 않는가. 그는 한숨을 짓고 기다렸다. 술집에서 사병 하나가 나왔다. 그러나 조금 전에 들어왔던 사병은 아니었다. 이번 사병은 가슴에 훈장을 달고 있었다. 그것도 세 개나 되었으며 소매엔 방패형의 마크까지 달고 있었다. 사병은 그레크에게 경례를 붙였고 그레크는 고개를 끄덕였다.

전차가 다시 지나갔고 길 건너편으로는 많은 사람들이 걸어가고 있었으며, 뒤쪽 구멍이 많이 뚫린 판자 뒤에서는 그네를 타라는 풍금소리가 낮게 울리기 시작했다.

노파가 주머니에 들어 있는 지폐를 차례차례 주름을 펴가며 끝까지 다 세자 이어 동전이 나왔다. 그녀는 마부석에다 조그맣게 동전을 쌓아 산을 만들었다. 그 다음 그의 손에서 조심스럽게 지폐를 받아가지고는 우선 지폐 뭉치를 그에게 건네준 다음에 이어 동전 꾸러미를 내주며 98팽고예요, 하고 말했다.

그가 걸음을 떼어놓으려 하자 노파는 별안간 그의 팔목을 잡았다. 그를 붙잡은 노파의 손은 넓적하고 따뜻하면서도 아주 건조했다. 노파의 얼굴이 그에게로 가까이 다가왔다.

"색시가 있는데, 어때요? 아주 예쁜 색시가 있어요." 노파는 소곤거리듯 물으며 빙그레 웃었다.

"필요 없소" 하고 그는 허둥거리며 거듭 말했다. "정말 필요 없어요."

노파는 얼른 저고리 밑에서 쪽지를 한 장 꺼내 그에게 건네줬다.

"여기 주소가 있어요" 하고 노파가 말했다.

그레크는 그 쪽지를 지폐와 함께 주머니에 넣었고 노파는 말에 채찍을 가했다. 그레크는 엉성한 종이 봉지를 들고 조심조심 길을 건너 다시 그 선술집으로 돌아갔다.

남녀 한쌍이 앉아 있는 식탁은 아직 그대로 놓여 있었다. 그는 그 사람들을 이해할 수가 없었다. 음식 접시와 술잔에 파리떼가 우글거리는 가운데 젊은 사나이는 난폭한 몸짓으로 여자에게 뭐라고 지껄이고 있었다. 주인이 그레크에게로 다가왔다. 그레크는 식탁에 살구를 올려놓았다. 주인이 아주 가까이 다가섰다.

"몸을 좀 씻을 수 있겠소?" 하고 그레크가 물었다.

주인은 무슨 영문인지 모르겠다는 듯 그를 쳐다보았다.

"몸을 씻고 싶단 말이오." 그레크는 흥분하여 말했다. "빌어먹을, 몸을 씻겠다니까!" 그는 화가 나서 손을 씻는 시늉을 해보였다. 그러자 주인은 갑자기 고개를 끄덕이고는 뒤돌아서서 따라오라는 눈짓을 했다.

그레크는 주인을 따라 어두컴컴한 녹색의 커튼 속으로 들어갔다. 주인의 눈빛이 달라진 것 같았다. 주인은 무언가 묻고 싶어하는 표정 같아 보였다. 비좁은 복도를 지나가자 주인이 어떤 문 하나를 열어주었다.

"들어가십시오."

그레크는 그리로 들어갔다. 상당히 깨끗한 화장실에 그레크는 놀랐다. 물통도 깨끗하고 문에는 흰 칠이 아주 잘되어 있었다. 세면대 곁에는 수건까지 걸려 있었다. 주인이 비누를 가져다 주었다. 이걸 쓰시오, 하고 주인이 말했다. 그레크는 어리둥절했다. 주인이 나가자 그는 수건의 냄새를 맡아보았다. 수건은 아주 깨끗해 보였다. 이어 그는 조심스럽게 저고리를 벗고 목과 목덜미와 얼굴을 천천히 깨끗하게 씻은 다음 팔을 씻었다. 그리고 잠시 망설이다가 저고리를 다시 입고는 두 손을 천천히 씻었다. 그때 예의 훈장이 없는 사병이 그리로 들어왔다. 사병이 소변기를 쓸 수 있도록 그레크는 길을 비켜주었다. 그는 윗옷 단추를 끼운 다음 비누를 들고 밖으로 나가 계산대에 앉아 있는 주인에게 비누를 돌려주며 고맙다고 말했다. 그는 다시 자리에 앉았다.

주인의 얼굴은 딱딱하게 굳어 보였다. 그레크는 앞서의 사병이 그 동안 어디에 있었을까 하고 생각해 보았다. 구석에 앉았던 한쌍의 남녀는 보이지 않앉는데, 식탁은 아직 그대로 엉망진창이었다. 그레크는 이미 식어버린 커피를 마시고는 술을 한 모금 홀짝거려 보았다. 이어 그는 살구를 먹기 시작했다. 물이 많은 통통한 살구가 너무나 먹고 싶어 단숨에 여섯 개를 먹어치웠다. 그때 갑자기 구역질이 났다. 살구가 너무 뜨뜻했던 것이다. 주인은 계산대 뒤에 서서 담배를 피우며 꾸벅꾸벅 졸고 있었다.

 그때 또 한 명의 다른 사병이 술청으로 들어왔다. 주인과 사병은 구면인 듯 뭐라고 소곤거렸다. 사병은 맥주를 마셨는데, 그는 훈장을 하나 달고 있었다. 그것도 공로훈장이었다. 그때 화장실에 들어갔던 사병이 밖으로 나와 계산을 끝내고 나갔다. 문을 나서며 사병은 경례를 붙였고 그레크는 답례를 했다. 나중에 온 사병이 화장실로 갔다.

 밖에서는 그네 있는 쪽에서 여전히 손풍금소리가 들려왔는데, 야성적이면서 느린 그 소리는 그레크를 한없이 우울하게 만들었다. 그는 그네를 탔던 일을 절대로 잊지 못하리라. 하지만 기분이 언짢은 것이 유감이었다. 밖은 더욱 붐비는 것 같았다. 건너편 얼음 가게 앞에는 사람들이 몰려 서 있고 그 옆 담배가게는 비어 있었다. 그때 한쪽 구석의 더러운 녹색 커튼이 젖혀지더니 여자 하나가 밖으로 나왔다. 주인은 얼른 그레크 쪽을 쳐다보았고 여자도 역시 그를 건너다보았다.

 여자의 윤곽은 뚜렷하지가 않았다. 그녀가 입고 있는 옷은 붉은 색 같았으나 짙은 녹색의 조명 아래에서는 무색으로 보였다. 단지 지나치게 희게 화장을 한 얼굴과 요란하게 칠한 입술만이 뚜렷하게 보였을 뿐이다. 얼굴 표정은 알아차릴 수가 없었다. 여자가 그에게 약간 웃음을 지어 보인 것도 같고, 그게 착각인 것도 같았다. 그 표정은 도저히 읽을 수가 없었다. 여자는 손에 지폐를 들고 있었는데, 마치 어린애가 꽃이나 막대기를 들고 있는 품이었다.

 주인이 그레크 쪽은 쳐다보지도 않고 여자에게 포도주 한 병과 담배를 건네주었다. 그레크도 여자 쪽을 쳐다보지 않았다. 두 사람은 아무런 말도 나누지 않고 있었다. 그레크는 주머니에서 돈을 꺼내며 노파가 주던 종이 쪽지를 찾아 그걸 식탁에 놓은 다음 돈을 다시 주머니에 넣었다.

 순간 주인의 시선이 갑자기 뚜렷하게 느껴져 그는 고개를 들었다. 그제야 여자가 분명히 자기를 향해 미소를 지어 보인다는 것이 확실해졌다. 여자는 검은 술병을 손에 들고 몇 개의 형편없는 담배를 손가락에 끼고 있었는데,

그것은 성냥갑과 함께 그녀의 얼굴과 무척이나 어울려 보였다. 침침한 조명 속에서는 그녀의 흰 얼굴과 어두운 입술과 고통에 가까우리만큼 흰 담배만이 또렷이 부각되었다. 여자는 커튼을 젖히고 밖으로 나가면서 그레크에게 살짝 웃어 보였다. 주인은 이제는 꼼짝도 않고 그레크를 쏘아보았다. 그의 얼굴은 딱딱했고 무언가 위협적인 것을 갖고 있었다. 그레크는 그 얼굴이 두려웠다. 아마도 살인자의 얼굴이 저렇게 보이겠지, 하고 그는 생각했다. 거기서 얼른 떠나고 싶었다. 밖에서는 여전히 풍금소리가 들려오고 전차가 지나다녔다.

무언가 낯설면서도 심각한 슬픔이 그를 휘감았다. 역겨우면서도 물컹물컹 하고 뜨끈뜨끈한 살구가 식탁에 놓여 있었고 접시에는 파리가 엉겨붙어 있었다. 그는 파리를 쫓지도 않았다. 별안간 자리에서 일어선 그는 소리를 질렀다. "여기, 얼마요?"

그는 용기를 내야겠다는 듯 필요 이상으로 크게 소리를 질렀다. 주인은 얼른 그에게로 다가왔다. 그레크는 주머니에서 돈을 꺼냈다. 파리떼가 서서히 살구로 옮겨와 그 역겨운 담홍색 위에 시커멓고 진득진득한 검은 반점을 만들었다. 그것을 먹었다는 생각이 들자 구역질이 났다.

"3팽고입니다" 하고 주인이 말했다.

그레크는 그에게 돈을 주었다. 주인은 아직 반쯤이나 남아 있는 술잔과 그 레크의 가슴과 식탁에 놓인 쪽지를 번갈아 쳐다보다가 그레크가 그걸 집으려는 순간 얼른 그 쪽지를 집어들며 히죽이 웃었다. 그의 크고 살찐 얼굴이 역겹게 보였다. 주인은 쪽지에 적혀 있는 주소를 읽었다. 주소는 바로 그 술집이었다. 그는 다시 한 번 보기 싫은 미소를 지어 보였다. 그레크의 몸에서는 다시 땀이 흘러내리기 시작했다.

"아직도 이 쪽지가 필요하십니까?" 주인이 물었다.

"아니, 필요 없소." 그레크는 곧 대답하고는 이어 "잘 있어요" 하고 말했다. '하일 히틀러'라고 말해야 할 것 같아 문지방에서 '히틀러 만세' 하고 인사를 했으나 주인은 대답하지 않았다. 그레크가 몸을 돌리는 순간, 주인이 남은 술을 얼른 땅바닥에 쏟아버리는 게 보였다. 살구는 뜨뜻하고 붉게 빛을 냈다. 검은 육체에 생긴 핏빛 상처처럼······.

거리에 나서자 그레크는 마음이 가벼워 걸음을 빨리했다. 외출 시간이 다 끝나기도 전에 야전 병원으로 돌아가게 된 것이 부끄럽게 여겨졌다. 뻔뻔스러운 그 조그마한 중위 녀석은 그를 비웃을지도 모르겠지만 얼른 되돌아가 침대에 눕는 것이 좋을 듯싶었다. 무언가 그럴 듯한 것을 먹고 싶었지만 먹을 것을 생각만 하면 살구가 떠올라 구역질이 났다. 역겨운 붉은 과일이.

 병원에서 나오자마자 그는 점심 시간을 함께 보냈던 여자 생각을 해보았다. 그의 목에 퍼붓던 여자의 기계적인 키스가 갑자기 그의 마음을 아프게 했다. 그제야 그 살구가 왜 그렇게 역겨웠던가를 알 것 같았다. 살구는 그녀가 입고 있던 옷 색깔과 같았던 것이다. 그리고 그녀는 약간 땀을 흘렸고 몸이 뜨거웠던 것이다. 더운 날 대낮에 여자와 잠자리를 같이한다는 것은 바보스러운 짓이었으나 그는 아버지의 충고를 충실히 따랐을 뿐이었다. 아버지는 그에게 적어도 한 달에 한 번쯤은 여자를 찾아가야 한다고 충고를 해주었다.

 여자는 과히 나쁘지는 않았다. 단단하고 조그마한 여인으로 밤이 되면 아마도 훨씬 매력적으로 보일 그런 여자였다. 여자는 그에게서 남은 돈 전부를 짜냈고 그가 바지를 두 개나 껴입고 있는 것을 보자 그의 의도를 즉각 알아차렸다. 여자는 깔깔거리고 웃으며 그가 바지를 팔 수 있는 유태인 양복점 이름을 알려주었다.

 그는 걸음을 늦추었다. 기분이 좋지 않았다. 그는 그 이유를 알고 있었다. 좀더 괜찮은 것을 먹었어야 했다. 하지만 이젠 소용이 없다. 다른 것을 더 먹을 수는 없으리라. 모든 게 역겨웠다. 그 여자도, 심지어 그렇게 멋졌던 그네타기도 역겨웠고 살구도, 술집 주인도, 사병도 모두가 그랬다. 그 여자는 그의 마음에 들었다. 굉장히 마음에 들었다. 하지만 하루에 같은 여자를 두 번씩이나 찾아갈 수는 없는 노릇이었다. 그리고 녹색 커튼의 어두컴컴한 구석에 있던, 얼굴이 흰 여자도 무척 예뻤지만 가까이에서 보면 그녀 역시 틀림없이 땀을 흘릴 것이고 기분 나쁜 냄새를 피울 것이다. 게다가 그 여자는 이런 더위 속에서 땀을 흘리지 않고 좋은 냄새를 풍길 만한 돈을 갖고 있지는 않을 것이다.

 그는 어떤 식당 앞을 지나갔다. 길가에 의자들이 놓여 있었고 그 사이로 뻣뻣한 녹색 식물을 심은 화분이 놓여 있었다. 그는 구석에 자리를 잡고 사이다를 주문했다.

 "얼음을 채워서" 하고 그는 보이에게 말했고 보이는 고개를 끄덕였다. 그레크의 옆자리에 연인들 한쌍이 루마니아어로 이야기를 나누고 있었다.

서른다섯 살의 그레크는 열여섯 살 때부터 위장병을 앓아왔다. 하지만 다행히도 그의 아버지는 의사였다. 별로 신통한 의사는 못 되었지만 아버지는 그 도시에서 단 한 명의 의사였으므로 돈벌이는 괜찮았다. 그래도 어머니는 무척 돈을 아꼈다. 물론 그들은 여름이면 해수욕장이나 알프스 지방이나 호수가 많은 곳으로 피서를 갔고 겨울에는 겨울대로 요양을 하러 갔지만 집에 있을 때에는 먹는 게 형편없었다. 손님이 있을 때에는 잘 먹었지만 손님도 별로 없었다. 그리고 그 조그마한 소읍(小邑)에서는 대개의 손님 접대가 음식점에서 이루어졌는데 그는 음식점에 따라갈 수가 없었다. 손님을 맞을 때에는 포도주도 나왔으나 그가 포도주를 마실 수 있을 정도로 성장했을 때에는 이미 위장병에 걸려 있었다. 그들은 언제나 감자 샐러드를 많이 먹었는데, 정말 감자를 얼마나 자주 먹었는지 셀 수조차 없을 정도였다. 일주일에 세 번인지, 네 번인지, 정확히는 모르지만 어떤 때에는 젊은 시절에 감자 샐러드만 먹고 산 느낌마저 들 때도 있었다.

뒷날 어떤 의사가 말하기를 그의 병증세는 어찌 된 셈인지 기아 현상의 한계에 도달한 것이나 다름없다면서 감자는 그에게는 독(毒) 같은 것이라고 한 적이 있었다. 고향에서는 그가 병자라는 소문이 돌아 사람들은 그를 병자로 보았으며 아가씨들은 그에게 관심을 두지도 않았다. 게다가 그의 아버지는 그의 병을 한번 근본적으로 고쳐보겠다고 마음먹을 정도로 돈이 많지 않았다.

학교에서도 그는 별달리 뛰어나지 못했다. 1931년 그가 고등학교를 졸업하자 부모는 무슨 소원이든지 말해 보라고 했고 그는 여행을 하고 싶다고 말했다. 그리하여 하겐에서 내려 호텔을 잡고 밤이 되자 열에 들뜬 듯 시내를 쏘다녔으나 하겐에는 창녀가 없어 다음날 프랑크푸르트로 계속 차를 타고 가서 거기서 일주일을 머물렀다.

일주일이 지나자 돈이 다 떨어져 그는 집으로 돌아왔다. 기차에 탔을 때, 그는 죽게 되리라고 생각했다. 집에 돌아오자 식구들은 무척이나 놀랐다. 3주일분의 여행 비용을 갖고 떠난 그가 벌써 귀향을 했기 때문이었다. 아버지는 그를 물끄러미 쳐다보았고 어머니는 울음을 터뜨렸다. 그리고 아버지는 무서운 장면을 연출했다. 아버지는 그의 옷을 강제로 벗기고 진찰을 했다.

토요일 오후였다. 그는 평생 그때의 장면을 잊을 수가 없으리라. 창밖의 깨끗한 거리는 무척이나 조용했다. 거리는 고풍에 넘친 목가적인 분위기를 자아냈고 길게 끄는 교회 종소리는 따뜻하고 그윽했다. 그는 아버지가 보는 앞에서 알몸이 되어 진찰을 받아야 했다. 진찰실에서였다. 그는 아버지의 기름진 얼굴과 약간 맥주 냄새를 풍기는 입김을 미워했다. 그는 죽어버릴 결심을 했다. 아버지의 두 손이 그의 몸을 구석구석 촉진(觸診)했는데, 숱이 많은 희끗희끗한 아버지의 머리가 오랫동안 그의 가슴 아래쪽에서 움직였다.
"바보 같은 녀석이" 하고 아버지는 마침내 고개를 쳐들며 말하고는 빙그레 웃었다. "너 미쳤구나. 여자한테는 한 달에 한두 번쯤만 가는 게 좋다. 그쯤이면 충분해." 그는 아버지의 말씀이 옳다는 사실을 알았다.
저녁이 되자 그는 어머니 곁에 앉아 연한 차를 마셨는데, 어머니는 한마디도 없다가 갑자기 울음을 터뜨렸고 그는 보던 신문을 놓아두고 자기 방으로 올라가 버렸다.
그로부터 두 주일 뒤에 그는 마르부르크 대학에 진학했다. 거기서도 그는 아버지를 미워하기는 했지만 아버지의 충고를 충실히 지켰다. 3년 뒤 그는 국가시험에 합격했고 그로부터 이태 후에는 배석 판사가 되었으며 다시 이태가 지났을 때는 박사학위를 받았다. 1937년에는 첫번째 수습을 치렀고 1938년에는 두번째의 실무 기간을 끝냈으며 1939년에는 고향의 지방 법원에 관직을 맡았다가 이어 사관 후보생이 되어 전쟁에 끌려 나가게 되었다.
그는 전쟁을 좋아하지 않았다. 전쟁은 그에게 새로운 요구를 하였다. 이제는 배석 판사, 법학박사로서만은 충분치 못하게 되었으며 또 관직을 갖고 판사가 되는 것으로도 불충분했다. 이제는 그가 집에 돌아가기만 하면 모두가 그의 가슴을 쳐다보았다. 그의 가슴에 있는 훈장은 보잘것없었다. 어머니는 몸을 아끼라고 당부하면서도 동시에 바늘로 찌르는 것 같은 암시의 말을 편지로 써 보내곤 했다.
"베커스 후고는 휴가를 받아 집에 왔다. 그애는 일등 철십자훈장을 달고 왔는데, 4학년 때 낙제를 한 번 했고 푸줏간 조수 시험에서도 떨어졌던 그애가 이제는 장교가 될 거라는 소문이다. 믿기지 않는구나. 베젠도크는 중상을 입었는데, 다리를 절단하게 될 거라고 한다."
그렇다면 다리를 잃은 것도 상관이 없다는 말인가.
그는 사이다를 또 한 병 청했다. 그것은 얼음처럼 찼다. 그는 모든 것이 없었던 일이었으면 하고 생각했다. 유태인과의 어리석은 흥정, 사람으로 득

실거리는 거리 한복판에서 백 마르크짜리 지폐로 살구를 조금 사려던 바보 같은 생각 따위를.

그런 장면을 연상하자 몸에서 다시 땀이 솟아났다. 갑자기 위경련을 일으킨다고 느껴졌다. 그는 가만히 앉아 화장실이 없을까 하고 두리번거렸다. 홀 안의 사람들은 모두 조용히 잡담을 나누고 있었다. 움직이는 사람은 없었다. 그는 불안스럽게 주위를 두리번거리다가 계산대 옆에 있는 녹색 커튼을 발견하고는 천천히 몸을 일으켜 그 커튼을 향해 곧바로 걸어갔다. 그리로 걸어가면서 그는 경례를 한 번 붙여야 했다. 대위 하나가 여자를 데리고 거기에 앉아 있었기 때문이었다. 그는 건성으로, 그러나 엄숙한 동작으로 경례를 붙이고 녹색 커튼이 있는 곳에 이르자 무척 기뻐했다.

그가 야전 병원으로 돌아온 것은 네 시가 좀 지나서였다. 뻔뻔스럽고 키 작은 중위는 이미 여행 준비를 끝내고 앉아 있었는데, 그의 탱크용 검은 제복 가슴에는 여러 개의 훈장이 번쩍였다. 그레크는 그 훈장을 잘 알고 있었다. 모두 네 개였다. 중위는 포도주에 곁들여 버터를 바른 고기빵을 먹다가 그레크를 불렀다. "당신의 짐이 도착했습니다."

"그런데 당신의 대대장은 스조카르헬리에 남아 있게 되었습니다. 슈미츠가 함께 남아 있어 그를 돌본답니다. 대위는 수송을 할 수가 없는 상태였답니다."

"안됐군" 하고 그레크는 말하고 짐을 풀기 시작했다.

"풀지 말고 그냥 내버려두는 게 좋겠는데요" 하고 중위가 말했다. "우리들은 모두 떠나야 하니까요. 당신도 마찬가지구요."

"나도?"

"그렇소." 중위는 웃었다. 그의 어린애 같은 얼굴이 갑자기 심각해졌다. "우선 위장병을 앓는 부대가 출동될 것입니다."

그레크는 위가 다시 신호를 보내오는 것 같았다. 고기가 들어 있는 빵을 눈앞에 분명히 보았을 때, 숨이 가빠왔던 것이다. 낱알 같은 고깃점이 계란 프라이를 연상시켰다. 그는 심호흡을 하려고 창가로 달려갔다. 창밖으로 살구를 실은 마차가 지나갔다. 그레크는 토해 버렸다—믿기지 않을 정도로 훨씬 가뿐해졌다.

"잘 잡수셨군!" 하고 그 키 작은 중위가 소리를 질렀다.

5

 파인할스는 압정과 두터운 마분지와 붓을 사려고 시내로 나갔으나, 그가 산 것은 상사들이 푯말을 만들 때 곧잘 쓰는 담홍색의 두터운 종이뿐이었다. 시내를 벗어나자 비가 오기 시작했다. 비는 따뜻했다. 파인할스는 종이 두루마리를 품속에 넣으려 해보았으나 두루마리가 너무 크고 두터웠다. 겉장이 젖기 시작하자 종이가 담홍색으로 물들어갔기 때문에 그는 부득이 걸음을 재촉하지 않을 수 없었다. 그러나 모퉁이에 이르러 잠시 멈추어야 했다. 탱크 행렬이 커브를 그리며 모퉁이를 돌아, 포신과 뒷부분을 서서히 돌리며 남쪽 방향으로 달려가고 있었기 때문이다.
 사람들은 탱크의 행렬을 말없이 바라보고 서 있었고 파인할스는 계속 걸음을 옮겼다. 빗줄기가 굵어지며 나뭇가지에서 굵은 빗방울이 떨어졌다. 그가 집결지에 이르렀을 때에는 검은 땅바닥에 벌써 웅덩이가 생겨났다.
 그 건물 출입문에는 그가 붉은 펜으로 희미하게 써붙인 푯말이 걸려 있었다. '스텐트조르지 환자 집결소'
 이제 곧 그 자리에 검은 붓으로 멋지게 제도(製圖)된 두터운 담홍색 푯말이 걸리게 되리라. 누구나 잘 볼 수 있도록. 모든 것이 여전히 조용했다. 파인할스가 초인종을 울리자 안에서 문이 열렸다. 그는 수위실을 향해 인사를 하고 곧바로 복도로 들어섰다. 복도에 세워진 옷걸이에는 기관단총 한 자루와 소총이 걸려 있었고 문 옆에는 유리로 만든 조그마한 조망(眺望) 구멍이 있었으며 그 안에는 온도계가 달려 있었다. 모든 게 깨끗하게 정돈이 되어 있었다. 파인할스는 소리를 죽이고 조용히 걸음을 옮겼다. 첫번째 문 뒤에서 전화를 거는 하사의 목소리가 들려왔다. 복도에는 여선생들의 사진과 스텐트조르지 시(市)의 천연색 대형 조감도가 걸려 있었다.
 파인할스는 오른쪽으로 구부러져 문을 하나 지나 학교 마당으로 나섰다. 마당은 커다란 나무로 둘러싸여 있었고 담 뒤로 높은 집들이 밀집해 있었다. 파인할스는 4층에 있는 어떤 창문을 쳐다보았다.
 그 창문은 열려 있었다. 그는 얼른 건물 안으로 들어가 층계로 올라갔다. 층계에는 졸업생들의 사진이 줄을 지어 걸려 있었다. 갈색과 황금색의 커다란 액자 속에 여학생들의 반신상이 들어 있었다. 아가씨들의 반신상을 하나씩 달고 있는 반원형의 두꺼운 액자. 첫번째 줄이 1918년도 졸업생들이었다. 아마도 1918년에 제1회 졸업생을 낸 모양이었다.

 여학생들은 풀을 먹인 빳빳한 흰 블라우스를 입고 약간 쑵쓰레한 미소를 짓고 있었다. 파인할스는 그 사진들을 줄곧 보아왔다. 한 주일 동안 거의 매일처럼 그는 그녀들을 보아왔다. 그녀들의 반신상 중앙부에 검은 옷차림을 한 엄격하게 생긴 부인이 코걸이 안경을 쓴 모습으로 걸려 있었는데, 아마도 교장 선생이리라.

 1918년부터 1932년까지는 언제나 같은 사진인 것으로 보아 14년 동안은 변화가 없었던 것 같다. 사진도 언제나 같은 것이었다. 아마도 똑같은 사진을 찍어 가운데다 붙여둔 모양이었다. 1928년도 졸업생 사진 앞에서 파인할스는 걸음을 멈추었다. 그곳에 있는 어떤 여학생 하나가 특히 그의 눈길을 끌었던 것이다. 그녀의 이름은 마리아 카르퇴크였는데, 앞으로 흐르는 긴 머리가 눈썹을 거의 덮을 정도였으며 얼굴은 자신감에 차 있었고 몹시 예뻐 보였다. 파인할스는 빙그레 웃음을 머금었다.

 그는 벌써 두번째 층계에 와 있었는데, 1932년도 졸업생들의 사진이 있는 곳을 계속 걸어갔다. 그 자신도 1932년에 고등학교를 졸업했었다. 그는 자기와 똑같이 그 당시 열아홉 살쯤 되었을 아가씨들의 사진을 차례차례 훑어보았다. 지금은 서른두 살이 되었을 여자들을.

 그해의 졸업생 가운데서도 앞머리를 기른 여학생이 있었다. 그녀도 머리가 이마까지 흘러내렸고 얼굴에는 자신감이 넘쳐 흐르면서도 무언가 나긋함이 깃들여 있었다. 그녀의 이름은 일료나 카르퇴크였고 언니와 무척 닮아 보였으나 언니보다는 더 말랐으며 허영심이 조금 덜해 보였다. 빳빳한 블라우스가 그녀에게는 무척 잘 어울렸다. 미소를 짓지 않는 사진은 그녀의 것뿐이었다.

 파인할스는 잠시 걸음을 멈추고 다시 빙그레 미소를 짓고는 천천히 4층으로 이르는 층계로 올라갔다. 땀이 났으나 손에 들고 있는 물건 때문에 모자를 벗을 수가 없어 그냥 걸어갔다. 층계 모퉁이 벽감(壁龕) 속에 석고로 만든 성모상이 놓여 있었고 그 옆에는 신선한 생화(生花)가 꽃병에 꽂혀 있었다. 아침에는 거기에 튤립이 꽂혀 있었는데, 지금은 아직 꽃망울을 머금은 노랗고 빨간 장미가 꽂혀 있었다. 파인할스는 걸음을 멈추고 아래를 내려다보았다. 여학생들의 사진으로 가득한 복도는 전체적으로 무척 단조로워 보였.

아가씨들은 표본을 만들어 커다란 틀 속에 끼워넣은 검은 머리를 가진 무수한 나비떼처럼 보였다. 사진들은 언제나 똑같게 보였으나 가운데 긴 검고 큰 사진만이 때때로 바뀌었다. 1932년에 한 번 바뀌었고 1940년과 1944년에 또 한 번씩 바뀌었다. 세번째 층계 끝 왼쪽 바로 위로 1944년도 학생들의 사진이 걸려 있었다. 그녀들 역시 빳빳하고 흰 블라우스 차림으로 미소를 짓고 있었으나 약간 불행해 보였다. 가운데 걸려 있는 노부인의 얼굴은 약간 검었다. 그녀 역시 미소를 짓고 있으나 불행하게 보였다. 파인할스는 걸어가면서 1942년도 졸업생들의 사진을 힐끗 쳐다보았다. 거기에도 또 한 사람의 카르퇴크가 있었는데 이름은 스즈로나였다. 그녀의 모습은 별로 눈에 두드러져 보이지는 않았다. 그녀의 머리 모습도 다른 아가씨들과 다른 데가 없었으며 얼굴 역시 둥글고 정답게 보였다.

그가 꼭대기에 이르러 그 집 안처럼 역시 조용한 복도에 서자 거리로 지나가는 자동차소리가 들려왔다. 그는 손에 들었던 꾸러미를 창틀에 던져버리고 창문을 열고 바깥을 내다보았다. 하사가 차량의 행렬이 이어져 있는 거리에 서 있었다. 붕대를 감은 사병들이 거리로 뛰어내리는가 하면 빨간 래커 칠을 한 가구 운반차에서 사병들이 줄을 지어 짐을 들고 기어나왔다. 거리는 갑자기 활기를 띠었다. 하사가 소리를 질렀다. "여기야. 여기. 모두 복도로 들어가 기다려!" 엉성한 회색의 행렬이 천천히 문안으로 들어서기 시작했다. 거리 건너편의 창문이 열리며 많은 사람들이 밖을 내다보았고 모퉁이에도 사람들이 들끓었.

울고 있는 여자들이 많았다.

파인할스는 창문을 닫았다. 건물 안은 여전히 조용했다──아래쪽 복도로부터 희미하게 소음이 들려왔을 뿐이다. 그는 천천히 복도가 끝나는 데까지 걸어가 발로 문짝을 하나 슬쩍 찼다. 안에서 여자의 목소리가 들려왔다. "누구세요?"

팔꿈치로 손잡이를 누르는 그의 얼굴이 붉어졌다. 처음에 그는 그녀를 보지 못했다. 방안은 동물의 박제로 가득했고, 커다란 책장 위에는 돌돌 말아 놓은 지도와 유리 뚜껑으로 덮고 아연을 입힌 깨끗하고 커다란 상자가 놓여 있었는데, 그 모두가 동물 표본들이었다. 그리고 벽에는 갖가지 색으로 인쇄가 된 자수 표본과 유아의 양육 과정을 보여주는 사진들이 번호순으로 붙어 있었다.
"여보세요" 하고 파인할스가 불렀다.
"누구세요?" 그녀가 반문했다. 그는 장과 선반 사이로 난 비좁은 통로가 있는 창 쪽으로 걸어갔다. 그녀는 조그마한 책상 앞에 앉아 있었다. 그녀의 얼굴은 사진보다는 약간 더 둥글었으며 엄격한 느낌도 훨씬 덜해 보여서 부드러웠다. 여자는 당황해하면서도 그가 인사를 하자 즐거운 표정으로 그에게 고개를 끄덕여 보였다. 그는 종이 두루마리와 물건이 든 봉지를 창틀에 던지고 군모를 벗어 그 옆에다 놓은 다음 땀을 닦았다.
"일료나, 나 좀 도와주어야겠어요" 하고 그는 그녀에게 말했다. "붓을 좀 빌려줬으면 고맙겠는데요."
그녀는 자리에서 일어나 앞에 놓인 책을 펼쳤다.
"붓이라구요? 붓이 뭔데요?"
"독일어를 전공했으리라고 믿었는데요."
그녀는 웃었다.
"붓 말이오. 잉크에 찍어서 쓰는. 제도용 펜은 알지요?"
"알겠어요" 하고 그녀는 미소를 지으며 말했다. "제도용 펜, 그거 알아요."
"그렇다면 그런 걸 좀 빌려주시겠소?"
"있을지 모르겠어요" 하고 여자는 그의 뒤쪽에 서 있는 장을 가리켰다. 하지만 그녀는 절대로 책상 뒤쪽 구석에서 나오지 않으리라는 것을 그는 알고 있었다.
그는 3일 전 이 방에서 그녀를 찾아내어 매일 몇 시간씩 여기에 와 함께 지냈으나 그녀는 한 번도 그에게 가까이 온 적이 없었다. 그녀는 그를 두려워하는 것 같아 보였다. 여자는 무척이나 경건하고 순진하면서도 똑똑했다. 그는 벌써 그녀와 여러 가지 얘기를 나누었고 그때마다 그녀가 그에게 호의를 품고 있다는 사실을 눈치챘다. 그러나 갑자기 끌어안고 키스를 할 정도로 가까이 오지는 않았다. 그는 그녀와 여러 가지 이야기를 나누었고 몇 시간이나 그녀 곁에서 빈둥거렸으며 한두 번은 종교 문제에 대해서도 얘기를 나누기도 했었다. 그는 그녀에게 키스를 하고 싶은 마음이 간절했지만 그녀는 절대로 가까이 오지 않았다.
그는 이마를 찌푸리며 어깨를 으쓱했다.

"한마디만 해주십시오" 하고 그는 뜨거운 음성으로 말했다. "한마디만 해주면 다시는 이 방에 오지 않겠소."

그녀의 얼굴은 심각해졌다.

그녀는 속눈썹을 내리깔고 입술을 깨물며 다시 그를 쳐다보았다.

"모르겠어요" 하고 그녀는 소곤거렸다. "제가 그걸 말하고 싶은지 말예요. 게다가 말을 해본들 무슨 소용이 있겠어요? 안 그래요?"

"그렇기도 하겠지요" 하고 그는 대꾸를 했고 그녀는 고개를 끄덕였다.

그는 문으로 통하는 복도 쪽으로 되돌아가서 말했다. "나는 9년 동안이나 자기가 다닌 학교에서 어떻게 여선생 노릇을 할 수가 있는지, 그걸 이해 못하겠소."

"왜요? 저는 언제나 학교에 다니는 걸 좋아했거든요. 지금도 마찬가지지만요."

"지금도 수업을 합니까?"

"하기야 하지만 다른 학교 학생들과 합반 수업을 해요."

"그런데 당신은 여기에 남아 일을 보아야 하는군요. 나는 알고 있소. 제일 예쁜 여선생을 여기에 남겨둔 것은 교장 선생님의 현명한 처사라는 것을 말이오."

그때 그녀의 얼굴이 붉어졌다.

"게다가 제일 믿을 수 있는 여선생을 말이오. 나는 알고 있다니까요." 그는 교재(敎材)에 시선을 던졌다. "혹시 유럽 지도 가진 것 있습니까?"

"물론, 있어요" 하고 그녀가 대답했다.

"핀도 있구요?"

그녀는 놀란 얼굴로 그를 쳐다보다가 고개를 끄덕였다.

"당신은 내게 친절히 대해 주셨어요" 하고 그는 말했다. "유럽 지도와 핀 몇 개를 좀 주십시오."

그는 왼쪽 호주머니에서 봉지를 꺼내 그 안에 들어 있는 물건들을 조심스럽게 손에 올려놓았다. 그것은 조그마하고 빨간 깃대였다. 그는 그 중에서 하나를 높직이 쳐들어 그녀에게 보여주었다.

"이리로 좀 나와보십시오. 참모(參謀)놀이를 해봅시다. 멋진 놀이지요." 그녀가 머뭇거렸다. "이리로 나와 보십시오. 절대로 수상한 짓은 안 하겠다고 약속하겠소."

 여자가 천천히 구석에서 나와 지도가 놓여 있는 선반 쪽으로 걸어갔다. 그는 여자가 옆으로 지나갈 때 마당을 내려다보고 서 있다가 몸을 돌려 지도를 내리는 그녀를 도와주었다. 그녀는 지도를 꺼내 끈을 풀고 그걸 아주 느릿느릿하게 폈고, 그는 빨간 깃대를 든 채 곁에 서 있었다.

 "제발, 그러지 좀 마십시오" 하고 그가 중얼거렸다. "우리가 짐승이기라도 합니까? 왜 그렇게 무서워합니까?"

 "그래요" 하고 여자는 나직이 말하고 그를 쳐다보았다. 여자는 아직도 겁을 내고 있다는 것을 그는 알 수가 있었다.

 "늑대 같아요" 하고 여자는 힘이 든 듯 숨을 헐떡이며 말했다. "아무 때라도 사랑을 시작할 수 있는 늑대 말이에요. 마음을 놓을 수 없는 인간형이거든요. 제발 당신은 그런 짓을 마세요."

 그녀의 음성은 마치 속삭이는 것 같았다.

 "뭐라구요?"

 "사랑 이야기예요" 하고 그녀는 더욱 음성을 낮추었다.

 "당분간은 안 그러지요. 약속합니다." 그는 긴장해서 지도를 바라보고 있었으므로 그녀가 곁에 서서 빙그레 웃는 것을 보지는 못했다.

 그는 몸을 돌리지도 않고 말했다. "바늘도 좀 주십시오."

 그는 이어 지도 앞에 초조한 모습으로 서서, 여러 가지 색깔로 착색이 된 고르지 못한 지면을 노려보면서 손으로 지도 위를 짚어 나갔다. 동부 프러시아의 동쪽 끝에서 시작된 커다란 직선이 곧바로 그로스바르다인까지 뻗쳐 있었고 렘베르크 근처가 되는 가운데는 굴곡이 져 있었는데, 그게 무엇인지는 확실히 알 수가 없었다.

 그는 초조한 듯 그녀 쪽을 쳐다보았다. 여자는 검은 밤나무 장 서랍을 뒤지는 중이었다. 옷가지와 허섭스레기와 발가벗은 커다란 인형 따위가 나왔다. 그녀는 얼른 돌아와 핀이 가득 들어 있는 양철통을 그에게 건네줬다. 그는 손가락으로 그 안을 뒤적여 핀을 끄집어냈다. 빨간 대가리나 파란 대가리가 달린 핀을. 그녀는 정신을 바짝 차리고 그가 깃대 가운데다 핀으로 구멍을 내고 그것을 지도에다 꽂는 것을 구경했다.

 그들은 주위를 휘둘러보았다. 복도가 시끄러워지면서 문 여닫는 소리, 군횃소리, 하사와 사병들의 음성이 들려왔다.
"무슨 일인가요?" 하고 그녀가 놀라서 물었다.
"아무것도 아닙니다. 첫번째 환자들이 도착했을 뿐입니다." 그는 침착하게 그렇게 대답했다.
그는 검은 점이 그려져 있는 곳에다 깃발을 하나 꽂았다. 그곳은 나기바라드였다. 그러곤 조심스럽게 유고슬라비아가 있는 곳까지 손으로 더듬어가다가 다시 벨그라드에다 깃발 하나를 조심스럽게 꽂은 다음 다시 로마에도 하나를 꽂았다. 그는 파리가 독일 국경에서 그렇게 가까이 있다는 사실에 무척 놀랐다. 그는 왼손을 그냥 파리 위에다 놔둔 채, 오른손으로는 스탈린그라드까지 천천히 더듬어갔다. 스탈린그라드에서 그로스바르다인까지의 거리가 파리에서 그로스바르다인까지의 거리보다 훨씬 멀었다. 그는 어깨를 으쓱하고는 조심스럽게 깃발로 표시를 해둔 지점 사이에다 다시 깃발 하나를 꽂았다.
"아!" 하고 그녀가 짧게 외쳤다. 그는 그녀를 쳐다보았다. 그녀도 몹시 긴장되고 흥분한 듯 얼굴이 훨씬 여위어 보였다. 그 얼굴은 편편한 갈색이었으며 예쁜 이마에 돋은 솜털이 검은 눈 근처에까지 뒤덮여 돋보였다. 그녀는 여전히 앞머리를 늘어뜨리고 있었는데, 사진에서보다는 그것이 좀 길어 보였을 뿐이었다. 그녀는 심호흡을 했다.
"재미가 없습니까?" 하고 그가 나직하게 물었다.
"재미있어요." 그녀 역시 나직이 말했다. "정말 재미있어요. 무엇이든 다 재미가 있어요." 여자도 생기를 돌아 말했다. "정말 조각 같아요. 마치 방 안을 들여다보는 것 같아요."
복도에서 들려오던 소음은 훨씬 낮아졌다. 문이 모두 닫힌 모양이었다. 그때 파인할스를 부르는 소리가 아주 똑똑히 들려왔다. "파인할스!" 하사가 소리를 질렀다. "제기랄! 어디 있는 거야?"
일료나가 묻듯이 그를 쳐다보았다.
"당신을 찾는 건가요?"
"그렇소."
"가보세요" 하고 그녀는 나직이 말했다. "제발, 가보시라니까요, 당신이 여기 있는 게 발각되면 싫어요."
"여기에 언제까지 있겠소?"

"일곱 시까지요."

"그러면 좀 기다려 주시오. 곧 돌아올 테니."

그녀는 고개를 끄덕이면서 얼굴을 붉혔다. 여자는 그가 길을 비켜줄 때까지 그냥 서 있다가 구석으로 다시 되돌아갔다.

"저기 창가에 상자가 있소. 당신에게 줄 거요." 그는 그렇게 말하고 문을 연 다음 얼른 밖으로 나갔다.

그는 복도 중간쯤에서 하사가 계속 파인할스라고 부르는 소리를 들으면서도 층계를 서서히 걸어내려갔다. 1942년도 졸업생들의 사진 앞을 지나가면서 그는 스조르나를 향해 미소를 지어 보였으나 벌써 복도가 어두워져 일료나의 얼굴은 똑똑히 볼 수가 없었다. 큰 액자가 복도 가운데 걸려 있어 그늘이 졌다. 아래쪽 층계 끝에 하사가 서 있다가 소리를 질렀다.

"도대체 어디에 숨어 있었던 거야? 한 시간 전부터 찾아다녔는데."

"시내에 갔었습니다. 푯말에 쓸 종이를 사려고요."

"그래. 그건 알아. 하지만 자네는 벌써 반 시간 전에 돌아왔어. 이리 따라와."

하사는 파인할스의 손을 잡고 함께 아래층으로 내려갔다. 방마다 노랫소리가 들려왔고 러시아 간호사들이 알약을 들고 복도를 뛰어다녔다.

하사는 스조카르헬리에서 이곳으로 옮겨 온 다음부터는 파인할스에게 무척 부드럽게 대해 주었다. 환자들의 집결소를 만들라는 명령을 받은 이후로 그는 누구에게나 부드럽게 대하면서도 또한 신경질을 부렸다. 그 하사를 불안하게 하는 것이 무엇인지 파인할스로서는 알 턱이 없었다. 몇 주일 전부터 이 부대 안에서는 무엇인가 벌어지고 있음에 틀림없었는데, 파인할스로서는 그것을 통제할 수도, 또 그 결과를 예측할 수도 없는 일이었다. 그러나 하사는 그런 일들 속에서 살아왔으면서도, 그것을 마음대로 통제할 수 없다는 사실이 그를 불안스럽게 만들었다. 전에는 전속이라든지, 불리한 명령 하달의 가능성은 비교적 없었다고 할 수 있으며 모든 명령은 그가 부대에 들어가기 전에 벌써 제대로 돌아가곤 했었다. 명령서를 작성하는 주무계(主務係)는 그를 제일 먼저 찾았으며 극비의 대화나 그럴 가능성이 있는 것은 그를 거쳐 부대에 하달되곤 했었다. 그리하여 명령과 군율이 위협조로 되어 기분 나쁜 식으로 작성되면 그걸 슬쩍 벗어나거나 가볍게 지나가게 될 가능성도 생겼으며 보기 싫은 자들로부터 벗어나기 위해서는 실제로 그런 명령에 따르지 않을 수도 있었다. 극단의 경우에라도 의사의 진단이나 전화상의 통화로 모든 일이 잘 풀려 나갔었다. 그런데 그런 일이 변한 것이다. 전화상의 통화는 이제는 소용이 없게 되었다. 유선상으로 서로 통화를 하던 상대방이 이제는 없어져 버렸거나 손이 미치지 않는 어떤 다른 곳에 가 있기 때문이다. 그리하여 지금은 서로 전화를 하는 사람들은 상대방을 모르며 상대방을 돕겠다는 아무런 관심도 없었다. 서로 도울 수 없다는 사실을 알기 때문이다. 서로를 연결하는 끈이 엉키고 매듭이 생겨 이제 각자에게 남은 일이란 그날그날 자신의 몸을 돌보는 게 전부였다. 지금까지는 전쟁이 전화(電話)에 의하여 연출되었으나 이제는 전쟁이 전화를 지배하기 시작한 것이다. 관할과 암호와 직속 상관이 매일매일 바뀌었고 사단에 배치되는가 하면 그 사단이 다음날이면 벌써 장군 한 명과 세 명의 참모와 몇 명의 서기만 남고 없어지기도 했다.

아래층에 이르자 하사는 파인할스의 팔을 풀고서 직접 문을 열었다. 오텐이 책상에 앉아 담배를 피우고 있었는데, 그가 앉아 있는 책상에는 담배로 시커멓게 탄 흔적이 남아 있었다. 오텐은 신문을 읽는 중이었다.

하사는 파인할스를 쳐다보았는데 파인할스는 오텐을 쳐다보았다.

"어쩔 수 없어" 하고 하사가 어깨를 으쓱하며 말했다. "기간요원이나 장기체류 환자로 취급받는 환자를 제외하고는 마흔 살 이하는 모두 보내야 되겠어. 정말이야. 어쩔 수 없다니까. 자네들도 떠나야겠어."

"어디로 갑니까?" 하고 파인할스가 물었다.

"일선 보충대로. 그것도 즉각 출발이야" 하고 오텐이 끼여들었다. 그는 파인할스에게 전속 명령서를 건네주었다. 파인할스는 그걸 읽어 내려갔다.

"즉각 출발이라니." 파인할스가 말했다. "서둘러서 잘되는 일이 없는데. 그런데 우리 두 사람이 전부 전속 명령을 받았나요? 혹시 두 사람이 함께……."

하사는 그를 유심히 쳐다보았다. "뭐라구? 쓸데없는 소리 집어치워!" 하고 하사는 나직하게 말했다.

"지금 몇 시입니까?" 하고 파인할스가 물었다.

"일곱 시가 곧 돼" 하고 오텐이 자리에서 일어났다. 그는 벌써 탄띠를 매고 있었고 그의 배낭은 책상 위에 놓여 있었다.

하사는 책상에 앉아 서랍을 열면서 오텐을 쳐다보았다. "곧장 떠나든 말든 나야 상관없어. 원한다면 몇 자 적어줄 수도 있어." 하사는 어깨를 으쓱했다.
"짐을 갖고 오겠습니다" 하고 파인할스가 말했다.
위에 있는 일료나의 모습이 보이자 그는 복도에서 걸음을 멈추고 그녀의 모습을 바라보았다. 그녀는 창을 닫는 중이었다. 그녀는 손잡이를 흔들어 보이고는 고개를 끄덕였다. 여자는 모자를 쓰고 외투를 입고 있었는데, 손에는 과자상자를 들고 있었다. 외투는 녹색이었고 모자는 갈색이었다. 여자는 붉은 색 조끼를 입었을 때보다 훨씬 더 예뻐 보였다. 그녀는 키는 작았으나 약간 풍만했다. 그녀의 얼굴과 목선을 바라보면서 그는 여자에게서 한 번도 느껴보지 못했던 그 무엇을 느꼈다. 그는 그녀를 사랑했고 또 그녀를 소유하고 싶었던 것이다. 그녀는 문이 제대로 닫혔는가 확인하려고 다시 한 번 손잡이를 흔들어보고는 천천히 복도를 걸어갔다. 그는 그녀의 모습을 찬찬히 바라보았다. 그가 느닷없이 그녀 앞에 모습을 나타내자 그녀는 깜짝 놀라면서도 미소를 지어 보였다.
"기다린다고 하셨지요" 하고 그가 말했다.
"급히 가볼 데가 있는 걸 잊었어요. 한 시간 이내에 돌아온다는 쪽지를 남겨놓으려고 했어요."
"정말 돌아오겠소?"
"네." 여자는 그를 쳐다보며 미소를 지었다.
"함께 갑시다" 하고 그가 말했다. "잠깐만 기다려 줘요."
"함께 갈 수 없어요. 혼자 가게 내버려두세요." 그녀는 지친 듯 고개를 저었다. "틀림없이 돌아오겠어요."
"어디에 가시는데요?"
그녀는 말없이 주위를 두리번거렸으나 복도는 텅 비어 아무도 없었다. 식사 시간이었던 것이다. 방마다 소음이 들려왔다. 그녀는 다시 그에게로 시선을 돌렸다. "게토(유태인이 모여 사는 거리)에 가요" 하고 여자가 말했다. "엄마와 함께 거기 가봐야 해요."
그녀는 그를 찬찬히 살폈으나 그는 이렇게 물었을 뿐이었다. "거기 가서 뭘 하려는데요?"
"오늘 그곳을 비워야 한대요. 거기엔 친척들이 많이 사는데, 그들에게 뭘 좀 갖다 줘야 해요. 이 과자도 갖다 주고요." 그녀는 손에 들고 있는 상자를 바라보다가 그걸 그에게 가리켜 보이며 말했다. "이걸 남에게 준다고 화나셨어요?"

"당신의 친척들이라구요!" 하면서 그는 그녀의 팔을 잡았다. "갑시다. 함께 가요." 그는 그녀와 나란히 층계를 내려갔다. 그녀의 팔을 꼭 잡고.

"친척들이 유태인인가요? 어머니도 그래요?"

그녀는 고개를 끄덕였다. "저도 유태인이고요. 모두 유태인이에요." 그녀가 걸음을 멈추었다. "잠깐만 기다리세요."

그녀는 그의 팔을 풀고 성모상 앞에 놓인 꽃병에서 꽃다발을 집어서 시든 꽃잎을 땄다. "꽃병의 물을 갈아주시겠다고 약속하시겠어요? 내일이면 저는 여기를 떠나요. 학교로 가야 하거든요. 약속해 주세요. 가능하면 꽃도 바꾸어주시겠어요?"

"약속할 수 없소. 나도 오늘 저녁에 떠나야 할 몸이라서. 그렇지만 않다면야……"

"그렇지만 않다면 약속해 주시겠어요?"

그는 고개를 끄덕였다. "당신을 기쁘게 해줄 수 있다면 무슨 일이든 하고 말고요."

"저를 즐겁게 해주기 위해서요?" 하고 그녀가 말했다.

그는 빙그레 웃었다. "모르겠소. 하지만 그럴 것 같군요. 한 번도 그런 생각을 해본 적이 없었지만 말이오. 잠깐만 기다려요!" 하고 그는 성급하게 말했다.

그들은 두번째 복도에 이르렀다. 그는 복도를 지나 자기 방으로 들어가 거기에 널려 있는 잡동사니를 얼른 가방에 넣었다. 그녀는 느릿느릿 걷고 있었다. 그가 그녀를 따라잡은 곳은 1932년도 졸업생들의 사진 앞에서였다. 그녀는 어떤 생각에 잠겨 있는 것 같았다.

"무슨 일이 있소?" 하고 그가 물었다.

"아무 일도 없어요." 그녀가 목소리를 죽이며 말했다. "감상에 잠겨보고 싶어요. 그런데 그게 잘 안 돼요. 이 사진은 아무런 감동도 주지 못해요. 아주 생소하기만 해요. 얼른 가요."

그녀는 문앞에서 그를 기다려 주겠다고 약속했고 그는 명령서를 가지러 사무실로 뛰어갔다. 오텐은 이미 떠나고 없었다. 하사가 파인할스의 팔을 꽉 잡았다. "바보 같은 짓은 하지 말게나. 좋은 게 좋으니까."

"고맙습니다" 하고 파인할스는 얼른 밖으로 나왔다.

그녀는 길모퉁이에서 그를 기다렸다. 그는 그녀의 팔을 잡고 천천히 시내를 향해 걸었다. 비는 그쳤으나 대기는 눅눅했고 단내가 났다. 그들은 대로(大路)와 평행을 이루어 달리고 있는 조용한 옆길로 걸어갔다.

키 작은 수목들이 들어선 조그마한 집들이 서 있는 조용한 길로.

"그런데 당신은 어떻게 게토에 살지 않아도 되었습니까?" 하고 그가 물었다.

"아버지 덕분이에요. 아버지는 전쟁 때 장교였어요. 전공(戰功)을 많이 세웠으나 두 다리를 다 잃었지요. 그러나 아버지는 어제 그 전공을 시 당국에 반환해 버렸어요. 의족과 큰 갈색 가방도 함께 반환했어요. 이젠 혼자 가게 내버려두세요." 그녀는 강하게 말했다.

"왜요?"

"집에 가고 싶어요."

"함께 갑시다."

"소용 없어요. 당신은 곧 눈에 뜨이게 될 거예요. 가족 중의 누군가가 당신을 보게 될 거라구요." 여자는 그를 쳐다보았다. "그렇게 되면 저를 그냥 가게 내버려두지 않을 걸요."

"돌아오겠소?"

"그럼요." 그녀는 침착한 어조로 말했다. "틀림없이 돌아오겠어요. 약속하겠어요."

"키스를 해주겠소?" 하고 그가 말했다.

그녀는 얼굴을 붉히며 걸음을 멈추었다. 거리는 텅 비어 조용했다. 그들은 시들어버린 붉은 가시덤불이 드리워진 어떤 담장 앞에 섰다.

"뭣하러 키스를 해요?" 그녀는 나직이 말하고 슬픈 눈으로 그를 바라보았다. 그녀가 눈물을 흘릴까봐 그는 두려웠다.

"사랑이 두려워요" 하고 그녀가 말을 이었다.

"왜요?" 그도 목소리를 죽이며 반문했다.

"사랑이란 없기 때문이에요. 그건 순간적일 뿐이에요."

"우리가 갖고 있는 것은 모두 순간일 뿐이오" 하고 그는 나직이 말했다.

그는 가방을 땅에 놓고 그녀의 손에서 꾸러미를 빼앗은 다음 그녀를 끌어안았다. 그녀의 목과 귀 뒤에 입을 맞추며 뺨에 닿은 그녀의 입술을 느꼈다.
 "가지 말아요" 하고 그는 그녀의 귀에다 대고 소곤거렸다. "가지 말아요. 전쟁인데, 가면 안 돼요. 여기 그냥 있어요."
 그녀는 고개를 저었다. "어쩔 수 없어요. 제 시간에 안 가면 엄마는 무서워 죽을 거예요."
 그녀는 다시 한 번 그의 뺨에 입을 맞추며 이렇게 아무렇지도 않은데도 이상스럽다는 표정을 지었다. 그게 오히려 아름답게 느껴졌다.
 "가요." 그녀는 어깨 위에 걸친 그의 머리로 몸을 굽히고 입술에다 키스를 했다. 그제야 다시 그의 곁에 있게 된 것이 정말로 기쁘게 느껴졌다.
 그녀는 다시 한 번 그의 입술에 키스를 하고 잠시 그를 바라보았다. 그녀는 전에 한 남자와 아이를 갖는다는 게 무척이나 좋겠다고 생각했었다. 그녀는 언제나 그 둘을 동시에 생각했었는데, 지금은 아이들 생각은 나지 않았다. 그에게 키스를 하며 그를 곧 다시 보게 되리라고 생각되자 그녀에게 아이 생각은 들지 않았다. 그것이 그녀를 슬프게 했지만 사랑은 아름답다는 사실을 그녀는 알았다.
 "가요." 그녀가 소곤거렸다. "이젠 정말 가봐야 해요……."
 그는 그녀의 어깨 너머로 거리를 바라보았다. 거리는 한산하고 조용했으며 옆골목에서 들려오는 소음도 아주 멀게 느껴졌다. 조그마한 나무들은 손질이 잘되고 조심스럽게 다른 나무로 받쳐져 있었다. 일료나의 손이 목을 더듬을 때, 그는 그 손이 매우 작지만 단단하다고 느꼈다.
 "여기 같이 있어요" 하고 그는 말했다. "그렇지 않으면 함께 가도록 해요. 무슨 일이 일어나든, 당신은 전쟁이란 것을 몰라요. 그리고 전쟁을 하는 사람들이 어떤 사람들이란 것도 몰라요. 그럴 필요도 없는데, 잠시라도 떨어져 있다는 것은 좋지 않아요."
 "필요 없는 게 아니예요."
 "그렇다면 함께 가도록 해줘요."
 "안 돼요. 안 된다니까요." 그녀는 격렬하게 말했다. "당신은 우리 아버지가 어떤 분인지 모르세요. 제 말을 알아들으시겠어요."
 "알아듣겠소." 그는 그녀의 머리카락에 입을 맞추었다. "나는 모든 걸 이해해요. 지나치게 많은 것을 안다니까. 하지만 나는 당신을 사랑하고 당신이 여기에 남아 있기를 바라요. 여기 있어요."

그녀는 그에게서 조심스럽게 몸을 풀고는 그를 쳐다보며 말했다. "제발, 그것만은……."

"할 수 없지." 그는 목소리를 낮추었다. "그렇다면 가봐요. 그런데 어디서 기다리면 되겠소?"

"조금만 더 걸어가요. 당신이 기다릴 수 있는 조그마한 음식점을 가르쳐 드릴게요."

그는 천천히 걸으려고 애를 썼으나 일료나가 그를 자꾸만 잡아끌었다. 그녀가 갑자기 북적거리는 길을 건너서자 그는 깜짝 놀랐다. 그녀는 조그마한 집을 가리키면서 말했다. "저기서 기다리세요."

"돌아오겠소?"

"틀림없이 돌아온다니까요." 그녀는 웃으며 말했다. "될 수 있는 대로 빨리 돌아올 거예요. 당신을 사랑해요."

그녀가 갑자기 그의 목을 껴안고 입술에다 키스를 퍼부었다. 이어 그녀는 걸음을 재촉했고 그는 그녀의 뒷모습을 보지 않으려고 서둘러 들어갔다.

음식점에 들어서자 그는 자신이 무척 초라하고 텅 비었다는 느낌이 들었다. 무언가 놓쳐버린 느낌이었다. 기다린다는 것이 무의미하다는 것을 알지만 또한 기다리지 않을 수 없다는 것도 알고 있었다.

이미 모든 것이 틀림없이 틀어져 버렸다고 생각하면서도 하느님은 혹시 무슨 일이든 좋은 방향으로 바꾸어줄 것도 같았다. 그녀는 절대로 돌아올 수 없으리라. 그리고 그녀가 돌아오는 것을 방해할 무슨 일이든 틀림없이 일어나리라.

이런 전쟁의 와중에서 유태인 여자를 사랑하고 또 그 여자가 돌아오기를 기다린다는 것은 지나친 욕심일지도 모른다.

그는 그녀의 주소도 몰랐다. 그리고 아무런 희망도 없다는 걸 알면서도 거기서 그녀를 기다리며 희망을 실체화시켜야만 했다. 그녀의 뒤를 좇아가 여기에 남아 있으라고 강권할 수는 있겠지만 그렇다고 그렇게 할 수도 없는 노릇이 아닌가. 사람이 누구에게 어떤 일을 강요할 수가 있다면 그것은 죽이는 것뿐이다. 그러나 사랑은 강요할 수도, 또 강요당할 수도 없다. 그것은 무의미한 일이다. 다른 사람을 진실로 지배할 수 있는 단 한 가지 방법은 죽음뿐이다. 그런데 그는 지금 무의미하다는 사실을 알면서도 기다려야만 했다. 그것이 그들을 맺어줄 단 한 가닥 길이기에 그는 한 시간 이상, 아니 그 밤을 새워서라도 그녀를 기다리리라는 사실을 알고 있었다. 그녀의 손가락이 가리키던 이 조그마한 선술집과 그녀가 그를 속이지 않으리라는 확신. 그것뿐이었다. 그녀는 돌아올지도 모른다. 그것도 빠른 시간 안에. 그녀가 그렇게 할 힘을 갖고만 있다면……

스탠드 위에 놓인 시계는 여덟 시 이십 분 전이었다. 무엇을 먹거나 마시고 싶은 생각이 없으면서도 여주인이 다가오자 그는 사이다를 한 병 주문했다. 그런데 여주인이 실망한 눈치를 보이자 포도주 한 병을 더 주문했다. 술청 앞쪽에는 헝가리 병사 하나가 아가씨를 데리고 앉아 있었으며 가운데는 누런 얼굴을 한 뚱뚱한 놈팡이 하나가 시커먼 시가를 입에 물고 앉아 있었다. 파인할스는 포도주병을 얼른 비웠다. 그러고는 여주인을 안심시키기 위해서 또 한 병을 주문했다. 여주인은 다정한 미소를 지어 보였다. 여자는 나이가 많았고 얼굴이 조그마한 금발이었다.

그는 잠시 또 그녀가 돌아오리라고 믿어보았다. 그리고 그녀가 오면 함께 어디로 가야 할까 하고 상상해 보았다. 그들은 어디에선가 방을 얻을 것이며 그 방문을 열기 전에 이 여자는 나의 부인이라고 말하리라. 약간 어두운 방. 한쪽으로 놓인 갈색의 낡은 침대 그리고 벽에는 경건한 냄새를 풍기는 그림이 걸려 있고 미지근한 물이 담긴 푸른 도자기가 놓여 있을 것이며 과수원 쪽으로 창문이 나 있을 것이다. 그는 그런 방을 알고 있었다.

그런 방을 구하려면 시내로 나가기만 하면 된다. 거기라면 그런 방을 찾을 수 있겠지. 어디에 가건 그런 방이 있으리라. 그런 방이. 어떤 여인숙이나 호텔이나 하숙집에도 그런 방은 있겠지. 잠시나마 밤새 그들을 맞아주도록 운명지어진 그런 방. 하지만 그들은 방에 들어가지 못하게 될지도 모르리라. 그는 고통스러우면서도 그 방의 전경을 똑똑히 보았다. 침대 앞에 깔린 더러운 색융단, 과수원으로 향한 조그마한 창문, 창턱에 칠한 갈색이 벗겨진 너덜너덜한 창문 따위를. 그러나 두 사람이 함께 누워도 괜찮을 만큼 널찍한 갈색의 커다란 침대가 있는 멋진 방. 그런데 그 방이 지금은 텅 비어 있겠지.

그러면서도 확신이 서지 않는 순간이 있었다. 그녀가 유태인이 아니라면 어떨까. 이런 전쟁중에 유태 여인을 사랑한다는 것은 어려운 일이다. 하필 그녀가 유태 여인일 게 뭐란 말인가. 하지만 그는 그녀를 사랑했다. 그녀를 너무나 사랑했기에 함께 잠을 자며 오래도록 이야기를 나누고 싶었다. 아주 오래도록. 잠자리를 함께 하고 나서 이야기를 나눌 수 있는 여자는 그리 많지 않다는 사실을 그는 알고 있었다. 그녀와 함께라면 많은 것이 가능할지도 모른다.

그는 포도주를 또 한 병 주문했다. 사이다는 아직 마개조차 따지 않았다. 시가를 물고 있던 사내가 밖으로 나가버렸다. 술집에 남은 사람은 목이 바싹 야윈 나이 먹은 금발의 여주인과 아가씨와 함께 앉아 있는 헝가리 군인 그리고 그뿐이었다. 그는 포도주를 마시며 다른 생각을 해보려 애를 썼다.

집에 있던 시절을 떠올려보았다. 집에 있어 본 적이 별로 많지 않았다. 학교를 졸업한 이후로는 거의 집에 있지 않았었다. 그는 집에 대해 일종의 두려움을 갖고 있었다. 그 조그마한 마을은 마치 활주로 가운데 끼여 있듯 철로와 강 사이에 있었고 그 가운데를 가로지르는 도로는 나무 한 그루 없는 아스팔트였다. 여름이면 과일나무의 곰팡내와 썩는 냄새뿐이었고 저녁녘에는 서늘할 때가 한 번도 없었다. 그러나 가을이면 그는 대개 집에 가 추수를 도왔다. 그 일이 재미가 있었기 때문이었다. 커다란 과수원에는 과일이 지천이었고 배와 사과와 자두 따위를 가득 실은 짐차들은 라인강을 따라 대도시로 달렸다. 가을에 집에 있는 것은 참으로 좋았다. 그럴 때면 아버지, 어머니와도 잘 지냈으며 누이가 과수원 주인과 결혼하는 것도 무관하게 여겨졌다. 가을에 집에 머무르는 것은 어떻든지 좋았다. 그러나 겨울이 되면 마을은 다시금 강과 철로 사이에 끼여 추위 속에 쓸쓸하게 팽개쳐졌고 마르멜라드 공장에서 넘쳐나는 탁한 단내는 두터운 구름이 되어 평원을 뒤덮어 숨막히게 했다. 그리하여 다시 밖의 세상으로 나가고 싶어졌다. 그는 주택과 학교 건물을 지었고 큰 회사의 하청을 받아 공장과 주택 단지를 세웠으며 막사도 지었다.

그런 일을 생각해 보려던 것도 쓸데없었다. 일료나의 주소를 묻지 않았던 것이 생각났기 때문이다. 어떤 경우든 그걸 알아두었어야 하지 않았을까. 하지만 지금이라도 그걸 알아낼 수는 있다. 학교 교장이나 관리인에게 수소문해서 그녀를 찾아내어 서로 이야기를 나눌 수 있는 가능성은 얼마든지 있지 않은가. 그런 일은 모두가 쓸데없지만 그래도 하늘에 운을 맡기고 무조건 해봐야 할 일이다. 그리고 그런 일은 의미가 있게 될지도 모른다. 그런 일의 의미를 인정하게 되면 성공하는 것이고 무의미하다고 인정되면 실패가 될 것이다. 그런 일은 거듭거듭 해보아야만 한다. 찾고 기다리는 것, 그것이 바로 희망, 그 전부이며 그것은 소름끼치는 일이다.

그는 그들이 헝가리에 사는 유태인들에게 어떤 짓을 하고 있는지 몰랐다. 그 일 때문에 헝가리 정부와 독일 정부 사이에 다툼이 있었다는 소문은 들었지만 독일인들이 어떻게 했는지 그걸 아는 사람은 없었다. 그런데 그는 일료나에게 주소를 묻는 것을 잊었다. 전쟁통에 사람이 할 수 있는 최선의 방법은 서로 주소를 알아두는 일인데, 그들은 그것을 잊은 것이다. 게다가 그의 주소를 알아둔다는 것이 그녀로서는 더욱 중요한 일이었는데. 하지만 그 모든 것이 아무런 소용도 없었다. 그녀는 오지 않을 것이기에.

그는 차라리 둘이 함께 있게 될 방을 생각해 보고 싶었다.

곧 아홉 시가 될 것이다. 시간은 후딱 지나가 버렸다. 쳐다보고 있으면 시계바늘은 몹시 느리게 가지만 잠시 거기서 눈을 떼면 그것은 달려가는 것만 같았다. 아홉 시가 되었다. 벌써 한 시간 반을 기다렸는데, 앞으로 더 기다려야만 한다. 얼른 학교로 달려가 관리인에게 그녀의 주소를 물어 그리로 가볼 수도 있으리라. 그는 포도주를 또 한 병 시켰고, 여주인의 만족해하는 모습을 보았다.

아홉 시 오 분쯤에 술집으로 순찰대가 들어왔다. 장교 한 명과 사병, 병장 각 한 명이 한 조를 이룬 순찰대였다. 그는 문 쪽을 응시하고 있었기 때문에 그들을 자세히 볼 수 있었다. 문을 본다는 것은 멋진 일이었다. 문은 희망이었지만 그가 거기서 본 것은 철모를 쓴 장교와 그 뒤를 따르는 병사뿐이었다.

그들은 술집 안을 힐끗 휘둘러본 다음 그냥 나가려고 했다. 그때 그를 발견한 장교가 천천히 그에게로 다가왔다. 만사가 끝장이라는 것을 그는 알아차렸다. 그들이 할 수 있는 일이란 단 한 가지뿐이었다. 그들은 죽음을 관리했고 그는 그들의 말에 순종했다. 그리고 죽는다는 것은 이 세상에서 더 이상 일을 할 수 없음을 뜻했다. 그런데 아직, 아직은 이 세상에서 할 일이 남아 있지 않은가. 일료나를 기다리고 그녀를 찾아 그녀를 사랑하는 일이 남아 있지 않은가. 그는 그 일이 무의미함을 알면서도, 성공할 가능성이 거의 없기에 그 일이 더욱 하고 싶었다. 철모를 쓴 사나이들은 손에 죽음을 들고 있었다. 죽음은 그들의 조그마한 권총에, 그들과 진지한 얼굴에 도사리고 있었다. 그리고 그들이 그를 잡으려 애를 쓰지 않아도 또 다른 수천의 인간들이 그를 죽음으로 내보내려 기관단총과 교수대를 갖추고 서 있었다. 그들은 죽음을 관리한다.

그를 본 장교는 말없이 그저 손만 내밀었다. 장교는 피곤에 지쳐 별다른 관심이 없었다. 그는 모든 일을 그저 기계적으로 처리할 뿐이었다. 아마 거기에 별다른 재미가 없기 때문이리라. 그러면서도 그는 그 일을 했다. 정확하고 진지하게.

파인할스는 장교에게 수첩과 전속명령서를 내보였고 병장은 파인할스에게 일어나라는 손짓을 했다. 파인할스는 어깨를 으쓱해 보이고 자리에서 일어났다. 여주인은 몸을 떨었고, 헝가리 병사가 깜짝 놀라는 모습이 보였다.

"따라와" 하고 장교가 나직한 음성으로 말했다.

"계산부터 해야겠습니다."

"그럼 계산부터 하지."

파인할스는 탄띠를 두르고 가방을 든 다음 두 사람 사이에 끼여 앞으로 걸어나갔다. 여주인은 돈을 받았고 병장이 앞에 서서 문을 열었다. 파인할스는 밖으로 나갔다. 그들이 자기에게 어떻게 하지 못하리라는 것을 파인할스는 알고 있었다. 겁이 나야 마땅할 텐데 아무런 두려움도 느껴지지가 않았다. 밖은 이미 어두워져 상점이나 술집에는 집집마다 불이 밝혀져 있었다. 모든 게 아름답고 여름철 기분을 주었다. 술집 앞길에는 붉은 칠을 한 대형 가구 운반차가 서 있었는데, 차문이 열려 있고 포도 위에는 짐 싣는 판자가 보였다. 사람들은 길거리에 서서 불안스럽게 차를 바라보았고 그 앞에 기관단총을 든 보초가 서 있었다.

"타지" 하고 장교가 말했다.

파인할스는 차 안으로 들어갔다. 어둠 속에서도 여러 사람들의 머리와 총이 보였으나 말을 하는 사람은 아무도 없었다. 차 안으로 완전히 들어간 다음에야 그는 비로소 차가 만원이라는 것을 알았다.

6

 적색의 가구 운반차는 서서히 시내를 지나갔다. 차창에는 두터운 휘장이 드리워져 있었고 문은 빗장으로 잠기고 차체 좌우에는 흑색 표지가 붙어 있었다. 부다페스트 · 괴로스 형제 · 각종 화물 취급.
 차는 더 이상 멈추지 않았다. 휘장 틈으로 어떤 사나이의 머리 하나가 삐져나와 조심스럽게 주위를 살피다가 가끔 아래로 몸을 굽혀 무슨 말인가 수군거리는 것 같았다. 번쩍거리는 카페, 빙과점, 여름옷을 입은 사람들을 내려다보던 사나이의 시선이 갑자기 그들이 탄 차를 추월하려는 어떤 녹색의 가구 운반차(유태인을 수송하는 차량)로 쏠렸다. 그 차는 넓은 길에 나서자 적색 가구 운반차를 추월하려고 했으나 잘 되지가 않았다. 그 녹색 가구 운반차를 모는 운전수는 회색 군복을 입고 있었으며 그 옆에 앉아 있는 다른 군인 하나도 역시 회색 군복 차림에다 무릎 위에는 기관단총이 놓여 있었다. 그리고 차의 천장에 철조망이 쳐져 있어 적색 차(사병들을 실어 나르는 차량)와는 좋은 대조가 되었다. 녹색 차의 운전수가 적색 가구 운반차 뒤에서 요란스럽게 경적을 울렸다. 앞차는 아직도 천천히 시내를 달리는 중이었다.
 길이 훨씬 넓어져 앞이 툭 트인 교차로에 이르러서야 녹색 차는 앞지를 수가 있었다. 그 차는 재빨리 그들이 탄 차를 스쳐갔고 위에서 밖을 내다보던 사나이는 넓은 길을 돌아 북쪽을 향해 달려가는 그 녹색 차의 뒷모습을 바라보았다. 적색 가구 운반차는 그 차와는 완전히 반대 방향인 남쪽으로 달렸다. 밖을 내다보는 사나이의 얼굴이 점점 긴장으로 굳어졌다. 그는 키가 작고 말랐으며 얼굴은 무척 늙어 보였다. 그들이 탄 적색 차가 한참이나 달린 뒤에야 사나이는 머리를 아래로 굽히고 안을 향해 소리를 질렀다.
 "이젠 틀림없이 시내를 벗어났어. 드문드문 집들이 서 있거든."
 이어 밑에서 웅성거리는 소리가 들려왔고 차는 점점 속도를 냈다. 거의 믿기지 않을 정도로 차의 속도는 빨랐다. 거리는 한산했고 어두웠으며 서로 빽빽이 엇갈린 나뭇가지 사이에 걸린 대기는 눅눅했고 무거웠으며 들큼했다. 천장 위에서 밖을 내다보던 사나이가 아래를 향해 다시 고함을 질렀다. "이젠 집이 하나도 안 보여. 국도에 들어선 거야. 방향은 남쪽이고."
 이어 밑에서 들려오는 고함도 더욱 세차졌고 차의 속도 또한 더욱 가속되었다. 사나이는 피곤했다. 먼 기차 여행을 한데다 지금도 유난히 키가 큰 두 사람의 어깨 위에 서 있었기 때문이었다. 그것이 그를 피곤하게 했다. 사나이는 더 이상 밖을 내다보고 싶은 마음이 없었지만 차에 탄 사람들 중 몸이 제일 작은 탓으로 어쩔 수 없이 뽑혀 밖에서 일어나는 일들을 내다보지 않을 수가 없었다. 그때부터 그는 오랫동안 별다른 것을 보지 못했는데, 그 시간이 무척 긴 것처럼 생각되었다. 밑에서 받치고 있는 사람들이 다리를 잡아당기며 무슨 일이 있는가 알고 싶어하자, 이제는 아무것도 보이지 않는다, 보이는 것은 국도에 늘어선 나무들과 어두운 들판뿐이라고 사나이는 대답했다. 이어 두 명의 병사가 회중 전등으로 지도를 비춰보는 모습이 보였다. 병사들은 커다란 가구 운반차가 지나가자 고개를 쳐들어보았다. 그 후로 또다시 얼마 동안은 아무것도 보이지 않았으나 이어 행렬을 지어 서 있는 탱크의 대열이 보였다. 탱크 중 한 대가 고장이 난 듯 누군가가 탱크 밑에 누워 있었고 다른 병사 하나가 카바이드 불로 그 밑을 비치고 있었다. 농가들이 미끄러지듯 지나갔다. 검은 농가들이. 그리고 왼쪽으로 화물차의 대열이 그들을 앞질러 빠른 속도로 지나갔다. 화물차 위에도 병사들이 타고 있었는데, 그 행렬의 꽁무니를 조그마한 회색 차가 지휘관기를 달고 따라갔다. 깃발을 단 조그마한 차가 화물차보다는 훨씬 잘 달렸다. 어떤 화물 창고 곁에는 사병들이 쭈그리고 앉아 있는 모습이 보였는데, 보병들이었다. 그들은 무척 지친 듯 땅바닥에 누워 담배를 피우는 자들이 많았다. 이어 그들은 마을을 하나 지나갔고 그 마을 뒤쪽에 이르자, 밖을 내다보던 사나이의 귀에 처음으로 총성이 들려왔다. 그것은 길 오른쪽에 서 있는 중포(重砲)에서 쏘는 소리였다. 중포는 그 커다란 포신을 어두운 하늘을 향해 검고 꼿꼿하게 쳐들고 있었다. 핏빛 불길이 포구로부터 솟아나 창고 벽에 부드러우면서도 붉게 반사(反射)되었다.

  밖을 내다보던 사나이는 깜짝 놀랐다. 그는 아직 그런 소리를 들어본 적이 없어 겁이 났던 것이다. 심한 위장병을 앓는 그 사나이는 핑크 하사로서 도나우 강 근처 린츠에 주둔하고 있는 커다란 야전 병원의 주보(酒保)를 담당하던 자였다. 수석 군의관이 진짜 토카이어산(産) 포도주와 될 수 있는 대로 샴페인을 많이 사오라고 그를 헝가리로 보냈을 때만 해도 그는 별로 두려워하지는 않았다. 샴페인 때문에 헝가리까지 보낸다는 사실이 좀 뭣하기는 했지만. 핑크는 누가 뭐라 해도 그 병원에서 토카이어산 포도주의 진짜와 가짜를 구별할 줄 아는 유일한 사나이였다. 누구든 그 사실만은 인정치 않을 수가 없었다. 그리고 무엇보다 토카이어에 가면 틀림없이 진짜 토카이어주를 구할 수 있으리라는 생각뿐이었다. 그가 모시고 있는 수석 군의관 긴츨러는 누구보다 진짜 토카이어주를 좋아했고 술친구이자 카드놀이의 파트너인 브레센 대령과는 자주 어울렸다. 브레센이라고 불리는 그 대령은 마르고 진지한 얼굴이 무척 우아하게 보였으며 목에는 아주 기묘한 훈장을 달고 다니는 사나이였다. 핑크는 집에서 술집을 하고 있었으므로 사람을 볼 줄 알았다. 그리고 진짜 토카이어 포도주를 50병쯤 사오라고 그를 보낸 것은 오로지 수석 군의관의 지시였다는 사실도 알고 있었다. 혹 대령이 수석 군의관을 부추겼는지도 모를 일이지만.

핑크는 토카이어에 갔었고 놀랍게도 거기서 진짜를 50병이나 구했다. 뭐니뭐니해도 그는 포도주 산지의 술집 주인이었고 포도원도 갖고 있었으므로 포도주에 대해 잘 알고 있었다. 그러면서도 한편으로는 토카이어에서 트렁크와 바구니에 가득하게 사넣은 포도주가 정말로 진짜인지는 믿을 수가 없었다. 직접 갖고 올 수 있었던 트렁크는 지금 가구 운반차 밑창에 들어 있지만 바구니만은 어쩔 수가 없었다. 스텐트조르지에 왔을 때에는 정말로 시간이 없었다. 그들은 기차에서 내리자마자 곧장 가구 운반차로 옮겨 타지 않을 수가 없었다. 병(病)을 핑계삼아 항의를 해보았으나 소용이 없었다. 철로가 차단되었기 때문이었다. 그들은 결국 역 앞 광장에 서 있는 가구 운반차에 타게 되었다. 소리를 지르고 항의를 해보았으나 보초들은 벙어리인 양 꿈쩍도 하지 않았다.

핑크는 토카이어 포도주가 걱정되었다. 수석 군의관은 포도주에 관한 한 신경이 무척 예민한 사람이었고 명예에 관해서는 더욱 그러했다. 그는 틀림없이 대령에게 일요일에 토카이어주를 함께 마실 수 있게 되리라고 큰소리를 쳤거나 그 비슷한 말을 했을 것이다. 아마도 정확한 시간까지 못박았을는지도 모른다. 그런데 벌써 목요일이 되었다. 혹은 금요일 새벽이 되었는지도 모를 일이고, 그들은 지금 남쪽을 향해 빠른 속도로 달리고 있지 않은가. 일요일까지 포도주를 가져갈 수 있는 가능성은 거의 없으리라. 핑크는 두려웠다. 그는 수석 군의관과 대령이 더욱 두려웠다. 대령은 그의 마음에 들지 않았다. 그는 대령에 대해 무언가 알고 있었다. 지금까지 한 번도 다른 사람에게 털어놓을 수 없던 일. 또 누구도 그걸 믿지 않을 것이기에 앞으로 절대 발설을 할 수 없는 일. 핑크 자신도 저럴 수가 있을까 하는 생각이 들 정도의 역겨운 짓을 대령이 하고 있는 현장을 그는 분명히 보았던 것이다. 그 짓을 그가 보았다는 사실을 대령은 모르고 있었다. 그리고 그것이 자기에게 무엇을 의미하는가를 핑크는 알고 있었다. 핑크는 매일 몇 번씩 대령의 방에 들어가야만 했었다. 식사나 마실 것이나 책 따위를 가져다 주기 위해서였다. 대령을 대할 때에는 누구나 무척 조심했다. 그런데 어느 날 저녁 핑크는 어쩌다가 노크를 잊고 대령의 방에 들어갔다가 그만 그 짓을 보았던 것이다. 어둑어둑한 방에서 창백한 늙은이의 얼굴에서 그 흉측한 표정을 보았다. 그날 저녁 핑크는 역겨워 식사를 할 수가 없었다. 만일 젊은 놈이 집에서 그런 짓을 하다가 들키면 찬물 세례를 받게 되는데, 그 방법은 효과가 있었다.

밑에 있는 사나이들이 또 핑크의 다리를 잡아당겼다. 그는 자기가 방금 쏘아대는 대포를 보았노라고 아래를 향해 소리질렀다. 밑에서 들려오는 고함 소리도 더욱 커졌다. 그들이 지나왔던 포구의 불길은 점점 멀리로 사라지고 가까운 착탄점에 떨어지는 듯 소름끼치던 포성도 무척 멀게 느껴졌다. 그들은 또다시 탱크의 대열을 지나쳐 또 다른 포열(砲列)과 마주쳤다. 먼저보다는 포신이 작아 보이는 경포(輕砲)였다. 포는 우물가에 서 있었는데, 포화가 음산한 두레박 기둥에 날카롭고 냉랭하게 비쳤다. 얼마 동안은 아무것도 못 보았으나 다시 행렬을 지나쳤고 그 다음은 또다시 아무것도 보이지 않았다 —— 그때 핑크의 귀에 기관총소리가 들려왔다. 그들은 기관총소리가 나는 바로 그곳으로 달리고 있었다.

그들이 탄 차는 갑자기 어떤 마을에서 멈추었다. 핑크는 아래로 기어내려와 다른 병사들과 함께 차에서 내렸다. 마을은 엉망이었다. 차가 여기저기 아무 데나 서 있었고 사람들은 아우성을 쳤으며 병사들은 길을 뛰어다녔다. 기관총소리는 점점 크게 들려왔다.

파인할스는 조금 전까지 차 꼭대기에 매달려 있던 하사의 뒤를 따라갔다. 하사는 무거운 짐을 끌고 갔는데, 키가 너무 작아 총개머리가 땅에 질질 끌렸다. 파인할스는 가방을 탄띠에다 꽉 붙잡아매고는 하사를 따라가려고 성큼성큼 걸음을 옮겨놓았다.

"이리 주십시오. 도대체 뭐가 들었는지요?"
"포도주야. 수석 군의관에게 가져다 줄 포도주라니까." 키 작은 하사는 헉헉거렸다.
"내버리세요. 쓸데없다니까요" 하고 파인할스가 말했다. "포도주가 가득 든 짐을 일선에까지 끌고 갈 수는 없습니다."
키 작은 하사는 고집스럽게 머리를 저었다. 하사는 너무나 지쳐서 눈도 뜨지 못했는데, 파인할스가 짐 끄는 것을 거들어주자 휘청거리며 슬픈 표정으로 고맙다는 듯 고개를 끄덕여 보였다. 짐은 파인할스에게는 믿기지 않을 정도로 무거웠다.
오른쪽에서 들려오던 기관총소리는 끝나고 이제는 탱크가 마을을 향해 발포를 했다. 그들 뒤에서는 대들보가 파편처럼 튀어 흩어졌고 부드러운 불빛이 더럽고 움품움푹 패인 도로를 비추었다.
"버려요" 하고 파인할스가 소리를 질렀다. "미쳤군요."
그래도 하사는 대답하지 않고 손잡이를 더욱 꼭 잡는 것 같았다. 그들 뒤에서 또 한 채의 집이 불붙기 시작했다.
그들 앞에서 걷던 소위 하나가 갑자기 걸음을 멈추고 소리를 질렀다. "집 가까이로 가라!" 그들은 앞쪽에 서 있는 집 가까이로 뛰어갔다. 키 작은 하사는 뒤뚱거리며 벽에 기댔다가 물러나 짐 위에 주저앉았다. 왼쪽에서 쏘던 기총소사도 완전히 끝나버렸다. 소위가 집 안으로 들어갔다가 중위 하나와 곧 다시 밖으로 나왔다. 파인할스는 그 중위를 알고 있었다. 그들은 정렬을 해야 했다. 중위는 불빛 속에서 그들의 훈장을 눈여겨보려고 애를 쓰는 것 같았다. 중위의 가슴에는 전보다 훈장이 하나 더 늘었는데, 이번 것은 진짜 훈장다워 보였다. 훈장은 흑백색으로 빛나며 그의 가슴을 장식해 주었다. 맙소사, 저자는 여전히 저 훈장만은 가슴에 달고 있구나, 하고 파인할스는 생각했다.
중위는 잠시 미소를 지으며 그들을 바라보다가 말했다. "좋아." 그러곤 다시 미소를 지어 보인 뒤 이번에는 뒤에 서 있는 소위를 향해 말했다. "됐어. 어떻게 생각하나?"
소위는 그 물음에 대답하지 않았다. 그들은 이제야 소위를 자세히 바라보았다. 그는 키가 작고 얼굴이 헬쑥했으며 그리 젊어 보이지도 않았다. 그 얼굴은 무척 더러우면서도 심각해 보였다. 가슴에는 단 한 개의 훈장도 달려 있지 않았다.

"브레히트 소위!" 중위가 그에게 말했다. "두 사람을 보충하고 대전차포도 함께 가져가게. 다른 병사들은 운돌프에게 보내겠어. 네 명이면 되겠지. 나머지는 내가 데리고 있도록 하겠네."

"두 명을 데리고 가란 말씀이신가요. 물론 대전차포도 함께 가지고 가겠습니다."

"좋아. 대전차포들이 어디 있는지 알겠지?" 하고 중위가 물었다.

"물론입니다."

"삼십 분 내에 보고를 하도록."

"알겠습니다" 하고 소위가 대답했다.

소위는 바로 옆에 서 있는 파인할스와 핑크의 가슴을 꾹 찌르며, 가자고 말하고는 몸을 돌려 걸어갔다. 그들은 서둘러 그를 따를 수밖에 없었다. 키 작은 하사는 짐을 들었고 파인할스는 그를 도와주었다. 그들은 온 힘을 다해 소위의 뒤를 따랐다.

집 뒤에 이르러 그들은 오른쪽으로 구부려져 울타리와 초원을 지나 들판으로 이어지는 골목길로 접어들었다. 그들이 가고 있는 쪽은 아주 조용했으나 뒤쪽에서는 여전히 탱크가 규칙적으로 마을을 향해 발포를 하고 있었고 그들이 마지막으로 지나쳤던 경포도 오른편을 향해 쏘아댔다. 그들이 가고 있는 방향으로.

파인할스가 갑자기 엎드리며 두 사람을 향해 소리를 쳤다. "조심해요!"

순간 트렁크를 손에서 놓자 덜거덩거리는 소리가 들렸고 소위도 곧 그의 앞쪽에 엎드렸다. 그들이 전진해 가던 앞쪽에서는 유탄 발사기가 마을을 향해 날고 있었는데, 지금은 그 속도가 빨라져 여러 대인 것 같았다. 파편이 공중으로 날다가 집 벽에 부딪쳐 소리를 냈고 좀더 큰 파편들은 그들로부터 과히 멀지 않은 곳을 향해 윙윙거리며 날아갔다.

"일어나, 전진!" 하고 소위가 고함을 질렀다.

"잠깐만." 파인할스가 대꾸를 했다. 그는 다시 아름답고 가볍게 터지는 소리를 들었던 것이다. 겁이 났다. 유탄이 핑크의 가방에 맞아 요란한 소리를 냈다. 떨어져 나간 트렁크 뚜껑이 펑하는 소리를 내며 약 20십 미터 전방에서 있는 나무를 향해 날아갔고, 파편은 미친 새떼처럼 공중으로 날았다. 포도주가 목에 튀는 것 같아 그는 놀라서 몸을 움츠렸다. 발사하는 소리는 듣지 못했으나 그들 앞쪽 약간 우묵한 풀밭에서 꽝하는 폭음이 들렸다. 붉은 배경에 두드러지게 새카맣게 보이는 건초더미가 사방으로 흩어지며 불타기 시작했는데, 마치 점화기처럼 가운데로 번져가며 불기둥이 하늘로 치솟았다.

소위가 움푹 패인 길을 따라 그들에게로 기어왔다. "제기랄! 도대체 무슨 일이야?" 소위는 파인할스에게 소곤거리듯 물었다.

"트렁크에 포도주가 들었습니다" 하고 파인할스도 목소리를 죽였다. "여봐요!" 하고 파인할스는 이어 핑크 쪽을 향해 불러 보았다――트렁크 옆에 엎드려 있는 검은 덩어리를 향해서. 움직임이 없었다.

"빌어먹을! 혹시 어떻게……." 소위가 소리를 죽였다.

파인할스는 핑크 쪽을 향해 몇 발자국쯤 기어갔다. 머리로 핑크의 발을 한 번 건드려보고는 팔꿈치를 세워 조금 더 가까이로 기어갔다.

불타고 있는 건초더미에서 비쳐오는 불빛도 길이 움푹 패여 분지처럼 된 가운데까지는 비추지 못했다. 주위의 풀밭이 온통 붉게 불타도 그곳만은 어두컴컴했다.

"여봐요!" 하고 파인할스는 목소리를 낮추어 불러보았다. 달콤한 포도주 냄새가 강렬하게 풍겨왔다. 그는 유릿조각에 찔려 두 손을 움츠렸다가 다시 조심조심 더듬어 구두 쪽에서부터 시작해서 하사의 전신을 만져보았다. 하사의 키가 그렇게 작은 데 그는 놀랐다. 다리는 짧고 몸은 비쩍 말랐다. 이봐요, 하고 그는 소리를 질러보았으나 핑크는 대답이 없었다. 소위가 그리로 기어와서 물었다.

"무슨 일인가?"

파인할스는 계속 더듬어가다가 피를 만졌다. 그것은 포도주와는 달랐다. 그는 손을 움츠리고 소곤거렸다.

"죽은 것 같습니다. 등어리에 커다란 상처가 나서 전신이 피투성이입니다. 램프 가진 것 없으십니까?"

"이런 데서 어떻게 하란 말인가?"

"저쪽 풀밭으로 옮기면 어떨까요?"

"포도주라……."

"주보에서 쓸 것이었는가 싶습니다."

핑크의 몸은 가벼워졌다. 그들은 몸을 숙인 채, 그를 끌고 풀밭을 지나 평평한 비탈로 굴러내렸다. 그곳은 어둠침침하면서도 반듯했다. 핑크의 등은 피투성이였다. 파인할스는 조심스럽게 핑크의 몸을 뒤집어놓았다. 처음으로 그 얼굴이 보였다. 다정하고 길쭉한 얼굴은 땀으로 뒤범벅이 되었고 검은 머리칼은 이마 위에까지 흘러내려 있었다.

"맙소사" 하고 파인할스가 말했다.

"무슨 일이야?"

"가슴을 당했습니다. 상처가 주먹만하군요."

"가슴에 맞았단 말인가?"

"틀림없습니다. 트렁크에 몸을 굽히려 했던 게 틀림없습니다."

"규칙 위반이었군." 소위는 그렇게 말했으나 자신의 농담이 별로 마음에 들지가 않았다.

"신분증과 군번을 떼도록······."

파인할스는 조심스럽게 피가 묻은 저고리를 젖히고 목 부분으로 더듬어올라가 피묻은 양철조각을 떼어 손에 들었다. 신분증도 곧 찾아냈다.

왼쪽 주머니에 들어 있어서 그것은 깨끗했다.

"제기랄! 트렁크는 아직도 무거운가?" 뒤에서 소위가 물어왔다. 소위는 트렁크와 핑크의 총을 들고 뒤를 따라왔다.

"자네 짐은 갖고 있나?"

"네." 파인할스가 대답했다.

"가자!" 소위는 모퉁이에 있는 트렁크를 분지까지 끌고 가서 약간 평평한 곳에 이르자 파인할스에게 소곤거렸다. "왼쪽 담벼락으로 가자." 그는 앞서 기어갔다. "트렁크를 좀 밀어주게."

파인할스는 트렁크를 밀면서 천천히 언덕을 기어올라갔다. 그들이 가는 길을 가로지르는 담벼락에 이르러서 그들은 처음으로 몸을 일으켜 서로 쳐다보았다. 건초더미에서 비쳐오는 불빛에 그들은 상대방의 모습을 똑똑히 볼 수가 있었다. 그들은 그 모양으로 잠시 마주 보았다.

"자네, 이름이 뭔가?"

"파인할스입니다."

"나는 브레히트일세"하고 소위가 말하며 어색한 듯 빙그레 웃었다. "솔직히 말해서 목이 말라 죽을 지경일세."

소위는 트렁크에 몸을 굽히고 무성하게 자란 잔디밭으로 트렁크를 끌고 가 조심스럽게 그걸 열어보았다. 찰가닥하며 열리는 소리가 났다.

"이게 뭐야!" 소위는 작고 멀쩡한 술병을 하나 꺼내들었다. "토카이어산인데." 상표는 피와 포도주로 얼룩져 더러웠다. 파인할스는 조심스럽게 깨지지 않은 병을 가려내는 소위의 모습을 바라보았다. 대여섯 병은 그대로 멀쩡해 보였다. 브레히트는 주머니칼을 꺼내 마개를 땄다. 그는 포도주를 마셨다.

그가 병을 치우며 말했다. "근사한데. 자네도 한잔 하려나?"

"고맙습니다." 파인할스는 병을 받아 한 모금 마셨다. 달콤했다. 그는 병을 돌려주며 또 한 번 고맙다고 말했다.

유탄이 다시 마을을 향해 날았고 기관총이 갑자기 그들 바로 가까이에서 발사되었다.

"잘됐어. 나는 죄다 깨진 줄 알았지"하고 브레히트가 말했다.

소위는 병을 비운 다음 움푹 패인 길에다 굴렸다. "이 담벼락을 왼쪽으로 해서 돌아가야겠어." 건초더미는 불길이 다소 누그러졌으나 아직도 제일 아래쪽은 불길을 내뿜고 있었다.

"자네는 분별력이 놀라워"하고 소위가 말했다.

파인할스는 대꾸하지 않았다.

"내 말은……"하고 소위가 두번째 술병을 따면서 말했다. "이따위 전쟁을, 빌어먹을 전쟁이란 것을 알 정도로 자네는 똑똑하다는 말일세."

파인할스는 여전히 아무 말도 하지 않았다.

"내가 더러운 전쟁이라고 한 뜻은 이 전쟁이 이길 수 있는 전쟁이 아니란 뜻일세. 이것은 정말 더러운 전쟁이란 말이야."

"그렇습니다." 파인할스도 입을 열었다. "정말로 더러운 전쟁입니다."

그때 기관총소리가 너무 가까이에서 들려와 그는 신경이 날카로웠다.

"기관총은 어디 있습니까?"

"저기 벽이 끝나는 곳에…… 저건 농장이고 우리는 지금 농장의 앞쪽에 있는 셈일세."

기관총은 다시 한 번 짧고 신경질적으로 으르렁거리다가 잠잠해졌다. 이어 소련제(製)의 따발총소리가 들렸고 기관총소리가 거기에 응사를 했다. 그 다음은 독일제와 소련제 기관총소리가 서로 엇갈려 들려왔다. 별안간 아주 조용해졌다.

"제기랄!" 소위가 투덜거렸다.

건초가 사그라들기 시작했고 불길은 더 이상 치솟지 않고 탁탁 튀는 소리를 냈다. 어둠이 더욱 짙어졌다. 소위는 파인할스에게 병을 건네주었으나 파인할스는 고개를 저었다.

"너무 달착지근해서 그만두겠습니다."

"자네는 몇 년이나 보병에 있었나?" 하고 소위가 물었다.

"4년째입니다."

"저런! 나는 보병에 대해서는 아무것도 모른단 말이야. 내가 뭘 좀 안다고 떠벌인다면 그야말로 꼴불견일 게야. 내가 2년간에 걸친 저격병 훈련을 끝낸 것은 바로 얼마 전일세. 나의 훈련을 위해 국가는 집 몇 채쯤 지을 돈을 치렀어. 보병으로 행세하다가 죽으면 용사관에 모실 작정인가. 더러워서. 안 그런가?" 소위는 다시 포도주를 마셨다.

파인할스는 대꾸하지 않았다.

"적군이 우세한 경우에는 어떻게 해야 하나?" 소위는 냉담하고 고집스럽게 말을 이어갔다. "이틀 전에 우리들은 여기서 20킬로미터 떨어진 지점에 있었지. 말은 언제나 후퇴가 아니라면서도 우리들은 계속 후퇴했어. 군인 복무규정에는 보병이란 언제나 현지에서 사수(死守)해야 된다고 써 있는데도 말일세. 아마 그 비슷한 뜻일 거야. 하지만 나는 장님도, 귀머거리도 아닐세. 묻겠는데, 이럴 때에는 어떻게 해야 하나?"

"도망쳐야 되겠지요." 파인할스가 대꾸했다.

"말 잘했어. 그래. 도망치는 거야. 근사해." 소위는 낄낄거렸다. "우리들 프러시아군의 복무규정에는 틈이 한 군데 있어. 훈련에는 후퇴라는 것이 없으니 이제 그걸 실제로 훈련해 봐야겠어. 우리들의 복무규정에는 후퇴에 대해서는 아무런 언급이 없고 저항만을 고집하는 것 같거든. 자, 가자." 소위는 주머니에 술병을 두 개 찔러 넣으며 말했다. "가자구. 우리들은 이제 멋진 전쟁을 향해 가는 거야. 그런데 이 불쌍한 녀석은 여기까지 포도주를 질질 끌고 왔군. 불쌍한 녀석……"

파인할스는 천천히 소위를 뒤따랐다. 담모퉁이를 돌자 그에게로 마주 달려오는 사람들의 발소리가 들려왔다. 그 소리는 아주 가까이에서 들렸다. 소위는 담 뒤로 뛰어가며 기관총을 끼고 파인할스를 향해 소곤거렸다. "18니히짜리 납 총알로 가슴에 훈장을 달 수 있을지 모르겠는데." 말은 그렇게 하면서도 소위의 몸이 떨리고 있다는 것을 파인할스는 알았다.

"제기랄, 이제야 정말 심각해졌군. 이제야 진짜 전쟁이야."

발소리가 더욱 가까이로 다가왔다. 달리는 소리는 아니었다. "잘못 생각했습니다" 하고 파인할스가 소곤거렸다. "소련 군인들이 아니군요."

소위는 입을 열지 않았다.

"저들이 왜 저렇게 큰소리를 내며 뛰고 있는지 그 이유를 잘 모르겠는데요……."

소위는 여전히 입을 다물고 있었다.

"소위님의 부하들입니다." 발걸음이 아주 가까워졌다.

그들의 윤곽이 보이고 모퉁이를 돌아오는 독일병의 철모가 확연히 보이는데도 소위는 정지, 암호! 하고 소리를 질렀다. 그들은 깜짝 놀랐다. 병사 하나가 암호는 무슨 놈의 암호야 하고 투덜거렸다.

"탄넨베르크" 하고 다른 목소리가 말했다.

"빌어먹을. 여기서 뭘 하는 거야? 빨리 담 뒤로 숨어. 하나는 모퉁이에 서서 감시를 하고." 소위가 명령을 내렸다.

그들의 수가 꽤 많은 데에 파인할스는 놀랐다. 어둠 속에서도 그는 숫자를 세어보려 했다.

6,7명쯤 되어 보였다. 그들은 풀밭에 앉았다.

"여기 포도주가 있어" 하고 소위가 말했다. "나누어 마시도록." 소위는 술병을 더듬어 그들에게로 건네주었다.

"프린츠 하사, 도대체 어떻게 된 거야?" 하고 소위가 물었다.

프린츠는 모퉁이에 서서 감시를 하던 자였다. 그자가 몸을 돌렸을 때 가슴에서 번쩍이는 훈장이 파인할스의 눈에도 보였다. 프린츠가 대답을 했다. "소위님, 이곳에서 버틴다는 건 무모한 일입니다. 적은 벌써 좌우로 일선을 뚫었습니다. 그런데도 지금 우리 기관총좌가 서 있는 이 더러운 화물 창고에서 버터야 한다니 소위님께서는 우리들을 죽일 작정입니까? 소위님, 전선은 몇백 킬로미터나 될 정도로 넓은데 사방은 구멍이 났습니다. 그러니 이곳은 기사 훈장을 받을 데가 못 됩니다. 철수할 시기가 되었습니다. 그러지 않다 간 꼼짝없이 갇히고 맙니다. 도움을 받을 부대도 하나 없습니다."

"어디에서라도 일선은 고수해야지. 그런데 자네들은 여기에 다 있는가?"

"모두 무사합니다만, 휴가병과 퇴원 환자들을 데리고 일선을 지킬 수는 없을 것 같습니다. 게다가 겐츠키가 부상을 당했습니다. 관통상입니다. 여봐, 겐츠키, 자네, 어디 있나?"

그때 조그마한 얼굴 하나가 담벼락으로부터 나타났다.

"좋아" 하고 소위가 말했다. "파인할스, 자네도 부상병과 함께 돌아가도록 해. 버스가 서 있는 응급 처치소로 가게. 가서 대장에게 기관총좌를 30미터 후방으로 옮겼다고 보고하게. 대전차포도 함께 가져가게. 프린츠, 한 사람만 더 주게나."

"베케, 자네가 함께 가. 그리고 자네는 화물 운반차로 왔는가?" 하고 프린츠가 파인할스에게 물었다.

"그렇습니다."

"우리도 그랬어."

"얼른 가보게. 가서 중대장에게 신분증을 주도록." 소위가 재촉을 했다.

"하나는 죽었습니까?" 하고 프린츠가 물었다.

"그래." 소위가 초조한 듯 대답했다. "얼른 떠나라니까."

파인할스는 두 사람과 함께 천천히 마을로 들어갔다. 남쪽과 동쪽 방면에서 훨씬 많은 탱크들이 마을을 향해 발포하고 있었다. 마을로 이어지는 대로의 좌전방에서 폭음과 비명이 들려왔다. 그들은 잠시 걸음을 멈추고 서로 얼굴을 쳐다보았다.

"굉장한데" 하고 팔을 다친 키 작은 겐츠키가 말했다.

그들은 달리기 시작했으나 겨우 호(壕)에서 나오자 암호! 하는 목소리가 들려왔다.

"탄넨베르크." 그들은 악을 쓰며 암호를 댔다

"브레히트인가? 브레히트의 부대인가?"

"그렇습니다" 하고 파인할스가 대답했다.

"돌아가라! 모두 마을로 들어가 대로에 집합하도록."

"뛰어!" 베케가 파인할스에게 소리를 질렀다. "뛰라니까!"
파인할스는 참호로 내려갔다가 다시 위로 나타나 소리를 질렀다.
"브레히트 소위님!"
"무슨 일인가?"
"퇴각한답니다. 모두 마을로 돌아가 대로에 집결하랍니다."
그들은 천천히 퇴각하기 시작했다.
적색 가구 운반차는 벌써 만원이었다. 파인할스는 느릿느릿 람페(Rampe: 경사면이나 비탈진 찻길)로 기어올라 차 앞쪽에 앉아 등을 기대고 잠을 청했다. 어디선가 들려오는 폭음도 우스꽝스럽게 여겨졌다. 그것은 혈로(血路)를 뚫으려는 탱크의 폭음이었다. 이 전쟁에서는 탱크가 필요 이상으로 폭음을 많이 냈다. 어디서나 그랬다. 하지만 그게 바로 전쟁인지도 모른다. 모두 차에 올랐다. 그때 소령 하나가 훈장을 나누어주기 시작했고 몇 명이 그 훈장을 받았다. 상사 한 명과 하사 한 명 그리고 세 명의 사병이 머리가 희끗희끗한 키 작은 소령 앞에 섰다. 소령은 맨머리로 서둘러 그들에게 훈장을 나누어주었다.
훈장을 나누어주면서도 소령은 연방 소리를 질렀다. "그레크! 그레크 중위는 어디 있어? 그리고 브레히트 소위는?"
차 안에서 브레히트가 큰소리로 대답했다.
"여기 있습니다."
브레히트는 느릿느릿 앞으로 걸어나와 경례를 붙인 다음 람페 앞에 서서 말했다. "소령님, 브레히트 소위입니다."
"자네 중대장은 어디 있나?" 소령은 화가 난 것 같지는 않았으나 몹시 불안해하는 기색이었다. 훈장을 받은 병사들이 느릿느릿 람페로 기어올라서 브레히트 곁을 지나 차 안으로 들어갔다.
소령은 철십자 일등 훈장을 손에 든 채 혼자 서 있었다. 브레히트는 바보 같은 표정으로 말했다. "전혀 모르겠습니다. 그레크 중위님은 제게 중대를 집결지로 이동시키라고 명령했습니다. 중위님은 틀림없이 ……." 브레히트는 잠시 말을 끊었다가 계속했다. "그레크 중위님은 심한 위장병으로 고생을 ……."
소령이 마을을 향해 그레크, 그레크 하고 불러보다가 머리를 흔들고는 브레히트에게로 몸을 돌렸다. "자네들의 중대는 선전(善戰)했지만 우린 이곳을 떠나야겠네."

두 대의 독일군 탱크가 그들의 우전방에서 쏘아대기 시작하자 경포도 방향을 돌려 탱크가 쏘는 방향을 향해 합세를 했다. 마을의 많은 가옥들이 불타올랐다. 마을 한가운데에 다른 집들보다 훨씬 높게 우뚝 솟은 교회당까지 화염에 싸였다. 가구 운반차의 엔진이 붕붕거리기 시작했고 소령은 길에 서서 결단을 못 내리고 우물거리다가 마침내 가구 운반차의 운전수를 향해 소리를 질렀다.

"출발하라!"

파인할스는 신분증을 펴 읽어 내려갔다. "구스타프 핑크, 계급은 하사, 전직은 주점 경영, 주소는 하이데스하임 ······."

하이데스하임이라, 파인할스는 생각에 잠겼다. 그는 깜짝 놀랐다. 하이데스하임은 그의 고향에서 겨우 3킬로미터쯤 떨어진 곳이었다. 그는 '1910년에 개업한 핑크 술집'이란 갈색 간판을 달고 있는 그 술집을 잘 알고 있었다. 그는 그 술집을 가끔 지나쳤지만 한 번도 들어가 보지는 못했다. 차문이 바로 코앞에서 닫히자 적색 가구 운반차는 출발했다.

그레크는 몸을 일으켜 마을을 빠져나가는 길로 달려가 그를 기다리고 있을 사람들과 합류하려고 애를 써보았다. 하지만 아무래도 소용이 없었다. 몸을 일으키기만 하면 찌르는 듯한 복통이 몰려와 배를 땅바닥에 끌 수밖에 없었다. 대변이 몹시 마려웠다. 그는 오물처리장을 둘러싼 조그마한 담벼락에 기댔다. 고통스러운 육신에 변의의 느낌은 대단하면서도 막상 대변은 숟가락 크기 정도에 불과했다. 앉아 있을 수도 없었다. 소량의 대변이 대장(大腸)을 통해 나올 때 그가 견딜 수 있는 유일한 자세는 완전히 구부려 될수록 경련을 적게 느끼는 자세였다. 그 순간 그는 희망을 가졌다. 경련이 가라앉으리라는 희망을. 그러나 그것은 순간에 불과했다. 몸을 찢는 듯한 경련이 전신을 마비시켜 걸을 수도, 기어갈 수도 없었다. 그래도 계속 앞으로 나갈 수 있는 유일한 방법은 두 손으로 몸을 끌고 가는 것이었으나 그렇게 한다고 해도 시간에 댈 수는 없을 것 같았다. 출발 지점을 3백 미터쯤 앞두고 폭음 속에서도 크렌츠 소령이 여러 번 자기의 이름을 부르는 고함소리를 그는 들었다. 하지만 이제는 모든 것이 소용 없는 일로 여겨졌다. 통증이 너무나 심했던 것이다. 그는 담장을 꽉 붙잡았다. 그 동안 엉덩이가 얼어왔고 대장 속에서 치미는 고통이 서서히 응결되는 폭발물처럼 엉켜 굉장한 작용을 할 듯했으나 막상 대변은 극소량에 그쳐버렸다. 그것은 또다시 응결되어 결정적인 해방을 약속하는가도 싶었으나 변은 또다시 극소량으로 그치고 말았다. 그리고 또다시 응결하고……

눈물이 얼굴로 흘러내렸다.

여기저기서 유탄이 터지는 소리가 들리고 마을을 떠나는 자동차 엔진소리가 똑똑히 들려왔지만 그는 전쟁과 관계되는 일은 아무것도 생각지 않았다. 탱크까지도 대로로 퇴각하여 발포를 계속하며 시내 쪽으로 옮겨갔다. 그는 그 모든 소리를 들었다. 모든 것이 조각처럼 선명하게 떠올랐고 마을이 포위된 것도 분명히 의식되었다. 그러나 복부의 통증은 점점 더 심해지고 잦아졌으며, 참기 힘들었고 다른 무엇보다 더욱 중요해 갔다. 그는 멈출 줄 모르고 그의 육신을 마비시키는 그 고통을 생각했다. 싫어하던 아버지의 손에 이끌려 찾아갔던 병원, 자신의 고통스러운 통증에 대해 조언을 하던 그 많은 의사들이 모두 난폭하고 비웃는 듯 행렬을 지어 눈앞으로 지나갔다. 그들은 그를 에워쌌다. 그리고 그의 병은 젊은 시절에 계속되던 단순한 영양 실조에서 오는 것이라고 감히 그에게 터놓고 말을 못 했던 그들의 절망적인 머리가 그를 둘러쌌다.

유탄이 오물처리장에 떨어지자 오물 기둥이 그의 몸 위로 솟구쳐 그 더러운 액체로 그의 몸을 뒤집어씌웠다. 그는 입술로 그 더러운 물을 맛보며 더욱 심하게 눈물을 흘렸다. 그는 마침내 농장이 탱크의 직사권(直射圈) 안에 들어 있다는 사실을 알아차렸다.

포탄이 핑핑 소리를 내며 아슬아슬하게 그의 옆으로, 위로 지나가며 믿을 수 없을 정도로 요란한 소리를 냈다. 유리창이 산산이 부서지며 그에게로 날아오고 판자가 이리저리 흩어졌다. 집 안에서 어떤 여자가 비명을 질렀고 벽돌 조각과 나무 판자가 아무렇게나 날았다.

그는 찰싹 엎드린 채 오물처리장을 둘러싼 담 뒤에 몸을 밀착시키고 조심스럽게 바지 단추를 채웠다. 대장은 여전히 경련을 일으키며 아주 보잘것없는 양의 대변을 배설했다. 그는 천천히 경사진 조그마한 포도를 기어내려가 그 집에서 벗어나려고 했다. 바지는 잠겨졌으나 그는 더 이상 기어갈 수가 없었다. 고통으로 전신이 마비되어 왔다. 그는 누워 있었다──잠시 그의 전 생애가 눈앞을 스쳐 지나갔다──말 못 할 정도로 단조로운 고통과 굴욕의 요지경이. 그에게는 눈물만이 중요하고 현실감으로 느껴졌다. 눈물은 얼굴 위로 끊임없이 흘러 입술을 적시고 오물과 쓰레기와 더러움과 건초로 흘러들어갔다. 포탄이 건초장의 대들보를 때려 그 큰 목조 건축물이 짚북더기와 함께 그의 몸 위로 쓰러져 그를 파묻을 때도 그는 여전히 울기만 했다.

7

녹색 가구 운반차는 모터의 성능이 아주 좋았다. 운전석에 앉아 있는 두 사나이는 교대로 운전대를 잡았지만 별로 이야기를 많이 나누지는 않았다. 그리고 이야기를 나눌 때도 화제는 언제나 모터에 관한 것뿐이었다.

굉장해, 하고 그들은 가끔 말을 꺼내고는 놀랐다는 듯 고개를 끄덕이며 규칙적으로 힘차게 울리는 그 어두운 엔진소리에 귀를 기울였다. 엔진은 이상하거나 불안한 소리를 한 번도 내지 않았다.

밤은 따뜻하고 어두웠다. 그들이 지금 북으로 달려가는 길은 여러 번 군용차의 대열이나 우마차로 막히기도 했고 한두 번은 행군 대열을 너무 늦게 알아본 탓으로 급정거를 해야 했다. 그럴 때마다 그들은 자칫 이상하게도 형체가 없는 것 같은 그 검은 덩어리 속으로 달려들 뻔했으나 헤드라이트가 겨우 그 형체를 비춰주었다. 길은 가구 운반차와 탱크와 행군 대열이 겨우 비켜날 정도로, 그렇게 넘지는 않았으나 북으로 갈수록 점점 한적해져서 그 녹색 가구 운반차는 오랫동안 불도 켜지 않고 고속으로 달릴 수가 있었다. 헤드라이트에서 발산되는 원추형의 불빛에 나무와 가옥의 모습이 드러나고 커브를 돌 때에는 옥수수나 토마토 같은 작물들이 갑자기 선명하게 돌출하기도 했다.

마침내 길은 텅 비었다. 두 사나이는 하품을 하고 어느 마을의 뒷길에 차를 세우고 휴식을 취하기로 했다. 그들은 빵 주머니를 풀고 수통에서 뜨겁고 진한 커피를 따른 다음 얄팍하고 둥근 양철통에서 초콜릿을 꺼냈다. 그들은 아주 조용히 빵을 자르고 버터통을 열어 냄새를 맡아본 다음 빵에다 버터를 발랐다. 물론 그 전에 커다란 소시지 조각을 덮는 것도 잊지는 않았다. 소시지는 붉은 색깔이었고 후추가루도 덮여 있었다.

그들은 아주 느긋한 기분으로 식사를 했다. 피곤에 지친 그들의 회색 얼굴에 생기가 돌았다. 왼쪽에 앉아 있던 사나이가 먼저 식사를 끝내고 담배에 불을 붙인 다음 주머니에서 편지 한 장과 종이에 싸두었던 사진 한 장도 꺼냈다. 풀밭에서 조그마한 토끼와 놀고 있는 아주 깜찍하게 생긴 소녀의 모습이 담겨진 사진이었다. 사나이는 옆에 앉아 있는 동료에게 그 사진을 건네주며 말했다.

"이것 좀 보게. 정말 귀엽지? 안 그런가? 딸일세." 그는 웃음을 터뜨렸다. "휴가 때 만든 애지."

다른 사나이는 음식을 씹으며 사진을 자세히 들여다본 다음 말했다. "근사해. 휴가중에 만든 애라고? 그런데 지금 몇 살인가?"

"세 살일세."

"부인의 사진도 갖고 있는가?"

"물론이지." 왼쪽 사나이가 안주머니를 뒤지다가 갑자기 멈칫하며 말했다. "저것 좀 들어보게. 저자들이 미쳤는가보네."

그때 녹색 가구 운반차 안에서 둔탁하고 격렬한 중얼거림이 들려왔고 이어 찢어지는 듯한 여자의 비명이 들려왔던 것이다.

"조용하게 해." 운전대에 앉은 사나이가 말했다.

다른 사나이는 차문을 열고 마을을 내다보았다. 밖은 따뜻하고 어두웠으며 불을 켠 집은 한 채도 없었고 인분과 쇠똥 냄새가 고약하게 풍겨왔다. 어디선가 개가 짖었다. 사나이는 차에서 내려 푹푹 빠지는 더러운 시골길에 욕지거리를 퍼부으며 차 뒤로 돌아갔다. 안에서 들려오는 웅성거림은 마치 상자에서 들려오듯 여리게 들려왔다. 그때 갑자기 마을에서 두 마리의 개가 짖기 시작했다. 이어서 세 마리가 짖었고 어디선가 창문 하나가 별안간 밝아지며 한 사나이의 실루엣이 나타났다. 스뢰더라는 그 운전수는 육중한 문이 달린 뒷문을 열어볼 흥미가 없었을 뿐더러 그런 수고를 할 필요가 없으리라고 생각되었다. 그가 기관단총의 손잡이로 몇 차례 가구 운반차의 옆을 두드리자 안은 이내 조용해졌다. 스뢰더는 조그마한 창문에 쳐놓은 육중한 철조망이 제대로 있는가 살펴보려고 차바퀴를 밟고 위로 뛰어올라갔다. 철조망은 이상이 없었다.

그는 운전석으로 되돌아갔다. 플로린도 식사를 끝내고는 담배를 피워 물고 커피를 마시며 무릎 위에 놓인 세 살짜리 소녀의 사진을 들여다보는 중이었다.

"정말 예쁜데." 그는 말하며 고개를 쳐들었다. "이젠 잠잠해졌는가? 부인의 사진도 갖고 있나?"

"있다니까." 스뢰더는 다시 지갑을 열어 닳아빠진 사진 한 장을 꺼냈다. 약간 펑퍼짐하고 키가 작은 여자가 털외투를 입고 찍은 사진이었다. 여인은 바보스러운 미소를 띄우고 있었는데 얼굴은 나이가 들고 지쳐 보였으며 굽이 지나치게 높은 검은 구두를 신고 있어서 그것이 그녀에게 고통을 안겨줄 것 같은 생각이 들게 했다. 숱이 많은 짙은 금발은 파마를 했다. "예쁜 여자군" 하고 플로린이 말했다. "이젠 떠나세."

"그래야지." 스뢰더가 대답했다. 그는 여전히 밖을 내다보고 있었다. 마을에서는 여러 마리의 개가 짖었고 불을 밝힌 창문도 많아졌다. 어둠 속에서 사람들이 뭐라고 외쳐댔다.

"출발" 하고 그는 자동차 문을 닫았다. "자, 출발이다."

플로린이 시동을 걸었다. 모터가 곧 돌기 시작하자 플로린은 몇 초 동안 그대로 있다가 가스를 주었다. 녹색 가구 운반차는 서서히 시골길 위로 미끄러져 가기 시작했다. "정말 굉장한 물건이야" 하고 플로린이 말했다. "기막힌 엔진이라니까."

모터의 윙윙거리는 소음이 운전석을 가득 채워 그들의 귀 또한 그 소리로 가득 찼다. 하지만 그들이 얼마쯤 달리자 뒤쪽 짐칸에서 다시금 침울한 웅얼거림이 들려왔다.

"노래를 불러." 플로린이 스뢰더를 향해 말했다.

스뢰더는 노래를 불렀다. 그의 노래는 크고 힘찼다. 그 노래는 특별히 아름답다거나 박자가 제대로 맞는 것은 아니었지만 가슴속에서부터 우러나오는 소리였다. 감정이 복받치는 대목에 이르러서는, 그는 특히 그렇게 불렀다. 그런 대목에 이를 때마다 울먹일 정도로 감정을 잔뜩 넣어 불렀다. 하지만 그는 울지는 않았다. 그가 특히 좋아하는 노래는 〈하이데마리〉였다. 그 곡이 그의 애창곡인 모양이었다. 그는 거의 한 시간이나 큰소리로 노래를 불렀고 그 후에는 두 사람이 서로 자리를 바꾸었다. 이번에는 플로린이 노래를 불렀다.

"그 늙은이가 우리 노래를 못 들으니 잘됐지." 플로린이 껄껄거리며 말했다. 스뢰더도 따라 웃었고 플로린은 다시 노래를 계속했다. 그도 스뢰더가 부른 똑같은 노래를 불렀으나 제일 멋지게 부른 노래는 〈슬픈 행진〉이었다.

그는 그 노래를 여러 번 반복해서 불렀는데, 느리게도 부르고 빠르게도 불렀으며 특히 영웅의 쓸쓸함과 위대성을 분명하게 나타내주는 대목을 여러 번 되풀이해서 불렀다. 운전대를 잡고 있는 스뢰더는 앞길을 응시하면서 전속력으로 차를 몰았다. 그는 플로린의 노래에 맞추어 휘파람을 불었다. 그들은 녹색 가구 운반차의 화물칸에서 흘러나오는 소리를 더 이상 들을 수가 없었다.

운전석이 서서히 추워지자 그들은 다리에다 담요를 두르고 가끔 수통에서 커피를 따라 마셨다. 그들이 노래를 그쳤으나 가구 운반차의 안은 조용했다. 도대체 모든 것이 조용했다. 외계는 모든 것이 잠들어 국도는 텅 비고 물기로 축축했다. 비가 내렸던 모양이었다. 그리고 그들이 지나쳐 가는 마을마다 죽음처럼 조용했다. 마을은 어둠 속에서 잠깐씩 번쩍 빛을 발했고 때로는 교회당 같은 건물이 어둠을 뚫고 솟아났다가는 이내 뒤로 사라지곤 했다.

새벽 네 시에 그들은 두번째로 휴식을 취했다. 두 사람은 똑같이 피로했다. 그들의 얼굴은 잿빛이었고 야위었으며 더러웠다. 그들은 거의 말을 주고받지 않았다. 그들이 아직 달려야 할 시간이 무한히 길어 보였다. 그들은 길 옆에서 잠시 쉬었다. 술 몇 방울로 얼굴을 씻고 버터 바른 빵을 억지로 먹은 다음 나머지 커피를 마셨다. 그 다음은 조그만 양철통에서 초콜릿을 꺼내 먹고는 담배를 피워 물었다. 차를 다시 몰기 시작하자 원기가 감돌았다. 운전을 할 차례가 된 스뢰더는 나직이 휘파람을 불었고 플로린은 담요로 몸을 감싼 채 잠이 들었다. 짐칸도 아주 조용했다.

소리 없이 비가 내리기 시작했다. 국도에서 비켜 어떤 마을로 들어가는 좁은 진입로에 이르렀을 때에야 동이 터오기 시작했다. 그들은 넓은 들판을 가로질러 숲을 달리기 시작했다. 안개가 자욱했다. 숲을 벗어나자 나타난 초원에는 막사가 여러 채 서 있었다. 다시 조그마한 숲이 나오고 이어 초원이 또 나타났다.

그들은 차를 멈추고 벽돌과 철조망으로 만들어진 어떤 거대한 병영(兵營)의 문앞에서 힘차게 경적을 울렸다. 문 옆으로 흑백색과 붉은 색의 초소와 감시탑이 서 있고, 그 감시탑 위에 철모를 쓴 사나이가 기관총좌를 끼고 서 있었다. 보초는 문을 열고 운전석을 향해 씽긋 웃어 보였다. 녹색의 가구 운반차는 서서히 문안으로 미끄러져 들어갔다.

운전석에 앉은 사나이가 옆자리에서 자고 있는 사나이를 쿡 찌르며 말했다.
"이젠 다 왔어."

그들은 운전석 문을 열고는 짐을 들고 차에서 내렸다.

숲에서는 새들이 지저귀고 동쪽에서 떠오르는 태양이 푸른 수목을 위로 밝게 비쳤다. 어디에나 부드러운 향내와 아지랭이가 어른거렸다.

스뢰더와 플로린은 감시탑 뒤쪽에 서 있는 바라크를 향해 지친 듯 걸음을 옮겼다. 계단을 몇 개 지나 바라크 가까이에 이르렀을 때 출발 준비를 끝낸 차량의 행렬이 보였다. 그들은 그것을 보았다. 수용소는 아주 조용했다. 움직이는 것은 아무것도 없었고 화장터의 굴뚝만이 세차게 검은 연기를 내뿜고 있었다.

선임 하사관은 책상에 쭈그리고 앉아 잠을 자고 있었다. 두 사나이는 그가 소스라치게 잠에서 깨어나자 그를 보고 피곤에 지친 웃음을 지어 보였다.
"귀대했습니다."

선임 하사관은 몸을 일으켜 기지개를 켜고 하품을 했다. "좋아."

그는 여전히 잠에 취한 표정으로 담배를 물고 머리카락을 쓸어넘긴 다음 군모를 쓰고 탄띠를 바르게 손질하면서 거울을 들여다보며 눈곱을 떼어냈다.
"이번에는 몇 명인가?"

"67명입니다" 하고 스뢰더가 대답하면서 서류 뭉치를 책상 위에다 던졌다.
"나머지들인가?"

"그렇습니다. 그런데 무슨 일이 있습니까?" 하고 스뢰더가 물었다.
"우리들은 오늘 저녁에 철수한다."
"정말입니까?"
"그래. 공기가 너무 뜨거워졌어."
"어디로 철수하는 겁니까?"
"대독일 쪽으로. 오스트마르크 지구로 가는 거야."

선임 하사관은 껄껄거리고 웃었다. "한잠 자게. 오늘밤은 소란스러울 테니. 오후 일곱 시 정각에 출발을 해야 하거든."

"수용소는 어떻게 됩니까?" 하고 플로린이 물었다.

선임 하사관은 군모를 벗은 다음 조심스럽게 머리를 빗고는 오른손으로 앞머리를 매만졌다. 갈색 머리에 약간 마른 미남이었다. 그는 한숨을 쉬었다.

"수용소라고? 수용소는 없어지는 거야. 오늘 저녁까지 수용소는 없어지는 거야. 말하자면 비우는 거지."

"비운다고요?" 하고 플로린이 물었다. 그는 의자에 앉아 소매 끝으로 물기에 젖은 기관단총을 슬슬 문질렀다.

"비운다니까." 선임 하사관은 싱긋 웃으며 어깨를 으쓱했다. "수용소가 없어진다고 하지 않았나? 그래도 못 알아듣겠나?"

"이송(移送)되는 겁니까?" 하고 밖으로 나가려던 스뢰더가 물었다.

"제기랄! 그만 좀 묻게" 하고 선임 하사관이 대답했다. "이송이 아니라 비운다고 말하지 않았나? 합창대까지 말일세." 그는 싱긋 웃었다. "그 늙은이가 정말 합창대에 미쳤어. 조심하라고. 그 늙은이가 또 합창대를 질질 끌고……."

"알겠습니다." 두 사나이가 동시에 말했고 스뢰더가 거기에 덧붙였다. "그 늙은이는 노래에 미쳤지요." 그들은 셋이 함께 웃음을 터뜨렸다.

"가보세."

"차는 그냥 세워뒀습니다. 더 이상 꼼짝할 수가 없어서요." 플로린이 말했다.

"괜찮아" 하고 선임 하사관이 말했다. "빌리더러 끌고 가라지."

"그러면 가보겠습니다……." 두 운전병은 밖으로 나갔다.

선임 하사관은 고개를 끄덕이고 창가로 다가가 밖에 세워둔 녹색 가구 운반차를 바라보았다. 거기에는 또한 출발 준비를 모두 끝낸 차량의 행렬이 길게 서 있었다. 수용소는 아주 조용했다.

그 녹색의 가구 운반차는 한 시간 후 수용소 소장 필스카이트가 도착한 다음에야 문이 열렸다. 그는 검은 머리카락에 중키였으며 창백하고 이지적인 얼굴에는 결벽스러운 모습이 흘러넘쳤으나 지독히 엄격한 사람이었다. 그는 무엇보다 질서를 중히 여겨 조금이라도 어긋난 것은 참지 못하는 성격이었다. 그는 규정대로만 행동했다. 보초가 인사를 하자 그는 고개를 끄덕이고는 녹색 가구 운반차를 쳐다본 다음 초소로 들어갔다. 선임 하사관이 보고를 했다.

"몇 명인가?"

"67명입니다. 소장님."

"좋아." 필스카이트가 말했다. "한 시간 이내에 그들의 노래를 듣겠네."

소장은 고개를 끄덕이고 초소를 나와 광장을 가로질러 갔다. 수용소는 사각형이었다. 네 채의 바라크가 넉 줄로 겹쳐서 이루어진 정사각형으로 모든 문은 남쪽을 향해 나 있고 모퉁이마다 초소가 하나씩 있었다. 중앙에는 취사장과 수세식 변소가 있고 동남쪽 감시탑 옆 모퉁이에는 목욕탕이 있었으며 그 목욕탕 곁에 화장터가 있었다.

수용소는 조용했다. 동북쪽 감시탑에 서 있는 보초 하나가 나직이 노래를 읊조렸을 뿐, 그 밖에는 모든 것이 조용했다. 취사장에서는 지금 푸른 연기가 아주 연하게 올라오고, 화장터에서는 검은 연기가 세차게 흘러나왔으나 그 연기는 다행히도 남쪽으로 날아갔다. 화장터의 높은 굴뚝은 벌써 오래 전부터 짙은 연기를 계속 내뿜고 있었다.

필스카이트는 그 모든 것을 한번 휙 둘러본 다음 고개를 끄덕이고 취사장 곁에 있는 집무실로 들어갔다. 그는 모자를 벗어 책상 위에다 던지고 만족한 듯 고개를 끄덕였다. 모든 것이 질서정연했던 것이다. 그런 생각을 하자 미소라도 떠오를 것 같았으나 웃지는 않았다. 그는 삶이란 것을 진지하게 받아들였으나 일이란 것을 더 진지하게 생각했으며 그 중에서도 예술을 가장 진지한 것으로 생각했다.

필스카이트는 예술을 사랑했는데, 특히 음악을 사랑했다. 그는 중키에 검은 머리였으며 창백하고 이지적인 얼굴은 아름답다고까지 생각하는 사람들이 많을 정도였으나 유난히 크고 뾰족한 턱이 그의 얼굴에서 부드러운 부분을 너무 아래쪽으로 처지게 해서 그 지적인 얼굴로 하여금 사람을 놀라게 하는 야만스러운 표정으로 보이도록 했다.

필스카이트는 음악도였으나 전문가에게 없어서는 안 될 냉정을 잃을 만큼 음악을 사랑했었다. 그리하여 뒷날 은행원이 된 뒤에도 열정적인 음악 애호가로 남을 수밖에 없었다. 음악 중에서도 그의 장기(長技)는 합창이었다.

그는 근면하고 명예욕이 대단한 사람으로 신용이 있어 은행원으로서는 상당히 빠르다고 할 정도로 승진하여 곧 지점장이 되었으나 그의 실제적인 정열은 음악에 있었다. 그것도 순수한 남성 합창단에 온갖 열정을 기울였다.

이미 옛이야기지만 그는 한동안 콘코르디아 남성 합창단의 지휘자 노릇을 한 적이 있었다. 15년 전, 그의 나이 스물여덟 살 때였다. 사람들은 그가 직업적인 음악가가 아님에도 불구하고 그를 지휘자로 선출했다. 그보다 더 정열적으로 그 합창단의 목적에 부합되도록 애를 쓸 직업 음악가가 있을 것 같지 않았기 때문이다. 그가 지휘를 할 때, 약간 가볍게 떠는 그의 창백한 얼굴과 야윈 두 손을 바라본다는 것은 황홀할 지경이었다. 단원들은 그의 정확성 때문에 그를 두려워했다. 틀린 음정을 지나치는 법이 절대로 없었으며 누군가 뒤에 처지면 그는 화를 냈다. 마침내 용감한 단원들이 그의 지나친 엄격함과 지칠 줄 모르는 근면성에 싫증을 내어 다른 지휘자를 선택할 시기가 찾아오게 되었다.

그는 그때 어떤 성당의 합창대 지휘를 함께 맡고 있었다. 물론 그 성당이 마음에 들지 않았으나 합창단을 손에 넣을 수만 있다면 무슨 일이든 서슴지 않을 때였기에 거기에 그대로 남아 있었던 것이다. 신부(神父)는 사람들에게서 '성인'으로 불렸다. 신부는 온화하고 약간 바보스럽게 보이면서도 어떤 때에는 몹시 엄격해 보이기도 했다. 벌써 머리가 희끗희끗한 노인으로 음악에는 캄캄한 신부였으나 합창 연습 때에는 언제나 참석해서 때때로 미소를 지어 보였다. 필스카이트는 그 미소를 미워했다. 그것은 사랑의 미소였다. 동정적이고 고통스러운 사랑의 미소. 때때로 신부의 얼굴이 엄격해질 때도 있었으나 필스카이트는 미사에 대해서나 그 미소에 대해 역겨움을 느꼈다. '성인'의 그 미소는 이렇게 말하는 것 같았다. 소용 없는 일이야, 소용 없는 일이고말고. 하지만 나는 너를 사랑하고 있어. 그리하여 성가(聖歌)와 신부의 미소가 점점 미워져 콘코르디아에서 쫓겨나게 되었을 때, 그는 성가대도 떠나고 말았다. 그는 가끔 그 미소와 내용 없는 엄격함과 애정의 시선을 생각해 보았다. 그는 그 시선을 유태인다운 애정의 시선이라 불렀는데, 그것이 어떤 때에는 냉담하면서도 다정스럽게 여겨져 그의 가슴을 증오와 고통으로 가득 채워주었다.

그는 고등학교 교사가 되었다. 그의 전임자는 담배와 맥주를 즐기고 더러운 욕지거리를 잘하는 사람이었다. 필스카이트는 이 모든 것을 증오했기 때문에 그는 담배를 피우지도, 맥주를 마시지도 않았으며 여자를 좋아하지도 않았다.

그의 은밀한 이상과 부합되는 이른바 종족 사상(種族思想)에 도취되어 그는 즉시 히틀러 유겐트에 가입했고 빠른 속도로 승진하여 어느 구역의 합창단 지휘자가 되었다. 그는 거기서 합창곡과 대화곡(對話曲)을 작곡하면서 자신의 취미에 맞는 생활을 해나갔다. 특히 혼성합창에서였다.

그는 뒤셀도르프 교외에 소박하면서도 설비가 잘되어 있는 편리한 방을 쓰고 있었는데, 집에 있을 때면 종족 사상에 관한 문헌과 저술을 가능한 대로 입수하여 거기에 파묻혀 지냈다. 그리하여 세밀하면서도 오랜 연구를 거친 끝에 〈합창과 종속과의 상호 관계〉라는 자신의 논문을 완성했다. 그는 그 논문을 어느 국립 음악 학교에 제출했으나 몇 마디의 냉소적인 촌평과 함께 그 논문은 반려되고 말았다. 후에 안 일이지만 그 학교의 책임자는 노이만이라는 유태인이었다.

1933년, 그는 드디어 은행을 떠나고 말았다. 당(黨)에 들어가 오로지 음악적 과업에만 전념하기 위해서였다. 그의 논문은 결국 어느 음악 학교의 적극적인 추천을 받아 그 요지가 전문지에 게재되었다. 이어 그는 어느 지구의 히틀러 유겐트의 지휘관이 되었고 친위대와 돌격대의 일도 맡아보았다. 또한 남성 합창과 대화곡의 전문가로 활동하였으며 혼성합창의 경우도 마찬가지였다. 그리고 지휘관으로서의 적성에도 의심의 여지가 없었다.

전쟁이 일어났을 때에는 누구보다 먼저 자신이 반드시 필요한 인물이 되도록 애를 써서 누차 백골단에 가입 신청을 했으나 매번 거절을 당했다. 머리가 검고 키가 너무 작으며 지나치게 뚱뚱한 형에 속한다는 이유 때문이었다. 그가 집에 돌아오면 몇 시간씩이고 거울 앞에 서서 자신의 모습을 절망적으로 들여다본다는 사실을 아무도 몰랐다. 그 모습은 도저히 그냥 보아넘길 수는 없었다. 그는 결코 그 종족에는 끼이지 못했다. 그가 그렇게도 존경을 하며 로헨그린(바그너가 쓴 동명의 오페라 주인공)이 속했던 그 종족에. 그러나 세번째 신청은 백골단에서 끝내 받아들여 주었다. 당 기구로부터의 우수한 증명을 첨부했기 때문이었다.

전쟁이 일어나고 처음 몇 년 동안은 음악적인 명성 때문에 오히려 여러 가지로 고생을 했다. 전선에 배치되지 못하고 언제나 교육대 파견이었다. 나중에는 교육에 책임자가 되었다가 이어 지도자 양성소의 지휘관이 되어 전 돌격대의 음악 교육을 맡아보기도 했다. 그의 주업무는 군단의 합창이었는데,

그것은 13개 국가와 18개의 언어를 포함하는 합창대였다. 그런데 그 합창곡의 한 부분이 〈탄호이저〉(바그너의 오페라)의 일부분과 너무나 비슷했다.

그는 그 뒤 군대에서는 보기 힘든 일등 무공훈장을 받았으며 스무번째 일선 부대의 근무 신청을 냈을 때야 겨우 어떤 교육대 파견 근무가 하달되었고 이어 전선 근무를 하게 되었다.

1943년에는 독일에 있는 어느 조그마한 수용소의 책임자가 되었다가 1943년에는 헝가리에 있는 어느 게토(유태인)의 사령관이 되었으며 이 게토가 러시아군의 진격으로 없어지게 되자 이곳 북쪽에 있는 조그마한 수용소를 맡게 된 것이다.

무슨 명령이든 정확히 수행하는 것이 그의 야심이었다. 그는 얼마 안 가서 죄수들 가운데 무서울 정도의 음악적 재능을 갖춘 자들이 많다는 사실을 알았다. 특히 유태인들의 경우가 그를 놀라게 했다. 그리하여 그는 선발 원칙을 정했다. 즉 새로 도착되는 유태인이면 누구나 그가 보는 앞에서 노래를 부르게 하여 그 성적을 영에서 십까지의 숫자로 기록카드에 올리게 했다. 영점을 받는 사람은 거의 없었다. 그들은 이틀 이상을 더 살아남을 가능성이 없었고 10점을 받는 사람은 즉시 수용소 합창단에 소속되었다. 수송이 중지될 경우에도 그는 언제나 남녀 합창단원을 보유하고 있었으므로 단원의 숫자는 언제나 만원이었다. 그는 그 합창단을 옛 콘코르디아 합창단 시절처럼 엄격하게 다루었으므로 그 합창단에 대해 대단한 자부심을 갖고 있었다. 이런 합창단을 이끌고 나간다면 어떤 경연대회에서라도 우승은 틀림없으리라. 그러나 유감스럽게도 청중들은 죽어가는 죄수들과 보초들뿐이었다.

그리고 그에게는 명령이 음악보다 더 신성시되었다. 최근에는 특히 하도 많은 명령이 하달되어 그의 합창단은 약체를 면할 수가 없게 되었다. 헝가리에 있는 게토와 수용소들은 모두 폐쇄되었고 그에게 유태인을 보내주던 큰 수용소들도 이제는 없어졌으며 그의 조그마한 수용소도 열차 접속이 불가능해져서 부득이 유태인들을 수용소 안에서 모두 죽여 없앨 수밖에 없었다. 하지만 아직 사령부는 그대로 기능을 발휘했다. 취사장과 화장장과 욕실이. 그리고 최소한 우수한 합창단원을 보유할 정도로는 충분했다.

필스카이트는 살인을 좋아하지는 않았다. 그리고 그 자신이 직접 살인을 한 적도 없었다. 그런 일에 대해서 환멸을 느꼈으나 그것이 어쩔 수 없다는 것을 알았다. 그리하여 명령이 엄격히 이행되도록 명령을 존중했다. 명령에 기꺼이 따르기보다는 명령의 당위성을 인정하고 그 자신이 먼저 명령을 존중해서 그것을 실행한다는 것이 그에게는 중요했기 때문이다.

필스카이트는 창문으로 다가가 밖을 내다보았다. 녹색 가구 운반차로 두 대의 짐차가 서고, 운전병들이 막 차에서 내려 피곤한 걸음걸이로 초소를 향해 걸어가고 있었다.

선임 하사관 블라우에르트가 다섯 명의 사병들을 데리고 문에서 걸어나와 녹색 가구 운반차의 육중한 문을 열었다. 안에서 사람들의 비명이 들려왔다. 햇빛에 눈이 부셔 비명을 질렀던 것이다. 차에서 내린 것은 녹색 외투에 검은 머리를 한 젊은 여인이었다. 여인은 더러웠고 옷은 찢겨 있었다. 여자는 불안한 듯 옷깃을 여미고 열두서너 살쯤 되어 보이는 소녀의 팔을 붙잡고 걸어갔다. 둘 다 짐은 없었다.

비틀거리며 차에서 내린 사람들은 점호장에 정렬했다. 필스카이트는 속으로 그들의 숫자를 헤아렸다. 남녀노소를 합쳐 도합 61명이었는데, 그들의 옷이나 자세나 연령은 각양각색이었다. 녹색의 가구 운반차에서는 그 이상은 나오지 않았다. 여섯 명은 죽은 모양이었다.

녹색 가구 운반차는 서서히 미끄러지듯 화장장 앞에 정차를 했다. 필스카이트는 만족스럽게 고개를 끄덕였다.

차에서 내려진 여섯 구의 시체는 곧바로 바라크 안으로 질질 끌려갔다.

차에서 내린 사람들의 짐은 초소 앞에 쌓였고 이어 두 대의 다른 화물 자동차도 곧 비워졌다. 필스카이트는 천천히 채워지는 5열 종대의 숫자를 세어보았다. 도합 스물아홉 줄이었다. 선임 하사관 블라우에르트가 메가폰을 잡고 말했다.

"모두 잘 들어라! 여러분들은 이제 임시 수용소에 도착했다. 이곳 체류는 단기이다. 각자 기록 카드실로 가게 될 것이다. 거기서 소장님께서 직접 여러분들을 테스트하게 될 것이다. 그리고 각자 목욕을 하고 이를 잡는다. 모든 일이 끝나면 뜨거운 커피가 배급될 것이다. 조금이라도 반항하는 자는 즉각 총살이다."

그는 감시탑을 가리켰다. 거기에는 기관단총이 점호장을 향해 총구를 겨누고 있고 뒤에는 안전 장치를 푼 자동권총을 찬 다섯 명의 병사들이 서 있었다.

필스카이트는 창문 뒤에서 초조하게 이리저리 거닐었다. 그는 금발을 가진 몇 사람의 유태인을 발견했던 것이다. 헝가리 유태인은 금발이 많았다. 물론 그들 가운데는 북방 민족의 어느 그림책이라도 가득 채울 정도의 본보기도 갖고 있었지만 필스카이트가 특히 좋아하는 것은 검은 머리의 유태인이었다.

녹색 외투와 찢어진 옷을 입고 기록실로 들어서는 제일 첫번째 여자를 필스카이트는 바라보았다. 그는 책상에 앉아 권총의 안전 장치를 풀어놓았다. 잠시 후 여자는 거기에 서서 노래를 부르게 되리라. 일료나는 이미 열 시간 전부터 공포를 기다리고 있었다. 하지만 아직도 그 공포는 찾아오지 않았다. 그녀는 허다한 일들을 감내해야 했으며 그 열 시간 동안에 참으로 많은 것을 느꼈다. 구역질, 경악, 기아와 갈증, 호흡곤란과 햇빛 들어설 때의 절망감 그리고 혼자였던 것은 불과 몇 분에 불과했지만 그때 느꼈던 싸늘한 행복감 그녀가 기다린 공포는 아직도 찾아오지를 않았다. 그녀가 열 시간을 견뎌온 세계는 너무나 유령 같은 세계여서 현실과 혼동이 될 정도였다. 그것은 얘기로만 들어왔던 유령 같은 세계였다. 그런 이야기를 듣는 것이 차라리 그 속에 있는 것보다 더 무서웠지만. 그녀가 갖고 있는 소원은 별로 많지가 않았다. 그 소원 중의 하나는 그저 혼자 있을 수가 있어 진짜 기도를 드리는 일이었다.

그녀는 생(生)이라는 것을 전혀 다르게 상상했었다. 지금까지의 삶은 그녀가 생각했던 대로 깨끗하고 아름다우며 계획에 꼭 맞도록 진행되었다. 그녀의 계획이 틀어졌을 때도 마찬가지였다. 그런데 여기서 겪는 일은 전혀 예측 밖의 일이었다. 그녀는 그것을 모면할 수 있으리라고 여겼던 것이다.

모든 것이 제대로 잘되면 반 시간 이내에 죽게 되리라. 그녀는 운이 좋았다. 제일 먼저였던 것이다. 그녀는 이 사람이 말하는 목욕의 의미를 잘 알고 있었으며 10분쯤 죽음의 고통을 당하리라고 예측했다. 그러나 그것은 너무나 아득해서 조금도 불안감을 가져다 주지 못했다. 자동차 안에서도 그녀는 많은 것을 견뎌냈다. 그런 일들은 그녀에게만 덮쳐온 일이었으나 그것이 그녀의 마음속까지 파고들지는 못했다. 어떤 남자가 그녀를 강간하려 했었다. 그녀는 어둠 속에서도 이글거리는 사내의 욕정을 느낄 수 있었는데, 지금 그 자를 다시 찾아내려고 해봤으나 헛일이었다.

다른 남자가 그자로부터 그녀를 지켜주었다. 자기는 어떤 장교로부터 군복 바지를 하나 산 죄로 체포되었노라고 그 늙은 사람은 말했는데, 그 남자 역시 알아볼 도리가 없다. 또 다른 남자는 어둠 속에서 그녀의 젖가슴을 더듬으려고 그녀의 옷을 찢고 목에다 키스를 했었지만, 다행히도 또 다른 남자가 그자에게서 그녀를 떼어놓아 주었다. 사람들은 그녀가 갖고 있었던 단 하나의 짐인 과자 상자를 그녀의 손을 쳐서 떨어뜨렸다. 상자는 바닥에 떨어졌다. 그녀는 어둠 속에서 손으로 더듬어 더러움과 버터로 뒤범벅이 된 몇 조각의 과자부스러기를 가려냈다. 마리아와 함께 그걸 나누어 먹었고, 몇 조각은 그녀의 주머니에서 짓뭉개졌으나 몇 시간 뒤에는 그 과자가 기막히게 맛이 좋다는 것을 알게 되었다. 그녀는 주머니에서 끈적끈적한 덩어리를 꺼내 아이를 주고 자기도 먹었다. 외투 주머니에서 긁어낸 그 과자, 짓눌리고 더러운 그 과자도 기막히게 맛이 좋다는 사실을 그녀는 알았다.

몇 사람이 스스로 목숨을 끊었다. 그들은 소리 없이 피를 흘리며 구석에서 괴상하게 헉헉거리며 신음을 했고, 옆사람이 그 피의 세례를 받고 미친 듯이 고함을 질렀으나 밖에서 차 옆구리를 탁탁 때리자 비명을 멈추었다. 그 소리는 위협적이며 소름끼치게 들렸다. 탁탁 치는 것은 아마도 사람이 아닐는지도 모른다.

그들은 오래 전부터 벌써 인간 속에 끼여 살지 않았던 것이다.

그녀는 후퇴를 기대했으나 그것도 소용 없는 일이었다. 그녀가 그렇게 좋아했던 그 군인과 헤어진 사실을 후회해 보았으나 그것도 아무런 의미가 없는 일이었다. 그녀는 그 군인의 이름도 정확히 모르지 않는가. 그걸 생각해 본다는 것은 조금도 의미가 없었다.

양친의 집은 텅 비어 있었고 오직 어린 마리아뿐이었다. 마리아는 언니의 딸로 학교에서 방금 돌아와 집이 텅 빈 것을 알고 놀라서 정신을 차리지 못했다. 양친과 조부모는 벌써 떠나버렸는데, 이웃 사람들의 이야기로는 점심 때쯤 붙잡혀 갔다는 것이었다.

일료나와 마리아는 게토로 달려가 부모와 조부모를 찾아보았으나 그것도 쓸데없는 일이었다. 그들은 여느때처럼 이발소의 뒷방을 거쳐 텅 빈 거리로 달려가다가 녹색 가구 운반차에 붙잡히고 말았다. 차는 바로 출발 직전이었다. 그들은 거기서 가족을 찾아내려고 애를 썼지만 가족들은 그 차에 없었다. 일료나는 이웃 사람 가운데 아무도 학교로 달려와 소식을 알려줄 생각을 못 했던 것에 놀랐다. 마리아도 그런 생각을 못 했고. 그러나 누가 그녀에게 소식을 알려줬다고 한들 그게 무슨 소용이 있었겠는가……

차 안에서 누군가가 그녀의 입에다 불붙은 담배를 물려주었다. 나중에 그녀는 그 사람이 바지 때문에 잡혀온 남자라는 것을 알았다. 그것은 그녀가 평생 처음으로 피워본 담배였는데 담배가 원기를 북돋워주어 기분이 몹시 좋아지게 한다는 것을 알게 되었다. 그녀는 자기에게 잘해 준 사람의 이름이 무엇인지 모른다. 아무도 자기를 드러내지 않았던 것이다. 이상스럽게 헉헉거리던 사나이도, 또 잘해 주던 사람도 본색을 나타내지 않았다. 성냥불에 드러나는 얼굴은 모두가 똑같았다. 공포와 증오로 가득 찬 일그러진 얼굴들이었다.

그녀는 오랜 시간 동안 기도를 드릴 수가 있었다. 수녀원에서도 그녀는 기도문과 축제일에 드리는 긴 예배문을 전부 외었다. 그녀는 그것을 알고 있는 게 기뻤다. 기도를 하면 상쾌한 마음이 그녀를 가득 채워주었다. 그녀는 무엇을 얻거나 피하기 위해 기도하지는 않았으며 고통이 없는 빠른 죽음을 위해서도, 또 살기 위해서 기도하지도 않았다. 그녀는 그저 기도를 드렸을 뿐이다. 그리고 쿠션이 달린 문에 기대어 다른 사람들과 등을 맞대지 않을 수가 있어 기뻤다. 처음에는 다른 사람들과 등을 맞대고 있었다. 그러다가 지쳐서 뒤로 넘어지면 그녀의 육체는 그녀가 넘어진 남자의 마음속에 미친 듯한 욕망을 불러일으켜 그녀를 놀라게 했다. 하지만 그것이 그녀의 마음을 아프게 하지는 않았다. 오히려 그 반대였다. 그녀는 자신이 남자에게 어떤 관여를 하고 있는 듯한 느낌을 가졌다. 낯모르는 남자에게…….

그녀는 등을 쿠션에 기대고 다른 사람들과 등을 맞대지 않을 수 있을 때 무척 즐거웠다. 고급 가구가 훼손이 안 되도록 고안을 한 쿠션에. 그녀는 마리아를 꼭 껴안았다. 아이가 잠이 들어 있어 즐거웠다. 그녀는 보통때처럼 똑같은 기도를 드리려 해보았으나 그렇게 되지가 않았다. 냉엄한 상념의 멜로디만이 남았다.

그녀는 삶을 전혀 다른 모습으로 생각했었다. 스물세 살 나이로 국가시험에 합격한 뒤에 수녀원으로 들어갔었다. 친척들은 실망을 했지만 그녀의 결심을 뒷받침해 주었다. 그녀는 일년 동안 수녀원에 있었는데 참으로 멋진 시절이었다. 그녀가 정말로 수녀가 되었더라면 지금쯤은 아르헨티나의 어떤 여학교에서 교편을 잡는 수녀가 되어 있었으리라. 성당에 부설된 여학교.
 하지만 그녀는 수녀가 되지는 않았다. 결혼을 하고 아이를 갖고 싶은 소망이 너무나 커서 일년이 지났을 때는 그 소망을 도저히 억누를 수가 없었다.
 그녀는 세상으로 되돌아왔다.
 그녀는 성공적인 여교사가 되었으며 그 일을 마음속으로 좋아했다. 그녀는 전공인 독일어와 음악을 사랑했고 어린이들을 사랑했다. 소년 소녀들의 합창 이상으로 더 아름다운 것을 그녀는 생각해 낼 수가 없었다. 그녀는 자기가 직접 조직한 합창단을 성공적으로 이끌어나갔다. 어린이들의 합창. 축제 때 부르기 위해 연습을 한 라틴어 합창은 정말로 천사 같은 순결성을 갖고 있었다. 뜻도 모르며 부르는 라틴어 합창곡을 듣는다는 것은 정말로 즐거운 일이었다.
 인생이란 그녀에게 아름답게 비쳐졌다. 언제나 그랬다. 그녀를 괴롭히는 것이 있다면 그것은 오직 사랑과 아이들에 대한 소망뿐이었다. 그것이 그녀를 괴롭혔다. 누구에게서도 그것을 발견하지 못했기 때문이다.
 그녀에게 관심을 두었던 사나이들도, 그녀에게 사랑을 고백했던 사나이들도 많았다. 그 중에 어떤 사나이들로부터는 키스를 받았으나 그녀가 바란 것은 말로는 표현할 수 없는 그 무엇이었다. 그것은 결코 사랑이라고 할 수 있는 것은 아니었다. 사랑에는 여러 가지 형태가 있었다. 그래서 그녀는 그것을 경이(驚異)라고 부르고 싶었는데, 이름도 모르는 그 군인이 지도(地圖) 옆에 서서 붉은 깃대를 꽂을 때, 그녀는 그걸 느낀 것 같았다.
 그 군인이 자기를 사랑하고 있음을 그녀는 알고 있었다. 그는 이틀 동안이나 몇 시간씩 그녀를 찾아와 잡담을 나누었다. 군복이 그녀에게 약간 불안스럽고 서먹서먹한 느낌을 주었으나 그 남자가 무척 다정하게 여겨졌다. 그 남자 곁에 서 있었던 그 몇 분 동안에 그녀는 그런 기쁨을 느끼고 노래라도 부를 것 같았다. 여자의 존재를 완전히 잊은 듯 심각하고 고통스러운 얼굴로 유럽 지도를 샅샅이 뒤져가던 남자의 두 손이 그녀를 놀라게 해주었을 때 그녀는 그런 느낌을 가질 수가 있었다. 그는 그녀가 다시 키스를 한 최초의 남자였다.
 여자는 천천히 계단을 거쳐 바라크로 올라갔다. 마리아가 그 뒤를 따랐다.

보초가 총구로 그녀의 옆구리를 찌르며 고함을 지르자 그녀는 놀라서 얼굴을 쳐들었다. 빨리 가라구! 빨리빨리!

그녀는 걸음을 재촉했다. 바라크 안에는 세 명의 서기가 책상 옆에 앉아 있고 그들 앞에는 서류 뭉치가 놓여 있었다. 카드는 담배 상자의 뚜껑 정도 크기였다. 여자는 첫번째 책상으로 끌려갔고 마리아는 두번째 책상으로 끌려갔다. 세번째 책상 앞에 누더기를 걸치고 수염이 텁수룩한 늙은 남자가 서 있다가 그녀에게 흘끗 미소를 지어 보였다. 그녀도 미소를 보내 주었다. 아마도 그녀에게 잘해 주던 남자 같아 보였다.

그녀는 성명과 직업과 생년월일과 종교를 말했다. 서기가 나이를 묻자 그녀는 깜짝 놀랐다.

"스물셋입니다" 하고 그녀는 말했다.

아직도 반 시간이 남았어, 하고 그녀는 생각했다. 잠시나마 혼자 있게 될 기회가 있을는지도 모르겠다. 죽음을 관리하는 일이 그다지도 태연히 이루어지고 있는 데에 그녀는 놀랐다. 모든 것이 기계적으로 진행되었다. 약간 신경질적이고 초조한 가운데, 이 사람들은 다른 사무실에서 일을 할 때처럼 약간 언짢은 기분으로 일을 진행시키고 있다. 그들은 자기에게 부과된 의무를 할 뿐이었다. 약간 짐스러우나 하지 않을 수 없는 의무를. 사람들은 그녀에게 별다른 일은 하지 않았다. 그녀는 두려워하던 공포를 기대했었다. 수도원에서 나왔을 때도 그녀는 그런 두려움을 느꼈었다. 짐을 들고 거리에 나서서 비에 젖은 손가락으로 돈을 움켜쥐었을 때의 그 어마어마한 공포. 그녀가 남자와 어린애를 갖고 싶어 되돌아온 세계는 너무나 낯설고 보기가 흉했었다. 그러면서도 수녀원에서는 찾아낼 수 없었던 또 다른 기쁨을 맛보았으나 거리에 나섰을 때에는 이미 그런 기쁨을 찾아내고자 하지는 않았다. 그러면서도 그녀는 부끄러워했다. 그 공포가 그녀는 부끄러웠다.

두번째 바라크에 이르러, 그녀는 거기서 아는 얼굴을 찾아보려 했으나 아무도 보이지 않았다. 그녀는 계단을 올라갔다. 문앞에서 머뭇거리자 보초는 초조한 듯 얼른 들어가 보라고 그녀에게 눈짓을 했다. 그녀는 마리아의 손을 붙잡고 안으로 들어갔다. 그것이 잘못되었던 것 같았다. 그녀는 거기에서 두번째로 그들의 야만성을 발견했다. 보초가 마리아를 그녀에게서 떼어놓았고 반항하는 마리아의 머리카락을 잡아챘다. 그녀는 마리아의 비명을 들으며 카드를 들고 방안으로 들어갔다.
 방안에는 사나이 혼자뿐이었다. 장교복을 입은 사나이였다. 사나이는 가슴에다 십자형의 훈장을 달고 있었는데, 훈장은 독특하고 조그마한 것이었다. 사나이의 얼굴은 창백하고 고통으로 일그러져 보였다. 그녀를 쳐다보기 위해 사나이가 얼굴을 쳐들자, 무거운 턱이 그녀를 놀라게 했다. 턱은 그의 인상을 일그러뜨렸다. 그는 말없이 손을 뻗쳤고 그녀는 카드를 넘겨주고 기다렸다. 공포는 여전히 느껴지지 않았다. 사나이는 카드를 훑어본 다음 그녀의 얼굴을 쳐다보며 침착하게 말했다. "노래를 부르시오."
 그녀는 머뭇거렸다.
 "시작!" 하고 그가 초조한 듯 말했다. "무엇이든 좋으니 노래를 불러요. 얼른······."
 그녀는 그를 쳐다보고 입을 열었다. 그녀는 성모 기도문을 노래했다. 최근에 발견해서 어린애들과 함께 공부를 하려고 준비를 했던 곡이었다. 노래를 부르는 동안 그녀는 줄곧 남자의 얼굴을 자세히 쳐다보았다. 그러다가 그가 몸을 일으켜 그녀를 쳐다보았을 때 그녀는 비로소 공포가 어떤 것임을 알았다.
 그녀는 계속 노래를 불렀다. 그 동안 앞에 보이는 얼굴은 경련으로 일그러지는 것 같았다. 그녀의 노래는 아름다웠다. 천천히 위로 올라와 목에 걸려 토할 것 같은 불안을 느끼면서도 자신이 미소를 짓고 있다는 사실을 그녀는 몰랐다.
 그녀가 노래를 시작했을 때부터 모든 것이 조용해졌다. 바깥도 역시 조용해졌다. 필스카이트는 그녀를 응시했다. 여자가 아름다웠다──여자, 그는 아직도 여자를 가져본 적이 없었다. 그의 일생은 바보스러운 순결 속에서 지나갔던 것이다. 그리고 혼자 있을 때에는 가끔 거울 앞에 서서 자신의 모습에서 아름다움과 위대함과 종족의 완전성을 찾아보려 했으나 소용이 없었다. 그런데 이제 그 모습이 여기에 있다. 아름다움과 위대성 그리고 종족의 완전성이 그를 완전히 압도하는 그 무엇과 결부되어 여기에 그 모습을 드러냈다. 그것은 바로 신앙이었다.
 그는 후렴이 끝났는데도 그녀에게 계속 노래를 부르게 한 자신을 이해할 수가 없었다. 자신이 꿈을 꾸고 있는지도 모른다. 그가 보기에는 그녀는 몸을 떨고 있었음에도 눈빛에는 사랑 같은 것이 깃들여 있었다. 혹은 조소인지도 모르리라. 그녀는 노래를 불렀다. 천주의 아들이 구세주로 오셨네. 여자가 그렇게 노래부르는 것을 듣기는 처음이었다.

성령이…… 그녀의 목소리는 힘차고 따뜻하면서도 믿기지 않을 정도로 맑았다. 정녕 그는 꿈을 꾸고 있으리라 — 이제 그녀는 이렇게 노래부르리라. 성삼위일체, 우리들의 천주…… 그도 그것을 알고 있었다. 그리고 그녀는 그걸 노래불렀다.

성삼위일체 — 카톨릭계의 유태인인가, 그는 생각에 잠겼다. 미치겠군. 그는 창문으로 달려가 창문을 열어젖혔다. 밖에서도 모두 조용히 서서 노래에 귀를 기울이고 있었다. 아무도 움직이지 않았다. 필스카이트는 몸이 떨려오는 것 같았다. 그는 뭐라고 고함을 치고 싶었으나 목에 걸려 목쉰 헉헉거림 밖에는 나오지가 않았다. 여자가 계속 노래를 부르는 동안 창밖에는 숨소리 하나 들리지 않았다.

그리스도를 낳으신 성모님…… 그는 떨리는 손가락으로 권총을 집어들었다. 이어 몸을 돌려 여자를 향해 미친 듯 쏘아댔다. 여자는 쓰러지며 비명을 지르기 시작했다. 여자의 노래가 그쳤을 때야 그는 비로소 자신의 목소리를 되찾았다.

"죽여버려!" 그는 고함을 질렀다. "모조리 죽여버려! 합창단원까지도 모조리 끝어내."

그는 바닥에 누워 고통 속에서 공포를 토해 내는 여인의 몸 위에다 총알을 있는 대로 다 쏘아버렸다.

이윽고 밖에서도 학살이 시작되었다.

8

수잔 부인은 벌써 3년 동안이나 전쟁을 지켜보았다. 제일 처음에는 독일 군인들과 군용차들이 왔고 기병대도 왔었다. 그들은 먼지가 많이 낀 가을날, 다리를 건너 폴란드로 이어지는 작은 길로 움직여 갔다. 그것은 진짜 전쟁 같아 보였다. 더러움에 찌든 병사들, 말이나 오토바이를 타고 이리저리 달려가는 피곤에 지친 장교들과 간간이 쉬어가며 오후 내내 계속되던 전투. 그것은 한 폭의 그림이었다. 병사들은 다리를 건너 진군해 갔고 자동차가 그들 앞을 달려갔다. 그리고 그들의 앞뒤로 오토바이가 따랐었다. 수잔 부인은 그 이래로 그들을 다시 보지 못했다.

그 이후로 다시 평온해졌다. 가끔 독일 군용화물 차량이 다리를 건너와서는 저쪽 숲속으로 사라지곤 했을 뿐이었다. 그녀는 오랫동안 정적 속에서 그 소리를 듣곤 했다. 헐떡거리다가 간간이 쉬며 겨우겨우 산등성이를 기어오르는 화물차 소리를 —— 차가 산등성이를 넘어 완전히 사라질 때까지는 꽤 시간이 걸렸다 —— 그녀는 자동차가 그녀의 고향 마을을 지나가는 광경을 생각해 보았다. 소녀 시절을 보내던 저기 높은 곳, 여름에는 초원에서, 겨울에는 물레 곁에서 지새던 고향 마을, 그러나 대개 여름에는 바위투성이의 메마른 초원에서 혼자 지냈었다.

그녀는 가끔 여러 시간 동안 몸을 굽히고 산마루에 무언가 길을 오가는 것이 없는가 살펴보았다. 하지만 그 당시에는 아직 자동차는 지나다니지 않았고 드문드문 마차가 지나가곤 했는데, 대개는 폴란드로 넘어가는 집시들이나 유태인들의 마차였다. 훨씬 후, 그녀가 거기를 떠난 지 오랜 뒤에야 비로소 철도가 부설되었다. 철도는 다리를 건너고 스자르니를 지나 그녀가 그 옛날 목초지에서 내려다보던 계곡을 향해 달려갔었다.

그녀가 높은 곳을 떠난 지 벌써 10년이 지났다. 그녀는 자동차소리가 완전히 사라질 때까지 그 소리에 귀를 기울였다. 자동차가 언덕 위로 사라져 그 높은 곳을 달릴 때까지 그녀는 귀를 기울였다. 그때쯤이면 저 높은 곳에서 기어가듯 하는 독일 군용차들을 조카애들이 내려다보고 있으리라. 하지만 자동차가 지나가는 것은 아주 드물었다.

짐차 한 대는 두 달에 한 번씩 정기적으로 왔고 그 사이사이로 군인들을 태운 차들이 가끔씩 지나갔다. 그들은 그녀의 집 앞에 이르러 차를 세우고 맥주를 마신 다음 산 속으로 사라졌고 저녁때가 되면 다른 군인들을 태운 차가 내려와서 역시 그녀의 집에서 맥주를 마시고는 평지로 달려갔다.

그러나 그 높은 곳에는 군인들이 별로 많지가 않았다. 반 년 동안 짐차가 겨우 세 번 지나갔을 뿐이었다. 전쟁이 그녀의 집을 지나 산 속으로 옮겨간 후로 그녀의 집 바로 뒤쪽으로 난 다리가 폭파되었기 때문이었다.

그것은 밤에 일어났다. 그녀는 결코 그 소란과 비명소리를 잊지 못하리라. 그녀 자신이 내지른 비명과 저쪽 이웃 사람들의 외침, 그리고 그 당시 스물여덟 살이 되어 점점 이상해져 가던 딸 마리아의 고함소리, 그런 것들을 그녀는 절대 잊을 수 없을 것 같았다. 유리창이 깨지고 마구간의 소들은 울부짖었으며 개는 밤새 짖어댔다. 그리고 날이 밝은 뒤에야 그녀는 그것을 보았다. 다리가 없어진 것이었다. 콘크리트 교각은 그대로 서 있었지만 보도와 차도와 난간은 깨끗이 사라져 버렸다. 그리고 녹슨 철물은 강물에 잠겨 몇 군데가 물 위로 돌출해 있었다. 아침이 되자 독일장교 하나가 다섯 명의 병사들을 데리고 나타나서 온 베르차바를 수색했다. 그들은 우선 그녀의 집부터 뒤지기 시작했다. 방이란 방은 모조리 뒤졌으며 마구간은 물론 마리아의 침대까지 조사했다. 딸은 그 사건 이후로 방에 누워 끙끙 앓고 있었다. 그리고 그 다음은 건너편 테만의 집을 수색했다. 방, 창고에 쌓인 건초더미, 심지어는 이미 3년째 아무도 살지 않아 퇴락해 가는 브라키의 집도 수색을 당했다. 브라키 일가는 프레쉬부르크로 이사를 가서 거기서 일을 하고 있었으나 그때까지 그 집과 땅을 사겠다는 사람이 나타나지를 않았었다.

독일 군인들은 화를 냈으나 그들은 아무것도 찾아내지 못했다. 그들은 그녀의 창고에서 조그마한 보트를 꺼내 강을 건너 첸코스키 쪽으로 갔다. 그곳은 오르막길이 시작되는 조그마한 마을이었다. 그녀의 다락방 창문을 통해 그 마을의 조그마한 교회의 종탑이 보였다. 하지만 첸코스키에서도, 테자르치에서도 그들은 아무것도 찾아내지 못했다. 물론 다리가 폭파된 다음 스보로트스키의 청년 두 사람이 사라져 버렸다는 사실을 그들로서는 알 턱이 없었다.

그녀는 다리를 없앤다는 건 바보스러운 짓이라고 생각했다. 기껏해야 두 달에 한 번씩 독일군의 짐차가 건너 다녔을 뿐이고 그 사이로 가끔 군인들을 태운 자동차가 한 번쯤 지나다닐 뿐이지 않은가. 다리는 건너편의 목초지와 숲을 소유한 농부들에게 더 많이 이용되었다. 두 달에 한 번씩 스자르니까지 가려고 반 시간이나 길을 돌아간다는 것은 독일 군인들에게는 분명 쓸데없는 낭비가 아닌가.

겨우 5킬로미터 떨어진 곳에 강을 건너는 철교가 있지 않은가.

며칠이 지나서야 다리 폭파가 그녀에게 어떤 의미가 있는지를 그녀는 비로소 깨달았다. 처음에는 호기심 많은 사람들이 떼지어 몰려와 그녀 집에서 화주와 맥주를 마시며 이야기를 나누었으나 이어 베르차바 전체가 조용해지고 말았던 것이다. 아주 조용해졌다. 건너편 숲이나 목초지로 가야만 했던 농부들이나 머슴들도 오지 않았고 일요일이면 마차를 타고 첸코스키로 가던 사람들도, 또 숲속으로 짝을 지어 가던 남녀들도 지나가지 않았으며 군인들 역시 마찬가지였다. 두 주일 동안에 그녀가 판 물건이라곤 건넛집 구두쇠 테만에게 판 맥주 한 병뿐이었다. 화주라면 테만은 집에서 손수 담갔다. 앞으로 또 두 주일 동안에 그 구두쇠에게 맥주 한 병을 팔 생각을 하니 서글펐다. 그가 얼마나 구두쇠인가 하는 것은 누구나 다 알고 있는 사실이 아닌가.

그러나 그런 조용한 시간도 겨우 3주일뿐이었다. 어느 날 조그마한 회색의 독일 군용차가 세 명의 장교를 태우고 왔다. 그들은 다리를 검사해 본 뒤에 반 시간 동안이나 손에 망원경을 들고 강둑을 아래위로 돌아다녔다. 이어 그들은 근처를 두루 살폈다. 처음에는 테만의 집을 살핀 다음 그녀의 집 지붕에 올라가 망원경으로 사방을 살펴보았다. 그들은 그녀의 집에서 술 한잔도 들지 않고 곧장 떠나버렸다.

그런데 이틀 후 테자르차에서 베르차바 쪽으로 서서히 먼지가 일었다. 그것은 피곤에 지친 사병들이었다. 모두 일곱 명의 사병과 상사 한 명이었다. 그들은 그녀의 집에서 묵으며 식사를 할 것이라고 그녀에게 설명을 했다. 그녀는 처음에는 무척 놀랐으나 그녀에게도 그게 이로우리라는 사실을 이해했다. 그녀는 아직도 침대에 누워 있는 마리아에게로 곧장 달려갔었다.

군인들은 시간이 많은 모양이었다. 그들은 느긋하게 기다렸다. 대개 중년의 사나이들로서 파이프 담배를 피웠고 맥주를 마셨다. 그들은 짐을 풀고 집에나 온 것처럼 여유를 보였다. 그들은 위층에 세 개의 방이 치워질 때까지 느긋하게 기다렸다. 하나는 3년 전부터 쓰지 않던 머슴방이었다. 그녀들은 더 이상 머슴을 둘 형편이 못 되었기 때문에 그 방은 비어 있었다. 다음은 그녀의 남편이 손님이 오면 쓸 방이라고 하던 조그마한 객실이었다. 그러나 방문객이나 손님이 찾아온 적은 한 번도 없었다. 그리고 마지막 방은 그녀 자신의 방이었다. 그녀는 마리아의 방으로 옮겼다. 그녀가 아래층으로 내려오자 상사는 그녀에게 설명을 했다. 지방 단체에서 그녀에게 돈을 지불하게 되었으니 군인들에게 식사를 제공해 주어야 한다는 것이었다.

군인들은 그녀가 그때까지 치른 손님 중에서 가장 멋진 고객들이었다. 그 여덟 명이 한 달 동안에 먹어치운 것이 다리를 건너간 사람들 전부가 먹고 간 양보다 많았다. 군인들은 시간도 돈도 많아 보였다. 그리고 그들이 하는 일이란 것이 그녀가 보기에는 우스꽝스러웠다. 언제나 두 사람이 짝을 지어 똑같은 길을 걸어다녔다 —— 강둑을 지나와서는 강둑의 다른 쪽을 걷는 일이었다 —— 그들은 두 시간마다 교대되었다. 그리고 지붕 위에 앉아 망원경으로 근처를 두루 살피는 사람은 세 시간마다 교대되었다. 그들은 지붕 위를 편안하게 만들고 기왓장 몇 개를 빼내어 다락방 방문을 넓혔으며 밤에는 그 위에다 양철판을 올려놓았다. 그러곤 하루 종일 책상 위에 올려놓은 안락의자에 앉아 지냈다. 거기에 한 사람이 앉아 종일 산을 쳐다보거나 숲을 살피고 강둑을 훑어보았다. 때로는 테자르치 쪽으로 시선을 옮기기도 하면서. 그 밖의 다른 사람들은 주위를 서성거리며 지루해서 어쩔 줄을 몰라했다.

그런 일로 해서 군인들이 그렇게 많은 돈을 받으며 또 집에 있는 가족들도 돈을 받는다는 것을 알자 여인은 놀라지 않을 수가 없었다. 그 중에 한 사람은 전직 교사였는데 그는 자기 부인이 받는 돈의 액수를 그녀에게 아주 정확하게 계산해 보여주었으나 그 액수가 너무나 많아 그녀는 도저히 믿을 수가 없었다. 남편이 여기에서 서성거리며 고깃국에다 야채와 감자를 먹고 커피를 마시며 소시지를 곁들인 빵을 먹어주는 대가로 이 선생의 부인이 받는 보수는 너무나 많았다. 그들은 심지어 매일 담배까지 배급을 받지 않는가. 그는 먹지를 않을 때면 그녀의 홀에 웅크리고 앉아 천천히 맥주를 마셔가며 책을 읽었다. 그는 언제나 책을 읽었는데 배낭에는 책이 가득 들어 있는 것 같다. 그리고 먹지도, 책을 읽지도 않을 때에는 망원경을 갖고 지붕 위에 쭈그리고 앉아 멍청히 숲이나 초원을 응시하든지 들판에서 일하는 농부들을 관찰했다. 그 군인은 그녀에게 무척 친절했는데, 이름은 베커였다. 그러나 그녀는 그를 그리 좋아하지 않았다. 그가 맥주를 마시고 책을 읽거나 어정거리는 일 이외에는 아무것도 하지 않았기 때문이었다.

그러나 그것도 모두 오래 전의 일이었다. 제일 첫번째의 그 군인들은 그렇게 오래 머물지는 않았다. 그들은 겨우 넉 달 동안을 거기서 지냈을 뿐으로 다른 부대가 와서 반 년을 묵다가 갔고 또 다른 부대는 일년을 묵었는데, 그 다음부터는 대개 반 년씩 규칙적으로 교대를 했다. 새로운 사람들 중에는 그 전에 왔던 사람들이 많이 끼여 있기도 했다. 그들은 3년간을 똑같은 일만 했다. 어정거리거나 맥주를 마시거나 카드 놀이를 하며 지붕 위에 쭈그리고 앉았거나 등에 총을 메고 아무런 뚜렷한 목적도 없이 초원과 숲을 산책하는 일 따위였다. 그녀는 군인들에게 식사와 숙박을 제공하는 대신 많은 돈을 받았다. 그녀의 집에는 다른 손님들은 거의 오지 않았기 때문에 홀도 군인들의 거실로 사용되고 말았다.

지금 넉 달째 그녀의 집에서 묵고 있는 상사는 페터라는 사람인데 성이 무엇인지는 그녀도 모른다. 그 사람은 뚱뚱하고 걸음걸이는 농사꾼의 그것이었으며 수염을 잘랐다. 그를 볼 때마다 전쟁에 나갔다가 돌아오지 않은 남편, 벤젤 수잔이 생각나곤 했다. 그 당시에도 군인들은 다리를 건너갔었다. 먼지를 뒤집어쓰고 걷거나 말을 타고 혹은 더러운 화물차를 타고 그들은 거기를 지나갔으나 다시 돌아오지는 않았다. 일년 뒤에 그들은 다시 되돌아오기는 했지만 그녀로서는 그들이 옛날 그곳을 지나갔던 똑같은 사람들인지, 아닌지 그걸 알 수가 없었다.

벤젤 수잔이 그녀를 산에서 데리고 내려와 아내로 삼았을 때에는 그녀는 아직도 방년 스물세 살의 예쁜 여인이었다.

그녀는 자신이 무척 유복하고 행복하게 생각되었다. 음식점의 마님으로 밭일을 하는 머슴을 거느리고 말도 한 필 갖고 있었다. 그녀는 벤젤 수잔을 사랑했고 그의 정중한 걸음걸이와 콧수염과 스물여섯이라는 나이를 사랑했다.

벤젤은 프레쉬부르크에서 저격병 부대의 하사관을 지낸 적이 있었다. 낯선 군인들이 먼지를 뒤집어쓰고 숲을 지나 산으로 올라가 그녀의 고향 마을을 지나간 직후에 벤젤 수잔은 다시 프레쉬부르크를 떠나 저격병 부대의 선임하사관이 되었으며 루마니아라고 불리는 어떤 시골로 파견되어 산 속에서 근무를 하게 되었다. 그는 거기서 그녀에게 잘 있다는 엽서를 석 장 보내왔는데, 마지막 엽서에는 특무상사가 되었다는 이야기가 적혀 있었다. 그 후 그녀는 빈 소인이 찍힌 한 통의 편지를 받았는데, 거기에는 그가 전사했다는 내용이 쓰여 있었다.

그 다음 바로 마리아가 태어났다. 자, 마리아가 지금 벤젤 수잔과 무척 닮은 페터라는 상사의 아이를 임신중이다. 그녀의 추억 속에서 벤젤은 스물여섯의 젊은 남자로 살아 있었는데, 페터라는 이 상사는 그녀보다 7년이나 아래였지만 그녀에게는 나이가 몹시 많은 것으로 생각되었었다. 그녀는 마흔 다섯이었다.

그녀는 여러 밤을 침대에 누워 마리아를 기다렸다. 딸은 새벽녘이 되어서야 맨발로 살금살금 들어와 잠자리에 들곤 했다. 그러고 나면 첫닭이 울기 시작했다. 그녀는 여러 밤을 딸을 기다리며 기도를 드렸고 아래층 성모상 앞에 전보다 많은 꽃을 바쳤으나 결국 마리아도 임신을 하고 말았다. 상사가 그녀에게 찾아와 약간 당황하면서도 농사꾼처럼 무뚝뚝한 어조로 자기는 전쟁이 끝나면 마리아와 결혼을 할 작정이라고 설명을 했다.

그쯤 되자 그녀로서는 어쩔 수가 없었다. 그리하여 아래층에 있는 성모상 앞에 더 많은 꽃을 꽂아두고 기다릴 수밖에 없었다. 베르차바는 조용해졌다. 아무런 변화가 없었는데도 그녀에게는 훨씬 더 조용하게 여겨졌다. 군인들은 여전히 술청 안에서 빈둥거리며 편지를 쓰고 카드 놀이를 하고 화주와 맥주를 마셨다. 그리고 그 중 몇 명은 그곳에서는 처음 보는 장사를 시작했다. 주머니칼, 면도칼, 가위, 그것도 아주 이상한 가위, 양말 따위를 팔아 돈으로 받거나 버터나 계란과 바꾸기도 했다. 그들은 자유로운 시간에 술을 마실 돈보다 더 많은 자유 시간을 가졌기 때문에 그런 짓을 했다.

그러던 어느 날 테자르치 역으로부터 책이 가득 든 상자를 마차로 실어와서 하루 종일 책을 읽는 사람 하나 그들 가운데 끼게 되었다. 그는 전직 교수였다. 그 역시 반나절은 지붕에 올라가 망원경으로 산을 쳐다보거나 숲과 강둑을 훑어보았으며 때로는 테자르치 쪽이나 들판에서 일하는 농부들을 관찰했다. 그도 그녀에게 자기 부인은 많은 돈을 받는다고 설명했다. 너무나 많은 액수여서 한 달에 수천 크론에 달하였다——그녀는 물론 그 사람의 말도 믿을 수가 없었다. 너무나 많은 돈이었다. 터무니없이 많은 돈이어서 믿기지가 않았기 때문이다. 틀림없이 거짓말이리라. 남편이 여기서 빈둥거리며 책을 읽거나 글을 쓰고 몇 시간씩 망원경을 손에 들고 지붕 위에 올라가 앉아 있는 대가로 그의 부인이 그렇게 많은 돈을 받을 수는 없으리라.

그 중에는 그림을 그리는 사람도 하나 있었다. 날씨가 청명하면 그 사람은 강둑에 앉아 거기서 보면 그렇게 아름다울 수가 없는 산을 그리거나 강이나 잔교(棧橋)를 그렸으며 어떤 때에는 그녀를 모델로 그리기도 했다. 그녀는 그 그림들이 너무 잘 그린 것 같아 그 중 한 장을 술청에 붙여놓았다.

이 군인들, 언제나 여덟 명씩이었는데 그들이 거기에 와서 아무 일도 않고 빈둥거린 것이 벌써 삼 년이나 되었다. 그 사람들은 강둑에서 빈둥거리다가 보트로 강을 건너 숲을 거쳐 첸코스키까지 올라갔다가 되돌아와 다시 강을 건너 테자르치 쪽으로 얼마쯤 내려와서는 교대하였다. 그들은 잘 먹고 잘 잤으며 돈도 충분히 갖고 있었다.

그녀는 가끔 남편 벤젤을 생각해 보았다. 그도 끌려가 그녀가 모르는 낯선 곳에서 아무 일도 않고 빈둥거렸으리라고 그녀는 생각했다. 그녀에게는 그렇게도 필요하며 또 일을 잘하고 꾀를 피우지 않던 벤젤이. 그들은 아마도 그를 데리고 루마니아라고 부르는 곳으로 가서 아무 일도 않고 게으름을 피우며 총에 맞아 죽게 될 때까지 기다리게 했으리라. 그러나 이곳에 있는 군인들은 사살되지 않았다. 이곳에 있는 동안, 그들은 한두 번 총질을 한 적이 있었는데, 그럴 때마다 큰일이나 난 듯 요란스러웠으나 매번 그것은 착오였음이 드러났다. 그들이 쏜 것은 대개 산짐승이었다. 짐승들은 숲속에서 움직이며 그들의 날카로운 감시에 가만히 있지를 않았던 것이다. 그러나 그런 일도 별로 자주 일어나는 일은 아니어서 지난 3년 동안 겨우 네 번인가 다섯 번쯤의 일이었다. 그리고 한 번은 여자 하나를 쏘았다. 여인은 밤에 첸코스키 쪽에서 건너와서 숲을 달려 테자르치 쪽으로 가려 했다. 아이가 아파 의사를 부르려던 것이었다. 그들은 그 여자를 쏘았으나 다행히도 그 여자가 맞지는 않았다. 그들은 나중에 그 여자를 도와 보트로 건네주기까지 했으며 그때까지도 술청에 앉아 책을 읽고 글을 쓰던 예의 그 교수가 테자르치까지 그녀를 동반해 주었다.

그러나 그들은 지난 3년 동안 단 한 명의 지하 빨치산도 찾아내지 못했다. 스보로트스키의 젊은이들이 떠나고 난 다음부터는 그곳에 빨치산은 한 사람도 없다는 사실쯤은 어린애들도 다 아는 터였다. 철로가 지나가는 큰 교량이 있는 스자르니에도 빨치산이 출몰한 적은 한 번도 없었다.

전쟁통에 그녀는 돈을 많이 벌었으나 벤젤 수잔이 루마니아라는 곳에 가서 아무 일도 하지 않고 빈둥거렸으리라는 생각을 하면 가슴이 아팠다. 벤젤은 아마도 무슨 일을 하려 해도 할 수가 없었을지도 모르리라. 남자들이 아무 일도 하지 않고 다른 사람이 모르도록 다른 지방으로 끌려가는 것이 바로 전쟁인지도 모른다. 어쨌든 3년 동안이나 이런 남자들을 본다는 것은 그녀로서는 역겹고 우스꽝스러운 일이었다. 그들은 그 동안 시간을 까먹고 많은 돈을 받는 일 이외에 별다른 일을 하지 않았다. 그들은 거의 일년에 한 번쯤은 캄캄한 야음에 잘못 알고 산짐승을 쏘았거나 아이를 위해 의사를 부르러 가던 여자를 향해 총질을 했을 뿐이다. 그리고 그녀는 어찌할 바를 모를 정도로 일이 많은데도 이 사나이들은 빈둥거리는 수밖에 없다는 사실이 그녀로 하여금 역겹고 우스꽝스러운 느낌을 갖게 했다. 그녀는 밥을 짓고 소나 돼지나 닭들을 돌보아야 했으며 군인들의 돈을 받고 구두를 닦아주고 양말을 기워주고 빨래를 해주어야 했다. 그녀는 할 일이 너무나 많아 부득이 테자르치 출신의 남자 하나를 머슴으로 둘 수밖에 없었다. 임신을 한 이후로 마리아는 아무 일도 거들지 않았기 때문이다. 마리아는 상사와 부부처럼 행세했다. 그녀는 그의 방에서 잠을 잤고 식사 시중을 들었으며 세탁을 해주었고 자주 싸움질도 했다.

정확히 3년째가 되는 날, 계급이 상당히 높은 장교가 나타났다. 바지에 붉은 줄을 치고 금빛 칼라를 한 장교였다. 나중에 그녀는 그 사람이 진짜 장군이라는 이야기를 들었다. 그 높은 사람은 몇 사람을 대동하고 아주 빠른 차로 테자르치 쪽에서 건너왔다. 그는 얼굴이 노랗고 슬퍼 보였는데, 그녀의 집 앞에서 페터라는 그 상사를 보고 호통을 쳤다. 상사가 보고를 하러 갔을 때, 탄띠와 권총을 차지 않았기 때문에 격노했던 것이다. 그런 다음 그는 밖에 그대로 서서 화를 내며 기다렸다. 그가 발을 구르는 모습을 그녀는 보았다. 장군의 얼굴은 더욱 작고 노랗게 보였다. 그는 또 한옆에 서서 떨리는 손으로 경례를 하는 어떤 다른 장교에게 욕설을 퍼부었다. 그 장교는 머리가 희끗희끗했는데 피곤하고 지쳐 보이는 사나이로 60세가 넘어 보였다. 그녀는 그 장교를 잘 알고 있었다. 그가 가끔 테자르치로부터 자전거를 타고 와서 술청에서 상사와 다른 병사들과 함께 다정하고 부드러운 말씨로 이야기를 나누었기 때문이다.

그러곤 교수와 함께 자전거를 끌고 테자르치 쪽으로 천천히 걸어가곤 했었다.

마침내 페터가 탄띠와 권총을 차고 나타나 여러 사람들과 함께 강 쪽으로 걸어갔다. 그들은 보트를 타고 강을 건너 숲을 거쳐 갔다가 되돌아와서는 오랫동안 다리가 있는 근처에서 서성거렸다. 그러곤 지붕으로 올라갔다. 마침내 장군은 떠났다. 페터는 그녀의 집 앞에서 두 사람의 다른 사병들과 함께 서서 자동차가 테자르치 쪽으로 완전히 사라져 보이지 않을 때까지 손을 높이 들어 경례를 붙였다. 그런 다음 페터는 화를 내며 집 안으로 들어와 모자를 던졌다.

그가 마리아에게 한 말은 단지 한마디뿐이었다. "다리가 곧 세워질 모양이야."

이틀이 지난 뒤에 또다시 차가 한 대 왔다. 화물 자동차였다. 차는 아주 빠른 속도로 테자르치 쪽에서 달려왔고 차가 멈추자 거기서 일곱 명의 젊은 사병들과 젊은 장교 한 명이 뛰어내렸다. 장교는 빠른 걸음으로 집 안으로 달려가 상사와 반 시간쯤 상사의 방에서 이야기를 나누었다.

마리아는 그들의 대화에 끼여들겠다고 모르는 체하고 방안으로 들어갔으나 그 젊은 장교가 그녀를 밖으로 내밀었다. 그녀는 그래도 또 들어갔으나 이번에는 그 장교가 아주 엄하게 그녀를 내보냈다. 그녀는 층계에 서서 울었다. 그 동안 나이 많은 병사들은 짐을 꾸리고 젊은 군인들의 방으로 옮기는 광경을 그녀는 지켜보지 않을 수 없었다. 그녀는 반 시간쯤 울고 서 있었는데, 교수가 어깨를 툭툭 치자 여자는 벌컥 화를 냈다. 그녀는 소리를 지르며 페터에게 매달려 소리를 내어 울었다. 페터는 방에서 자기 짐을 갖고 나와 시뻘건 얼굴로 그녀를 달랬다. 그녀는 여전히 페터에게서 떨어지려 하지 않았다. 마침내 페터는 차에 탔고 그녀는 계단에 선 채 테자르치를 향해 빠른 속도로 달려가는 자동차의 뒤꽁무니를 지켜보았다. 비록 약속은 했다지만 그가 다시 오지 않으리라는 것을 그녀는 잘 알고 있었다.

파인할스는 교량 건설이 시작되기 바로 이틀 전에 베르차바로 왔다. 마을에는 목로주점 하나와 두 채의 집만이 남아 있었는데, 그 중에 한 채는 퇴락해서 당장에라도 쓰러질 것 같았다. 그리고 그가 다른 병사들과 함께 차에서 내렸을 때에는 밭에서 불타고 있는 감자의 냄새가 코를 찔렀다. 모든 것은 조용하고 평화로워 어디에서고 전쟁의 흔적은 찾아볼 수가 없었다.

적색의 가구 운반차로 되돌아올 때에야 비로소 다리에 파편을 맞았다는 사실이 밝혀졌다. 수술로 나타났지만 파편은 토카이어 술병에서 깨진 조그마한 유릿조각이었다. 은성(銀星) 상이휘장(傷痍徽章)을 청구할 수도 있었기에 까다로운 절차가 행해졌으나 수석 군의관은 유릿조각에 의한 보상에는 휘장을 수여할 수 없다면서 오히려 자해행위가 아닌가 하는 의심을 품었다. 그 의심은 파인할스가 증인으로 내세운 브레히트 소위의 보고서가 도착하고서야 겨우 풀렸다. 술을 많이 마셨는데도 상처는 의외로 빨리 나아서 한 달 뒤 그는 어느 부대로 옮겨졌다가 곧 베르차바로 파견되었다.

그는 그레스가 두 사람이 쓸 방을 찾는 동안 아래층 복도에서 기다렸다. 그는 포도주를 마시며 일료나를 생각했고 방을 치우는 소란을 들었다. 늙은 병사들은 구석에서 그들의 잡동사니를 찾아내고 안주인은 계산대 뒤에 서서 침울한 얼굴로 방안을 들여다보았다. 안주인은 옛날에는 꽤나 예뻤을 비교적 나이 든 부인이었다. 그리고 복도에서는 다른 여자 하나가 엉엉 소리를 내며 울고 있었다.

이어 그는 그 여인이 더욱 악을 쓰며 우는 소리를 들었고 짐차가 마을을 떠나 그들이 왔던 방향으로 되돌아가는 소리를 들었다. 그레스가 그에게로 와서 그를 데리고 방으로 올라갔다. 방은 낮고 여기저기 칠이 벗겨져 검은 판자로 이어졌다. 방에서는 곰팡내가 났다. 밖은 후텁지근했다. 창문을 통해 정원이 보였다. 오래 된 과수들이 서 있는 풀밭, 화단, 마구간과 뒤쪽 창고 앞에 세워둔 보트 따위가 보였다. 보트는 색이 바래고 낡은 것이었다. 밖은 조용했다. 왼쪽 울타리 너머로 다리가 보였고 녹슨 철책이 물 위로 돌출했으며 교각에는 이끼가 덮였다. 강폭은 대개 40에서 50미터쯤으로 보였다.

그는 그레스와 함께 누워 있었다. 그는 어제 보충대에서 그레스를 처음으로 알았는데, 그와는 쓸데없는 소리는 지껄이지 않기로 작정했다. 그레스는 가슴에 훈장을 네 개나 달고 있었고 이야기하기를 좋아했다. 그레스는 지나간 시절과 틀림없이 마음에 상처를 입히고 버렸을 숱한 여자들의 이야기를 했다. 폴란드 여자, 루마니아 여자, 프랑스 여자와 러시아 여자들의 이야기를. 파인할스는 그의 이야기를 듣고 싶은 생각이 없었다. 그 이야기는 짐스러우면서도 끝없이 지루하고 고통스럽기까지 했다. 그레스는 자기가 여느 군인보다 더 많은 훈장을 가슴에 달았으므로 응당 자기의 이야기를 들어주려니 하고 믿는 그런 사람인 것 같았다.

파인할스, 그는 단 하나의 훈장만을 달고 있을 뿐으로 마치 남의 이야기를 듣기 위해 태어난 사람 같았다. 그 자신이 아무 말도 하지 않을 뿐더러 설명을 요구하지도 않기 때문이다. 그는 그레스와 함께 감시탑의 일을 떠맡게 된 것을 알고 기뻐했다. 그렇게 되면 적어도 하루 종일 그에게서 해방이 될 것이 아닌가…… 그는 그레스가 슬로바키아 여자의 가슴에도 상처를 내주고야 말겠다고 결심을 밝혔을 때 곧장 침대에 눕고 말았다.

그는 피로했다. 그리고 매일 밤 어디에서든 눕기만 하면 일료나의 꿈을 꾸게 되기를 바랐으나 그녀의 꿈이 꾸어지지가 않았다. 그는 그녀와 나누었던 말을 한마디 한마디 되새기며 그녀를 생각해 보았으나 잠만 들면 그녀는 사라지고 마는 것이었다. 잠이 들기 전에는 몸만 돌리면 그녀의 팔이 느껴질 것 같았으나 그녀는 곁에 없었다. 그녀는 너무나 멀리 떨어져 있어 돌아눕는 것도 아무런 소용이 없었다. 그는 그녀를 너무나 열렬히 생각하고 그들을 받아주도록 그 운명이 결정된 방을 상상하느라고 오랫동안 잠들 수가 없었다. 그러다 잠이 들고 뒤숭숭하기는 하지만, 다시 잠에서 깨어보면 무슨 꿈을 꾸었는지 생각해 낼 수가 없었다. 일료나의 꿈은 분명 아니었다.

그는 침대에 누워서도 기도를 드렸으며 그들이 떠나야 했던 그날, 그녀와 나누었던 대화를 생각해 보았다. 그녀는 늘 얼굴을 붉혔다. 아마도 그가 그녀 곁에 있는 게 그녀에게는 고통스러웠으리라. 박제된 짐승, 광물 표본, 그리고 지도가 있는 그 방에 생리도(生理圖)가 그려진 칠판이 함께 있었다는 사실이 괴로웠으리라. 하지만 종교에 관한 이야기를 한 것이 고통스러웠는지도 모르겠다. 그녀의 얼굴은 언제나 뜨겁게 달아올랐다. 자기 고백을 한다는 것이 그녀의 고통을 유발시킨 것 같다. 그녀는 신앙이라든지 희망이라든지 사랑을 믿는다고 고백했고, 그가 신부들의 얼굴과 설교가 참기 어려워 성당에 나가지 못한다고 말했을 때 무척이나 화를 냈었다

"하느님을 위안해 드리기 위해 기도를 해야 해요" 하고 그녀는 말했었다.

그는 그녀가 키스를 허용하리라고는 생각지도 않았었다. 그러나 그는 그녀에게 키스를 했고 그녀도 그에게 키스를 했다. 그녀는 아마 그가 지금 눈앞에 그려보는 방으로 그와 함께 갔었을지도 모른다. 약간 지저분하지만 더운 물이 담긴 푸른 양철 대야와 널찍한 갈색 침대가 놓여 있는 방, 그리고 땅에 떨어진 과일들이 나무 밑에서 썩어가는 거친 과수원이 내다보이는 방. 그는 거듭거듭 머리 속으로 그려보았다. 그녀와 함께 침대에 누워 얘기를 나누는 장면을. 하지만 그녀는 꿈속에 한 번도 나타나지 않았다.

다음날 아침부터 일이 시작되었다. 그 집의 음침한 다락방에서 흔들거리는 의자에 쭈그리고 앉아 망원경으로 조그마한 창문을 통해 산을 올려다보고 숲속을 살피며 강둑으로 시선을 옮기기도 하고, 때로는 그들이 짐차를 타고 떠나온 마을 밖을 내다보기도 했다. 빨치산은 한 명도 찾아낼 수가 없었다. 하지만 들에서 일을 하는 농부들이 빨치산인데 망원경으로서는 알아낼 수가 없을 뿐인지도 모를 일이리라.

너무나 조용해 고통스러웠다. 이미 여러 해 동안 여기에 쭈그리고 앉아 있는 것 같은 기분이 들었다. 그는 망원경을 들어 거리를 맞추고 숲을 건너 교회의 황색 종탑 너머로 산을 올려다보았다. 날씨가 무척 맑아 먼 산 마루 사이로 양떼들을 바라볼 수가 있었다. 양떼는 아주 조그마하고 띠를 두른 흰 구름 조각처럼 흩어져 잿빛과 흐린 녹색 배면의 때문에 두드러지게 희게 보였다. 그는 망원경을 통해 정적은 물론 고독까지도 받아들이는 것 같은 느낌을 받았다. 짐승들은 아주 느리게, 그것도 가끔 움직였다. 마치 가느다랗고 짧은 끈에 연결된 듯, 그들은 거의 움직이지 않았다.

망원경으로 볼 수 있는 정도의 거리밖에는 볼 수가 없었다. 그러나 그것은 그에게 너무나 먼 거리로 생각되었다. 그 거리는 너무나 조용하고 고독했으며 짐승들도 역시 그러했다. 양치는 사람의 모습은 보이지가 않았다. 망원경을 눈에서 떼자 아무리 정신을 바짝 차리고 교회의 종탑 너머 산을 쳐다보았으나 양떼의 흔적은 하나도 보이지 않았다. 그는 놀랐다. 흰 점조차 보이지 않았다. 틀림없이 먼 거리였던 것 같다. 그는 다시 망원경을 들어 흰 양떼들을 찾아보았고 그들의 고독을 느꼈다.

그때 아랫마당에서 들려오는 구령소리에 그는 소스라치게 놀랐다. 그는 망원경을 떼고 육안으로 마당을 내려다보았다. 훈련하는 모습이 보였다. 뮈케 중위 자신이 구령을 붙이고 있었다. 파인할스는 다시 망원경을 눈에다 대고 조리개를 맞추어 뮈케의 모습을 자세히 살펴보았다. 뮈케를 안 지는 불과 이틀 전이었으나 그는 이미 뮈케라는 사람이 무엇이든 진지하게 받아들이는 장교라는 사실을 알아차렸다. 뮈케의 여위고 검은 모습은 심각함으로 굳어 있고 등뒤로 돌린 손은 움직이지 않았다. 뮈케의 건강은 좋아 보이지 않았다. 얼굴은 침울한 회색이고 입술은 좌향좌, 우향우, 뒤로 돌아, 하고 구령을 붙일 때만 조금 움직일 뿐이었다. 파인할스는 뮈케의 프로필을 자세히 살폈다.

조금도 움직이지 않는 심각한 얼굴과 역시 부동인 입술과 훈련을 받는 병사들을 보고 있는 것이 아니라 먼 곳을 보고 있는 것 같은 슬픈 듯한 그의 왼쪽 눈을. 그 눈은 그가 지나온 저 먼 뒤쪽을 보고 있는 것만 같았다. 파인할스는 이어 그레스의 얼굴에 초점을 맞추었다. 그의 얼굴은 약간 부어 있는 것 같았으며 멍청해 보였다. 그는 육안으로 다시 마당을 내려다보았다. 군인들은 여전히 풀밭에서 좌로, 우로, 뒤로를 반복하고 있었다. 그의 눈에 마구간 사이에 걸쳐진 빨랫줄에 빨래를 널고 있는 여인의 모습이 보였다. 어제 복도에 서서 큰 소리로 울음을 터뜨리던 이 집 주인의 딸인 것 같았다. 여인의 모습은 너무나 심각하고 음울해 보여 귀엽다기보다는 아름다웠다. 입을 꼭 다물고 있는 여위고 검은 얼굴, 그녀는 네 명의 사람들과 한 사람의 중위를 향해 눈 한 번 돌리지 않았다.

그가 다음날 정각 여덟 시에 다시 다락으로 올라갔을 때에는 벌써 몇 달, 몇 년을 거기에 있었던 것 같은 기분을 맛보았다. 정적과 고독이 당연한 것으로 느껴졌고 외양간에서 들려오는 가냘픈 암소의 울음소리, 여전히 허공중에 떠도는 감자 타는 냄새. 그리고 조리개를 정확히 맞추어 황색 종탑 위를 쳐다보면 거기에 고독만이 잡혔다. 그곳 위쪽은 텅 비었다. 검은 바위들이 돌출한 회색과 여린 녹색의 평지.

뮈케는 네 명의 병사들을 데리고 사격 연습을 하러 강 쪽으로 갔다. 슬프고도 짧은 구령소리가 나직이 들려왔다. 그것은 정적을 깨뜨리기에는 너무도 약했다. 그 소리는 오히려 정적을 더 짙게 해주었을 뿐이었다. 그리고 아래층에서는 젊은 여인이 부엌에서 끌리는 듯한 슬로바키아의 민요를 부르고 있었다. 안주인은 감자를 캐러 머슴과 함께 들에 나간 모양이었다. 그리고 건너편의 다른 농가도 조용했다. 파인할스는 한참이나 산 속을 샅샅이 훑었으나 말없는 외로운 평지와 가파른 암벽 이외에는 아무것도 보이지 않았으며 오른쪽 숲에서 빠른 속도로 사라져 가는 흰 기차 연기만이 보였다. 망원경을 통해서 보는 기차 연기는 수관(樹冠)에 내리는 먼지 같았다. 귀에 들리는 것은 아무것도 없었다. 들리는 것이 있다면 강둑에서 들려오는 뮈케의 짧고도 슬픈 구령소리와 집 안에서 들려오는 젊은 여인의 슬픈 멜로디뿐이었다.

그들은 강둑에서 돌아왔고 그들이 부르는 노랫소리가 들렸다. 네 명의 사나이들이 부르는 노랫소리를 듣는다는 것은 슬픈 일이었다. 〈우울한 행진〉이라는 그 노래는 애처롭고 가슴을 째는 듯한 여린 사중주 곡이었다. 그리고 "줄줄이 좌" 하고 구령을 부르는 뮈케의 목소리가 들렸다. 뮈케는 고독과의 절망적인 싸움을 벌이고 있는 것 같아 보였으나 소용이 없는 일이었다. 정적은 그의 구령보다도, 또 노랫소리보다도 훨씬 힘찼던 것이다.

그들이 집 앞에 멈추자 그는 그들이 그저께 떠나온 마을 쪽에서부터 오고 있는 자동차소리를 들었다. 그는 깜짝 놀라 망원경을 길 쪽으로 돌렸다. 먼지 구름이 가까이 다가왔다. 운전석과 차의 높이보다 약간 크고 검은 짐을 보았다.

"뭐야?" 하고 아래쪽에서 소리를 질렀다.

"자동차입니다" 하고 대답하면서 그는 다가오는 자동차에 계속 망원경을 맞추었다. 아래에서 젊은 여인이 집 밖으로 나오는 소리가 들렸다. 여자는 군인들과 얘기를 하고는 그에게 뭐라고 소리를 질렀다. 그는 여자의 말뜻을 알아듣지 못하면서도 아래를 향해 마주 소리를 질렀다.

"운전수는 민간인입니다. 그 옆에는 갈색 옷을 입은 사람이 앉아 있는데, 아마 당에서 나오는 사람인 것 같습니다. 자동차 뒤에는 시멘트 섞는 기계가 실려 있습니다."

"시멘트 섞는 기계라구?" 밑에서 소리를 질렀다.

"그렇습니다."

이제는 밑에 서 있는 사람들의 육안에도 운전석이 보였고 갈색 옷을 입은 사나이도 기계도 보였다. 그들은 또 한 대의 다른 차가 먼지 구름을 일으키며 마을 쪽에서 달려오는 것을 보았다. 그 뒤에는 또 한 대의 차가 뒤따랐다. 마을에서 잔교(棧橋) 쪽을 향해 달리는 하나의 행렬이었다. 맨 앞에 선 차가 다리 앞에서 멈추었을 때에는 이미 두번째 차도 아주 가까운 거리에까지 왔으므로 그 차의 운전석과 거기에 실린 화물을 알아볼 수가 있었다. 그것은 바라크를 짓는 구조물이었다. 그들은 모두가 첫번째 차로 달려갔다. 마리아도 그랬지만 중위만은 그 자리에 그대로 서 있었다. 차문이 열리고 갈색 옷을 입은 사나이가 밖으로 뛰어내렸다. 사나이는 모자를 쓰지 않았으며 햇볕에 그을린 갈색의 사람 좋아 보이는 약간 툭 터진 얼굴이었다.

"하일 히틀러! 젊은이들." 사나이가 소리를 질렀다. "여기가 베르차바인가?"

"그렇습니다" 하고 병정들이 대답하며 쭈뼛쭈뼛 주머니에서 손을 뺐다. 사나이의 갈색 윗옷에는 소령의 계급장이 달려 있었다. 그들은 그에게 뭐라고 말을 붙여야 좋을는지 알 수가 없어 난처했다.

그가 운전석을 향해 소리를 질렀다.

"다 왔다. 엔진을 꺼라!"

사나이는 병정들의 어깨 너머로 중위를 바라보고는 잠시 기다렸다가 몇 걸음 다가갔다. 중위도 걸음을 옮겼다. 그러다가 사나이는 멈추어서 기다렸다. 뮈케 중위는 갑자기 걸음을 빨리해서 갈색 옷을 입은 사나이 앞에 섰다. 뮈케는 경례를 붙이고 "하일 히틀러"를 외친 다음 말했다.

"뮈케 중위입니다."

제복을 입은 사나이도 손을 쳐들었다가 뮈케에게로 손을 내밀어 악수를 했다.

"현장 감독 도이센이오. 여기에 다리를 놓게 되어 있소."

중위는 병사들을 바라보았고 병사들은 마리아를 쳐다보았다. 마리아는 집 안으로 달려들어갔고 도이센은 힘찬 걸음으로 거기를 떠나 달려오는 자동차를 지휘했다.

도이센은 모든 것을 정확하고 정열적으로 처리하면서도 어딘가 호감을 주는 데가 있었다. 그는 수잔 부인의 부엌을 보여달라고 했는데, 부엌을 보자 그저 입술을 약간 치켜들고 미소를 지었을 뿐 아무 말도 하지 않았다. 그는 이어 아무도 쓰지 않는 건넛집으로 들어가 자세히 살폈다. 그리고 밖으로 나왔을 때, 여전히 미소만을 지었을 뿐이었다.

이어 바라크 구조물을 실었던 두 대의 차가 도착하였다가 이내 테자르치 쪽으로 되돌아갔다. 도이센 자신은 테만의 집에 숙소를 정하고 창가에 앉아 담배를 피우며 짐을 부리는 자동차들을 감독했다. 차 옆에는 갈색 제복을 입은 또 한 사람의 젊은 사나이가 서 있었는데, 상사의 계급장을 달고 있었다. 도이센은 창밖을 내다보며 가끔 그 젊은 사나이에게 뭐라고 지시를 내렸다. 그 동안에 차들이 전부 도착했다. 도합 열 대였다. 이어 인부들과 철물과 목재와 시멘트 부대가 들끓었고 한 시간 뒤에는 스자르니 쪽에서 강을 타고 조그마한 보트가 내려왔다. 보트에서 또 한 사람의 갈색 제복과 햇볕에 그을려 예쁘장한 두 명의 슬로바키아 여자가 내렸다. 여자들이 내리자 일꾼들이 우스갯말을 하며 맞아주었다.
 파인할스는 그 모든 것을 자세하게 관찰했다. 우선 커다란 솥이 퇴락한 집으로 옮겨지고 계속 다른 짐들이 차에서 내려졌다. 완성된 난간, 대못, 나사, 콜타르를 칠한 목재, 밧줄, 취사 도구들이 계속 부려졌다. 열한 시에는 벌써 예의 슬로바키아 여자들은 감자 껍질을 벗겼으며 열두 시에는 짐이 모두 부려졌다. 심지어 시멘트를 쌓아둘 바라크까지 세워졌다. 마을 밖에서 또 다른 자동차가 세 대나 도착해 다리 앞 하차장에 자갈을 쏟아놓았다. 파인할스가 그레스와 교대가 되어 식사를 하러 아래로 내려갔을 때, 홀 위에 '주보'라고 쓴 푯말이 붙어 있는 것이 보였다.
 그 다음날도 그는 공사를 면밀히 관찰하면서 모든 것이 용의주도하게 계획되고 진행되는 데 대해 놀라움을 금할 수가 없었다. 어떤 일도 지나침이 없었고 어떤 물건이라도 그 쓰이는 데서 멀리 떨어져 놓이는 예가 없었다. 파인할스, 그도 일생 동안 여러 공사장에 좇아다녔고 직접 여러 가지 건물을 지어보기도 했으나 이곳에서처럼 모든 일이 그렇게 깨끗하면서도 신속하게 진행되는 예는 일찍이 본 적이 없었다.
 3일 후에는 벌써 교각이 콘크리트로 조심스럽게 때워졌는데, 마지막 교각에 콘크리트가 부어지는 동안, 제일 첫번째 교각에는 이미 무거운 철근이 뼈대를 이루기 시작했다. 나흘째는 이미 다리 위에 조그마한 길이 완성되었고 일주일 뒤에는 강 건너편에서 다른 부품(部品)들을 실은 화물차들이 내왕하는 모습이 보였다. 도이센이 마지막 골조를 위한 받침대로 쓰던 무거운 차들이었다. 좁은 길이 완성되고부터는 모든 일이 훨씬 신속하게 진행되었다.
 파인할스는 산이나 숲을 쳐다보는 일이 드물어졌다. 그는 교량 건설 공사를 면밀하게 관찰했으며 훈련을 받을 때도 눈은 대개 인부들에게로 가 있었다. 그는 그 일을 좋아했다.
 저녁이 되어 날씨가 저물어 감시대에서 물러나면 아래 정원에 앉아 젊은 러시아인이 연주하는 발랄라이카에 귀를 기울였다. 그 젊은이는 스탈린 가드렝코라는 사람이었다. 목로 안에서는 노래를 부르고 술을 마시며 심지어는 금지된 춤까지 추었다. 하지만 도이센은 그런 일에 눈을 팔지 않는 것 같았다.
 도이센은 기분이 좋았다. 교량 건설을 위해 그는 두 주일이라는 예정 기일을 가졌으나 그런 식으로만 진행된다면 12일이면 완성을 보게 될 것이다. 그는 짐차를 부근으로 내보내지 않고도 테만과 수잔 부인이 부엌에서 쓸 물건들을 구입할 수 있었기에 상당한 양의 휘발유를 절약할 수가 있었으며 인부들이 좋은 담배를 피우고 식사를 잘하고 좋은 기분을 가지도록 여러 가지로 돌보았다. 그렇게 하는 것이 훨씬 이롭다는 것을 그는 잘 알고 있었다. 권력을 내세워 몰아치면 두려움을 불어넣을 수는 있겠지만 근본적으로는 일이 지연되리라는 것도 그는 잘 알았다. 그는 이미 여러 곳에서 교량 건설을 맡았었다. 그것들은 그 동안에 벌써 다시 폭파되어 버렸지만 얼마 동안은 제 몫을 단단히 했었다. 그리고 그가 예정 기간을 어겨본 적은 한 번도 없었다.

　수잔 부인도 즐거웠다. 다리가 다시 놓이게 된다. 전쟁이 끝나도 다리는 그대로 거기에 있게 되리라. 그리고 다리가 있으면 군인들도 그냥 머물러 있을 것이며 여러 마을에서 사람들이 다시 그녀의 집을 찾으리라. 인부들 역시 행복한 듯 보였다. 3일마다 테자르치 쪽에서 조그마하고 날쌘 자동차, 몸통에 밝은 갈색 줄을 친 자동차가 달려와 목로 앞에 서면 거기서 갈색 제복을 입은 사나이 하나가 뛰어내렸다. 나이가 많고 피로로 지쳐 보이는 사나이도 어깨에 대위 계급장을 달았다. 그가 오면 인부들은 전원 집합을 해서 품삯을 받았다. 그들은 많은 돈을 받았다. 군인들에게서 양말을 사고 심지어는 속옷까지 살 수 있을 정도로 많은 돈이었다. 그들은 밤이 되면 술을 마실 수도, 부엌에서 일을 하는 예쁘장한 슬로바키아 여인들과 춤을 출 수도 있었다.

　열흘째 되는 날, 파인할스는 벌써 완성된 교량을 보았다. 난간은 고정되고 차도도 완성되었다. 그는 시멘트와 철근이 차에 실려 떠나는 것을 관찰했다. 시멘트를 쌓아두었던 바라크도 실려갔다.

　이미 인부들의 반수는 철수했고 부엌일을 하는 여자 하나도 떠났다. 베르차바는 더욱 조용해졌다. 아직 남은 사람은 열다섯 명의 인부와 도이센과 상사 견장을 단 갈색 제복의 젊은 사나이와 부엌일을 맡은 여자 하나뿐이었다. 파인할스는 자주 그 여자를 바라보곤 했었다. 여자는 아침 나절에는 창가에 앉아 감자를 까며 노래를 웅얼거리고 고기를 다지고 야채를 씻었다. 여자는 예뻤다. 그녀가 미소를 지을 때마다 그의 가슴은 아파왔다. 망원경을 통해 그는 길 건너편에서 일하는 그녀의 입 모습이라든지, 섬세하고 검은 눈썹과 흰 이빨을 볼 수가 있었다. 그녀는 언제나 나직이 노래를 불렀다. 그는 그날 저녁 목로로 가서 그녀와 춤을 추었다.

그는 그녀와 자주 춤을 추었고 그녀의 검은 눈을 아주 가까운 거리에서 보았으며 단단하고 흰 팔을 자신의 두 팔 안에서 느낄 수가 있었다. 설거지 냄새를 풍기는 것이 약간 실망이 되었지만. 목로 안은 후텁지근하고 답답했던 것이다. 그 여자는 계산대에 앉아 누구와도 춤을 추지 않는 마리아를 빼놓으면 단 한 사람의 여자였다. 밤이 되면 그는 이름도 모르는 그 슬로바키아 여자의 꿈을 꾸었다. 침대에 누워 오랫동안 골똘하게 일료나를 생각했는데도 꿈에서는 그 슬로바키아 여자의 모습이 아주 선명하게 나타났다.

다음날 그는 더 이상 망원경으로 그녀를 바라보지 않았다. 여자의 노랫소리가 여전히 낮게 들려왔지만 그는 산 속을 들여다보았다. 양떼가 잡히자 행복스러웠다. 종탑 오른쪽으로 서서히 뒤로 움직이는 흰 점들이 회색과 여린 녹색을 배경으로 선명히 보였다.

그는 갑자기 눈에서 망원경을 떼었다. 총성을 들었던 것이다. 산 쪽에서 들려오는 아주 먼 폭발 소음이었다. 그 소리는 다시 들렸다. 멀리 떨어져 그렇게 크지는 않았지만 분명하게 들렸다. 다리에서 일을 하던 인부들은 손을 멈추었고 슬로바키아 여인은 노래를 그쳤다.

뮈케가 다락으로 올라와 그에게서 망원경을 빼앗아 산을 쳐다보았다. 그는 아주 오랫동안 산 속을 훑어보았으나 폭음은 더 이상 들려오지 않았다. 뮈케는 망원경을 돌려주며 중얼거렸다. "주의하라구. 주의해!" 이어 뮈케는 총기를 점검하고 마당으로 되돌아가 버렸다.

갖가지 소음이 들리기는 하지만 그래도 오후에는 어떤 날보다 훨씬 조용해진 것 같았다. 콜타르를 칠한 각목을 잘라 거기다 나사못을 박는 인부들, 아래층 부엌에서 딸을 설득하는 늙은 안주인, 그 음성은 오랫동안 애타게 딸을 달랬지만 아무런 반응을 얻지 못하는 듯했다. 그리고 창문을 열어놓고 인부들의 저녁 식사를 준비하는 슬로바키아 여인의 웅얼거리는 소리가 들렸다. 큼직하고 노란 감자들이 냄비에서 볶아지고 토마토가 담긴 질그릇은 어둠 속에서 빛을 내고 있었다.

파인할스는 산 쪽을 쳐다보고 숲을 훑어보았으며 강둑을 살폈다. 모든 것이 조용해 움직이는 것이라고는 아무것도 없었다. 두 사람의 보초가 숲속으로 사라졌다. 그는 다리에서 일을 하는 인부들을 살펴보았다. 일은 벌써 반쯤 끝나 각목으로 만든 검고 튼튼한 차도가 점차 완성되어 갔다. 망원경을 돌리자 길이 보였다. 거기에는 나머지 물건들이 차에 실리고 있었다. 연장, 기둥, 받침대, 의자, 취사 도구 따위가 차례로 차에 실리고 이어 차는 여덟 명의 인부들을 싣고 테자르치 방향으로 떠났다. 슬로바키아 여자는 창 곁에 서서 떠나는 인부들에게 인사를 보냈다. 모든 것이 더욱 조용해진 것 같았다. 보트도 저녁 나절에는 강을 거슬러올라갔고 다리 위 차도도 일부분만이 미완성이었다. 각목 서너 개의 간격이었다. 인부들이 축제를 벌이기 시작했을 때에는 2미터 정도의 간격이었다. 파인할스는 인부들이 다리 위에 내버려 둔 연장들을 모았다. 테자르치로 갔던 자동차가 되돌아와서 취사장 앞에 멈추고 조그마한 과일 광주리와 몇 개의 술병을 내려놓았다. 조금 전에 파인할스는 교대를 했는데, 왼쪽에서 다시 기분 나쁜 폭음이 메아리쳐서 들려왔다. 그것은, 산으로부터 들려오는 그 소리는 마치 무대 위에서 나는 천둥 같았다. 두 배로 커졌다가 끊기고 약해졌다가 다시 세 번, 네 번 울리는 그 소리는 마치 인위적으로 그렇게 하는 듯싶었다. 그러곤 다시 정적이 찾아왔다. 뮈케 중위가 다시 뛰어와 떨리는 얼굴로 망원경을 들여다보았다. 왼쪽에서 시작해서 오른쪽으로 돌리면서 중위는 바위와 산등성이를 샅샅이 훑어보고는 고개를 저으며 눈에서 망원경을 뗀 다음 보고문을 작성했다. 얼마 후 그레스가 도이센의 자전거로 테자르치로 내려갔다.

그레스가 떠나자 파인할스는 산으로부터 들려오는 총성을 똑똑히 들었다. 둔탁하면서도 톱질을 하는 듯한 소련제 기관총소리에 대항해서 낡아빠진 브레이크처럼 식식거리는 독일제 기관총의 맑으면서도 신경질적인 소리가 들려왔다. 총탄이 서로 교차되는 것 같았다. 그 총격전은 순식간에 그쳐버려 몇 번 총성이 교차되었을 뿐이었고 이어 수류탄이 터지는 소리가 들렸다. 그 소리는 서너 번 계속되었는데, 굉장히 요란했다. 그 소리는 약해져 가면서 평지에까지 메아리쳤다.

파인할스는 왜 그런지 웃음이 나왔다. 전쟁 마당에 들어설 때마다 언제나 소음이 지나쳤다. 이번에는 뮈케도 올라오지 않았다. 뮈케는 다리에 서서 산 속을 노려보았다. 위쪽에서 또다시 몇 번의 총성이 들렸는데 이번에는 소총인 듯 마치 돌이 구르는 소리처럼 여리게 메아리쳤다. 이어 조용해지고 곧 어둠이 찾아왔다. 파인할스는 지붕 위에다 양철판을 올려놓고 느릿느릿 아래로 내려왔다.

그레스는 그때까지 돌아오지 않았다. 아래층 홀에서는 뮈케가 신경질적으로 밤을 대비해서 더욱 경계를 철저히 하라고 지시를 내리고 있었다. 뮈케는 심각한 얼굴로 불안스럽게 두 개의 훈장을 매만졌는데 장전을 한 권총을 목에 걸었고 철모는 탄띠에다 걸어놓았다.

그레스보다 먼저 테자르치에서 회색의 자동차 한 대가 왔다. 붉은 얼굴을 한 뚱뚱한 대위 한 명과 야위고 몹시 깐깐해 보이는 중위 한 명이 차에서 내려 뮈케와 함께 다리를 건너갔다. 파인할스는 집 앞에 서서 그들의 뒷모습을 지켜보았다. 그 세 사람의 모습이 아주 멀어져 가는 것 같았으나 그들은 이내 돌아와 차를 돌려버렸다.

도이센은 창밖으로 건너편을 쳐다보고 앉았고 아래층 인부들의 숙소에서는 인부들이 어둑어둑한 가운데서 거친 식탁을 앞에 놓고 앉아 있었다. 식탁에는 토마토와 감자가 담긴 접시가 놓여 있었다. 그 방 구석에 슬로바키아 여인이 한 손을 허리에 대고 한 손으로는 담배를 들고 서 있었다. 흰 담배를 입으로 가져가는 그녀의 팔이 파인할스에게는 약간 우스꽝스럽게 보였다. 회색의 자동차가 시동을 걸자 그녀는 가까이 다가가 창틀에다 담배를 옮겨놓고 파인할스를 향해 미소를 보냈다. 그는 그녀의 얼굴을 찬찬히 살피느라 떠나가는 두 명의 장교에게 인사하는 것조차 잊어버렸다. 어두운 색깔의 코르셋을 입고 있는 여자는 흰 앞가슴이 갈색의 얼굴 밑에서 나무처럼 빛났다.

뮈케가 파인할스의 곁을 지나 집 안으로 들어왔다.

"기관총을 이리로 가져와!" 하고 뮈케가 명령했다.

파인할스는 장교들이 탔던 차가 서 있던 자리에 검은 색의 날씬한 기관총 한 정이 탄약 상자와 함께 놓여 있는 것을 보았다. 그는 천천히 길을 건너 기관총을 가져온 다음 다시 건너가 이번에는 탄약상자를 가져왔다. 슬로바키아 여자는 여전히 창가에 서서 얼굴이 달아오르도록 담배를 피우다가 꽁초를 주머니에 집어넣었다. 여자는 여전히 파인할스 쪽을 쳐다보았지만 미소는 짓지 않았다. 그녀는 슬퍼 보였고 입은 고통스럽도록 어두운 담적색이었다. 이어 여자는 갑자기 입술을 약간 내밀며 몸을 돌려 주머니를 뒤지기 시작했다. 그때 인부들이 집에서 나와 다리 쪽으로 걸어갔다.

반 시간 후 파인할스가 기관총을 가지고 다리 위로 갔을 때, 인부들은 일을 하고 있었다. 그들은 어둠 속에서 마지막 각목을 대는 중이었다. 마지막

나사못은 도이센 자신이 박았다. 카바이드 불빛이 그의 모습을 비춰주었다. 도이센이 드라이버를 들고 있는 모습이 파인할스에게는 마치 손풍금의 손잡이를 들고 있는 모습처럼 보였다. 그는 마치 소리의 진동이 없는 크고 검은 상자의 둘레에다 못을 박고 있는 것 같아 보였다.

파인할스는 기관총을 내려놓으며 그레스에게 "잠깐만" 하고 말을 하고는 다시 한 번 뒤로 돌아갔다. 인부들의 숙소 앞에서 자동차소리를 들었기 때문이다. 그는 하차장까지 가보았고 나머지 물건들이 차에 실리는 광경을 보았다. 짐은 그렇게 많지는 않았다. 화덕이 하나, 의자 몇 개, 감자 광주리, 인부들의 식기와 짐 따위였다. 인부들은 다리에서 돌아와 모두 차에 탔다. 그들은 술병을 손에 들고 마셨다. 제일 마지막으로 슬로바키아 여자가 차에 올랐다. 그녀는 붉은 색의 스카프를 둘렀는데 짐은 별로 많지가 않아 파란 보자기에 싸인 꾸러미뿐이었다. 파인할스는 그녀가 차에 타는 모습을 보면서 잠시 망설이다가 얼른 돌아갔다. 도이센이 다리에서 돌아와 드라이버를 손에 든 채 테만의 집으로 느릿느릿 걸어갔다.

그들은 하역장(荷役場)이 있었던 조그마한 담 뒤에 기관총을 세워두고 쭈그리고 앉아 밤을 지켜보았다. 조용했다. 가끔 숲에서 나온 순찰대와 몇 마디 말을 주고받았을 뿐, 피곤에 지친 그들은 묵묵히 거기에 쭈그리고 앉아 숲으로 이어지는 좁은 길을 응시했다. 그러나 아무런 일도 일어나지 않았다. 산 위도 조용했다. 중간에 교대된 그들은 잠자리에 들자 이내 잠이 들어버렸다.

아침이 되어서야 그들은 소음에 깨어 자리에서 일어났다. 그레스는 그때까지 장화를 신고 있었으나 파인할스는 맨발인 채 창가로 달려가 길 건너편을 바라보았다. 많은 사람들이 거기서 중위를 설득하고 있었으나 중위는 그들로 하여금 다리를 못 건너게 하겠다고 고집하는 모양이었다. 그들은 숲과 그 숲 뒤로 보이는 종탑이 있는 마을에서 온 사람들인 모양으로 마차와 짐을 가진 그 긴 행렬은 숲에서부터 시작되어 끝이 보이지 않았다. 그들의 맑은 음성에는 불안이 깃들여 있었다. 파인할스는 잠옷 바람에 외투를 걸친 수잔 부인이 다리로 건너가는 모습을 보았다. 그녀는 중위 곁에 서서 사람들과 오랫동안 이야기를 나누고는 중위에게로 몸을 돌렸다.

도이센도 그리로 갔다. 그는 입에다 담배를 물고 느릿느릿 그곳으로 다가가 중위와 수잔 부인과 번갈아 얘기를 나누다가 사람들을 향해 뭐라고 이야기를 하는 것 같았다. 마침내 그 피난민들의 행렬은 서서히 움직이기 시작하여 스자르니 쪽을 향해 떠났다. 짐을 가득 싣고 그 위에 아이들과 궤짝과 새장을 올려놓은 마차의 긴 행렬이 서서히 앞으로 움직여 나갔다. 수잔 부인과 함께 돌아오는 도이센은 연방 고개를 흔들어 그녀에게 무엇인가 설명을 하는 모양이었다.

파인할스는 천천히 옷을 입고 다시 침대에 누워버렸다. 그는 잠을 청해 보았으나 그레스가 면도를 하면서 나직이 휘파람을 불었고 잠시 후에는 자동차 두 대가 달려오는 소리가 들렸다. 처음에는 두 대의 차가 나란히 달리는 것 같았으나 이내 한 대가 다른 한 대를 앞지르는 듯했고 한 대가 집 앞을 거의 통과했을 때 다른 차의 엔진소리가 들렸다. 파인할스는 자리에서 일어나 계단으로 내려갔다. 그것은 인부들에게 노임을 지불하기 위해 지불계가 가끔 타고 오던 갈색 승용차였다. 차는 테만의 집 앞에서 정차했다. 때마침 도이센은 역시 소령의 견장을 단 갈색 제복의 남자와 함께 다리로 가고 있는 중이었다. 두번째 차도 곧 도착했다. 그 차는 잿빛으로 흙탕물을 뒤집어서서 형편없는 고물처럼 보였다. 그 차는 수잔 부인의 집 앞에 멈추고 거기서 키가 작으면서도 쾌활하게 생긴 장교가 뛰어내리며 파인할스를 향해 소리를 질렀다.

"철수 준비를 하도록. 이곳은 위험해. 지휘관은 어디 있는가?"

그 키 작은 소위의 어깨에는 공병장교의 견장이 달려 있었다. 파인할스는 다리를 가리키며 "저기입니다" 하고 대답했다.

"알았어." 소위는 차에 그대로 타고 있는 사병에게 소리를 질렀다. "얼른, 끝내라고."

소위는 다리로 뛰어갔다. 파인할스도 그의 뒤를 따라갔다. 소령 견장을 달고 있는 갈색 제복의 사나이가 다리를 자세히 관찰하면서 도이센의 설명을 들어가며 알겠다는 듯 고개를 끄덕이기도, 머리를 설레설레 흔들기도 하다가 도이센과 함께 되돌아왔다. 도이센은 테만의 집에서 짐을 들고 나왔다. 여전히 드라이버를 손에 든 채. 갈색 차는 오던 길로 곧장 되돌아갔다.

뮈케가 두 사람의 기관총 사수와 공병 소위와 포병 하사관과 함께 돌아왔다. 포병 하사관은 총도 가지고 있지 않았는데 지저분하고 음울해 보였다. 그 사나이의 얼굴에도 땀이 흘러내렸다. 그는 아무런 짐도 갖고 있지 않았고 모자도 쓰지 않았다. 그는 연방 흥분된 얼굴로 숲과 그 위 산을 쳐다보았다. 파인할스는 귀를 기울였다. 느릿느릿 달려가는 자동차소리가 들렸다.

키가 작은 공병 소위가 타고 왔던 차로 달려가며 소리를 질렀다. "빨리, 빨리 서두르라니까!"

사병이 회색 양철통과 갈색 종이 상자와 철사 뭉치를 들고 뛰어왔다.

소위가 시계를 보았다.

"일곱 시야." 그가 말했다. "십 분이 남았어." 그는 거기서 시선을 뮈케에게로 돌렸다. "정확히 십 분 뒤에는 저것이 공중으로 날아갈 것이다."

파인할스는 천천히 층계를 올라가 짐을 꾸려 자기의 소총을 문앞에다 내놓은 다음 다시 집 안으로 들어갔다.

아직도 옷을 제대로 입지 않은 두 여인은 이리저리 복도로 뛰어다니며 무턱대고 방에서 물건들을 꺼내면서 서로 비명을 질러댔다. 파인할스는 성모상을 바라보았다. 꽃들이 시들었다. 그는 조심스럽게 마른 가지를 솎아내고 나머지 신선한 꽃들을 한데 묶어놓고 시계를 보았다.

여덟 시가 조금 지났다. 다리 건너편에서 달려오는 차소리가 똑똑히 들려왔다. 그 차량들은 벌써 마을을 지나 숲속에 다다른 모양이었다. 밖에서는 이미 출발 준비가 끝났다. 뮈케 중위는 보고서철을 들고 피곤에 지쳐 의자에 앉아 있는 지저분해 보이는 포병 하사관의 개인 기록을 써넣었다.

"슈니빈트입니다" 하고 하사관이 말했다. "아르투르 슈니빈트입니다. 912부대 소속입니다."

뮈케는 고개를 끄덕이고 보고서철을 가죽 가방에다 넣었다. 그 순간 키 작은 공병 소위가 사병을 데리고 들어와 소리를 질렀다. "완전 엄폐, 완전 엄폐!"

그들은 될 수 있는 대로 집 가까이에 바짝 붙어 길 위에 몸을 엎드렸다. 그 집은 교각을 향해 엇비슷하게 서 있었기 때문이다. 공병 장교가 시계를 보았고 다리는 공중으로 날아갔다. 별로 큰 폭음은 들리지 않았고 대기도 별 진동이 없었다. 그저 삐걱거리는 소리뿐이었다. 이어 몇 개의 수류탄이 터지는 소리와 육중한 차도가 무너지는 소리가 들렸다. 그들은 잠시 기다렸다. 그때 키 작은 장교가 말했다. "끝났습니다."

그들은 몸을 일으켜 다리를 바라보았다. 콘크리트 교각은 그대로 서 있었으나 인도와 차도는 깨끗이 없어져 버렸고 난간의 일부만이 걸려 있었을 뿐이었다.

차소리가 아주 가까이에서 들리는가 싶다가 이내 모든 것이 조용해졌다. 차량의 행렬은 숲속에서 멈춘 듯했다.

키 작은 공병 장교가 차에 올라 운전대를 돌리며 뮈케를 향해 소리를 질렀다.

"무엇을 기다립니까? 여기서 기다리라는 명령은 없었는데요."

장교는 건성으로 경례를 붙이고 그 더러운 차를 끌고 떠나버렸다.

"정렬!" 뮈케 중위가 소리를 질렀고 그들은 길에 정렬을 했다. 뮈케는 거기에 서서 무엇인가 기다리는 시선으로 두 집을 번갈아 쳐다보았으나 아무런 움직임이 없었다. 그때 여자의 우는 소리가 들렸다. 안주인 같았다.

"앞으로!" 뮈케가 구령을 내렸다. "뛰어가!" 뮈케는 그들에게로 다가왔다. 심각하면서도 슬픈 듯한 얼굴로…… 그는 어딘가를 바라보는 듯했다. 아주 먼 곳을. 그가 바라보고 있는 곳은 아주 먼 후방의 어느 곳인지도 모른다.

9

파인할스는 핑크의 집이 그렇게 큰 데 대해 놀랐다. 조금 전에 그는 '1910년에 개업한 핑크가(家)의 주점 및 호텔'이란 간판이 붙어 있는 낡고 협소한 집만을 보았었다. 술청으로 이어지는 계단은 당장에라도 무너질 것 같았고 왼쪽 창문도, 또 출입문 오른쪽에 있는 두 개의 창문도, 대문 곁에 붙은 제일 바깥 창문도, 모두가 어느 술집에서나 흔히 보이는 녹색이었다. 그리고 칠이 벗겨진 출입구도 겨우 짐차 한 대가 들락거릴 정도로 비좁았다.

그러나 막상 복도로 이어지는 출입문을 열자 거기에는 비교적 깨끗하게 포장된 깨끗한 마당이 보였는데 담장도 비교적 견고하게 지어진 것이었다.

일층에는 나무로 만든 난간이 빙 둘러쳐 있고 두번째 출입문을 지나자 창고가 있는 두번째 마당이 훤히 보였다. 그리고 그 오른쪽에 단층짜리 건물이 서 있는데, 아마도 홀인 모양이었다.

그는 그 모든 것을 자세히 살피면서 귀를 기울이다가 두 명의 미군이 보초를 서고 있는 것을 보고 소스라치게 놀랐다. 보초들은 두번째 출입문을 감시하면서 철책에 갇힌 짐승처럼 일정한 간격과 리듬을 두고 서로 교차하곤 했다. 그 중의 한 명은 안경을 쓰고 있었는데, 입술이 쉴 새 없이 움직이고 있고 다른 쪽은 담배를 피웠다. 두 사람이 다같이 철모를 어깨에 걸치고 있어 무척 피로해 보였다.

파인할스는 '내실'이란 쪽지가 붙어 있는 왼쪽 출입문을 흔들어본 다음에 '객실'이란 표지가 있는 오른쪽 문을 흔들어보았다. 두 군데가 다 잠겨 있었다. 그는 잠시 그대로 서서 지칠 줄 모르고 이리저리 왔다갔다하는 보초들을 쳐다보았다.

정적 속에서 가끔 포성이 들렸다. 양편은 별로 심각하게 생각하는 게 아니라 그저 전쟁이라는 사실을 알려야겠다는 듯 공놀이 삼아 유탄을 주고받는 것처럼 보였다. 그 폭음은 마치 경보처럼 어디에선가 터지고 무너져 정적 속에서 '전쟁이다, 전쟁이야. 조심해, 전쟁이라니까' 하고 알려주는 것 같았다. 그 메아리는 아주 약하게 들려왔다.

하지만 파인할스는 그 무해한 소음에 잠시 귀를 기울이면서 자기가 착각을 했었다는 것을 깨달았다. 유탄은 미군 쪽에서만 날아왔던 것이다. 독일군 쪽에서는 한 발의 포성도 들리지 않았다. 그것은 쌍방에서 주고받는 접전이 아니라 규칙적으로 쏘아대는 일방적인 포격이었다. 그것은 강 건너 산간 마을에서부터 들려오는 다양하고 조용하면서도 위협적인 메아리였다.

파인할스는 천천히 몇 걸음 걸어갔다. 마침내 그는 왼쪽으로는 지하실로, 오른쪽으로는 조그만 출입문으로 통하는 컴컴한 복도 끝에 이르렀다. 그 앞에 '주방'이란 간판이 붙어 있었다. 부엌문을 노크하자 안에서 들어오라는 아주 나직한 음성이 흘러나왔다. 그는 손잡이를 돌렸다. 네 사람의 얼굴이 그를 쳐다보았다. 그 중의 두 얼굴이 서로 너무나 닮아서 그는 깜짝 놀랐다. 생기 없고 지친 그 얼굴은 그가 머나먼 헝가리의 어느 마을 근처 풀밭에서 붉은 불빛에 희미하게 잠시 보았던 그 얼굴과 너무나 닮아 보였다. 여위고 나이가 많으나 그의 눈에는 피곤에 지친 듯한 예지가 보였다. 그리고 역시 그를 놀라게 한 두번째의 얼굴은 여섯 살쯤 되어 보이는 소년의 얼굴이었다. 어린애는 나무로 만든 장난감 차를 들고 놀다가 마루에 쪼그리고 앉아 그를 올려다보았다. 아이 역시 여위고 의젓해 보였으며 피곤에 지친 듯하면서도 영리하게 보였다. 아이의 까만 두 눈이 파인할스를 쳐다보다가 다시 시선을 떨구고 피로한 동작으로 마루 위로 장난감 차를 밀고 갔다.
　식탁에 앉아 있는 여자 두 사람이 감자 껍질을 벗기고 있었다. 그 중의 한 여자는 나이가 많았으나 얼굴은 넓적하고 안색이 갈색이어서 몹시 건강해 보였다. 늙었지만 매우 고운 여자임을 단박에 알 수가 있는 그런 여인이었다. 그 옆에 앉아 있는 여자는 약간 멍청하고 실제 나이보다 훨씬 늙어 보였다. 여자는 피로하고 지친 표정이었으며 손놀림도 둔해 보였다. 금발의 쪽머리가 핼쑥한 이마 위로 흘러 얼굴까지 덮고 있었다. 그 여인과는 달리 노부인은 머리를 곱게 빗질을 했다.
　"안녕하십니까?" 파인할스가 인사를 했다.
　"어서 오십시오." 그 사람들이 대답을 했다.
　파인할스는 문을 닫은 다음 약간 망설였다. 그는 헛기침을 하면서 이마에 진땀이 흐르는 느낌을 맛보았다. 땀은 겨드랑 밑 속옷과 등에까지 배었다.
　식탁에 앉아 있던 여인 중에서 나이가 좀 젊은 쪽이 그를 쳐다보았다. 여인의 보드랍고 흰 손이 지금 마루에 쪼그리고 앉아 조용히 장난감 자동차를 타일 바닥에 굴리며 놀고 있는 소년의 손과 너무도 닮았다는 것을 파인할스는 확인할 수가 있었다. 그 조그마한 주방에는 헤아릴 수 없이 잦았던 식사에서 오는 곰팡내 같은 것이 풍겼다. 벽에는 냄비며 프라이팬이 여기저기에 걸려 있고.
　두 여인은 창가에 앉아 마당을 내다보는 남자 쪽을 쳐다보았다. 남자가 손으로 의자를 가리키며 말했다. "저기에 앉으시오!"
　파인할스는 노부인 곁에 앉으며 말했다. "파인할스라고 합니다. 바이데스하임 출신이지요. 집으로 돌아가고 싶어서요."
　두 여자는 그를 올려다보았고 노인의 얼굴에는 생기가 도는 것 같았다. "파인할스라? 바이데스하임 사람이라구? 그렇다면 야곱 파인할스의 아들이 되는가?"
　"그렇습니다. 그런데 바이데스하임은 어떤가요?"
　노인은 어깨를 으쓱하고는 담배 연기를 내뿜은 다음 말했다. "별로 나쁘지는 않아. 미군이 그곳을 점령해 주기를 고대하는데, 미군은 꼼짝도 않는단 말일세. 그 사람들은 벌써 몇 주일째나 여기에서 그대로 빈둥거린다네. 바이데스하임까지는 겨우 2킬로미터 거리인데, 그들은 가지 않는단 말일세. 물론 거기에는 독일군도 없지. 말하자면 완충 지대야. 그쪽이 어떻게 되든 걱정을 하지 않으니……."

"가끔 독일군들이 발포를 하던데요" 하고 젊은 여인이 끼여들었다. "아주 드문 일이긴 하지만요."

"그렇다는군." 노인은 대꾸를 하면서 파인할스를 유심히 쳐다보았다.

"그런데 어디에서 오는 길인가?"

"저쪽에서요. 3주일이나 미군이 올 때를 기다렸지요."

"정확히 건너쪽인가?"

"아닙니다. 약간 남쪽이지요. 그린츠하임 근처였습니다."

"그린츠하임에서라구? 그래? 거기서 이리로 건너왔다는 말씀인가?"

"그렇습니다. 지난밤에……."

"거기서 사복을 입었는가?"

파인할스는 고개를 저었다. "아닙니다. 벌써 저쪽에서부터 사복을 입고 있었습지요. 많은 군인들이 그런 식으로 도망을 치고 있습니다."

노인은 나직이 웃으며 젊은 여인을 건너다보았다. "들었느냐? 군인들이 부대를 떠난단다. 웃지 않을 수가 없는 일이구나."

여자들은 감자 껍질을 다 벗겼다. 젊은 여인이 단지를 집어들고 싱크대 구석으로 가서 감자를 체에 담아 흔들었다. 여인은 거기다 물을 붓고 피로한 동작으로 감자를 씻기 시작했다.

노부인이 파인할스의 팔을 건드리자 그는 여인에게로 몸을 돌렸다.

"도망치는 군인이 많은가요?" 하고 노부인이 물었다.

"많습니다." 파인할스가 대답했다. "아주 없어져 버리는 부대도 많은 걸요. 루르 지방에서 재집결해야 한다고 하면서 떠나지만 말입니다. 저는 그리로 가지 않았습니다."

싱크대에 있던 부인이 울기 시작했다. 여자는 소리를 죽이고 울었으나 바짝 야윈 여인의 어깨가 조금씩 들먹였다.

"또 우는구나." 창가에 앉은 노인이 말했다. "웃기도, 울기도 참 많이 했어." 노인은 파인할스를 쳐다보았다. "저애의 남편이 전사를 했다네. 내 자식놈일세."

노인은 싱크대에 서서 조심스럽고 느린 동작으로 감자를 씻으며 울고 있는 여인을 담배 파이프로 가리켰다. "헝가리에서 죽었어. 지난 가을이었다네."

"여름이었어요" 하고 파인할스의 곁에 앉은 노부인이 끼여들었다. "그애도 떠났어야 하는 건데. 몇 번이나 그러려고 했었다네. 그애는 병약한 애였어. 무척 아팠지. 그런데 그들이 그애를 놓아주지 않았던 모양이야. 주보(酒保)를 맡아보았으니까."

노부인은 머리를 흔들며 싱크대에 서 있는 젊은 여자를 쳐다보았다. 그녀는 한 번 씻은 감자를 조심스럽게 냄비에 담고 거기에 물을 부었다. 그녀는 여전히 울고 있었다. 소리를 내지 않고 아주 조용하게 여자는 울었다. 여자는 냄비를 조리대 위에 올려놓고 구석으로 가서 윗주머니에서 손수건을 꺼내 들었다.

파인할스도 눈이 흐려지는 걸 느꼈다. 그는 핑크에 대해 별로 많이 생각해 본 적은 없었다. 한두 번 그저 지나가듯 생각해 보았을 뿐이었다. 그런데 이제 그에 대한 생각을 너무도 골똘히 한 나머지 핑크의 모습이 생시에 보았던 것보다 훨씬 분명하게 보였다. 갑자기 유탄에 맞았던 그 지독히도 무거웠던 짐, 가방 뚜껑이 열리던 소리, 그리고 어둠 속에서 길 위로 흘러내려 그의 목을 적시던 포도주, 유리 파편이 부서지던 소리, 그가 천천히 더듬어보았던 그 사나이의 몸은 얼마나 마르고 키가 작았던가. 피가 흐르는 그 몸을 만져 보곤 놀라서 손을 빼지 않았던가······.

그는 마루 위에서 놀고 있는 어린애를 바라다보았다. 소년은 여위고 흰 손가락으로 블록이 망가진 주위를 빙빙 돌며 조용히 장난감 자동차를 밀었다. 바닥에는 짐을 싣고 내리는 하역장 같은 곳도 있었다. 어린애의 동작은 이제 식탁에 앉아 손수건으로 얼굴을 가린 엄마처럼 나긋나긋하면서도 약간 피로해 보였다. 파인할스는 괴로운 심정으로 주위를 살피며 그들에게 얘기를 하는 게 좋을는지, 어떨는지를 곰곰이 생각해 보았다. 그는 마침내 고개를 떨구고 나중에 적당한 시기를 보아 이야기를 하기로 결심을 굳혔다. 노인에게 이야기하는 게 좋으리라. 하지만 그는 지금은 말하고 싶지가 않았다. 그들은 핑크가 어떻게 야전 병원을 떠나 헝가리까지 가게 되었는가를 모르는 모양이었다. 노부인이 다시 그의 팔을 건드렸다. "왜 그래요?" 노부인이 나직이 물었다. "시장하신가요? 혹시 어디가 불편한가요?"

"아닙니다." 파인할스가 대답했다. "괜찮습니다." 그러나 그녀의 채근하는 듯한 시선에 그는 되풀이해서 말을 할 수밖에 없었다. "괜찮습니다. 정말입니다."

"포도주를 한잔 하시겠소? 그렇지 않으면 화주를 한잔 하든지." 창가에 앉은 노인이 물었다.

"그러지요. 화주로 하고 싶군요."

"얘야, 이 어른께 술을 갖다 드리려무나." 노파가 며느리를 향해 말했다. 젊은 여인이 몸을 일으켜 옆방으로 갔다.

"우리는 아주 비좁게 생활을 하고 있답니다." 노부인이 말했다. "부엌과 객실 하나만을 쓰고 있어요. 하지만 그들이 떠나면 탱크가 많이 온다니까 포로들은 이동될 테지요."

"이 집에 포로들이 많습니까?"

"그렇소." 노인이 끼여들었다.

"앞쪽 홀에 포로들이 많이 있지만, 고급 장교들만 심문을 받요. 심문이 끝나면 그들은 다른 곳으로 이송되지요. 장군도 있어요. 저기를 좀 보시오."

파인할스가 창가로 다가가자 노인이 보초가 서 있는 두번째 출입문을 손가락으로 가리켰다. 거기에 철조망이 쳐진 홀의 자그마한 창문이 보였다.

"저기를 좀 봐요. 저기 또 한 사람이 심문을 받으러 끌려가는군요."

파인할스는 이내 장군을 알아보았다. 장군은 혈색이 훨씬 좋아 보이고 긴장감이 풀린 것 같아 보였다. 장군의 목에는 십자훈장이 걸려 있었으며, 빙그레 미소조차 띄우고 있었다. 장군은 자동권총의 총구를 그에게로 향하고 서 있는 두 사람의 보초를 지나 조용히 걸어갔다. 장군의 얼굴은 그렇게 누렇게 보이지도, 또 지나치게 피로해 보이지도 않았다. 그의 얼굴은 침착하고 온화하여 인간미가 엿보였다. 부드러운 미소가 얼굴을 돋보이게 만든 것이다. 그는 조용히 출입문을 지나고 마당을 가로질러 보초가 서 있는 계단을 올라갔다.

"저게 장군이오" 하고 노인이 말했다. "영관급도 있지요. 그 중에 소령도 있고. 그것도 참모부의 장교들뿐이라오. 30명이 넘어요."

젊은 부인이 술잔과 술병을 들고 객실로부터 되돌아왔다. 부인은 잔 하나는 노인이 앉아 있는 창틀에 올려놓고 다른 하나는 파인할스가 앉았던 식탁 위에다 놓아두었다. 파인할스는 그대로 창가에 서 있었다. 거기서는 두번째 마당을 지나 그 집 뒤꼍으로 이어지는 길도 보였다. 거기에도 두 명의 보초가 서 있고 그들 바로 건너편에 장의사의 진열창이 보였다. 파인할스는 중학교 건물이 있는 그 거리를 잘 알고 있었다. 관은 옛날에도 언제나 그 진열창에 놓여 있었다. 검은 칠 위에 은빛 테두리가 쳐진 관에는 검은 천과 묵직한 은빛의 술이 달려 있었다. 그것은 어쩌면 그가 중학교에 다니던 13년 전에 보았던 바로 그 관인지도 모른다.

"건배하세나." 노인이 잔을 쳐들며 말했다.

파인할스는 얼른 식탁으로 돌아가 잔을 들고는 젊은 부인을 향해서 고맙다는 인사를 보내고 노인에게로 몸을 돌려 건배라고 말한 다음 술을 마셨다.

술은 괜찮았다. "언제쯤 집에 돌아가는 게 좋을 것 같습니까?"

"미군들이 없는 곳으로 지나가는 게 좋을 거요. 게르페를 늪 둑이 제일 좋을 것 같군. 게르페를 아시오?"

"압니다. 거기는 미군이 없습니까?" 파인할스가 물었다.

"없지. 거기는 한 명도 없어. 건너편 사람들이 식량을 구하러 이리로 건너오거든. 야음을 틈타 여자들이 와요."

"낮에는 거기다가도 포격을 하는 걸요." 젊은 여자가 말했다.

"그래." 노인이 말했다. "낮에는 포격을 할 때도 있었지……."

"고맙습니다. 정말 감사합니다." 파인할스는 잔을 비웠다.

노인이 몸을 일으켰다. "산에 가는 길인데 같이 가는 게 좋겠소. 산에 올라가면 잘 보일 거요. 아마 젊은이의 집도 보일는지 모르고……."

"그러겠습니다." 파인할스가 대답했다. "따라가겠습니다."

그는 식탁에 앉아 야채를 다듬는 부인을 보았다. 여자들은 배추잎을 자세히 살펴가며 잎을 뜯어 체에다 던지고 있었다.

어린애가 고개를 들었다. 소년이 갑자기 차놀이를 멈추고 물었다. "따라가도 괜찮아요?"

"그러럼, 함께 가도록 하자." 노인은 파이프를 창틀에다 올려놓으며 말했다.

"다음번 장교가 들어가는군. 저기를 좀 봐요." 노인이 파인할스를 향해서 소리쳤다.

파인할스는 창으로 다가갔다. 대령이 질질 끌리는 걸음걸이로 걸어가고 있었는데, 날카로운 얼굴에는 병색이 역력하고 훈장이 흔들거리던 칼라는 너무나 커보였다. 그는 무릎을 거의 들지도 않고 팔을 질질 끌리며 갔다.
"창피한 노릇이야!" 노인이 중얼거렸다. "수치야!"
노인은 옷걸이에서 모자를 집어 썼다.
"또 뵙겠습니다" 하고 파인할스가 부인들을 향해 인사를 했다.
"잘 다녀오세요." 부인들이 대답했다.
"식사때쯤 돌아오겠소." 핑크 노인이 말했다.

병사 베르헴은 전쟁을 좋아하지 않았다. 그는 나이트 클럽에서 급사로도, 또 바텐더 노릇도 했다. 그는 1944년까지는 이럭저럭 입대를 기피할 수가 있어서 전쟁이 벌어지고 있는 동안, 근 1천5백이란 밤을 술집에서 보내며 많은 것을 배웠다.
그는 대부분의 남자들이 그들이 믿듯, 술을 그렇게 많이는 못 마신다는 것, 그리고 대개의 남자들이 생의 대부분을 자기들이 술을 얼마나 많이 마시는가 자랑을 하는 데 소비한다는 사실을 알게 되었다. 그 밖에 그는 남자들이 나이트 클럽에 데리고 오는 여자에게 자기가 주정쟁이라는 것을 알려주려 애쓴다는 사실도 알았다. 하지만 정말로 술을 많이 마시고 마시는 동안 제법 농담도 잘할 줄 아는 사람은 별로 없었다. 전쟁통에도 그런 남자들은 별로 많지가 않았다.
그리고 사람들은 가슴이나 목에 번쩍거리는 한 조각의 훈장을 다는 것으로 인간이 바뀌어질 수가 있다는 그릇된 생각을 하기 시작했다. 제복의 어느 부분에다 그가 어떠한 방법을 써서 얻었든 특별한 표지를 달기만 하면 바보가 똑똑해지고 또 약한 자가 강해지리라고 믿는 것만 같았다.
그러나 베르헴은 그렇지 않다는 것을 잘 알고 있었다. 치장을 함으로 해서 인간을 바꿀 수도 있다면 그것이야말로 망상이 아닌가. 그는 그런 사나이들을 하룻밤에도 수없이 많이 보아왔었다.
그들 모두가 이러이러한 곳에서 한숨에 술을 형편없이 많이 마셨노라고 그에게 거짓말을 해도 그는 그들 대부분이 술에는 형편이 없다는 사실을 알았다. 전부터 아는 사이가 아니라도 그는 그걸 단박에 알아차렸다.
아무튼 그들이 술에 취한 꼴을 본다는 것은 별로 아름답지 못했다. 그리고 그가 급사로 1천5백 밤을 보냈던 그 나이트 클럽은 암거래도 공공연히 취급했다. 영웅들이 마시고 피우고 먹을 것은 어디에나 있게 마련이었다. 술집 주인은 스물여덟 살로 정말 건강체였으나 1944년 12월까지도 군대에 나가지 않았었다. 점점 전시가지를 파괴해 가던 폭탄도 사장에게 해를 입히지는 않았다. 사장이 갖고 있던 숲속의 별장은 참호까지 갖추고 있었다. 가끔 특별히 마음에 드는 전쟁 영웅들을 개인적으로 초대해서 자기 차에다 태워 교외 별장으로 데리고 가는 것이 그의 재미 중의 하나였다.

베르헴은 전쟁이 벌어지고 있는 동안 1천5백 밤을 주의깊게 관찰했다. 때로는 지루하기 짝없었지만 그들의 이야기에 귀를 기울여야 했다. 얘기를 들어서 그가 알고 있는 공격 작전이나 포위 작전은 그 수가 너무나 많았다. 한동안 그것을 기록해 두려고까지 생각했었으나 공격 작전도 너무나 많았고 포위 작전도 그러했으며 훈장을 달지 못한 영웅들도 너무 많았고 응당 훈장을 찾아야 했었던 이야기도 너무 많았다. 그는 이런 식의 이야기를 너무 많이 들어서 전쟁에 대해서는 누구보다 잘 알았기 때문이다. 하지만 대부분의 사람들은 술에 취했을 때 진심을 털어놓았다. 그리고 그는 수많은 영웅들과 술집 여자들의 진실을 실제로 겪어서 알았다. 프랑스, 폴란드, 헝가리, 루마니아에서 온 술집 여인들의 진실을. 그는 언제나 그런 여자들과 잘 통했다. 그들의 거의 전부는 술을 마실 줄 알았으며 그는 그녀들의 약점을 쥐고 있었던 것이다. 그에게는 언제나 마실 수 있는 술이 있었기 때문이다.

그러나 그는 지금 아우엘베르크라는 지역의 어떤 창고 안에 누워 망원경과 노트와 연필 몇 자루와 팔목시계 하나를 갖고 그의 눈에 잡히는 것들을 모조리 기록해야만 했다. 그의 시계(視界)가 미치는 곳은 강 건너편으로 거기서 150미터 떨어진 바이데스하임이라는 곳이었다.

바이데스하임에는 볼 것이 별로 없었다. 그곳의 전면은 마르멜라드 공장의 벽으로 거의 반쯤 가려져 보이지 않았는데, 그 공장은 조용하기만 했다. 가끔 길 위로 사람들이 지나갔으나 그것도 별로 흔한 일은 아니었다. 그들은 바이데스하임의 서쪽 방면으로 멀어졌다가 이내 좁은 골목으로 모습을 감추곤 했다. 사람들은 포도원과 과수원으로 올라가는 게 일이었다. 그는 사람들이 일하는 모습을 보았으나 하이데스하임 뒤쪽에서 일어나는 일들을 기록할 필요는 없었다. 그가 이곳의 감시병으로서 갖고 있는 무기는 매일 지급받는 일곱 발의 유탄이었는데, 써먹을 길이 없는 무기였다. 일곱 발의 유탄은 지금 하이데스하임에 주둔하고 있는 미군과의 혈투를 위해서 거기 놓인 것은 아니었다. 그러니 그것은 아무짝에도 쓸모가 없는 것이었다. 발포는 엄금이었다. 발포를 하기만 하면 미군들은 수백 배로 응전을 해오기 때문이었다. 그들은 굉장히 신경질적이었다. 그러므로 베르헴이 노트에 기록을 한다고 해도 그것 역시 소용이 없는 일이었다.

'열 시 삼십 분. 하이데스하임 방향에서 온 미군 승용차 한 대가 공장 정문 곁에 정차했다가 열한 시 십오 분 돌아감.' 그가 그렇게 기록한들 무슨 소용이 있단 말인가.

그 차는 매일 그곳으로 와서 그와 150미터 떨어진 거리에 근 한 시간 동안 머물렀다가 떠나곤 했지만 그걸 노트에 적는다는 것은 아무런 소용이 없는 일이었다. 그 차에 발포를 가한 일이 한 번도 없었다. 매번 차에서는 한 명의 미군 병사가 내려서 한 시간쯤 집 안에 머물렀다가 사라지곤 했다.

맨 처음 베르헴에게 매일 유탄을 내주던 조장(組長)은 그라흐트라는 소위였는데, 사람들의 이야기로는 전직 목사라고 했다. 베르헴은 목사들과 별로 접촉이 없었으나 그 소위가 괜찮은 인물이라는 것을 알았다. 그라흐트는 언제나 일곱 발의 유탄을 하이데스하임 왼쪽에 있는 하구(河口)에다 버렸다. 그곳은 갈대만이 무성한 조그마한 늪지대로, 주민들이 게르페를이라고 부르는 곳이었다. 거기에 유탄을 묻으면 확실히 사람을 다치게 할 위험은 없었다. 그 후로 베르헴은 매일 '하구 쪽에 수상한 움직임이 있음'이라고 노트에 기록하곤 했다. 그러나 소위는 그 일에 대해 아무런 말이 없었을 뿐더러 계속 늪에다 유탄을 버렸다.

그러나 이틀 전에 조장이 바뀌었는데, 이번에는 슈니빈트라는 사람으로 일곱 발의 유탄에 대해 꽤나 까다롭게 굴었다. 물론 슈니빈트도 늘 마르멜라드 공장 앞에 주차를 하는 미군의 차량을 쏘지는 않았다. 다만 그가 노린 것은 흰 깃발이었다. 바이데스하임의 주민들은 매일처럼 미군이 그곳을 점령해 주기를 고대하는 것 같았으나 미군은 그곳에 진주하지 않았다. 하이데스하임은 정찰이 쉬우나 바이데스하임은 구부러져 들어간 지점에 위치하고 있어 정찰이 곤란했던 것이다. 미군들은 전진을 할 계획이 없는 것처럼 보였다. 벌써 다른 방면에서는 독일 국경을 2백 킬로미터나 파고들어가 거의 독일의 심장부에까지 이르렀는데, 이쪽에서는 벌써 3주일째나 하이데스하임에 그냥 머물러 있는 중이었다. 그러곤 하이데스하임을 때리기만 하면 곧 수백 배로 응전을 해왔다. 그리하여 하이데스하임에서는 발포를 하는 일은 절대로 없었다. 일곱 개의 유탄은 바이데스하임과 그 주변을 향해 쏠 것이기는 하지만 슈니빈트 조장은 바이데스하임 사람들의 부족한 애국심에 일격을 가하기로 결심했다. 때문에 그는 흰 깃발만은 도저히 참을 수가 없었다.

그럼에도 불구하고 베르헴은 그날도 노트에다 이렇게 기록했다. '아홉 시에 하구 쪽에 수상한 동작이 엿보였음'이라고. 그리고 열 시 십오 분에 똑같은 내용의 보고서를 썼고 열한 시 사십오 분에는 '미군 차량, 마르멜라드 공장 앞에 주차'라고 기록했다.

열두 시가 되어 식사를 가지러 초소를 떠나려고 하는데, 슈니빈트가 아래에서 그를 향해 소리를 질렀다. "잠깐만 거기에 그냥 있게."

베르헴은 창문으로 기어가 망원경을 들었다. 그러자 슈니빈트가 그의 손에서 망원경을 빼앗아 납작 엎드려서 망원경을 들여다보았다. 베르헴은 그의 옆모습을 지켜보았다. 슈니빈트라는 사람은 아무 능력도 없으면서 자신에게나 타인들에게 자기의 능력을 믿게 하려는 그런 인간형이었다.

그가 배를 깔고 쓸쓸한 바이데스하임을 노려보고 있는 그 열성은 결코 순수하지가 못했다. 베르헴은 슈니빈트의 어깨에 달린 별이나 그 별 주위에 늘어진 레이스가 새것임을 알았다.

슈니빈트가 베르헴에게 망원경을 돌려주며 말했다. "개새끼들! 흰 깃발을 단 저 새끼들 좀 보라니까! 노트를 이리 줘요."

베르헴이 노트를 건네주자 그는 그걸 훑어보며 투덜거렸다. "쓸데없는 소리. 늪에 뭐가 있단 말이야? 거긴 개구리뿐이라고. 이리 줘." 그는 다시 베르헴의 손에서 망원경을 빼앗아 하구 쪽을 바라보았다. 베르헴은 슈니빈트의 입에서 침이 흘러나와 목 쪽으로 침자국이 나 있는 것을 보았다.

"아무것도 없어." 슈니빈트가 중얼거렸다. "하구에는 아무것도 없다니까. 개미새끼 하나 얼씬거리지 않아."

그는 노트에서 쪽지를 하나 꺼내고 주머니를 뒤져 몽당연필 한 자루를 찾아서는 창문을 내다보며 쪽지에다 뭐라고 기록했다.

"개새끼들! 개새끼들이야!" 그렇게 중얼거리곤 슈니빈트는 다른 말은 한마디도 없이 사닥다리를 기어내려갔고 베르헴도 식사를 가지러 곧 뒤따라 내려 갔다.

  포도밭 위에서는 모든 게 아주 잘 보였다. 파인할스는 독일군이나 미군측이 왜 바이데스하임을 점령하지 않는지, 그 이유를 알 것 같았다. 점령할 가치가 없었던 것이다. 조용히 누워 있는 열다섯 채의 가옥과 공장 하나가 그 전부였다. 바이데스하임에는 철도역이 하나 있었고 건너편 다우 엘베르크에도 역이 있었는데, 그곳은 독일군이 점령중이었다. 그러나 바이데스하임은 완전히 구부러져 들어간 지점에 자리를 잡고 있었다. 바이데스하임과 산 사이로 움푹 들어간 곳에 바이데스하임이 위치한 셈이었다.
  비교적 넓은 곳에는 탱크가 빽빽이 들어서 있는 것을 그는 보았다. 중학교 교정에도, 교회 마당에도, 시장 바닥이나 호텔 앞 어디에고 탱크와 군용 차량들이 위장도 하지 않은 채 들어차 있었다. 계곡에는 벌써 꽃이 피어 비탈이나 초원은 꽃으로 덮여 울긋불긋했고 대기는 맑았다. 봄이 된 것이다.
  위에서는 핑크의 저택도 마치 설계도를 보듯 잘 보였고 비좁은 길 사이로 난 네모난 마당도, 심지어 두 명의 보초까지도 똑똑히 보였다. 장의사 집 마당에서는 한 사나이가 흰 칠을 한 커다란 통을 짜고 있었는데, 아마 관(棺)인 모양이었다. 대패질을 한 목재도 아주 잘 보였다. 나무는 주황색으로 빛나고 목수의 아내가 남편 곁에 있는 의자에 앉아 햇볕을 쬐며 나물을 다듬고 있었다. 길거리는 북적거렸다. 물건을 사는 아낙네들과 군인들이 보였으며 동쪽 끝의 학교에는 방금 학교가 파한 듯 아이들이 교문 밖으로 몰려 나갔다.
  그러나 바이데스하임은 완전히 정적이었다. 집들은 커다란 고목에 가려져 있었지만 그는 그 집들을 하나하나 다 잘 알아볼 수가 있었다. 베르크와 호펜라트의 집은 피해를 입었으나 그의 부모가 사는 집은 아무런 피해가 없다는 것을 첫눈에 알았다. 그 집은 옛날 그대로 널찍하고 노란 색을 띤 채, 길가에 면해 서 있고 일층 어른들의 침실이 있는 창엔 흰 깃발이 걸려 있었다. 그 흰 깃발은 다른 집에 걸린 깃발보다 유난히 컸다. 보리수는 벌써 녹색이 되었다.
  사람의 모습은 하나도 보이지 않았다. 흰 깃발은 바람 한 점 없는 공간에 죽은 듯 널려 있고 마르멜라드 공장의 커다란 마당에도 텅 비어 녹슨 물통이 여기저기 아무렇게나 흩어져 있었다. 창고도 닫혀 있었고. 별안간 하이데스하임 정거장으로부터 미군차 한 대가 쏜살같이 초원과 과수원 사이를 지나 바이데스하임 쪽으로 달려갔다. 차는 가끔 흰 빛 나무에 가렸다가 이내 다시 모습을 나타내면서 바이데스하임의 대로(大路)를 달려 공장 앞에서 멈추었다.

"제기랄!" 파인할스는 핑크 노인을 향해 나직이 말하며 손가락으로 자동차를 가리켰다. "저게 무엇입니까?"

노인은 창고 앞 의자에 앉아 조용히 머리를 흔들었다. "아무것도 아닐세. 별것이 아니야. 메르츠바흐양의 애인이라네. 저자는 매일 한 번씩 그리로 간다네."

"미군입니까?"

"물론일세." 핑크 노인이 대답했다. "그 아가씨는 그 녀석한테로 가는 것을 겁내거든. 독일군이 가끔 발포를 하기 때문일세. 그래서 녀석이 그리로 오는 걸세."

파인할스는 싱긋 웃었다. 그는 메르츠바흐양을 잘 알고 있었다. 그녀는 그보다 몇 살 아래였는데, 그가 집을 떠날 그 당시 그녀는 열네 살이었다. 비쩍 마르고 무언가 침착치 못한 계집애로 피아노를 지독스럽게도 많이 쳤지만 형편없이 치던 아이였다. 일요일 오후가 생각났다. 그녀는 지배인의 저택 살롱에 앉아 피아노를 쳤고 그는 그 옆 정원에 앉아 책을 읽으며 그녀의 피아노에 귀를 기울이던 일요일 오후. 계집애의 바싹 마르고 핼쑥한 얼굴이 창에 나타나 무언가 슬프고 불만에 가득 찬 시선으로 밖을 내다보던 일요일 오후. 그녀가 다시 연주를 계속하려고 피아노로 되돌아갈 때까지는 잠시 조용했었다. 그녀는 지금 스물일곱이리라. 아무튼 그녀가 애인을 갖게 되었다는 것은 반가운 일이었다.

그는 생각에 잠겼다. 지금 곧장 메르츠바흐의 집 바로 곁에 있는 자기의 집으로 내려가면 내일 점심때쯤이면 저 미군을 보게 되리라. 혹시 그 사람과 이야기라도 할 수 있을는지 모르겠고 잘하면 그를 통해 서류를 얻을 수 있을지도 모르리라. 틀림없이 장교이리라. 메르츠바흐양이 보통 사병을 애인으로 가질 리는 없지 않은가.

그는 시내에 있는 자신의 조그마한 집을 상상해 보았다. 그 집이 지금은 없어졌다는 사실을 그는 이미 알고 있었다. 그쪽 사람들이 그 집은 없어졌다고 편지로 알려주었기 때문이었다. 그는 그 집을 상상해 보려 했으나 떠오르지가 않았다. 이제는 없어져 버린 집들을 그는 여러 채 보았으나 자기의 집이 없어졌다는 것은 상상이 되지가 않았다.

그는 부상을 당해 휴가를 왔을 때도 그곳에 들러보지 않았다. 이미 없어진 집을 보기 위해 그곳에 갈 이유를 알 수가 없었기에. 그가 그곳에 마지막으로 들른 것은 1943년이었는데, 그때에는 아직 집이 그대로 서 있었다. 그는 마분지로 막아놓은 망가진 창문을 보고 거기서 몇 집 건너편에 있는 나이트 클럽으로 갔었다. 거기에 세 시간쯤 앉아 집으로 가는 기차를 기다렸다. 그는 잠시 보이와 얘기를 주고받았는데, 보이는 사람이 괜찮았다. 아직 나이가 젊은데도 무척 침착한 사나이로 그에게 40페니히에, 프랑스 코냑은 65마르크에 팔았다. 싼 값이었다. 그리고 보이는 이름까지 가르쳐 주었으나 지금은 생각이 나지 않는다. 그 사나이는 그에게 여자를 하나 소개해 주기도 했는데, 그 여자의 매력은 진짜 여성다운 성실한 태도였다.

여자의 이름은 그레페였으나 모두들 엄마라고 불렀다. 보이는 그 여자와 한잔 하면서 이야기를 나누면 재미있을 거라고 말했었다. 그는 세 시간이나 무척 성실해 보이는 그 여자와 잡담을 나누었다. 여자는 슬레스비히 홀슈타인에 있는 양친 이야기를 들려주며 전쟁에 대해 그를 위로해 주려고 애를 썼었다. 술에 취한 몇 명의 장교와 사병들이 한밤중이 되자 사열 연습을 해보인다고 떠들어댄 것이 유감이었지만 그 술집은 정말로 괜찮았었다.

이제 집으로 돌아가 거기에 머물러 있게 되리라 생각하자 그는 기분이 좋았다. 집에 오래오래 머물며 무슨 일이 생길 때까지 아무 일도 하지 않고 보내리라. 전쟁이 끝나면 틀림없이 할 일이 많겠지만 그는 일을 많이 할 생각은 없었다. 그는 일을 하고 싶은 생각이 없었다. 그저 손님처럼 지내며 추수 때나 일을 좀 거들어주리라. 그리고 조금 지나다가 주문이 있으면 이웃집이나 몇 채 지어주어야겠다. 그는 하이데스하임 쪽을 향해 힐끗 눈을 돌렸다. 파괴된 곳이 많았다. 역 근처에 늘어선 집들도, 또 역사(驛舍) 자체도 파괴되었다. 역에는 화물열차가 한 대 서 있는데, 기관차가 넘어져 선로에 누워 있고 재목이 미군차에 실리고 있는 중이었다. 목재는 목수집 정원에 있는 관처럼 아주 똑똑히 보였다. 재목의 누르스름하면서도 흰 색깔은 나무에 핀 불보다 더욱 밝고 선명하게 보였다.

그는 어떤 길로 가야 될까 하고 생각해 보았다. 핑크 노인의 설명으로는 선로에는 미군 보초가 있고 초소도 있지만 들로 일을 하러 가는 사람들에게는 별일이 없다고 했다. 그러나 안전하게 운하를 기어가는 게 좋으리라. 모래가 몇백 미터쯤 쌓인 운하로. 몸을 구부리고 걸어갈 수가 있을 것이다. 그리고 어떤 이유가 있어 저쪽으로 넘어가려는 사람들은 그 길을 이용했다. 운하가 끝나는 곳에는 게르페를 숲이 있어 몸을 가려주며 그 숲은 바이데스하임의 들판과 연결되는 것이다. 들판에만 들어서면 누구의 눈에도 띄지 않고 곧장 걸어갈 수가 있으리라. 곡괭이나 삽을 메고 가도 괜찮겠지. 핑크 노인은 매일 많은 사람들이 포도원이나 과수원에서 일을 하러 그곳을 넘어간다고 장담했다.

그는 쉬고 싶었다. 집에 가서 침대에 누워 아무에게도 방해받지 않고 일료나를 생각하고 싶었다. 그러면 아마도 그녀의 꿈도 꾸게 되겠지. 그런 다음 어느 때이건 일을 시작할 수가 있겠지. 우선 잠을 푹 자고 어머니에게서 귀염을 받고 싶었다. 어머니는 그가 오랫동안 거기에 있으려 돌아온 것을 무척 기뻐하실 것이다. 집에는 아마 담배도 있을 것이고 오랜만에 독서를 할 기회도 갖게 되겠지. 지금쯤은 메르츠바흐양도 틀림없이 피아노를 잘 칠 것이다. 그 시절, 정원에 앉아 책을 읽으며 메르츠바흐양의 형편없는 피아노소리를 들을 수 있었던 그때가 참으로 행복했었다는 생각이 들었다. 물론 그 당시는 몰랐지만 그때에는 틀림없이 행복했었다. 오늘에야 그는 그 사실을 알았다. 그는 어떤 사람도 짓지 못했던 집을 짓고 싶다는 꿈을 가졌으나 막상 나중에 그가 지은 집은 다른 사람들이 지은 집과 별로 다를 바가 없었다. 그는 평범한 건축가가 되었는데, 자신도 그것을 알고 있었다. 하지만 자신의 작품을 이해하고 건물이 완성되면 가끔은 사람들의 마음에 드는 단순하면서도 좋은 집을 짓는다는 것은 좋은 일이었다. 무엇이든 지나치게 심각하게 받아들이지 않는다는 것만이 중요할 뿐이다. 그리고 그것이 전부이다. 겨우 반 시간 정도의 거리에 불과한데도 집으로 가는 길은 그에게 무척이나 먼 거리로 여겨졌다. 그는 너무나 지치고 귀찮았다. 차라도 얻어타고 얼른 집으로 돌아가 침대에 누워 잤으면 얼마나 좋을까 하는 생각조차 들었다. 조금 있으면 가야만 될 그 길이 무척 성가셨다. 미군들의 전면을 지나가야 될 그 길이. 곤란한 일이 생길지도 모른다. 그리고 그는 어려운 일은 이제는 싫었다. 지처서 모든 게 귀찮았다.
 정오를 알리자 그는 모자를 벗고 두 손을 합장했다. 핑크 노인도 소년도 그렇게 했으며 저 아래 마당에서 관을 짜던 목수도 연장을 놓았다. 그리고 목수의 부인도 나물 바구니를 옆으로 치우고 합장을 한 채 마당에 서 있었다. 사람들은 이제 남이 보는 앞에서 공공연히 기도드리는 것을 부끄럽게 여기지 않는 것 같았다. 그런데 그는 그것이 별로 마음 내키지가 않았다. 전에는 그도 기도를 드리곤 했었다. 일료나도 기도를 드렸었다.
 그녀는 경건하고 현명한 여인이었으며 아름답고 지혜로워 어떤 성직자를 만나더라도 그녀는 믿음을 일그러뜨리지 않았었으리라. 그는 지금 기도를 드리면서 자신이 별달리 소원하는 것도 없으면서 그저 습관적으로 기도를 하고 있다는 생각이 들었다. 일료나가 죽었다면 무엇을 위해 기도드린단 말인가? 그는 그녀가 돌아와 주기를 빌었으며 거의 이루어진 것이나 다름이 없지만, 자신의 귀향을 위해 기도드렸다. 그는 사람들이 무엇인가 소원 성취를 빌기 위해 기도를 드린다고 생각했었는데 일료나는 달리 말했었다. "우리들은 하느님을 기쁘게 해주기 위해 기도를 드려야 해요"라고. 그녀는 그것을 읽어서 제대로 찾아냈던 것이다.
 합장을 하고 있는 동안 그는 별로 기도드릴 것이 없으면서도 이제야 비로소 제대로 기도를 드릴 수 있게 되었구나 하는 생각을 했다. 앞으로는 성직자의 얼굴이나 그들의 설교가 참기 어렵더라도 교회에 가겠다는 생각을 했다. 하느님을 즐겁게 해주기 위해 그는 그렇게 하고 싶었던 것이다. 아마 하느님도 성직자들의 얼굴과 그들의 설교를 즐겁게 여기고 계실지도 모른다. 그는 빙그레 웃으며 손을 펴고서 모자를 다시 썼다.
 "저기를 좀 보게." 노인이 말했다. "지금 그들은 호송되고 있어." 노인은 하이데스하임 쪽을 가리켰다. 파인할스는 목수의 집 앞에 화물자동차 한 대가 서 있는 것을 보았다. 차는 핑크가의 홀에서 나온 장교들로 서서히 채워지기 시작했다. 꼭대기에서 보니 그들의 훈장까지 잘 보였다. 이어 화물차는 나무가 무성한 시골길을 달려 서쪽을 향해 쏜살같이 멀어져 갔다. 전쟁이 더 이상 없는 곳으로…….
 "사람들의 이야기로는 그들은 곧 전진할 거라는군." 노인이 말했다. "저기 탱크가 보이는가?"

"그들이 얼른 바이데스하임을 점령해 주었으면 좋겠군요" 하고 파인할스가 말하자 노인은 고개를 끄덕였다.

"그리 오래 걸리지는 않을 걸세. 언제 우리집에 다시 한 번 들러주려나?"

"들르고말고요. 자주 찾아뵙겠습니다."

"그러면 반갑겠네. 담배 피우려나?"

"고맙습니다." 파인할스는 대답하고 담배를 받았다. 노인이 불을 주었다. 그들은 잠시 꽃이 핀 평원을 내려다보았다. 핑크 노인이 손자의 머리 위에 손을 얹을 때까지.

"이젠 가보겠습니다." 파인할스가 갑자기 말을 꺼냈다. "가봐야겠습니다. 집으로 말입니다."

"가보게!" 하고 노인이 말했다. "마음 푹 놓고 가보게. 별다른 위험이 없을 테니."

파인할스는 노인의 손을 잡고 고맙다고 말하고는 노인의 얼굴을 쳐다보았다. "고맙습니다. 불원간 다시 찾아뵙고 싶습니다."

그는 소년의 손을 잡아주었고 어린이는 검고 조그마한 눈으로 그를 바라보았다. 무언가 골똘히 생각하는 것 같으면서도 의심쩍다는 시선으로 소년은 그를 올려다보았다.

"곡괭이를 들고 가게나." 노인이 말했다. "그게 좋아."

"고맙습니다." 파인할스는 노인의 손에서 연장을 받아들였다.

얼마 동안 그의 모습은 판을 짜던 마당을 향해 곧바로 걸어가는 것 같았다. 그는 그곳을 향해 정확히 수직 방향으로 걸어갔다. 오른쪽으로 돌아 마을로 향하자 노란 색으로 빛나는 그 궤짝은 훨씬 더 크고 또렷하게 보였다. 그의 모습은 지금 막 학교를 나서는 아이들 틈에 감싸여 정문 앞에까지 가서는 거기서 혼자가 되어 서서히 길을 건너갔다. 그는 운하를 기어가기가 싫었다. 귀찮았기 때문이다. 그리고 길도 없는 늪지대인 게르페를 지나가는 것도 귀찮았다. 게다가 똑바로 오른쪽으로 가다가 다시 왼쪽으로 구부러져 마을로 들어간다면 눈에 뜨이기 십상일지도 모를 일 아닌가. 그는 풀밭과 과수원을 지나가는 곧은 길을 택했다. 그리고 자기 앞, 약 백 미터 전방에서 어떤 사람이 곡괭이를 메고 가는 것을 보자 마음이 놓였다.

교차로에 있는 미군들은 보초였다. 두 명의 병사는 헬멧을 비스듬히 쓰고 담배를 피우며 지루한 듯 하이데스하임과 바이데스하임의 중간 지대가 되는 꽃이 핀 들판을 바라다보고 있었다. 그들은 파인할스에게 별다른 주의를 하지 않았다. 벌써 그곳에 있은 지가 3주일이나 되었으나 지난 두 주일 동안 총소리를 들어본 적이 한 번도 없었다. 파인할스는 아무렇지도 않은 듯 그들을 지나치며 인사를 하자 미군들은 답례를 보내기까지 했다.

이제는 10분만 더 걸으면 된다. 곧장 들판을 지나 왼쪽으로 돌아 호이저와 호펜라트의 집 사이로 빠져 대로를 약간 걸어내려가면 집에 닿게 된다. 가는 길에 아는 사람을 만날 법도 했지만 아무도 만나지 못했다. 멀리서 간간이 차소리가 희미하게 들려왔을 뿐 모든 것이 아주 완벽할 정도로 조용했다. 이런 시각에 발포를 생각하는 사람은 아무도 없을 것 같았다. 그에게는 비상 신호처럼 생각되었던 유탄의 규칙적인 폭음도 이제는 들어볼 수가 없게 된 것이다.

그는 일료나의 생각을 골똘히 해보면서 약간 괴로웠다. 어디엔가 그녀가 숨어 있을 것만 같았다. 그러면서도 그녀는 죽었으리라는 생각이 들었다. 죽는다는 것이 아마 가장 간단한 일인지도 모른다. 그녀는 지금 그의 곁에 있어야만 하며 또 그의 곁에 있을 수도 있으리라는 생각도 들었다. 하지만 그녀가 영원히 늙지 않는다면 몰라도 순간적으로만 존재할 뿐인 사랑이라는 것 위에 자신의 삶을 세우지 않는 게 더 좋으리라는 것을 그녀 자신은 잘 알고 있었던 것 같았다. 다른 영원한 사랑이 있지 않은가. 그녀는 확실히 자기보다 더 많은 것을 알고 있었던 것만 같았다. 그는 속았다는 느낌이 들었다. 그는 지금 곧 집에 돌아가 거기서 살며 책을 읽고 될수록 일은 조금만 하고 하느님을 즐겁게 해드리기 위해 기도를 할 것이 아닌가. 그가 줄 수 없는 그 무엇인가를 위해 기도하는 것이 아니라 하느님을 즐겁게 해드리기 위한 기도를 하면서. 그는 돈이나 성공, 그렇지 않으면 일생 동안 몸을 바쳐 해나갈 그 무엇인가를 갖고 있지 않은가. 사람들은 누구든 일생을 통해 무엇인가에 골몰하는 법인데, 그 역시 그것을 하지 않으면 안 되리라. 그는 무조건 자기에게 맡겨진 집은 절대 짓지 않을 것이기 때문이다. 그런 것이라면 평범한 다른 건축가가 지을 수도 있으리라…….

그는 호펜라트씨의 정원을 지나며 빙그레 웃었다. 정원에는 여전히 나무들이 흰 목책으로 둘러싸여 있었다. 그것은 그 집 영감이 무조건 그렇게 해야 된다고 고집을 부렸기 때문이었다. 그 때문에 그는 호펜라트 영감과는 언제나 사이가 좋지 않았다. 그래도 호펜라트 영감은 늘 그 흰 목책을 나무에서 치우지 않았다. 집까지는 정말로 얼마 남지 않게 되었다. 왼쪽에는 호이저네 집이 있고 오른쪽에는 호펜라트네 집이 있는데, 그 사잇길을 지나 대로를 조금만 내려가면 그만이다. 호이저의 집에도 나무 둘레에 흰 목책이 쳐져 있었다. 웃음이 나왔다.

그때 건너쪽에서 총소리가 아주 똑똑히 들려와 그는 얼른 엎드렸다. 그는 조금 더 웃어 보려고 했으나 호펜라트네 정원에 유탄이 떨어지는 것을 보고는 깜짝 놀랐다. 유탄은 수관(樹冠)에 맞고 폭발하여 흰 꽃잎들이 부드러운 가랑비처럼 풀밭에 떨어졌다. 두번째의 유탄은 훨씬 앞쪽, 아마도 아버지의 집 바로 건너편에 떨어진 모양이었다. 세번째와 네번째는 비슷한 위치에 떨어졌으나 먼저보다는 약간 왼쪽 같았다. 유탄은 중간 정도의 구경(口徑)인 듯했다. 다섯번째의 유탄이 떨어진 다음 그는 천천히 몸을 일으켰다. 유탄은 더 이상 날아들지 않았다.

그는 잠시 귀를 기울였으나 총성은 더 이상 들려오지 않았다. 그는 발걸음을 빨리했다. 온 마을에서 개들이 요란하게 짖어댔다. 호이저의 마구간에서 닭들과 오리들이 날개를 퍼덕이는 소리가 들려왔고 외양간 여기저기에서 암소들이 울부짖었다. 그는 생각에 잠겼다. 소용 없는 짓이야. 쓸데없는 짓이라니까. 아마도 유탄은 미군의 차를 향해 쏘는 모양이었다. 차가 돌아가는 소리를 못 들었기에 차는 아직 그곳에 있으려니 생각했으나 대로의 모퉁이를 돌자 차의 모습은 보이지 않았다. 차는 벌써 떠나버렸던 것이다. 거리는 텅 비었다. 암소의 울부짖는 소리와 개 짖는 소리가 계속 걸음을 떼어놓는 그의 뒤를 따라왔다.

그의 아버지 집에 꽂혀 있는 흰 깃발은 온 거리에서 단 하나의 깃발이었다. 그는 그 깃발이 무척 큰 것임을 알았다. 그것은 명절 때면 어머니가 옷장에서 꺼내곤 하던 큰 식탁보인 듯했다. 그는 다시금 미소를 띠우며 갑자기 엎드렸다. 너무 늦었다는 것을 깨달았다. 소용 없어. 그는 생각했다. 정말로 바보 같은 짓이라니까. 여섯번째의 유탄이 아버지의 집 박공(膊栱)에 맞았다. 돌이 굴러떨어지고 칠이 벗겨져 길 위로 부서져내렸다. 지하실에서 어머니의 외치는 소리가 들려왔다. 그는 얼른 집 쪽으로 기어가며 일곱번째의 유탄소리를 들었다. 그리고 그것이 떨어지기 직전에 그는 비명을 질렀다. 그는 순간 크게 비명을 질렀다. 그리고 죽는다는 것이 그렇게 간단하지 않다는 사실을 갑자기 알아차렸다. 유탄에 맞아 그는 큰 소리로 울부짖었다. 이미 목숨이 끊어진 그의 몸이 대문 앞까지 굴러갔다. 깃대는 부러지고 깃발이 떨어져 그의 몸을 덮어주었다.

말발굽 진동하는 계곡에서
IM TAL DER DONNERNDEN HUFE

1

 소년은 이제 자기 차례라는 것을 알아차리지 못했다. 그는 중랑(中廊)과 측랑(側廊)을 가르고 있는 복도의 타일 바닥을 응시하고 있었다. 그것은 빨간 색과 흰 색이 서로 엇갈려 이루어진 벌집 모양의 무늬였다. 그는 이미 빨간 색과 흰 색을 더 이상 구별할 수가 없었다. 무늬가 한데 뒤섞여 이음매인 시커먼 시멘트 자국이 지워져버린 타일 바닥은, 그의 눈앞에서 빨갛고 하얀 조각들이 박힌 자갈길처럼 아른거렸다. 그 빨간 색과 흰 색은 찌르는 듯이 그의 눈을 자극했고, 마치 더러운 그물처럼 이음매가 그 뒤에 희미하게 나타나 있었다.
 "네 차례야." 그의 옆에 있던 젊은 여자가 그에게 소곤거렸다. 그러나 그는 머리를 저으며, 그저 손가락으로 고해석을 가리켰다. 여자가 그를 지나 걸어가는 그 순간, 향수 냄새가 강하게 풍겨왔다. 이어 그녀의 구둣굽에 굵혀 나무계단이 삐걱거리는 소리가 들려왔다. 그녀가 무릎을 꿇고 앉아 있는 나무 계단이.
 죄악. 그는 생각했다. 죽음.
 갑자기 그녀에 대한 격렬한 욕구가 그를 괴롭혔다. 그는 한 번도 그 여자의 얼굴을 본 일이 없었다. 그윽한 향수 냄새, 앳된 목소리, 그녀가 고해석을 향해 네 걸음 걸어갔을 때의 경쾌하면서도 딱딱한 하이힐의 리듬, 이 리듬은 끝없는 멜로디의 한 토막일 뿐이었다. 그 멜로디는 밤낮으로 그의 귓전에서 윙윙거렸다.

매일 밤 그는 눈을 뜬 채, 열린 창가에 누워 그녀가 포도 위로 사라지는 소리를 들었다. 아스팔트 위에 찍히는 딱딱하고 경쾌한 하이힐소리와 함께, 아무것도 모르는 채, 그는 말소리, 속삭임, 밤나무 아래에서 울리는 웃음소리들을 들었다. 그녀들은 너무 많았고 또한 너무 아름다웠다. 그녀들은 대개 정류장이나 극장 매표소, 슈퍼마켓의 계산대에서 핸드백을 열곤 했다. 그러고는 잠시 연 채로 내버려두었다. 그래서 그는 핸드백 속을 들여다볼 수가 있었다. 립스틱, 손수건, 잔돈, 구겨진 운전면허증, 담뱃갑, 콤팩트.

여전히 타일 바닥을 쭉 훑어보느라 그의 눈은 피곤했다. 재수없게도 이 복도는 끝이 없었다.

"이제 당신 차례예요." 옆에서 들려온 어떤 목소리에 그는 쳐다보지 않을 수 없었다, 그가 '당신'이라고 불리는 것은 그리 흔한 일이 아니었기 때문에. 자그마한 소녀였다. 검은 머리에 붉은 뺨을 가진 소녀. 그는 미소를 지어 보이고는 소녀에게도 역시 손가락으로 고해석을 가리켰다. 소녀의 납작한 구두는 아무런 리듬도 없었다. 그의 오른쪽 저편에서 소곤거리는 소리가 들렸다. 그가 그 소녀만한 나이였을 때, 무엇을 참회했던가. 음식을 몰래 훔쳐 먹었어요, 거짓말을 했어요, 어머니 말씀도 안 듣고, 숙제도 안 했어요, 사탕, 과자 부스러기, 성인식(成人式) 때 남은 포도주를 훔쳐 먹었어요, 담배꽁초도.

"네 차례다." 그는 이제 기계적으로 손짓을 하고 있었다. 이번에는 남자의 둔탁한 구둣굽소리, 수군거리는 소리가 들렸다. 아무 냄새도 풍기지 않는 그 뻔뻔스러움.

그의 시선은 다시 빨강과 하양이 엇갈린 복도의 무늬로 향했다. 그의 눈은, 울퉁불퉁한 자갈길을 걸을 때 맨발에 느껴지는 통증만큼이나 심하게 쑤셔왔다. 그는 생각했다. 내 눈의 발은 붉은 호숫가를 거닐 듯 그녀의 입술을 헤매고, 내 눈의 손은 그녀의 피부를 더듬는다.

죄악, 죽음 그리고 아무 냄새도 풍기지 않는 뻔뻔스러움. 양파 냄새가 나는 사람, 쇠고기 스튜의 후추 냄새, 비누나 기름 냄새, 파이프 담배 냄새,

보리수 꽃내음, 혹은 거리의 먼지, 찌는 여름의 퀴퀴한 땀 냄새. 그러나 죄악과 죽음은 뻔뻔스럽게도 아무런 냄새도 풍기지 않는다.

그는 복도에서 눈을 돌려, 사람들이 무릎 꿇고 있는 저편 위쪽을 보며 잠시 눈을 쉬었다. 그곳에서 무릎을 꿇고 앉아 있는 사람들은 고해성사를 마치고 참회기도를 올리는 중이었다. 그곳에서는 토요일의 냄새, 평화, 목욕물, 비누, 신선한 양귀비 냄새 그리고 그의 누이들이 토요일마다 주머니돈을 털어 사오는 테니스공 냄새가 났다. 그 공에서는 진한 기름 냄새가 났는데, 그것은 아버지가 토요일마다 피스톨을 닦아내는 기름 냄새와 같았다. 피스톨은 까만색으로 번쩍거렸다. 10년 전부터 사용하지 않는, 흠잡을 데 없는 전쟁 기념품이었다. 그것은 다만 추억을 불러일으킬 뿐, 쓸데없는 물건이었다. 그것을 분해하여 닦아내는 얼굴엔 묘한 광채가 번뜩였다. 죽음을 주관했던 과거의 광채가. 죽음은, 은빛으로 빛나는 매끄러운 탄창으로부터 가볍게 눌려 있는 용수철에 의해 총신으로 밀려나갈 수 있다. 일주일에 한 번, 토요일마다 아버지는 식탁 앞에 앉아 시커먼 부속품을 분해하고, 쥐어보고 기름칠하는 축제의 시간을 갖곤 했었다. 그 부속품들은 해부된 짐승처럼 푸른 헝겊 위에 넓게 펼쳐져서 놓여 있었다. 몸통, 수탉의 혀 같은 방아쇠, 보다 작은 부품들, 링크와 작은 나사들. 아버지는 그가 구경하도록 허락해 주었다. 그는 아버지의 얼굴에 깃들여 있는 마력에 사로잡혀 말없이 서 있곤 했다. 그러면 한 도구(道具)에 대한 의식이 거행되었다. 아주 분명하고 놀라운 방식으로 제례(祭禮) 같은 의식이. 죽음의 종자는 탄창으로부터 밀려나왔다. 탄창에 붙은 용수철의 성능이 아직 괜찮은지 어떤지를 아버지는 검사하였다. 그것은 아직 성능이 좋았다. 안전장치는 죽음의 종자를 총신 속에 가두어놓았다. 물론 손가락의 가벼운 움직임만으로도 죽음을 해방시켜줄 수도 있었으나 아버지는 결코 그것을 놓아주지 않았다. 그의 손도 능란하게 부품을 다시 짜맞추고, 낡은 수표장과 계산장부 밑에 피스톨을 고이 간직했다.

"네 차례야." 그는 다시 손짓을 했다. 소곤거리는 소리, 그리고 되받아 소곤거리는 소리가 들렸다. 아무런 냄새도 나지 않는 뻔뻔스러움.

복도 이편에서는 저주와 죄악, 일주일 동안 끈적거리는 야비함의 냄새가 풍겼다. 일요일은 가장 불쾌한 날이었다. 테라스에 놓인 커피 자동판매기가 웅웅거리는 동안의 지루함, 교회의 정원 레스토랑, 보트 경기, 극장이나 카페에서의 지루함, '치쉬브룬' 수도원의 작물이 재배되고 있는 포도원에서의 지루함 —— 가늘고 긴 손가락이 알량한 지식으로 포도를 더듬어 찾는 —— 죄 이외에는 어떠한 출구(出口)도 제공할 것 같지 않은 지루함, 사람들은 도처에서 지루함을 느꼈다. 중랑(中廊)) 저쪽에서 그는 여자의 녹색 외투를 보았다. 여자가 외투를 가지러 앞쪽으로 나왔다. 그는 그녀의 옆모습을 보았다. 귀여운 코, 갈색 피부, 도톰한 입술 그리고 결혼 반지와 하이힐을. 이 연약한 악기는 그 속에 치명적인 멜로디를 감추고 있었다. 그는 그녀가 사라지는 소리를 들었다. 딱딱한 아스팔트의 길고 긴 길로, 울퉁불퉁한 포도 위로. 그것은 경쾌하면서도 딱딱한 죄악의 스타카토였다. 죽음, 죽음의 죄악을 그는 생각했다.

이제 그녀는 정말로 가버렸다. 핸드백을 닫고 일어났다가 다시 무릎을 꿇고 성호를 그었다. 그녀의 다리는 구두에, 구두는 뒷굽에, 그 굽은 타일바닥에 리듬을 전하였다.

복도는 그에게 절대로 건널 수 없는 강물처럼 느껴졌다. 영원히 죄악의 강가에 머물러 있을 것만 같은 느낌. 네 걸음이면 소곤거리는 소리로부터 멀어질 수 있으며, 여섯 걸음만 가면 중랑에 이를 것이다. 그곳에는 토요일이, 평화와 해방이 지배하고 있었다. 그러나 그는 두 걸음만 떼어놓았을 뿐이었다. 아주 천천히. 그러고 나서 그는 불난 집에서 뛰쳐나오듯 정신없이 달려나갔다.

그가 가죽문을 밀쳤을 때, 강렬한 햇빛과 더운 공기가 그를 덮쳤다. 순간, 눈이 부셔 다시 문을 잡아당겼다. 그때 왼손이 문 틈에 끼어서 기도서를 떨어뜨렸다. 손가락이 무척 아팠다. 그는 허리를 굽혀 기도서를 집어들고는 구겨진 책장을 펴려고 잠시 문앞에 서 있었다. 책을 덮을 찰나에 '완전한 참회'라는 글귀가 눈에 들어왔다. 그는 기도서를 주머니에 찔러넣고, 찢어서 아픈 왼손을 오른손으로 문지르며 무릎으로 밀어 천천히 문을 열었다. 여자는 보이지 않고 광장은 텅 비었다. 밤나무의 짙푸른 잎사귀 위에는 먼지만 뽀얗게 앉아 있었고 가로등 옆에는 하얗게 칠해진 아이스크림 수레가 있었으며, 가로등의 고리에는 회색 노끈으로 만든 신문자루가 걸려 있었다.

길가 연석(緣石) 위에 앉아 석간신문을 읽고 있는 아이스크림 장수 옆에서 신문팔이가 수레의 손잡이 위에 걸터앉아 남은 아이스크림을 마저 핥고 있었다. 사내아이 하나가 뒤켠으로 비켜서서 녹색의 수영 팬티를 흔들어댈 뿐, 건너편 정류장에도 아무도 없었다.

파울은 천천히 문을 열고 계단 아래로 내려갔다. 몇 걸음도 안 가서 땀이 흘렀다. 지겹도록 무덥고 화창한 날이었다. 그는 흐린 날이 그리웠다.

자기 자신을 빼고 다른 모든 것이 싫을 때도 가끔 있지만, 대부분의 날들이 그렇듯이 자신이 미워졌고 다른 모든 것들이 사랑스러웠다. 광장을 둘러싸고 있는 집들과 열려 있는 창문까지.

그곳에는 하얀 커튼이 드리워져 있었고, 커피잔 달그락거리는 소리, 남자들의 웃음소리들이 새어나왔다. 그리고 보이지는 않지만 누군가가 뿜어대는 푸른 담배 연기도 피어올랐다. 진하고 푸른 연기는 창문으로부터 저축은행 위로 흘러갔다. 약국 옆으로 난 창가에 한 소녀가 들고 있는 과자의 크림은 깨끗한 눈보다도 더 하얗게 보였다. 소녀의 입 언저리에 묻은 크림 역시 흰색이었다.

저축은행의 시계탑이 다섯 시 반을 가리켰다.

파울은 아이스크림 수레에 이르러 잠시 머뭇거렸다. 너무 머뭇거렸기 때문에 아이스크림 장수가 연석에서 일어나 신문을 접으려 했다. 그때 파울은 머리 기사의 첫줄을 읽을 수 있었다. '흐루시초프', 그리고 둘쩻줄에 '열린 무덤'이라고 쓰여 있었다. 그는 계속 걸어갔다. 아이스크림 장수는 다시 신문을 펼쳐들고, 고개를 갸우뚱거리다가 연석 위에 주저앉았다.

파울이 저축은행의 모퉁이를 지나 두번째 모퉁이로 접어들었을 때, 아나운서의 목소리가 들렸다. 강 언덕 아래쪽에서 경조(競漕)의 다음 경기를 알리는 소리였다. "남자 4인조 우비아, 레에누스, 치쉬브룬 67." 그것이 파울에게는 마치 4백 미터 정도 떨어진 강으로부터 들려오는 것처럼 여겨졌다. 기름과 수초(水草) 냄새가 풍겨왔고, 예인선에 끌려가는 선박에서 자욱하게 피어오르는 연기 냄새도 났다. 파도치는 소리와 저녁 나절 외륜선이 강 하류 쪽으로 항해할 때 길게 울리는 사이렌소리도 들렸다. 정원 카페에 켜놓은 제등(提燈)은 관목 숲에 불꽃이 이는 것처럼 붉었다.

그는 스타트를 알리는 총소리, 외치는 소리, 확성기에서 떠드는 소리를 들었다. 확성기는 노젓는 리듬에 맞춰 명확하게 외쳐대고 있었다. "치쉬 - 브룬, 레에 - 누스, 우 - 브야." 그러나 곧 뒤죽박죽이 되어버렸다. "레에 - 브룬, 치쉬 - 누스, 브야 - 치쉬 - 우 - 누스."

　일곱 시 십오 분. 파울은 생각했다. 일곱 시 십오 분. 사십오 분까지는 도시가 텅 비게 될 것이다. 위쪽에서 그곳까지 차들이 열을 잔뜩 받은 채 세워져 있었다. 기름과 일광의 냄새를 풍기며, 찻길 양편의 나무 그늘 밑에 주차되어 있는 자동차들.

　강물과 산들을 굽어볼 수 있는 다음 모퉁이로 들어섰을 때, 그는 학교 운동장의 경사진 곳에 주차된 차들을 보았다. 차들은 포도원의 입구에까지 쭉 늘어서 있었다. 그가 지나가는 조용한 거리의 양편에도 그렇게 서 있어 버려진 듯한 인상을 더욱 짙게 풍겼다. 차들의 찬란한 아름다움과 세련된 멋은 그에게 고통을 주었다. 차 주인은 이런 고통으로부터 벗어나려고 온갖 우스꽝스런 물건들을 걸어놓은 듯했다. 원숭이의 찡그린 얼굴, 잔뜩 움츠린 고슴도치, 이를 드러낸 채 찌푸리고 있는 얼룩말, 여우수염에 오만상을 찌푸린 난쟁이 따위를.

　확성기소리는 거기까지 분명하게 들렸고 외치는 소리도 선명했다. 곧 치쉬브룬의 4인조가 승리했음을 알리는 아나운서의 목소리가 들렸다. 박수 갈채가 터져나왔고, 팡파르가 울려퍼졌다. 그런 다음 축가가 불렸다. "치쉬브룬, 기어코 승리했네/ 파도를 만끽하며/ 포도주로 힘을 돋우어/ 미인들에 둘러싸여……." 트럼펫의 단조로운 멜로디가 비누거품처럼 공중으로 퍼져갔다.

　어떤 출입구로 들어섰을 때 갑자기 조용해졌다. 그리프네 집 뒤쪽인 이곳은 강으로부터의 소음이 거의 차단되었다. 나뭇가지에 걸리고 낡은 헛간에 낚아채이는가 하면 울타리에 먹힌 아나운서의 목소리는 수줍은 듯 그 위로 울렸다. '여자 2인조'. 장난감 권총 같은 소리를 내며 출발을 알리는 총소리가 터지고 확성기는 울타리 뒤에서 벌어지고 있는 연설처럼 울렸.

　이제 선수들은 노를 물속으로 집어넣고, 늠름한 얼굴에 진지한 표정을 지을 것이다. 땀방울은 윗입술로 흘러내리고 이마에 두른 노란 띠는 땀으로 젖었다. 어머니는 망원경을 조절하면서 망원경을 잡으려는 아버지의 손을 팔꿈치로 밀어냈다. "치쉬 - 치쉬 - 브룬 - 브룬." 확성기가 외쳐댔다. 그 소리가 다른 소리들보다 훨씬 컸기 때문에, 간간이 "우 - 누스, 레 - 브야"라고 외치는 소리만 들릴 뿐이었다. 그리고 또 아우성, 그것은 여기 뜰까지 울려왔는데, 마치 볼륨을 줄인 라디오로부터 흘러나오는 소리 같았다.

치쉬브룬의 2인조가 승리했다. 긴장된 얼굴의 두 자매는, 땀에 젖은 이마의 띠를 벗어던졌다. 그리고 결승 지점을 향해 침착하게 노를 저으며 부모님께 눈짓을 했다. 친구들이 소리쳤다.
"치쉬 - 치쉬, 치쉬 - 만세!"
파울은 누이의 테니스 공을 생각했다. 하얀 털이 난 공 위의 빨간 피를.
그는 낮게 불렀다. "그리프, 너 위에 있니?"
"그래." 피곤한 목소리가 대답했다. "이 위로 올라와."
나무 사닥다리는 여름의 볕을 몽땅 빨아들이고 있었다. 타르와 밧줄 냄새가 났다. 그것들은 이미 20년 전부터 팔리지 않는 것들이었다. 그리프의 할아버지가 아직도 헛간, 건물, 울타리 등 모든 것을 소유하고 있었고 그리프의 아버지는 그 중 십분의 일도 채 가지고 있지 않았다. 그래서 그리프는 항상 말했다. "나는 비둘기장만 가지게 될 거야. 전에 아버지가 비둘기를 키운 적이 있었어. 그 안에서 몸을 쭉 뻗고 누울 수도 있었지. 그 안에 처박혀서 내 오른쪽 발의 그 커다란 발가락을 들여다볼 거야. 그래, 아마도 나는 비둘기장만 가지게 될 거야. 아무도 거기엔 관심이 없으니까."
위쪽 벽에는 오래 되어 낡은 사진들이 붙어 있었다. 암적색 사진들의 흰 부분은 얼룩이 진데다 누렇게 바래 있었다. 1890년대의 야유회를 담은 사진, 1920년대의 보트 경주와 1940년대 소위들의 모습을 담은 사진들이었다. 그리고 30년 전에 돌아가신 그리프의 할머니의 소녀적 사진도 있었는데, 그 사진은 복도 위에 걸린 그녀의 반려자를 슬픈 눈으로 바라보고 있었다. 또한 포도주 장사, 밧줄 장사, 선창 소유주가 걸린 사진 위에는 초기 사진작가인 다게르(Daguerre)의 우직한 비애가 깃들여 있었다. 1910년 태생의 한 학생이 사관후보생이었던 자신의 아들을 응시하고 있었다. 그 아들은 파이푸스해(海)에서 얼어죽었다. 온갖 잡동사니가 널려 있는 복도에는 잼병이 진열되어 있는 신식 장식장도 보였다.
빨간 고무 고리가 감겨져 있는 병에는 먼지가 잔뜩 끼어서 그 내용물을 좀처럼 분간할 수 없었다. 검은 색의 자두잼이거나 버찌잼임에 틀림없는데 그 붉은 색은 이미 한물 간 것이었고, 병든 소녀의 입술처럼 창백한 빛이었다.
그리프는 웃통을 벗어던진 채 침대에 누워 있었다. 하얗고 홀쭉한 가슴은 신기하게도 그의 붉은 뺨과 좋은 대조를 이루었다. 그는 줄기가 다 말라빠진 흰 양귀비처럼 보였다. 아마로 만든 것 같은 커튼에는 기운 흔적이 확연하게 드러나 보였다. 그 커튼을 통과한 햇빛은 희미하게 방안으로 스며들어왔다. 교과서들이 바닥에 널려 있고, 바지는 침실용 탁자 위에 놓여 있었으며, 셔츠는 세면대 위에, 녹색 우단 재킷은 못에 걸려 있었다. 못들은 십자가상과 당나귀, 가파른 해안, 추기경의 사진이 든 이탈리아풍의 액자 사이사이에 박혀 있었다. 자두잼이 든 병은 뚜껑이 열려 그 안에 양철 스푼이 꽂힌 채로 침대 옆 방바닥에 놓여 있었다.

"그들은 또 보트 경기를 하는 거야. 노를 저어라, 노를 저어라, 신나는 수중 경기여! 밤낮 그 짓이라니까. 춤과 테니스, 포도 수확제, 결산 축제, 그리고 노래. 빌어먹을! 시청에서는 그 짓으로 금덩이라도 생기는 건지. 이봐, 파울. 너 거기에 갔었니?"

"그래."

"뭘 했어?"

"아무것도. 나는 다시 갔지만 아무것도 할 수가 없었어. 무의미해. 그런데 너는?"

"나는 거기에 가본 지도 오래 되었어. 무엇하러 가는 걸까 곰곰이 생각해봤어. 문제는 우리들 나이에 적당한 키는 어느 정도인가 하는 점이야. 나는 열네 살짜리치고는 너무 크고 너는 또 너무 작고. 누가 적당한 키일까? 너 아니?"

"플로캄이 적당한 키야."

"그래? 그러면 너는 그처럼 되고 싶니?"

"아니."

"자, 보라구." 그리프가 말했다. "하지만 그건 말이지……."

거기서 그는 말을 멈추고 파울의 눈을 주시했다. 파울은 무언가를 찾으며 불안하게 방안을 흘끔거리고 있었다.

"왜 그러지? 뭘 찾는 거니?"

"그거. 어디 있을까?" 파울이 말했다.

"권총 말이니?"

"그래. 그걸 좀 줘."

파울은 새 테니스 공이 들어 있는 상자에다 대고 쏴보리라고 생각했다.

"와서 보여줘!" 그는 성급하게 말했다.

"아." 그리프는 고개를 흔들고 황급히 자두잼에 꽂혀 있던 스푼을 빼냈다가 다시 그 스푼을 병에다 집어넣었다.

"안 돼, 우리 담배나 피우자. 일곱 시 십오 분까지는 시간이 있어. 수상 경기를 하려면 시간이 꽤 걸릴 거야. 파티, 제등식, 수상자에 대한 표창. 너의 누나들이 2인조에서 우승했어. 치쉬, 치쉬, 치쉬……." 그리프가 나지막이 말했다. "권총을 좀 보여달라니까."

"왜 그래?" 그리프는 일어나 잼이 든 병을 집어 벽에다 던졌다. 유리병이 부서지고 깨진 유릿조각들이 사방으로 튀었다. 스푼은 책꽂이 모서리에 부딪쳐 공중에서 요동하다가 침대 앞으로 떨어졌다. 잼이 '대수학 I'이라고 쓰여진 책을 뒤덮었으며, 나머지는 노란 색 칠이 된 벽으로 흘러내려 벽을 녹색으로 물들였다. 소년들은 꼼짝도 않고 침묵 속에서 벽을 바라보았다. 소리가 멎은 정적 속에서 마지막 남은 잼이 다 흘러내렸을 때 그들은 놀라 서로를 바라보았다. 그러나 병을 깨버린 일도 그들을 감동시키지는 못했다.

"아니야. 이건 별것 아니야. 권총이 더 나아. 방화(放火)도 괜찮고, 물도 괜찮지만 총이 가장 좋아. 죽이는 데는 말이야." 파울이 말했다.

"대체 누구를?" 그리프는 침대에 누운 채 아래로 몸을 굽혀 스푼을 집어들어 핥고는 조심스럽게 그것을 다시 탁자에 내려놓았다. "대관절 누구를 죽인다는 거야?"

"나를, 테니스 공을." 파울이 말했다.

"테니스 공을?"

"아, 아무것도 아니야. 어서 총이나 줘."

"좋아." 그리프가 말했다. 그리프는 침대보를 밀어젖히고 뛰어내리면서 병 조각들을 발로 차버린 다음 몸을 굽혀, 책꽂이에서 갈색의 얇은 상자를 꺼냈다. 그것은 꼭 담뱃갑만했다.

"뭐, 그거야? 그 안에?" 파울이 물었다.

"그래, 이게 총이야."

"그래? 그걸로 네가 30미터 거리에서 여덟 번 쏘아 일곱 번 맞추었니?"

"응, 일곱 번." 그리프는 애매하게 대답했다. "총을 한 번 보지 않을래?"

"아니, 싫어." 파울이 말했다. 그리고는 톱밥과 펄프 냄새가 나는 종이 상자를 화난 듯이 바라보았다.
"아니, 싫어. 나는 총은 보지 않을 거야. 탄약을 좀 보여줘."
그리프가 몸을 굽혔다. 그의 길고 가느다란 등에서 척추뼈가 튀어나왔다가 다시 사라졌다. 성냥갑만한 종이 상자를 재빨리 연 파울은 여러 개의 구리 탄환 중 하나를 집어, 마치 탄환의 길이를 재어보려는 듯이 두 손가락 사이에 끼우고, 탄환을 이리저리 돌리며 머리를 끄덕이고는 둥글고 푸른 탄두(彈頭)를 들여다보았다.
"아니야, 이런 것으로는 안 돼. 아버지가 하나 갖고 계신데 그걸 가져와야겠어." 파울이 말했다.
"하지만 그것은 자물쇠로 잠겨져 있을 텐데."
"하여간에 가져올 수 있어. 아직 일곱 시 삼십 분도 채 안 되었을 테니까. 아버지는 언제나 식사 전에 그 총을 소제하고 분해하셔. 총은 크고 검으며 번쩍거리고 무겁지. 또 그 탄환은 두꺼워, 저렇게." 파울은 탄환을 가리켰다.
"그리고……." 파울은 말을 멈추고는 한숨을 쉬었다. 테니스 공에 대해서 생각하고 있었기 때문이다.
"정말로 너 자살이라도 하려고 그러니?"
"아마 그럴지도 몰라." 파울이 대답했다. '내 눈의 발은 상했으며 눈의 손은 병들었어.' 그는 생각했다. "아, 너도 알 거야."
그리프의 얼굴이 갑자기 어두워지며 굳어졌다. 그는 한숨을 쉬고는 문가로 몇 걸음 가다가 멈춰섰다.
"너는 내 친구지, 그렇지?" 그리프가 물었다.
"그럼, 친구지."
"그러면 너도 병을 가져다가 벽에다 던져. 그렇게 할래?"
"뭣 때문에?"
"어머니 때문에. 어머니는 보트 경기에서 돌아와 방을 보겠다고 하셨어. 그리고 내가 좀 나아졌는지, 방안의 정돈은 어떤지 보실 거야. 어머니는 내 성적표를 보시고 화가 나셨어. 그러니 틀림없이 내 방을 볼 거야. 병을 가져올래?"
파울은 고개를 끄덕이고는 복도로 나갔다. 거기서 그리프가 외치는 소리를 들었다.

"거기 오얏잼이 있으면 그걸 가져와. 붉고 푸른 잼보다 노란 것이 더 좋아 보일 테니까."

파울은 밖의 어스름 속에서 여러 개의 병 중에서 노란 잼을 찾아냈다.

'그들은 이해하지 못할 거야.' 그는 생각했다. '아무도 이해 못 하겠지만 나는 그렇게 해야겠어.' 그는 방으로 되돌아가서 오른손으로 병을 들어 벽에다 힘껏 던졌다.

"이것이 아니야."

그들은 잼이 벽을 타고 흘러내리는 것을 보면서 아무 말도 하지 않았다. 마침내 파울이 나직이 말했다.

"그건 내가 원하던 것이 아니야."

"대체 넌 뭘 바라는데?"

"뭔가를 파괴하고 싶어하지만 병이 아니야. 나무도 집도 아니지. 너의 어머니가 화내시는 것도, 또 우리 어머니가 그러는 것도 바라지 않아. 나는 어머니를 사랑해. 너의 어머니도. 이런 짓은 무의미하단 말이야."

그리프는 침대에서 뒤로 나자빠지더니 양손으로 얼굴을 감싸쥐고 중얼거렸다. "쿠팡이 그 계집애한테 갔었어."

"프로리히한테?"

"응."

"아, 나도 갔었는데."

"네가?"

"응, 그애는 진지하지 않은 계집애야. 복도에서 깔깔거리고 웃었지. 바보야. 그애는 바보라니까. 그것이 죄라는 것도 모르고 말이야."

"쿠팡은 그게 좋은 거라고 말했어."

"아니야. 네게 말하지만 그건 좋지 않아. 깔깔거리기만 하는 거야."

파울은 벽 쪽으로 가더니 집게손가락으로 커다랗게 갈라진 틈에 오얏잼을 발랐다.

"아니야, 아버지의 총을 가지러 가겠어."

파울은 뒤돌아보지 않고 말했다. 그는 테니스 공에 대해 생각했다. 공들은 깨끗이 씻은 어린 양처럼 하얀 색이었다. 양들 위에 피.

"계집애가 아니라 부인들이야." 파울은 나지막이 말했다.

보트 경기장으로부터 들려오는 여과된 소음이 방안으로 약하게 밀려들어왔다. '남자 8인조 노젓기 치쉬브룬' 이번에는 레에누스가 이겼다. 벽에 묻은 잼이 서서히 말라 암소똥처럼 굳어졌고 파리들이 방안 이리저리 윙윙거리고 단내가 풍겼다. 파리떼들은 교과서와 옷 위로 기어다니며 탐욕스럽게 얼룩에서 얼룩으로 날아다녔다. 소년들은 꼼짝도 하지 않았다. 그리프는 침대에 누워서 천장을 응시한 채 담배를 피우고 파울은 침대 끝에 마치 노인처럼 몸을 앞으로 구부리고 앉아 있었다. 무어라 표현할 수 없는 중압감이 그를 완전히 사로잡았다. 그것은 음울했으며 고통스러웠다. 파울은 갑자기 일어나 복도로 달려나가 통조림 병을 들고 방으로 들어왔다. 그는 병을 높이 쳐들었으나 던지지는 않았다. 번쩍 쳐든 손을 천천히 내렸다. 그는 책꽂이 위에 놓여 있는 종이 봉투에다 그 병을 내려놓았다. 종이 봉투에는 '프르스트-바지'라고 쓰여 있었다. '바지는 프르스트를.'

"아니야, 가서 총을 가져오겠어." 파울이 말했다.

그리프는 파리떼를 향하여 담배 연기를 내뿜고 꽁초를 잼의 얼룩 위에 갖다 물질렀다. 파리들은 높이 날았다가 연기를 피워대는 꽁초 주위로 머뭇머뭇 다시 모여들었다. 그 꽁초는 천천히 잼 속으로 스며들어가다가 쉿하고 꺼졌다.

그리프는 말했다. "내일 저녁쯤이면 나는 뤼벡에 가 있을 거야. 아저씨네 집에. 그곳 바다에서 고기도 잡고 배도 타고 수영도 할 거야. 그런데 너는 내일이면 말발굽소리 진동하는 계곡에 있겠지."

내일이라구. 파울은 꼼짝도 않고 생각했다. 내일이면 나는 죽을 거야. 테니스 공 위에 피. 양가죽 속에 있는 피처럼 검붉은 피. 양은 내 피를 빨아 마시겠지. 아, 어린 양이! 누이들의 작은 월계관을 더 이상 보지 못하겠지. 황금빛 바탕에 검은 글씨로 '여자 2인조의 승리자에게'라고 쓰인 월계관, 월계관은 저 위쪽에 찰리히코펜에서 방학을 보내며 찍었던 사진들 사이에, 또 말린 꽃다발과 고양이 그림들 사이에 걸리겠지. 로자의 침대 위에 걸려 있던 액자 속의 '중등교육 수료 자격증' 옆에, 프란치스카의 침대 위에 걸려 있는 '원영(遠泳) 자격증' 옆에. 로자와 프란치스카의 천연색 사진 사이에. 그리고 '여자 3인조 승리자에게'라고 쓰인 다른 월계관 옆에, 그리고 십자가상 밑에 걸리겠지. 테니스 공의 솜털에는 암적색의 피가 엉겨붙겠지. 죄보다 죽음을 택한 동생의 피.

"나는 한 번 보아야겠어. 말발굽소리 진동하는 계곡을 말이야." 그리프가 말했다.

"네가 항상 앉아 있는 저 위에 앉아서, 말이 어떻게 고갯길을 올라와서 바다로 달려내려가는가를 보아야겠어. 또 그 말발굽소리가 협곡에서 어떻게 으르렁거리는가를. 가볍게 흐르는 물처럼. 그 울음소리가 어떻게 산꼭대기를 넘어 흘러내려가는가를 들어보아야겠어."

똑바로 서서, 한 번도 본 적이 없던 것을 열광적으로 말하는 그리프를, 파울은 경멸하는 듯 바라보았다. 협곡을 넘어 으르렁거리는 말발굽으로, 계곡으로 달려가는 말들. 하지만 거기에는 단 한 마리뿐이었다. 그리고 단 한 번 목장을 뛰쳐나온 어린 말이 바다로 내려갔다. 그 말발굽소리는 으르렁거리는 소리가 아니라 딸랑거리는 소리였다. 그것도 오래 전의 일이었다. 3년, 아니 4년 전의.

"그리고 너는 고기 잡으러 가고, 배를 타고 또 수영하러 가겠지. 그리고 고무 장화를 신고 조그마한 냇물에서 이리저리 돌아다니면서 손으로 고기를 잡겠지."

"응, 아저씨는 손으로 고기를 잡지. 연어를. 그래······."

그리프가 피곤한 듯이 말했다. 그는 다시 침대에 푹 파묻혀 한숨을 지었다. 뤼벡에 있는 그의 아저씨는 아직 한 번도 고기를 잡아보지 않았다. 낚싯대나 그물로도. 그리프는 오스트제에나 저 위쪽에 있는 작은 냇물에 연어가 있는지 없는지도 몰랐다. 그의 아저씨는 조그마한 양념 공장을 갖고 있을 뿐이었다. 아저씨의 공장 뒤뜰에 있는 낡은 헛간에서는 고기들을 배를 살짝 갈라내서 내장을 꺼내고, 소금을 친 후 식용유나 토마토 소스에 절인다. 인부들이 신음하듯이 달려와, 낡은 모루 같은 작은 양철통 속으로 고기를 밀어넣으면 낡은 기계는 통 속에서 고기들을 압축한다. 뜰 여기저기 덩어리진 것을 눅눅하게 하는 소금이 널려 있고, 생선뼈와 껍데기, 비늘 부스러기와 내장이 널려 있으며, 그 위로 갈매기떼가 울부짖으며 날고 있다. 붉고 선명한 피가 인부들의 흰 팔에 튀어 물처럼 흘러내린다.

"연어는 반짝반짝 빛나고 은색과 붉은 색이 도는 거야. 또 힘도 세지. 또 너무 예뻐서 잡아 먹을 수가 없어. 네가 연어를 들어보면 연어의 강한 힘을 느낄 수 있을 거야." 그리프가 말했다.

파울은 소름이 끼쳤다. 그들은 크리스마스에 한 번 깡통에 들어 있는 연어를 먹어 보았었다. 불그스름한 즙에 가시도 섞여 있던 연어.

"그리고 너는 연어가 뛰어오를 때, 공중에서 그놈을 잡을 수 있어." 그리프가 말했다. 그는 일어나서 침대 위에 무릎을 꿇고 공중으로 두 손을 뻗어, 마치 목을 조르는 듯 두 손을 오므렸다. 굳은 두 손, 소년의 표정 없는 얼굴, 그 모든 것이 엄격한 신을 숭배하는 사람의 모습처럼 보였다. 부드럽고 노란 불빛이 이 굳은 소년의 손에 흘러내리고, 홍조를 띤 얼굴에 어두운 갈색 빛깔을 드리웠다.

"이렇게." 그리프는 나지막이 말하더니, 두 손으로 고기를 휙 낚아채는 시늉을 하고는 갑자기 두 손을 떨어뜨려, 마치 죽은 것처럼 힘없이 옆으로 흔들었다.

"아"라고 말하며 침대 아래로 뛰어내린 그리프는 책꽂이에서 권총이 든 상자를 꺼내, 파울이 돌아보기도 전에 상자를 열었다. 그러고는 그것을 파울에게 내밀었다.

"이제 권총을 보여줄게. 이걸 보란 말이야." 그리프는 말했다. 권총은 대단해 보이지 않았다. 단지 쇠로 만들어졌다는 사실만이 아이들의 장난감 권총과 달랐다. 아주 납작하게 생긴 권총이었다. 니켈의 순수함만이 약간의 광채와 품격을 나타내 주었다. 그리프는 뚜껑이 열린 권총 상자를 파울의 무릎 위로 던졌다. 그러고는 책꽂이에서 마개가 닫힌 통조림병을 꺼내 나사를 돌려 뚜껑을 떼어내고는 썩은 고무 고리를 떼어냈다.

그 다음 상자에서 권총을 꺼내 잼 속에 파묻었다. 그들은 병의 표면이 조금씩 올라가서 오목한 주둥이로 잼이 흘러나오는 것을 지켜보았다. 그리프는 고무 고리를 홈에다 다시 끼우고 마개를 돌려 뚜껑을 닫고는 병을 책꽂이에다 갖다놓았다.

"가자!" 그리프가 말했다. 그의 얼굴은 다시 굳어지고 어두워졌다. "자, 가서 네 아버지의 총을 가져와야겠어."

"너는 함께 갈 수 없어." 파울이 말했다. "나 혼자 집을 몰래 들어가야 해. 식구들이 내게 열쇠를 주지 않았기 때문에 뒤로 들어가야 해. 이상하겠지만 그들은 내가 보트 경기에 갈 거라고 생각했기 때문에 내게 열쇠를 주지 않았단 말이야."

"너의 식구들 머리 속에는 보트 경기밖에 없는 모양이야." 그리프가 말하고 입을 다물었다. 그들은 강가 쪽으로 귀를 기울였다. 얼음 장수의 외치는 소리, 나팔소리, 기선의 고동소리가 들렸다.

"잠깐." 그리프가 말했다. "아직 시간은 충분해. 좋아, 혼자 가봐. 하지만 총을 갖고 온다고 약속해, 그렇게 하겠지?"

"응."

"자, 악수해."

그들은 손을 잡았다. 손은 약간 따뜻하고 건조했다. 그들은 다른 편 손이 더 굳어 있기를 바랐다.

"얼마나 걸릴 것 같아?"

"이십 분. 아마 그 정도는 걸릴 거야."

"좋아." 그리프는 침대에서 몸을 돌려 탁자에서 손목시계를 꺼냈다. "지금이 다섯 시 오십 분이니까. 여섯 시 십 분에는 돌아와야 해."

"십오 분에?" 파울이 말했다. 그는 망설이듯이 문가에 서서, 벽에 묻은 커다란 얼룩들을 바라보았다. 노랗고 울긋불긋한 얼룩. 파리들이 그 얼굴에 떼지어 붙어 있었지만 그들은 파리떼를 쫓을 생각도 하지 않았다. 강가에서 웃음소리가 들려왔다. 어릿광대들이 막간을 이용하여 좌흥을 돋구기 시작한 것이다. "와" 하는 소리가 마치 커다랗고 부드러운 탄식처럼 들려와 소년들은 놀란 듯 침대보를 바라보았다. 마치 침대보가 부풀어오르기를 기대한 것처럼. 하지만 노란색 침대보는 축 늘어졌고 더러운 얼룩들이 더욱 어둡게 보였다. 태양은 서쪽으로 훨씬 기울었다.

"화장품 회사 여공들의 수상 스키가 시작된 모양이군." 그리프가 말했다. 함성과 신음소리가 들렸다. 그러나 침대보는 부풀어오르지 않았다.

"저기 혼자 있는 여자, 마치 부인처럼 보이는 저 여자가 미르조바야."

그리프가 나지막이 말했다. 파울은 꼼짝도 하지 않았다. 그리프가 계속 말했다. "우리 어머니가 미르조바에 대한 사건이 적힌 쪽지를 발견했어. 그녀의 사진도 말이야."

"맙소사, 너도 쪽지를 갖고 있었니?" 파울이 말했다.

"응 그래, 내 용돈을 다 털어서 그걸 샀어. 내가 말이야. 하지만 왜 그랬는지 모르겠어. 나는 그 쪽지를 읽지 않고 그걸 성적표에 끼워놓았는데, 어머니가 그걸 발견했어. 거기에 뭐가 쓰여 있는지 아니?"

"아니, 아니야. 확실히 그건 거짓말이었어. 그리고 알고 싶지도 않아. 쿠팡 자식이 한 짓은 모두가 거짓이었어. 나는……."

"가." 그리프가 격렬하게 말했다. "빨리 가서 총을 갖고 와. 약속했지. 가란 말이야."

"좋아, 간다." 파울은 말했다. 그는 잠시 강가에 귀를 기울였다. 웃음소리와 나팔소리가 밀려오라왔다.

"나는 미르조바를 전혀 생각하지 않았는데……."

파울은 한 번 더 "좋아" 하고는 가버렸다.

2

그녀는 생각했다. 도장이나 미세한 그림, 알록달록한 기념패가 그럴 수 있다고 생각했다. 그 영상들은 날카롭게 선이 그어져 있고 또렷하게 일렬로 조각되어 있었다. 그녀는 그것을 1천2백 미터 거리에서 12배로 확대해서 관찰했다. 은행과 약국이 딸려 있는 교회, 회색 광장의 한가운데에 있는 아이스크림 수레, 첫번째 영상은 아무런 관련이 없고 사실이 아닌 것 같았다. 강변한 모퉁이, 반원 모양의 푸른 강물과 보트들, 갖가지의 깃발들, 그것이 두번째의 영상이었다. 그 여자는 그 모습을 마음대로 확대시켰다. 숲과 기념비가 있는 언덕, 그 넘어 도대체 무엇이라고 불러야 할까? —— 레나니아, 케르마니아, 햇불을 들고 청동 받침대 위에 엄숙한 얼굴로 서 있는 강건한 여인상, 포도로 뒤덮인 포도원 —— 그녀 마음에 증오가 끓어올라 강렬하고 쓰라린 쾌감으로 변했다. 그녀는 포도주를 싫어했다. 그들은 항상 포도주에 관해 이야기했으며 그들이 일하고 노래부르고 생각했던 것 모두가 포도주와 관련되어 있었다. 오만한 입들, 거기에서 나오는 시큼한 입김, 쉰 목소리의 유쾌함, 트림, 날카롭게 외치는 여인들, 술고래처럼 술을 퍼먹는 사나이들의 어리석음. 바카스 신과 닮은 그들, 이런 모습들을 그녀는 오랫동안 지켜보았다. 그러면서 이 조그마한 포도원의 푸른 모습을 회상의 앨범 속에 정확히 채워 넣었다. 그녀는 생각했다. '아마도 나는 당신, 그들의 신인 당신을 믿을 수 있을 것입니다. 만약 당신의 피가 그들을 위해 변했고, 그들이 다 마셔버렸으며 쓸모 없는 바보들에게 부어버리는 포도주가 아니라면 말입니다. 이제 완두콩 크기의 딸기를 거두어들이는 때에, 포도가 신맛을 내는 것처럼 나의 회상은 신맛이 날 것입니다.' 그 영상들은 하찮은 것들이지만 기억될 정도로 분명했다. 파란 하늘, 푸른 강변, 녹색의 강물, 붉은 깃으로 이루어진 세밀화, 영화관에서처럼 화면에 따르는 소음으로 구사된 텍스트, 갈라 풀어진 음악, 대합창, 만세소리, 승리의 외침, 나팔소리, 웃음, 강에 떠 있는 조그마한 보트, 그것이 어린 새의 깃털마냥 가볍게, 재빠르게 팔락거리며 스치고 지나듯이 망원경의 가장자리에 도달했다면 그 소음은 약간 더 강하게 날 것이다. 나 역시 모든 것을 추억 속에 간직할 것이다. 세밀화로 가득한 이 작은 앨범을, 망원경을 약간 높이 들자 모든 것이 희미하게 사라졌다. 초록색이 섞인 빨강, 회색이 가미된 파랑, 나사 하나를 돌리자 그 모든 것이 한 점의 안개로 변하고 거기에서 잡음은 조난당한 등반대가 구조를 요청하는 것처럼, 구조 대원이 외치는 것처럼 울려퍼졌다.

그녀는 망원경을 흔들며 천천히 하늘을 향하였다. 선명한 하늘, 파랗고 파란 너무나 파란 하늘이다. 그러나 내가 가게 될 그곳에도 역시 파란 하늘이 있을 것이다. 이 세밀화는 앨범 어디에다 부착할 것인가? 버릴까? 천천히 그녀는 망원경을 바라보았다. 조심해야지, 나는 지금 새처럼 날고 있는 거야. 파란 하늘에서 가로수 나무들 위로 날았을 때, 약간 현기증이 느껴졌다. 일초도 되지 않는 순간에 1킬로미터 이상을 통과했다. 나무들을 지나서 근처의 회색 지붕 위로, 다음에는 어떤 방을 들여다보았다. 콤팩트, 마리아상, 거울에 반짝이는 마룻바닥 위에 검은 남자 신발 한짝, 커다란 가족 사진, 양탄자 둘레의 놋쇠 테두리와 자주색의 마호가니 가구의 온화한 빛깔, 그녀는 멈추었다. 그러나 여전히 어지러워 몸이 흔들렸고, 그래서 천천히 움직였다. 마룻바닥에 눈처럼 하얀 테니스 공이 있는 것을 보았다. 공이 얼마나 밉게 보이는지, 흡사 보기 싫은 가슴이 보이는 여인상 같았다. 테라스, 양산, 덮개로 덮인 탁자, 더러운 식기, 빈 술병. 그것은 아직 알루미늄 박지에 싸여 있었다. 오, 신이여, 얼마나 아름답습니까. 내가 그에게로 가는 것이. 그리고 포도주가 아니라 소주를 마신다는 것이 얼마나 멋진 일입니까.

차고의 천장으로부터 기름 몇 방울이 떨어졌다. 사실 24미터나 떨어져 있었지만 망원경에서 2미터 전방인 것처럼 가까이 파울의 얼굴이 보였을 때, 그녀는 깜짝 놀랐다. 그의 얼굴은 걱정이 있는 것처럼 창백해 보였다. 그는 눈을 가늘게 뜨고 태양을 바라보며 주먹을 움켜쥐고서 팔을 아래로 축 내려뜨렸다. 그 모습은 무엇을 옮기는 듯싶었으나 사실 그게 아니었다. 빈 주먹을 꽉 쥔 채 부르르 떨며 차고 구석을 서성거리던 그는, 땀을 흘리며 테라스로 올라갔다. 식탁 위의 그릇들이 소리를 내고 문에서는 딸랑딸랑 소리가 났다. 두어 발짝 왼쪽으로 갔다가 창가의 의자로 가더니 이어서 방으로 들어갔다. 파울이 찬장에 부딪쳤을 때, 사모바르(samovar : 러시아 전래의 특유한 주전자)에서 낭랑한 소리가 흘러나왔다. 찬장 안에서는 유리컵들이 서로 부딪치는 소리가 났다. 그가 놋쇠 테두리의 문지방을 넘어갈 때도 마찬가지였다. 테니스 공 앞에 멈추어선 그는 몸을 굽혔으나 공을 만지지 않고 오랫동안 거기에 서 있었다. 다시 손을 뻗쳐서 축복이나 애정을 표시하듯 양주머니에서 책을 꺼낸 다음 밖으로 던졌다. 그러나 곧 책을 다시 집어들어 입을 맞추고는 옷장 거울 밑 조그마한 상자 위에 얹었다. 그녀는 그의 다리만을 보았는데, 그때는 이미 그가 계단에서 올라왔을 때였다. 다시 이 세밀화의 중심에 테니스 공이 들어 있는 상자가 나타났다. 그녀는 한숨을 짓고 망원경을 낮추었다. 그러고는 오랫동안 양탄자 무늬에 시선을 떨구었다. 그것은 장밋빛과 검은 빛이 엇갈린 무수한 정방형 무늬였는데, 서로가 미로로 연결되어 빨강과 보다 더 강렬한 검정이 거의 오점 하나 없이 박혀 각각의 미로 중앙에서 훨씬 더 강렬하게 보였다.

  그의 침실은 앞쪽의 거리에 면하여 나 있었다. 그들이 함께 놀던 시절부터 그녀는 그의 침실을 알고 있었다. 그것은 한두 해 전이었음에 틀림없다. 그가 이상한 눈으로 그녀의 젖가슴 언저리를 응시하기 시작했기 때문에 더 이상 함께 놀 수가 없게 되었다. 그때 그녀는 물었다. "뭘 그렇게 보니? 그것이 그렇게 보고 싶니?"

  그는 꿈꾸듯 고개를 끄덕였다. 그녀는 블라우스를 벗었다. 그리고 그것이 거짓이었음을 알게 되었다. 그녀가 들여다본 것은 그의 눈이 아니었다. 내내 그 방에 와 있던 어머니의 눈을 본 것이다. 그때 어머니가 달려와 비명을 질렀었다. 어머니의 눈 속에 깃들인 어둠이 돌처럼 딱딱해졌었다. 그렇다. 그때의 비명도 내 기억의 음반(音盤)에다 기록해 두어야겠다. 그 비명은 마녀의 화형식에서 들려오는 그런 것이었다. 어머니와 토론을 하기 위해 찾아오던 그 남자가 들려주던 마녀의 화형식. 그 남자는 이제는 신(神)을 믿지 않게 된 성직자 같았고 어머니 역시 더 이상 하느님을 믿지 않게 된 수녀 같았다. 비참한 환멸과 쓰디쓴 오류 끝에 이제는 비밀의 섬으로 돌아와 공산주의에 대한 잃어버린 신념에 응고되어 미르초프라는 한 사나이에 대한 회상 속에서 빙빙 떠도는 어머니. 미르초프는 소주를 마셨으며 그녀가 이미 잃어버린 신앙을 한 번도 가져본 적이 없었다.

양탄자 무늬 위로 들리던 비명과 엉망진창이 된 놀이. 20년 전 아버지가 대리인으로 있던 주택조합의 모형 주택. 은행에서 온 우표 상자, 밧줄무늬 그리고 그리프라고 불리던 또 다른 소년. 크기와 모양이 서로 다른 코르크. 그 소년은 그날 오후 거기에 없었다. 그 비명으로 하여 모든 것들이 산산조각이 나고 말았다. 그녀는 아무도 하지 않는 일을 해낸 소녀가 된 것이다. 그녀는 한숨을 지으며 양탄자 위를 응시하다가 그의 갈색 신발이 나타난 문지방을 오랫동안 바라보았다. 피곤함이 느껴졌다. 테라스 파라솔 밑에 놓인 과일 바구니, 그 속에는 짙은 갈색의 편물과 오렌지 껍질이 가득하고 '수도원의 비밀의 샘'이라는 상표가 달린 포도주병이 담겨 있었다. 보트 경기장으로부터 들려오는 소음과는 아무 상관도 없어 보이는 여유. 아이스크림 거품이 담긴 더러운 접시, 접힌 저녁 신문. 그 신문에서 길이가 일정하지 않은 두번째 행의 '흐루시초프'라는 단어와 '열린 무덤'이라는 단어들이 언뜻언뜻 보였다. 재떨이와 담배 꽁초들, 냉장고 회사의 광고용 성냥갑. 그림 속에 그려진 불꽃처럼 짙은 적갈색의 마호가니 가구, 그리고 찬장 위에 놓인 은빛처럼 반짝이는 찻잔들. 백조가 노니는 연못을 배경으로 부모님과 아이들이 식탁에 앉아 찍은 가족 사진. 사진에서 여급은 쟁반에 맥주컵 두 개와 레몬병 세 개를 들고 서 있고 오른쪽에는 아버지가 포크로 고기를 자르고 있었다. 왼쪽으로는 어머니가 구겨진 냅킨과 스푼을 들고 앉아 있고 가운데에는 아이들이 자리했다.

공, 옷장, 밀짚모자, 우산, 린네르 지갑, 구둣솔의 손잡이, 거울 속으로 보이는 커다란 그림. 그 그림은 복도 왼쪽에 걸려 있었다. 포도 같은 눈과 입으로 포도를 따는 한 여인의 그림. 피로해진 그녀는 망원경을 내려놓고 먼 곳으로 눈을 돌렸으나 이내 눈을 감아버렸다. 장밋빛의 검은 원이 그녀의 감겨진 눈꺼풀 위에서 춤을 추었다. 그녀는 다시 눈을 떴다. 그때 파울이 문지방을 넘는 것이 렌즈에 잡혔다. 그녀는 깜짝 놀랐다. 파울이 손에 쥐고 있는 무엇인가가 햇빛에 은색으로 번쩍거렸던 것이다. 이번에는 그는 테니스 공 옆에 서지 않았다. 망원경 렌즈의 초점이 그의 하체에 맞추어져 있어 그의 얼굴은 세밀화 화첩에서 제외되었으나 그가 무엇인가 의심스러운 짓을 하리라는 것은 틀림없었다. 그녀는 그것을 확신했다. 파울은 양탄자 위에 무릎을 꿇었다. 렌즈에는 그의 오른쪽 팔꿈치만 보였는데 무언가 펌프질을 하는 듯한 동작이 계속되었다. 파울은 창가에서 테라스로 나와 피스톨을 가슴 앞으로 내밀었다. 순간 그녀는 외쳤다.

"파울, 정원을 돌아 이쪽으로 와!"

그는 피스톨을 주머니에 넣고 천천히 계단을 내려왔다. 잔디밭을 지나, 분수 옆 자갈 위로 발을 질질 끌며 걸어왔다. 그가 갑자기 나무 그늘에서 손을 늘어뜨렸다.

"아, 너로구나."

"너는 내 목소리도 잊었니?"

그의 손에는 드라이버가 들려 있었다. 빨갛고 노란 무늬의 셔츠를 입은 파울은 서성거리다가 가만히 서 있기도 하며 약간 뒤로 물러섰다. 그녀는 다시 망원경을 눈에다 댔다. 화면이 별안간 가까워지자 그녀는 깜짝 놀랐다. 열린 서랍의 안이 보였던 것이다. 푸른 색 수표장이 흰 색 끈으로 깨끗이 묶여 있었다. 푸른 끈으로 묶인 계산 장부도 놓여 있었다. 파울은 푸른 천 조각으로 덮여 있는 무엇인가를 꺼내 가슴에 껴안으며 수표장과 장부는 서랍 속에 도로 넣었다. 그리고 나서 그가 가슴에 안고 있던 천을 풀었을 때 그녀는 비명을 질렀다. 기름처럼 번들거리는 검은 색 피스톨이 보였던 것이다. 그가 몸을 돌렸다. 그녀는 망원경을 내려놓고 파울, 파울하고 소리를 질렀다.

"파울, 무얼 하려는 거야?"

"떠나려고 해. 나도 떠나려는 거야. 무엇을 해야 하지? 모두가 떠나버려, 거의 모두가. 나는 내일 찰리히코펜으로 가야 해."

그녀가 소리쳤다. "나는 아버지가 있는 빈으로 가. 다시는 안 올 거야."

"빈이라고? 계속 거기에 있을 거니?"

"응."

그녀를 쳐다보는 그의 시선이 거의 수직으로 미동도 하지 않았다. 그녀는 놀랐다.

'나는 너의 예루살렘이 아니야' 하고 그녀는 생각했다. '아니야, 나는 예루살렘이 아니야. 너의 시선은 순례자가 성지를 보았을 때의 그런 눈빛은 아니야.'

"나는 다 보았어." 그녀가 나직이 말했다.

"내려와. 이리로 내려오라니까."

"안 돼. 엄마가 못 나가게 해. 기차가 출발할 때까지는 말이야. 그러나 너는……."

그녀는 거기서 말을 끊고 심호흡을 했다. 그녀의 몸으로 흥분이 밀려왔다. 그녀는 생각과는 다른 말을 해버렸다. "손을 잡아줄게. 네가 이리로 올라와."

파울은 그녀의 손을 잡으며 누워 있을 그리프를 생각했다. 그리고 작은 권총도 생각했다.

여자의 손은 그리프의 손보다 더 크고 탄탄했으며, 자신의 손보다도 더 크고 탄탄했다.

그는 그것을 알았고 그녀가 베란다의 난간으로 오르는 것을 도와주었을 때 그것 때문에 부끄러워했다. 그는 손을 털고 그녀에게로 고개도 돌리지 않고 말했다.

"내가 정말 올라온 것이 우스워."

"나는 네가 와주어서 기뻐. 세 시간이나 갇혀 있었는걸."

그는 조심스럽게 그녀에게로, 그녀의 손으로 시선을 옮겼다. 그리고 가슴 위를 감싸고 있는 외투를 바라보았다.

"왜, 외투를 입고 있지?"

"알고 있잖아."

"그것 때문이니?"

"그래."

"떠나게 되어 기쁘니?" 그는 나직이 말했다. "어떤 아이가 오늘 아침 학교에서 너의 사진과 너에 대한 얘기를 싣고 있는 팜플렛을 팔았어."

"알고 있어. 그가 팜플렛을 팔아 벌어들인 돈을 나도 분배받았어. 그리고 그가 나를 그렸을 때, 나 또한 그를 열망의 눈으로 바라보았다고 떠벌인 것도 알고 있어. 하지만 모두가 사실이 아니야."

"알고 있어. 그는 쿠팡이라는 녀석이야. 그 녀석은 멍청하고 거짓말쟁이야. 모두들 그걸 알고 있어." 파울이 말했다.

"그러나 사람들은 그의 말을 믿고 있잖아."

"그래." 그녀는 외투를 가슴 위까지 감싸며 말했다. "사람들이 그의 말을 믿는다는 게 이상해."

"그래서 사람들이 경주에서 돌아오기 전에 빨리 떠나야 하는 거야. 모두들 너무 오랫동안 나를 귀찮게 했어. 그들은 '너는 몸매를 자랑하려는 거지'라고 말해. 내가 헐거운 옷을 입는다고 뭐라고 하고, 몸에 꽉 끼는 옷을 입는다고 또 뭐라고 하는 거야. 그렇다고 옷을 벗고 살 수는 없잖아."

그는 그녀가 말하는 동안 그녀를 냉정하게 관찰했다. 그는 생각했다. '나는 한 번도 저 여자를 생각해 본 적이 없었어.' 그녀는 금발이었고 눈 역시 그렇게 보였다. 그녀는 잘 다듬어진 밤나무처럼, 구릿빛의 청순한 얼굴이었다.

"나는 몸매를 자랑하려는 것은 아니었어. 나는 그저……."

그는 아무 말도 하지 않고 그녀를 바라보며 권총을 약간 쳐들어 보였다. 그가 다시 꿈꾸는 듯한 표정을 지었기 때문에 그녀는 겁이 났다.

그가 물었다. "왜 나를 불렀어? 그 말을 하려고?"

"네가 하는 짓을 보았기 때문에."

그는 주머니에서 권총을 꺼냈다. 그리고 미소를 지으며 그녀가 비명을 지르기를 고대했으나 그녀는 소리를 지르지 않았다.

"그것으로 무얼 하려고?"

"무엇을 쏘아야 할지 모르겠어. 나 자신을 쏠지도."

"왜?"

"왜냐고? 죄. 살인. 살인죄? 무언지 알아?" 그는 그를 지나 열린 부엌문으로 들어가 한숨을 쉬며 찬장에 몸을 기댔다. 그 그림은 아직 거기에 걸려 있었다. 오랫동안 그 그림을 보지 못했었다. 그는 가끔 그 그림에 대해 생각을 했었다. 붉은 연기가 나오는 공장 굴뚝, 하늘의 놀빛 나는 구름 속으로 흘러 들어가는 긴 연기의 행렬. 그녀가 그에게로 다가왔다. 그녀의 얼굴 위로 그림자가 드리워져 나이 든 여자처럼 보였다.

"들어와. 누가 우리를 볼지도 몰라. 그건 너를 위해 좋지 않아. 알겠지?" 그가 말했다.

"잠시 후면 나는 열차를 타게 돼. 여기에 차표가 있어. 돌아올 수 없는 차표지." 그녀가 갈색 차표를 쳐들어 보이자 그는 고개를 끄덕였다. 그녀는 차표를 다시 외투 주머니에 넣었다.

"외투를 벗고 재킷을 입어야겠어. 재킷을 알지?"

그는 고개를 끄덕이며 말했다. "한 시간은 긴 시간이야. 살인죄가 무엇인지 알고 있니? 살인. 살인죄 말야?"

"한 번은." 그녀가 말했다. "약제사가 그랬고, 너희들 이야기에 나오는 선생님도 그랬어."

"드렌쉬가?"

"그래. 그들이 무엇을 원하는지 나는 알아. 그러나 나는 그들의 그 말이 무엇을 의미하는지 모르겠어. 나는 또 죄가 무엇인지 알지만 그애들이 내가 혼자 집으로 들어갈 때 어둠 속에서 자주 나를 부르던 것을 이해하지는 못하겠어. 마루에서, 창문에서, 자동차에서 그들은 자주 나를 불렀고, 나는 그들이 의미하는 것을 알았어. 그러나 나는 그들을 이해하지 못해. 알겠니?"

"알아."

"그것이 무엇이니? 너도 그것 때문에 괴롭니?" 그녀가 말했다.

"그래." 그가 말했다. "몹시."

"지금도?"

"그래." 그는 그녀에게 물었다. "너를 괴롭히지는 않니?"

"그래." 그녀가 말했다. "그것이 나를 괴롭히지는 않아. 그들이 나를 부른다는 것은 말이야. 다만 그것이 거기에 있고 다른 사람이 무엇인가를 원한다는 것이 나를 괴롭힐 뿐이야. 자, 말해 봐. 왜 자살을 생각하는 거야? 그것 때문이야?"

"그래. 너는 그게 무엇인지 알아? 네가 지상에서 결합한 것과 하늘에서도 결합되는 것을 알겠어?"

"나는 알고 있어." 그녀가 대답했다.

"그렇다면 죄라는 것이 무엇인지도 알겠군. 죽음도."

"알아." 그녀가 말했다. "그것을 실제로 믿니?"
"물론."
"모든 것을?"
"모든 것을."
"너는 내가 그것을 믿지 않는다는 것을 알고 있어. 그러나 나는 자살이 가장 나쁜 죄라는 것을 알고 있어. 나는 그렇다고 들었어." 그녀는 점점 더 큰 목소리로 말했다. "나의 두 귀로." 그녀는 오른손으로 귀를 잡아당기며, 왼손으로는 외투를 감싸쥐었다. "목사가 말하는 것을 이 두 귀로 들었어. 인간은 삶이라는 선물을 신(神)의 발 앞에 내던져서는 안 된다고 했어."
"삶이라는 선물이라고? 그리고 신에게는 발이 없어."
"없다구?" 그녀가 나직이 말했다. "발이 없다면 구멍도 뚫리지 않았단 말이니?" 그는 아무 말도 하지 않고 얼굴을 붉혔다.
"알고 있어."
"그래." 그녀가 말했다. "네가 한 말을 믿는다면, 너는 그것 역시 믿어야 해. 믿을 수 있지?"
"무엇을?"
"삶을 포기해서는 안 된다는 걸 말이야." 아! 하는 한숨과 함께 그는 권총을 하늘로 쳐들었다.
"이리 와." 그녀가 나직이 말했다. "저리로 치워. 어리석게 보여. 제발 치워."
그는 권총을 왼쪽 주머니에 넣고 오른쪽 주머니를 뒤져 잡지 세 권을 꺼냈다. "삶이라는 거 꽤 길어지겠군." 그가 말했다.
"다른 것을 쏘아. 예를 들면…… 그녀는 고개를 돌려 창밖으로 시선을 돌리며 말을 이었다. "테니스 공을 쏘아봐!"
그의 얼굴이 빨개지고 손에서 잡지가 떨어졌다. "어떻게 그것을 알았지?"
"무엇을 안다고?"
그는 몸을 굽혀 바닥에 떨어진 잡지를 집어들더니 굴러떨어진 탄약통을 조심스럽게 스프링 장치 속으로 밀어넣었다. 그는 창을 통하여 햇빛을 받고 누워 있는 그 집을 살펴보았다. 통 속에 테니스 공이 가득 들어 있었다. 부엌에서는 목욕물과 비누 냄새가 났다. 신선한 빵 냄새와 요리 냄새도. 빨간 사과가 식탁 위에 놓여 있었고 신문과 반 토막의 오이도 그 위에 놓여 있었다.
"나는 알아." 그녀가 말했다. "그들이 범한 죄를 들었어."
"누가?"
"목사가 얘기해 주었어. 그들은 서로 때리고 단식을 하고, 기도도 하고. 하지만 그들 가운데 아무도 자살하지 않았어."
그녀는 소년에게로 몸을 돌렸다. 아니야. 아니야. 나는 너의 예루살렘이 아니야.
"그들은 열네 살은 아니야." 그가 말했다.
"열다섯 살도 아니지."
"아니야, 아니야. 그들 대부분이 죄를 짓고 난 후에 개종했다는 것은 사실이 아니야." 그가 좀더 가까이 다가서며 말했다.
"너는 거짓말을 하고 있는 거야." 그녀가 말했다.
"많은 사람들이 처음에는 죄를 짓지 않았어. 나는 일찍부터 성모 마리아를 믿었어. 그래, 나도 기도를 해보려고 시도했었지." 그가 나직이 말했다.
"그리고 단식도?" 그녀가 눈을 크게 뜨고 물었다.
"물론 단식도 했었지. 아무것도 먹지 않았어."
"그것은 단식이 아니야. 네가 카톨릭 신자라는 것은 유감이야."
"왜 유감이라는 거야?"
"네게 나의 가슴을 보여줄 수도 있는데. 모두들 그것 때문에 나를 불렀다고 말했지만 아무도 그것을 본 사람은 없어."
"아무도 못 보았다고?"
"그래, 아무도."
"내게 보여줄래?" 그가 말했다.
"그때와 똑같지는 않을 거야."
"알고 있어." 그가 말했다.
"몸이 안 좋니?"
"어머니가 나쁘기 때문이야. 어머니는 완전히 제정신이 아니야. 그것을 사방에다 말했어. 나쁜 기분은 아니야. 나는 그것을 잊고 있었어. 이리 가까이 와." 그는 그녀의 머리카락을 만져보았다. 그녀의 머리카락은 매끄럽고 빳빳했다. 그것이 그를 놀라게 했다. 그는 그것이 부드러워야 한다고 믿고 있었다.
"여기서는 안 돼." 그렇게 말하며 그녀가 그를 밀쳤다. "여기에서는 안 돼. 내 방에서."
"미르조바." 그가 속삭였다.
"어떻게 이 이름을 알았지? 내 이름이 미르조바 카타리나라는 것을."
"모두들 너를 그렇게 부르지. 너에 대해 다른 것은 몰라. 자, 이제 그것을 보여줘."
그의 얼굴이 붉어졌다. 그녀가 다시 '그것'이라고 말했기 때문이다.
"그것은 나를 슬프게 만들어." 그녀가 눈을 내리깔며 말했다. "그것이 너에게는 죄악이라는 것이."
"그것을 보겠어."
"아무에게도. 아무에게도 얘기해서는 안 돼."
"안 할게."
"약속하지?"
"그래. 그러나 한 사람한테는."
"누구?"
"생각해 봐." 그가 나직이 말했다. "너도 알 거야."
그녀는 입술을 깨물고 가슴 위로 외투를 감싸더니, 그를 천천히 바라보며 말했다.
"그에게는 말해도 되지만 다른 사람에게는 절대로 안 돼."
"그렇게 하겠어. 이제 보여줘."
그녀가 웃거나 낄낄거리면 쏘아버리리라고 그는 생각했다. 그러나 그녀는 웃지 않았다. 단추를 풀려고 하는 그녀의 손이 떨리고 손가락은 얼음처럼 차고 빳빳해졌다.
"이리 와." 그가 나직하고 부드럽게 말했다. "내가 해줄게."
그의 손은 침착했으나 그의 놀라움은 그녀의 것보다 훨씬 깊은 곳에 자리했다. 그는 그것을 느꼈다. 그는 오른손으로는 단추를 풀고 왼손으로는 그녀의 머리카락을 쓰다듬었다.
그녀는 별안간 눈물을 흘렸다.
"왜 우는 거야?"

"두려워. 너는 무섭지 않니?"
"나도 두려워, 두렵다니까."
그는 너무나 불안해서 마지막 단추를 풀 때에는 잡아뜯을 뻔했다. 미르조바의 가슴이 보이자 그는 숨을 들이마셨다. 그가 두려워했던 것은 불쾌감 때문이었으며 그 불쾌감을 숨기기 위해 의례적으로 가장해야만 할 순간 때문이었다. 그러나 그는 불쾌하지 않았으며 숨길 필요도 없었다.

그는 또 한 번 한숨을 쉬었다. 그녀는 울 때 그랬던 것처럼 갑자기 눈물을 그쳤다. 그러고는 긴장해서 그를 응시하였다. 그의 얼굴의 흔들림. 눈의 표정. 그 모든 것을 그대로 받아들이고 나서야 그녀는 깨달았다. 그가 그녀의 단추를 풀어준 남자이기 때문에 언젠가는 그에게 감사해야 한다는 사실을.

그는 시선을 돌리고, 가슴에 손을 대지는 않았다. 고개만 가로저을 뿐으로 갑자기 웃음을 터뜨렸다.

"왜 그러니?" 그녀가 물었다. "나도 웃어도 되니?"
"웃기만 해!" 그가 말하자 그녀는 웃었다.
"그것은 너무나 아름답군." 그는 이렇게 말하고 나서 가슴이라 하지 않고 그것이라고 말했던 사실이 다시금 부끄러워졌다. 그러나 그는 이 가슴이라는 표현을 쓸 수가 없었다.

"단추를 다시 채워줘." 그녀가 말했다.
"싫어. 네가 채워. 하지만 잠깐 기다려."
주위는 조용했고 짙은 녹색 무늬가 새겨진 노란 커튼을 통하여 햇살이 스며들었다. 열네 살짜리가 여자를 가질 수는 없다고 그는 생각했다.

"단추를 채우게 해줘." 그녀가 말했다.
"그래. 단추를 채워." 그러나 그는 잠시 동안 그녀의 손을 잡고 있었다. 그러자 그녀가 그런 그를 쳐다보고 큰 소리로 웃었다.

"지금은 왜 웃지?"
"너무 즐거워. 너는?"
"나도. 그것이 너무 아름다워서 즐겁다."
그는 여자의 손을 놓아주고는 몇 발짝 물러서서 몸을 돌렸다. 그때 그녀는 블라우스의 단추를 채웠다.

그는 탁자로 다가가서 침대 위에 놓인 트렁크를 들여다보았다. 스웨터가 차곡차곡 정리되어 있었고 빨랫감은 작은 가방에 담겨 있었으며 침대보도 이미 벗겨져 있었다.

"너 정말 떠날 거니?" 그가 물었다.

"그래."

그는 열린 옷장을 보았다. 빈 옷걸이뿐이었다. 그리고 머리에 꽂는 빨간 리본 하나. 그는 옷장문을 쾅 닫고 침대 위에 달려 있는 책꽂이를 올려다보았다. 그는 바닥에 떨어진 외투를 집어 탁자 위에 올려놓고 방에서 나왔다. 부엌문에서 망원경을 들고 서 있던 그녀는 깜짝 놀라 망원경을 내려뜨리고 그를 쳐다보며 말했다.

"이제는 가봐야겠어."

"그것을 한 번만 더 보여줘."

"안 돼. 경기가 곧 끝날 거야. 그러면 엄마가 돌아와. 역까지 데려다 주려고. 여기 누가 있는 것을 보면 큰일나."

그가 말없이 그녀의 어깨를 잡자 그녀는 얼른 탁자로 달려갔다. 그녀는 서랍에서 칼을 꺼내 오이 한 토막을 잘라 씹으며 칼을 내려놓았다.

"가! 네가 나를 그렇게 쳐다보면 너는 꼭 그 약제사나 드렌쉬처럼 보인다니까."

"조용히 해!" 그가 말했다.

그가 갑자기 그녀에게로 다가서며 어깨를 움켜잡자 그녀는 놀라서 그를 쳐다보았다. 그녀는 오이 토막을 그의 입에 넣어주고는 미소를 지었다.

"도대체 너는 이해를 못 하는구나." 그녀가 말했다. "나는 즐거웠어."

그는 고개를 숙이고 그녀를 놓아준 다음 베란다로 나가 난간 위로 뛰어오르면서 소리쳤다. "손을 이리로 줘."

그녀는 웃으면서 그에게로 달려가서 오이 토막을 내려놓고 두 손으로 그를 잡아 천천히 현관 지붕 위로 올려주었다.

"누가 우리를 보게 될 거야." 그가 말했다.

"물론. 내가 풀려날 수 있을까?"

"아직은 안 돼. 언제 빈에서 돌아와?"

"곧, 곧 보내줄까?" 그녀가 말했다.

그는 벌써 두 발로 지붕 위에 서서 말했다. "너는 풀려날 수 있어."

"그래. 나는 돌아올 수 있을 거야." 그녀가 웃으며 답했다.
"내가 그것을 다시 한 번 볼 수 있으면 좋겠어."
"오래 걸릴지도 몰라."
"얼마나 오래."
"알 수 없어." 그녀는 말했다. 그리고 그를 바라보며 곰곰이 생각했다. '너는 꿈꾸는 사람처럼 보여. 갑자기 약제사처럼 보이기도 하고. 네가 영혼의 구제를 받지 못할 죄악을 저지르고 속박되는 건 싫어.'
"이제는 놓아줘." 그가 말했다. "아니면 나를 다시 그 위로 끌어올리든지."
그녀는 웃으면서 그를 놓아주고는 난간에 있던 오이 토막을 다시 집어들어 씹었다.
"어떤 것이든 쏘아야만 하겠어." 그가 말했다.
"살아 있는 것은 쏘지 마." 그녀가 말했다.
"테니스 공이나 빈 병 같은 것을 쏘아버려."
"어떻게 병을 생각해 냈지?"
"나도 몰라. 나는 그저 병을 쏘면 굉장할 거라는 생각이 들었어. 그것은 요란스럽게 깨질 거야."
그가 몸을 돌려 아래로 기어내려가려고 할 때 잠깐만 기다리라는 그녀의 외침이 들렸다. 그는 몸을 돌려 그녀를 쳐다보았다. 그녀가 나직이 말했다. "울타리 옆에 서서, 저수지 옆에서, 알겠니? 내가 탄 기차가 지나갈 때 공중으로 총을 쏠 수 있을 거야. 그러면 나는 창에 기대어 윙크를 할게."
"오, 그래, 그렇게 하겠어. 그런데 언제 기차를 타는데." 그가 물었다.
"일곱 시 십 분. 일곱 시 십삼 분에 기차는 울타리를 통과해."
"그 시간이다." 그가 말했다. "안녕! 돌아올 거지!"
"돌아올 거야. 확실해!" 그녀는 입술을 깨물고는 다시 한 번 나직이 말했다. "돌아올 거야."
그는 포도덩굴 우거진 정자를 건너 잔디 위를 지나 테라스 위를 거쳐, 집 안으로 달려들어갔다. 그녀는 그가 테니스 공이 담긴 상자를 집어들고 방향을 돌리는 것을 보았다. 그녀는 또 그가 그 상자를 들고 주차장을 지나서 다시 거리를 달려나갔을 때, 자갈이 그의 발 밑에서 부딪치는 소리도 들었다.
다행히도 그는 다시 한 번 뒤돌아서 윙크하는 것을 잊지 않았다. 그녀는 그렇게 생각했다. '거기에서 그는 윙크를 했다.' 그는 주차장 한쪽 끝에서 총을 꺼내 보이고는 다시 한 번 윙크를 했다. 이윽고 그는 길모퉁이 쪽으로 달려서 사라졌다.

그녀는 망원경을 다시 쳐들었다. 둥근 하늘색이 보이고 그 하늘로부터 메달들, 라인 지방 사람, 독일을 상징하는 여신상, 요트 레이스를 알리는 깃발이 펄럭이는 강 언덕, 붉은 기들이 널린 수평선이 보였다.

'내 머리카락은 아름답게 출렁일 거야.' 그녀는 생각했다. '그가 어루만졌을 때 내 머리는 출렁거리며 바스락 소리를 냈었지. 그리고 빈에도 포도주는 있어.'

포도밭, 엷은 녹색의 청포도. 그녀는 망원경으로 볼 수 있는 거리들을 샅샅이 찾았다. 거리는 텅 비어 있었다. 주차중인 자동차뿐. 그녀는 미소를 지으며 망원경을 강 쪽으로 옮기면서 생각했다. '나는 너의 예루살렘이 될 거야.'

그녀의 어머니가 현관문을 열고 복도를 걸어올 때도 그녀는 주위를 돌아보지 않았다. 벌써 일곱 시 십오 분 전이었다. 일곱 시 십삼 분에 울타리를 통과할 때 그는 그 일을 할 거라고 그녀는 생각했다. 그녀는 트렁크 자물쇠가 탁 닫히는 소리와 딱딱한 발소리도 들었다. 그리고 어깨 위로 외투가 걸쳐졌을 때 깜짝 놀라 몸을 흠칫했다. 어머니가 어깨 위에다 손을 얹었던 것이다.

"돈 가진 것 있니?"
"네."
"차표는?"
"있어요."
"빵은?"
"있어요."
"트렁크는 잘 꾸렸니?"
"네."
"잊은 건 없니?"
"없어요."
"아무한테도 얘기하지 않았지?"

"네."
"빈의 주소는?"
"있어요."
"전화번호는?"
"네."
잠시 침울한 분위기가 흘렀다.
"지금까지 내가 여기에 없었던 것은 잘한 일이었어. 그게 더 쉽다는 것을 안다. 나는 너무나 자주 이별을 해왔어. 그리고 내가 너를 감금한 것이 잘한 일이라는 걸 너도 알 거야."
"그건 좋았어요. 나도 알아요."
"그럼 이제 떠나라." 그녀는 시선을 돌렸다. 어머니가 우는 것을 보기가 싫었다. 그것은 동상(銅像)이 우는 것 같았다. 어머니는 언제나 아름다웠지만 그 아름다움은 어딘가 어둡고 메마른 것이었다. 그녀의 과거가 악마의 후광(後光)처럼 그녀를 감싸고 있었다. 낯선 어휘들이 그녀의 신화 속에 있었다. 모스크바, 공산주의, 붉은 수녀, '미르초프'라는 러시아 사나이, 믿음의 상실, 탈출 그리고 머리 속에서 꿈틀거리는 잃어버린 신앙의 교리(敎理)들. 그것은 마치 하나의 베틀 같았다. 실이 끊어졌는데도 계속 돌아가는 베틀, 훌륭한 모범은 아무것도 짜내지 못하고 소음만이 남은, 기계장치만 남은 베틀. 반대쪽이기는 하지만 '둘게스', 시장 및 시의원들, 목사, 여선생들, 수녀들, 우리도 눈을 감으면 회전예배기(Gebetsmühlen : 티베트의 라마 교도가 기도할 때 손에 드는 조그만 바퀴)를 기억할 것이다. 부단(不斷)한 이교도의 회전예배기, 토론이라고 불리던 풍향이 바뀐 딸랑이. 어머니는 가끔 지금의 모습처럼 보였다. 어머니가 눈물을 흘릴 때면 사람들은 이렇게 말했다.
"아! 그녀는 아직도 순수한 '치쉬브룬'의 소녀였구나!"
어머니가 담배를 피우는 것은 좋았다. 담배 연기가 솟아올라 눈물을 가렸다. 그 눈물은 진지해 보인다기보다는 가장된 것처럼 보였다. 하여간 어머니는 눈물을 흘렸다.
"나는 그들에게 복수하고 말 거야." 어머니가 말했다.
"너를 돌려보내야만 한다는 사실이 나를 너무 괴롭혔단다. 내가 복종해야만 한다는 사실이."

"그럼 저와 함께 가요."
"안 돼, 안 돼, 너는 돌아올 거야. 아마 1,2년쯤 후에 너는 돌아올 거야. 그들이 너에 대해 생각하는 대로 하지 마라. 해서는 안 돼. 그럼 이제 떠나거라!"

그녀는 외투를 입고 단추를 채웠다. 손을 더듬어 차표와 지갑을 찾았다. 그녀가 침대로 달려가 트렁크를 집으려 할 때 어머니는 고개를 저으며 말했다.

"안 돼, 그대로 둬. 이제 서둘러라, 곧 기차 시간이다."

층계의 공기는 무더웠다. 약제사가 병에 술을 채우던 지하실로부터 술 냄새가 올라왔다. 엷은 보라색의 양탄자 쪽으로 통과하는 것처럼 보이는 새콤한 냄새, 좁다란 골목들, 어두운 창문의 홈들, 집 입구들, 그곳들로부터 그녀를 부르는 사건이 일어났었다. 어머니는 이해 못 했던 사건들이. 빠르게. 강가에서는 소음이 더욱 커졌고 차들은 시동을 걸었다. 보트 경주가 끝났다, 빠르게.

개찰구 옆에 있는 남자가 어머니에게 말을 던졌다. "아 케테(아가씨), 차표 없이 통과하시오."

술 취한 사내가 지하도를 통해 비틀거리며 걸어오다가, 무어라 떠들어대며 눅눅하고 칙칙한 벽에 술병을 던져 박살을 냈다. 파편이 날리고 술 냄새가 다시 코를 찔렀다. 기차는 벌써 도착해 있었고 어머니가 입구에서 가방을 올려주었다. "그들이 너에 대해 생각하는 대로 해서는 안 돼. 절대로 그렇게는 하지 마라!"

이별이 짧았던 것은 얼마나 다행인가. 단 몇 분이 남았는데도 그녀에게는 반나절보다도 길었다.

"너는 망원경 가지고 다니길 좋아했었지. 너에게 그걸 보내주어야만 되겠니?"

"예, 보내주세요. 아참, 어머니!"

"무슨 일이냐?"

"나는 그 남자를 몰라요."

"아, 그는 친절해서 너와 함께 지내는 걸 기뻐할 거야. 그리고 그는 내가 믿는 신들은 믿지 않는단다."

"술은 안 마시나요?"

"좋아하지는 않는다. 그리고 그는 돈으로 물건을 매매한단다."
"무슨 물건인데요."
"나도 잘은 몰라. 분명히 옷이나 뭐 그런 종류의 물건일 거야. 네 마음에도 들 거다."

입맞춤은 안 했다. 어머니는 울었지만 동상에 키스할 수는 없었다. 어머니는 돌아보지도 않고 지하도 안으로 사라져버렸다. 죄의식에 따르는 괴로움 속에 간직된 불행의 소금기둥. 저녁 무렵이면 그녀는 회전예배기를 작동시키게 될 것이며 '둘게스'가 부엌에 앉아 있을 때마다 독백을 하게 될 것이다.

눈물은 원래 세속적인 감정의 찌꺼기가 아닌가? 계급이 없는 사회에서 눈물이 존재할 수 있는가?

학교 옆을 지나고 수영장 옆을 지났다. 작은 다리 밑을 통과하여 길고 긴 포도밭의 담과 숲을 지났다. 그리고 저수지를 따라 길을 차단하고 있는 울타리, 거기서 그녀는 두 사람의 젊은이들을 보았다. 총소리를 들었고 검은 총을 들고 있는 '파울'을 보았다. 그때 그녀는 소리쳤다. "예루살렘, 예루살렘!" 그리고 그녀가 두 사내를 더 이상 볼 수 없게 되었을 때 그녀는 다시 한 번 외쳤다. 그러고 나서 옷소매로 눈물을 닦아내고는 트렁크를 들고 힘없이 통로 안쪽으로 들어갔다.

'나는 외투를 벗지 않을 거야. 아직은 안 돼.' 그녀는 그렇게 다짐했다.

3

"그애가 도대체 뭐라고 소리를 쳤지?" 그리프가 물었다.
"너 그 소릴 못 알아들었어?"
"못 들었어. 넌 들었지? 뭐라고 했는데?"
"예루살렘이라고 했어." 파울이 나직하게 대답했다.
"예루살렘. 기차가 우리 앞을 이미 지나쳐버렸을 때도 그애는 그 소리를 또 외쳤어. 자, 이젠 가자." 그는 안전장치 위에 손가락을 댄 채 쥐고 있던 권총을 실망스런 표정으로 바라보았다. 그는 그 권총이 날카로운 폭음을 내고 연기를 뿜으리라고 생각했었다. 그렇다. 그는 그것이 연기를 뿜으리라 기대했던 것이다. 그는 연기 나는 권총을 손에 쥐고 기차 옆에 서 있고자 했었다. 그러나 권총은 연기를 내지 않았고 작렬하지도 않았다. 그는 집게손가락을 조심스레 총신에 밀어넣었다가 이내 손가락을 다시 빼냈다.

"가자" 하고 그는 말했다. '예루살렘이라고,' 그는 생각했다. '그 소릴 알아들었지만 그것이 무얼 의미하는지는 알 수가 없는걸.'

그들은 걷기 시작했다. 선로를 따라 평행으로 걸었다. 그리프는 집에서 가져온 과일잼 병을 옆구리에 끼고 있었고, 파울은 권총을 손에 쥐고 있었다. 그들은 얼굴을 돌려 창백한 낯빛으로 마주 바라보았다.

"너 정말 그것을 할 거야?"

"아니." 파울이 말했다.

"아냐, 해야만……." 그는 얼굴을 붉히며 몸을 돌렸다. "너 그 공들을 그 나무줄기 위에 늘어놓았어?"

"응, 그 공들은 처음엔 자꾸 아래로 굴러떨어졌어. 그런데 나무껍질에 홈이 파져 있는 것을 발견했어." 그리프가 대답했다.

"어느 정도 간격으로 공들을 세워놓았니?"

"네가 말한 것처럼 손바닥 하나 넓이로 늘어놨어, 한데 너는……."

그는 거기서 걸음을 멈추었다. "나는 집으로 돌아갈 수 없어. 돌아갈 수 없단 말야, 그 지긋지긋한 방으로는. 내가 그 빌어먹을 방으로 돌아갈 수 없다는 걸 이해할 거야." 그리프는 과일잼 병을 다른 손으로 옮겨 쥐었다. 그러곤 계속 걸으려는 파울의 윗옷 소매를 꽉 붙잡았다. "아무래도 그럴 수 없단 말이야."

"그래, 그 지겨운 방으로는 나 역시 돌아갈 수 없어."

"우리 엄마는 날더러 그 방을 치우라고 야단할 거야. 이봐, 절대로 못 해. 방바닥 여기저기 흩어져 있는 것들 하며, 그 벽과 책들, 그 모든 것을 정돈할 수는 없어. 게다가 엄마는 내가 청소하는 곁에 서 계실 테지."

"안 되지. 너는 그렇게 할 수는 없어. 가자."

"어떻게 해야 되지?"

"잠깐, 우선 총을 쏘자. 자, 가자니까……." 그들은 계속 걸으면서 이따금 창백한 얼굴로 서로를 바라보았다. 그리프는 불안스럽게, 파울은 미소를 지으면서 마주 보곤 했다.

"너는 나를 쏘아야 해, 파울. 너는 그렇게 해야만 해." 그리프가 말했다.

"너 미쳤구나." 파울이 말했다. 그는 입술을 깨물고는 권총을 치켜들어, 머리를 숙이고 낮게 흐느끼는 그리프를 겨누었다. 그러고는 말했다. "얘, 너는 비명을 지를 거야. 총알은 네게 명중될 거야."

그들이 숲속의 빈터에 다다랐을 때 파울은 왼손을 이마에 대고 실눈을 한 채, 베어 넘어뜨려진 나무 위에 나란히 놓여진 테니스 공들을 바라보았다. 세 개는 아직 흠이 없었고 어린 양의 가죽처럼 희고 보송보송한 털로 덮여 있었다. 나머지 것들은 눅눅한 숲의 흙으로 더럽혀져 있었다.

"저리로 가서 그 병을 세번째와 네번째 공 사이에 세워놓아."

그리프는 갈 지(之) 자 걸음으로 빈터를 가로질러 가서 그 병을 공들 뒤에 세워놓았다. 그러나 그 병은 비스듬하게 금방이라도 뒤로 기울어질 것처럼 보였다.

"간격이 너무 좁아서 병을 공들 사이에 세울 수 없어."

파울이 말했다. "비켜! 총을 쏠 거니까, 내 옆으로 와."

그는 그리프가 자기 옆의 그늘에 설 때까지 기다렸다. 그러고는 권총을 들어올려 조준을 하고는 방아쇠를 당겼다. 첫번째 총성의 메아리에 놀라 그는 거칠게 사정없이 총을 쏴댔다. 탄창이 완전히 비었을 때 맨 뒤에 쏜 두 방의 총성이 숲으로부터 메아리쳐 들려왔다. 그러나 공들은 여전히 거기 놓여 있었고 과일잼 병도 총알에 맞지 않았다. 아주 고요했다. 탄약냄새가 약간 날 뿐. 소년은 그대로 그 자리에 서 있었다. 권총을 손에 들고, 언제까지나 그 자리에 그대로 서 있기라도 하려는 듯. 그의 얼굴은 창백했고 혈관은 싸늘한 실망감으로 채워졌다. 그의 귓속에는, 더 이상 울리지 않게 된 그 날카로운 메아리가 울렸다. 그랬다. 날카롭게 메마른 괴성이 좀전의 회상으로부터 그의 내부로 울려왔다. 그는 눈을 감았다가 다시 떴다. 하지만 그 공들은 여전히 거기 놓여 있었고 과일잼 병은 총알에 맞지 않은 채였다.

그는 총신 위를 더듬어보았다. 총신은 아직 따뜻했다. 파울은 엄지손가락 손톱으로 탄창을 끄집어내서 새로 총알을 채워넣고는 안전장치를 조작했다.

"이리 와, 이젠 네 차례야."

그는 그리프의 손에 권총을 건네주고 어떻게 총의 안전장치를 풀어야 하는지를 그에게 보여주었다. 그러곤 그리프가 그늘 속에서 실망을 들이키고 있는 동안 뒤로 물러서서 생각했다. '너는 적중시킬 거야, 너는 적중시킬 거야.' 그리프는 총을 쥔 채 팔을 높이 치켜올렸다가 서서히 목표를 겨누며 내렸다. '저 동작에 대해서 저애는 글을 읽었군.' 파울은 생각했다. 어디에선가 읽었을 거야. '그것을 읽은 것 같아.' 그리프가 쭈뼛거리며 총을 쏘았다. 한 발의 총성. 그러고는 고요해졌다. 공들은 그 자리에 놓여 있었고 병도 여전히 그 자리에 서 있었다. 그리고 나서 세 발의 총성 메아리가 두 소년에게로 괴성을 내며 되돌아왔다. 여섯 개의 테니스 공과 자두잼이 가득 든 병을 얹은 채, 그 짙은 색 나무줄기는 괴상스런 한폭의 정물화처럼 조용히 그 자리를 지키고 있었다.

메아리가 울려왔고 탄약 냄새가 약간 났다. 그리프는 머리를 흔들면서 파울에게 권총을 되돌려주었다.

"아직 남았는데." 파울이 말했다. "자, 그것을 방금 허공에 대고 쏘았으니, 아직도 두 발씩 더 쏠 수 있고 그래도 한 발이 남게 돼."

이번에는 오랫동안 조준했다. 하지만 적중시키지 못하리라는 것을 알고 있었다. 역시 적중시키지 못했다. 자신이 발사한 총성의 메아리가 둔탁하고 쓸쓸하게 그에게로 되돌아왔다. 그 메아리는 한 개의 붉은 점처럼 그에게 스며들어서 그의 내부에서 선회하다가 다시 그에게서 밖으로 날아가 버렸다. 그리고 그리프에게 권총을 건네줄 때 파울은 침착했다.

그리프는 머리를 흔들었다. "저 목표물은 너무 작아. 우리는 좀더 큰 것을 택해야 되겠어. 기차역의 시계라든지 군용 맥주 광고물이 적당할 거야. 그렇겠지?"

"그런 것들이 어디 있는데?"

"정거장 건너편 거리 한 모퉁이, 거기서 드렌쉬가 살아."

"혹은 창유리나 우리집에 있는 사모바르를 택해도 좋겠지, 우리들은 무언가를 쏘아야만 하니까. 네가 정말 네 권총으로 여덟 방 중에 일곱 방을 명중시켰던 거야? 30미터 떨어진 곳에 있는 통조림 깡통을 맞춘 게 사실이야?"

"아니, 난 총을 쏘아본 적이 없어, 아직까지 한 번도." 그는 그 나무줄기로 다가가서 오른발로 공들과 잼이 든 병을 찼다. 공들은 병 쪽으로 굴렀고 병은 바닥 위로 넘어졌다. 그리프가 병을 들어서 나무를 향해 던지려고 했다. 그러나 파울이 그의 팔을 잡으며 병을 낚아채 땅바닥 위에 세웠다.

"부탁이야, 제발 그것을 그냥 놓아둬, 그것을 그냥 놓아둬. 아, 난 그 병을 쳐다볼 수가 없어. 그 병을 그냥 세워둬. 풀이 그 위를 덮으며 자라야 해. 무성한 풀이……."

파울은 말하며 그 병이 풀로 뒤덮일 때까지, 풀이 어떻게 자랄지를 상상해 보았다. 그래, 짐승들이 그 곁에 서서 코를 킁킁거릴 테지. 버섯들이 빽빽하게 군집을 이룰 것이고 어느 만큼 세월이 흐른 뒤 숲속을 산책하다가 그것을 발견할 것이다. 권총은 녹슬고 잼은 곰팡이투성이가 되었고, 해면질의 거품은 부패해 버린 그런 모습을. 그는 병을 집어서 빈터 가장자리의 구덩이 안에 넣고는 발로 푹신푹신한 흙을 그 위에 밀어넣었다.

"그것을 그냥 놓아둬. 공들도 그대로 두고. 우린 아무것도 맞히지 못했어." 파울이 낮은 목소리로 말했다.

"거짓말이었어, 모든 것이 거짓말이었어."

"그래, 모든 것이." 파울은 권총에 안전장치를 하고 그것을 주머니에 찔러 넣으면서 속삭였다. "예루살렘, 예루살렘."

"그애가 떠난다는 사실을 너는 어떻게 알았지?"

"너한테 가는 길에 그애 어머니를 만났거든."

"하지만 그애는 돌아올 거지?"

"아니, 돌아오지 않아."

그리프는 한 번 더 빈터로 가서 공들을 걷어찼다. 두 개의 공이 흰 색을 보이며 소리 없이 그늘진 숲속으로 굴러갔다. 그가 말했다. "이리 와봐." 파울이 말했다. "너는 우리가 그것들을 너무 높이 놓아두었다는 것을 알아야 해."

파울은 천천히 토막토막 갈라진 나무딸기 그루며 전나무 그루에 새겨진 총알 자국이며 갓 나온 송진이며 부러진 가지 따위를 바라보았다.

"이리 와, 우리는 차바퀴만큼이나 커다란 군용 맥주 광고물을 쏠 거야." 파울이 그리프에게 말했다.

"나는 시내로 돌아가지 않아, 다시는. 나는 뤼벡으로 갈 거야. 차표도 벌써 호주머니에 들어 있어. 다시는 돌아오지 않을 테야."

그들은 천천히 왔던 길을 되돌아갔다. 건널목의 차단기 곁을 지나고 포도원의 긴 담장을 지나서 학교를 지났다. 주차해 있던 차들은 이미 떠났고 시내에서 음악소리가 울려왔다. 그들은 묘지 입구의 기둥 위로 기어올라가 3미터 떨어진 같은 높이에 앉아 담배를 피웠다.

"승리자의 영예." 그리프가 말했다. "공. 이마 주위의 포도 나뭇잎. 저 아래 드렌쉬네 집 옆에서 너는 군용 맥주 광고물을 볼 수가 있어."

"나는 그것을 쏘아 맞출 거야." 파울이 말했다. "같이 가지 않을래?"

"아니, 난 여기 있겠어. 여기에 앉아서 네가 내려가 그것을 쏠 때까지 기다릴 거야. 그러고 나서 슬슬 드레센 근처까지 가서는 거기에서 기차를 타고 뤼벡으로 가겠어. 나는 수영을 할 거야. 소금기 있는 물에서 수영을 하겠지. 폭풍과 높은 파도와 아주 짠 물이 있을 거야."

그들은 말없이 담배를 피우며 이따금 서로를 바라보았고 미소를 지었다. 그리고 소음이 점점 심해져 가는 저 아래 도시를 향해 귀를 기울였다.

"그 말발굽들은 정말로 천둥 같은 소리를 냈어?" 그리프가 물었다.

"아니, 말은 단지 한 마리뿐이었고 그 말의 발굽들은 다만 달그락달그락했을 뿐이야. 저, 그런데 그 연어들은?"

"연어라곤 한 마리도 본 적이 없어."

그들은 서로를 향해 미소지었고 잠시 침묵이 흘렀다.

"지금 우리 아버지는 장롱 앞에 서 계실 거야. 소매를 걷어올리고 어머니는 방수포를 펴고 계실 테지. 이제 아버지는 장롱 서랍의 자물쇠를 열고, 아마도 내 드라이버가 미끄러졌을 때 내가 만든 그 연장을 쳐다보실 거야. 아버지는 그것을 못 보실 수도 있어. 지금쯤 내 서랍의 구석이 어둑어둑하거든. 아버지는 장롱 서랍을 여시곤 질겁하여 뒤로 물러나실 거야. 수표장들과 계산서들이 정리해 놓았던 것처럼 놓여 있지 않기 때문이지. 아버지는 불안해져서 어머니를 큰 소리로 부르시는가 하면 잡동사니를 방바닥에 집어던지시고 서랍 안을 샅샅이 뒤지실 테지. 지금, 바로 지금, 그래 정확히 지금." 그는 작은 바늘이 8자 앞에 조용히 멈추어 있고 큰 바늘은 막 10자로 미끄러져 가고 있는 교회탑 시계를 바라보았다. "전에 아버지는 권총 전문 가게의 수석 기술자였어. 3분 안에 권총 한 자루를 분해하고, 소제하고 다시 조립하셨지. 집에서 나는 항상 아버지 곁에 서서 시간을 재야만 했어. 그래, 그는 결코 3분 이상은 필요로 하지 않았지."

그는 담배 꽁초를 길 위로 던졌다. 그러고는 교회탑 시계를 응시했다. "정각 여덟 시 십분 전에 아버지는 항상 모든 일을 끝내시지. 그러고 나서 손을 씻고 늘 정각 여덟 시에 식탁에 앉아."

파울은 아래로 뛰어내렸다. 그러곤 그리프를 향해 위로 손을 뻗치며 말했다. "언제 너를 다시 만나게 되는 거지?"

"오랫동안 못 만날 거야. 하지만 언젠가 돌아와. 당분간 우리 아저씨댁에서 일하게 될 거야. 생선들을 절여서 깡통에 담는가 하면 연어의 배를 가르고, 아가씨들은 항상 웃을 것이며, 밤이면 그들과 극장에 갈 거야. 필경 그럴 테지. 그들은 낄낄거리지 않아. 분명히 낄낄거리지는 않아. 그들은 아주 흰 팔을 가지고 있고 아주 예뻐. 내가 아직 어렸을 때 그들은 내 입 속에 초콜릿을 넣어주었어. 이제는 그렇게 어리진 않아. 그 지긋지긋한 방으로 돌아갈 수 없다는 것을 너는 이해할 거야. 어머니는 내가 그 방을 말끔히 치울 때까지 내 곁에 서 계실 거야. 너 돈 가진 것 좀 있어?"

"응. 휴가 비용을 가지고 있어. 네가 필요하다면 송금해 줄게."

"그래. 좀 줄래?"

파울은 동전 주머니를 열어 동전들을 셌다. 그러고는 지폐를 넣는 지갑을 열었다. "찰리히코펜에 가서 쓰려던 돈의 전부야. 네게 18마르크를 줄 수 있어. 받을 거야?"

"응." 그리프가 답하며 지폐와 동전들을 집어서 바지 주머니에 밀어넣었다. "여기서 기다릴게. 네가 군용 맥주 광고물을 쏘아 떨어뜨리는 것을 듣고 보게 될 때까지 말이야. 재빨리 쏴. 탄창이 전부 비워질 때까지. 그 소리를 듣고 그 광경을 보면서 슬슬 드렌센브룬까지 가서 바로 다음 열차를 탈 거야. 하지만 내가 어디 있는지 아무에게도 말하지 마."

"안 할게." 파울은 대답하고는 달려가면서 곁에 있는 돌멩이들을 발로 찼다. 그는 구름다리 밑의 지하도를 달려서 지나갈 때, 자신의 외침의 광포한 메아리를 듣고 싶어 고함을 질렀다. 정거장 담을 따라 드렌쉬네라는 이름의 그 목로주점에 다다랐을 때에야 비로소 그는 약간 걸음을 늦추었다. 그는 점점 더 천천히 걷다가 이윽고 몸을 돌렸다. 묘지 입구는 보이지 않았다. 묘지 중앙에 있는 커다랗고 검은 십자가와 그 십자가 위쪽의 흰 묘석들만이 보였다. 정거장 가까이 다가갈수록 십자가 아래 줄지은 무덤의 행렬을 더 많이 볼 수가 있었다. 두 줄, 세 줄, 다섯 줄 그리고 마침내 입구를 보았는데, 그리프가 아직도 거기에 앉아 있었다. 파울은 역전 광장을 가로질러 천천히 걸어갔다. 그의 심장은 격렬하게 뛰었다. 그러나 그 박동은 불안에서 온 것이 아니며 기쁨에서 오는 것임을 그 자신이 알고 있었다. 탄창에 있는 총알을 모두 허공을 향해 쏘아대고 '예루살렘'이라고 소리쳤다면 좋았으리라. 그는 십자형으로 교차된 두 개의 군도(軍刀)가, 거품이 넘쳐흐르는 맥주잔 하나를 보호하고 있는 것처럼 보이는 커다랗고 둥근 군용 맥주 광고물을 바라보았다. '나는 쏘아야만 해' 하고 권총을 주머니에서 꺼내기 전에 그는 생각했다. '해야만 해.' 그는 집들을 지나쳐서 어떤 푸줏간의 입구로 뒷걸음치다가, 포석이 깔린 통로를 닦고 있던 어떤 부인의 손을 밟을 뻔했다.

"야, 이 무례한 놈아, 썩 꺼지지 못해." 부인이 어스름 속에서 밖을 향해 소리질렀다.

"죄송합니다." 그는 현관 옆 밖으로 비켜섰다. 비눗물이 그의 두 발 사이를 거쳐 아스팔트 위를 지나 도랑으로 흘러갔다. '이 지점에서 쏘는 것이 가장 좋겠어' 하고 그는 생각했다. '저 광고물이 정확히 내 앞에 매달려 있으니까. 커다란 달처럼 둥글게 말이야. 그리고 저것을 쏘아야만 해.' 그는 주머니에서 권총을 끄집어내어 안전장치를 풀었다. 이어 권총을 높이 치켜들고 미소를 지으며 조준을 했다. 무엇인가가 파괴되어야만 한다고는 더 이상 느껴지지 않았으나 그래도 총을 쏘아야만 했다. 해야만 하는 일이 있는 법이다. 그가 만일 총을 쏘지 않는다면 그리프는 뤼벡으로 가지 않을 것이고 예쁜 아가씨들의 흰 팔을 보지 못할 것이며 한 아가씨와 같이 극장에도 가지 못할 것이다. 그는 생각했다. '맙소사, 저 광고물로부터 너무 멀리 떨어져 있는 것은 아니겠지. 난 명중시켜야만 해. 난 해야만 해.' 순간 쨍그렁 하고 쏟아져내리는 산산조각난 유리 파열음이 총성의 소음보다도 더 크게 울렸다. 이미 명중시킨 것이다. 광고물로부터 처음 부서져내린 둥근 조각 하나, 그것은 바로 맥주잔이었다. 그러고는 군도들이 떨어졌다. 그는 그 장식품이 담벽으로부터 작은 먼지 구름 속으로 튀어 흩어지는 모습을 바라보았다. 그는 또한 그 광고물을 매달고 있던 쇠고리를 보았다. 유리잔의 나머지 부분들은 테두리 장식인 양 아직도 가장자리에 매달려 있었다.

아주 분명하게 그는, 통로로부터 뛰어나왔다가 다시 되돌아 달려가서는 저만큼 술집 안의 어둠 속에서 흘러나오는 여인의 비명을 들었다. 곧이어 남자들의 비명도 들려왔다. 정거장에서는 사람들이 거의 오지 않았다. 그 목로주점에서 많은 사람들이 나왔다. 창문이 하나 열리고 위쪽에서 잠시 드렌쉬의 얼굴이 나타났다. 그러나 파울이 여전히 권총을 손에 쥐고 있었으므로 아무도 그의 곁으로 오지 못했다. 그는 위편 묘지 쪽을 바라보았다. 그리프는 이제 보이지 않았다.

상당히 긴 시간이 흐른 뒤에야 누군가가 다가와서 그의 손에서 권총을 낚아챘다. 그는 아직도 많은 것에 대해 생각할 수 있었다. '지금' 하고 그는 생각했다. 아버지는 벌써 십 분 동안을 집 안에서 고래고래 소리를 지르고 계실 것이고 어머니에게 책임을 뒤집어씌우실 것이다. 내가 담을 타고 카타리나의 방으로 기어올라간다는 사실을 오래 전부터 알고 계셨던 어머니에게 말이다. 모든 사람이 그 사실을 알고 있었다. 그러나 아무도 왜 내가 그런 행위를 했으며 지금의 이 행위를 했는지는 이해하지 못할 것이다. 아무도 저 네온사인 광고물을 왜 쏘아버렸는지를. 내가 드렌쉬네 창문을 향해 총을 쏘았더라면 아마 더 좋았을지 모른다. 그리고 그는 또 생각했다. 아마도 고해하러 가야만 할 것이다. 그렇지만 그들이 나를 그냥 놔두지 않을 것이다. 게다가 여덟 시였다. 여덟 시 이후에는 더 이상 고해할 수가 없다. 그 어린 양은 내 피를 마시지 않았다. 그는 생각했다. 오, 그 어린 양. 나는 단지 몇 개의 유릿조각을 그 어린 양에게 주었고, 카타리나의 가슴을 보았다. 그애는 돌아올 것이다. 그리고 이제 아버지는 정말이지 한 번은, 권총을 소제할 이유를 갖게 되었다. 지금쯤 언덕을 넘고 포도원을 지나 드레셴브룬으로 가고 있을 그리프에 대해서도 생각할 수 있었다. 그리고 그는 테니스 공들과 이미 무성한 풀로 뒤덮여 있으리라고 상상되는, 잼이 든 병에 대해서도 생각했다.

많은 사람들이 상당한 간격을 두고 그의 주위에 둘러서 있었다. 드렌쉬는 위쪽 창문에서 팔을 괴고 파이프를 입에 문 채 서 있었다. '나는 남에게 저런 모습을 보이게 되지 않을 테야' 하고 그는 생각했다. '결코.' 드렌쉬는 항상 티르피츠(1849~1930. 독일의 군인. 제1차세계대전시 무제한 잠수함 작전을 수행하여 중립국의 비난을 받아 사임함. 전후에는 제정파(帝政派)로서 활약함)에 대해서 말했다. "티르피츠는 부당하게 당했어. 역사학은 티르피츠에게 한 번 더 정의로운 평가를 내려야 해."

'공평한 관찰자들이 티르피츠에 대한 진실을 찾아내기 위해서 책 곁에 있지. 그래. 티르피츠라고? 아, 그래. 뒤로부터'라고 그는 생각했다. 그들이 뒤로부터 온다는 것을 생각해 낼 수도 있었을 텐데. 경찰관이 그를 붙잡기 직전에 그는 그 경찰관의 제복 냄새를 맡았다. 그렇다. 그들에게서 우선 맡게 되는 것은 세탁용 벤젠 냄새였다. 그들의 두번째 체취는 난로 연기 내음이었고 그들의 세번째⋯⋯.

"이봐 이 건달아, 넌 어디에 살고 있지?" 경찰관이 물었다.

"어디에 사느냐고요?" 그는 그 경찰관을 바라보았다. 그는 그 경찰관을 알고 있었다. 그 경찰관도 분명 그를 알고 있었다. 그 경찰관은 늘 아버지의 무기 휴대 허가증을 위한 연장부를 가져왔었기 때문이다. 그는 친절했고 담배를 받아들기 전에 그것을 세 번씩 거절했었다. 지금도 그렇게 불친절하지는 않았으며, 파울을 너무 세게 붙잡고 있지도 않았다.

"그래. 네가 사는 곳 말이야."

"전 말발굽이 진동하는 계곡에 살고 있어요." 파울이 말했다.

"그건 거짓말이에요. 내가 그애를 알아요. 음, 그애가 누구 아들인고 하면⋯⋯." 통로를 닦고 있던 여인이 소리쳤다.

"좋아요, 좋아" 하고 경찰관이 말했다. "알았어요. 자, 가자. 내가 너를 집에 데려다 주마."

"전 예루살렘에 살아요." 파울은 말했다.

"이젠 그만해 두렴. 그리고 이젠 가자."

"그만해 두죠." 그가 경찰관 앞을 지나 어두운 거리를 따라 걸어내려갔을 때, 사람들은 아무 말도 하지 않았다. 파울은 마치 장님처럼 보였다. 그의 눈은 한 곳만을 응시하고 있었기 때문이다. 그는 모든 것을 그저 스쳐서 바라보는 것처럼 보였다. 그렇다. 단지 한 가지만을 그는 보고 있었던 것이다. 그것은 바로 경찰관의 손에, 접힌 채 들려 있는 석간 신문이었다. 첫째 줄에는 '흐루시초프', 두번째 줄에서는 '열린 무덤'이라는 단어들을.

"맙소사." 그는 경찰관에게 말했다.

"그런데 당신은 제가 어디에 사는지 분명히 알고 계시는 건가요?"

"물론 알고말고. 자, 가자." 경찰관이 말했다.

단 편 선

방랑자여, 슈파……로 오려는가

　차가 멈추고도 엔진은 한참 동안이나 계속 부르릉거렸다. 바깥 어디선가 대문이 열리는 소리가 났고 깨진 유리창을 통해 불빛이 차 안으로 흘러들어 왔다. 천장에 매달린 백열등이 깨졌다는 것을 나는 알았다. 전등이 달렸던 자리에는 나사만이 그대로 꽂혀 있고 유릿조각과 함께 몇 개의 전깃줄이 매달려 번쩍였다. 엔진이 완전히 멎자 밖에서 어떤 목소리가 고함을 질렀다.
　"시체는 이리 내려놔! 죽은 사람도 있겠지?"
　"제기랄." 운전병이 되받아 소리를 질렀다. 왜 아직 소등(消燈)을 안 한 거야?"
　"온 시내가 횃불처럼 타고 있는 판인데, 소등은 무슨 소등이야?" 하고 낯선 음성이 고함을 질렀다. "죽은 사람이 있느냐고 묻지 않았어?"
　"몰라."
　"시체는 이리로 내려놓으라니까. 안 들려? 나머지는 계단 위 서예실(書藝室)로 옮기고. 알아듣겠어?"
　"알겠습니다, 알았어요."
　하지만 나는 아직 죽지 않았다. 나는 그 나머지에 속했다. 그들은 나를 층계 위로 운반해 갔다. 처음엔 불빛이 희미한 복도를 지나갔는데, 녹색 페인트로 칠해진 벽에는 여기저기 구불구불하고 검은 색의 고풍스런 옷걸이가 걸려 있었다. 그리고 Ⅶa와 Ⅶb라고 쓰여진 에나멜 푯말이 붙은 출입문이 두 개 있었다. 그 두 문 사이에는 포이에르바흐의 메디아가 검은 액자의 부드럽게 빛나는 유리 속에서 먼 곳을 응시하고 있었다. 이어 Va와 Vb라고 쓰여진 살문이 나타났고 그 두 문 사이로는 〈가시 뽑는 사람〉이 걸려 있었다. 갈색 액자 속에서 기막히게 붉은 빛을 내는 복사화.

층계 앞 중앙에는 커다란 홀들이 있고 그 뒤로 기막히게 만들어진 판테온 신전의 돌림띠를 모방한 가느다란 석고제의 장식이 황색으로 빛을 냈다. 순수하고 고전적인 장식. 그리고 다른 모든 것들이 조금의 어긋남도 없이 순서에 따라 나타났다. 닭처럼 보이는 화려한 그리스의 중무장병(重武裝兵)의 모습, 노란 페인트를 칠한 벽에도 모든 것이 순서에 따라 그 모습을 드러냈다. 선제후로부터 히틀러에 이르기까지⋯⋯.

내가 들것에 실려 마지막으로 몇 걸음쯤 옮겨진 비좁은 복도에는 특별히 화려한 노(老)프리츠(프리드리히 대왕의 별명)의 그림이 걸려 있었다. 하늘빛 제복과 이글거리는 눈빛과 크고 금빛 나는 별을 가슴에 단 프리츠.

나는 다시금 들것에 비스듬히 실려 종족(種族)의 얼굴들을 지나갔다. 거기에는 귀족적인 시선과 말없는 입을 지닌 북방의 수령(首領)이 있었고, 바싹 여위고 날카로운 서방의 모젤 강(라인 강의 지류) 안의 여인이 있었으며 매부리코와 목젖이 툭 튀어나온 동방의 찡그린 얼굴도 있었다. 그리고 다시 복도가 나타났다. 나는 다시 들것에 실려 몇 걸음 앞으로 나아갔다. 운반병들이 둘쨋번 층계로 꺾어들기 전에 나는 그것을 또 보았다. 크고 금빛 나는 철십자가와 돌로 만든 월계수 화환이 수놓인 전승 기념비를 본 것이다.

그 모든 것이 아주 빠른 속도로 지나갔다. 나는 그렇게 무겁지가 않았으나 운반병들은 가끔 쉬면서 갔다. 그러나 그 모든 것이 환각일는지도 모른다. 나는 고열로 온몸이 아팠다. 머리, 팔다리 그리고 심장은 미친 듯 뛰지 않았던가! 그러나 고열이라고 해서 그 모든 것이 보이지 말란 법이라도 있단 말인가!

종족의 얼굴들을 지나자 전혀 다른 것들이 나타났다. 카이사르와 키케로와 아우렐리우스의 반신상이었다. 기막히게 잘 만들어진 그 황금빛 흉상들이 순수하고 고전적이며 위엄스럽게 벽에 기대 세워져 있었다. 모퉁이를 돌자 역시 헤르메스실(室)이 나타났다. 그리고 그 뒤쪽 복도, 그곳은 장미꽃으로 칠해져 있었는데 ── 그 복도, 서예실 입구 바로 위에 거대한 제우스의 성난 표정이 걸려 있었다. 그러나 그 제우스상은 그리 크지는 않았다. 오른쪽 창문을 통해 불빛이 보였다. 하늘 전체가 빨갛고 거기에 검고 짙은 연기가 장엄한 모습으로 흘러갔다. 나는 다시 왼쪽을 보지 않을 수가 없었는데 거기에 OIa와 OIb라고 쓰여진 푯말이 붙은 두 개의 문이 있었다. 그 갈색의 문 사이로 금빛 액자에 넣어진 니체의 구레나룻과 그의 코끝만이 보였다. 그 그림의 반대쪽에 쪽지가 붙어 있었기 때문이다. 쪽지에는 '경증 외과 환자실'이라고 적혀 있었다.

'만약 지금이라면…….' 나는 얼핏 생각했다. '만약 지금이라면…….' 하지만 그것은 이미 지나간 것이었다. 고판화(古版畫)처럼 화려하고 크고 넓은 토고의 그림, 화려한 색판화, 그리고 색판화 앞쪽에 세워진 가옥 앞에, 흑인 앞에, 아무 의미도 없이 무기를 들고 서 있는 병사 앞에, 그리고 무엇보다 실물 크기의 바나나 묶음 앞에 ── 그 묶음은 왼쪽에도 하나가 있고 오른쪽에도 하나가 그려 있었으며 가운데도 역시 한 묶음이 보였는데 ── 그 앞에 무엇인가 마구 갈겨쓴 글씨, 나는 그것을 보았다. 틀림없이 내가 쓴 것이리라…… 그러나 그때 서예실 문이 열리고 내 몸은 제우스의 흉상 밑으로 밀려갔다. 나는 눈을 감았다. 아무것도 더 이상 보고 싶지가 않았다. 서예실은 요오드와 인분과 쓰레기와 담배 냄새로 가득 찼고 후텁지근했다. 그들은 나를 내려놓았다. 나는 운반병들에게 말했다. "담배 한 개비를 물려줘, 왼쪽 주머니에 있으니."

한 사람이 나의 주머니를 뒤지는 것 같았고 이어 성냥불 켜는 소리가 들렸다. 나의 입에는 불붙은 담배가 물려졌다. 나는 담배를 빨아들였다. "고마워!" 하고 나는 말했다.

'하지만 이 모든 것이 증명이 되는 건 아니야.' 나는 생각에 잠겼다. '따지고 본다면 서예실이란 어떤 고등학교에도 있게 마련이 아닌가. 그리고 녹색과 황색 페인트칠이 된 벽에 낡은 옷걸이가 걸려 있는 복도도 있게 마련이고. Ⅶa와 Ⅶb 사이에 메디아가 걸려 있고 OIa와 OIb 사이로 니체의 구레나룻이 보인다고 해서 내가 나의 모교(母校)에 와 있다는 증거는 되지 못한다. 틀림없이 그림을 걸어두는 어떤 규정이 있을 것이다. 프러시아의 어떤 인문 고등학교든지 환경 정리는 다 같다. Ⅵa와 Ⅵb 사이에 메디아를 걸고 거기에 〈가시 빼는 사람〉을 곁들이며 복도에는 카이사르와 키케로와 아우렐리우스를 건다. 그리고 철학을 공부하기 시작하는 위층에는 니체를 건다. 판테온식의 장식과 토고의 화려한 그림. 〈가시 빼는 사람〉과 파르테논의 장식은 훌륭하고 오래 되어 여러 세대를 내려오는 학교의 소도구(小道具)이다. 그렇게 따진다면 바나나 위에다 토고 만세라고 쓸 생각을 한 학생은 틀림없이 나 하나만은 아닐 것이다. 그리고 학교에서 쓰는 치기 어린 위트도 어디에서나 똑같으리라. 게다가 나는 고열이어서 꿈을 꾸고 있을 가능성도 있지 않은가.'

통증은 더 이상 느껴지지 않았다. 자동차에서는 형편이 나빴다. 평탄치 못한 길을 달릴 때마다 나는 비명을 질렀다. 자동차는 파도에 넘실거리는 배처럼 흔들렸다. 그러나 이제는 어둠 속 어디에선가 그들이 내 팔에 놓아준 주사가 작용을 시작했다. 주사 바늘이 피부를 뚫고 다리 밑쪽이 뜨뜻해지는 것 같았다.

나는 생각에 잠겨본다. '그럴 수는 없어. 자동차가 그렇게 먼 거리를 달릴 수는 없어. 거의 30킬로미터였지. 그것뿐이 아니야. 너는 아무것도 느끼지 못하는 거야. 감정은 네게 말을 해주지 않아. 두 눈만이 네게 말을 하는 거야. 어떤 느낌도 네가 지금 30개월 전에 떠났던 학교에 와 있다고는 말해 주지 않아. 8년이란 시간을 보낸 곳이라 해서, 한눈에 모든 것을 알아낼 수가 있단 말인가?'

감은 눈꺼풀 위로 나는 또 한 번 그 모든 것을 필름을 보듯 보았다. 녹색 칠의 아래층 복도, 층계를 오르면 노란 색이 되는 복도, 전승 기념비, 복도, 계단, 카이사르, 키케로, 아우렐리우스⋯⋯ 헤르메스, 니체의 구레나룻, 토고, 제우스의 흉상⋯⋯.

나는 담배를 뱉아버리고 비명을 질렀다. 비명을 지른다는 것은 언제나 좋았다. 큰 소리로 비명을 질러야만 한다. 비명을 지른다는 것은 참으로 멋지다. 나는 미친 듯 비명을 질렀다. 누군가 내게로 몸을 굽혔을 때도 나는 여전히 눈을 뜨지 않았다. 낯선 입김이 느껴졌다. 담배와 양파 냄새가 나는 뜨뜻하고 역겨운 입김. 어떤 목소리가 내게 침착하게 물었다. "무슨 일인가?"

"마실 것을 줘" 하고 나는 말했다. "그리고 위쪽 주머니에 있는 담배도 주고."

또다시 누군가 주머니를 뒤졌으며 성냥을 긋는 소리가 들리고 곧 나의 입에 불붙은 담배가 물려졌다.
"여기가 어디입니까?" 하고 내가 물었다.
"벤도로푸야."
"고맙소."
여전히 나는 고향인 벤도로푸에 있는 모양이구나. 내가 만일 지나치게 고열이 아니라면 지금 어떤 인문 고등학교에 와 있는 것만은 틀림이 없다. 틀림없는 학교다. 밑에서 그 목소리는 이렇게 말하지 않았던가. "나머지는 서예실로 운반하라니까!" 나는 그가 말하는 나머지다. 나는 살아 있었다. 그리고 살아 있는 사람이 다름 아닌 나머지들이었다. 서예실도 있다. 내가 바로 들었다면 눈으로 본 것도 틀림이 없으리라. 그렇다면 카이사르와 키케로와 아우렐리우스를 알아본 것도 틀림이 없다. 그것들은 인문 고등학교에만 있을 수 있는 것들이다. 다른 학교에서도 벽에 그런 익살스러운 인물들을 걸어놓으리라고는 믿기지 않는다.

그가 마침내 내게 물을 가져다 주었다. 그의 얼굴에서 다시금 담배와 양파 냄새가 났다. 나는 얼떨결에 눈을 떴다. 거기에 지치고 늙고 면도도 하지 않은 얼굴이 소방관의 제복을 입고 있었다. 어떤 늙은 목소리가 나직하게 말했다. "마시라구!"

나는 마셨다. 그것은 물이었다. 물맛이 좋았다. 입술에 식기에서 나는 금속성의 맛이 느껴졌다. 그렇게 많은 물을 마실 수 있다는 것은 기분 좋은 일이었다. 하지만 그 소방대원은 나의 입술에서 물그릇을 떼어가 버렸다. 나는 비명을 질렀으나 그는 몸도 돌리지 않고 어깨를 으쓱하고는 걸어갈 뿐이었다. 내 곁에 누웠던 어떤 자가 침착하게 말했다. "투덜거릴 필요 없어. 그들은 물이 그렇게 많지 않아. 온 도시가 불타고 있다니까. 보이지 않아?"

어둠을 뚫고 나는 그것을 보았다. 검은 커튼 뒤로 그것은 이글거리며 쿵쿵거렸다. 검정 뒤의 빨강. 석탄을 새로 넣었을 때의 화덕 속 같은. 나는 그것을 보았다. 그렇다. 도시가 불타고 있었다.
"이 도시 이름이 무엇이지?" 나는 내 옆에 누워 있는 사람에게 물었다.
"벤도로푸"라고 그가 말했다.
"고맙소."

나는 바로 앞으로 보이는 창틀을 차례차례 훑어보기도 하고 가끔 천장을 쳐다보기도 했다. 천장은 여전히 나무랄 데가 없었다. 고전 작품이 그려진 희고 말끔한 천장. 하지만 어떤 학교든 천장에는 고전 작품이 그려져 있게 마련이다. 적어도 훌륭하고 오래 된 인문 고등학교의 서예실 천장에는 예외가 없다. 그것은 틀림없는 일이다.

그렇다면 적어도 내가 지금 벤도로푸에 있는 어떤 인문 고등학교의 서예실에 누워 있다는 것을 인정치 않을 수가 없다. 벤도로푸에는 세 개의 인문 고등학교가 있었다. '프리드리히 대왕' 학교와 '알베르투스' 학교, 그리고 이것은 들먹일 필요도 없겠지만 또 한 군데는 '아돌프 히틀러' 학교였다.

그런데 '프리드리히 대왕' 학교에는 노(老)프리츠의 초상화가 특히 화려하고 아름답고 크지 않았던가? 나는 그 학교에 다녔었다. 8년 동안을. 그러나 다른 학교라고 해서 그 그림이 첫번째 층계, 사람들의 눈에 그렇게도 잘 뜨이는 똑같은 곳에 걸려 있지 말라는 법이라도 있단 말인가?

밖에서 중포소리가 들려왔다. 그 밖에는 모든 것이 조용했다. 가끔 불꽃이 밀려들고 어둠 속 어디선가 대들보가 내려앉았다. 중포는 침착하고 규칙적으로 발사되었다. '멋진 포격이군!' 그렇게 생각한다는 것은 비열하다는 것을 알면서도 나는 그렇게 생각했다. 중포는 얼마나 마음을 달래주는가? 참으로 느긋하다. 어둡고 거칠며 부드럽고 섬세한 풍금소리. 어쨌든 멋지다. 포는 발사를 할 때에는 무언가 멋진 것을 갖고 있다. 그것은 참으로 듣기가 좋다. 그림책에서 보는 전쟁처럼…… 그리고 나는 이런 생각을 해보았다. 그들이 다시 전승 기념비를 세운다면 거기에는 얼마나 많은 이름이 적히게 될까 하는 생각들. 큼지막한 금빛의 철십자가와 석제의 커다란 월계수 화환으로 장식된 전승비. 그리고 나는 이 점을 갑자기 알게 되었다. 내가 정말로 모교에 와 있는 것이라면 나의 이름도 거기 돌에 새겨지리라는 것을. 그리고 학교 월력(月曆)에 실린 나의 이름 뒤에는 이렇게 쓰여지리라. 학도의 몸으로 전선에 나가 산화한……

나는 서예실을 대충 훑어보았다. 하지만 그들은 거기에 걸렸던 그림들을 떼어버렸다. 구석에 고정된 몇 개의 걸상, 채광이 잘되도록 총총하게 붙어 있는 조그마하고 높은 창틀에 보이는 것들이 서예실로서 갖추어야 할 마땅한 것들이란 말인가? 나의 마음은 내게 아무 말도 해주지 않았다. 만약 이 방,

8년간에 걸쳐 꽃병을 그리고 글씨를 연습하던 곳, 서예 지도 교사가 앞쪽 스탠드에 세워놓은 날씬하고 멋지고 섬세하게 모조된 로마의 화병을 그리고 장식체의 서체(書體), 고서체(古書體), 로마 서체, 이탈리아 서체 따위를 쓰던 그 방에, 내가 있다고 한다면 과연 나의 가슴은 내게 아무 말도 하지 않았을까? 그 시간 이상으로 내게 증오를 안겨준 것은 없었다. 나는 몇 시간이고 권태를 짓씹었다. 나는 한 번도 꽃병을 그리거나 서체를 제대로 쓸 수가 없었다. 나의 도피처는 어디란 말인가? 이런 둔탁하고 권태로운 벽을 앞에 두고 나의 증오는 어디로 향하란 말인가? 나의 내부에서 내게 말해 주는 것은 아무것도 없다. 나는 묵묵히 고개를 흔들었다.

 나는 언제나 석고를 깎고 연필을 깎았다. 석고만을…….

 나는 내가 얼마나 상처를 입었는지 그걸 정확히 모른다. 내가 알고 있는 것은 팔과 오른쪽 다리를 움직일 수 없다는 사실뿐이다. 왼쪽 다리만 약간 움직일 수 있다. 그들은 아마도 내가 팔다리를 움직일 수 없도록 팔을 몸에다 꽉 붙들어맨 모양이다.

 두번째 담배를 다시 복도에다 뱉아내고 팔을 움직여보려 했지만 너무나 아파 비명을 지르지 않을 수가 없었다. 나는 비명을 질렀다. 비명을 지르는 것은 언제나 좋았다. 비명을 지르는 것은. 팔을 움직일 수 없어 화가 났다.

 이어 의사가 내 앞에 섰다. 그자는 안경을 벗고 나를 살폈다. 그는 아무 말이 없다. 의사 뒤에 내게 물을 가져다 주던 소방대원이 서 있었다. 그는 의사의 귀에다 대고 뭐라고 소곤거렸다. 의사가 안경을 썼다. 그의 큰 회색 눈, 나직이 떠는 동공(瞳孔)이 두꺼운 안경알을 통해 똑똑하게 보였다. 그가 나를 바라보았다. 너무나 오랫동안 바라보아 나는 시선을 돌리지 않을 수가 없었다.

 그가 나직이 말했다. "잠깐만, 이제 당신 차례가……."

 그리고 그들은 내 곁에 누워 있는 사람을 들어 판 뒤로 옮겼다. 나는 그들의 뒷모습을 바라보았다. 그들은 흑판을 떼어 엇비슷하게 세워놓았는데 벽과 흑판 사이에는 침대보를 쳐놓았다. 그 뒤로 밝은 불빛이 비쳐 나왔다.

 침대보가 젖혀지고 내 곁에 누웠던 자가 밖으로 실려나갈 때까지 아무 소리도 들리지 않았다. 피로하고 무관심한 얼굴로 운반병들은 그자를 문쪽으로 밀고 갔다. 나는 다시 눈을 감고 사념에 잠겼다. '네가 어떤 부상을 입었건

또 너의 모교에 와 있건, 너는 무조건 밖으로 뛰쳐나가야 해.'

마치 그들이 나를 끌고 죽음의 도시에 세워진 박물관을 지나가듯 그 모든 것이 내게는 냉랭하고 심드렁하게 생각되었다. 나의 눈만이 그들의 존재를 알아보지만 그들은 무관심하면서도 낯선 세계로 끌어갔다. 내가 석 달 전에 여기에 앉아 화병을 그리고 글씨를 썼던 일은 사실일 수가 없다. 휴식 시간에는 잼을 바른 버터 빵을 갖고 아래로 내려가 니체와 헤르메스와 토고와 카이사르와 키케로와 아우렐리우스를 지나 느릿느릿 메디아가 걸린 복도까지 걸어간 뒤에 우유를 마시기 위해 건물 관리인인 비르겔러를 찾아가던 일. 금지된 담배도 슬쩍 피워 볼 수 있었던, 어두컴컴하고 조그마한 비르겔러의 방. 그들은 내 곁에 누웠던 사람을 시체들이 누워 있는 아래로 메고 갔다. 시체들은 아마도 따뜻한 밀크 냄새가 나는 비르겔러의 조그마한 방에 누워 있을는지도 모른다. 먼지와 비르겔러의 싸구려 담배 냄새가 나는…….

마침내 운반병들이 다시 들어왔다. 그들은 이제 나를 들어 흑판 뒤로 옮겼다. 나는 다시 들려 문을 지나갔다. 그곳을 지나며 나는 그곳 역시 틀림이 없다는 것을 알게 되었다. 이 학교가 아직 토마스교(校)로 불리던 시절에는 문 위에 십자가가 걸렸었다. 그 당시 그들은 십자가를 떼어버렸으나 벽에는 그것이 걸렸던 검은 얼룩이 생생하게 남아 있었다. 십자형이 딱딱하고 선명한 모습으로. 그것은 그들이 걸어놓았던 낡고 조그마한 십자가 그 자체보다도 더 또렷하게 보였다. 십자가의 흔적은 백색 도료를 칠한 벽에 아름답고 깨끗하게 남았었다. 그 당시 그들은 화가 나서 벽을 새로 칠했지만 아무런 소용이 없었다. 칠을 하는 사람이 제대로 못 해 십자가는 여전히 남게 되었다. 선명한 갈색으로. 하지만 벽 전체는 장밋빛이 되고 말았다. 그들은 욕지거리를 했으나 아무런 소용이 없었다. 십자가는 그대로 남았다. 장밋빛 벽에 선명한 갈색으로. 드디어 색칠을 할 예산이 바닥이 났던지, 그들은 더 이상 손을 쓰지 않았었다. 그 십자가가 아직 그대로 남아 있다. 그리고 밖을 잘 내다볼 수가 있다면 오른쪽 발코니에 나뭇가지가 매달려 자라던 흔적도 보이리라. 학교에 십자가를 걸어놓을 수 있던 시절에 관리인이 슬쩍 걸쳐놓았던 나뭇가지. 그 모든 것은 내가 문을 지나 밝은 불빛이 쏟아져나오는 흑판 뒤쪽으로 옮겨가는 그 짧은 순간에 떠오른 생각들이다.

나는 수술대에 누워 자신을 똑똑하게 보았다. 하지만 백열등 전구에는 나의 모습이 조그마하게 줄어들어 비쳤다. 조그마하고 희며 지나치게 작아 보이는 태아 같은 모습, 그것이 전구에 비친 나의 모습이다.
 의사는 내게 등을 돌린 채 탁자 곁에 서서 기구를 정돈하고, 흑판 앞에 서 있는 몸이 뚱뚱한 늙은 소방대원은 내게 미소를 보였다. 피로하고 슬픈 미소를. 수염이 많은 그의 더러운 얼굴은 잠자는 사람의 얼굴 같았다. 그의 어깨 너머로 더러운 흑판의 뒤쪽이 보이고 거기에서 나는 내가 이 죽음의 집에 도착된 이래 처음으로 나의 가슴을 뛰게 하는 그 무엇을 보았다. 내 심장의 어느 은밀한 방 속에서 나는 소스라치게 놀라 심장이 뛰기 시작했다. 거기 흑판 뒤에 내가 쓴 글씨가 있다. 제일 꼭대기 맨 첫줄에. 나는 나의 글씨를 안다. 그것은 형편없는 글씨다. 거울에 자신의 모습을 비추어 볼 때 이상으로 그것은 더욱 분명하다. 그것이 나의 글씨임을 의심할 근거는 조금도 없다. 그 밖의 다른 것들은 결코 증거가 못 된다. 메디아도, 니체도, 디나르족(유럽 동남부. 발칸 산지[山地] 아드리아해 주변에 거주하는 인종)의 산 그림도, 토고의 바나나도, 그리고 문 위에 걸린 십자가도 모두가 증거는 못 된다. 그 모든 것은 다른 학교에도 있을 수 있는 것들이지만 나의 글씨가 다른 학교의 흑판에 쓰여져 있을 수는 없으리라. 거기에 그것이 있었다. 겨우 3개월 전 절망적인 삶에서 우리가 쓰지 않을 수 없었던 그 경구(驚句). '방랑자여, 슈파……로 오려는가.'
 아, 나는 안다. 흑판은 너무 짧았었다. 그리고 서예 선생은 내가 칸을 제대로 맞추지 못하고 글자를 너무 크게 썼다고 내게 화를 냈었다. 선생은 머리를 흔들며 같은 크기로 그 밑에다 썼었다. 방랑자여, 슈파……로 오려는가. 그 문구는 일곱 줄이나 쓰여져 있다. 고서체로, 프락투어로, 이탤릭체로, 로마 서체로, 이탈리아 서체와 장식체의 서체로. 그것은 일곱 줄이나 똑똑히 보인다. 방랑자여, 슈파……로 오려는가.
 소방대원은 의사의 나직한 속삭임에 따라 옆으로 비켜섰다. 나는 한 부분이 보이지 않는 그 문구를 쳐다보았다. 나는 글자를 너무 크게 시작했었고 또 점도 너무 크게 찍었었다.
 왼쪽 팔에 충격을 받고 나는 깜짝 놀랐다. 일어나려 했지만 그럴 수가 없었다. 나는 내 몸을 내려다보았다. 이제야 보인다. 그들은 나를 풀어놓았던 것이다. 나의 팔이 없었다. 오른쪽 다리도. 나는 갑자기 뒤로 넘어졌다. 일어날 수가 없었기 때문이다. 비명을 질렀다. 의사와 소방대원이 절망적인 시선으로 나를 바라보았다. 하지만 의사는 어깨를 으쓱했을 뿐으로 주사 바늘을 찔렀다. 바늘은 서서히 몸속으로 파고들었다. 나는 다시 흑판을 쳐다보고 싶었지만 소방대원이 너무 가까이에 서 있어 흑판이 가려져버렸다. 그가 나의 어깨를 꽉 잡았다. 또다시 그의 더러운 제복에서 지저분한 술 냄새 같은 것이 풍겼다. 그리고 피곤에 지친 그 늙은 얼굴이 보였다. 그때야 나는 그를 알아보았다. 그는 비르겔러였다.

"우유를." 나는 나직이 말했다.

슬픈 나의 얼굴

갈매기 구경을 하려고 항구에 서 있었을 때 나의 슬픈 얼굴이 어떤 보초의 눈에 띄었다. 그는 마침 그 구역을 순찰중이었다. 나는 무언가 먹이를 찾아 헛되이 치솟았다가 밑으로 곤두박질을 치는 갈매기떼를 바라보느라 완전히 넋을 잃고 있었다. 항구는 황량하고 푸른 물은 더러운 기름으로 탁했으며 수면에는 온갖 쓰레기가 떠다녔다. 배는 한 척도 보이지 않았다. 기중기는 녹이 슬고 창고는 허물어져 해안의 시커먼 쓰레기더미에는 쥐조차 들락거리지 않았다. 모든 게 조용했다. 여러 해 동안 외계와 완전히 차단되었던 것이다. 나는 어떤 갈매기 한 마리에 시선을 고정시키고 그 날개를 관찰했다. 폭우를 알아차린 제비처럼 불안스럽게 수면 위로 떠돌던 갈매기는 가끔 용기를 내어 동료들과 보조를 맞추려 위를 향해 선회하기도 했다. 나의 소원 한 가지를 말하라고 한다면 갈매기에게 먹여줄 한 조각의 빵이었으리라. 빵을 잘게 부숴 정처 없는 날개에다 한 점 흰 점을 만들어 그들이 날아오도록 어떤 목표를 만들어준다. 그러면 궤도를 잃고 선회하는 갈매기떼들을 빵 조각이라는 끄나풀이 불러 그들을 한군데로 포박하는 것과 같으리라. 하지만 나 역시 그들과 마찬가지로 배가 고프고 피곤했다. 하지만 나는 슬픔에도 불구하고 행복했다. 주머니에 손을 찌르고 거기 서서 갈매기를 바라보며 슬픔을 마신다는 것은 멋진 일이기에.
 그때 갑자기 관리의 손이 내 어깨 위에 놓이며 어떤 목소리가 말했다. "따라오라구!" 그렇게 말하며 그 손은 나의 어깨를 잡아채어 몸을 돌려 세우려 했다.
 나는 그대로 버티고 서서 그 손을 떼어내며 침착하게 말했다. "미쳤소?"
 "동지!" 여전히 보이지 않는 그자가 감정이 없는 목소리로 내게 말했다. "경고해 두겠는데……."
 "선생." 나는 그의 말을 되받았다.
 "선생은 무슨 선생이야?" 그가 화를 내며 말했다. "우리는 모두 동지들인데."
 그는 내 곁으로 다가서서 나의 옆얼굴을 쳐다보았고 나도 허공에 맴돌던 행복한 시선을 돌려 그의 용감한 눈을 들여다보지 않을 수가 없었다. 그는 몇십 년 동안이나 의무(義務)라는 것만을 먹던 물소같이 심각한 자였다.
 "무슨 이유로……." 나는 말을 계속하려 했다.
 "그 이유는 충분해. 우선 당신의 그 슬픈 얼굴이 충분한 이유가 된단 말이거든." 그는 그렇게 말했다.
 나는 껄껄거리고 웃었다.
 "웃지 마시오." 그의 노여움은 진짜였다. 그제야 나는 그자가 좀 권태로웠던 것이라고 생각했다. 등록을 하지 않은 갈보나 술 취한 뱃놈이나 절도범 혹은 도망병을 하나도 붙잡지 못해서 그는 지루한 모양인가. 하지만 그것이 진정임을 나는 그때야 눈치챘다. 그는 나를 체포하려던 것이었다.
 "따라와……."
 "왜 그러시오?" 나는 다시 침착하게 물었다.
 영문도 모른 채 나의 왼쪽 팔목이 가는 쇠사슬에 묶였고 그 순간 나는 실패임을 알았다. 마지막으로 나는 갈매기떼를 향해 눈길을 돌려 잿빛 하늘을 쳐다보고는 갑자기 몸을 돌려 물로 뛰어들려고 했다. 어느 뒤뜰에서 형리들에게 목이 묶이거나 다시 감금을 당하기보다는 차라리 이 더러운 구정물에 빠져 죽는 게 나을 것 같았기 때문이다. 그러나 경관은 나를 바짝 끌어당겨 못 도망치게 만들어버렸다.
 "왜 이러시오?" 하고 나는 또 한 번 물었다.

"행복하게 보여야 된다는 법규가 생겼어."

"행복한데요!" 하고 나는 소리를 질렀다.

"당신의 그 슬픈 얼굴은……." 그는 머리를 저었다.

"새로 나온 법이군."

"서른여섯 시간 되었지. 어떤 법이라도 공포 후 스물네 시간만 지나면 효력을 발한다는 것쯤은 알고 있을 텐데."

"그래도 나는 모르는데요."

"법 앞에는 변명이 있을 수 없어. 이 법은 그저께 공포되었어. 모든 확성기와 각종 신문과 그 밖의 여러 보도 기관을 통해서 공고가 되었다." 그는 거기서 경멸하는 듯한 시선으로 나를 바라보았다. "그리고 신문이나 라디오를 통해 듣지 못한 사람들을 위해서 삐라가 살포되었다. 제국(帝國)의 거리마다 살포되었단 말이야. 그렇다면 당신은 지난 서른여섯 시간 동안 어디에 가 있었지?"

그는 나를 끌고 갔다. 그제야 날씨가 몹시 차갑다는 것, 외투를 입지 않았다는 사실이 생각났다. 그리고 그제야 비로소 정말 배가 몹시 고프다는 것, 뱃속에서 꼬르륵 소리가 난다는 것을 깨닫게 되었다. 그리고 나는 몹시 누추하고 면도도 하지 않았으며 옷도 너절하다는 사실도 깨달았다. 누구나 몸을 깨끗하게 해야 하고 면도를 해야 하며 행복하고 만족스러운 표정이어야 한다는 법이 있다는 것도 깨달았다. 그는 나를 앞장세웠다. 도둑 누명을 씌워 꿈의 밭도랑으로 몰아내는 허수아비처럼. 거리는 한산하고 병영까지의 길은 그리 멀지 않았다. 그들이 나를 체포한 어떤 이유를 금방 찾아내리라는 것을 나는 물론 알면서도 나의 마음은 무거웠다. 그가 나를 끌고 간 곳은 항구 구경을 끝낸 다음 찾아보고 싶었던 나의 젊은 시절의 추억이 어린 장소들이었기 때문이다. 관목이 우거지고 일부러 손질은 하지 않았으나 아름다운 숲속으로 길이 있는 정원들. 그것들이 이제는 도시 계획으로 정돈이 되고 깨끗한 사각의 뜰로 변했다. 월요일과 수요일과 토요일에 행진 연습을 할 수 있도록 애국 단체들이 그렇게 만들어놓았던 것이다. 전과 다름없는 것은 오직 하늘뿐이었으며 공기만이 나의 가슴을 꿈으로 가득 채워주던 그 시절의 그 공기였다.

지나가면서 나는 병영 여기저기에 고시된 공고문(公告文)을 보았다. 수요일에 체육의 즐거움에 참여할 차례가 된 사람들의 명단을 알리는 공고문이었다. 그리고 대부분의 목로주점은 주점이란 표시로 함석판 위에 삼색의 칠을 한 술잔을 내걸도록 규정이 된 모양이었다. 제국을 상징하는 적색, 흑색, 황색. 이 삼색줄을 칠한 술잔. 수요일 음주자의 명단에 끼여 수요일에 맥주를 마시게 될 사람의 가슴에는 틀림없이 기쁨이 넘치리라.

우리와 만난 사람들은 모두 보이지 않는 열성의 흔적에 감싸여 있었다. 근면이라는 엷은 근로 정신이 그들을 에워싸고 있는데, 경찰관을 만날 때에는 특히 더 그러했다. 사람들은 모두가 걸음을 재촉했고 완전히 의무감에 충만된 얼굴 표정을 지었으며 공장에서 나오는 여자들도 사람들이 그들에게서 기대하는 기쁨의 표정을 얼굴에 담으려고 애를 썼다. 여인들은 저녁이면 노동자에게 느긋한 음식을 대접하는 주부로서의 의무 이상의 기쁨을 표시해야 되기 때문이었다.

그러나 그 모든 사람들은 잽싸게 우리를 피해갔다. 그리하여 감히 우리들이 가는 길을 앞지르려는 사람도 없었다. 길에 모습을 나타냈는가 하면 그들은 우리들 앞에서 몸을 숨겨 어떤 건물이나 모퉁이를 돌아 모습을 감추었다. 대개는 자기도 모르는 집으로 들어가거나 어떤 대문 뒤에서 불안스럽게 우리들의 발소리가 사라질 때까지 기다리는 모양이었다.

단 한 번, 우리들이 방금 교차로를 건너려는 때, 약간 나이 들어 보이는 남자와 마주쳤다. 내가 힐끗 쳐다보았을 때, 그는 교장 선생의 견장을 달고 있었다. 그는 미처 피할 겨를이 없었던 것이다. 사나이는 절대 복종의 표시로 규정에 따라 손바닥으로 세 번 머리를 때리는 인사법으로 경찰관에게 인사를 한 다음 그에게 요구되는 의무를 수행했다. 말하자면 나의 얼굴에다 세 번 침을 뱉고 억지를 쓰듯 '반역자'라고 소리를 지르는 일이었다. 그는 겨냥을 잘했으나 때마침 날이 더워 목이 말랐기에 내게 떨어진 침은 겨우 몇 방울에 지나지 않았다. 나는 무의식중에 옷소매로 그것을 닦아내려 했다. 물론 규정에 어긋나는 일이었다. 그때 경찰이 엉덩이를 차며 주먹으로 척추 한가운데를 때리고는 침착하게 덧붙여 말했다.

"이건 일단이야." 말하자면 어떤 경찰관이나 쓸 수 있는 가장 가벼운 체형(體刑)이라는 뜻이었다.

교장은 허둥거리며 그곳을 빠져나갔다. 그 밖에는 모두 우리들을 피해갈 수가 있었다. 다만 때마침 밤의 환락에다 앞서 규정에 따라 병영 앞에서 잠시 바람을 쐬던 창백하고 얼굴이 부은 듯한 여자 하나만이 내게 얼른 손으로 키스를 보내주었는데, 경찰은 못 본 체했다. 다른 사람이었다면 틀림없이 중벌감이었을 행위였다. 그런 여인들에게는 그런 자유가 허용되었던 것이다. 여인들은 일반의 노동력을 향상시키는 데 기여하기 때문에 어느 정도 치외법권적인 특권을 누렸다. 어용철학자 블라이괴트 박사는 어떤 어용 잡지를 통해서 그런 효과를 자유화의 시작이라고 떠들어댄 일이 있었다. 나는 수도(首都)로 가는 길에 어떤 농가의 변소에서 그 잡지 조각을 읽은 적이 있었다. 거기에는 그 집 아들인 듯싶은 대학생의 약간 그럴 듯한 주석이 붙어 있었다.

다행히 우리들은 역에 도착했다. 때마침 사이렌이 울렸는데, 그 소리는, 이제 거리가 얼굴에 약간의 부드러운 행복감을 나타내는 수천의 인간들로 북적거리게 된다는 것을 뜻했다 —— 일이 끝날 때에는, 지나치게 기쁨을 나타내서는 안 된다. 지나친 기쁨은 노동이 고역임을 뜻하기 때문이다. 대신 일이 시작될 때에는 환희와 노래가 지배해야 된다 —— 자칫하면 그 많은 사람들이 나의 얼굴에다 침을 뱉을 판이었다. 물론 그 사이렌소리는 저녁 축제 10분 전임을 의미하기도 했다. 누구든 10분 동안에 몸을 깨끗하게 닦아야 한다. 그것은 '행복과 비누'라는 그 당시 국가 원수의 슬로건이기도 했다.

이 지구에 있는 병영의 문은 단순한 콘크리트 구조물이었는데, 두 사람의 보초가 감시를 했다. 내가 지나가자 그들은 내게 심한 체형을 가했다. 그들은 총검으로 나의 관자놀이를 강타하고 탄띠로 쇄골을 때렸는데, 그것은 국법 제1조에 해당하는 조치였다.

"모든 경찰관은 피체포인 —— 그들은 범인을 의미하는 것 같았다 —— 에게 권위를 보여주어야 한다. 또 그를 직접 체포한 자는 제외한다. 그는 심문을 할 때 필요한 신체적인 고문을 행할 수가 있기 때문이다."

이러한 조문은 말하자면 다음과 같은 의미를 내포한다고 할 수가 있다.

"모든 경찰관은 누구든 벌할 수가 있다. 그리고 범행을 한 자라면 누구든 벌을 받아야만 한다. 모든 국민에게는 면벌(免罰)이란 있을 수 없고 단지 그 가능성만 있기 때문이다."

우리들은 커다란 창문이 여러 개 달려 있는 길고 서늘한 복도를 지나갔다.

그때 출입문 하나가 자동으로 열렸다.

우리들의 도착이 이미 보호자에게 알려졌던 것이다. 그리고 모두가 행복스럽고 용감하고 질서정연하며 자기에게 배당된 일정량의 비누를 써서 없애려고 애쓰는 그런 시절에 범인의 도착이란 그 자체가 벌써 하나의 큰 사건이었기 때문이다.

우리들은 텅 빈 방으로 들어갔다. 거기에는 전화가 있는 책상 하나와 두 개의 의자가 있을 뿐이었다. 나는 방 가운데 서 있어야 했고, 경찰관은 모자를 벗고 의자에 앉았다.

우선은 아무 일도 일어나지 않았다. 그들은 언제나 그랬다. 그것이 가장 나쁜 징조였다. 마지막 흔적조차 완전히 사라져버렸다. 끝장이 왔다는 사실을 나는 알고 있었기 때문이다.

잠시 후 키가 크고 얼굴이 헬쑥한 사람이 소리도 없이 들어섰다. 예심 판사의 갈색 제복을 입은 사람이었다. 그는 아무 말 없이 의자에 앉아 나를 바라보았다.

"직업은?"

"평범한 시민입니다."

"생년월일은?"

"1월 1일 한 시입니다."

"가장 최근에 종사했던 업종은?"

"죄수입니다."

그 두 사람은 서로 마주 쳐다보았다.

"언제, 어디서 석방됐나?"

"어제 12동, 13호실에서였습니다."

"석방지의 방향은?"

"수도 쪽입니다."

"증명서는?"

나는 주머니에서 석방 증명서를 꺼내 그에게 건네줬다. 그는 그걸 녹색 카드에 붙였다. 그것은 나의 사건을 기록하기 시작하던 녹색 카드였다.

"당시의 범죄는?"

"행복한 표정을 지었다는 죄목이었습니다."

두 사람은 또다시 서로 쳐다보았다.

"설명을 좀 해보도록" 하고 그 예심 판사가 말했다.

"그 당시, 나의 행복한 얼굴이 어느 날 어떤 경찰관의 눈에 띄었습니다. 마침 국가 원수가 사망한 날이어서 슬픔을 나타내야 할 날이었기 때문입니다."

"형기는?"

"5년이었습니다."

"복무성적은?"

"나빴습니다."

"이유는?"

"부적당한 노동 배치 때문이었습니다."

"이상."

이어 자리에서 일어나 내게로 걸어온 예심 판사는 정확히 나의 앞니 세 개를 때려서 부러지게 했다. 누범(累犯)이라는 낙인을 찍은 것이었는데, 그것은 나의 예상을 뒤엎은 가혹한 조치였다. 예심 판사가 방에서 떠나자 암갈색 제복을 입은 뚱뚱한 사나이가 대신 들어왔다. 판사였다.

그들은 차례로 나를 때렸다. 판사, 주심 판사, 판사장, 초심 판사, 종심 판사 그리고 거기에 입회했던 경찰관이 법에 따라 내게 신체적 고문을 가했다. 이어 나의 행복한 얼굴로 인해 5년형을 가했던 그들은 이번에는 나의 슬픈 얼굴로 인해 10년형을 언도했다.

내가 앞으로 10년 동안을 행복과 비누 속에서 견뎌낼 수가 있다면 절대로 어떤 얼굴 표정도 짓지 않도록 애를 써야만 하리라.

셈에서 빠진 나의 애인

그자들은 나의 다리를 한 번 걷어찬 다음 내게 자리를 하나 지정해 주었다. 새로 세워진 교량 위로 지나다니는 사람들의 수를 세는 일이었다. 수에 있어서도 그들의 능력을 증명하는 것이 그들에게는 재미있는 일인 모양이었다. 그들은 몇 개의 숫자로 이루어진 그런 무의미한 일에 무척 심취했고 나의 말없는 입은 하루 종일 시계추처럼 움직였다. 저녁이 되면 그들에게 제시해야 할 숫자를 위해 수에다 수를 더해가면서.

내가 셈한 결과를 그들에게 보고하면 그들의 얼굴은 빛났다. 그리고 그 숫자가 많으면 많을수록 그 얼굴들은 더욱 밝게 빛났다. 느긋한 마음으로 잠자리에 들 만한 근거가 생긴 셈이기에. 하루에도 수천 명이 그들이 새로 세운 교량을 지나가지 않는가?

그러나 그들의 통계는 틀렸다. 유감스럽지만 그건 맞지 않는 것이었다. 나는 성실한 표정을 지을 줄 아나 결코 믿을 만한 사람이 못 되었다.

나는 거기서 숫자 하나를 빼거나, 안됐다고 생각될 때에는 그들에게 하나쯤 더 선사를 해주는데, 그것은 남모르는 나의 즐거움이기도 했다. 그러니 그들의 행복이란 나의 손에 달린 셈이다.

화가 나거나 피울 담배가 떨어지면 나는 그저 평균치만 그들에게 보고하는

데. 대개는 평균치보다 적은 숫자였다. 그리고 즐거워 가슴이라도 뛰면 다섯 자리로 된 그 숫자에다 나의 관대함을 덧붙여주었다. 그렇게 되면 그들은 무척이나 행복스러워하지 않는가. 그럴 때 그들은 내 손에서 그 결과를 잡아채 눈을 반짝이며 나의 어깨를 두드려주었다. 아무것도 모르고.

이어 그들은 보태고 빼고 백분율을 내기 시작한다. 나는 그 이유를 모른다. 그들은 매 10분마다 다리를 지나간 사람들의 숫자를 셈해 보고 향후 10년간에 그 다리를 지나가게 될 숫자를 셈해 낸다. 그들은 그 두번째의 미래형을 사랑했다. 그리고 그 미래형은 그들의 전문분야이기도 했다. 하지만 유감스럽게도 그 모든 것이 틀리지 않는가……

나의 조그만 애인이 다리 위로 나타나면 —— 그녀는 하루 두 번씩 나타났다 —— 나의 심장은 단박에 얼어붙었다. 끊임없이 뛰는 나의 심장은 그녀가 골목길을 접어들어 그 모습이 완전히 사라질 때까지 그대로 정지하고 마는 것이다. 그리하여 그 시각에 다리 위로 지나가는 모든 사람들의 숫자는 빠지고 만다.

그 2분간은 오로지 나 혼자만의 것이어서 절대 놓치지 않는다.

저녁때, 그녀가 일하는 빙과점에서 나와, 길 반대편에서 묵묵히 숫자를 셈해야 하는 나의 말없는 입 앞을 지나갈 때면 나의 심장은 잠시 정지했다가 그녀의 모습이 보이지 않게 될 때에야 겨우 다시 작동을 했다. 그리하여 그 2분 동안 열을 지어 나의 눈앞을 지나가는 사람들은 통계라는 영원 속으로 들어가지 않아도 될 행운을 얻는 것이다. 그들은 그림자 속의 남녀들로 통계라는 제2의 미래형 속에서 함께 행진을 하지 않아도 좋으리라……

내가 그녀를 사랑하고 있다는 것은 틀림없는 사실이었다. 하지만 그녀는 그 사실을 모르며 나 또한 그녀가 그걸 아는 것을 바라지 않았다. 그녀는 그녀가 얼마나 소름끼치는 방식으로 숫자라는 무더기 위로 던져지는가를 알아서는 안 된다. 그리고 그녀는 아무것도 모른 채 그녀의 그 긴 갈색 머리카락과 그 나긋한 두 발로 빙과점으로 들어가야만 한다. 더 많은 팁을 받기 위해.

나는 그녀를 사랑한다. 내가 그녀를 사랑한다는 것은, 아주 명백한 사실이다.

최근에 와서 그자들은 나를 감시한 적이 있었다. 건너편에 앉아 지나가는 자동차의 수를 세어야만 하는 동료가 내게 슬쩍 귀띔을 해주어 나는 신경을 곤두세웠다. 나는 미친 듯 정확히 셈했다. 계수기라도 이 이상 더 정확하게 셀 수는 없었으리라. 통계반장 자신이 건너편에서 수를 세었다가 그 한 시간 동안의 결과를 내 것과 비교해 보았다. 그런데 내 것이 그의 것보다 겨우 하나가 적었다. 나의 조그마한 애인이 지나갔던 것이다. 나의 생명이 붙어 있는 한 나는 그 귀여운 애인을 제2의 미래형 속으로 보내지는 않으리라. 그녀는 절대 곱셈이 되고 나누어지고 백분율로 표시되는 무(無)의 세계로 변해서는 안 된다. 그녀의 뒷모습을 지켜보지 못하고 셈을 해야 한다는 사실에 나의 가슴은 찢어지는 듯했다. 그리고 자동차의 숫자를 세야 하는 내 동료에게 나는 감사했다. 나의 자리는 무사했다.

통계반장은 나의 어깨를 두드려주며, 너는 참 잘했다. 믿을 수 있는 녀석이라고 말해 주었다. "한 시간에 한 사람이 적다는 것은 별로 대수롭지 않아" 하고 그는 말했다. "우리들은 평균치를 셈하는 것이니까. 당신을 우마차 세는 자리로 옮기도록 추천해 주겠네."

우마차를 세는 자리는 물론 괜찮은 자리다. 그것은 먼젓번 자리에 비하면 따뜻한 봄 같은 자리다. 우마차는 하루에 기껏 스물다섯 대쯤 지나간다. 그러니 반 시간에 한 번씩 머리를 써도 될 정도이다. 멋진 자리가 아니고 무엇인가!

그 자리는 멋지리라. 네 시와 여덟 시 사이에는 다리를 지나가는 우마차가 한 대도 없다. 그러니 산보를 하거나 빙과점에 들어가 그녀를 오래오래 쳐다보거나 집으로 돌아가는 그녀를 조금쯤 바래다 줄 수도 있으리라. 셈에서 빠진 나의 조그마한 애인을……

철교를 건너서

　지금부터 이야기하려는 것은 내용이 전혀 없어 이야기라고 할 수도 없겠지만 그래도 이야기를 할 수밖에 없다. 그것은 이미 십 년 전에 그 조짐이 보였으나 완성되기는 불과 수일 전이었다.
　며칠 전, 우리들은 그 옛날 그렇게 튼튼하고 넓어, 숱한 기념비 위에서 보이는 비스마르크의 흉상처럼 탄탄하고 복무 규정처럼 의연하던 그 다리를 지나갔었다. 그것은 라인강을 가로지르는 복철이 깔린 넓은 철교로, 여러 개의 육중한 교각이 떠받치고 있었다. 그 당시 우리들은 똑같은 기차를 타고 일주일에 세 번씩 그 다리를 건너다녔다. 월요일, 수요일, 토요일에. 그 당시 나는 제국수렵견협회의 서류 봉투나 들고 다니는 말단 직원이었다. 나는 물론 개에 대해 아는 바가 없었고 별로 학식이 많은 사람도 아니다. 나는 일주일에 세 번씩 우리들의 본점이 있는 쾨니히쉬타트에서 지점이 있는 구륀하임까지 왕복했다. 지점에 가서 긴급한 통신문이나 돈이나 미결 서류를 갖고 오는 일이었다. 미결 서류는 커다란 마분지 봉투에 넣어 가지고 다녔는데, 한 번도 그 속에 들어 있는 내용을 알아보려고 하지 않았다. 나는 심부름꾼에 지나지 않았으니까…….
　아침이 되면 집에서 직접 역으로 나가 여덟 시 차를 타고 구륀하임으로 갔다. 겨우 45분이 걸리는 거리였다. 그때도 다리를 건너는 것이 두려웠다. 교량의 수용력에 대해 기술적인 보장을 해주는 전문가들의 확언도 내게는 아무런 도움이 되지 못했다. 나는 그저 두려웠다. 철도와 교량의 단순한 접속이 내게 불안을 안겨주었다. 솔직히 고백하지만 나는 무서웠다. 우리가 사는 도시 근교로 흐르는 라인강은 무척 넓다. 가슴속에서 약간 가벼운 불안을 느끼며 나는 매번 다리의 가벼운 진동을 감지했다. 그것은 마치 6백 미터의 길이를 가진 무서운 그네와 같았다. 드디어 강둑에 이르면 덜거덩거리는 둔탁한 소리가 믿음직스럽게 들려오고 이어 교외의 유원지가 나타난다. 그리고 마침내 칼렌카텐을 얼마 남겨두지 않고 집 한 채가 나타난다. 그 집은 지상(地上)에 서 있었으며 나의 시선은 거기에 못박힌다. 그 집은 분홍빛 회칠을 했으며 창틀과 벽 아랫부분은 짙은 갈색이었다. 이층집인 그 집의 위층에는 세 개의 창이 있고 아래층에는 두 개의 창이 있었다. 가운데로 나 있는 출입문으로 들어가자면 3단으로 된 계단을 올라가게 되어 있었다. 비가 별로 심하게 내리지 않을 때에는 그 계단에 언제나 아홉 살이나 열 살쯤 되어 보이는 소녀가 크고 깨끗한 인형을 안고 불만스러운 시선으로 기차를 올려다보곤 했었다. 거미처럼 비쩍 마른 소녀였다. 그때마다 나의 눈길은 그 소녀에게로 쏠렸다가 왼쪽 창문으로 옮겨지게 마련이었는데, 그곳에서는 언제나 어떤 여자가 물통을 곁에 놓고 아래로 몸을 굽혀 걸레로 창을 닦고 있었다. 비가 마구 퍼부어 그 소녀의 모습이 보이지 않을 때도 언제나 그 여자는 보였다. 틀림없이 소녀의 어머니임을 알려주는 비쩍 마른 목덜미, 창을 닦을 때의 그 걸레의 움직임. 나는 가끔 한 번이라도 좋으니 그 집의 가구라든지 커튼을 직접 눈으로 보고 싶었다. 그러면서도 나의 시선은 영원히 걸레질을 하고 있는 그 비쩍 마른 부인에게서 떨어질 줄을 몰랐으며 어물어물하는 사이에 기차는 이미 그곳을 지나가버리곤 했다. 월요일과 수요일과 토요일이었다. 그리고 그것은 매번 여덟 시 십 분경임에 틀림없었다. 그 당시의 기차는 무섭도록 시간을 잘 지켰기 때문이다. 기차가 그곳을 지나치면 나의 시야에 들어오는 것은 그 집의 뒷면뿐이었다. 말없고 쓸쓸한 그 집의 뒷면.

  나는 그 부인과 그 집에 대해 여러 가지로 생각을 해보았다. 기차가 지나가는 연도의 그 밖의 다른 것들은 내게 별 흥미가 없었다. 칼렌카텐이라든지 부뢰더코텐이라든지 줄렌하임이나 구륀하임 같은 역은 내게 아무런 흥미도 불러일으키지 못했다. 나의 사념은 언제나 그 집을 맴돌았다. 그 여인은 왜 일주일에 세 번씩 청소를 할까 하고 나는 생각했다. 그 집은 과히 더럽혀지는 것 같지도, 또 많은 손님들이 들락거리는 것 같지도 않았다. 그리고 그렇게 깨끗했지만 거의 손님이 없는 모양이었다.

깨끗하기는 하지만 별로 친절미가 없는 그런 집이었다.

구륀하임에서 다시 열한 시 차를 타고 열두 시 조금 전에 칼렌카텐을 지나 그 집의 뒤쪽이 보일 때면 그 부인은 언제나 맨 오른쪽으로 붙은 마지막 창문을 닦고 있었다. 이상스럽게도 그녀는 수요일과 토요일에는 오른쪽 창문을 닦았고 월요일에는 가운데 창문을 닦았다. 창을 닦는 걸레로 그녀는 문지르고 또 문질렀다. 머리에 분홍빛 수건을 쓰고서. 돌아오는 기차에서는 소녀의 모습은 보이지 않았다. 그때는 정오였다. 정확히 말해 틀림없는 열두 시 십 분 전이었다. 그 당시의 기차는 무섭도록 시간을 잘 지켰기 때문이다. 이번에는 그 집의 전면이 말갛고 쓸쓸했다.

물론 나는 이 이야기를 하면서 내가 실제로 본 것만을 기술하고자 노력은 하지만 내가 3개월 뒤 추측컨대 그 부인은 화요일과 목요일과 금요일에는 다른 창을 닦으리라는 생각을 하게 되었음을 고백하지 않을 수 없다. 물론 그런 생각은 비록 겸손한 암시이지만 그게 점점 하나의 고정관념으로 커갔다. 가끔 나는 칼렌카텐에서 구륀하임에 이를 때까지 계속 어떤 생각에 골몰했다. 그 건물의 나머지 다른 창문들이 닦여지는 때는 어느 요일의 오후와 오전일까 하는 생각에. 그렇다, 나는 거기에 앉아 일종의 청소 계획을 세워보았다. 나는 3일간의 오전에 관찰했던 것을 짜 모아 나머지 3일간 그녀가 닦을 창을 유추해 보려 했다. 나는 그녀가 계속 청소만을 하리라는 고정관념을 갖고 있었기 때문이다. 나는 그녀의 다른 모습을 본 적이 없었다. 언제나 몸을 굽히고 있어서 마치 그녀의 숨소리까지 들리는 것 같았다. 그럴 때는 여덟 시 십 분이다. 그녀는 걸레를 들고 너무나 열심히 문지르고 있기 때문에 가끔 꽉 다문 그녀의 입술 사이로 혓바닥이 보인다고 할 정도였다. 그리고 그럴 때는 열두 시가 되기 바로 직전이었다.

그 집에 대한 생각은 줄곧 나를 따라다녀, 나는 생각이 많아질 수밖에 없었다. 때문에 나는 자연 일에 소홀해졌다. 그렇다, 나는 게을러졌던 것이다. 나는 그 생각에 너무나 몰두하였던 것이다. 심지어 어느 날은 '미결 사항'이든 봉투를 잊고 온 적까지 있었다. 그럴 때면 나는 제국수렵견협회 구역 담당자의 분노 앞에 몸을 움츠렸다.

그는 화가 나서 몸을 부들부들 떨었다.

"그라보스키―, 듣자 하니 당신은 미결 서류가 들어 있는 봉투를 잊었다고 하는데, 공무는 어디까지나 공무란 말이오. 알아듣겠소, 그라보스키?" 내가 아무 말도 못 하자 그는 더 화를 냈다. "경고해 두겠는데, 제국수렵견협회는 건망증이 심한 사람은 필요치 않소. 알아듣겠소? 우리들은 다른 유능한 사람을 찾아볼 수도 있단 말이오."

그는 거기서 위협적인 시선으로 나를 노려보다가 갑자기 누그러졌다. "혹시 개인적인 어떤 걱정거리라도 있는 게 아니오?"

나는 그렇다고 나직이 시인했다.

"무슨 일이오?" 하고 그가 한결 부드러워진 음성으로 물었다. 내가 머리를 흔들자 그는 말을 계속했다. "혹시 내가 도와줄 일은 없소? 어떻게 해주면 되겠소?"

"하루만 쉬게 해주십시오" 하고 나는 머뭇거리며 부탁을 했다. "그것뿐입니다."

그는 관대한 표정으로 고개를 끄덕였다. "좋소! 그리고 내 말을 너무 언짢게 듣지 마시오. 누구나 한 번쯤은 잊게 마련이니까. 당신에 대해 우리는 무척 만족스럽게 여기고 있소……."

나의 가슴은 환성을 올렸다. 그 이야기는 어떤 수요일에 있었던 이야기였으므로 다음날인 목요일에 나는 출근을 하지 않아도 되었다. 나는 그 일을 아주 잘 처리하고 싶었다. 나는 여덟 시 기차를 탔다. 기차가 다리 위를 지날 때 나의 몸은 불안 때문이기도 했으나 초조감 때문에 더 떨렸다. 그녀는 옥외 계단을 청소하고 있었다. 그리고 내가 칼렌카텐에서 되돌아오는 다음 기차를 타고 아홉 시 경에 그 집을 지나칠 때 그녀는 위층 가운데 창문을 닦고 있었다. 나는 그날 네 번이나 왕복을 하면서 목요일 하루치의 청소 계획을 완성했다. 계단, 전면의 가운데 창, 위층 후면의 가운데 창, 마루, 위층의 앞쪽 방. 마지막으로 여섯 시에 그 집을 지나칠 때 나는 허리를 구부린 조그마한 남자가 뜰에서 일을 하는 모습을 보았다. 소녀는 인형을 껴안고 마치 감독이나 하듯 그를 쳐다보고 있었다. 그 부인의 모습은 보이지 않고…….
 이 모든 것은 십 년 전에 있었던 일이었다. 그런데 며칠 전, 나는 우연히 그 다리를 다시 지나가게 되었다. 쾨니히쉬타트에서 나는 정말로 우연히 그 기차를 탔다! 나는 그 이야기를 죄다 잊었었다. 우리들이 탄 차는 화물차를 단 기차였는데, 라인강이 가까워졌을 때 이상한 일이 벌어졌다. 우리가 탄 앞차가 차례차례 벙어리가 되는 것이었다. 열대여섯 칸이 달린 기차가 차례차례 꺼져가는 불빛처럼 되어가는 모습은 아주 기묘했다. 우리들은 그때 소름끼치는 덜거덩 소리에 이어 갑자기 조그마한 망치로 차 밑을 두드리는 것 같은 소리를 들었다. 우리들은 입을 다물고 그것을 보았다. 그것은 무(無)였다. 무……오른쪽에도, 왼쪽에도 아무것도 보이지 않았다. 보이는 것은 무서운 허공뿐이었다…… 멀리 라인강 언덕의 목초지가 보이고 배와 물이 보였다. 하지만 시선을 감히 먼 곳으로 향할 수가 없었다. 심지어 시선조차 흔들렸다. 아무것도 없다, 아무것도! 어떤 핼쑥하고 말없는 아낙네의 얼굴에서 나는 기도하는 흔적을 보았으며 다른 사람들은 떨리는 손으로 담배를 꼬나물었고 구석에서 카드놀이를 하던 사람들조차 입을 다물었다.
 이어 앞차들이 다시 튼튼한 대지 위를 구르는 소리가 들렸다. 우리들은 모두가 똑같은 생각을 했다. 앞에 탄 사람들은 이제 살아남았다고. 무슨 일이 벌어져도 그들은 뛰어내릴 수가 있으리라. 우리들은 맨 뒤차를 타고 있었으므로 곤두박질을 치게 될 것은 뻔한 일이었다. 우리들의 눈과 창백한 얼굴에 그런 확신이 쓰여져 있었다. 다리의 넓이는 꼭 레일의 넓이와 같았다. 그렇다. 레일 자체가 바로 다리였다. 그리고 차의 바깥 언저리는 다리보다 넓어 위로 돌출해 있었다. 그리고 우리들을 위로 던져버리는 듯한 느낌이 들 정도로 다리가 흔들거렸다.
 그러나 갑자기 평온한 소리가 들렸다. 그 소리는 점점 다가와 아주 분명하게 들렸고 이어 차 밑은 점점 어둡고 튼튼해져 갔다. 그 소리! 우리들은 안도의 숨을 내쉬고 감히 창밖으로 시선을 옮길 수가 있었다. 거기에 교외의 전원이 있지 않은가! 전원이여, 축복이 있으라! 그때 나는 갑자기 그곳을 알아보았다. 칼렌카텐이 가까워지면서 나의 심장은 이상스럽게 뛰었다. 내게는 단 한 가지 문제만이 남았다. 그 집이 아직도 거기에 그대로 있을까? 그리고 나는 그것을 보았다. 전원에 서 있는 몇 그루의 푸른 나무 잎새 사이로, 우선 여전히 깨끗한 그 집의 전면이 보였다. 집이 점점 가까워졌다. 뭐라고 이름 붙일 수 없는 흥분이 나를 사로잡았다. 모든 것이 그대로였다. 십 년 전에 거기에 있었던 모든 것, 그리고 그 사이에 일어났던 모든 일이 나의 마음속에서 미친 것처럼 뒤죽박죽이 되어 나타났다. 이어 그 집은 성큼성큼 가까이 다가섰고 나는 그 여자를 보았다. 여자는 계단을 닦고 있었다. 아니, 그 여자는 아니었다. 다리가 너무 젊어 보이고 좀더 뚱뚱하지만 걸레질을 하는 그녀의 동작은 옛날과 똑같은 동작이었다. 나의 심장은 정지했고 한 곳에 못 박혔다. 그 순간 여자가 얼굴을 돌렸다. 나는 이내 그것이 그 당시의 그 소녀임을 알아보았다. 거미처럼 비쩍 말랐던 얼굴, 그리고 그 표정에는 무언가 야채 같은 깨끗함이 서려 있는 그 얼굴…….

 나의 심장이 다시 제 모습으로 뛰기 시작했을 때에야 나는 그날이 진짜 목요일이라는 생각을 해냈다.

칼로 먹고 사는 사나이

유프는 칼날 끝부분을 잡고 천천히 좌우로 흔들었다. 그 칼은 날이 선, 빵 자르는 칼이었는데, 날이 예리하다는 것을 누구나 알 수 있었다. 갑자기 그는 칼을 공중으로 휙 던졌다. 칼은 프로펠러처럼 윙윙 소리를 내며 위로 올라가, 마치 금붕어 같은 모습으로 번쩍거리며 희미한 석양빛을 가르고 천장에 부딪혔다. 그러자 원심력을 잃은 그 칼은 예리하게 유프의 머리 위로 곧장 떨어져 내려왔다. 유프는 번개처럼 나무토막을 머리 위로 올려놓았다. 칼은 깊숙이 꽂히면서 손잡이가 흔들거렸다. 유프는 머리에서 나무토막을 내리고 칼을 뽑더니 신경질적으로 문을 향해 던졌다. 그 칼은 문에 꽂혀 계속 흔들리다가 잠시 후 땅에 떨어졌다.

"정말 따분하군." 유프가 나직이 말했다.

"확신컨대 사람들이 매표소에 돈을 지불했을 때에는 로마의 서커스처럼 목숨이 달린 짜릿짜릿한 곡예 따위를 보고 싶어하지. 다시 말해 사람들은 곡예하는 사람이 죽지는 않더라도 최소한 피를 흘리는 것쯤은 보려고 하는 거야. 이제 내 말을 알아듣겠어?" 그가 칼을 들어 손목을 휙 비틀어서 꼭대기 창틀에 던지자 창틀은 덜커덩거리다가 금방이라도 부서져 떨어질 것 같았다. 이런 확실하고 교묘한 칼던지기는 암울했던 과거의 시간에 그가 참호 속에서 나무판자 위 아래로 주머니칼을 던지곤 하던 일을 생각나게 했다. 그는 말을 계속했다.

"관중에게 재미를 주는 일이라면 나는 어떤 일이라도 할 수 있어. 내 두 귀를 자르라 해도 자르겠어. 자른 귀를 다시 제자리에 붙여줄 사람만 있다면 말이야. 자, 나가볼까?" 그는 문을 열며 나를 앞장 세워 계단으로 내려갔다. 그곳에는 난로의 땔감으로 쓰려 해도 아교로 단단히 부착되어 뗄 수가 없는 양탄자가 여기저기 깔려 있었다. 우리들은 이제는 사용하지 않는 욕실을 가로질러서 깨진 콘크리트와 여기저기 이끼가 자라 바닥에 깔린, 일종의 테라스라고 불릴 수 있는 곳으로 나왔다.

유프는 허공을 가리켰다.

"물론 칼을 던질 천장과의 거리가 높으면 높을수록 부딪히고 나서 중력을 잃은 칼이, 내 아무짝에도 쓸모 없는 대가리 위 끝부분에 떨어질 확률이 높아. 그런 천장이 있어야 해. 자, 잘 봐."

그는 폐허가 된 발코니의 철골을 가리켰다.

"이곳이 일년 내내 연습했던 곳이지. 자! 자세히 봐." 그렇게 말하더니 그는 윙윙 소리가 나게 칼을 던졌다. 칼은 놀라울 정도로 균형을 유지한 채 마치 새처럼 매끄럽게 계속 올라갔다. 그 다음 그것은 발코니 지주에 부딪히고 이어서 숨쉴 겨를도 없이 빠른 속력으로 나무토막에 꽂혔다. 그것은 유프에게 상당한 충격을 주었음에 틀림없으나 그는 눈썹 하나 까딱하지 않고 태연했다. 그 칼끝은 나무 속에 최소한 몇 센티미터 정도는 박혔을 것이다.

"그거 굉장하군. 관중들은 인정할 거야. 이런 기술은 일생에 단 한 번 볼까 말까 한 거야." 나는 흥분해서 외쳤다.

유프는 조심스럽게 나무에서 칼을 뽑았다. 그리고 그것을 쥐고 쳐들었다

"그래. 그들은 알아주지. 그래서 프로그램 막간에 이 칼로 재주 부리는 대가로 하룻밤에 12마르크를 받지. 그런데 나의 프로그램은 너무 단순한 것 같아. 남자 한 사람, 칼 한 자루, 나무 한 토막, 내 말을 이해하겠어? 반나체의 아가씨가 있었으면 좋겠는데. 그러면 한치의 오차도 없이 그녀의 코를 스쳐 지나가도록 칼을 던질 거야. 관중들은 환호성을 지를 테고. 그런데 어디서 그런 여자를 구하지?" 그가 말했다.

그는 앞장서서 나갔다. 우리는 다시 방으로 돌아왔다. 그는 칼을 조심스럽

게 나무토막 옆에 놓고 손을 문질렀다. 그런 다음 우리는 스토브 옆에 있는 상자 위에 앉았다. 둘 다 아무 말이 없었다. 나는 빵 한 덩어리를 호주머니에서 꺼내 "먹겠어?" 하고 물었다.

"아! 좋아. 난 커피를 끓이지. 그리고 나와 함께 가서 내 재주를 보도록 하는 거야."

그는 난로에 장작을 몇 개비 넣고 그 위에 주전자를 얹었다.

그는 말했다. "난 내 처지가 한심스럽다고 생각해. 그리고 어떤 때에는 내가 너무 심각한 표정을 짓지나 않나 하고 생각하기도 하지. 그렇게 보이지 않아?"

"당치 않은 소리야. 너는 결코 상사가 아니었어. 그러면 관중들이 박수칠 때 너는 웃겠어?"

"당연하지. 인사도 하는 걸."

"난 그렇게 할 수 없을 거야. 차마 묘지에서 웃을 수는 없을 거야."

"그건 그릇된 생각이야. 그곳은 오히려 웃어야만 할 곳이야."

"못 알아듣겠군."

"왜냐하면 그들이 죽지 않았기 때문이지. 아무도 죽지 않았어. 이해하겠어?"

"이해는 하지만 믿을 수는 없어."

"너는 얼마 동안 장교 노릇도 했으니 믿지 못하는 시간이 좀 오래 가겠지만 그건 사실이야. 어쨌든 사람들에게 즐거움만 줄 수 있다면 난 좋아. 그런데 사람들은 활기를 잃었어. 그래서 난 사람들을 약간 부추겨주는 대가로 돈을 벌고 있는 셈이지. 아마도 그 중에서 한 사람은 집에 가서도 잊지 못할 거야. 그는 혼자 중얼거리겠지. '제기랄, 칼로 재주를 부리는 그놈은 두려워하지 않던데 난 항상 두려움에 싸여 있으니, 제기랄…….' 왜냐하면 너도 알다시피 그들은 항상 겁에 질려 있으니까. 그들은 두려움을 마치 검은 그림자처럼 질질 끌고 다니고 있어. 나는 그들로 하여금 그 공포감을 잊고, 잠시라도 웃게 해줄 수 있으므로 행복해. 이제 내가 그들을 보고 미소를 짓는 이유를 알겠어?"

나는 아무런 대답도 하지 않고 물이 보글보글 끓는 것을 바라보았다. 유프는 갈색 양철 그릇 속에 커피를 부었다. 우리는 번갈아가면서 양철 그릇 속에 있는 커피를 마시며 내가 꺼낸 빵을 먹었다. 밖은 점점 어두워지고 황혼이 부드러운 회색 우유처럼 방안으로 스며들었다.
 "너는 무엇으로 끼니를 해결하고 있어?" 유프가 나에게 물었다.
 "아무것도…… 겨우겨우 연명하고 있어."
 "그거 참, 어려운 직업이군."
 "빵값을 벌기 위해 나는 100개의 돌을 찾아야 하고 또 그것을 깨뜨려야 해…… 날품팔이인 셈이지."
 "그렇군. 내 재주 한 가지 더 보겠어?"
 내가 고개를 끄떡이자 그는 일어서서 불을 켜고 벽 쪽으로 갔다. 그곳에는 양탄자 같은 것이 매달려 있었는데 그는 그것을 밀쳤다. 그것의 한면에는 한 남자의 윤곽이 거무스름한 목탄으로 거칠게 그려져 있는 벽이 있었다. 그 인물의 머리가 있는 위쪽에 이상하게 혹같이 생긴 것이 그려져 있었다. 가까이 다가서자 그 스케치한 인물이 솜씨 있게 그려져 있는 부분은 문짝임을 알 수 있었다. 유프가 낡은 침대 밑에서 예쁜 갈색 트렁크를 꺼내 책상 위에 올려놓는 모습을 나는 긴장과 호기심으로 지켜보았다. 트렁크를 열기 전 그는 내게로 다가와 궐련 부스러기를 내밀며, 그것으로 두 개비의 담배를 말아보라고 말했다. 나는 그의 모습을 더 잘 볼 수 있도록, 또 난로의 열기도 더 받을 수 있도록 자리를 옮겼다. 먹던 빵 껍질을 밑에 깔고 궐련 부스러기를 조심스럽게 펼치는 동안 유프는 트렁크를 열고 그 속에서 이상한 상자를 하나 꺼냈다. 그것은 흔히 어머니들이 혼수감으로 보관하는 주머니가 많이 달린 꾸러미였다. 그가 잽싸게 그 주머니의 매듭을 풀고 탁자 위에 펼치자 그 속에서 우리 어머니들이 왈츠를 추던 시절에 사냥칼이라고 부르던 일종의 뿔손잡이가 달린 칼 열두 자루가 나왔다. 나는 두 장의 빵껍질 위에 조심스럽게 담배를 펼치고 궐련 두 개비를 말았다.
 "여기 있어"라고 말하면서 내가 그것을 유프에게 건네주자 그는 나에게 한 개를 되돌려주고 고맙다고 말했다. 그리고 그는 나에게 상자를 모두 보여주었다.
 "이것이 내 양친 재산 중에서 건진 유일한 것이야. 다른 것은 모두 불에 타버리거나 없어지거나 도난당했지. 내가 포로 수용소에서 누더기를 걸치고 거지꼴로 나왔을 때에는 아무것도 갖고 있지 않았어. 그런데 어느 날 나의 어머니를 알고 있던 어느 노부인께서 나를 찾아와 이 예쁘고 작은 상자를 주었어. 어머니가 폭격으로 죽기 며칠 전 그 부인에게 이 작은 상자를 맡겼던 거야. 그래서 이 물건만은 무사했지. 내 말이 참말로 믿어져? 우리도 알고 있듯이 그 당시 사람들은 패전으로 고민할 때 가장 귀중한 물건을 보존하려고 애썼지만 실제로 그것들은 생활에 그다지 필요한 것들은 아니었어. 어쨌든 그렇게 해서 내가 이 트렁크 안에 있는 것들을 갖게 되었지만. 그것들은 원래 갈색 커피포트, 포크 12개, 칼 12자루 그리고 스푼 12개와 식빵을 자르는 칼 한 자루 등이었는데 일년 동안 스푼과 포크를 팔아 근근이 생활하면서 13개의 칼로 재주를 부리는 방법을 익혔지. 자, 나를 잘 봐."

나는 담배에 붙였던 불쏘시개를 그에게 던졌다. 유프는 담배에 불을 붙이고 아랫입술로 그것을 물었다. 그는 어깨 위 단추에 그 가방 고리를 단단히 잡아맨 다음, 팔 위에 가방을 얹고 풀어 헤쳤는데 그것은 멋진 전쟁 장식물처럼 보였다. 그리고 그는 믿기 어려울 정도로 잽싸게 가방에서 칼을 꺼내더니, 미처 그의 손 동작을 깨닫기도 전에 12자루 모두를 번개같이 문에 그려진 그 어렴풋한 그림을 향해 던졌다. 그것은 패전의 전조로 파괴의 선구자인 유령처럼 움직이던 인물들을 연상시켰다. 광고탑마다 거리의 구석구석마다에서 유령처럼 흔들리며 나타났던 암울한 모습들을 지난 시절에 보았었다. 모자 위에 두 자루, 양어깨 위에 각각 두 자루씩, 양팔에 각각 세 자루의 칼이 매달려 있는 유프의 모습을 보고 과거의 인물들이 떠올랐던 것이다.

"굉장하군! 굉장해! 훨씬 그럴 듯해"라고 나는 외쳤다.

"남자라도 한 명이 있었으면 좋겠는데. 물론 여자라면 더욱 좋고." 그리고 그는 다시 칼들을 뽑아서 가방 속에 조심스럽게 집어넣었다.

"그런 인간은 절대로 구하지 못할 거야. 계집년들은 너무 겁이 많고 사내놈들은 값이 너무 비싸. 그것은 위험한 일이니까." 그는 또다시 쏜살같이 칼을 던져 어렴풋한 스케치 위의 남자를 둘로 나누어 대칭이 되도록 만들었다. 13개의 커다란 칼들은 남자의 심장에 화살처럼 꽂혔다.

유프는 종이로 말아 만든 가느다란 담배를 피우더니 꽁초를 난로 뒤로 던졌다.

"가자구. 이젠 가야겠어." 그는 창밖으로 머리를 내밀었다가 "제기랄, 비가 오는군" 하고 몇 마디 중얼거렸다.

"여덟 시가 다 되어가고 있어. 여덟 시 반이 내 차례야."

유프가 조그만 가죽 상자 안에 다시 칼을 넣고 있을 때, 나는 창에 얼굴을 대고 밖을 내다보았다. 빗 속에서 허물어진 집들이 신음하고 있었다. 포플러 나무가 있는 벽 뒤에서 전차 지나가는 소리도 들려왔다. 그러나 어느 곳에서도 시계를 볼 수는 없었다.

"시간을 어떻게 알았지?"

"감각으로. 그것도 연습한 결과지."

나는 멍하니 그를 쳐다보았다. 그는 내가 외투를 입는 것을 도와준 다음 방한 재킷을 걸쳤다. 나는 어깨가 약간 마비되어 얼마간의 한정된 범위 내에서만 팔을 움직일 정도였으나, 그래도 돌을 깨는 데는 충분했다. 우리는 모자를 쓰고 어두컴컴한 통로로 나왔다. 이 집 어디에선가 작은 목소리와 웃음소리와 희미한 소음이 들린다는 것이 나를 기쁘게 했다.

계단을 내려가며 유프가 말했다.

"난 어떤 공간의 법칙을 추적하는 데 많은 노력을 하고 있지." 그는 트렁크를 계단에 내려놓고 그의 양편으로 팔을 쭉 뻗었다. 마치 그는 고대의 조각품들 가운데 비상하려고 하는 이카로스처럼 보였다. 그의 근엄한 얼굴에 낯설고 꿈 같으며 무엇인가에 미친 듯한, 차갑고도 신비스런 그런 표정이 나타나 그것이 나를 놀라게 했다.

"이렇게 팔을 공중으로 뻗고 있노라면 나의 두 팔이 아주 길게 자라나 마침내는 다른 법칙이 작용하는 공간을 지나가는 느낌이야. 팔은 천장을 뚫고 지나가는 거야. 그곳에는 이상한 마력 같은 긴장감이 감돌고, 나는 그것들을 지배하는 법칙들에 살며시 다가가서 와락 붙잡아 가지고 다니지."

그는 손을 꽉 쥐고 몸에 댔다. 그리고 "이제 가자"라고 말했다. 그의 얼굴은 다시 냉랭해졌다. 나는 그를 정신없이 따랐다.

밖에는 계속해서 차가운 비가 소리 없이 내리고 있었다. 우리는 떨려서 옷깃을 올리고 몸을 움츠렸다. 저녁 안개로 휘감긴 거리는 벌써 청록색 밤의 어둠으로 채색되어 있었다. 허물어진 많은 집들의 지하실마다, 희미하고 처량한 불빛이 거대한 폐허의 검은 중량 밑에서 반짝이고 있었다. 길은 약간 진흙길이었는데 좌우로 황폐한 정원에 떠다니는 것 같은 통나무 집을 어둠 속에서 겨우 알아볼 수 있었다. 그것은 마치 얕은 수로에 떠 있는 배 같았다. 우리는 전차길을 건넌 뒤, 교외로 이어지는 좁은 길을 따라 내려갔다. 그곳에는 기와 조각과 파편더미 사이로 진흙더미 위에 몇 채의 집들이 보였다. 마침내 우리는 활기가 넘치는 거리로 들어섰다. 수많은 사람들의 물결에 이끌려 어두운 골목으로 들어갔다. 그곳에 '일곱 방앗간'이라는 간판의 밝은 조명이 축축이 젖은 아스팔트 위에 비쳤다. 쇼장 입구는 텅 비어 있었다. 쇼는 이미 오래 전에 시작되었다. 초라한 붉은 커튼을 통해 많은 사람들이 잡담하는 소리가 들려왔다. 유프는 가슴에 온통 번쩍거리는 장식을 달고 부드럽게 웃고 있는 두 명의 무희들 틈에서 카우보이 복장을 하고 찍은 그의 사진을 보여주며 웃었다. 거기에는 '칼을 든 사나이'라고 쓰여져 있었다.

"자, 가자고." 그가 말했다. 나는 엉겁결에 희미한 통로에 내려와 있었다. 무대가 가까워지면서 땀내와 화장품 냄새가 풍겼다. 바람이 일고 희미하게 불이 켜진 비좁은 계단에 이르렀을 때 나보다 앞서 걷던 유프는 갑자기 계단이 구부러진 곳에서 멈춰서더니 내 어깨에 손을 얹고 트렁크를 내려놓았다. 그리고 나에게 나직이 물었다. "용기 있어?"

사실 난 이미 오래 전부터 이 질문을 기다렸다. 그러나 갑자기, 그가 너무 갑자기 물어와 당황했다.

"절망의 용기지." 그러나 대답처럼 그렇게 용기 있게 보이지는 못했다.

"바로 그런 용기만 있으면 충분해." 그는 웃음을 참으며 말했다.

나는 아무런 대꾸도 하지 않았다. 갑자기 안에서 큰 웃음소리가 터져나왔다. 그 웃음소리는 좁은 계단에서 들려왔는데 너무 커서 나도 모르게 떨렸다.

"겁이 나는군." 나는 그에게 나직하게 말했다.

"사실 나도 마찬가지야. 하지만 나를 믿지 못하는 것은 아니겠지?"라고 유프가 물었다.

"물론 믿어. 그러나…… 에이, 가자고." 나는 거칠게 말하곤 그를 앞으로 밀치며 덧붙였다. "어차피, 하루하루 벌어 먹고 사는 것은 마찬가진데."

우리는 양편에 많은 합판 칸막이가 있는 현관으로 들어갔다. 화려한 옷차림의 사람들이 이리저리 움직이고 있었다. 초라하게 널려 있는 무대 세트 사이로 거대한 입을 쩍 벌이고 있는 광대가 보였다. 관객들이 다시 한 번 크게 웃는 소리가 들렸다. 그때 유프가 나를 어느 문안으로 끌고 들어가더니 문을 닫았다. 주위를 둘러보았다. 칸막이 안은 매우 좁고 황량했다. 거울 하나가 한쪽 벽에 걸려 있고 유프의 카우보이 옷도 거기에 걸려 있었다. 그리고 흔들거리는 회전의자에 오래 된 카드 묶음도 보였다.
　유프는 신경질적으로 서둘렀다. 그는 내가 젖은 오버코트를 벗는 것을 도와주었다. 그리고 카우보이 옷을 의자에 세차게 내던지고는 그 못에다 나의 코트와 방한 재킷을 걸었다. 칸막이 너머로 보이는 빨간 페인트칠이 된 도리스식 기둥 위에 여덟 시 이십오 분을 가리키는 시계가 걸려 있었다.
　"오 분만 있으면." 유프가 옷을 입으며 중얼거렸다. "우리 연습 한 번 해야 하지 않을까?"
　그때 문을 두드리는 소리가 나며 누군가가 준비하라고 소리쳤다. 유프는 재킷 단추를 잠그고 카우보이 모자를 썼다. 나는 킬킬거리며 말했다.
　"자네는 사형을 집행하기도 전에 실험삼아 교수형에 처하려고 하나?"
　유프는 박스를 집어들더니 칸막이로부터 나를 끌어당겼다. 밖에는 어떤 대머리가 광대의 마지막 프로그램을 지켜보고 있었다. 유프는 그 대머리의 귀에 대고 무엇인가를 속삭였다. 나는 알아들을 수가 없었는데, 대머리가 놀란 표정으로 나를 쳐다본 다음 다시 유프를 보았다. 그러고는 머리를 흔들었다. 유프는 그에게 다시 무엇인가 속삭였다.
　내게 어떤 일이 일어나도 나로서는 상관없었다. 산 채로 나를 꼬쟁이에 꽂아도 그만이라고 생각됐다. 나는 어깨 하나가 마비되는 것을 느꼈다. 담배를 피워 물었다. "나는 4분의 3파운드의 빵을 사기 위해 75개의 돌을 깨야만 해, 그러나 내일은……." 그때 박수소리가 무대를 휘감았다. 광대는 피곤하고 일그러진 표정을 하고서 비틀거리며 무대 뒤에 있는 우리에게로 왔다. 그리고 짜증스러운 듯 그곳에 몇 분간 서 있더니 다시 무대 위로 돌아가 다정스런 미소를 머금으며 관중들에게 인사했다. 밴드가 반주를 했다. 유프는 아직 대머리와 무언가 이야기를 속삭이고 있었다. 광대는 세 번을 되돌아가서 갈채를 보내고 있는 관중들에게 인사를 했다. 그때 밴드가 행진곡을 연주하기 시작하자 유프는 그의 작은 가방을 손에 들고 힘찬 걸음으로 무대 위로 올라갔다. 형식적인 박수가 그를 맞았다. 유프가 여러 개의 못에 각각 카드를 걸어놓고 그 한가운데를 칼로 꿰뚫는 동안 나는 그것을 지켜보았다. 박수소리가 좀더 커지기는 했으나 아직 만족할 만한 것은 아니었다. 북을 가볍게 두들기는 반주와 함께 그는 식빵용 칼과 나무토막으로 묘기를 펼쳤다. 그런데 모든 사람들이 느끼는 것처럼 나도 이러한 묘기가 약간은 활기가 없다고 느껴졌다. 무대 저쪽에, 무대 양편으로부터 반나체의 아가씨 몇 명이 이 쇼를 지켜보고 있었다. 그때 대머리가 나에게 다가와서 갑자기 나를 붙잡더니 무대로 끌고 갔다. 그리고 격식을 차리며 관중들에게 손을 흔들더니 유프에게 인사를 하곤 마치 경찰관처럼 목소리를 꾸미며 말했다.

"안녕하십니까? 보르갈레비스키씨."

"안녕하십니까? 에르드멩거씨"라고 유프도 격식을 차리며 대답했다.

"여기 말도둑을 데려왔습니다. 아주 악당이죠. 보르갈레비스키씨, 우리는 당신이 이 진짜 악당을 교수형에 처하기 전에 당신의 훌륭한 칼 솜씨로 따끔한 맛을 보여주시기를 원합니다." 그의 목소리는 조화(造花)나 싸구려 화장품처럼 우스꽝스럽고, 천박하고 인위적으로 들렸다. 나는 관중들에게로 눈을 돌렸다. 그리고 이 순간에 내 앞의 어둠 속에서 날아갈 준비가 되어 있는 희미하고 어슴푸레하며 바짝 긴장하고 있는 수천 명의 괴물들이 앉아 있는 것을 보았다. 눈을 감아버렸다. 스포트라이트가 나를 현혹시키고 낡은 구두에 남루한 옷차림을 한 나의 모습은 내가 보기에도 말도둑 같았다.

"에르드멩거씨, 저놈을 내게 맡기시오. 놈에게 따끔한 맛을 보여주겠소"라고 유프가 말했다.

"좋습니다. 놈을 잘 돌봐주십시오. 놈에게 칼을 아끼지 마시오."

유프가 나의 칼라를 잡고 있는 동안 대머리는 거만한 다리를 이끌고 어기적거리며 무대에서 빠져나갔다. 어디에선가 밧줄 한 가닥이 날아들어왔고 유프는 무대 양편으로 통하는 푸른 문앞에 서 있는 도리스식 기둥에 나를 묶었다. 나는 무관심에서 오는 무언가 이상한 흥분에 사로잡혔다. 오른편에서는 긴장한 관중들의 우우 하는 소리가 아득하게 들려왔다. 관중들은 피를 보고 싶어한다던 유프의 말이 옳았다는 것을 알았다. 관중들의 쾌락은 달콤하고 곰팡내 나는 분위기에서 고조되었다. 그때 센티멘털한 잔인함에 분위기를 맞춘 밴드의 긴장된 북소리가, 돈을 받고 흘리게 될지도 모르는 무서운 피의 희비극을 한층 고무시켰다. 나는 앞을 똑바로 보았다. 꽉 죄인 밧줄로 인해 바로 서서 꼼짝도 할 수가 없었다. 북소리는 점점 작아졌다. 그때 유프는 숙련된 모습으로 카드에서 칼을 빼들어 칼집 속에 넣었다. 그리고 멜로드라마에서나 나옴직한 시선으로 나를 훑어보았다. 칼을 다 집어넣은 다음 그는 관중들을 돌아보고 약간은 역겨운 목소리로 말했다. "신사 숙녀 여러분, 나는 이 사람의 머리 위로 칼을 날리려고 합니다. 여러분은 내가 던질 칼이 결코 무디지 않다는 것을 보아주셨으면 합니다." 그는 이렇게 말하며 호주머니에서 한 묶음의 노끈을 꺼냈다. 그리고 가방에서 칼을 하나하나 엄숙하게 꺼내고는 끈을 칼에다 대어 열두 토막을 냈다. 그러고는 다시 칼집 안에 집어넣었다.

나는 무대 저편에서, 마치 나를 계속 쳐다보고 있는 듯한 반나체의 아가씨들을 계속 바라보았다. 모든 것이 딴 세상에서 존재하는 것들로 느껴졌다. 관중들의 흥분으로 분위기는 한껏 고조되었다. 유프는 나에게로 와서 나를 묶고 있는 밧줄을 다시 한 번 새롭게 확 조이는 척했다. 그러면서 아주 작은 소리로 속삭였다.

"절대로, 절대로 움직이면 안 돼. 그리고 나를 믿어."

그의 이러한 지연은 긴장이 완전히 풀리는 데 도움이 됐다. 긴장감은 허공으로 날아가버렸다. 그러나 그는 갑자기 분위기를 사로잡고 유연하게 날아가는 새처럼 그의 손을 움직였다. 그의 얼굴은 어느새 계단에서 나를 압도시켰던 그 신비스러운 표정으로 바뀌었다. 동시에 그의 마술사 같은 제스처에 관중들은 최면이 걸리는 것 같았다. 그가 이상한 신음소리를 내는 것이 들리는 것도 같았는데, 나는 그것이 내게 주는 경고의 표시라고 생각되었다. 아득한 먼 곳으로부터 나는 유프에게로 다시 시선을 집중했다. 그때 유프는 내 앞에 똑바로 서 있었다. 우리의 시선이 일직선상에서 부딪쳤다. 유프는 천천히 칼집으로 손을 옮겼다. 나는 그것이 나를 위한 신호라고 다시금 생각했다. 나는 조용히 아주 조용히 서 있었다. 그리고 눈을 감았다. 굉장한 느낌이었다. 그 느낌은 아마 2초쯤 계속되었을 것이다. 시간이 어느 정도 지났는지 모른다. 칼이 부드럽게 움직이는 소리가 들리고, 칼이 나를 스쳐 문으로 날아갈 때 ── 바람을 감지했을 때 ── 나는 끝없는 절벽 위의 좁은 판자를 걸어가는 것 같았다. 안전하고 확실하게 걸어갔으나 위험을 의식하고 있었다. 두렵기는 했지만 내가 넘어지지 않으리라는 것을 잘 알고 있었다. 세어보지는 않았지만 내 오른손 옆으로 마지막 칼이 문을 향해 날았을 때 나는 감았던 눈을 떴다.

우레와 같은 박수소리가 나를 완전히 들뜨게 했다. 나는 눈을 크게 뜨고 유프의 창백한 얼굴을 바라보았다. 그는 나에게로 달려와 떨리는 손으로 나를 풀었다. 그 다음 그는 나를 무대 한가운데로 데리고 가 사람들로부터 박수를 받게 했다. 그가 인사를 하자 나도 인사를 했다. 박수소리가 요란한 가운데 그는 나를 가리키고 나도 그를 가리켰다. 그 다음 우리는 서로를 보고 웃었다. 그리고 관중에게 미소를 머금은 채 인사했다. 칸막이 뒤로 돌아와서는 우리는 한마디도 하지 않았다. 유프는 칼이 뚫고 지나간 카드를 의자 위에 던졌다. 그리고 못에서 내 코트를 내려 내가 입는 것을 도와주었다. 이어서 그는 카우보이 옷을 걸어둔 다음 방한 재킷을 걸치고 모자를 썼다. 내가 문을 열었을 때 대머리가 급히 우리에게 달려와 "일당이 40마르크로 올랐어"라고 말했다. 그가 유프에게 지폐 몇 장을 건네주었다. 그때 유프가 나의 보스라는 것을 깨달았다. 우리는 서로 쳐다보고 미소를 지었다. 유프가 내 팔을 잡았다. 우리는 퀴퀴한 화장품 냄새를 따라 좁고 불도 켜 있지 않은 계단을 따라 나란히 내려왔다. 우리가 입구에 이르렀을 때 유프는 "담배도 사고 빵도 사야지"라고 킬킬거리며 말했다.

 한 시간이 지나서야 나는 비로소 이제는 당당한 직업을 갖게 되었다는 것을 깨달았다. 12초 내지 20초 동안 서 있어주면서 짧은 꿈을 꾸는 직업을 말이다. 나는 칼의 표적이 된 것이다.

나의 비싼 다리

그들은 나에게 한 번의 기회를 주었다. 관청으로 출두하라는 엽서를 받고 나는 출두한 것이다. 관청에서는 매우 친절했다. 그들은 내 카드를 훑어보고 '흠' 하고 말했고 나 역시 '흠' 하고 대꾸했다.
"어느 쪽 다립니까?" 직원이 물었다.
"오른쪽이오."
"몽땅 잘렸소?"
"그렇소."
그는 다시 '흠' 하더니 서류들을 샅샅이 살펴보았다. 나는 그가 앉으라고 해서 앉았다. 마침내 사나이는 찾으려던 서류를 찾아내고 내게 말했다.
"여기에 당신에 대한 서류가 있소. 아주 간단한 일이오. 앉아 있기만 하면 되는 일이오. 공화국 광장에 있는 공동 변소의 구두닦이. 어떻소?"
"나는 구두는 닦을 수 없소. 이미 잘 닦지 못해 항상 눈총을 받았소."
"배우면 되는 거요. 무슨 일이든 배우면 되지. 독일인이라면 무엇이든 다 잘하니까. 원하기만 하면 당신은 무료 강습회에 참석할 수도 있소."
"흠."
"자, 그럼 괜찮소?"

"괜찮지 않소. 나는 연금을 더 많이 받길 원하오."

"당신 제정신이 아니로군." 그는 매우 친절하고 부드럽게 대답했다.

"난 미치지 않았소. 어떤 사람도 내 다리를 대신할 수 없단 말이오. 나는 담배조차 마음놓고 사 피울 수 없는 형편이니까."

사나이는 다시 자기 의자에 깊숙이 기대앉아 긴 한숨을 쉬고 말하기 시작했다. "이봐요 선생, 당신 다리는 더럽게 비싼 다리요. 당신은 스물아홉 살이고 심장도 튼튼하고 대체로 다 건강하오. 다리가 있는 데까지는. 당신이 일흔 살까지 산다 치고, 그럼 계산해 봅시다. 한 달에 70마르크씩 일년에 열두 번이면, 41곱하기 12곱하기 70. 자, 계산해 보시오. 이자 없이. 그렇다고 당신 다리가 유일한 다리라고는 생각지 마시오. 또한 당신은 오래 살게 될 유일한 사람도 아니란 말이오. 그런데 연금을 올려달라니! 유감이지만 당신은 미쳤소!"

나도 똑같이 의자 깊숙이 기대앉아 긴 한숨을 쉬고 나서 말했다. "여보시오, 당신은 내 다리를 너무 하찮게 여기는 것 같소. 내 다리는 그보다는 훨씬 비싸지, 아주 비싼 다리요. 다시 말하면 나는 심장도 튼튼하고 유감스럽게도 정신도 말짱하다오. 내 말을 잘 들어보시오."

"간단히 말하시오."

"이거 보시오. 내 다리로 말하자면 많은 사람의 목숨을 건진 다리란 말이오. 그들은 지금 연금을 괜찮게 받고 있지. 그 당시의 일은 이렇게 되었단 말이오. 나는 혼자서 전선 어느 곳엔가 엎드려서 적들이 언제 쳐들어올까 하며 보초를 서고 있었지. 다른 사람들이 제때 도망갈 수 있게 하기 위해서 말야. 장교들은 뒤에서 짐을 싸고 너무 이르지도 않게, 그렇다고 너무 늦지도 않게 알맞은 시각에 도망치려 했지. 처음에 우리는 둘이서 보초를 섰는데 적들이 아무 쓸모도 없는 그 사나이를 쏘았지. 그는 결혼했지만 그 부인은 건강하고 돈벌이도 할 수 있소. 그러니 당신이 걱정할 필요는 없소. 그는 아주 값이 싸니까. 그는 겨우 4주 동안 군인 생활을 했고 우편 엽서와 한 조각 군용 빵 외에는 그에게 들인 돈이 없었으니까. 어떻든 그는 용감한 군인이었어, 적어도 사살되기엔 딱 좋은. 그래서 나는 그때 혼자 남아 겁에 질려 추위에 떨었어. 그래서 나도 도망치려고 했지, 막 도망가려는데 그때……."

"간단히 말하시오" 하며 사나이는 연필을 찾기 시작했다.

"좀 들어보시오. 얘기는 지금부터란 말이오. 내가 막 도망치려고 할 때, 내 다리에 관련된 사건이 일어났소. 나 혼자 남아 있어야만 했기 때문에 혼자서 보고를 해야 한다고 생각했었소. 그런데 그들은 모두 차례차례 도망쳐 버린 것이오. 처음에는 사단이, 그 다음에는 연대가, 그리고 그 다음에는 대대가. 그런 식으로 차례차례 도망쳐 버렸던 것이오. 이건 어리석은 얘기지만, 말하자면 그들은 날 데려가는 걸 잊어버렸던 거요. 아시겠소! 그들은 그렇게 허둥거렸소. 정말 어리석은 얘기야. 내가 다리를 잃지 않았더라면 그들 모두가, 즉 장군, 연대장, 대대장이 차례차례로 죽었을 테니까. 그리고 당신은 그들에게 연금을 지불할 필요도 없었을 텐데. 자, 이제 내 다리값이 얼마나 되는지 한 번 계산해 보시오. 장군은 쉰두 살, 연대장은 마흔여덟 살, 대대장은 쉰 살, 모두 심장도 정신도 말짱하오. 그리고 그들은 힌덴부르크처럼 군대식 생활로 적어도 여든 살까지는 살 것이오. 이제 계산해 보시오. 160곱하기 12곱하기 30, 우리 평균잡아 30이라고 합시다. 내 다리는 어찌할 수 없을 정도로 비싼 다리가 되었소. 내가 생각할 수 있는 어떤 다리보다 비싼 다리란 말이오. 아시겠소?"

"아무래도 당신은 미쳤소."

"그렇지 않소. 난 미치지 않았소. 심장도 튼튼하고 정신도 말짱하오. 유감스러운 것은 다리에 일이 생기기 2분 전에 사살되지 못한 일이오. 그러면 우리는 돈을 많이 절약할 수 있었을 텐데."

"그 자리를 승낙하시겠소?"

"아니오." 나는 관청에서 나왔다.

로헨그린의 죽음

　들것을 들고 계단을 오르던 그들은 걸음을 늦추었다. 그 두 운반인들은 화가 났다. 그들은 이미 한 시간 전부터 일을 시작했는데도 아직 담배 한 갑 팁으로 받지 못했던 것이다. 게다가 그 중 하나는 운전수였는데 운전수는 원래 들것을 나를 의무가 없었다. 그러나 병원측에서는 그들을 도와줄 누구도 내려보내지 않았다. 그렇다고 소년을 차에 그대로 놓아둘 수도 없는 노릇이었다. 그것은 급성폐렴을 유발시킬지도 모를 아주 위험한 짓이었기 때문이다. 그들은 화가 나서 갑자기 걸음을 빨리했다. 복도에는 희미한 불빛만이 비치고 있을 뿐이었다. 물론 병원 냄새도 났다.
　"왜 그들은 그를 살린 거야?" 뒤에서 들것을 들고 있던 운반인이 말했다. 자살을 기도하려던 사람을 두고 하는 말이었다. 그러자 앞에 있던 자가 중얼거렸다.
　"글쎄 말이야. 대관절 무엇 때문이었을까?" 마침 모퉁이를 돌던 그는 병실 문짝에 부딪쳤다. 그 바람에 들것 위에 누웠던 환자가 눈을 뜨고 동시에 끔찍스러운 울부짖음이 시작되었다. 그것은 소년의 울부짖음이었다.
　"조용, 조용, 괜찮아." 가운을 입은 금발의 젊은 의사가 신경질을 부렸다. 의사는 시계를 보았다. 여덟 시였다. 그는 이미 오래 전에 일을 끝냈어야 했는데 한 시간이 넘도록 로마이어 박사를 기다리고 있었던 것이다. 아마도 그들이 박사를 체포했을지도 모른다. 요즈음 같은 때에는 누구든지 체포될 수가 있으니까. 의사는 기계적으로 청진기를 움직였다. 그의 시선은 줄곧 들것 위의 소년에게만 쏠려 있었다. 한참 후에야 의사는 운반인들에게 시선을 주었다. 그들은 초조한 표정으로 문가에 서 있었다.

"무슨 일이오. 왜 그러시오?" 신경질적인 목소리였다.

"들것을 좀. 소년을 다른 데로 옮길 수는 없을까 해서요. 우린 어서 가야만 합니다요."

"아! 그렇군. 이리로."

의사는 가죽 소파를 가리켰다. 이때 간호사가 들어왔다. 그녀의 표정은 무표정한 듯하면서도 어딘가 모르게 진지해 보였다. 간호사가 어깨를 들고 운전수가 아닌 다른 운반인이 두 다리를 들어 소년을 소파로 옮겼다. 그들의 움직임은 신속했다. 소년이 다시 미친 듯 울부짖었다. 의사는 초조했다.

"조용히, 괜찮아. 아무렇지도 않을 거야."

운반인들은 그대로 서 있었다. 신경질적인 의사의 눈길이 무슨 일이냐고 묻자 한 운반인이 기어가는 듯한 소리로 대답했다.

"담요를 좀……"

담요는 그의 것은 아니었다. 그것은 사고 지점에 있던 어느 부인이 빌려준 것이었다. 다리를 다친 소년을 그대로 병원으로 옮겨갈 수는 없었기 때문이다. 그 운반인은 말했다. 그 담요는 병원에 남게 될 터인데 병원에는 아주 많은 담요가 있다. 그렇다고 담요가 그 부인에게로 되돌아가지는 않을 것이다. 그러므로 담요는 병원 것도, 소년의 것도 아니다. 담요를 그에게 넘겨주면 자기의 아내가 깨끗하게 빨아서 쓸 수 있다. 담요 장만하는 데도 너무 많은 돈이 든다라고.

소년은 여전히 비명을 질렀다. 그 운반인은 담요를 말아 재빨리 운전수에게 건네주었다. 의사와 간호사가 눈길이 마주쳤다. 소년의 꼴이 너무나도 참혹했다. 온몸이 검은 피투성이였다. 완전히 너덜너덜한 반바지에 끔찍스러울 정도로 피가 엉겨붙어 범벅이 된데다가 맨발이었다. 소년은 끊임없이 울어댔다. 그 놀랄 만한 끈질김과 규칙성. 그러나 간호사는 그렇게 쉽사리 주사 준비를 할 수가 없었다.

"빨리해요, 간호사. 자, 빨리빨리." 간호사의 움직임은 아주 능숙하고 민첩했으나 의사의 재촉은 여전했다.

"빨리, 자 어서."

꽉 다문 입과 신경질적인 의사의 얼굴. 간호사는 그 이상 빨리 주사기에 약물을 투입할 수는 없었다. 의사가 소년의 맥박을 짚었다. 하얗게 질린 소년의 얼굴에 경련이 일었다.

"가만히 있어. 가만히."

소년은 마치 울기 위해서 세상에 존재하는 듯 계속 비명을 질렀다. 마침내 간호사가 주사기를 가져왔다. 의사가 빠르고 능숙하게 주사를 놓았다. 무거운 신음을 내뱉으면서 그가 가죽같이 질긴 피부에서 주사바늘을 뽑고 있을 때 문이 열렸다. 흥분한 한 수녀가 성급하게 들어왔으나 부상자와 의사를 보자 벌리고 있던 입을 다물었다. 수녀는 조용히 다가와 의사와 간호사에게 목례를 했다. 수녀가 소년의 이마를 짚었다. 소년은 놀란 듯 눈을 치켜뜨고 머리맡의 검은 물체를 바라보았다. 이마 위에 느껴지는 서늘한 손길로 조용해진 듯했으나 실은 주사가 효과를 나타내기 시작한 것이었다. 의사는 여전히 주사기를 든 채 다시 한 번 깊은 신음을 토해냈다. 소년은 아주 조용해졌다. 놀랄 만큼 조용했기 때문에 그들의 숨소리까지 들리는 것 같았다. 아무도 입을 열지 않았다. 소년은 더 이상 고통을 느끼지 않는 듯 호기심 어린 눈빛으로 주위를 둘러보았다.

"몇 시요?" 의사가 간호사에게 나지막이 물었다.

"여덟 시 십 분이에요." 그녀의 음성 역시 조용했다.

"꽤 되었군. 자, 도와주겠소, 리오바 수녀님?"

"물론이죠."

수녀는 깊은 생각에 잠겨 있었던 듯 놀란 얼굴로 황급히 말했다. 소년은 아주 조용했다. 수녀가 소년의 어깨와 머리를, 그리고 간호사가 다리를 들어 피로 범벅되고 너덜너덜해진 옷을 벗겨냈다. 피가 검게 엉겨붙어 모든 것이 시커맸다. 다리는 완전히 석탄 덩어리였고 두 손 역시 마찬가지였다. 피와 너덜너덜해진 옷과 기름투성이의 석탄 덩어리.

"그렇군. 달리는 석탄 차에서 떨어진 거야. 그렇지?"

"네."

의사의 물음에 소년이 희미한 목소리로 그렇다고 대답했다. 소년은 눈을 뜨고 있었는데 그 눈빛에 이상한 행복감이 담겨 있었다. 주사의 효과가 아주 놀라웠던 것이다. 수녀가 셔츠를 가슴 위로 완전히 걷어올리자 비쩍 마른 상체가 그대로 드러났다. 마치 늙은 거위의 그것처럼. 늑골 위쪽 움푹 패어 커다랗게 그늘진 곳에는 수녀의 하얀 손이 다 들어갈 정도였다. 그들은 다리로 시선을 돌렸다. 가느다랗고 늘씬하게 빠진 멋진 다리였다. 한쪽 다리는 멀쩡했다. 의사가 그녀들에게 눈짓을 했다.

"이중골절인 것 같군. 엑스레이를 찍어봐야겠어."

간호사가 알코올에 적신 가제로 다리를 말끔하게 닦아냈다. 소년은 조금도 아파하지 않았다. 끔찍할 정도로 말랐을 뿐이었다. 붕대를 감으면서 의사는 머리를 가로저었다. 그는 다시 로마이어 생각을 했다. 그들은 틀림없이 그를 체포했을 것이다. 설령 로마이어가 자백을 하지 않았을지라도 그가 강심제 때문에 갇혀 있는 판에 자기만 자유롭다는 사실이 고통스러웠다. 일만 잘되었으면 지금쯤 이익 분배를 할 수가 있었을 텐데.

제기랄, 여덟 시 반임에 틀림없다. 너무 조용하고 창밖 거리에서는 아무 소리도 들려오지 않았다. 붕대를 다 감자 수녀가 걷어올렸던 셔츠를 내렸다. 수녀는 하얀 담요를 꺼내 소년을 덮어주고 소년의 이마를 짚어보면서 손을 씻고 있던 의사에게 말했다.

"저, 어린 슈란즈 때문에 왔습니다. 박사님, 이 소년을 치료하고 계시는 동안은 귀찮게 해드리고 싶지 않았어요."

수건으로 손의 물기를 닦던 의사가 이맛살을 찌푸렸다. 그러고는 물고 있던 담배의 재를 털었다.

"도대체 슈란즈가 어쨌단 말이오?" 의사의 창백했던 얼굴이 아주 노래졌다.

"아, 심장이 뛰지 않아요. 아무래도 끝난 것 같아요."

의사는 다시 담배를 물면서 세면대 위에 박힌 못에 수건을 걸었다.

"제기랄, 나더러 어쩌란 말이오. 나로서도 어쩔 수가 없단 말이오!"

수녀는 여전히 소년의 이마를 짚고 있었다. 간호사가 피묻은 누더기를 쓰레기통에 버렸다. 쓰레기통의 금속성 뚜껑이 불빛에 반사되어 벽에 아른거렸다.

생각에 잠겨 바닥을 내려다보던 의사가 갑자기 고개를 들었다. 그는 소년을 한 번 바라보고는 문으로 향했다.

"한 번 가보겠소."
"도와드릴까요?"
간호사가 뒤를 따라가며 묻자 의사는 다시 한 번 고개를 돌렸다.
"아니오. 여기서 저 아이의 엑스레이 촬영 준비를 하시오. 그리고 병상일지도 기록하고."
소년은 여전히 조용했다. 간호사 역시 조용히 가죽 소파 옆에 서 있었다.
"어머니한테 연락은 했니?" 수녀가 물었다.
"엄마는 죽었어요."
수녀는 아버지에 대해서는 감히 물어볼 용기가 나질 않았다.
"누구한테 연락해야 하지?"
"형이 있어요. 하지만 지금은 집에 없어요. 동생들이 알아야만 해요. 지금은 그들뿐이에요."
"동생들이라니, 누구 말이지?"
"한스와 아돌프예요. 그애들은 내가 먹을 것을 가져갈 때를 기다리고 있어요."
"형은 어디서 일하지?"
소년은 입을 다물었다. 수녀는 더 이상 질문을 하지 않았다.
"기록을 해야겠죠?"
간호사가 고개를 끄덕이고 흰색의 작은 책상으로 다가갔다. 책상은 약품과 시험관들로 덮여 있었다. 그녀는 펜에 잉크를 찍고 왼손으로는 흰 종이를 폈다.
"성은?" 수녀가 소년에게 물었다.
"베커."
"종교는?"
"없어요. 세례를 받지 않았어요."
수녀의 얼굴에 가벼운 경련이 스쳤으나 간호사의 얼굴에는 아무런 표정도 없었다.
"생년월일은 알고 있니?"
"1933년…… 9월 10일."
"아직 학교에 다니겠네. 그런가?"

"네."
"그리고 저…… 이름 좀!" 간호사가 수녀를 향해 속삭였다.
"알겠어요. 이름은 뭐지?"
"그리니."
"뭐라고?"
수녀와 간호사가 마주 보며 웃었다.
"그—리—니."
이상한 이름을 가진 사람들이 흔히 그러하듯 소년은 화난 소리로 대답했다.
"i가 있니?" 간호사가 물었다.
"네. i가 둘이에요." 그는 다시 한 번 말했다. "그리니."
그의 이름은 원래 로헨그린이었다. 1933년에 태어났기 때문이다. 당시 바이에른주 축제에 모습을 나타낸 히틀러의 최초의 사진들이 주간지마다 실려 나갔었다. 그러나 어머니는 그를 늘 그리니라고만 불렀다.
의사가 들어왔다. 그의 눈빛은 지친 나머지 몽롱했다. 금발이 성긴 머리카락이 신경질적인 그의 젊은 얼굴 위로 흘러내렸다.
"빨리 갑시다. 빨리요. 수혈을 해야겠소. 자, 서둘러요."
수녀가 소년에게 시선을 떨구었다.
"아, 예. 잠시 동안만 혼자 있게 해야겠소." 의사가 소리를 질렀다. 간호사는 이미 문께에 있었다.
"자, 얌전히 누워 있겠지, 그리니?" 수녀가 물었다.
"네." 소년이 대답했다. 그러나 그들 모두가 시야에서 사라지자 소년의 두 눈에서 눈물이 흘렀다. 고통의 눈물이 아닌 기쁨의 눈물이었다. 아니 고통과 두려움의 눈물이기도 했다. 어린 동생들을 생각할 때에는 고통의 눈물이 흘렀다. 그는 동생들을 생각지 않으려고 했다. 기쁨으로 울고 싶었던 것이다. 이제까지 주사를 맞은 후, 그때처럼 황홀한 기분을 가져보기는 처음이었다. 그것은 마치 맛좋고 따스한 우유가 온몸을 타고 흐르는 듯한 황홀감이었으며 살아오는 동안 한 번도 맛보지 못한 값비싼 것을 맛보는 듯한 느낌이었다. 그러나 그는 언제나 동생들을 생각해야만 했다. 후버트는 내일 아침이 되기 전에는 돌아오지 않을 것이고 아버지는 3주나 지나야 돌아올 것이다. 그리고 어머니는…… 남아 있는 것은 동생들뿐이다. 그애들은 계단을 오가는 발소리와 개미새끼 기어가는 소리까지도 애타게 기다리고 있겠지. 계단을 지나는 그 많은 소리들이 동생들에게 얼마나 큰 환영을 안겨주는지. 그는 이러한 사실들을 너무나도 잘 알고 있었다. 그로쓰만 부인이 동생들을 돌봐줄 가능성은 전혀 없다. 한 번도 그런 적이 없었으니까. 도대체 그가 이러한 불행을 당했다는 사실을 그녀가 알 턱이 있겠는가. 한스가 아돌프를 달래고 있겠지. 그러나 한스는 마음이 너무나도 여려서 사소한 일에도 눈물을 찔끔거리니 반대로 아돌프가 한스를 위로하고 있을지도 모른다. 그러나 아돌프는 겨우 다섯 살이고 한스는 이미 여덟 살이니 한스가 아돌프를 달래고 있을 확률이 더 높다. 그렇지만 한스는 너무나 연약하고 아돌프는 너무 억세다. 둘이 함께 울고 있을지도 모른다. 일곱 시가 되면 그들은 배가 고플 것이고, 일곱 시 반에는 그가 돌아와 먹을 것을 주리라는 사실을 알기 때문에 동생들은 놀이에도 더 이상 흥미를 갖지 않을 것이다. 그들은 감히 빵에 손을 대지 못할 거야. 그렇고말고. 동생들이 일주일치의 빵을 한꺼번에 먹어버린 이후로 빵에 손도 대지 못하게 혼을 냈으니까. 감자쯤은 슬쩍 가져다 먹어도 될 텐데. 동생들은 모른다. 감자라면 마음대로 꺼내 먹어도 된다고 일러둘걸. 한스는 감자 요리를 썩 잘하지만 동생들은 그러지 않을 거다. 동생들을 너무 호되게 나무랐던 것이다. 매질까지 하지 않았던가. 동생들이 빵을 한꺼번에 먹어버린 것은 단순한 문제가 아니었기 때문이었다. 그래, 그것은 단순한 문제가 아니었어. 그러나 그때 동생들을 너무 야단치지 않는 편이 더 좋았을 텐데. 그랬더라면 지금쯤은 빵을 가져다 먹어 배를 곯고 있지는 않을 텐데. 그러나 동생들은 마냥 앉아서 기다리며 계단에서 소리가 들려올 때마다 벌떡 일어나 문틈으로 창백한 얼굴을 내밀 것이다. 동생들의 그런 모습을 그는 아마 수백 번도 넘게 보았을 것이다. 그는 언제나 동생들의 얼굴부터 본 다음 서로 반겼었다.

그런데 지금은 어떤가. 들려오는 소리마다 동생들에게 환멸일 뿐이어서 애들은 두려움에 떨고 있을 것이다. 한스는 경찰관만 보아도 떠는 아이여서 그 애도 지금쯤 울고 있을지 모른다. 그래서 저녁마다 조용한 것을 좋아하는 그로쓰만 부인에게 욕을 얻어먹겠지만 울음을 그치지는 않을 것이다. 그러면 그 여자는 할 수 없이 무슨 일인가 하고 들여다보겠지. 그러고는 동생들을 불쌍하게 여길 거야. 그리 못된 여자는 아니니까. 한스는 그녀를 몹시 무서

위하기 때문에 그녀에게 가려 하지 않을 것이다. 한스는 무엇이든 겁을 내지 않는가. 애들이 제발 감자를 가져다 먹었으면. 동생들을 생각하자 고통의 눈물이 흘렀다. 그는 동생들 생각을 하지 않으려고 손으로 눈을 가렸다. 눈물이 더 흘렀다. 몇 시쯤이나 되었을까. 아홉 시가 틀림없을 것이다. 아니 열 시인지도 모른다. 그렇다면 그것은 무서운 일이다. 그는 평상시에 일곱 시 반이 넘어서 집에 돌아온 적이 없었다. 하지만 오늘은 기차의 경계가 너무 삼엄해서 무척 조심해야만 했었다. 룩셈부르크 사람들은 걸핏하면 총을 쏘아 댔다. 아마도 그들은 전쟁중에는 총을 많이 쏴보지 못했는지, 정말 총 쏘는 것을 좋아했다. 그래도 그들은 그를 붙잡지는 못했다. 그들은 한 번도 그를 붙잡지 못했었다. 그는 러시아인들과 벨기에인들도 마음대로 다루었는데 룩셈부르크인들이, 그 얼간이 같은 룩셈부르크인들이 그를 붙잡겠는가? 그는 그들의 감시망을 뚫고 화물차 위로 올라가 자루를 가득 채워서 내려왔다가 다시 올라갔다. 더 가지고 갈 수 있었기 때문에. 바로 그때 끼익하는 기적을 울리면서 기차가 급정거를 했다. 그리고 미친 듯한 고통을 느꼈을 뿐이었다.

병원에서 의식을 되찾아 새하얀 병실을 알아볼 때까지, 그는 줄곧 의식이 없었다. 그가 의식을 찾은 이후에 그들이 주사를 놓아준 것이었다. 그의 눈에서 다시 기쁨의 눈물이 흘렀다. 어린 동생들의 모습은 더 이상 보이지 않았다. 기쁨은 아주 굉장한 것이었지만 그것을 몰랐었다. 눈물이 기쁨이 될 수도 있는 듯, 기쁨이 내부로부터 흘러나왔다. 그렇다고 가슴속의 기쁨이 줄어드는 것은 아니었다. 속삭이듯 달콤하고 여울져 온몸을 타고 흐르는 이 기분, 눈물이 되어 샘솟는 이 황홀한 기분은 결코 줄어들지 않을 것이다.

갑자기 그는 룩셈부르크 사람이 쏘는 총성을 들었다. 그들은 기관총을 지니고 있었다. 그 총소리는 신선한 봄날 저녁에 끔찍하게 울려퍼졌다. 화약 냄새, 철도에서 내뿜는 연기 내음 그리고 석탄 냄새가 풍겨왔다. 봄내음도 물론 풍겨왔다. 두 방의 총성이 검푸른 저녁 하늘 너머로 울려퍼졌다가 무수한 메아리가 되어 그에게로 되돌아왔다. 그 메아리는 바늘 끝처럼 그의 가슴을 파고들었다. 그 저주받을 룩셈부르크인들에게 잡히지 말았어야만 했는데, 그들이 그를 넘어뜨리지 못하게 했어야 했는데! 그는 석탄 위에 납작하게 엎드려 있었다. 딱딱하고 뾰족뾰족한 감촉이 느껴졌다. 무연탄이었다. 그들은 1백 파운드의 무연탄을 사기 위해서 80마르크를 써야만 했었다. 그 돈이면 동생들에게 한 번쯤은 초콜릿을 사다줄 수도 있을 것이다. 아니, 그것으로 모자랄지도 모른다. 초콜릿 하나에 40에서 45마르크까지 하니까. 그는 그렇게 많은 석탄을 운반할 수는 없었다. 맙소사, 석탄 1백 파운드에 겨우 초콜릿 두 개라니! 룩셈부르크인들은 완전히 미친 개들이었다. 그들은 다시 총을 쏘아댔다. 맨발에 추위와 발바닥을 찌르는 뾰족한 무연탄이 고통스러웠다. 그의 발은 시커멓고 더러웠다. 느낌으로 알았다. 총알이 하늘을 뚫고 날아갔음을. 그러나 그들은 하늘을 쏘아 넘어뜨릴 수는 없다. 아니, 어쩌면 룩셈부르크인들은 하늘을 쏘아 넘어뜨릴 수도 있지 않았을까? 간호사에게 아버지가 어디에 있으며 형 후버트는 밤중에 어디로 갔는지 말해 주었어야 하지 않았을까? 그러나 그들은 그걸 묻지 않았다. 묻지도 않은 것을 대답할 필요는 없다. 학교에서도 그렇게 말했었다. 제기랄, 룩셈부르크인들. 어린 동생들은…… 그 룩셈부르크인들은 총 쏘는 것을 중지했어야만 했고 그는 동생들에게로 가야 옳았다. 그들은 미쳤을 것이다. 실성했겠지. 그 룩셈부르크인들이, 빌어먹을. 아니야. 간호사에게 아버지는 어디에 있으며 형이 밤중에 어디로 갔는지 말하지 않았다. 아마 동생들은 빵을, 혹은 감자를 조금은 가져다 먹었을지도 모른다. 아니면 그로쓰만 부인은 아무런 일도 없다고 믿을지도 모른다. 그래, 아무 일도 없지 않았던가? 이상한 일이다. 아무 일도 없다는 것은. 교장 선생님은 욕을 하겠지. 주사는 좋았다. 그는 어떤 절정을 느꼈고 그런 다음 갑자기 행복해졌었다. 하얀 모습의 간호사가 주사 속에다 행복을 넣었다. 그녀가 주사기에 많은 행복을, 너무나도 많은 행복을 담고 있는 소리를 아주 정확하게 들었다. 그는 그렇게 우둔하지는 않았던 것이다. i가 둘인 그리니…… 아니야 죽었는가, 아니야…… 행방불명이야. 행복은 아주 멋있었다. 동생들에게도 주사기에 담긴 행복을 사주고 싶었다. 무엇이든지 살 수가 있다. 빵도 산더미처럼.

제기랄, i가 둘이라니. 도대체 여기에 있는 사람들은 가장 훌륭한 독일인의 이름도 모른단 말인가?

"아니오, 세례받지 않았어요." 갑작스럽게 그는 외쳐댔다.

어머니는 살아 있을까? 아니다. 룩셈부르크인들이 어머니를 쏘아 죽였다. 아니다. 러시아인들이…… 아니다. 아무도 모르는 일이다. 어쩌면 나치스가 쏘았는지도 모른다. 어머니는 그들에게 아주 끔찍스러운 욕을 퍼부었겠지. 아니…… 그 군인들은…… 아, 동생들은 조용히 빵을 먹고 있어야만 하는데, 빵을 먹어야 하는데, 산더미처럼 많은 빵을 사고 싶다. 엄청난 양의 빵을, 화물열차에 하나 가득한 빵을, 가득한 무연탄을, 그리고 주사기 속의 행복을.

"i가 둘이라니, 빌어먹을!"

수녀가 달려왔다. 그녀는 얼른 맥박을 짚어보더니 불안하게 주위를 두리번거렸다. 맙소사, 의사를 불러야 하는가. 그러나 그녀는 환상에 들뜬 소년을 더는 혼자 남겨둘 수가 없었다. 어린 슈란즈는 죽었다. 오! 하느님 맙소사, 그 어린 소년은…… 의사는 어디에 있을까. 그녀는 가죽 소파 주위를 맴돌았다.

"아니오, 세례받지 않았어요." 소년이 외쳤다.

맥박이 미친 듯이 뛰기 시작했다. 수녀의 이마 위에 땀방울이 맺혔다.

"박사님! 박사님!"

그녀는 큰 소리로 외쳤다. 그러나 어떠한 소리도 병실문을 뚫을 수 없다는 사실을 그녀는 깨닫지 못했다. 소년은 신음을 내뱉고 있었다.

"빵…… 동생들에게 아주 많은 빵을…… 초콜릿…… 무연탄…… 룩셈부르크인들, 돼지들, 그들은 총을 쏘지 말아야만 했는데……제기랄, 감자, 애들이 조용히 감자를 먹어야…… 감자는 먹어도 되는데…… 그로쓰만 부인…… 아버지…… 어머니…… 후버트…… 문 틈으로, 문 틈으로."

겁을 먹은 수녀는 울기 시작했다. 그녀는 소년의 어깨를 꽉 붙잡았다. 가죽 소파는 너무나도 미끄러웠다.

어린 슈란즈는 죽었다. 그 귀여운 어린 것은 하늘로 갔다. 신이여, 자비를…… 아이에게는 아무런 죄가 없다. 어린 천사, 그 가엾은 러시아의 어린 천사…… 얼마나 매혹적인 천사였던가.

"아니오. 세례받지 않았어요."

소년은 팔을 휘저으며 외쳤다. 수녀는 깜짝 놀라 눈을 떴다. 그녀는 겁에 질려 소년을 바라보면서 세수대야로 달려갔다. 컵이 보이지 않았다. 그녀는 다시 소년에게로 달려가 열에 들뜬 이마를 쓰다듬어주었다. 그러고는 작은 책상 위에 놓인 시험관 하나를 움켜쥐고 서둘러 시험관에 물을 채웠다. 맙소사. 시험관에는 왜 이렇게 물이 채워지지 않을까.

"행복." 소년이 속삭였다. "당신이 주사기 속에 많은 행복을 넣었어요. 당신이 가지고 있는 모든 것을 말이에요. 동생들에게도……."

수녀는 엄숙하게 성호를 긋고 아주 천천히 시험관의 물을 소년의 이마 위에다 부었다. 그러고는 울먹이면서 말했다. "너에게 세례를 주겠다."

그러나 차가운 물 때문에 환상에서 깨어난 소년이 갑작스럽게 머리를 치켜드는 바람에 수녀의 손에서 떨어진 시험관은 바닥에서 박살이 났다. 소년은 희미한 미소를 머금은 채 놀라움에 가득 찬 수녀를 바라보았다. 그러고는 힘없이 입을 열었다.

"세례를……."

그런 다음 소년이 갑자기 고개를 떨구었고 가죽 소파에 머리를 부딪히는 둔탁한 소리가 났다. 그의 야위고 나이 들어 보이는 얼굴이 너무나 노랬다. 소년은 미동도 없이 그저 누워 있었다. 무엇인가 움켜쥐려는 듯하던 두 손도.

"엑스레이 촬영은?" 껄껄껄 웃으며 로마이어 박사와 함께 방으로 들어서던 의사가 물었다. 수녀는 말없이 머리를 저었을 뿐이었다. 의사는 기계적으로 청진기를 움켜쥐었으나 곧 놓아버리고 로마이어 박사를 바라보았다. 로마이어는 모자를 벗어들었다. 로헨그린이 죽었던 것이다.

페퇴키의 주점

병사는 결국 취했다는 것을 느꼈다. 동시에 주머니에는 술값이 한 푼도 없다는 사실도 또렷하게 생각났다. 그의 생각은 그가 모든 것을 아주 정확히 관찰하는 만큼 깨끗했다. 근시의 뚱뚱보 여주인이 주대(酒臺) 뒤 어둠 속에서 매우 조심스레 뜨개질을 하고 있었다. 그러면서 그 여자는 한 사나이와 나직이 얘기를 하고 있었는데, 사나이는 확실히 마자르식의 콧수염을 하고 있었다. 사나이는 희가극에 나오는 전형적인 헝가리인 특유의 매혹적인 얼굴인 반면 여주인은 우직하고 상당히 독일적으로 보였다. 헝가리 여자에 대해서 병사가 느껴 온 이상으로 여주인은 용감하고 육중해 보였다. 두 사람이 주고받는 언어는 그렁그렁하는 것처럼 이해할 수 없었으나 열정적이고 낯설면서도 아름다웠다. 역(驛)으로 가는 길에 촘촘히 늘어선 밤나무로 인해 술집 전체가 짙푸른 어둠으로 가득했다. 그 멋지고 짙은 어둠은 압생트 주(酒)처럼 보이기도 하고 아늑하게 보이기도 했다. 우스꽝스런 코밑수염을 한 그 사나이는 의자에 반쯤 웅크리고 앉아 주대에 편안하게 기대어 있었다.

그 병사는 모든 것을 아주 정확히 관찰했으며 쓰러지지 않고는 주대까지 갈 수가 없으리라는 것을 알았다. 그는 생각했다. 조금 앉아 있어야겠지. 그런 다음 크게 웃으며 소리쳤다. "안녕하시오!"

여주인을 향해 자기 술잔을 치켜들고 독일어로 말했다. "한 잔 더."
그 여자는 천천히 의자에서 일어나, 마찬가지로 천천히 뜨개질거리를 손에서 내려놓으며 미소짓더니 술병을 가지고 그에게로 다가왔다. 그러는 동안 그 헝가리인은 몸을 돌려서 군인의 가슴에 달린 훈장을 훑어보았다. 그를 향해 뒤뚱뒤뚱 걸어오는 여자는 크고 넓적하여 마음씨 좋아 보이는 얼굴에, 심장병을 앓는 것처럼 보였다. 코에는 낡고 검은 끈으로 맨 두툼한 코안경을 걸치고 있었다. 다리도 아픈 듯 술잔을 채우면서 한쪽 발을 들고 한 손은 탁자 위에 얹고 서 있었다. 그런 다음 뚜렷하지 않은 헝가리 말로 뭐라고 말했다. 그 말은 '건배'라든지 '많이 드십시오' 혹은 나이 많은 여자들이 흔히 젊은 군인들에게 하는 자상스럽고 어머니다운 상냥함을 표현하는 그런 말일 것이다.
병사는 담배에 불을 붙인 다음 술을 한 모금 쭉 들이켰다. 그러자 술집이 눈앞에서 빙빙 돌기 시작했다. 뚱보 여주인은 어디엔가 거꾸로 매달리고 오래 되어 낡은 주대는 수직으로 섰으며, 술을 약간 마신 헝가리인은 훌륭한 기술로 길들여진 원숭이처럼 공중에서 체조를 했다. 다음 순간 모든 것이 뒤바뀌고 병사는 큰소리로 웃으며 "건배" 하고 소리쳤다. 다시 한 모금 들이키고 또 들이켰다. 그리고는 담배를 새로 피워 물었다.
문에서 또 다른 헝가리인이 들어왔다. 뚱뚱하고 작았으며 양파처럼 생긴 얼굴에 매우 조그만 콧수염을 기른 사나이였다. 그는 숨을 몰아쉬고는 모자를 탁자 위에 던지며 주대 앞에 쪼그리고 앉았다. 여주인은 그에게 맥주를 주고…….
그 세 사람의 부드러운 대화소리는 마치 다른 세상 끝에서 나지막이 붕붕거리는 소리 같았다. 병사가 깊이 한 모금 마시자 잔이 비었다. 다시 모든 게 제자리로 돌아왔다. 병사는 행복하다고 느낄 만큼 취했고, 다시 술잔을 들어 "한 잔 더" 하며 웃었다.
여주인이 그에게 술을 따랐다.
병사는 생각했다. '포도주를 열 잔쯤 마셨어. 이제 그만 마셔야지. 기분 좋을 만큼 취했으니까.'
녹색의 어둠이 더욱 짙어지고 술집 구석은 이미 불투명한 짙푸른 그림자로 가득 찼다. 병사는 이 자리에 연인이 한쌍도 없다는 것이 유감스러웠다. 이렇게 아름답고 짙푸른 어둠 속이라면 연인들에겐 매혹적인 술집일 텐데. 모든 연인들이 밖의 세상, 밝은 곳에서 이리저리 헤매야만 한다는 것은 유감이다. 여기 이 술집이라면 떠들고 술 마시며 키스할 수도 있을 텐데 말이다. 병사는 이제 여기에 음악도 있어야겠다고 생각했다. 멋진 어두운 구석이 연인들로 가득 차고. 그러면 나, 나는 노래를 부를 텐데. 제기랄, 멋지게 부를 텐데. 나는 매우 행복하다. 그 연인들에게 노래를 선사하고, 그러면 나는 지금도 약간은 남아 있는 이 빌어먹을 전쟁 생각을 더 이상 하지 않게 될 텐데.

 그는 손목시계를 보았다. 일곱 시 반이었다. 아직 이십 분쯤의 여유가 있었다. 그는 떫고 차가운 포도주를 아주 깊이 들이마셨다. 그러자 마치 도수 높은 안경을 쓴 것처럼 모든 것이 더 가깝고 명확하게 보였고, 기분 좋은, 거의 극에 달한 주기(酒氣)가 올라왔다. 주대에 앉아 있는 두 남자가 불쌍해 보였다. 그들은 그들의 낡은 바지로 보아 일꾼이거나 목자 같았다. 피곤해 보이는 얼굴엔 거친 수염과 양파 같은 교활함에도 불구하고 순종의 표정이 역력했다.

 제기랄! 그때에는 정말 끔찍했었어. 병사는 생각했다. 날은 추웠다. 떠나야 했을 때에는 모든 것이 흰 눈으로 뒤덮여 아주 밝았다. 우리들은 아직 2,3분 가량 시간이 있었으나, 키스도 하고 포옹도 할 수 있을 만큼 어둡고 아름답고 인간적인 구석 자리는 어느 곳에도 없었다. 모든 것이 밝고 싸늘하기만 했다.

 "한 잔 더!" 그는 여주인에게 소리쳤다. 그녀가 가까이 오는 동안 시계를 보았다. 아직 십 분의 여유가 있었다. 여주인이 그의 반쯤 채워진 술잔에 더 부으려고 할 때, 그는 손을 그 위에 얹고 미소를 지은 채 고개를 저었다. 그리고 검지와 엄지를 서로 비볐다. 계산을 해야겠다면서. "몇 펭고예요?"

 그런 다음 그는 아주 천천히 저고리를 벗고 둥근 칼라가 달린 회색의 풀오버를 벗어서 시계 앞에 있는 탁자 위에 내려놓았다. 앞에 있는 두 사나이들은 입을 다문 채 그를 바라보고 있었고 여주인도 놀란 듯 보였다. 그녀는 조심스레 탁자 위에다 '14'라고 썼다. 병사는 그의 손을 그녀의 두툼하고 온기 있는 팔뚝 위에 올려놓고 다른 손으로 풀오버를 높이 쳐들면서 얼마나 되겠느냐고 물었다. 그는 다시 엄지와 검지를 비비며 몇 펭고냐고 덧붙였다.

 여자는 고개를 흔들며 그를 바라보았으나 그는 어깨를 으쓱하며 돈이 없다는 시늉을 했다. 그녀는 머뭇머뭇 풀오버를 움켜쥐고 그것을 왼쪽으로 돌려 열심히 살펴보다가 냄새까지 맡아보았다. 그녀는 약간 코를 찌푸리고 나서 웃으며 재빨리 '14' 옆에 '30'이라고 적었다. 병사는 그녀의 따뜻한 손을 놓고 그녀에게 고개를 끄덕이며 술잔을 들고 다시 한 모금 마셨다.

그러는 동안 여주인은 주대로 가서 두 헝가리인과 열심히 중얼거리기 시작했다. 병사는 입을 열어 노래했다.

"슈트라스부르크 참호로."

그는 뜻밖에 잘 불렀다고 느꼈다. 생전 처음으로. 동시에 취했다는 것도 느껴졌다. 모든 것이 다시 조용히 떠다니듯 느껴질 그때 다시 시계를 보았다. 아직 노래할 시간이 3분 있다는 것을 확인하고 행복해져서 새 노래를 부르기 시작했다.

"인스부르크. 나는 너를 떠나야 하리." 그는 미소지으며 여주인이 탁자 위 자기 앞에 놓아둔 지폐를 주머니에 넣었다.

이제 술집은 아주 조용해졌다. 낡은 바지를 입고 피곤한 얼굴을 한 두 남자는 그에게로 몸을 돌리고 여주인도 되돌아가다가 멈춰서서 마치 어린아이처럼 조용하고 진지하게 귀를 기울였다.

병사는 술잔을 비우고 담배를 새로 피워 물었다. 그리고 이제는 몸을 가누지 못할 것임을 느꼈다. 그러나 그는 문으로 가기 전에 주대 위에 지폐 한 장을 놓고 두 사나이를 가리키며 가지라고 말했다. 그 셋은 그를 응시했다. 역으로 가는 길. 이별을 위한 키스와 포옹을 할 수 있는 짙푸른 어둠이 깔린 밤나무 가로수 길로 나가기 위해 그가 문을 열 때까지⋯⋯.

형(兄)의 다리

내가 얼마 동안 형(兄)의 다리로 생계를 꾸려갔다는 고백은 나를 철면피로 몰아가겠지만 그렇다고 달리 얘기할 수는 없다. 그것은 사실이었으니까. 의심 많은 사람들은 어떤 성적(性的) 배경을 상상할는지도 모르나 그것은 틀린 얘기다. 형은 아주 정상이다, 적어도 이 점에 있어서는. 형은 댄서도 아니고 영화에 나오는 투우사의 대역도 아니다. 그렇다고 그의 다리는 남성용 양말을 선전하기 위해 촬영되지도 않을 것이고. 나는 그 탓을 인류학에 돌리지도 않았다.

형의 단순한 기질은 Fc Pest 팀의 왼쪽 주자(走者)로 만족했다. 그리고 다리 노동으로 인해 이미 이름 있는 트레이너의 주의를 끌었다. 형은 나를 먹여 살렸다. 그의 수입 상태를 고려해 볼 때 그리 어려운 일은 아니나 그것은 인정받아야 마땅하다. 내가 그에게 해주는 서비스는 없어서는 안 될 성질의 것이기는 하나 결국은 부차적인 잡다한 일들이었기 때문이다. 나는 그를 위해 요리도 하고, 식단도 조절해 주고 안마도 해주었다. 그리고 우리가 먹고 살 수 있는 토대를 마련해 주고 근육 관리에 더욱 세심한 배려를 했다.

나의 형은 악의가 없는 사람이다. 오히려 매우 다정하다고 할 수 있는 사람이다. 그러나 그런 성격에서는 보기 드문 다리를 갖고 있다는 사실이 위험스러웠다. 수많은 사람들의 질투의 대상이 되는 다리를. 그것도 한짝이 아니라 두 짝 다 지니고 있다는 것이.

내가 부차적이라 여기는 육체적 서비스 이외에도 나는 형의 정신적인 보호도 떠맡았다. 그 일은 훨씬 어려운 일이어서 여기에 그 고충을 말해 두어야 하겠다. 나의 형은 어리석은 사람이 아니다. 그것은 정말이다. 그의 내부에는 부분적이나마 예지가 있었다. 그러나 나 자신을 위해서 얘기하는 것은 아니지만, 많은 부분에 있어서 그의 이해력은 사실 부족하다. 어떤 확실한 경력들이 그에 상응하는 시험을 의무로 삼는 것은 다행한 일이다. 훌륭한 두 다리로 먹고 살 뿐 아니라 공명심도 있는 나의 형은 트레이너가 되겠다는 생각을 했다. 그는 이 목적을 위해 최소한의 심리학적 지식을 요구하는 시험을 치러야만 했다. 나는 심리학을 조금도 중요시하지 않으나 트레이너가 되려면 최소한 부분적이나마 그것을 알아야만 한다고 생각한다. 그리고 이 점에 나의 고충이 따랐다. 나는 형의 다리로부터 나오는 재능을 머리에 이식시키는 데 성공하지 못했기 때문이다. 형은 역정을 냈다. 내가 그에게 감독이라는 자리에 욕심 내지 말고 왼쪽 윙 자리로 만족하라고 충고했기 때문이다. 그러나 그는 집요하게 그것을 요구해서 나를 괴롭혔다. 우리는 아무런 긍정적인 결론을 얻지 못한 채 실제적인 축구 심리학 입문서 두 권만 낡게 만들었다.

"다리에나 매달려요!" 하고 형에게 말했더니 형은 이 상황에서 인용되는 격언으로 최후의 일격을 가하고 나를 밖으로 내던졌다.

그 이후로 나는 꼴이 말이 아니다. 나는 Fc Pest 팀 주위의 클럽을 배회했다. 짐작하겠지만 옷차림 때문에 그곳에 들어가지는 못했다. 나는 형과 같이 인기 있는 다리 노동자에게 가한 무례함을 후회하면서 다리 노동자의 안락하던 시절을 겸허하게 회상한다.

빵 맛

　지하실로부터 무겁고 불쾌한 공기가 덮쳐왔다. 그는 천천히 끈끈한 계단을 내려가 누런 어둠 속을 더듬어 나갔다. 어디선가 물이 떨어졌다. 지붕이 새거나 수도관에서 떨어지는 것이리라. 그 물은 먼지와 돌 조각들과 섞여 계단을 수족관 바닥처럼 미끈미끈하게 만들었다. 그는 계속해서 나갔다. 문 뒤로부터 불빛이 새어나왔다. 어슴푸레한 속에서 그는 팻말을 읽었다.
　'뢴트겐실, 출입금지.'
　그는 불빛으로 좀더 가까이 다가갔다. 그 불빛은 노랗고 부드러웠다. 깜박이며 타오르는 것으로 보아 그것은 촛불임에 틀림없었다. 그는 계속 나가면서 어두운 공간을 들여다보았다. 그곳에서 뒤섞인 의자들, 가죽 소파와 납작하게 찌부러진 옷장들을 알아볼 수가 있었다.
　불빛이 새어나오던 문은 활짝 열려 있었다. 커다란 촛대 옆에서 푸른 옷을 입은 수녀가 에나멜 접시에 샐러드를 만들고 있었다. 수많은 푸른 잎사귀들이 하얗게 채색되었다. 접시 안에 소스가 뿌려지는 소리가 들렸다. 수녀의 장밋빛 넓은 손이 야채를 버무렸다. 작은 잎사귀들이 자꾸 가장자리로 떨어지자 수녀는 그것들을 얌전히 주워 모아서 다시 접시에 담았다. 촛대 옆에 놓여 있는 커다란 양철통에서 수프 냄새가 약하게 풍겨왔다. 뜨거운 물, 양파와 고기 냄새가 났다. 그는 큰소리로 "안녕하십니까" 하고 인사를 했다. 수녀는 몸을 돌렸다. 그녀의 장밋빛 넓은 얼굴에 두려움이 서렸다. 수녀는 낮은 목소리로 말했다.

"맙소사, 뭘 원하시는 거죠?"

그녀의 장밋빛 손에 우유 소스가 묻고, 연약하고 어린아이 같은 팔에는 두세 개의 작은 샐러드 잎사귀가 붙어 있었다.

"맙소사, 깜짝 놀랐어요. 뭘 원하시죠?"

"배가 고파요." 그는 나직이 말했다.

그는 더 이상 수녀를 바라보지 않았다. 그의 시선이 오른쪽, 열린 찬장 안으로 옮겨졌던 것이다. 찬장 문은 기압(氣壓)으로 부서져 있었는데 남은 부분에는 아직 경첩이 달려 있었으며 바닥은 벗겨진 래커칠 조각으로 뒤덮여 있었다. 찬장에는 빵이 놓여 있었다. 아주 많은 빵이. 수없이 많은 주름 잡힌 빵이 아무렇게나 쌓여 있었다. 그는 얼른 물을 마셨다. 너무 많이 마셔 목이 멨다. 그는 생각했다. '빵을 먹겠다. 어쨌든 빵을 먹게 될 거야.'

그는 수녀를 바라보았다. 수녀의 어린아이 같은 눈길에는 동정과 두려움이 함께 했다.

"배가 고픈가요?" 수녀는 말하며 미심쩍은 듯이 샐러드 접시, 수프 통과 빵 더미로 눈길을 돌렸다.

"빵을, 제발 빵을."

수녀는 선반으로 가서 빵 한 덩이를 집어들어 식탁 위에 놓고는 서랍에서 칼을 찾았다.

"감사합니다. 됐어요. 그냥도 떼어 먹을 수 있어요."

수녀는 샐러드 접시를 한쪽 팔에 끼고 수프 통을 들고는 그의 옆을 지나쳐 갔다.

그는 얼른 빵 한 조각을 떼었다. 턱이 떨리고 입술의 근육과 털이 경련하는 것을 느꼈다. 이어서 그는 고르지 않고 부드러운 부분에 이빨을 파묻어 깨물기 시작했다. 그는 빵을 먹었다. 오래 된 빵이었다. 일주일쯤 지난 것임에 틀림없다. 말라붙은 호밀빵에는 어느 공장의 붉은 색종이로 만든 상표가 붙어 있었다. 가죽처럼 질긴 갈색 껍질을 계속 이빨로 뜯어먹으며 손으로는 큰 덩어리를 쥐고 다시 새로운 부분을 떼어냈다. 그렇게 오른손으로는 먹고 왼손으로는 빵 덩어리를 꼭 쥐고 있었다. 그는 걸터앉았다. 한 조각 뜯어낼 때마다 언제나 부드러운 면부터 시작했다. 이빨로 계속 씹는 동안 입 둘레에 묻는 빵의 감촉이 마치 건조한 애무처럼 느껴졌다.

무슨 일이 일어날 것이다
──내용이 풍부한 이야기──

내 생(生)에 있어서 주목할 만한 시기는 아마도 알프레드 분지델 회사 재직시였을 것이다. 내 성격은 일보다는 공상과 무위도식을 좋아했으나 끊임없는 경제적 곤란이 때때로 내게 일자리를 얻도록 강요했다. 경제적 현실은 무위도식을 허락하지 않았기 때문이다. 그처럼 곤란한 지경에 처해서 나는 다시 한 번 직업 소개소를 찾았으며 그곳에서 나 같은 처지의 일곱 명과 함께 분지델 공장으로 보내졌다. 그리고 그곳에서 우리는 입사 시험을 치러야만 했다.

우선 공장의 광경이 의구심을 자아냈다. 그 공장은 전부가 유리 벽돌로 지어져서 밝은 건물과 밝은 공간들에 대한 혐오감이 일에 대한 혐오감만큼이나 강하게 일어났다. 더군다나 곧 밝고 명랑한 색으로 칠해진 구내 식당에서 아침 식사가 제공되었을 때에는 더욱 의심스러웠다. 아름다운 여종업원들이 우리들에게 달걀과 커피와 토스트를 가져다 주었고 품위 있는 유리잔 속에는 오렌지 주스가 담겨 있었다. 금붕어들은 밝고 푸른 빛의 수족관 벽면을 향해 무표정한 얼굴을 내보였다. 여종업원들은 즐거워했다. 너무 즐거운 나머지 터질 것처럼 보였는데, 강한 의지의 노력만이 그들을 그런 상황에서 막아주는 것 같았다. 그녀들은 계속해서 부화되지 않은 달걀을 품은 암탉처럼 아직

불려지지도 않는 노래를 불렀다. 나는 곧 나와 같은 처지의 사람들이 알지 못하고 있음을 알아챘다. 바로 이 아침 식사도 시험에 속한다는 사실을. 그래서 나는 자신의 육체를 가치 있는 것으로 만드는 방법을 확실히 알고 있는 사람들이 그렇듯 신경을 곤두세워 식사를 했다. 나는 이 세상의 어떤 권력도 정상적인 방법으로는 나를 그리로 억지로 몰아가지 못할 그런 일을 한 것이다. 나는 위가 텅 비었지만 오렌지 주스를 마시고 커피와 달걀은 그대로 남겨둔 채 일어나서 배부른 듯한 몸짓으로 식당 안을 이리저리 걸어다녔다.

그래서 나는 제일 먼저 매혹적인 탁자 위에 문제지가 놓여 있는 시험장으로 들어가게 되었다. 그 방의 벽은 녹색으로 칠해졌는데 정돈하기 좋아하는 사람들은 '매혹적'이라고 말함직한 그런 방이었다. 아무도 보는 사람은 없었으나 나는 관찰당하고 있다고 확신하고 배부른 듯이 행동했던 것처럼, 관찰당하지 않는 듯이 행동했다. 나는 얼른 주머니에서 만년필을 뽑아 뚜껑을 열고 가까운 탁자에 앉아 음식점 계산대의 성미 급한 사람처럼 문제지를 끌어당겼다.

첫째 질문 : 사람이 두 팔, 두 다리, 두 눈, 두 귀를 가진 것이 적당하다고 생각하십니까?

거기서 나는 처음으로 나의 깊은 사고력의 덕을 보게 되었다. 그래서 지체하지 않고 썼다.

"네 개의 팔과 다리 그리고 네 개의 귀로도 내가 일하는 데 있어서는 충분하지 않을 것이다. 인간의 장비는 빈곤하기 짝없다."

둘째 질문 : 얼마나 많은 전화를 동시에 받을 수 있겠습니까?

여기서도 답은 일차 방정식의 해답만큼이나 쉬웠다.

"만약 7대의 전화가 있다면 나는 조급해질 것이다. 9대 정도라야 약간 부담스럽게 느낄 것이기 때문에."

셋째 질문 : 축제 전야에는 무엇을 하십니까?

나의 대답은 다음과 같다.

"나는 축제 전야라는 단어를 모릅니다. 열다섯 살 되던 생일에 그 단어를 나의 어휘에서 지워버렸습니다. 태초의 일이었기 때문에."

나는 일자리를 얻었다. 실제로 나는 9대의 전화를 절대 부담스럽게 느끼지 않았다. 나는 상대방의 귀에 대고 "즉시 행동하시오" 혹은 "뭔가 좀 해보시오! 무슨 일이 일어나지 않으면 안 되오 —— 무슨 일이 일어날 것이오 —— 무슨 일이 일어났소 —— 무슨 일이 일어나야 하오" 하고 외쳤다. 대체로 기분에 따라 그렇게 했는데 나는 주로 명령형을 썼다.

조용한 즐거움이 감도는 구내 식당에서 비타민이 풍부한 음식을 먹는 점심 시간은 즐거웠다. 분지델 공장에는 자기가 얼마나 큰 사건들을 겪었는가 하는 자신의 경력을 이야기하는 데 정신 팔린 사람들로 우글거렸다. 그들에게 있어서는 경력이 자신의 삶보다 더 중요했다. 단추 하나 누르기만 하면 그들은 자신의 경력을 자랑스레 떠벌린다.

분지델의 대리인 브로쉑이란 사람은 대단한 명성을 얻은 사람이었다. 그는 이미 대학 시절에 7명의 아이들과 몸이 마비된 어떤 부인을 야간 작업으로 부양함과 동시에 네 개의 대리점을 성공적으로 경영했는가 하면 2년 동안에 두 개의 국가시험에 탁월한 성적으로 합격했다. 언젠가 기자가 그에게 "도대체 언제 주무십니까, 브로쉑씨"라고 물었을 때 그는 "잠자는 것은 죄악이오"라고 답했었다.

분지델의 여비서는 한 마비된 남자와 4명의 아이들을 편물 세공으로 부양하면서 심리학과 향토학 학위를 취득했으며 목양견을 사육하면서 '팜프'란 이름 아래 가수(歌手)로도 유명하였다.

분지델 자신은 아직 밝지도 않은 새벽에 이미 하루의 일을 다 결정하는 그런 사람 중의 하나였다. 그들은 가운 허리띠를 조르면서도 '나는 일해야만 해'라고 생각하고, 면도하면서도 '나는 일해야만 해'라고 생각한다. 그들은 비누거품과 함께 면도기로 깎여지는 구레나룻을 의기양양하게 바라본다. 고집의 과잉은 그들로 하여금 일에 쫓기게 하는 첫째 요인이었다. 또한 그런 사람들에게 있어서 마음 편한 일은 만족도를 절감시킨다. 물이 흐르듯 종이가 쓰여지고 일이 생겨난다. 빵은 씹혀지고 달걀껍질은 깨어진다.

분지델에게는 사소한 일도 사건처럼 보였다. 즉 모자를 쓰는 것, 너무 힘에 넘쳐 전율하면서 외투 단추를 채우는 것, 부인에게 키스하는 것, 이 모든 것이 그에게는 일이었다.

그는 사무실에 들어올 때면 여비서에게 인사처럼 말했다. "무슨 일인가 일어나야 해!"

여비서 또한 밝은 기분으로 외쳤다. "무슨 일인가 일어날 거예요!"

분지델은 부서마다 돌아다니면서 쾌활한 기분으로 외쳤다. "무슨 일이든 일어나야 해."

그러면 모두가 답했다. "무슨 일인가 일어날 겁니다."

그가 내 방에 들어올 때면 나 역시 명랑하게 외쳤다. "무슨 일인가 일어날 겁니다."

내가 받아야 할 전화는 일주일 사이에 11대로, 2주일 사이에는 13대로 늘어났다. 나는 아침마다 전철에서 새로운 명령법을 생각하거나 '일어나다'라는 동사를 다른 시제, 다른 성으로, 또는 접속법이나 직설법으로 바꾸는 데 재미를 느꼈다. 그래서 이틀 동안 한 문장만 사용했는데 그것은 그 문장이 너무나 멋지기 때문이었다.

"무슨 일이 일어나야만 했는데."

그 다음 이틀 동안은 또 다른 문장을 썼다.

"그 일은 일어나지 않았어야 했는데."

그러나 정말로 일이 일어났을 때 나는 방심 상태가 되기 시작했다. 어느 화요일 아침, 아직 정돈도 되지 않은 상태였는데 분지델이 나의 방으로 급하게 들어와 소리쳤다. "무슨 일이 일어나야 해."

그러나 그의 얼굴에서 어떤 말할 수 없는 것이 나를 망설이게 했으나, 나는 앞에 쓴 것처럼 명랑하고 경쾌하게 대답했다. "무슨 일인가 일어날 겁니다."

여느때에는 거의 소리치지 않던 분지델이 내게 호통을 쳤기 때문에 나는 약간 망설였다.

"대답하시오. 규정이 어떻게 되어 있는지 대답해 보시오!"

'나는 나쁜 아이예요'라는 말을 하라고 강요당한 어린이처럼 나는 마지못해 대답했다. 나는 굉장히 애썼으나 이렇게밖에 말할 수가 없었다. "무슨 일인가 일어날 겁니다."

나는 그 문장을 다 마치지도 못했다. 정말로 일이 일어났기 때문이다. 분지델이 바닥에 쓰러졌고 쓰러진 채로 옆으로 굴러서 열린 문앞에 가로질러 누워버렸다. 천천히 책상을 돌아서 누워 있는 그에게로 다가갔을 때 나는 알게 되었다. 그가 죽었다는 것을.

　머리를 저으며 나는 분지델을 넘어서 천천히 브로쉑의 방으로 향하는 복도를 걸어가서 노크 없이 들어갔다. 브로쉑은 책상에 앉아 양쪽 손에 수화기를 하나씩 들고, 입에는 볼펜을 들고서 책상 위에다 메모를 하고 있었다. 그리고 책상 밑에 놓인 편물기계는 맨발로 누른 채. 이렇게 해서 그는 자기 가족의 의복을 보충하는 데 기여한다.

　"일이 생겼습니다." 나는 조용히 말했다. 브로쉑은 볼펜을 내뱉고 양쪽 수화기를 내려놓더니 머뭇거리다가 편물기계에서 발가락을 떼었다.

　"도대체 무슨 일인가?"

　"분지델씨가 죽었습니다."

　"그럴 리가 있나?"

　"사실입니다. 가보시죠!"

　"아니야. 그럴 리가 없어." 브로쉑이 말했다. 그러나 그는 슬리퍼를 신고 복도를 지나 나를 따라왔다.

　"아니야. 아니야!" 우리가 분지델의 시체 옆에 섰을 때 그는 말했다. 나는 대꾸하지 않았다. 나는 조심스럽게 분지델의 등을 돌려 눈을 감겨주고 신중히 바라보았다.

　나는 그에 대해 애정을 느꼈다. 비로소 내가 그를 미워하지 않았다는 사실이 명확해졌다. 그의 얼굴에는 어린아이의 얼굴에서와 같은 어떤 것이 있었다. 그것은 비록 놀이친구들의 증명에 의해 확실한 것으로 인정되었음에도 불구하고 완강하게 산타클로스에 대한 믿음을 포기하지 않으려는 고집 센 아이의 얼굴 같은 것이었다.

　"안 돼, 안 돼." 브로쉑은 말했다.

　"무슨 일이든 일어나야 합니다." 나는 조용히 브로쉑에게 말했다.

　일이 생겼다. 분지델이 매장되고 나는 그의 관 뒤에서 인조 장미로 만들어진 조화(弔花)를 운반하는 일을 맡게 되었다. 내가 신중하고 허둥거리지 않는 버릇을 가졌기 때문만이 아니라 검은 예복에 어울리는 모습과 얼굴을 가졌기 때문이었다. 인조 장미 조화를 손에 들고 분지델의 관 뒤를 따라가는 내가 정말 훌륭해 보였다. 나는 명망 있는 장의사에서 직업적 조객으로 입사해 달라는 제의를 받아들였다.

"당신은 정말 선천적으로 타고난 조객(弔客)이오. 당신은 예복을 받게 될 것이오. 당신 얼굴은 정말 훌륭하오." 장의사 사장이 말했다.

나는 그곳에서 정말 부담없이 일하게 될 것과 13대의 전화를 받으면서도 나의 능력이 제대로 발휘되지 못한다는 근거를 들어 브로쉑에게 회사를 그만두겠다고 통고했다. 직업적 조객 노릇을 처음 하고 나서 나는 곧 알았다. '이것이야말로 너를 위해 정해진 자리이니라.'

나는 생각에 잠겨 수수한 꽃다발을 손에 들고 관 뒤에 서 있었다. 헨델의 〈라르고〉가 연주되지만 너무 짧게 느껴졌다. 묘지에 있는 카페는 단골집이었다. 나는 일이 없을 때에는 그곳에서 시간을 보냈다. 나는 자주 부탁받지 않은 관 뒤를 따라갔다. 내 돈으로 꽃다발을 사서 임자 없는 관 뒤를 따라가는 복지재단의 직원들 사이에 끼여들었다. 나는 가끔 분지델의 무덤을 찾아갔다. 나의 천직, 사색과 무위도식이 의무인 그런 직업을 찾게끔 만들어준 그에게 감사하기 위해서.

훨씬 뒷날에야 나는 분지델 공장에서 만들어내는 상품에 대해 관심을 갖지 않았다는 생각이 들었다. 그것은 아마 비누였을 것이다.

전쟁이 일어났을 때

　나는 셔츠 소매를 걷어올린 채 창가에 드러누워서 정문의 입구와 위병소 너머 연대 본부의 전화 교환실을 바라보았다. 내 친구인 레오와 약속한 신호를 기다리는 중이었다. 그 신호는 그 친구가 창가로 다가와서 모자를 벗었다가 다시 쓰는 것이었다. 나는 시간이 있을 때마다 창가에 드러누웠고 기회만 닿으면 쾰른에 사는 애인과 어머니에게 전화를 걸었다. 레오가 창가로 와서 모자를 벗었다가 다시 쓰면 나는 곧장 연병장으로 달려내려가 공중전화 박스에서 전화가 울리기를 기다릴 작정이다.
　다른 교환병들은 맨머리에 속셔츠 차림으로 교환실에 앉아 있다. 그들이 교환기의 코드를 꽂거나 빼내고 교환대의 번호 표시기를 위로 밀어올리기 위해 몸을 굽힐 때마다 인식표가 열어젖힌 속옷 밖으로 나와 흔들거리다가 몸을 일으키면 다시 제자리로 돌아가곤 했다. 레오만이 모자를 쓰고 있었다. 내게 신호를 보내려면 모자를 벗어야만 했기 때문이다. 그는 불그레하고 무거워 보이는 머리통에 옅은 금발을 한 올덴부르크 태생이었다. 사람들이 그에게서 받은 첫번째 인상은 성실해 보인다는 것이었고 두번째로는 믿을 수 없을 만큼 성실하다는 것이었다. 그러나 이 두 가지 인상보다 더 많은 것을 알 만큼 오랫동안 레오와 상대했던 사람은 없었다. 요컨대 그는 치즈 광고에

나오는 소년의 얼굴처럼 지루해 보였다.
 어느 무더운 오후. '며칠째 계속된 경보 준비는 이미 김빠진 맥주마냥 시들해져 버렸고 시간들은 운수 사나운 일요일로 변해 갔다. 그리고 연병장은 텅 빈 채 그곳에 존재하고 있었다. 나는 적어도 내무반 동료들로부터 내 머리를 격리시킬 수 있다는 사실이 기뻤다. 저 건너편에서는 교환병들이 교환기의 코드를 꽂았다 뺐다 하는가 하면 번호 표시기를 올리기도 하고 흐르는 땀을 닦기도 했다. 레오는 숱이 많은, 옅은 금발 위에 모자를 쓴 채로 그들 틈에 앉아 있었다.
 코드를 연결하고 빼내는 리듬에 변화가 생겼음을 나는 재빨리 감지해 냈다. 팔의 움직임에서 기계적인 리듬이 사라지고 부정확해졌던 것이다. 레오는 팔을 머리 위에서 세 번 흔들었다. 그 신호는 우리가 미리 약속한 적이 없는 것이었지만, 나는 그 신호를 보고 뭔가 심상치 않은 사태가 발생했음을 읽어낼 수 있었다. 한 교환병이 전화 교환기로부터 철모를 집어들어 머리에 쓰는 모습이 보였다. 속셔츠 바람으로 땀을 뻘뻘 흘리면서 인식표가 흔들거리는 채로 철모를 쓰고 앉아 있는 그 병사의 모습은 우스꽝스러웠다. 그러나 웃을 수는 없었다. 철모 착용은 모종의 전투 준비를 의미한다는 사실이 뇌리를 스치면서 불안이 온몸을 휘감았다.
 나의 등뒤, 내무반 침상 위에서 졸고 있던 녀석들도 일어나 담배를 피워 물고는, 이미 정평이 난 두 그룹을 형성했다. 세 명의 교육대 지원자들로 이루어진 한 그룹은 언제나 '국민교육적 차원'에서 그들의 뜻대로 되리라고 바라는 무리들이었다. 그들은 에른스트 윙어에 관한 대화를 나누는 중이었다. 또 다른 한 그룹은 위생병과 매점 근무병이었는데, 그들은 여자의 육체에 대한 이야기에 열을 올리기 시작했다. 그러나 그들은 지저분한 농담도 하지 않았고 웃지도 않았다. 그들의 대화는 마치, 지독하게 재미없는 지리 선생이 빤네 아이켈의 지지학(地誌學)에 대해 가능한 한 흥미롭게 얘기하고 있는 그런 투였다. 이런 두 가지의 화제, 그 어느 쪽에도 나는 아무런 흥미를 느끼지 못했다. 쾰른에 있는 애인과 전화를 하고자 하는 내 소망이 어느 때보다 더 격렬해졌음을 체득한다는 것은 심리학자나 심리학에 관심이 있는 사람 그리고 심리학 성인 강좌를 막 수료한 사람들에게 흥미를 유발시킬는지도 모른다. 나는 사물함에서 모자를 꺼내 쓰고 창가에 기대섰다. 그것은 레오에 대한 신호로, 내가 그에게 면회를 요구한다는 뜻이었다. 내 뜻을 이해했다는 표시로 그가 윙크를 보냈다. 나는 군복 상의를 입고 방을 나와 계단을 내려가 연대 건물 입구에서 레오를 기다렸다.

심한 더위 속에서 연병장은 더욱더 고요하고 공허해 보였다. 무덥고 고요하며 텅 빈 연병장만큼 지옥이라는 이미지와 부합되는 것은 없을 것이다. 레오는 재빨리 달려왔다. 철모를 쓴 그는 내가 익히 알고 있는 다섯 가지 표정들 가운데서 한 가지 표정을 지어 보였다. 연장 근무나 야간 근무를 할 때면 그는 그 위험스러운 표정으로 전화 교환기 앞에 앉아 직무상의 비밀 통화를 엿듣곤 했다. 그는 통화 내용을 내게 알려주고는 갑자기 연결 코드를 뽑아 직무상의 비밀 통화를 끊어버렸다. 내가 애인과 통화할 수 있도록 비밀 통화를 쾰른으로 연결하기 위해서였다. 그 다음에 내가 교환 업무를 넘겨받는다. 레오는 그때에야 비로소 올덴부르크에 있는 애인과 통화를 했고 그의 아버지에게도 전화를 걸었다. 전화 거는 사이에 레오는 어머니가 보내준 햄을 엄지손가락 두께로 잘라낸 다음 그것을 다시 깍두기 모양으로 썰어서 먹었다. 별달리 할 일이 없을 때면 레오는 내게 통화자들의 관등(官等)을 식별하는 기술을 가르쳐주었다. 처음에 나는, 성급할수록 계급이 높은 사람이라는 사실을 아는 것만으로 충분하리라고 생각했다. 병장, 하사관 등등…… 그러나 레오는 통화를 요구하는 자가 근무 의욕에 사로잡힌 병장인지, 아니면 피곤한 연대장인지까지 정확하게 구분해 낼 줄 알았다. 더구나 그는 매우 식별하기 힘든 미세한 차이임에도 불구하고, 교환기의 번호 표지판이 떨어지는 것을 보고 화가 난 중대장인지 흥분 상태의 중위인지를 구분해 내기도 했다. 저녁 시간이 되면 그의 다른 얼굴들이 드러났다. 그것은 증오에 가득 찬, 늙은 터키인의 얼굴이었다. 이런 표정을 지으면 그는 갑자기 현학적으로 변했다. "다시 한 번 말씀해 주십시오"라든지 "그렇습니다" 따위의 말들을 지나칠 정도로 정확하게 발음했다. 불안하리만큼 빠른 속도로 코드를 연결해 주었기 때문에 '군화에 관한 직무상의 통화가 군화 및 탄약에 관한 통화로 바뀌기도 하고, 탄약에 관한 통화가 탄약 및 장화에 관한 통화로 뒤바뀌기도 했다. 더러는 어느 상사가 아내와 사적인 통화를 하는 도중에 "저는 징계를 요구합니다" 하는 중위의 목소리가 느닷없이 끼여들기도 했다. 그렇게 혼선이 되면 레오는 번개같이 코드를 바꾸어 연결했다. 군화에 관해 통화하던 두 사람은 다시 군화에 관해서, 또 다른 통화자들은 탄약에 관해서 얘기할 수 있도록 하고 상사의 아내는 다시금 그의 남편에게 그녀의 위장장애에 관해 통화할 수 있도록 하기 위해서였다. 햄을 모조리 먹어치우고 나면 레오의 근무 교대 시간이 된다. 고요한 연병장을 지나 우리의 내무반으로 올라가면 레오의 마지막 표정이 나타난다. 바보스럽지만 일종의 순진함이 깃들인 얼굴이다. 그러나 그것은 어린이의 천진무구함과는 전혀 다르다.

　레오가 엄청나게 중요한 상징물인 철모를 쓰고 내 앞에 서 있을 때면 언제나 나는 그를 놀려주었다. 그는 나를 힐끗 보면서 제1, 제2연병장을 지나 마구간 쪽으로 간다. 그의 표정은 세번째 표정에서 다섯번째로, 다섯번째에서 네번째로 바뀌더니 마지막 표정으로 이렇게 말했다. "전쟁이야, 전쟁. 그들이 드디어 시작했어."

　나는 아무 말도 하지 못했다. 그가 계속했다.

　"물론 그녀와 통화하고 싶겠지?"

　"그래."

　"내 애인이 얘기하더군. 그녀는 아기를 낳을 수가 없다고 말이야. 기뻐해야 할지 어떨지 모르겠어. 네 생각은 어때?"

　"기뻐할 일이지. 전쟁통에 애들이 딸려 있다는 건 좋은 일이 못 되니까."

　"총동원령에다 전투 태세 준비라니, 여기도 곧 바쁘게 되겠지. 그리고 아마도 오랜 시간이 걸리겠지, 다시 자전거를 타고 떠날 수 있을 때까지는." 그가 말했다——비번일 때 우리는 곧잘 자전거를 타고 시골의 풀밭으로 나갔었다. 그럴 때면 시골 아낙네에게 달걀 프라이와 기름 바른 빵을 만들어달라고 했었다.

　"최초의 전쟁놀이는 벌써 시작됐어. 나는 특별한 자질과 전화업무에 대한 특수한 공로 덕분에 하사관으로 진급했어. 3분이 지나도 벨이 울리지 않으면 무능하다는 이유로 강등시켜도 좋아" 하고 레오가 말했다. 전화 박스에서 나는 전화번호부 '뮌스터 우편총국'에 몸을 기댄 채 담뱃불을 붙이면서 철망을 넣은 유리벽 틈새로 연병장을 바라보았다. 제4동에 사는 것으로 짐작되는 상사의 아내가 보였다. 그녀는 노란 주전자로 제라늄에 물을 주고 있었다. 기다리면서 나는 손목시계를 보았다. 1분, 2분이 지났다. 정말로 전화벨이 울리자 나는 깜짝 놀랐다. 그리고 쾰른에 사는 애인의 목소리가 들려왔을 때 더욱더 경악했다. "마이바하 가구점입니다. 슈베르트……."
"아. 마리. 전쟁이 일어났어. 전쟁이야."
"아니예요."
"사실이라니까."
30초 정도의 침묵 뒤에 그녀가 말했다. "내가 가야 하나요?"
내가 기분에 이끌리는 대로 그래, 그래, 하고 말하기도 전에 상당히 고급 장교인 듯한 목소리가 전화선을 타고 흘렀다. "탄약이 필요하다, 꼭 필요해."
그러자 그녀가 말했다. "당신, 듣고 있어요?"
장교의 목소리가 으르렁거렸다. "빌어먹을!"
그러는 사이에 나는, 그녀의 음성이 낯설고 거의 무섭게까지 느껴졌던 데 대해 곰곰이 생각해 보았다. 그녀의 음성은 마치 결혼을 원하는 듯했으나, 나는 그녀와 결혼할 생각이 없다는 사실을 문득 깨달았다.
"아마 우리는 바로 오늘밤 출동하게 될 거야" 하고 나는 말했다. 그 장교는 "빌어먹을, 더러운 세상"이라고 악을 써댔다. "네 시 기차를 탈 수 있을 테니까 일곱 시쯤이면 도착할 거예요" 하는 그녀의 말에, 나는 짐짓 정중하게 재빨리 말했다. "너무 늦었어, 마리. 너무 늦었다구."
그러자 장교의 목소리만이 들렸다. 그는 거의 미칠 지경인 듯했다. 그는 소리를 질렀다. "탄약을 공급받을 수 있는 거요, 없는 거요?"
나는 돌처럼 차가운 음성으로 말했다 —— 그것을 나는 레오에게서 배웠다 —— "안 돼, 탄약을 지급받을 수는 없어, 어떤 일이 있더라도." 그러고 나서 나는 전화를 끊어버렸다.
우리가 열차에서 군화를 내려 트럭에 실었을 때에는 아직 날이 밝았다. 그러나 트럭으로부터 열차로 옮겨 실었을 때에는 이미 어두워져 있었다. 날은 점점 더 어두워졌고 우리는 군화를 열차에서 트럭으로 다시 옮겨 실었다. 그때 날이 밝아오고 있었다. 우리는 건초더미를 트럭에서 열차로 옮겨 실었다. 끊임없이 건초더미를 옮겨 싣는 동안 날은 점점 더 밝아졌다. 건초더미를 열차에서 트럭으로 옮겨 싣는 것은 트럭에서 열차로 옮기는 시간보다 꼭 두 배가 걸렸다. 다시금 날이 저물었다. 한 번은 실전에 맞게 설비된 야전 취사차가 왔었다. 쇠고기 스튜는 충분했으나 감자가 부족했다. 우리는 진짜 커피와 담배도 지급받았지만 돈을 지불할 필요는 없었다. 그때에는 어두웠음에 틀림없다. 왜냐하면 "커피와 담배가 공짜인 것은, 가장 확실한 전쟁의 조짐이지" 하고 말하던 목소리는 기억이 나는데 그 목소리의 주인의 얼굴은 기억할 수 없기 때문이다. 우리가 행군하여 병영으로 돌아왔을 때는 다시 날이 밝아 있었다. 부대 앞으로 지나 뻗어 있는 도로로 접어들었을 때 우리는 최초의 출동 대대와 마주쳤다. 선두에서 행진곡을 연주하는 군악대 뒤로 제1중대와 전투 차량이 이어졌다. 이어 2중대, 3중대가 보이더니 끝으로 중기관총으로 무장한 제4중대가 지나갔다. 어느 얼굴에서도, 단 하나의 얼굴에서도 열광의 흔적은 보이지 않았다. 도로변에는 물론 사람들이 모여 서 있었고 아가씨들도 있었지만 누군가가 병사의 총에 꽃다발을 꽂아주는 광경은 한 번도 볼 수 없었다. 공기중에는 열광의 흔적이 서린 입김조차 없었다.

레오의 침대는 그대로였다. 나는 그의 옷장을 열었다——교육대 지원병들은 나와 레오간의 신뢰의 정도를 '너무 지나치다'고 표현했었다——모든 것들이 제자리에 놓여 있었다. 자작나무 앞에서 자전거에 비스듬히 기대고 서 있는 올덴부르크의 아가씨, 레오 부모님, 그들이 사는 농가의 모습이 담긴 사진과 햄 덩어리가 있었다. 그리고 그 옆에 쪽지가 한 장 놓여 있었다.

'나는 사단본부로 전속되었다. 자네도 곧 나에 관해서 듣게 될 거야. 햄은 전부 자네가 가지도록 해. 내게는 아직 남아 있으니까. 레오.' 나는 햄을 그대로 둔 채 옷장을 닫았다. 배가 고프지도 않았을 뿐더러 책상 위에는 이틀 분의 휴대 식량이 쌓여 있었다. 빵과 간으로 만든 소시지 통조림, 버터, 치즈, 잼, 담배 따위가. 교육대 지원병들 중의 한 녀석이 지껄여대고 있었다. 내가 가장 꼴보기 싫어하는 녀석이었다. 그는 병장으로 진급했음을 알리면서 레오가 없는 동안 내무반의 최고참(반장)으로 임명되었다고 떠벌렸다. 그는 휴대 식량을 분배하기 시작했다. 꽤 오랜 시간이 걸렸다. 내가 관심을 두는 것은 담배뿐이었다. 그러나 그는 담배를 피우지 않았기 때문에 담배를 맨 마지막으로 분배했다. 담배를 받고 담뱃갑을 뜯은 뒤 나는 옷을 입은 채로 침대에 누워서 담배를 피우며 다른 녀석들이 먹어대는 것을 바라보았다. 그들은 빵 위에 손가락 두께의 간소시지를 먹으면서 버터의 뛰어난 품질에 대해 얘기했다. 우리들은 등화관제용 커튼을 내리고 잠자리에 들었다. 날씨가 무척 더웠지만 옷을 벗고 싶지 않았다. 약간의 틈새로 햇살이 비쳐들었고 그

빛줄기 속에서 병장으로 진급한 그 녀석이 병장 계급장을 꿰매 달고 있었다. 그러나 계급장을 꿰맬 정도로 밝지는 않았다. 계급장은 소매 재봉선에서 일정하게 규정된 간격만큼 떨어져 있어야 하며, 계급장의 양쪽 변에 찢어진 부분이 생겨서도 안 된다. 교육대 지원병 녀석은 틀림없이 계급장을 몇 번이고 떼어내지 않을 수 없었을 것이다. 그는 최소한 두 시간 동안 거기에 앉아서 떼었다 다시 꿰매는 일을 반복했다. 그는 절대로 인내심을 잃지는 않을 것처럼 보였다. 밖에서는 40분씩의 간격을 두고 군악대가 행군을 했다. 군악대의 연주는 7동과 2동 쪽에서, 9동 쪽에서 그리고 그 다음에는 마구간 쪽에서 들려왔다. 음악소리는 점점 가까이 다가오면서 매우 크게 들리다가 다시금 점차 작아졌다. 같은 곡이 정확히 세 번 연주된 후에야 병장은 계급장을 제대로 꿰매 달 수 있었다. 그러나 그는 여전히 똑바로 몸을 펴고 앉지는 못했다. 나는 담배를 피우고 난 후 잠이 들었다. 오후에는 군화를 트럭에서 열차로 옮겨 싣거나 건초더미를 열차에서 트럭으로 옮겨 실을 필요가 없었다. 우리는 연대의 피복담당 상사를 도와야만 했다. 그는 자신을 편제(編制)의 천재라고 여겼다. 그는 목록에 있는 피복 및 장비 품목만큼이나 많은 보조 인력을 요구했었다. 그러나 그가 실제로 필요로 하는 인원은 천막용 천을 운반하는 데 필요한 두 명과 그 밖에 서기 한 명뿐이었다. 두 사람이 천막용 천을 들고 조심스럽게 똑바로 잡아당겨 펴놓은 다음 마구간의 시멘트 바닥 위에다 정돈해 둔다. 천이 펴지자마자 첫번째 병사가 각각의 천막용 천 위에 넥타이 두 개를 올려놓으면, 두번째 병사는 손수건 두 장을 얹어 둔다. 그러면 내가 식기를 가지고 오게 된다. 상사가 말한 바와 같이 치수가 아무런 역할도 하지 못하는 물품들이 분배되고 있는 동안 그는 파견대 중에서 보다 영리한 녀석들과 함께 치수가 문제시되는 물품들, 예컨대 상의와 군화, 하의 등의 것들을 준비했다. 그는 사병 신상기록부를 산더미처럼 쌓아놓고 신장과 체중에 따라 상의와 하의 및 군화를 골라주었다. 모든 물품은 틀림없이 몸에 꼭 맞을 거라고 그는 장담했다. "이 더러운 녀석들이 민간인으로 살면서 너무 살이 찌지만 않았다면 말이다."

모든 일은 즉석에서 급속도로 진행되었음에 틀림없었다. 물품들이 모두 정리되었을 때 보충병들이 들어왔다. 그들은 각자의 천막용 천 앞으로 안내되어 천의 끝을 묶은 다음 보따리를 등에 메고 옷을 갈아입기 위해서 내무반으로 갔다. 누군가가 어떤 물품을 교환하지 않을 수 없다는 사실은 매우 이상스럽게 여겨졌다. 물론 민간인 생활을 하면서 지나치게 살이 찐 경우는 제외하고 말이다. 또 한 가지 이상하게 느껴졌던 것은 구둣솔이나 식사 도구 따위의 물품이 빠진 곳이 있다는 사실이었다. 그런 경우에는 매번 다른 사람이 두 개의 구둣솔이나 두 벌의 식사 도구를 가지고 있음이 밝혀졌다. 이와 같은 사실은, 우리가 기계적으로 일하지 못했으며 우리의 머리통이 지나치게 활동했다는 상사의 이론을 입증해 주었다. 나의 두뇌는 전혀 활동하지 않았으므로 식기가 빠진 사람은 결코 단 한 명도 없었다.

보충병 중대의 첫번째 병사가 장비를 갖추어서 그것을 어깨에 메는 동안 우리들 중의 첫번째 병사는 다시 그 다음 천막용 천을 펴놓아야만 했다. 모든 일은 별 마찰 없이 부드럽게 진행되었다. 그러는 사이에 새로 진급한 병장 나리는 테이블가에 앉아서 모든 사항을 사병 급료장부에 기록했다. 그는 숫자를 기록하기만 하면 되었다. 넥타이, 양말, 손수건, 러닝 셔츠, 팬티라고 쓰인 칸에 2라고 쓰기만 하면 되었다.

이런 일을 하는 중에도 더러 할 일 없는 무료한 시간이 있었다. 상사는 우리가 그 시간을 원기를 돋우는 데 사용해도 좋다고 말했다. 우리는 마구간의 마부 침대에 쭈그리고 앉아서 간소시지가 든 빵을 먹었으며 때로는 치즈나 잼을 바른 빵을 먹기도 했다. 상사 자신도 좀 한가할 때면 우리에게로 와서 관등과 직책의 차이를 설명해 주었다. 상사는 그가 피복담당 하사관이라는 사실을 대단하게 여기는 모양이었다.

"피복담당 하사관, 그것이 바로 내 직책이지." 그러고 나서 그는 "그렇지만 계급상으로는 상사였으므로 그것이 내 관등이야" 하고 말했다. 그는 그 차이를 설명하느라 계속 지껄여댔다. 상사는 물론 피복담당 하사관이 될 수 있고, 더구나 일반 사병도 그 직책을 맡을 수는 있다고. 그는 이 주제에 대한 새로운 예를 충분히 가지지 못했으므로 자꾸만 다른 경우들을 만들어냈는데, 그것들 중 몇 가지 경우는 상당히 음험한 환상을 전제로 한 것이었다.

"예를 들자면 이런 일도 생길 수 있지. 상사가 중대장이 되거나 대대장이 되는 일 말이야" 하고 그는 말했다.

식기를 천막용 천 위에 늘어놓는 작업을 열 시간 동안이나 했고 여섯 시간 잠을 잤다. 그리고 다시 한 번 열 시간 동안 식기를 천막용 천 위에다 늘어놓은 후에 다시 여섯 시간 동안 잠을 잤다. 그러나 레오에 관해서는 여전히 아무 소식도 듣지 못했다. 식기 운반 작업을 위한 세번째의 열 시간이 시작되었을 때, 병장은 지금까지 숫자 1이 쓰여져 있던 모든 곳을 2로, 숫자 2가 쓰여져 있던 곳을 1로 고쳐 적기 시작했다. 그는 교체되어 버려 이제는 넥타이 옮기는 일을 해야만 했다. 두번째 교육대 지원병이 서기로 임명되었다. 세번째의 열 시간 동안에도 나는 여전히 식기 운반 작업을 했는데, 상사는 내가 놀랄 만큼 좋은 녀석이라는 소문을 확증해 보이고 있는 거라고 생각했다.

　작업을 쉬는 동안에 우리가 마구간 침대에 쭈그리고 앉아 치즈나 잼을 얹은 빵이나 간소시지를 넣은 빵을 먹고 있었을 때 이상한 소문이 떠돌기 시작했다. 그 소문은 상당히 명망 있는 퇴역 장군에 관한 것이었다. 그 장군은, 지극히 중대한 특급 비밀 명령을 지휘하기 위해 만조시 물에 잠기는 북해 연안의 한 섬으로 출동하라는 지령을 전화로 받았다. 장군은 옷장에서 제복을 꺼내 입고 아내와 자식들과 손자들에게 입맞춘 다음 애마의 등에 올라타더니 출발 신호로 찰싹 손뼉을 쳤다. 그는 기차편으로 북해 연안의 어느 역까지 갔다. 그곳에서부터는 전세 낸 모터보트를 타고 지정된 섬으로 갔다. 그러나 어리석게도 그는 명령을 확인하기도 전에 모터보트를 돌려보내 버렸다. 그는 점점 높아오는 밀물로 인해 육지와 차단되어 버렸다. 그래서 소문에 의하면, 그 섬에 사는 한 농부를 권총으로 위협하여 목숨을 걸고 육지로 나룻배를 저어가도록 했다는 것이다. 오후가 되자 그 소문은 어느새 변형되었다. 내용인즉 나룻배를 타고 가는 동안 장군과 농부 사이에 일종의 결투가 있었으며 두 사람은 파도에 휩쓸려 익사했다는 것이었다. 이 얘기가 범죄적으로 느껴지면서도 한편 웃음게 여겨진다는 사실이 무시무시한 느낌이었다. 비록 나는 전자로도 후자로도 생각하지는 않았지만. 나는 '태업'이라는 암울한 단어를 용인할 수도 없었고 웃음으로 동조하거나 그들과 함께 음흉하게 싱긋 웃을 수도 없었다. 전쟁은 희극적 요소로부터 익살을 빼앗아가는 것 같았다. 군악대의 악대소리는 나의 꿈과 수면과 얼마 안 되는 깨어 있는 시간들을 가득 채워버렸다. 또한 수많은 보충병들도 언제나 눈에 띄었다. 그들은 각자의 종이 상자를 들고 시내 전철을 타고서 병영으로 달려왔다가는 한 시간 후에 다시 군악에 맞추어 떠나갔다. 때로는 반쯤 열린 귀로 이야깃소리들이 들려왔는데, 그 얘기 속에 언제나 '용접(容揜)하다'라는 단어가 등장했다. 이 모든 것들이 우스꽝스럽게 생각되었으나 이전에 희극적이었던 것들은 더 이상 희극적이지가 않았다. 우스웠던 것들에 대해서도 나는 놀려주거나 웃을 수가 없었다. 상사에 대해서는 단 한 번도 웃을 수가 없었으며, 계급장을 새로 달고서 천막용 천 위에다 두 개가 아니라 세 개의 넥타이를 갖다 놓곤 하는 병장을 보고도 웃을 수가 없었다.

아직 8월이었고 날씨는 여전히 무더웠다. 열여섯 시간 곱하기 삼은 마흔여덟 시간, 즉 단지 이틀 낮 이틀 밤밖에 되지 않는다는 사실이 그때서야 비로소 명백하게 느껴졌다. 일요일 열한 시경에 잠에서 깨어난 나는 레오가 전속된 후 처음으로 다시 창문에 기댈 수 있었다. 교육대 지원병들은 어느새 외출용 제복을 입고 교회에 갈 준비를 하고 있었다. 그들은 이상하다는 듯이 나를 쳐다보았다.

"먼저들 가지. 나도 뒤따라갈 거야." 나는 말했다. 그러나 나는, 그들이 나를 빼놓고 갈 수 있게 된 데 대해 얼마나 기뻐하는지를 너무나 분명히 느낄 수가 있었다. 교회에 갈 때면 언제나 그들은 나와 함께 가고 싶지 않다는 듯한 눈길로 나를 바라보았다. 내 몸가짐이나 제복이 그들이 보기에는 아무래도 불만이었기 때문이다. 구두를 닦은 상태라든지 넥타이의 위치, 허리띠나 모발 상태 따위 말이다. 그들이 나에 대해서 불쾌해하는 것은 동료 병사의 처지에서가 아니라 카톨릭 교도의 처지에서였다. 내가 그들과 같은 교회에 다녔다는 사실을 그토록 명확하게 밝히지 않았더라면 그들로서는 훨씬 좋았을는지도 몰랐다. 그들은 그 사실이 불쾌했지만 어쩔 도리가 없었다.

그 일요일, 그들은 나와 함께 가지 않아도 되었으므로 무척 기뻐했다. 나는 그들이 말쑥하고 단정하게 차려입고 병영을 지나 시내로 가는 모습을 바라보았다. 가끔 그들에게 동정심을 느낄 때면 나는 레오가 왜 개신교도가 되었는지를 기쁜 마음으로 칭찬하곤 했다. 생각건대 레오가 예전에는 카톨릭 신자였다는 사실이 그들에게는 견디기 어려웠을 것이다.

매점 근무병과 위생병은 아직도 자고 있었다. 우리는 오후 세 시 정각에 다시 마구간으로 가기만 하면 되었다. 나는 강론 시간에 맞추어 교회로 갈 시간이 될 때까지 그대로 창가에 서 있기로 했다. 옷을 입으면서 나는 레오의 옷장을 열어보고는 깜짝 놀랐다. 옷장은 텅 비어 있었다. 그가 남긴 메모 쪽지도 커다란 햄 덩어리도 없었다. 레오는 다른 사람 아닌 내가 그 쪽지와 햄을 발견하도록 하기 위해 옷장 문을 다시 잠근 것이었다. 그 쪽지에는 이렇게 쓰여 있었다. '그들은 나를 체포해서 폴란드로 보냈다. 나에 관해서 들은 애기가 있었나?' 나는 쪽지를 주머니에 넣고는 옷장 문을 다시 잠근 다음 옷을 입었다. 시내를 지나 교회에 들어설 때까지 정신이 혼미했다. 그러나 세 명의 교육대 지원병들의 눈길 때문에 나는 정신을 차리지 않을 수 없었다. 그들은 고개를 가로저으면서 제단 쪽으로 몸을 돌렸다. 그들은 어쩌면, 내가 봉헌식이 시작된 후에 들어왔는지를 밝혀내고자 했을 것이다. 나의 파문을 제안하고 싶었으리라. 그러나 나는 정말로 봉헌식 전에 들어왔으므로 그들도 어쩔 도리가 없었다. 나 역시 카톨릭 신자로 머무르고 싶었다. 레오에 대한 생각을 하면서 나는 불안해졌다. 그리고 쾰른에 있는 애인 생각도 했는데 나 자신이 비겁하다는 느낌이 들었다. 그러나 그녀의 목소리가 결혼을 원하고 있었는지는 확실치 않았다. 내무반 동료들의 화를 돋우려고 나는 일부러 칼라의 단추를 풀어헤쳤다.

미사가 끝난 후에는 성구실(聖具室)과 입구 사이에 있는 그늘진 모퉁이에서 담장에 몸을 기댄 채 모자를 벗었다. 나는 담배를 피워 물었고 신도들은 내 곁을 지나쳐 갔다. 한 아가씨 곁으로 다가가서 그녀와 함께 산책을 하고 커피도 마시는가 하면 혹 영화관에도 갈 수 있으리라는 생각을 했다. 천막용 천 위에 식기를 배열하는 작업을 해야 할 때까지는 아직 세 시간의 여유가 있다. 나와 산책할 아가씨가 너무 멍청하지 않고 약간은 예뻤으면 하고 바랐다. 또한 지금쯤은 부패해 버렸을 병영의 내 점심 식사에 대해서도 생각했다. 매점 근무병에게 미리 말해 두었어야 하는 건데, 내 커틀렛과 후식을 갖다 먹어도 좋다고.

두 개비의 담배를 피울 동안 그대로 서서, 신도들이 무리를 지어 모여 있거나 다시 흩어지는 모습을 바라보았다. 두번째 피우던 담배로 세번째 담배에 막 불을 붙였을 때 옆으로부터 내 위로 그림자가 드리워졌다. 오른쪽을 바라보자 내게 그림자를 던진 사람이 보였다. 그는 그림자 자체보다 훨씬 더 검었다. 바로 미사를 집전했던 사제였다. 그는 매우 다정스러워 보였는데 갓 서른 정도의 금발이었으며 영양 상태가 좋아 보였다. 그의 눈길은 우선 풀어헤친 칼라에, 그리고 모자를 쓰지 않은 머리에, 마침내는 대석(臺石)에 걸어 놓았던 내 모자에 머물렀다. 모자는 대석에서 길바닥으로 미끄러져 떨어져 있었다. 마지막으로 그는 내가 물고 있는 담배와 내 얼굴을 쳐다보았다. 나는, 그가 그 모든 것들을 매우 불쾌하게 생각하고 있다는 인상을 받았다.

"대체 무슨 일입니까? 무슨 걱정이라도 있습니까?" 마침내 그가 물었다. 내가 고개를 끄덕이자마자 그는 말했다.

"고해를 하겠소?"

나는 생각했다. '빌어먹을, 신부란 녀석들의 머리 속에는 고해성사만 가득 찬 모양인가.'

"싫습니다. 고해하고 싶지 않아요" 하고 나는 말했다.

"그래요? 마음속에 무언가 털어놓고 싶은 것이 없습니까?"

그 말은 마치, 마음이라는 말 대신에 창자라는 말을 써도 마찬가지일 것 같다는 느낌을 주었다. 그는 눈에 띄게 초조해하면서 내 모자를 쳐다보았다. 내가 아직도 모자를 집어들지 않은 것이 그를 화나게 한 것 같았다. 나는 그의 초조함을 기꺼이 인내로 변화시켰다. 결국 먼저 말을 걸어온 쪽은 그였다. 그리고 나는 바보처럼 머뭇거리면서 이렇게 물었다. 함께 산책도 하고 커피도 마시며 영화관에도 갈 만한 착한 아가씨가 혹은 없겠느냐고. 그녀는 미의 여왕일 필요는 없지만 약간 예쁘고 가능하다면 좋은 가문 출신이 아니면 좋겠다고. 왜냐하면 좋은 가문 출신의 아가씨들은 대개가 멍청하니까. 나는 그에게 쾰른에 있는 한 사제의 주소를 가르쳐줄 수도 있다. 내가 독실한 카톨릭 집안 출신이라는 사실을 확인할 필요가 있다면 쾰른의 그 신부에게 문의해 볼 수도 있을 것이다. 나는 말을 많이 했는데 마침내는 물 흐르듯이 지껄여대면서, 그의 표정이 어떻게 변해 가는지를 지켜보았다. 처음에는 그 표정이 너무나 온화해서 거의 사랑스러워 보일 지경이었다. 그 표정은 마치, 특히 흥미로운 정신박약의 예후라도 찾아낸 듯 심리학적으로 상당히 재미있어하는 초심자의 그것이었다. 온화한 표정에서 사랑스러운 표정으로, 사랑스러운 표정에서 다시 재미있어하는 표정으로 변해 가는 과정을 확인하기는 무척 힘들었다. 그러나 너무도 갑자기 그의 얼굴은 화가 나서 새빨개졌다. 그것은 바로 내가 원하는 아가씨의 육체적인 특징에 대해 말했던 바로 그 순간이었다. 나는 깜짝 놀랐다. 영양 상태가 지나치게 좋은 사람들의 얼굴이 갑자기 붉어지는 것은 위험하다고 어머니께서 말씀하신 적이 있었기 때문이다. 그가 내게 호통을 치기 시작했다. 그리고 그 고함소리는 나를 점점 더 흥분

상태로 몰아넣었다. 그는 내가 얼마나 칠칠치 못하게 보이는가에 대해 소리를 질러댔다. 풀어헤친 '야전복'에 더러운 군화, '진창에 빠져 있는' 모자. 그리고 사람을 향해 담배 연기를 뿜는 등의 행위가 얼마나 버릇없는 짓인 줄 아는가. 혹시 신부(神父)와 뚜쟁이를 혼동하는 게 아닌가 하고 호통쳤다. 나 역시 화가 났으므로 이미 그에 대한 두려움은 사라지고 그저 화가 치밀 뿐이었다. 나는 그에게 물었다. 나의 넥타이나 군화, 모자 따위가 그와 무슨 상관이 있는가. 혹시 그가 우리 중대의 하사관을 대변해야 한다고 믿는 것은 아니냐고. 나는 계속했다.

"당신들은 언제나 그렇게 말하지. 걱정이 있는 사람들은 찾아오라고. 그런데 사람들이 고민을 얘기하면 당신들은 화를 내잖아."

"당신들이라니?" 그는 분노로 숨을 헐떡이며 말했다.

"우리가 언제 형제의 의리를 맺은 적이 있었던가?"

"그거야 아니지. 우리가 형제의 잔을 나눈 적은 없었지."

하지만 나는 신학에 대해 아는 바가 없었다. 나는 모자를 집어쓰고 교회 마당을 가로질러 거기서 나와버렸다. 그는 내 등뒤에다 대고, 적어도 칼라는 제대로 세워야 하며 후회할 줄 몰라서는 안 된다고 소리를 질렀다. 나는 돌아서서, 회개할 줄 모르는 쪽은 그쪽이라고 악을 쓸 뻔했으나 순간 어머니의 말씀이 떠올라 말을 삼켜버렸다. 우리들은 신부님께 진실을 말할 수는 있지만 가능한 한 무뢰함을 피해야 한다고 어머니는 말씀하셨다. 나는 흔들거리는 넥타이도 모르는 체하면서 카톨릭 교도들에 대해 깊이 생각해 보았다. 전시임에도 그들은 넥타이를 먼저 쳐다보고 그 다음에 군화를 쳐다보지 않는가. 근심을 털어놓으라고 말하지만 막상 그들에게 걱정을 얘기하면 노발대발하지 않는가.

나는 천천히 시내를 걸으면서 아무에게도 인사할 필요가 없는 카페를 찾아다녔다. 빌어먹을 인사치레를 생각만 해도 카페에 가고 싶은 생각이 달아나 버린다. 나는 마주치는 모든 아가씨들을 살펴보았고 뒷모습을 바라보기도 했으며 다리를 훑어보기도 했다. 그러나 그 중에는 결혼을 원하지 않는 목소리를 지녔을 법한 아가씨는 없었다. 나는 실망에 차 레오를 생각했고 쾰른의 애인을 생각했다. 그녀에게 전보를 치려는 참이었다. 여자와 단둘이만 있기 위해서 결혼이라는 모험을 감행할 준비가 되어 있었다. 레오에 대해 조용히 생각해 보려고 사진관의 진열장 앞에 멈춰섰다. 그가 걱정스러웠다. 진열장 유리에 서 있는 내 모습이 보였다. 넥타이를 풀어헤치고 칙칙한 검은 군화를 신은 채, 칼라의 단추를 채우기 위해 두 손을 들고 있는 모습. 그러나 단추 채우기가 귀찮아서 나는 다시 손을 내려버렸다. 진열장에 있는 사진들은 맥 빠지는 것들뿐이었다. 외출복 차림의 병사들이 대부분이었다. 그 중에는 철모까지 쓰고 사진을 찍은 녀석들도 있었다. 챙 있는 모자를 쓴 병사들보다 철모를 쓴 병사들의 사진이 훨씬 더 맥빠지게 하는 이유는 무엇일까. 그때 상사가 액자에 든 사진을 들고 가게 밖으로 걸어나왔다. 사진은 적어도 60×80 사이즈는 되어 보일 정도로 컸으며 액자는 은빛이었다. 사진 속의 상사는 외출복 차림에 철모를 쓰고 있었다. 그는 젊어 보였다. 나보다도 훨씬 더 젊은, 기껏해야 스물한 살밖에 되어 보이지 않았다. 그는 나를 그냥 지나치려고 하다가 깜짝 놀라면서 멈춰섰다. 나는 손을 높이 들어 그에게 경례를 해야 할지 어떨지 머뭇거렸다. 그때 그가 말했다.

"경례는 그만둬. 하지만 칼라의 단추는 제대로 채워야 할 것 같군. 야전복 차림도 그렇고. 나보다 더 정확하게 지적해 줄 누군가가 올지도 모르지."

그는 소리내어 웃으면서 가버렸다. 이런 우연한 일이 생기고 나서부터는 철모를 쓰고 사진을 찍은 녀석들이 ── 비교적 자연스럽게 ── 챙 달린 모자를 쓰고 찍은 녀석들보다는 낫다고 여겨졌다. 레오가 있었으면 함께 사진관 앞에 서서 사진들을 제대로 구경했을 텐데. 신랑 신부의 사진도 있었고 최초로 성찬식에 참석한 사람들과 허리에 리본을 매고 회중시계의 장식과 색깔 있는 휘장을 단 대학생들의 사진도 있었다. 그들이 머리에는 왜 리본을 달지 않았을까. 머리에 리본을 다는 것이 그리 역겹지 않게 어울릴 법도 했다. 내게는 함께 어울릴 사람이 필요했으나 아무도 없다. 아마도 그 사제는 내가 성적(性的) 고통으로 시달리고 있거나 아니면 반카톨릭적인 나치주의자로 생각했을 것이다. 그러나 나는 성적 결핍으로 고통받지도 않았고 반카톨릭주의자도, 나치주의자도 아니다. 나는 남성이 아닌, 함께 어울릴 사람이 필요할 뿐이다. 그 일은 너무나 간단해서 오히려 미칠 듯이 혼란스럽게 느껴졌다. 시내에는 물론 쉽게 손에 넣을 수 있는 여자들이 있다. 더구나 매춘부도 있다 ── 이곳은 카톨릭계의 도시였다 ── 그러나 쉽게 얻을 수 있는 여자나 매춘부는 비록 성적 결핍에 시달리고 있지 않더라도, 언제나 모욕적이다.

오랫동안 사진관 앞에 서 있었다. 오늘에 이르기까지 여러 낯선 도시에서 늘 사진관을 구경했었다. 그 광경은 어디에서나 마찬가지였으며, 어디서든지 사람을 의기소침하게 만들었다. 비록 색깔 있는 휘장을 두른 대학생의 사진이 어느 곳에나 있는 것은 아니었지만. 아무에게도 인사할 필요가 없는 카페를 찾아 다시 걷기 시작했을 때는 이미 한 시가 다 된 시각이었다. 그러나 어느 카페나 제복 입은 병사들로 만원이었다. 나는 카페 찾기를 그만두고, 한 시 오 분에 1회 상영을 시작하는 영화관으로 갔다. 주간 뉴스밖에 기억나는 게 없는 영화였다. 뉴스에서는 비천해 보이는 폴란드인들이 귀족적으로 생긴 독일인들을 학대하고 있었다. 영화관은 너무나 텅 비어서 상영중에도 여유 있게 담배를 피울 수 있었다. 그날은 무더웠던 1939년 8월의 마지막 일요일이었다.

병영으로 돌아왔을 때는 이미 세 시가 지난 뒤였다. 세 시 정각부터 다시 천막용 천을 펴고 그 위에 식기와 넥타이 따위를 옮겨놓는 작업을 하라는 명령은 모종의 이유로 취소되어 있었다. 나는 시간을 맞춰 돌아왔다. 그것은 옷을 갈아입은 다음 간소시지를 얹은 빵을 먹고, 몇 분 동안 창가에 기대서서 에른스트 윙어에 관한 대화 부스러기나 다른 녀석들이 지껄이는 여자의 육체에 관한 얘기를 듣기 위해서였다. 두 가지의 대화는 훨씬 더 진지해진 만큼 훨씬 더 지루해져 버렸다. 위생병과 매점 근무병은 이제 라틴어의 표현들까지도 그들의 관찰에 끌어들였다. 때문에 대화는 이전보다 훨씬 더 불쾌하게 느껴졌다.

정각 네 시에 우리는 밖으로 불려나갔다. 또다시 군화를 트럭에서 열차로, 혹은 열차에서 트럭으로 옮겨 싣는 작업을 하리라 생각했으나 이번에는 체육관에 쌓여 있던 세제품(洗製品)들을 트럭에 실었고, 그것들을 다시 트럭에서 내려 우체국 현관에 쌓아두는 일이었다. 상자는 무겁지 않았으며 그 위에 쓰여진 주소들은 타자로 찍혀 있었다. 우리는 사슬처럼 늘어서서 손에서 손으로 상자를 옮겼다. 우리는 일요일 오후부터 밤 늦게까지 그 일을 했다. 뭘 좀 먹을 수 있을 만큼의 쉬는 시간도 없었다. 트럭 한 대가 가득 차면 우리는 트럭을 중앙우체국으로 몰고 가서 사슬처럼 또 늘어서서 상자를 내렸다. 우리는 가끔 군악대 행렬을 추월하기도 했고 행렬과 마주치기도 했다. 악대를 세 번 만났으나 모든 것은 너무나 빨리 지나가버렸다. 우리가 마지막 상자들을 옮기고 났을 때에는 자정이 지난 한밤중이었다. 나의 손은 식기의 숫자를 기억하고 있었는데, 상자와 식기 사이에는 별 차이가 없음을 확인했다.

옷을 입은 채로 침대에 몸을 던지고 싶을 만큼 피곤했다. 그러나 탁자 위에는 또다시 커다란 빵 덩어리와 간소시지 통조림이 놓여졌다. 다른 녀석들은 식량을 분배해야 한다고 주장했다. 내가 원하는 것은 담배뿐이었으므로, 다른 모든 것들이 정확히 분배될 때까지 기다려야만 했다. 물론 병장은 이번에도 담배를 마지막으로 분배했다. 그는 유난히 느리게 행동했다. 그의 의도는 아마도, 나에게 절도와 군기를 가르치고 나의 욕망에 대한 그의 경멸을 알려주고자 하는 것이었으리라. 마침내 담배를 받은 나는 옷을 입은 채로 담배를 피우면서 그들이 간소시지 빵에 버터를 바르는 것을 쳐다보기도 하고, 버터의 뛰어난 품질을 칭찬하는 소리나 잼이 딸기와 사과와 살구로 만들어졌는가, 아니면 딸기와 사과로만 만들어졌는가 하는 문제로 다투는 소리를 듣기도 했다. 그들은 오랫동안 먹어댔다. 나는 잠들 수가 없었다. 복도를 지나가는 발소리가 들려왔다. 그 소리는 바로 나를 겨냥한 것이었다. 나는 불안하면서도 오히려 마음이 가벼워졌다. 참으로 묘한 느낌이었다. 매점 근무병, 위생병, 교육대 지원병들, 그 모두가 탁자에 둘러앉아 씹어대던 동작을 멈추고 나를 쳐다보았다. 발소리는 점점 가까워졌다. 병장 녀석은 내게 고함을 칠 적절한 기회가 왔다고 생각했다. 그는 일어나서 소리를 질렀다.

"제기랄, 잠자리에 들 때에는 군화를 벗으란 말이오!"

이 세상에는 우리가 믿으려 하지 않는 일들도 존재한다. 그러나 나는 오늘날까지도 그가 나에게 존칭을 썼다는 사실을 믿을 수가 없다. 그런 일은 처음이었다. 그처럼 갑작스러운 존칭은 너무나 우스꽝스럽게 들렸기 때문에 나는 전쟁이 난 이후 처음으로 웃지 않을 수 없었다. 방문이 활짝 열렸다. 중대 서기가 어느새 내 침대 앞에 서 있었다. 그는 매우 흥분한 상태였다. 그가 비록 하사관이긴 했지만 그가 고함을 친 것은 순전히 흥분 때문만은 아니었다. 내가 군화를 신고 옷을 입은 채로 담배를 피우면서 침대에 누워 있었기 때문이다. 그가 말했다.

"너, 20분 후에 완전무장하고 4동 앞으로 나와, 알겠나?"

나는 "네" 하고 대답하면서 일어났다. 그는 덧붙여 말했다.

"그곳에 있는 선임상사에게 보고하도록."

나는 다시 "알았다"고 대답하고 옷장을 비우기 시작했다. 나는 중대 서기가 아직도 방안에 있다는 것을 전혀 깨닫지 못했다. 애인의 사진을 바지 주머니에 집어넣었을 때 그의 말소리가 들려왔다.

"슬픈 소식이지만 제군들에게 전할 수밖에 없다. 물론 이유가 있다. 자랑스러워해라. 연대 최초의 전사자는 바로 제군들의 내무반 동료였던 하사관 레오 지메르스였다."

나는 그가 뒷부분을 말하는 동안 돌아섰다. 그들 모두, 그 하사관도 역시 내 쪽을 바라보고 있었다. 나는 얼굴이 새하얗게 질려버렸다. 화를 내야 할지, 조용히 있어야 할지 나는 알 수가 없었다. 나는 나지막이 말했다. "아직까지는 전쟁이 포고되지 않았어. 그러니 전사란 있을 수 없어. 그는 죽지 않았을 거야." 느닷없이 고함을 쳤다. "레오는 죽지 않아, 절대로. 너희들은 아무것도 모른다구."

하사관도 다른 누구도 입을 열지 않았다. 내가 옷장의 물건들을 모조리 꺼낸 다음 규정된 허섭스레기들을 배낭에 넣고 꾸리는 동안 그 하사관이 방을 나가는 소리가 들렸다. 나는 몸을 돌릴 필요가 없도록, 의자 위에서 모든 장비들을 꾸렸다. 다른 녀석들은 아무런 소리도 내지 않았다. 그들이 씹어대는 소리도 들리지 않았다. 나는 장비를 재빨리 꾸린 다음 빵, 간소시지, 버터, 치즈를 옷장에 남겨두고 문을 잠가버렸다. 마침내 돌아선 나는 그들이 아무 소리도 내지 않고 침대로 기어드는 데 성공했음을 알았다. 나는 매점 근무병의 침대 위로 옷장 열쇠를 던지면서 말했다.

"다 꺼내가. 그 안에 있는 것은 네 것이니까."

그도 물론 나에게 냉담했었지만 다섯 명 중에서는 그래도 가장 동정적이었다. 그때 내가 아무 말도 없이 떠나버리지 못했던 것이 후회스러웠다. 그러나 나는 스무 살도 채 안 된 나이였다. 쾅 소리가 나게 문을 닫고 밖으로 나와 무기대에서 총을 뽑아들고 계단을 내려가면서 문서실 벽시계를 내려다보았다. 벌써 세 시가 가까워오고 있었다. 1939년 8월의 마지막 월요일은 고요했고 여전히 더웠다. 연병장을 가로질러 동쪽으로 가면서 나는 레오의 옷장 열쇠를 연병장 한쪽에다 던져버렸다. 벌써 모두들 모여 있었다. 군악대는 중대의 선두에 서 있었다. 단합을 호소하는 연설을 하던 한 장교는 다시 연병장을 지나가면서 모자를 벗고 이마의 땀을 닦은 다음 다시 모자를 썼다. 나는 그를 보자 종착역에서 휴식을 취하는 철도원이 연상되었다.
　선임상사가 내게로 와서 말했다. "참모본부에서 왔나?"
　나는 그렇다고 대답했고 그는 고개를 끄덕였다. 그의 얼굴은 매우 창백해 보였고 매우 젊었으며 약간 당황한 듯했다. 나의 눈길은 그의 곁을 지나 어둡고 거의 식별할 수 없는 무리로 향했다. 내가 알아볼 수 있었던 것은 군악대의 반짝이는 나팔뿐이었다.
　"자네 혹시 교환병인가? 교환병 한 명이 빠졌던데" 하고 상사가 물었다.
　"맞습니다."
　나는 열광적으로 얼른 대답했다. 그에게는 그 열광이 놀랍게 느껴지는 모양이었다. 그는 이상하다는 듯이 나를 바라보았다.
　"맞습니다. 저는 실제로 교환병 훈련을 받았습니다."
　"좋아, 부르는 대로 내게 오도록. 줄 끝부분에 서도록 하게. 도중에 모든 것이 밝혀질 테니까."
　나는 오른쪽으로 갔는데 그곳에서는 어두운 잿빛이 약간 밝아져 있었다. 가까이 다가가자 얼굴도 알아볼 수 있었다. 나는 중대의 맨 끝에 섰다. 누군가 외쳤다.
　"우로 돌아, 앞으로 갓!"
　나는 발을 높이 들어올리지 않았다. 그때 그들은 벌써 군가를 부르기 시작했다.

침프렌 역(驛)

뵈니쉬 관할 구역 철도원들에게 침프렌 역은 이미 오래 전부터 공포의 대상이 되어버렸다.
누군가 근무에 태만하거나 다른 이유로 해서 상사에게 미움이라도 사게 되면 사람들은 서로 수군거렸다.
"저자가 계속 저렇게 굴다가는 침프렌으로 전근되고 말걸."
그런데 불과 2년 전만 하더라도 침프렌으로 전근되는 일은 뵈니쉬 관할 구역 모든 철도원들의 꿈이었다.
침프렌 지방에서 석유 채굴이 성공적으로 이루어져 그 줄줄 흐르는 노다지가 1미터 두께의 광채를 띠고 땅에서 치솟았을 때 땅값은 당장에 열 배로 뛰었다. 그러나 영리한 농부들은 4개월이 지난 후에도 그 흐르는 노다지가 1미터 두께의 광채를 띠고 땅에서 흘러나왔기 때문에 땅값이 백 배로 뛰어오를 때까지 기다렸다. 그러나 그 후로 땅값은 더 이상 오르지 않았다. 그 광채가 점점 얇아져 80, 63, 드디어는 40센티미터가 되었기 때문이다. 그리고 그 두께가 반 년간 지속되었으므로 원가의 오십 분의 일로 떨어졌던 땅값이 다시 69배로 올랐다. 불안했던 땅값은 여러 차례 오르락내리락하다가 마침내 안정되었다.

침프렌에서 오직 한 사람만이 이런 달갑지 않은 축복에 저항했다. 육십 세 먹은 과부 클리프는 좀 모자라는 머슴 고스빈과 함께 계속 땅을 경작했다. 그러는 동안에 그녀의 밭 둘레에는 함석 바라크 촌, 점포들, 극장들이 들어섰고 노동자의 어린애들은 기름투성이의 웅덩이에서 놀았다. 곧 사회학 전문잡지에는 침프렌 현상에 대한 최초의 연구들, 재치 있는 논문들, 능숙한 분석들이 실리게 되어 각 해당 분야에서 굉장한 센세이션을 일으켰다. 뿐만 아니라 〈침프렌의 천국과 지옥〉이라는 보고 소설이 쓰여졌는가 하면 영화가 제작되었고 한 젊은 숙녀는 화보가 딸린 신문에 〈침프렌의 매춘부로서〉라는 자신의 아주 조심스러운 회상록을 게재했다. 불과 2년 사이에 침프렌의 인구수는 387명에서 56,819명으로 불어났다.

역 당국은 급속도로 새로운 축복을 받게 되었다. 커다란 대합실, 벤진유를 사용하는 목욕탕, 영화관, 서점, 식당, 화물취급소 등을 갖춘 대형의 현대식 역사(驛舍)가 순식간에 세워졌다. 속담으로나 여겨질 만큼 지지부진하던 철도 당국의 행정력에 비한다면 거짓말같이 빠른 속도였다. 뵈니쉬 관할 구역장은 오랫동안 사람들의 입에서 떠돌던 말을 표어로 내걸었다. '우리 지역의 장래는 침프렌에 달려 있다.' 지금까지 새로운 계획이 서지 않아서 승진의 길이 막혔던 유능한 관리들이 속속 승진이 되어 침프렌으로 전근되었다. 이런 식으로 그 지역에서 가장 유능하다는 자들이 침프렌으로 모여들었다. 열차 운행 계획 위원회가 급히 소집한 특별회의에서 침프렌은 급행열차 역으로 승격되었다. 그 발전은 우선 이런 열기를 정당화시켜 주었다. 즉 일자리를 구하러 침프렌으로 물밀듯이 몰려온 수많은 사람들이 인사처 사무실 앞에서 탐욕에 가득 차 장사진을 이루고 서 있는 열기에 상응했던 것이다.

침프렌에서 개업하고 있는 많은 목로주점들에서는 착한 과부 클리프와 그녀의 머슴 고스빈이 인기를 독차지하였다. 토박이들의 대표자격인 민족학적 유물로서 그 두 사람은 술이 세다는 증거를 이주민(移住民)들에게 보여주었고, 또 격언 비슷한 이야기도 즐겨 들려주었다. 그것이 이주민들에게는 한결같은 기쁨의 원천이 되었다. 그들은 그녀의 이야기를 듣기 위해서 플로라 클리프에게 몇 잔의 독한 맥주를 제공하기도 하였다.

"결코 이 땅을 믿지 마시오! 결코 이 땅을 믿지 말라구요. 이 땅의 깊이는 고작 108센티미터밖에 안 되기 때문이죠."

그리고 고스빈은 두서너 잔의 소주를 마시고는 마음 내킬 때마다 대부분의 청중들이 이미 그 젊은 귀부인의 고백을 통하여 알고 있는 격언을 되풀이했다. 귀부인은 게다가 부당하게도 고스빈과의 친밀한 관계를 자랑으로 삼고 있었다. 고스빈에게 말을 건 사람은 누구나 이런 이야기를 들을 수 있었다.
"당신들은 알게 될 것이야. 알게 되고말고."
그러는 동안에도 침프렌은 끊임없이 번창하였다. 바라크, 함석, 가게나 신통치 않은 목로주점들로 하여 무질서했던 부락이 이제는 잘 구획된 조그마한 도시로 변하여, 심지어는 여러 도시 농부들의 대집회가 거기서 열리기까지 하였다.
땅 주주들은 과부 클리프의 마음을 달래서 그녀의 밭을 빼앗으려는 시도를 이미 오래 전에 포기하였다. 그 과부의 밭들은 정거장 부근이라 정말로 유리한 위치였다. 또한 과부의 땅들은 나쁘게 보면 이 지역의 발전을 방해하는 것같이 보였으나 나중에는 '지극히 값비싼 땅값' 때문에 도시 계획을 세운 영리한 건축기사들로부터 오히려 칭찬을 받았다. 그래서 불안한 땅장사들이 경력이 대단한 기사들을 위하여 수영장과 주요 행정 건물들을 만들었을지도 모를 그곳은 여전히 양배추, 감자, 무가 무성하게 자라났다.
플로라 클리프는 여전히 매정했고, 고스빈 역시 기도문의 응답처럼 자신의 말을 답답하게 되풀이하곤 했다.
"당신들은 알게 될걸. 두고 보라지, 알게 될 테니."
고스빈은 타고난 근면과 깊은 애정으로써 무를 솎으며 곧은 밭이랑에다 감자를 심으면서 분명치 않은 목소리로 푸른 잎을 못 쓰게 만드는 석유의 매연을 탄식했다.
풍문이 돌아 사람마다 수군수군거렸다. 석유 줄기가 점점 가늘어져서 40센티미터 두께도 채 되지 못한다. 또는 36센티미터 두께밖에 안 된다는 소문도 들렸다. 사실은 28센티미터 두께였다. 그리고 공식적으로 34센티미터라고 알려졌을 때에는 19센티미터나 속은 셈이었다. 석유는 땅으로부터 한 방울도 더 나오지 않는데도 석유 줄기는 15센티미터 두께라고 공고될 정도로 반관반민체의 허위는 세상에 널리 알려졌다. 그래서 두 주일 동안이나 석유가 한 방울도 나오지 않았을 때도 당국에서는 석유가 제법 나오는 것처럼 가장했다. 밤이면 남모르게 멀리 떨어진 석유 채굴 중심지로부터 유조차가 이 '불안한 땅'으로 석유를 날라왔던 것이다. 철도 당국은 눈치도 못 채고 그 석유를 침프렌의 석유로 알고 실어 갔다. 그러나 공식적인 석유 생산 보고서에는 석유 줄기의 두께가 천천히 내려갔다. 15센티미터에서 12센티미터로, 다시 12센티미터에서 7센티미터로 —— 한 번 크게 내뿜은 다음에는 제로로까지 내려갔다. 석유에 대해 잘 아는 사람들은 그것이 마지막이었다는 사실을 잘 알았겠지만 그 고갈은 잠정적인 것으로 간주되었다.

침프렌 역으로서는 이때가 바로 전성기였다. 아무리 적은 양의 석유를 실은 유조차들이 정거장을 떠날지라도 일자리를 구하는 자들은 물밀듯이 끈덕지게 몰려들었는데, 그것은 신문사 사장의 농간임에 틀림없었다. 같은 때, 이미 침프렌에서 해고된 사람들은 거기를 떠나려 했으며, 그 설비를 철거하는 일만으로도 일년 먹을 양식을 넉넉히 벌 수 있는 자들까지도 뜬소문에 불안을 품고서 해약을 예고했다. 개찰구와 화물 보관소도 그러한 충동을 몸소 느꼈기 때문에 절망한 역장은 파멸 직전에 놓인 가장 유능한 관리들을 격려했다. 행정자문 특별회의의 날짜가 정해지고 침프렌을 위한 제15차 계획이 급속히 승인되었다. 사람들의 수군거리는 소문을 믿어도 좋다면, 그 문제로 특별회의에서 격렬한 논쟁이 있었다고 한다. 많은 행정자문들이 그 계획에 반대했다. 뵈니쉬 관할 구역장만이 "대중들의 부당한 염세주의적 불평에 낙천주의적 제스처를 대치시키는 것이 우리들의 의무입니다"고 말했다 한다.

침프렌 역사(驛舍)에 있는 술집 주인까지도 개찰구에 있는 사람과 똑같은 충동을 몸소 느꼈다. 해고된 자들은 절망을, 밀려오는 자들은 자신들의 희망을 술로 달래야만 했다. 드디어 그들은 맥주로 서로 말문을 열고는 저녁마다 두 패가 한데 어울려서 절망적인 술판을 벌였다. 그리고 그 술판에서 저능아 고스빈은 자신의 예언이 맞아들어갔다는 것을 증명할 수가 있었다.

"이제는 알겠지, 지금이야 알겠지." 그는 이렇게 말했던 것이다.

'불안의 땅'의 모든 고급 기술자들은 절망적으로 다시 석유가 뿜어져나오게 하려고 무진 애를 썼다. 햇볕에 타서 그을은 얼굴에, 뻔뻔스럽게 보이는, 카우보이 옷을 입은 자가 그곳으로 불려왔다. 이어서 여러 날 동안 우렁찬 폭파소리가 땅과 인간의 마음을 뒤흔들어놓았다. 그러나 그 갈색 사나이는 검은 대지로부터 1밀리미터 두께의 석유도 끌어내지 못했다. 플로라 클리프는 마침 당근을 뽑고 있던 밭에서 여러 시간 동안 펌프의 손잡이를 절망적으로 돌리고 있는 대단히 젊은 기사를 바라보았다. 드디어 과부는 말뚝을 넘어가서 젊은 남자의 어깨를 움켜잡았다. 그 남자가 우는 것을 지켜보던 과부는 그를 가슴에 안고 말했다.

"아이고 딱해라. 젊은이. 암소가 더 이상은 젖을 내지 않을 거요. 더 이상은 내지 않을 거요."

유원(油源)의 고갈을 공식적으로는 밝힐 수 없었기 때문에 점점 풍문만 험악해졌고 양념으로서 사람들의 관심을 유발하는 하나의 술어가 유포되었다. 그것은 파업이었다. 그들은 고스빈을 체포해서 심문하는 것을 꺼려하지 않았다. 그는 증거 불충분으로 석방되어야 함에도 불구하고, 그의 신상 명세서가 공고되었으며 그것이 많은 사람들의 의아심을 유발시켰다. 그는 유년 시절에 2년간 공산주의자 노릇을 하던 전차 운전수의 벽돌집에서 살았던 적이 있었다. 마음씨 착한 플로라 클리프도 불신에서 벗어날 수 없었다. 그녀도 가택 수색을 받게 되었다. 그러나 빨간 양말 대님 이외는 혐의를 받을 만한 것이 하나도 발견되지 않았다. 플로라 클리프는 그것을 지닌 이유를 진술했으나 위원회를 완전히 납득시키지는 못했다. 그녀는 어린 시절 빨간 양말 대님 매기를 좋아했었다.

'불안의 땅'의 주가는 가을에 지는 낙엽처럼 폭락했다. 침프렌 사람들은 그 기업의 폐업에 대한 이유를 정치적인 원인으로 돌렸다. 국가 복리에 위배되는 정치적 이유들이 그들을 패배시키지 않을 수 없었다는 것이었다.

침프렌은 급속도로 황폐화되어 천공탑들은 분해되었으며 바라크들은 경매되었다. 땅값은 원가의 반으로 하락했으나 이 더럽고 짓밟힌 땅에 정착하려는 용기를 가진 농부는 한 사람도 없었다. 집은 헐려서 재목으로 팔리고 하수도 파이프조차 땅속에서 땅 위로 드러났다. 일년 내에 침프렌은 고철과 고물 장사꾼들의 노다지판이 되었다. 그렇다고 그들이 철도화물 수송계를 분주하게 한 것도 아니었다. 그들 자신이 거둬들인 물건을 짐수레에 실어 날랐기 때문이다. 장농들과 병원 시설들, 맥주잔들, 책상들, 전차 선로들이 이러한 방식으로 침프렌으로부터 운반되어 나갔다.

오랫동안 뵈니쉬 관할 구역장은 날마다 다음과 같은 글귀가 실려 있는 익명의 우편 엽서를 받았다.

"우리 지역의 장래는 침프렌에 달려 있다." 발송인을 찾으려고 무진 애를 썼으나 허사였다. 반 년 동안 침프렌은 여전하였다. 국제 열차 정거장으로 표시되어 있었기 때문이다. 그래서 우렁차게 소리를 내며 장거리 기차들이 새로 지은 중류급 역사 앞에 정차했다. 그러나 오르고 내리는 사람은 하나도 없었다. 그리하여 하품을 하면서 창에 기대고 있는 여행자들이 흔히 정거장마다에서 묻곤 하듯이 이 역에서도 혼자 물었다.

"도대체 무엇 때문에 여기에 멎었는가?"

아픔에 떨리는 손으로 신호기를 높이 들어올려 기차를 통과시킬 때, 지성적으로 보이는 역부의 두 눈에 눈물이 글썽거렸다고 보았다면 여행자는 분명히 옳게 본 것이리라. 역장 바레이트는 실제로 울고 있었다. 옛날 장래성이 없는 급행열차의 정거장이었던 홀키인으로부터 자진해서 침프렌 역으로 전근해 왔던 역장은 여기에서 자신의 지식과 경험, 행정적 재능이 완전히 사라졌음을 깨달았다. 하품하는 여행자에게 이 역을 잊을 수 없게 하는 또 한 사람이 있다. 초라한 모습으로 곡괭이에 몸을 기대고 울타리 뒤로 천천히 다가오는 기차를 향해서 큰 소리로 외치는 사나이였다.

"이제는 아셨지? 이제는 아셨어."

이러한 우울한 2년이 지난 후에 침프렌에는 다시 하나의 지방 자치 단체가 생겼다. 땅값이 드디어 원가의 십분의 일로 떨어졌을 때, 영리한 플로라 클리프는 침프렌을 거의 다 사버렸다. 그 땅이 고철 고물 상인들에 의해서 아주 깨끗이 청소되고 난 후였다. 그러나 클리프의 영리한 생각은 너무나 경솔했음이 드러났다. 땅을 관리할 충분한 인부를 침프렌으로 꾀어오지 못했기 때문이다.

침프렌에서 온전하게 남아 있는 것이라고는 새로 지은 정거장뿐이었다. 십만 단위의 주민을 상대로 했던 역은 이제 87명을 위해 공헌했다. 역은 크고 현대식이어서 여러 가지 시설이 완비되어 있었다. 그 지역 행정 당국은 건축비 총액의 연례 비율을 그 역의 예술적 미화를 위해 사용하는 데도 주저하지 않아서 천재적인 한스 오토 빈클러의 거창한 벽화가 그 건물의 창문이 없는 북쪽 전면을 장식했었다. 철도 당국이 제정한 '인간과 차바퀴'라는 표어가 들어 있는 그 벽화는 값비싼 회록색, 검은 색, 오렌지 색깔의 색조로 되어 있었다. 그것은 차바퀴의 문화사를 표현해 주고 있으나, 보는 사람은 다만 한 사람뿐이었다. 역부들은 북쪽을 피했기 때문에 그 벽화 바로 앞에서 점심 식사를 하던 박약아 고스빈만이 그 그림을 쳐다보았다. 그는 원래 화물 적재용 플랫폼으로 사용되었던 땅에다 감자를 심으려고 했다.

침프렌 역이 급행열차 정거장에서 완전히 삭제된 새로운 열차 운영 계획이 나왔을 때 여러 달 동안 위장된 역관리들의 낙관주의도 마침내 붕괴되고 말았다. 그들은 위기라는 말로 자위하려고 애를 썼지만 도래한 현실의 영원성이 위기라는 낙관주의적 표현을 더 이상 정당화시킬 수가 없게 되었다. 여전히 15명의 관리들이 그 정거장에 살았는데, 그 중에 여섯 명이 가족을 거느리고 있었다. 특급열차들이 멸시라도 하는 듯 쏴쏴 소리를 내며 지나갔고 날마다 세 대의 화물열차가 말없이 침프렌 역을 통과했다. 그러나 그 역에 머무르는 것은 실제로 두 대의 열차뿐이었다. 젠쉬텟텐에서 출발해서 휜킴메로 가는 완행열차와 휜킴메를 출발해서 젠쉬텟텐으로 가는 완행열차, 그 두 대뿐이었다.

실제로 침프렌 역은 15명이 거기에 정주하고 있는 동안 두 건의 계획서를 제출했다. 그러나 구역장은 여전히, 대담하게도 그 계획들을 간단히 철회할 것과 공로 있는 관리들을 경기 좋은 다른 역으로 전근해 주도록 제의했다. 하지만 '철도 역원들의 권익 조합'이 이러한 결정에 대해 이의를 제기했고 그 계획의 철회를 마치 연방 수상의 파면처럼 불가능한 법률로 여기고서 항의했다. 또한 그 권익 조합은 석유 전문가의 추천서도 첨부했다. 전문가의 주장에 의하면 아직 침프렌은 충분히 채유를 하지 않았고, 너무 일찍 계획을 포기했다는 것이었다. 그 전문가는, 침프렌은 여전히 석유에 대한 희망이 있다고 주장하면서, 한 가지 공공연한 사실은 '불안한 땅'의 전문가들이 신(神)을 믿지 않았다는 사실뿐이라고 했다.

철도 당국과 권익 조합의 논쟁은 이 법원 저 법원으로 옮겨다니다가 고등법원에까지 가서야 결국 철도 당국의 패소로 끝났다. 그래서 그 계획들은 침프렌에 존속하게 되고 착수되지 않으면 안 되었다.

특히 젊은 철도 서기 주호토크가 치열하게 고소를 제기했는데 학창 시절 상당히 유망한 청년으로 기대를 모았던 그는 2년 전부터 한 명의 고객도 없는 침프렌 역의 화물계로 부임했던 것이다. 매표 계장은 형편이 조금 좋았으나 그것도 별것이 못 되었다. 신호계의 직원들은 여전히 —— 설사 침프렌이 아니더라도 —— 전신소리를 듣는 것만으로 위안을 삼았다. 그 사실은 —— 침프렌이 아니더라도——어디에서나 무언가 일이 생긴다는 것을 말해 준다.
　나이 지긋한 관리들의 부인들은 트럼프 클럽을, 좀 젊은이들의 부인들은 배드민턴 클럽을 만들었다. 그러나 트럼프 놀이패들이나 배드민턴 패들은 플로라 클리프로 말미암아 다같이 흥이 깨졌다. 노동력이 부족해서 손수 역 주위의 밭에서 고되게 일을 하는 그 과부가 이따금씩 일을 중지하고 역 안을 향해서 '게을러 빠진 망나니들아' 하고 소리를 질렀기 때문이다. 문학적 재치라고는 전혀 없는 평범하면서도 지독한 욕설이었다. 고스빈은 역 구내에서 배드민턴을 하는 예쁜 젊은 부인들 때문에 흥분을 느껴서 그 어휘를 더 확대시켰다.
　"갈보들아, 갈보만도 못한 것들아!"
　미혼의 역 관리들은 그가 그러한 말투를 젊은 귀부인과의 교제에서 배웠다고 생각했다.
　드디어 두 패의 부인들은 젊든 늙든 그 이상 더 되풀이되는 비난을 참지 못하겠다는 데 합의를 보았다. 결국 소송이 제기되고 법정 출두 일자가 결정되었으며 검사들이 그곳으로 출두했다. 2년 전부터 조회(照會)를 기다려도 아무 소용이 없었던 철도 서기 주흐토크는 양손을 비비면서 진술했다. 어느 날인가 두 개의 서류 가방과 세 개의 우산이 수화물로 탁송되었다. 그 자신이 그 물건들을 접수하려 했을 때, 부하인 울솨이트 차장이 일러주기를 서기로서 그 물건들을 감독이나 하지 수령 여부는 자신의 담당이라고 하였다.
　실제로 울솨이트의 말이 옳았다. 수화물이 탁송되었던 그날 저녁 주흐토크는 그 요금을 계산하는 것에 의기양양해서 30페니히를 다섯 번이나 셌다. 2년 만에 처음으로 새로 생긴 금고가 벨을 울렸다.
　그러는 사이에 영리한 역장은 플로라 클리프와 협상을 체결했다. 그 여자는 자기도 알다시피 부당한 욕설을 그만하기로 의사 표명을 했고, 그 밖에 고스빈도 역시 어떠한 폭행적인 언사도 하지 않겠다고 보장을 했다. 이러한 문제는 공식적으로는 불가능하기 때문에, 말하자면 개인적인 보답으로서 역장은 그 과부 클리프에게, 남자 화장실은 그녀의 농기구 보관소로, 여자 화장실은 건축가의 말에 따라 정당한 목적에 쓰도록 하자고 제의했다. 아울러 이 문제는 개인적 호의의 문제이므로 엄격히 비밀을 지켜야 한다는 점을 주지시켰다. 그리하여 과부 클리프는 트랙터를 물품 창고에 넣을 수도 있었으며, 점심을 큰 음식점의 푹신푹신한 의자에서 먹을 수도 있게 되었다. 과부 클리프는 젊은 주호토크의 동정을 받았기 때문에 순수한 자비심에서 양식이나 우산을 수시로 물품 보관소에 맡겨주었다.

그때까지 침프렌에서 다른 역으로 전출된 사람은 불과 몇 사람에 지나지 않았으나 그래도 공석은 충원되어야만 했으므로 뵈니쉬 관할 구역에서는 침프렌을 이미 오래 전부터 좌천역이라 했는데, 이것은 공개된 비밀이었다. 그리하여 침프렌에 반항분자들인 깡패, 술주정꾼들이 점차 늘어나서, 전근을 관철시킬 수 없었던 얌전한 사람들의 골칫거리가 되었다.

역장은 며칠 전에 슬픔에 젖어 연례 회계 보고서에 날인했다. 수입이라야 13마르크에서 80마르크 정도가 고작이었다. 젠쉬텟텐으로 가는 두 장의 왕복표가 팔렸을 뿐이다. 그들은 미사 복사(服事)를 대동한 성물(聖物) 감시인으로 젠쉬텟텐까지 함께 매년 나들이를 갔다. 그곳에서 웅장한 카톨릭의 순례 묘지를 시찰하기 위해서였다. 침프렌 바로 전 정거장인 흰킴메로 가는 왕복표도 두 장 팔렸을 뿐인데, 그것은 아들과 함께 이비인후과 의사를 찾아가는 노인 반디키가 산 것이었다. 흰킴메행 편도 차표를 산 사람은 과부가 된 며느리를 찾아가는 늙은 글루쉬의 어머니였다. 며느리가 오얏을 졸이는 것을 도와주기 위해서였다. 그 노파를 고스빈이 자전거의 뒷자리에 실어서 데려다 주었다. 그는 여덟 개의 짐꾸러미도 실어 날랐다. 두 개의 서류 가방과 변호사들의 우산 세 개, 토산물을 두 번, 플로라 클리프의 우산을 실어 날랐던 것이다. 그리고 두 장의 입장권도 있는데, 그것은 성물 감독관과 미사 복사를 역까지 배웅 나갔다가 또다시 마중 나갔던 신부가 사용한 것이었다

이와 같은 현상은 전망을 믿고 홀키인으로부터 이곳으로 자원해 왔던 유능한 역장에게는 너무나 슬픈 결과였다. 더 이상 미래에 대한 희망이 없으면서도 자기의 상관에게 익명의 엽서를 보냈던 사람이 바로 이 역장이었다. 그리고 때때로 "우리 지역의 장래는 침프렌에 달려 있습니다"는 엽서를 보냈던 사실을 상관에게 구두로 반복하기 위해서 꾸민 목소리로 전화를 걸었던 사람도 이 역장이었다.

요사이 침프렌은 어느 젊은 미술 대학생의 순례지로 변했다. 고인이 된 한스 오토 빈클러의 작품에 대해 학위 논문을 쓰려는 학생이었다. 젊은 대학생은 여러 시간 동안 텅 빈 아늑한 정거장 건물 안에서 논문에 쓰일 자료를 완

성하기 위하여 사진 찍기 좋은 날씨를 기다리며 머무르고 있었다. 그는 거기에 주막이 없음을 아쉬워하면서 버터 바른 빵을 먹었다. 미지근한 수도물은 목구멍으로 잘 넘어가지 않았다. 남자 화장실에 역에 어울리지도 않는 낯선 물건들이 보관된 것이 의아스럽게 여겨졌다. 그 젊은 대학생은 자주 왔다. 거대한 벽화를 부분적으로밖에는 찍을 수 없기 때문이었다. 그러나 유감스럽게도 그는 역 수입에는 큰 영향을 주지 못했다. 겨우 돌아갈 차표 한 장을 준비해 놓고 수화물은 이용도 못 했기 때문이다. 예술학도인 대학생의 여행욕을 이용하는 유일한 사람은 술 때문에 침프렌으로 좌천된 젊은 차장 부레엠이었다. 대학생의 왕복표를 개찰하는 권한이 그에게 주어져 있었기 때문이다. 그리고 운명적인 그 특권이 동료들의 시기를 불러일으켰다. 그는 남자 화장실에 대한 불만을 품고 있었는데, 이 사람이 바로 침프렌을 한동안 흥미 있게 만들었던 스캔들의 장본인이었다. 누구나 정거장 본 건물을 역 아닌 다른 목적에 사용되도록 한 과정을 잘 기억하고 있을 것이나 그것도 이미 다 망각되었다. 역장은 이러한 스캔들로 인해서 침프렌에서부터 좌천될 것을 바랐으나 그것도 헛수고였다. 침프렌 역으로 좌천될 수는 있지만 거기에서 떠날 수는 없었기 때문이다.

전쟁이 끝났을 때

　우리가 독일 국경에 이르렀을 때에는 막 먼동이 틀 때였다. 왼쪽으로 넓은 강과 오른쪽으로 숲이 보였다. 숲 가장자리에서도 그 숲이 얼마나 깊은지를 짐작할 수 있었다. 차 안은 조용했다. 기차는 복구된 선로 위를 서서히 달렸다. 창밖으로 폭격에 부서진 집들과 전신주들이 스쳐 지나갔다. 내 옆에 쭈그리고 앉아 있던 난쟁이가 안경을 벗어 조심스럽게 닦았다.
　"도대체 우리가 지금 있는 곳이 어디인지 짐작이라도 가나?" 하고 그가 나에게 속삭였다.
　"그래. 방금 보았던 그 강이 라인강이고, 오른쪽의 숲은 리히 숲이야. 이제 곧 클레베에 도착할 거야."
　"자넨 이 지방 출신인가?"
　"아니."
　귀찮았다. 밤새도록 주절거리는 고등학생 같은 그의 목소리가 나를 미치게 만들었다. 그는 고향에서 어떻게 브레히트를 읽었는지를 설명했다. 그리고 투홀스키(1890~1935. 독일의 작가, 저널리스트)와 발터 벤야민과 프루스트 그리고 칼 크라우스(1874~1936. 오스트리아의 비평가)까지도. 게다가 그는 사회학을 공부하고 싶다고 말했다. 물론 종교학까지도. 그것이 독일의 새로운 질서를 수

립하는 데 도움이 될 거라고 했다. 동이 틀 무렵 우리가 님베겐에 도착했을 때 누군가 "이제 독일 국경이다"고 외쳤다. 그러자 난쟁이는 겁먹은 얼굴로 혹시 실 가진 거 있으면 담배꽁초 두 개와 바꾸지 않겠느냐면서 주위를 둘러보았다. 아무런 대답도 없었다. 나의 칼라 장식들 —— 그것은 금박이라고 불렸던 것 같다 —— 을 떼어내면 실을 풀 수 있을 것이라는 생각이 들었다. 나는 윗옷을 벗었다. 그는 함석 조각으로 조심스럽게 그 장식들을 떼어내며 실을 풀었다. 그는 그 실로 사관 후보생 계급장을 견장 부근에 꿰매 달기 시작했다. 나는 그에게 물었다. 그 바느질이 고향에서 읽었던 책들에서 받은 영향 때문인가, 아니면 골무를 끼고 계급장을 다시 달아야 할 정도로 아직 덜떨어진 애송이이기 때문인가를. 그는 얼굴을 붉히면서 만일 자신이 후보생만 아니었더라면 한 대 먹여줬을 것이라고 대꾸했다. 기차가 클레베로 들어섰을 때 그는 바느질을 멈추고 골무를 낀 채 내 옆에 웅크리고 앉았다.

"클레베에 대해선 아무런 기억도 없어. 전혀. 자넨 어떤가?"

"음, 로헨그린, 마가린, 그리고 하인리히의 여덟번째 부인인 안나 폰글레베 그리고……."

"그렇군, 로헨그린이라…… 그러나 우리집에서는 자빌라 제품을 먹었지. 그런데 이 담배 갖고 싶지 않나?"

"아니, 너의 아버지한테나 갖다 드려. 네가 계급장을 달고 가면 아버지는 네 따귀를 때려줄걸."

"모르는 소리 마. 프로이센, 클라이스트(1777~1811. 독일의 시인. 극작가. 작품 〈홈부르크 공자〉, 〈펜테질레아〉 등이 있음), 프랑크푸르트, 아니면 포츠담, 〈홈부르크 공자〉, 베를린."

"그래, 클레베는 일찍부터 프로이센적이었어. 라인강 저편 위쪽으로 조그만 도시가 있지. 베젤이라고 하는……."

"그래, 물론 쉴도 있고."

"라인강 위쪽의 프로이센인들은 아래로 내려오지는 않았어. 그들에게는 단지 두 개의 교두보만 있어. 본과 코블렌츠."

"프로이센들."

"블롬베르크, 아직도 실이 필요한가?"

그는 얼굴을 붉히면서 입을 다물었다.

기차는 천천히 달렸다. 열린 창으로 모든 것들이 스쳐갔다. 클레베가 보였다. 역에는 영국인 보초가 서 있었다. 연약한 듯하면서도 강인해 보이고, 방심한 듯하면서도 어딘가 모르게 주위를 경계하고 있었다. 우리는 아직도 포로였던 것이다. 길가에는 쾰른 방향을 알려주는 교통 안내 표지판이 서 있었다. 가을 나무들 사이로 솟아난 백조 기사의 성, 10월의 라인강 하류, 네덜란드의 하늘, 크산텐의 사촌 형제들, 케벨레어의 아주머니, 싸구려 술집에서 오가는 심한 사투리들과 암거래상들의 은밀한 속삭임들, 성 마르틴 축제의 행렬, 성당의 종지기들, 브로이겔의 카니발, 그리고 그때 풍기던 후추빵 냄새는 아니지만 도처에서 풍겨오는 냄새들. "내 말 좀 들어봐." 난쟁이가 말했다.

"제발 조용히 내버려둬." 비록 그가 성인(成人)은 아니라 할지라도 곧 어른이 될 것이다. 때문에 나는 그를 증오했다. 그는 모욕감을 느꼈는지 쭈그리고 앉아 바느질을 마무리했다. 나는 한 번도 그를 동정해 본 적이 없다. 피문은 엄지손가락을 놀리면서 서투르게 계급장을 달고 있는 그를. 그의 안경에 습기가 서려 그가 우는 건지 그냥 그렇게 보이는 건지 분간할 수가 없었다. 내 눈에서 눈물이 나오려고 했다. 두 시간이 지나면, 아니 적어도 세 시간 후면 우리는 틀림없이 쾰른에 있을 것이다. 그리고 그곳에서 그리 멀지 않은 곳에 아내가 있다. 결혼 후 한 번도 목소리를 들어보지 못한 아내.

화물창고 뒤에서 갑자기 어떤 여자가 나타났다. 보초의 눈길을 피해 그녀는 우리의 열차로 다가왔다. 여자는 푸른 보자기를 풀었다. 얼핏 보기에 그것은 어린아이를 싼 포대기인 것 같았으나 빵이었다. 그녀가 내게 빵을 내밀었다. 그것을 받았다. 묵직했다. 현기증으로 몸이 비틀거려서 기차 밖으로 떨어질 뻔했다. 거무스름한 빵은 아직도 따끈했다. 고맙다고 소리치고 싶었으나 그 말이 너무나도 어리석게 여겨졌다. 기차가 움직이기 시작했다. 나는 빵을 품에 안은 채 무릎을 꿇었다. 나는 그녀가 거무스름한 머릿수건을 동여매고 있었다는 사실과 젊은 여자가 아니었다는 사실 외에는 아무것도 모른다.

빵을 안은 채 일어섰을 때, 차 안은 한층 더 조용해졌다. 모든 시선들이 빵으로 집중되고 그 시선들이 빵을 점점 더 무겁게 했다. 나는 그 눈들을 알고 있다. 그리고 그 눈에 딸린 입들도. 여러 달 동안 나는 증오와 경멸의 경계가 어디인가를 생각해 왔으나 그 경계를 찾지 못했다. 그러나 우리가 미군 수용소 — 그곳에서는 계급장을 부착하는 것이 금지되어 있었다 — 로부터 영국군 수용소 — 그곳에서는 계급장을 부착할 수 있었다 — 로 옮겨졌을 때, 한동안 나는 그들을 부역자와 비부역자로 분류했다. 그리고 그 비부역자들이 부착하고 다닐 수도 있는 계급장을 전혀 달고 다니지 않는다고 확신할 때, 어떤 공감이 그들과 나를 결합시켰다. 그들 가운데 하나인 에겔헥터는 심지어 군법재판을 열겠다고까지 했었다. 그 군법재판이 독일인이라는 신분을 내게서 박탈했어야만 했는데 그 재판은 열리지 않았다. 나는 그것이 독일인이라는 신분을 빼앗아갈 수 있을 실제적인 권력을 갖추기를 희망했었다. 그들은 알지 못했다. 내가 그들, 나치와 비나치인 그들을 다같이 증오한 것은 그들의 바느질이나 정치적인 견해 때문이 아니라 그들이 남자들이었다는 사실, 내가 6년 동안 함께 지내야만 했던 동일한 혈통의 남자들이었다는 바로 그 사실 때문이라는 것을 그들은 모른다. 남자와 어리석음이라는 단어는 내게는 같은 것이었다.

에겔헥터의 음성이 들렸다. "최초의 독일빵이, 하필이면 그자가 그 빵을 받다니."

그 목소리는 흐느낌에 가까웠다. 나 역시 흐느끼고 있었다. 그러나 그들은 알지 못할 것이다. 나의 흐느낌은 빵 때문만은 아니라는 것, 그리고 우리가 지금 막 독일 국경을 넘었다는 사실 때문만은 아니라는 것을. 그것은 8개월 만에, 비록 순간이나마 처음으로 느껴본 여인의 손길 때문이었다.

"넌 ……." 에겔헥터가 나지막이 말했다. "넌 빵에서조차 독일인의 신분을 빼앗겠지."

"그래. 난 전형적인 지식인답게 계책을 쓰겠어. 이 빵의 원료로 쓰인 밀가루가 네덜란드산인지 영국산인지, 아니면 미국산인지 검토해 봐야겠어. 자, 이리 와. 빵을 나누게."

그들 대부분이 나를 증오하고 있다. 나머지는 내게는 아무래도 상관없는 존재들이었다. 막 바느질을 끝낸 난쟁이가 다시 성가시게 굴기 시작했다. 그들과 함께 공평하게 빵을 분배하자고 하는 것 같다. 물론 그 빵이 나 하나만을 위해 주어진 것이 아님은 틀림없는 사실이었다.

에겔헥터가 천천히 앞으로 걸어나왔다. 그는 키가 크고 마른 스물여섯 살의 사나이였다. 나만큼이나 마르고 수척했다. 나도 똑같은 나이였다. 석 달

동안이나 그는 민족주의자는 결코 나치가 아니라는 것을 설명하려고 노력했다. 그리고 명예·순수·조국·예의 등의 단어들은 결코 가치를 상실할 수 없다고 주장했다. 나는 항상 그의 강력한 언변에 맞서는 다섯 개의 단어를 제시했다. 빌헬름 Ⅱ세(1859~1941. 제1차세계대전을 일으킴)·교황·힌덴부르크(1847~1934. 독일 공화국의 2대 대통령 역임. 나치스의 압력에 굴복함)·블롬베르크·카이텔.

나의 입에서 히틀러가 언급되지 않은 것이 늘 그를 미치게 만들었다. 5월 1일 보초가 수용소로 달려와 히틀러의 죽음을 알리는 취주나팔을 불었을 때도 나는 히틀러에 대해서는 일언반구도 하지 않았다. 그때도 역시 그는 미쳐 날뛰었다.

"자, 빵을 나누지."

"수를 세."

나는 그에게 빵을 건넸다. 그는 외투를 벗어 뒤집은 다음 탁탁 털어서 바닥에 폈다. 그리고 그것을 평평하게 펼쳐놓은 다음 그 위에 빵을 놓았다. 그러는 동안 빙 둘러앉은 우리들의 수가 헤아려졌다.

"서른둘이야." 난쟁이가 수를 말하자 모두 조용해졌다.

"서른둘."

이렇게 내뱉으면서 에겔헥터가 나에게로 시선을 돌렸다. 서른셋이라고 말했어야만 했는데……그러나 나는 그 말을 입 밖에 낼 수가 없었다. 대신 몸을 돌려 창밖을 바라보았다. 오래 된 나무들이 늘어선 국도, 포플러와 느릅나무들. 동생과 함께 값싼 담배와 초콜릿을 사러 네덜란드 국경을 향해 자전거로 달리다 그 그늘에서 쉬곤 했었던 나무들. 나는 등뒤에 있는 자들이 끔찍스러운 모욕을 당하고 있음을 느꼈다. 길가에 서 있는 노란 표지판이 칼카르와 크산텐 그리고 켈데른 방향을 표시하고 있었다. 뒤에서 에겔헥터의 면도칼소리가 들렸다. 모욕이 두터운 구름처럼 부풀어올랐다. 어떠한 이유에서든지 그들은 늘 모욕을 당했다. 영국인 보초가 그들에게 담배를 선사하고자 했을 때 그들은 모욕을 당했다. 그가 담배를 선사하고 싶어하지 않을 때도 그랬다. 내가 히틀러를 욕할 때도 마찬가지였다. 내가 히틀러를 욕하지 않을 때 에겔헥터는 지독한 모욕을 당했다. 그 난쟁이는 고향에 있을 때 벤야민과 브레히트와 프루스트를 읽었다. 물론 투홀스키와 칼 크라우스까지.

그리고 차가 독일 국경을 넘어서자 사관 후보생 계급장을 그의 어깨에다 꿰맸다. 나는 주머니에서 담배를 꺼냈다. 나의 상등병 계급장과 바꾼 담배였다. 몸을 돌려 다시 난쟁이 옆에 앉았다. 에겔헥터가 빵을 나누고 있었다. 그는 빵을 먼저 반으로 나누고 다시 그것을 4등분했다. 그 4등분된 조각들을 다시 8등분하면 모두에게 그 먹음직스러운 빵 조각이 하나씩 돌아갈 거다. 그 거무스름한 빵 조각은 하나에 60그램 정도 될 것 같았다.

에겔헥터는 그 8등분된 조각들을 다시 8등분하기 시작했다. 가운데 조각을 받으면 적어도 5그램 정도는 더 받을 수 있게 되리라는 것을 모두들 알고 있다. 가운데 부분이 볼록하게 부풀어 있는데도 그는 빵 조각을 모두 똑같은 너비로 잘랐던 것이다. 그러나 이때 그가 빵의 가운데 조각을 반으로 나누었다. 그러고는 말했다.

"서른세 조각이야. 자, 가장 어린 사람부터 집어가도록."

난쟁이가 나를 바라보더니 얼굴을 붉히면서 빵을 한 조각 집어들었다. 그리고 집기가 무섭게 입안에 넣었다. 아무런 마찰도 없었다. 늘 그의 항공기에 대한 이야기로 나를 반쯤 미치게 만들었던 보우비어까지는. 그가 빵을 가져갈 때까지는 그랬다. 마침내 내 차례가 돌아오고, 내 다음은 에겔헥터였다. 그러나 나는 빵을 집지 않았다. 담배를 피우고 싶었다. 그런데 내게는 불이 없었다. 아무도 내게 불을 빌려주려 하지 않았다. 자기 몫의 빵을 가져간 자들이 놀란 듯 먹던 일을 중단했으며 아직 빵을 가져가지 않은 자들은 무슨 일인지 영문을 몰랐다. 단지 내가, 그들과 빵을 나누고 싶어하지 않는다고만 생각했다. 빵을 가져간 자들은 당황하고 있는 동안, 역시 모욕을 당한 거였다. 나는 밖을 보고 싶었다. 포플러와 느릅나무들, 구불구불한 가로수길. 그 나무들 사이로 네덜란드의 하늘이 걸려 있다. 그러나 애써 태연한 체하려는 이러한 나의 노력은 아무런 소용이 없었다. 나는 틀림없이 벌어질 싸움에 겁을 먹고 있었던 것이다. 나는 싸움을 잘하지 못한다. 싸움을 잘한다 할지라도 그들은 한꺼번에 공격해 올 것이다. 브뤼셀 수용소에서 내가 살아 있는 독일인보다 차라리 죽은 유태인을 더 사랑한다고 말했던 당시처럼. 나는 물었던 담배를 뱉았다. 한편으로는 그들이 우스꽝스러워 보였지만 또 한편으로는 싸움으로 그들을 구제해 주고도 싶었다. 난쟁이를 바라보았다. 얼굴을 붉힌 채 그는 내 옆에 쪼그리고 앉아 있었다.

에겔헥터 다음 차례인 구겔러가 자기 몫의 빵을 집어다 입으로 가져갔다. 다른 자들도 각자 자기 몫을 집어갔다. 정확히 세 조각의 빵이 남아 있었다. 나는 구겔러 다음 차례인 자가 누구인지 정확히 모른다. 그자는 브뤼셀 수용소에 있을 때 우리 막사로 온 자이다. 우리가 싸움을 할 때면 그는 아무 말 없이 막사를 빠져나가곤 했었다. 그러고는 가시철조망을 따라서 달렸다. 나는 한 번도 그의 이름을 들어본 적이 없다. 그는 아주 낡은 여름용 군복을 입고 있었으며 형편없는 싸구려 단화를 신고 있었다. 그가 뒤쪽에서 나를 향해 곧장 걸어나와 내 앞에 멈추어서서 부드러운 음성으로 말했다. "빵을 집으시오."

내가 빵을 집지 않자 그는 고개를 가로저으면서 말했다.

"당신들은 모든 것에서 어떤 상징적인 행위를 도출해 내려는 그 저주스러운 재능을 갖고 있소. 이것은 빵이오, 빵일 뿐이오. 그 부인이 당신에게 준 거요. 그 부인이. 자."

그는 빵 한 조각을 집어 힘없이 늘어져 있는 내 오른손에 쥐어주었다. 그의 두 눈은 암울한 빛으로 가득했으나 슬퍼 보이지는 않았다. 그도 다른 포로들과 같은 얼굴이었다. 나는 힘없이 고개를 떨구었다. 나의 손이 빵을 쥐기 위해서 움직였다.

기차는 깊은 탄식을 토해냈다. 에겔헥터가 그의 몫을 집어갔다. 그리고 낡은 여름용 군복을 입은 노인이. 그는 빵을 집어가면서 말했다.

"제기랄, 난 벌써 12년째 독일을 떠나 있었어. 하지만 그들이 미쳐가고 있다는 것은 알아차렸어."

내가 빵을 입에 넣기도 전에 기차는 멈추었다.

우리는 기차에서 내렸다. 드넓은 평야. 무밭. 그러나 나무는 한 그루도 보이지 않았다. 플랑드르 지방의 사자무늬가 있는 모자를 쓰고 칼라가 달린 옷을 입은 벨기에인 보초가 기차를 따라 달리면서 외쳤다.

"나와. 자. 모두들 기차에서 내려."

내 옆에 있는 난쟁이는 안경을 닦더니, 역 간판을 보면서 말했다.

"뷔에제……. 그래, 무슨 생각이라도 떠오르는가?"

"그래, 케벨레어의 북쪽과 크산텐의 남쪽에 위치하고 있어."

"아, 케벨레어, 하인리히 하이네."

"그리고 크산텐과 지그프리트. 그건 아마 잊었나보군."

헬레네 아줌마를 생각했다. 뷔에제. 우리는 왜 쾰른까지 가지 않는 것일까? 뷔에제는? 나무꼭대기들 사이로 보이는 몇몇 붉은 벽돌색 얼룩 외에는 아무것도 보이지 않는다. 헬레네 아줌마는 뷔에제에 커다란 가게를 가지고 있었지. 매일 아침 그녀는 우리 주머니에 돈을 찔러 넣어주었어. 우리는 그 돈으로 니르의 작은 보트를 타거나 자전거로 케벨레어까지 갈 수도 있었는데. 일요일에는 교외에서 설교가 있었지. 밀수품 거래업자들이나 창녀들의 머리 위를 지나 제법 엄숙하게 울려퍼지곤 하던 그 설교소리.

"자, 서둘러. 집에 가고 싶지 않나보지?" 벨기에인 보초였다.

나는 막사 안으로 들어갔다. 우리들은 먼저 영국인 장교 옆을 지나가야만 했다. 그는 우리에게 20마르크씩의 지폐를 주었다. 그리고 우리는 그 돈을 받았음을 확인해야만 했다. 다음에는 의사에게로 갔다. 의사는 젊은 독일인이었다. 그는 인상을 쓰면서 막사 안에 열두서넛 정도의 인원이 모이기를 기다렸다. 인원이 차면 그는 말했다.

"아파서 오늘 집에 갈 수 없는 사람 있소? 손 들어보시오."

이러한 어처구니없는 질문에 여기저기서 킥킥거리는 소리가 들려왔다. 우리는 하나씩 그 의사의 책상을 지나가면서 석방증에 도장을 받았다. 그런 다음 들어갔던 문과는 다른 문으로 그 막사를 빠져나왔다. 잠시 동안 나는 열린 그 문 옆에 서 있었다. 의사의 음성이 들려왔다.

"누구 아파서……."

걸음을 옮겨 통로의 다른 쪽 끝에 왔을 때 웃음소리가 들렸다. 다음 막사로 향했다. 영국인 상사가 보였다. 그는 전혀 예기치 못했던 변소 옆 텅 빈 복판에 서 있었다.

"가지고 있는 병역수첩을 다 내놔봐. 그리고 가지고 있는 서류 따위들도 모두."

그는 독일어로 말했다. 모두들 병역수첩을 꺼내들자 그는 예의 그 변소를 가리키면서 병역수첩을 모두 그리로 던져버리라고 명령했다. 그러고는 독일어로 말했다.

"자, 이제 기뻐하도록."

이러한 그의 익살에 모두들 웃었다. 나는 그것이 외국인의 익살이기는 하지만 독일인들도 갑자기 위트에 대한 감각을 가지게 되었다는 것을 발견할 수 있었다. 심지어 에겔헥터까지 막사 안에서 미국인 대위 때문에 웃지 않았던가. 그 미국인 대위는 철조망을 가리키면서 말했었다.

"소년들이여, 그 비극적인 표정은 떠나보내라. 이제 너희들은 자유다."

영국인 상사가 서류에 대해서 물었으나 나는 석방증 외에는 아무것도 가지고 있지 않았다. 병역수첩을 어떤 미국인의 담배 두 개비와 바꾸었던 것이다.

"서류 따위는 없소."

그 말이 그의 화를 돋우었다. 미국인 상사가 그랬듯이.

"히틀러 소년대인가? 아니면 나치 돌격대. 그것도 아니면 히틀러 당원이겠군."

미국인 상사의 질문에 난 딱 잘라 대답했었다.

"아니오."

그러자 그자는 나를 향해 소리를 질러댔고 악을 쓰면서 잡역 명령을 내렸다. 그는 저주를 퍼부어대면서 내가 알지도 못하는, 할머니의 성적인 비행을 들먹이기까지 했다. 그러나 나는 그 미국인이 내뱉는 속어를 거의 알아듣지 못했으므로 그 성적 비행이 어떤 성질의 것인지 이해하지 못했었다. 무엇이든지 그들 마음에 들지 않을 때에는 그것이 그들을 격분케 했던 것이다.

영국인 상사도 격분한 나머지 붉으락푸르락한 얼굴로 일어섰다. 그러고는 내 몸을 수색했다. 수색을 오래 할 필요도 없었다. 그는 곧 나의 일기장을 찾아냈다. 그것은 종이봉지를 잘라서 철사로 철한 두꺼운 것이었다. 거기에 모든 것이 적혀 있었다. 4월 중순부터 9월 말까지 내게 일어났던 모든 일들이 낱낱이 기록돼 있었다. 미국인 상사 스티븐슨에 의해 시작된 포로 생활에서부터 마지막 운송까지. 기차 안에서 쓴 그 마지막 기록은 이렇게 말하고 있었다.

"우리가 그 음울한 벨기에의 안트베르펜시를 지나갈 때. 벽에는 이렇게 쓰여 있었지. Vive le Roi(국왕 만세)!"

그 일기는 수백 페이지에 달하는 종이봉지 위에 기록되어 있었다. 격분한 상사는 일기장을 빼앗더니 그것을 변소에다 던져버렸다. 그가 나를 보면서 말했다.

"서류에 대해서 묻지 않았나?"

그제서야 나는 가도 좋다는 허락을 받았다.
우리는 막사 문 옆에 모여서 벨기에 화물 자동차를 기다렸다. 그 화물 자동차가 우리를 본으로 데려갈 것이라고 했다. 본이라? 하필이면 왜 본이란 말인가? 누군가가 말했다. 시체에 의한 전염병의 만연으로 쾰른이 봉쇄되었다고. 그러자 다른 자가 나섰다. 우리는 앞으로 30~40년간 폐허를 파내야만 할 것이라고. 폐허. 폐허.
"게다가 그들은 우리에게 트럭을 주지 않을 거야. 우리는 그 폐허더미를 광주리로 퍼 날라야만 해." 다행히도 내 옆에는 포로 수용소에서나 기차 안에서 함께 지낸 자가 한 명도 없었다. 모르는 자들의 그러한 허튼 수작들이 약간의 구역질을 일으켰다. 만일 그들이 내가 아는 자들이었다면 훨씬 더 역겨웠을 것이다. 다행이었다. 앞쪽 어디서 누군가가 말했다.
"하지만 그에게 빵을 준 건 유태인이었는데."
다른 자가 그 말을 받았다. "그래, 그것 봐. 그렇게 도와들 주잖아."
그때 뒤에서 누군가가 나를 찔렀다.
"담배 한 갑에 빵 100그램이야. 자, 어때?"
그자는 뒤에서 내 얼굴에 손을 들이댔다. 나는 보았다. 그것은 에겔헥터가 기차 안에서 잘랐던 그 빵 조각 가운데 하나였다. 나는 고개를 가로저었다. 다른 자가 나섰다.
"벨기에인들은 담배 한 갑에 10마르크씩 받고 있어."
10마르크는 나에게 싸게 여겨졌다. 수용소 안에서 독일인들은 담배 한 갑에 120마르크씩 거래했었다.
"담배를 원하오?"
"그렇소."
나는 가지고 있던 20마르크를 그 모르는 사람의 손에다 쥐어 주었다.
모든 것이 거래되었다. 그들이 진지하게 관심을 갖는 것은 오직 거래뿐이었다. 누군가는 2천 마르크와 아직도 멀쩡한 군복의 대가로 평상복 한 벌을 받았다. 어디에서든지 거래와 교환이 이루어졌다. 갑작스러운 외침이 들려왔다.
"거기에는 이 바지가 어울리지. 아, 분명해요. 그리고 이 넥타이도."
"누군가는 팔목시계를 3천 마르크에 팔았다. 가장 중요한 거래품은 비누였다. 미군 수용소에 있었던 자는 20여 개나 되는 많은 비누를 가지고 있었다.

거기에서는 매주 비누가 배급되었으나 씻을 물이 없었다. 영국인 수용소에 있던 자들은 비누 따위는 가지고 있지 않았다. 푸른 빛과 붉은 빛의 비누들이 이리저리 나돌았다. 많은 사람들이 비누 표면에 조각을 새겨넣었다. 강아지나 고양이나 작은 인형 등이 새겨졌다. 그리고 조각이 새겨진 비누는 싼 값으로, 아무런 조각도 없는 비누는 좀더 높은 가격으로 거래되었다. 조각이 새겨진 비누들은 그만큼 무게가 손실되었으리라는 우려 때문이었다. 내가 20마르크를 쥐어주었던 익명의 손이 다시 나타나 나의 왼손에 담배 두 갑을 놓고 갔다. 나는 그 정직성에 감동했다. 그러나 그 감동은 벨기에인들이 담배 한 갑에 5마르크씩 거래한다는 사실을 알게 될 때까지뿐이었다. 그러니 공정거래가격에 100퍼센트의 이익을 취했음이 분명하다. 그것도 동료에게서. 지금 기억되는 것은 단지 손들뿐이다. 거래를 하던 손들. 그 손들이 오른쪽에서 왼쪽으로, 왼쪽에서 오른쪽으로 비누를 건넸다. 돈도 마찬가지였다. 왼쪽에서 오른쪽으로, 혹은 오른쪽에서 왼쪽으로 돈을 건네던 손들. 그것은 마치 뱀의 소굴로 빠져든 착각을 일으키게 했다. 사방에서 팔방으로 움직이던 손들이 내 어깨를 지나고 내 머리 위를 지나 돈과 비누를 건넸다.

난쟁이가 다시 내 옆으로 왔다. 벨기에 화물 트럭에서 그는 내내 내 옆에 쭈그리고 앉아 있었다. 그 화물 트럭은 케벨레어를 관통해 크레벨트로, 그리고 크레펠트를 우회하여 노이쓰로 향해 질주했다. 그 도시들은 아주 조용했고 사람들은 거의 눈에 띄지 않았다. 가축들도 없었다. 잿빛 가을 하늘만이 낮게 드리워 있었다. 왼쪽에는 난쟁이가, 오른쪽에는 벨기에인 보초가 앉아 있었다. 우리는 멀리 국도를 바라다보았다. 내가 잘 아는 길이었다. 동생과 자주 그 길을 따라 걸었었다. 난쟁이는 항상 자기를 내세우고 싶어했다. 그러나 매번 나는 그의 말을 잘라버렸다. 그래도 그는 계속해서 자기의 기지를 드러내고 싶어했다. 나는 그것을 허락하지 않았다.

"하지만 너도 노이쓰에 대해서는 아무런 기억도 없을 거야. 뭐 기억나는 거라도 있나?"

"노베지아, 초콜릿, 너는 티베트의 종교에 대해서는 모르겠지?"

"몰라."

그는 다시 얼굴을 붉혔다.

나는 벨기에인 보초에게 쾰른이 시체에 의한 전염병 감염으로 차단되었다는 게 사실이냐고 물었다.
"아니야. 하지만 상태가 좋은 건 아니야. 그래, 그곳 출신인가?"
"그렇소."
"각오를 해야 할걸…… 자네, 가진 거 있나?"
"물론이지."
"이리 좀 보여줘 봐."
보초병은 주머니에서 담뱃갑을 꺼내 열었다. 그러고는 노란 빛의 상큼한 담배를 꺼내 내 코에 들이댔다.
"비누 두 개면 이걸 자네에게 주겠네. 최상품이야."
나는 고개를 끄덕이면서 주머니에서 비누 두 개를 꺼내 그에게 건네주었다. 그러고는 담배를 받아 주머니에 넣었다. 그가 비누를 집어넣는 동안 나는 그의 기관총을 들고 있었다. 비누를 넣자 그는 한숨을 내쉬었다. 그에게 기관총을 돌려주었다.
"이 저주스런 것을 아마 얼마 동안은 더 들고 있어야 하겠지. 너희들이 생각하듯 그렇게 위험스러운 것은 아냐. 그런데 도대체 너는 왜 우는 거야?"
나는 오른쪽을 가리켰다. 라인강이었다. 우리는 도르마겐을 향해 달리는 중이었다. 난쟁이가 입을 열려고 했다.
"제발, 입 다물어. 조용히 할 수 없나?"
아마도 그는 나에게 라인강에 대해서 뭐 기억나는 게 없느냐고 물어보려고 했을 것이다. 하느님 맙소사. 그는 심한 모욕감을 느꼈다. 본까지 한마디도 없었다. 쾰른에는 아직 몇 채의 집이 서 있었다. 달리는 기차도 보였다. 사람들은 물론 여자들도 보였다. 어떤 여인이 우리에게 눈짓을 보냈다. 우리는 노이쓰 거리를 지나 광장으로 접어들었다. 광장을 달리는 동안 내내 울고 싶었으나 한 방울의 눈물도 흐르지 않았다. 광장 위에 있던 보험회사 건물마저 폭격에 파괴되고 그저 푸른 사기 타일 몇 개가 옛 호헨슈타우펜 목욕탕을 알려주고 있을 뿐이었다. 나는 줄곧 차가 오른쪽 카롤링거 광장으로 꺾어들기를 바랐다. 바로 내가 살던 곳이었다. 그러나 우리들을 실은 트럭은 곧장 광장 아래로 달렸다. 바바로싸 광장, 작센 광장 그리고 잘리르 광장. 나는 애써 그것을 보지 않으려고 했다. 차량이 클로드비크 광장에서 정체되지만 않았더라도, 아니 우리가 옛날 살았던 집 앞에서 멈추지만 않았더라도 그곳을 보지는 않았을 것이다. 그러나 그곳을 보고야 말았다. '완전한 파괴'라는 말은 혼돈을 야기시킬 우려가 있다. 그 말은 단지 집이 세 번, 네 번 파괴되었을 특별한 경우에 한해서만 적용된다. 가장 확실한 경우는 아직도 집이 계속 불타고 있을 때이다. 그런데 내가 살았던 그 집은 관청에서 사용하는 용어로 표현하자면 실제적으로 완전히 파괴되었다. 그러나 그 말 자체의 기술적인 의미에 있어서는 완전한 파괴는 아니었다. 아직도 출입구와 초인종은 알아볼 수가 있었던 것이다. 난 아직 출입구와 초인종을 알아볼 수 있는 그 집이 엄격한 기술적인 의미에서는 완전히 파괴된 것이 아니라고 믿고 싶었다. 우리가 살았던 그 집에서 아직도 알아볼 수 있는 것은 초인종과 출입구뿐만은 아니었다. 지하실에 있는 방 두 개는 아직도 멀쩡했다. 심지어 이층에 있는 방 세 개는 믿을 수 없는 상태였다. 세번째 방은 전혀 그 비중을 견뎌내지 못할 것 같은데도 벽의 일부분에 의해 지탱되고 있었다. 그러나 폭격으로 도로변에 면한 벽이 날라가버린 방 위로는 좁다란 합각 머리 지붕이 높이 솟아 창틀만 남은 유리창과 함께 쓸쓸함을 자아내고 있었다. 하지만 나의 관심은 무엇보다도 두 남자에게 쏠려 있었다. 그들은 우리집 거실에서 마치 그곳이 그들의 발길에 익숙한 곳이기라도 한 것처럼 이리저리 서성이고 있었다. 하나가 벽에서 그림을 떼어냈다. 나의 아버지가 아주 사랑했던 그림이었다. 그는 떼어낸 그림을 가지고 집 앞쪽 아래에 서 있던 세번째 사나이에게 보였다. 그러나 이 세번째 사나이는 물건에 흥미가 없다는 듯 고개를 가로저었다. 그러자 그는 그림을 가지고 되돌아와서 벽에 다시 걸었다. 그자는 그림을 아주 똑바로 걸었다. 정확성을 기하려는 듯 뒤로 몇 걸음 물러서서 그림이 똑바로 걸렸는지를 확인하면서 만족스러운 듯 고개를 끄덕였다. 그러는 동안 다른 두번째의 사나이가 벽에 걸린 다른 그림을 떼어냈다. 로흐너 성당의 동판화였다. 그러나 이 그림 역시 아래에 서 있는 세번째 사나이에게는 흡족한 것 같지 않았다. 결국 첫번째 사나이가 앞으로 나와 손나팔을 만들어 소리를 질렀다.

"피아노야."

아래쪽의 사나이가 웃으면서 고개를 끄덕여 보이더니 역시 같은 동작으로 외쳤다.

"끈을 가져오겠어."

피아노는 보이지 않았으나 나는 그것이 어디에 있는지 알고 있다. 피아노는 오른쪽 구석에 있다. 하지만 그 구석을 살펴볼 수는 없다. 로호너의 그림을 든 사나이가 막 그곳으로 사라졌다.
"도대체 자넨 쾰른의 어디에서 살았었나?"
벨기에인 보초가 물었다.
"음, 저쪽……."
나는 서쪽 전방을 막연한 동작으로 가리켰다.
"맙소사, 더 가야 되잖아."
보초는 바닥에 내려놨던 기관총을 다시 집어들더니 모자를 고쳐 썼다. 그의 모자 앞면에 그려진 플랑드르 지방의 사자는 때가 끼여 상당히 더러웠다. 우리가 클로드비크 광장으로 들어섰을 때 교통이 정체된 이유를 알 수가 있었다. 노상 약탈 행위가 발생한 것 같았다. 도처에 영국인 헌병의 차들이 보였다. 손을 들고 있는 시민들과 여기저기에 조용하지만 분개한 몇몇 무리들도 보였다. 폭격에 날아가버린, 그렇게 조용한 도시에 저렇듯 많은 사람들이 있었다니!
"암시장이야, 저기서 물건이 거래되고 있어."
벨기에인 보초가 말했다.
우리가 아직 쾰른을 떠나기 전, 본 거리의 노상에서 나는 잠이 들었었다. 그리고 어머니의 커피 분쇄기에 대한 꿈을 꾸었다. 그림을 떼어갔었던 그 남자가 끈으로 묶은 커피 분쇄기를 아래로 내려보냈다. 그러나 아래에 있던 사나이는 그 커피 분쇄기를 집어던졌다. 다른 남자가 그것을 다시 끌어올렸다. 그러고는 현관문을 열더니 커피 분쇄기가 매달려 있던 자리에 다시 그것을 매달려고 했다. 부엌문 뒤 왼쪽이었다. 그러나 거기에는 분쇄기를 매달 수 있는 벽이 없었다. 그래도 사나이는 계속해서 분쇄기를 매달려고 했다. 꿈속임에도 나는 질서에 대한 본능을 느낀 것이다. 그는 오른손 검지를 더듬어 못을 찾았다. 못은 없었다. 그러자 사나이는 화가 나서 주먹으로 파란 가을 하늘을 향해 욕을 했다. 커피 분쇄기를 매달 수 없는 것은 마찬가지였다. 결국 커피 분쇄기를 매다는 것을 포기한 채 그것을 끈으로 묶더니 걸어갔다. 그는 다시 분쇄기를 아래로 내려보냈다. 세번째 사나이가 다시 그것을 집어던졌다. 다른 자가 다시 그 분쇄기를 들어올려 끈을 풀어냈다. 그리고 그것이 무슨 귀중품이라도 되는 것처럼 옷 속에 감추고는 끈을 말아 뭉치를 만들어서 아래에 있는 자의 면상을 향해서 던졌다. 그 동안 줄곧 나를 불안하게 한 것은 그림을 떼어냈었던 그 사나이가 어떻게 된 것은 아닌가 하는 것이었다. 아무래도 그를 찾을 수가 없었다. 피아노가 놓인 구석을 가로막는 것이 있었는데, 그것은 아버지의 책상이었다. 그가 아버지의 비망록을 읽고 있을지도 모른다는 생각이 나를 불쾌하게 했다. 커피 분쇄기를 든 사나이는 이제 거실문 옆에 서 있다. 그는 커피 분쇄기를 문짝에다 매달려고 했다. 그는 커피 분쇄기에 온갖 열정을 다 바치려는 결심을 굳힌 모양이었다. 그에게 호감이 가기 시작했다. 그러나 그 호감도 그자가 어머니가 커피 분쇄기를 열어 보여주며 달래주곤 할 때, 우리들 친구들 가운데 하나라는 사실을 깨달을 때까지뿐이었다. 그는 전쟁 초 폭격에 맞아 전사했었다.

본에 도착하기 전 벨기에인 보초가 나를 깨웠다.

"이봐, 눈을 뜨라구, 자유가 가까워졌어."

나는 똑바로 앉아서 어머니의 커피 분쇄기 옆에 앉아 있었던 많은 사람들을 생각했다. 어머니가 시험에 대한 겁을 일깨워주었던 무단 결석자들, 그녀가 교화시키려 했던 나치들과 좀더 강하게 만들고자 했던 비나치인들. 그들 모두 커피 분쇄기 아래 놓여 있는 의자에 앉아 있었다. 위로와 질타, 관용과 집행유예 속에서 그들의 이상(理想)들이 처참하게 부서져 나갔었다. 그리고 시대를 초월하는 것들, 약한 자에 대한 관용과 박해받는 자들에 대한 위로가 부드러운 말로 그들에게 주어졌었다.

옛 공동묘지와 시장과 대학교와 도시 그리고 본, 코블렌츠 성문을 지나 호프가르텐으로 들어섰다.

"안녕" 하고 벨기에인 보초가 작별 인사를 했다. 난쟁이가 피곤해 보이는 얼굴로 말했다.

"편지해 줘!"

"그래, 내가 가지고 있는 투홀스키를 다 보내줄게."

"고마워. 클라이스트도 보내주겠나?"

"그건 안 돼. 하지만 두 권씩 가지고 있는 것은 보내줄 수 있어."

우리가 마지막으로 통과한 가시 철조망 앞에 어떤 남자가 커다란 세탁물통 사이에 서 있었다. 한 세탁물통엔 사과가 가득 담겨 있었고, 다른 통에는 몇 개의 비누가 담겨 있었다. 그자의 외침소리가 들려왔다.
"비타민이오. 자 여러분. 사과 하나에 비누 하나요."
입 속에 침이 고였다. 사과가 어떤 맛인지 잊어버린 지 오래다. 그에게 비누를 하나 주고 사과를 받아 그 자리에서 덥석 깨물었다. 그러고는 멈추어서 다른 사람들이 나오는 것을 바라보았다. 더 이상 외칠 필요도 없이 거래는 말없이 이루어졌다. 통에서 사과 하나를 꺼낸 다음 비누를 받아 텅 빈 세탁 물통 안으로 던진다. 비누가 떨어질 때마다 둔탁하면서도 가여운 소리가 들렸다. 모두 다 사과를 가져가지는 않았다. 누구나 다 비누를 가진 것은 아니었기 때문이다. 거래는 아주 신속하게 이루어졌다. 셀프서비스 식당에서처럼. 내가 사과를 막 다 먹어버렸을 때 그의 비누통은 이미 반이 넘게 차 있었다. 모든 것은 신속했다. 마찰도, 말도 필요 없었다. 근검 절약하고 계산에 빠른 사람들조차 사과에서 시선을 떼어버릴 수가 없었다. 나는 그들을 동정하기 시작했다. 고향은 그들의 귀향을, 비타민으로 가득 찬 사랑으로 맞이했던 것이다.
본에서 전화를 찾는 데는 오랜 시간이 걸렸다. 우체국에서야 겨우 어떤 아가씨에게서 의사와 목사들만 전화를 가지고 있다는 말을 들을 수 있었다. 게다가 그것도 그들이 나치가 아닌 경우에 한해서라는 이야기도 들었다.
"그들은 이리처럼 사나워진 사람들을 몹시 두려워하고 있어요." 그녀는 덧붙여 말했다. "당신 혹시 담배 가진 것 없어요?"
나는 주머니에서 담배를 꺼냈다. "제가 말아드릴까요?"
그녀는 웃으면서 아무리 보아도 내가 미혼인 것 같다고 말했다. 나도 담배를 하나 말았다. 그러고는 그녀에게 어디서 비누를 좀 팔 수 없겠느냐고 물었다. 차비가 필요했으나 수중에는 한푼도 없었다.
"비누라고요? 이리 좀 줘봐요."
외투 주머니에서 비누를 꺼내자마자 그녀는 내 손에서 그것을 낚아채 냄새를 맡아보았다.
"오, 맙소사! 이건 진짜 유자 기름으로 만든 거야. 비싼 건데. 50마르크를 주겠어요." 나는 놀란 얼굴로 그녀를 바라보았다.
"아, 알아요. 80마르크까지 받을 수 있다는 것을. 하지만 그렇게는 낼 수가 없어요."

나는 그 50마르크를 받고 싶지는 않았으나 그녀는 내가 그 돈을 받아야 한다고 우겼다. 그녀는 지폐를 외투 주머니에 찔러 넣어주고는 우체국을 나가 버렸다. 그녀는 아주 매혹적이었다. 그녀의 음성에는 어떤 강렬함을 더해 주는 탐욕스러운 매력이 있었다.
　우체국에서도 거리에서도 가장 나의 주목을 끌었던 사실은 어느 곳에서도 휘장을 달고 다니는 학생들이 보이지 않는다는 것과 냄새였다. 누구에게서나 악취가 풍겼으며 어디에서도 마찬가지였다. 나는 그녀가 왜 그렇게 비누를 탐했던가를 알게 되었다. 나는 역으로 가서 오버케르쉔바흐를 찾아갈 방법을 알아보았다. 거기에 아내가 살고 있다. 그곳을 아는 사람은 한 사람도 없었다. 역에서 알아본 사실로는 그곳이 본에서 그리 멀지 않은 서쪽 어딘가에 있다는 것뿐이었다. 어디에 가도 지도 한 장 눈에 띄지 않았다. 지도라도 있으면 찾아볼 수가 있겠지만 이리 같은 자들 때문에 지도도 금지되었는지 모른다. 나는 항상 어떤 장소가 어느 곳에 있는지 정확하게 아는 것을 좋아했다. 이 오버케르쉔바흐에 관해 내가 아무것도 모른다는 사실이, 정확한 것은 무엇이고 알 수도 없다는 사실이 나를 불안하게 했다. 내가 알고 있는 본 사람들의 주소를 뒤져보았다. 그 가운데 의사와 성직자들은 한 명도 없었다. 드디어 신학 교수가 한 명 생각났다. 전쟁이 일어나기 직전에 친구와 한 번 방문한 적이 있는 사람이었다. 교수는 집시들과 금서목록과 무엇인가와 관계가 있었다. 우리는 그에게 우리의 공감을 알려주려고 찾아갔을 따름이었다. 그가 살던 거리 이름은 잊었으나 그곳이 어디에 있는지는 알고 있었다. 포플러가 늘어선 가로수길을 따라 왼쪽으로 구부러졌다. 다시 한 번 왼쪽으로 돌자 그 집이 나타났다. 문패를 보고 나서야 안심이 되었다. 교수가 몸소 마중을 나왔다. 그는 매우 늙고 수척해서 허리마저 굽었고 머리는 백발이었다.
　"절, 절 잘 모르실 거예요, 교수님. 교수님께서 집시와 금서목록으로 모함을 받을 당시 찾아뵌 적이 있습니다. 저 잠깐 실례해도 될까요?"
　모함이라는 말에 그는 웃으면서 말했다.
　"물론이고말고."
　그의 서재로 들어갔다. 담배 냄새가 나지 않는 것이 무척 인상적이었다. 그 외에 책과 도서목록, 고무나무 등은 옛날 그대로였다. 나는 그 교수에게 성직자와 의사들만 전화를 가지고 있다는 이야기를 들었다는 것과 아내에게 꼭 전화를 해야 한다는 말도 덧붙였다. 참으로 드문 일이지만, 내 말을 다 듣고 나서 그는 자기는 비록 성직자이기는 하지만 전화는 없다고 했다.
"이보게나, 나는 영혼의 구제자가 아닐세."
"그렇다면, 이리로 변한 인간인가 보지요?"
그에게 담배를 내밀었다. 담배를 바라보는 그의 모습이 가슴을 아프게 했다. 노인들이 좋아하던 것을 포기할 수밖에 없을 때 그것을 보는 일은 언제나 나를 슬프게 한다. 파이프에 담배를 넣는 그의 손이 떨렸다. 그것은 그가 늙었기 때문만은 아니었다. 담배에 불을 붙이고 났을 때 —— 나는 성냥을 가지고 있질 않았기 때문에 그에게 불을 붙여줄 수가 없었다 —— 그는 내게 성직자와 의사들만 전화를 갖고 있는 것은 아니라고 했다.
"병사들이 가는 싸구려 술집에도 있다네. 그런 술집은 어느 곳에나 다 있지. 그런 싸구려 술집에서 전화를 찾을 수밖에 없네. 모퉁이를 돌면 그런 술집이 있을 걸세."
그는 그렇게 말했다. 헤어지면서 내가 담배 몇 개비를 그의 책상 위에 놓아두자 노인은 눈물을 흘렸다. 그는 내가 한 행동이 무엇인지 아느냐고 물었다. 나는 안다고 대답했다. 그리고 그 당시 자기가 집시 출신임을 밝혔던 그의 용기에 대한 때늦은 선사품으로써 담배를 받아달라고 말했다. 그에게 비누도 주고 싶었다. 주머니에는 아직도 대여섯 개의 비누가 남아 있었던 것이다. 그러나 그것이 그에게 너무 충격이 되지나 않을까 걱정되었다. 너무 늙고 허약한 노인이 아닌가!
술집은 괜찮았다. 그러나 그 술집 앞에서 영국인 보초병으로부터 당한 것보다 더한 곤욕을 당해야만 했다. 그자는 아주 젊었다. 그는 쏘는 듯이 나를 바라보더니 팻말을 가리켰다. 독일인들의 출입을 금지하는 팻말이었다. 나는 그에게 말했다. 동생이 안에서 일하고 있는데 나는 방금 고향으로 돌아왔다. 내 여동생이 열쇠를 가지고 있다. 그는 여동생의 이름을 물었다. 가장 독일적인 이름을 대는 것이 안전할 것 같아서 '그레첸'이라고 알려주었다. 그는 금발의 아가씨라면서 나를 들어가게 해주었다. 술집 내부의 묘사는 하고 싶지 않다. 아가씨들과 관련된 잡지라든지 영화나 텔레비전이 나를 대신해 줄 터이니. 그레첸에 대해서도 쓰고 싶지 않다. 중요한 것은 그레첸이 놀라울 정도로 빠른 이해력을 지녔다는 사실이다. 그리고 그녀가 올리브유 비누에 대한 사례로 케르쉔바흐에 있는 목사와 연결하여 내 아내와 통화할 수 있도록 애써줄 용의가 있었다는 것뿐이다. 그레첸은 유창한 영어로 전화를 했다. 그리고 그녀의 남자친구가 좀더 빨리 통화되도록 지배인에게 부탁해 줄 거라고 했다. 기다리는 동안 그녀에게 담배를 권했으나 그녀는 더 좋은 담배를 찾고 있었다. 그녀에게 약속했던 사례로 비누를 주려 했으나 그녀는 한사코 받지 않겠다고 고집을 부렸다. 그래도 내가 받으라고 고집하자 그녀는 울면서 동생 하나는 감옥에 가 있고, 하나는 죽었다고 말했다. 나는 그녀를 위로했다. 그레첸 같은 여자가 운다는 것은 그리 아름다운 일이 아니기에. 그녀는 카톨릭 신자라는 것도 고백했다. 그녀가 서랍 어디에서인가 영세를 받을 때 찍은 사진을 꺼내려는데 전화벨이 울렸다. 그녀가 수화기를 들었다.

"목사님!"

하지만 나는 이미 알아들었다. 수화기 저편에서 들려오는 소리는 남자의 목소리가 아니라는 것을.

"잠깐만요."

그레첸이 나에게 수화기를 건네주었다. 너무나도 흥분되어 난 수화기를 쥘 수도 없었다. 손에서 빠져나간 수화기는 다행히도 그레첸의 무릎 위로 떨어졌다. 그녀가 수화기를 들어 내 귀에다 바싹 댔다.

"여보세요. 당신이야!"

"네. 지금 당신 어디 있어요?"

"여기는 본이야. 전쟁은 끝났소. 나는……."

"오! 믿을 수가 없어요. 아니에요. 거짓말이에요."

"정말이라니까. 그때 엽서 못 받았소?"

"무슨 엽서 말이에요?"

"수용소로 가게 되었을 때. 거기에서는 엽서를 써도 괜찮았으니까."

"아니요. 여덟달째 한 번도 당신 소식을 듣지 못했어요."

"이런 돼지 같은 놈들! 저주받을…… 도대체 케르쉔바흐는 어디오?"

"내가……."

그녀는 흐느껴 우느라 말을 잇지 못했다. 수화기 저편에서 흐느낌이 들려왔다. 한참 후에야 다시 말이 이어졌다.

"그리로 가겠어요."

더 이상 그녀의 목소리는 들리지 않았다. 누군가가 영어로 알아들을 수 없는 말을 했다. 그레첸이 수화기를 받아서 잠시 뭐라고 얘기를 하더니 머리를 가로저으면서 수화기를 내려놓았다. 나는 그녀를 바라보았다. 더는 그녀에게 비누를 받으라고 할 수 없음을 알았다. 고맙다는 말 역시 할 수가 없었다. 그 말이 너무 어리석은 것 같았다.

    결혼 후 처음으로 들어보는 아내의 목소리가 귀에 쟁쟁한 채, 나는 역으로 되돌아갔다. *

작가론

독일 문단(文壇)과 하인리히 뵐

홍경호(문학박사, 한양대 교수)

〈아담, 너는 어디에 있었느냐〉는 장편이면서 단편이요, 단편이면서도 장편 소설이라 할 수 있다. 이 작품은 무성영화의 단면 같은 장면들이 서로 겹치면서 엇갈리듯 전개된다. 각 단원마다 하나의 결말을 가지면서 그것이 다시 다음 단원으로 이어지는 열쇠가 되어 전체가 톱니바퀴처럼 돌면서 커다란 물줄기로 흘러넘친다.

가벼운 부상을 입고 후송된 병사 파인할스는 전후방(前後方)을 떠돌아 다니며 소설 전체를 접착시키고 진행시키는가 싶다가 마지막 장(章)에서는 어이없게 죽어버리며, 사병들을 실어 나르는 '적색 가구 운반차'와 유태인을 수송하는 '녹색 가구 운반차'는 같은 도시에서 출발하여 서로 추월하기도, 뒤로 처지기도 하다가 결국 전혀 다른 방향을 향해 달려간다. 우연히 사랑을 느끼기 시작한 파인할스와 일료나, 그 두 남녀를 각각 나누어 실은 가구 운반차는 독일 민족과 유태 민족 사이에 놓인 갈등과 애증을 만재(滿載)한 채 무의미하고 어리석은 전선(戰線)과 나치 수용소의 처형장을 향해 질주한다. 그러나 거기에는 승자도 패자도 없으며 죽이는 자와 죽음을 당하는 자도 없다. 그들 앞에 놓인 것은 살인을 관장하고 다스리는 기구(機構)와 조직일 뿐이며 인간성의 상실일 뿐이다. 스물네 살의 젊은 여선생 일료나는 죽음을 향해 걸으며 자신의 생(生)을 전혀 다르게 생각해 보기도 한다. 그러나 남자를 사랑하고 아이를 낳아 길러보겠다는 평범한 여성으로서의 그녀의 소망이 이루어지기에는 남성들이 저지르는 전쟁이 너무도 가혹하다.

그녀에게 관심을 가졌던 남자들도 많았고 사랑을 고백해 온 남자들도 많았다. 그리고 그 중의 몇 남자와는 키스도 했지만 그녀는 표현할 수 없는 그 무엇인가를 기다렸다. 그러나 그녀는 그것을 사랑이라고는 부르지 않았다.

음악을 사랑하는 수용소 소장 필스카이트의 광란, 군복을 팔아 한낮에 여자를 사는 그레크 중위, 포탄이 작렬하는 전선에까지 포도주를 들고 가야 했던 핑크 하사, 이들 모두는 연출자의 손끝에서 놀아날 수밖에 없는 소영웅들이며 용렬(庸劣)의 표본이다. 하지만 그들에게도 사랑과 신념, 스스로 그렇다고 믿는 선(善)은 있었다. 군의관 슈미츠의 미미한 저항, 적십자기를 믿으려 했던 슈나이더 상사 또한 평범한 사나이들이었다. 작가의 담담한 눈과 필치가 그 비정미를 더욱 짙게 해주었을 뿐이다.

파인할스의 가벼운 부상으로 인한 후송에서부터 브레센 대령의 레스토랑 급사 시절 이야기, 이동병원과 슈나이더 상사 이야기, 두 명의 환자를 위하여 병원에서 떠나지 않는 슈미츠 군의관의 이야기, 불발탄에 걸린 슈나이더가 쓰러지면서부터 이동병원에 포격이 가해지는 이야기 등은 일반적으로 전장(戰場)에서 흔히 볼 수 있는 소재에 불과하나, 거기에 공포와 초조감, 부상병들의 불안감이 가미되어 하나의 소설로 성립된 것이다.

바로 앞에는 조용히 누워 있는 텁수룩한 검은 머리가 보였고 그 다음 들것에는 이리저리 심하게 움직여대는 대머리가 하나 보였다. 그리고 맨 앞 첫번째 들것에는 완전히 붕대로 감겨 너무나 흉측스럽게 보이는 흰 머리가 하나 누워 있었는데, 꾸러미 같은 그 붕대로부터 덮개를 뚫고 목소리 하나가 울려나왔다.

병사들도, 또 그 병사들을 포연 속으로 몰아넣던 장교들도 이런 하나의 물체가 되어 후송되기를 기다린다. 그들은 이미 전쟁의 의미라든지 승전에 대한 확신을 잃었다. 그들의 얼굴에서 뚜렷하게 볼 수 있는 것은 이번 전투 역시 패배라는 확인뿐이다.

두번째 이야기는 머리를 다쳐 이상해진 브레센 대령에 관한 이야기이다. 철모단(鐵帽團)과 소년단의 훈련을 떠맡게 되어 소도시에서 영웅처럼 거들먹거리며 소년들과 전쟁놀이나 하던 그가 어느 날 갑자기 진짜 소령이 되어 대대의 지휘관이 된다. 이 단순한 사나이가 독일 군대의 복무 규정을 비판한다거나 전쟁의 당위성에 대해 의문을 제시할 능력 따위를 지닐 수 없으리라는 것은 지극히 당연하다. 그는 조그마한 레스토랑에서 급사로 근무하면서 손님들의 허세와 객기를 비웃으며 여인들과 불장난을 즐기던 지극히 단순하고 소박했던 젊은이였다. 조그마한 시골 도시에 사는 사람들은 너무 무식한 나머지 식사 범절조차 차릴 줄을 몰라 그가 예절을 가르치는 강의를 맡은 적도 있었다. 그 도시가 바로 전쟁 직전의 독일이었다. 이렇듯 단순하고 평범한 시골 청년이 소령이 되고 중령이 되며 대령이 되고 이윽고 전쟁터의 사냥개로 변신했다가 마침내는 머리를 다쳐서 쓸모 없는 살덩어리로 남아 군대에서조차 단념하지 않을 수 없게 되는 과정은, 당시 독일 군대가 자랑하던 고급장교들의 실상이라 할 수가 있다.

그는 이 연대에 대해서는 아무것도 듣거나 보고 싶지가 않았다. 자기를 사냥개라고 부르던 참모들의 명령을 받아 그의 손 안에서 로스아펠이니 저격병이니 하고 불렸던 고지들이 형편없이 유린당한 연대. 꺼져버려라!

이어서 슈나이더 상사와 슈미츠 군의관의 이야기가 계속된다. 절대로 옮겨서는 안 될 중환자만 남아 있는 야전 병원에 이동 명령이 하달되었다. 말이 좋아 이동이지 실은 후퇴 명령이었다. 거기에 남게 된 것은 독일 군대에 많고 많은 상사(上士) 가운데 하나인 슈나이더 상사, 슈미츠 군의관, 오텐, 파인할스를 합쳐 일곱 명의 잔류부대원과 중환자 두 명뿐이었다. 환자는 그날 아침에 수술을 받은 몰 중위와 바우어 대위였다. 몰은 스물한 살의 나이에 노인처럼 늙어 보이는 얼굴을 하였으며 머리에 감은 붕대에 파리떼가 우글거려도 꼼짝할 수 없는, 거의 죽어가는 환자이고, 바우어 대위는 아무런 의식도 없으면서 일정한 간격을 두고 전혀 그 뜻을 짐작할 수 없는, '뷰엘요고르셰'라는 말만 되풀이하는 환자이다.

거기에 슈나이더 상사와 슈미츠 군의관 단 두 사람만이 잔류병으로 남았다. 그들은 영웅도 애국자도 아니었고 특별히 용감한 군인도 아니었다. 단지 죽어가는 환자들을 내버려둘 수가 없었기에 그냥 기다린 것뿐이었다. 슈미츠는 '뷰엘요고르세'라는 의미 없는 말만을 되풀이하는 환자에게서 눈을 떼지 않는다. 그리고 그 사나이의 뇌수 속에 무엇이 들었는지를 알 수만 있다면 자신이 미쳐도 좋다고 생각한다. 오히려 그 사나이가 부러웠던 것이다. 그때 적군들이 다가오는 소리가 들리고 이어 그들의 모습이 육안에까지 들어온다.

슈나이더 상사는 적에게 그곳이 병원임을 알리기 위해 적십자기를 들고 곧바로 걸어나간다. 그러나 걸어가던 그의 발에 오물처리장에 버려졌던 불발탄이 걸려 터지자 적들은 그것이 그들을 향한 포격으로 알고 일제 사격을 가한다.

깃발은 건물에서 흩어진 흙더미 속에 묻혀버렸다. 마지막으로 그들은 다시 성난 듯 오랫동안 남쪽 건물을 향해 쏘아댔다. 그렇게 오래 쏜 것도 아닌데, 그들은 건물의 얇은 벽을 먹어버려 마침내 건물 자체가 무너져버렸다. 상대방으로부터 단 한 방의 총도 발포된 사실이 없었다는 것을 그들이 알게 된 것은 시간이 훨씬 지난 다음이었다.

점잖고 예의바른 그레크 중위가 보낸 하루 동안의 외출은 가장 순수한 인간성의 발로로써 전쟁터에도 한없는 무료와 권태감과 고독이 서려 있음을 절감케 해준다. 그는 어린 시절에도 타보지 못했던 그네를 타고, 유태인에게 군복 바지를 팔아 살구술과 살구를 사 먹으며, 병약한 몸 때문에 늘 그를 감싸던 어머니에게서 떠나 먼 황야에 버려졌다는 외로움과 허탈감에, 한낮에 땀을 뻘뻘 흘리며 자존심이나 명예심은 팽개친 발가벗은 마음으로 여자를 산다.

병원에서 나오자마자 그는 점심 시간에 함께 지냈던 여자 생각을 해보았다. 그의 목에 퍼붓던 여자의 기계적인 키스가 갑자기 그의 마음을 아프게 했다. 그제야 그 살구가 왜 그렇게 역겨웠던가를 알 것 같았다. 살구는 그녀가 입고 있던 옷 색깔과 같았던 것이다. 그리고 그녀는 약간 땀을 흘렸고 몸이 뜨거웠던 것이다. 더운 날 대낮에 여자와 잠자리를 같이한다는 것은 바보스러운 짓이었으나 그는 아버지의 충고를 충실히 따랐을 뿐이었다. 아버지는 그에게 적어도 한달에 한 번쯤은 여자를 찾아가야 한다고 충고를 해주었었다.

　여자는 과히 나쁘지는 않았다. 단단하고 조그마한 여인으로 밤이 되면 아마도 훨씬 매력적으로 보일 그런 여자였다. 여자는 그에게서 남은 돈 전부를 짜냈고 그가 바지를 두 개나 껴입고 있는 것을 보자 그의 의도를 즉각 알아차렸다. 여자는 깔깔거리고 웃으며 그가 바지를 팔 수 있는 유태인 양복점 이름을 알려주었다.

　그러나 파인할스가 사랑한 여자는 깨끗하고 순수하고 곧잘 감상에 잠겨 미래를 무지갯빛으로 바라보는 유태인 아가씨 일료나였다. 일료나는 아직 사랑을 두려워했다. 파인할스는 이 아가씨를 사랑했다. 그녀를 너무 사랑했기에 함께 잠을 자고 오래도록 이야기를 나누고 싶었다. 잠자리를 함께 하고 이야기를 나눌 수 있는 여자는 그리 많지 않다는 사실을 그는 알고 있었고 그녀와 함께라면 많은 것이 가능하리라 여겨졌다.

　이 애인을 기다리던 파인할스에게 순찰대가 들이닥쳐 애인과 작별도 못한 채 그는 다시 전선으로 귀속되고, 애인 일료나는 유태인이라는 이유로 체포되어 수용소로 끌려간다. 군인은 붉은 색을 칠한 가구 운반용 차에, 유태인은 녹색의 가구 운반용 차에 실려 똑같이 형장(刑場)을 향해 달린다. 군인을 기다리는 것은 적의 총탄이나 폭격이며, 유태인을 기다리는 것은 집단 수용소의 처형장일 뿐 죽는 일은 마찬가지이다. 그들을 실어나르는 위장 화물차는 서로 앞서거니 뒷서거니 추월을 하고 추월을 당하기도 하면서 시내를 빠져나간 다음 교외에 이르러 한 대는 남쪽으로, 다른 한 대는 그 반대 방향으로 사라진다.

　파인할스는 포도주가 든 트렁크를 질질 끌고 가던 키 작은 핑크 하사의 죽음을 목격하고 브레히트 소위와 함께 도주하려 했으나 소위의 부하들과 조우(遭遇)하여 다시 적색가구 운반차를 타고 왔던 길로 퇴각길에 오른다. 중대장 그레크 중위는 만성위장병의 재발로 자기를 부르는 소리에도 꼼짝할 수가 없어 포격으로 무너지는 건초장에 파묻혀 죽는다.

　한편 일료나는 67명의 유태인들과 함께 차 안에 차곡차곡 쌓이듯 실려서 곧 '비워지게' 될 수용소로 끌려간다. 수용소에 이르기도 전에 이미 차 속에서 질식해 죽은 사람이 여섯 명이었으나 시체는 현지까지 그대로 운반되어 간다. 일료나는 그렇게 실려 가는 동안 지금까지 20여 년 간 경험해 온 일들보다 더 무서운 일들을 체험한다. 남자들에게 강간을 당할 뻔도 하고 키스를 당할 위기도 넘기는가 하면 물건을 빼앗기기도 하면서 오직 바라는 것은 빨리 살해됨으로써 모든 것에서 해방되는 일뿐이었다. 생이란 그런 것이 아니었는데, 이제는 어쩔 수가 없게 된 것이다. 스물세 살이 되도록 살아오면서 그녀는 오직 순수하고 깨끗한 것만을 보아왔었다. 수녀가 되려던 그녀는 음악을 사랑했고 어린이들을 좋아했다. 그녀에게 비쳐지는 인생은 언제나 아름다웠다. 단지 그녀를 괴롭히는 것이 있다면 사랑과 아이들에 대한 소망뿐이었다.

수용소 소장 필스카이트는 한 번도 여자를 가져본 적이 없는 병적인 결벽성의 소유자이며 나치의 종족관(種族觀)을 광신하는 광신도이면서도 한편으로 음악을 사랑하는 음악도이기도 하다. 그러나 그는 이미 세뇌되어 상관으로부터의 명령을 음악보다 더 신성시하는 전형적인 독일군 장교이다.

그의 은밀한 이상과 부합이 잘되는 이른바 종족사상에 도취되어 그는 즉시 히틀러 유겐트에 가입했고 빠른 속도로 승진이 되어 어느 구역의 합창단 지휘자가 되었다가 전쟁이 시작되자 각급 교육대에서 근무하게 된다. 일선 근무를 하고 싶다는 본인의 간청과는 달리 수용소의 책임자로 이리저리 옮겨다니는 야심가이다.

일료나의 아름다움과 목소리는 필스카이트가 그때까지 맹신해 왔던 자기 종족의 완전성을 의심케 해주었다. 필스카이트는 휘청거리기 시작한다. 그의 내부에서 격렬한 싸움이 시작되어 마침내 광란에 빠지고 마는 것이다.

    미치겠군. 그는 창문으로 달려가 창문을 열어젖혔다. 밖에서도 모두 조용히 서서 노래에 귀를 기울이고 있었다. 아무도 움직이지 않았다. 필스카이트는 몸이 떨려오는 것 같았다. 그는 뭐라고 고함을 치고 싶었으나 목에 걸려 목쉰 헉헉거림밖에는 나오지가 않았다…… 그는 떨리는 손가락으로 권총을 집어들었다. 이어 몸을 돌려 여자를 향해 미친 듯이 쏘아댔다.

뵐은 여기에서 독일 문학 최초의 시도를 하고 있다. 그것은 전쟁 한가운데에서 나타나는 인간의 행태를 심리적 측면에서 분석하고 인간의 등급을 매기는 시도이다.

필스카이트를 통해 나치 지도자들의 심리를 분석하려는 것이 좋은 예가 되는데, 그것은 미학적 소인(素因)과 잔인성의 결합이 어떤 갈등으로 나타날 수 있는가 하는 의문에 대한 해답을 얻으려는 실험이라 할 수 있다.

아돌프 히틀러의 전기적(傳奇的)) 체험(體驗)과 필스카이트의 그것은 동류이다. 히틀러는 빈 예술원에 들어가기 위해 열심히 그림을 그렸으나 습작품(習作品)이 어느 유태인 화가에 의해 거부된 사실이 있다. 마찬가지로 필스카이트는 세밀하고도 오랜 연구 끝에 〈합창과 종족 사이의 상호관계〉라는 논문을 어느 국립 음악 학원에 제출하였으나 몇 마디의 악평과 함께 논문이 되돌려진다. 나중에야 그는 그 학교의 교장이 노이만이라는 유태인이었음을 알게 되는데, 작가는 필스카이트의 유태인 배척주의에 대한 동기를 그 점에서 찾고 있다.

필스카이트의 인품 역시 심미주의(審美主義)적인 경향과 잔인성이 복합적으로 왜곡된 것이다. 그는 성실한 친위대원으로 은행에서의 근무 때에는 정확성을 갖고 임무를 수행하여 지점장이 되는 데 성공했듯이, 군대에서도 진급의 진급을 거듭하여 생살여탈권을 갖는 막강한 권한을 지닌 수용소장에까지 출세한다. 이것은 행정적인 메커니즘과 미학 애호가라는 상반된 성향이 잘못 통합되어 인간적인 본질조차 상실됨을 의미한다.

중년이 훨씬 넘은 수잔 부인의 눈에 비치는 전쟁과 군인이란 아무래도 이상하다. 그녀의 남편 벤젤은 스물여섯의 나이로 자기의 뱃속에다 딸을 남겨주고 루마니아라는 나라로 끌려가 저격병으로 근무하다가 이윽고 특수 상사가 되었다는 엽서를 보낸 다음 얼마 후 사망했다는 통지를 끝으로 소식이 없다. 하지만 벤젤은 여전히 그녀의 가슴속에 생생하게 살아 있다. 남편도 그녀가 보고 있는 다른 군인들처럼 아무 일도 하지 않으며 빈둥거리다가 사살되었을까. 전쟁이 시작되자 그들은, 군인이나 군용차는 거의 건너다니지도 않는 그녀의 집 앞 다리를 폭파했었다. 이어 그들은 3년 동안 혹은 반 년, 혹은 일년에 한 번씩 교대를 해가면서 그녀의 집에서 책을 읽거나 맥주를 마셔가면서 다리 근처를 어슬렁거렸다. 그 중에 페터라는 한 군인은 그녀의 딸 마리아에게 임신까지 시켰다.

그러던 그들이 별안간 다리를 다시 놓는다고 야단이었고, 두 주일도 되기 전에 다리를 완성하여 내왕하기 시작하는가 싶더니 다시 다리를 폭파하고 만다. 수잔으로서는 아무래도 이해할 수 없는 일이다. 그것이 전쟁이다. 잘난 사람들이 뭐라 하든 그녀가 이해할 수 없는 전쟁은 어리석은 짓일 뿐이다.

패전의 기색은 어디에서나 넘쳐흐른다. 전선에까지 포도주를 끌고 다니던 핑크의 본가는 이미 미군에게 점령당했으며 그곳에서 불과 2킬로미터 정도의 거리밖에 되지 않는 파인할스의 고향에는 아직 독일군의 잔류부대가 남아 있지만 하룻밤에 부대 하나가 없어질 만큼의 도주병이 생겨났으므로 이미 군대라 할 수 없는 상태이다. 파인할스도 탈영했다. 그는 사복 차림으로 전우였던 핑크의 집을 방문하여 사람들이 고향에서 겪었던 전쟁에 대해 이야기를 듣는다. 그러나 그는 집에 돌아가고 싶을 뿐이었다.

그는 쉬고 싶었다. 집에 가서 침대에 누워 아무에게도 방해받지 않고 일료나를 생각하고 싶었다. 그러면 아마도 그녀의 꿈도 꾸게 되겠지. 그런 다음 어느 때이건 일을 시작할 수가 있겠지. 우선 잠을 푹 자고 어머니에게서 귀염을 받고싶었다.

마지막으로 빌어먹을 전쟁이 치러지는 동안 전후방을 오르내리며 무수한 체험, 고통 그리고 여러 번에 걸친 부상을 입었던 병사 파인할스의 이러한 소박한 꿈은 이루어질 것도 같다. 하지만 작가 하인리히 뵐은 비겁하게도 이 주인공을 그의 집 앞에서 죽게끔 내버려두었다. 그토록 비정한 것이 바로 전쟁이므로.

〈아담, 너는 어디에 있었느냐(Wo warst du, adam?)〉라는 제명(題銘)은 카톨릭 문화비평가인 데오도르 하에커의 〈밤과 낮의 수기〉에서 따온 인용으로, 뵐은 그 본문의 일부를 소설의 첫장 앞에 첨기했다.

세계적인 참극이 우연히도 많은 사람들에게 도움이 되기도 했다. 그것은 하느님 앞에서 알리바이를 구하려는 사람에게도 그러했다. "아담, 너는 어디에 있었느냐?"

"나는 세계대전에 참가했었습니다."

하에커의 성찰에는 개인의 도덕적 결함을 공격하려는 의도와 함께 그래도 인간에게는 아직 한 가닥의 종교적 의무감이 남아 있음을 암시하면서 인간에 대한 변론을 하려는 의도도 담겨 있다. 얼핏 서로 모순되는 이 경구(驚句)가 바로 작가가 자기 민족에 대하여 느끼는 애증이라고도 할 수 있는 것이다. 인간은 소름끼치도록 처참한 상황에다 모든 책임을 전가함으로써 자신을 변명하려 한다. 이러한 의미에서 세계의 파국을 신에 대한 알리바이로 구하려는 인간들의 자기 호도는 공격받아 마땅하지만, 신조차 등을 돌려버린 상황에서도 아직 인간은 존재하며, 그 존재의 의의가 그래도 종교적인 의무에서 출발하지 않는가라는 반문을 던져, 종교적인 발심(發心)을 불러일으키고자 하는 작가의 숨은 의도가 바로 그러한 애증에서 비롯된 것이다.

그러나 작품에서는 이 종교적인 발심이 매우 간접적으로 또는 암시적으로 나타나기 때문에 작가의 의도는 쉽사리 눈에 띄지 않는다. 이 소설의 종교적인 영향력은 오히려 작가가 작중 의도를 완전히 숨기고 지나칠 정도로 사실적으로 묘사한 각 장면들이 주는 비정미에 있다고 하겠다.

작가 하인리히 뵐은 드러내놓고 자기를 주장하지 않는 작가이다. 그는 결코 독자에게 강요하거나 채찍질하는 웅변가는 아니다. 그는 말기아(末期兒)인 몸짓만으로도 끈적한 늪 같은 작품 속으로 독자들을 몰아갈 수가 있으며 과장이나 장황한 독백이 없이도 인간과 그 인간이 처한 한계 상황의 밑바닥을 파헤쳐 보일 수 있는 작가이다. 그의 글은 머리와 논리로 쓰여진 것이 아니라 체험을 토대로 하여 발로 쓰여진 것이기 때문이다.

하인리히 뵐(Heinrich Böll)은 제 1 차세계대전이 한창이던 1917년 독일 서북단에 위치한 공업 도시 쾰른에서 태어났다. 그리고 제2차세계대전이 끝난 1945년에 뵐의 나이는 29세였다. 뵐은 전쟁의 와중에서 태어나 성장하고 어른이 되었으며 또 결혼을 하여 가정을 이루었다. 그것도 일생에서 가장 중요한 시기인 소년기와 청년기에 해당되므로 그는 전쟁과 직접 맞닥뜨리지 않을 수가 없었다. 1936년에 갓 고등학교를 졸업한 그는 39년까지 근로 봉사에 동원되었다가 대학에 입학하여 독문학을 전공하기 시작했으나 당시 사정은 그를 대학에서 공부만 하게 내버려두지 않았다. 육군의 보병으로 입대한 그는 전선으로 끌려다니며 무려 네 차례나 부상을 입는 고초를 겪다가 끝내는 미군에게 포로로 잡혀 수용소 생활을 전전해야 했다. 1945년 종전과 더불어 포로 생활에서 풀려나 고향으로 귀환된 후에는 가구점의 조수로 밥벌이를 하면서 다시 대학에 복학하였다.

그가 6년이나 되는 군대 생활을 해야 했던 사실과 전후(戰後) 목공소의 조수로 연명해야 했던 데에는 독일과 독일인들이 겪었던 국가 내지 민족적 성격이 그 배경이 되고 있다. 그의 부계(父系)는 네덜란드를 거쳐 라인란트 지방에 정착하여 목공일에 종사하였다. 그가 목공일을 했던 데에서 목공수이자 조각가였던 아버지를 따라 가업을 잇는다는 독일 일반 대중의 전통성을 엿볼 수가 있다. 그러나 전쟁은 오히려 이러한 전통성의 결여에서 비롯된 역사적 단절을 의미한다. 빌헬름 Ⅱ세의 통치기에 태어난 뵐에게 왕정(王政)의 몰락은 충격적인 인상이었다.

　나의 최초의 기억은 귀향하는 힌덴부르크의 군대였다. 그들은 음울하고 절망적인 모습으로 말과 대포와 더불어 우리집 창밑을 지나갔다.

그가 어머니의 팔에 안겨 최초로 목격한 군대의 모습이었다. 이어 쉴새 없는 정치적 변혁으로 국가를 신뢰하기 힘든 상황을 맞이한다.

　우리는 서른이 되기 전에 제국과 공화국, 독재 정치와 공위기간(空位期間), 그리고 두번째 공화국을 체험한 사람이 국가를 신뢰한다는 것이 얼마나 어려운 일인가를 알아야 할 것이다.

뒷날 프랑크푸르트 대학의 시학(詩學) 교수가 되어 행한 강연에서 그는 국가를 신뢰할 수 없는 국민이 얼마나 불행한 국민인가를 강조하면서 독일의 민중층이 계속적으로 바뀌는 정치 체계와 야합하였다고 비난한다.

젊은 시절의 체험으로 인하여 전쟁에 대한 고발이나 전선에서의 체험이 작품의 중심 테마 가운데 그 첫번째 테마가 되는 것은 지극히 당연하다. 그 다음의 주제 역시 독일의 운명과 역사적 발전과 맥을 함께 한다.

때문에 전후의 혼란기를 틈탄 사회상에 대한 고발이 당연히 그 두번째 주제가 되고 있으며 다음으로는 1950년대 이후로 독일 사회에 팽배하기 시작한 복고적 경향에 대한 비판이 작품의 주제로 등장한다.

32세가 되던 1949년에 그는 〈열차는 정시에 발착하였다〉로 문단에 데뷔하였는데, 이 처녀작이 전후 독일 문단에서 처음 보는 '소설다운 소설'이 되어 일대 선풍을 일으켰으므로 문단 활동에 있어서 그의 성공은 처음부터 보장받은 것이나 다름없게 되었다.

전쟁이 휩쓸고 간, 폐허와 다름없는 서점가가 이 책 한 권으로 활기를 되찾았다. 전선으로 끌려간 아들은 죽었는가 살았는가, 돌아오지 않는 남편은 정말 죽었는가, 왜 오빠는 돌아오지 않는가, 절망과 분노에 찬 가슴을 안고 사람들은 서점으로 달려가 눈을 씻고 열심히 이 작품을 읽었다. 그들은 정말로 죽었을까, 어떻게 죽었을까, 죽었다면 누가 그들을 죽였는가. 사람들은 책에서 그 해답을 찾으려 하였으나 죄인은 어디에도 없었다. 죽음의 땅으로 떠나가는 병사들에게 기차에 오르라고 재촉하던 성직자들에게조차 책임을 물을 수가 없었다.

비분강개하여 죄인을 찾아 단죄하기에 앞서 그들은 웃을 수밖에 없었다. 출전을 앞두고 그들의 사랑하는 남자들은 적국 출신의 창녀들을 찾아 밤을 밝히지 않던가. 인간이란 그렇게 어릿광대이며 실없는 존재였다. 하느님조차 이러한 어처구니없는 인간들의 작태에 대해 속수무책으로 실소(失笑)하지 않을 수 없는 터에, 같은 인간으로서 누구를 단죄한단 말인가.

그 다음해인 1950년에는 그때까지 써왔던 중단편을 한 권으로 묶어 《방랑자여, 슈파……로 오려는가》를 출판한다. 이로써 뵐은 자신의 문명(文名)을 확인한다. 책제(冊題)와 동명(同名)인 이 작품에서 뵐은 한 학도병의 죽음을 통해 전쟁을 고발하면서 외견상 물샐틈없어 보이는 독일 민족의 보수적 기질과 교육제도 그리고 역사적 전통이 얼마나 허구적인가 하는 문제점을 제기한다.

그들의 고등학교에는 어느 학교이든 서예실이 있고, 녹색과 황색으로 페인트칠이 된 벽에는 낡은 옷걸이가 걸려 있는 복도도 있으며 어느 학년, 어느 반이든 메디아가 있게 마련이어서 복도에 그림을 건다거나 흉상을 세워두는 곳까지도 규정이 있어서 어느 지방, 어느 도시, 어느 학교에 가든 천편일률로 조그마한 어긋남이 없다. 그것이 독일 민족이며 그것이 이 민족의 장점이자 단점이다. 뵐은 감히 아무도 입을 열어 말할 수 없었던 자기 민족의 허점을 한 학도병의 의식을 통해 말하려 했던 것이다.

한 어린 학도병이 한쪽 팔과 한쪽 다리를 잃고 병원으로 후송되는데 그 병원은 실은 불과 몇 달 전까지만 해도 그가 다니던 학교였다. 서예실 칠판에는 아직도 그가 쓴 것이 분명한 '방랑자여, 슈파……로'라는 글씨가 남아 있으며 그에게 물을 떠다준 소방대원 제복의 사나이도 학교의 관리인 비르겔러였음을 확인하며 이 학도병은 죽어간다.

> 층계 앞 중앙에는 커다란 홀들이 있고 그 뒤로 기막히게 만들어진 판테온 신전의 돌림띠를 모방한 가느다란 석고제의 장식이 황색으로 빛을 냈다. 순수하고 고전적인 장식. 그리고 다른 모든 것들이 조금의 어긋남도 없이 순서에 따라 나타났다. 닭처럼 보이는 화려한 그리스의 중무장병(重武裝兵)의 모습, 노란 페인트를 칠한 벽에도 모든 것이 순서에 따라 그 모습을 드러냈다. 선제후로부터 히틀러에 이르기까지…… .

다시 다음해인 1951년에는 장편 〈아담, 너는 어디에 있었느냐〉와 유머소설 〈검은 양(羊)들〉을 발표하여 그룹 '47의 문학상을 받음으로써 문단에서 확고한 자리를 차지하게 된다. 그때가 바로 그의 나이 겨우 37세였다.

장편 〈그리고 아무 말도 하지 않았다〉와 방송극 〈성자와 도둑〉·〈평일〉 등을 발표한 것은 그의 나이 36세가 되던 1953년의 일이다. 방 한 칸에서 온 식구가 겹치듯 살아가야 하는 프레드 부부의 이야기를 다룬 〈그리고 아무 말도 하지 않았다〉에서는 전후에 맞닥뜨리게 된 독일인들의 비참한 생활상이 너무나 사실적이고도 비정하게 다루어지고 있다. 전시(戰時)에서와 마찬가지로 경화(硬化)된 사회 조직 앞에서 평범한 소시민은 너무나 무력하여 그들이 행할 수 있는 최선의 길은 체념뿐이다.

프레드와 케테 부부는 전쟁에서 쌍둥이 자녀를 잃는 비운을 겪었으며 전쟁이 끝난 다음에는 주거문제(住居問題)로 고통을 당한다. 그들 부부는 옆방의 숨소리까지 들리는 단칸방에서 아이들과 함께 기거한다. 그는 나약한 사나이로 별다른 대책을 세우지 못하고 결국 두 달 만에 집에서 떠나고 만다. 왜 아버지가 돌아오지 않느냐는 아이들의 질문에 케테는 아버지가 병을 앓는 중이어서 돌아올 수 없다고 거짓말을 한다. 남편 프레드는 같은 도시의 대합실이나 선술집, 혹은 길거리 벤치에서 잠을 자면서 가끔 아내와만 전화로 통화를 하는데, 그 관계마저 점점 서먹서먹해지며 이윽고 부부의 애정마저 금이 가는 판에 신부(神父)의 권유로 집으로 돌아온다. 그러나 그가 다시 살아야 할 환경에는 아무런 변화나 발전이 없다. 체념도 마찬가지이다.

이어서 〈주인 없는 집〉, 〈지난해의 빵〉, 〈저녁과 아침에 있었던 일〉, 〈무르케 박사의 침묵〉, 〈아홉 시 반의 당구〉, 〈칼로 먹고 사는 사나이〉, 〈침프렌 역〉, 〈한 줌의 흙〉, 〈어느 광대의 고백〉 등, 일련의 작품집들이 1954년에서 1970년 사이에 계속 출간되어 뵐은 각종 문학상을 수상한다. 1970년에는 서독 펜클럽 회장에 당선되었으며 같은 해에 〈여인과 군상(群像)〉을 출간하고 1971년에는 국제 펜클럽 위원장에 선출되며 다음해인 1972년에는 노벨 문학상을 수상하기에 이른다. 70년대에 들어서서도 〈카타리나 블룸의 잃어버린 명예〉를 발표하여 세인들의 주목을 받은 바 있으며 그 후에도 집필을 계속하여 노익장을 과시하다가 1985년에 69세의 나이로 세상을 떠난다.

이 작품들 가운데 〈주인 없는 집〉은 〈그리고 아무 말도 하지 않았다〉와 비슷한 성격의 작품으로 50년대 초기의 사회상을 배경으로 한 소설이다. 기아와 궁핍과 암거래가 성행하던 시대에 자라나는 아이들을 소재로 한 이 작품에서는 전쟁에서 가장(家長)인 남편을 잃은 전쟁 미망인들의 이야기와 그녀들이 남편 없이 살아가야 하는 상황, 그리고 그런 환경에서 성장하는 아이들의 문제가 다루어진다. 사회적인 윤리나 도덕적 가치관이 흔들리고 무엇보다 생계가 가장 절박한 문제로 대두되는 시대에 여인들은 어쩔 수 없이 전사한 남편 대신에 다른 남자와 살아야 하고, 경우에 따라서는 또 다른 불륜(不倫)도 저지르게 된다. 그리고 그것을 곁에서 지켜보며 성장하는 아이들은 전쟁에서 받는 것 이상의 크나큰 상처를 받는다.

뵐이 노벨 문학상을 받는 데 직접적인 동기가 된 〈여인과 군상〉은 형식과 내용에 있어 그의 대표작으로써 손색이 없는 작품이다. 등장 인물의 다양함과 사회를 보는 작가의 폭넓은 시각(視角)으로 하여 60년대 말까지의 독일 사회를 조감(鳥瞰)할 수 있는 대작이다. 1922년 출생인 주인공 레니는 양친과 오빠 그리고 자신의 성장에 큰 역할을 했던 수녀, 이미 오래 전에 죽었으나 전쟁 동안에도 그녀와 관계를 가졌던 세 명의 남자들에 대한 이야기에서부터 시작하여 그녀를 둘러싸고 전개되는 군상들의 이야기를 또 다른 '나'라는 나레이터를 등장시켜 들려준다.

14장으로 나뉘어진 이 장편은 말하자면 레니와 레니를 거쳐간 군상들이 들려주는 직접적인 대화나 회상을 통해 복잡한 인간 관계와 다양한 사회를 분해하면서도 일말의 진실을 찾고자 하는 작가의 노력이라 할 수가 있다. 집달리, 변호사, 건축업자, 토지 매매인, 실업가, 군인, 수녀, 학자, 기회주의자, 설교사 그 밖에 이 작품에 등장하는 수많은 군상들은 독일의 경제적 재건에 따른 고도 성장의 위기를 이겨내지 못하고 과거를 잊으려 하고 현실적인 풍요에서 또다시 퇴폐의 길로 나아간다. 작가는 과거를 상기시킴으로써 독일의 미래를 경고하고자 한 것이다. 여기에서 첨가할 사실은 극심한 세대차에도 불구하고 점점 개방되어 가는 성(性) 모랄에 대해 무조건 부정적인 시각에서 보지 않고 긍정적으로 보려는 노작가의 노력이다. 시대에 따라 변화되는 시대적 감각에 대해 뵐은 언제나 안테나를 열어놓고 예민한 후각과 시선으로 관찰하고 음미했다.

70년대에 이르러서 노작가의 관심은 점점 증대되어 가는 매스컴 시대의 병폐에 집중된다. 그 결과로 쓴 작품이 〈카타리나 블룸의 잃어버린 명예〉이다.

이 작품의 주인공 역시 여자이다. 착실하고 정확하게, 그리고 실수 없이 서민 생활을 꾸려가던 한 젊은 이혼녀가 대중 잡지의 스캔들 조작으로 하루아침에 살인범으로 전락하고 만다. 유린된 자신의 인격에 대한 참담한 모멸감과 절망감이 그녀를 극단의 상황으로 몰아간 것이다. 그녀에게 사살된 사람은 부패하고 자극적인 여론 조성을 일삼는 신문기자였다. 뵐은 여주인공이 살인범이 되기까지의 전과정을 사실적인 보도 형식으로 서술하면서 언론의 횡포와 이 횡포가 인간의 존엄성에 끼치는 위해를 경고하고 있다. 그러나 이 작품은 내용면에서도 그러했지만 그것이 발표된 시기가 뵐과 《빌트 차이퉁(Bild Zeitung)》 지와의 논쟁이 있었던 직후였기 때문에 뵐은 언론에서는 물론 대중으로부터도 상반된 비판의 대상이 되었다. 저널리즘 쪽에서는 심지어 뵐의 작품상의 기법(技法)까지 들먹이며 그를 맹공하기도 하였다. 이 작품이 거둔 성과가 어떠했든지 간에 그것이 70년대 독일 사회가 지니고 있는 시대적인 문제를 다루었다는 점에서 여전히 변함없는 작가의 비판 정신은 높이 평가되어야 마땅할 것이다.

작가 하인리히 뵐이 문단에 끼친 공로 또한 그가 작품을 통해 남긴 문학적 업적에 못지않아, 후대에 이르러서는 오히려 전자의 경우를 더욱 강조한다 하더라도 과히 지나치지 않을 정도이다. 뵐의 문단 활동 그 자체가 독일의 전후문학(戰後文學)의 형성과 완전히 상응하기 때문이다.

종전(終戰)과 더불어 독일은 모든 분야에서 영점상태(零點狀態)에 놓이게 되었는데, 문단의 경우도 예외일 수는 없었다. 히틀러 치하의 독일 문학은 문학이라 이름 붙일 수도 없는 나치의 선전도구로 전락하고 말아, 나치즘에 동조하지 않는 문학 활동은 일체 금지되고 분서와 갱서가 횡행하였다. 유태계 작가들의 글이나 나치의 이념에 조금이라도 위배되는 이념적인 서책들이 금서되었음은 물론이다. 오로지 게르만족의 영웅 예술을 찬양하는 데 혈안이 된 나치의 예술 정책은 종합미학(綜合美學)이라는 이름하에서 그것이 수행되었다. 때문에 기존의 문화적 전통이 일시에, 아주 완벽하게 단절될 수밖에 없었다.

전쟁의 종식과 더불어 새로운 세대들이 출발한 지점이 바로 영점(零點) 지대이다. 그리하여 모든 다른 분야에서와 마찬가지로 문학도 완전한 무(無)에서 처음부터 다시 시작할 수밖에 없었다. 그것이 바로 전후 제1세대가 처한 문학적 상황이었다. 국내외의 망명문학(亡命文學)의 전통조차 물려받을 수 없을 정도로 독일 문단은 폐허 그대로였다. 그러나 폐허문학이 50년대의 과도기적 문학 시기를 거쳐 60년대 이후의 객관적 사실문학으로 이어져 오늘날 독일 문학의 주류를 형성하는 지렛대가 되는 과정에서 보여준 하인리히 뵐의 업적은 절대로 간과할 수가 없다.

그가 이 시기의 문학을 폐허문학, 귀향자문학, 전쟁문학 등의 이름으로 불렀듯이, 이 시기의 작품들은 거의가 그 소재를 전쟁이나 종전 직후에 체험했던 자신들의 쓰라린 체험에서 찾았다. 볼프강 보르헤르트, 하인리히 뵐, 파울 첼란, 발터 옌스 등에 의해 대표되는 이 시기의 작품들은 거의가 죽음과 절망, 소외와 단절, 무관심 등의 주제를 다루고 있다. 이러한 시대적 특징을 나타낸 작품 가운데서 보르헤르트의 〈문 밖에서〉라는 희곡은 압권(壓卷)에 속한다고 할 수가 있다. 귀환병을 맞아주는 고향의 현실과 신(神)을 상실한 당시의 인간들이 부닥치는 절망감이 너무나 참담하여 엘베강의 신(神)조차 이 귀향병을 거부한다. 지옥에도 그가 쉴 곳은 없다. 보르헤르트의 절규처럼 이 세대는 과거와의 연계도 깊이도 없는 세대이며 행복이나 고향은 물론 이별조차 없는 세대이다.

그러나 언제까지나 이런 절망적인 상황에서 울분만을 토로할 수는 없음을 절감한 새로운 젊은 작가들은 과거를 극복하고 현실을 냉철히 숙고해야겠다는 결의를 다지고 문단 활동을 재조직하는데, 이 모임이 바로 '그룹 '47'이다. 과거의 무거운 짐을 지고 제로의 상황에서 문학 활동을 시작하지 않을 수 없었던 귀향 세대들은 혼신의 열정을 쏟으며 불모지에 새로운 씨앗을 심는 데 급급하여 그룹을 형성하거나 어떤 공통의 문학적 목표를 세울 여유조차 없었다. 그러나 혼란기가 끝나자 새 시대의 문학을 건설해 보려는 의욕이 태동한 것은 어쩌면 당연한 귀결이라 하겠다. 그룹 '47의 형성과 50년대 문학의 시작이 그 결과였다.

한스 리히터, 우베 욘손, 귄터 그라스, 마르틴 발저, 지그프리트 렌츠, 엔첸스베르거, 귄터 아이히, 엘리아스 카네티 등이 이 세대에 속하며 하인리히 뵐은 일제 아이힝거, 파울 첼란, 잉게보르크 바흐만 같은 신진 작가들과 함께 이 모임에 참석하였다. 원래 이들의 목적은 그룹을 결성하려던 것이 아니라 잡지를 발간하려던 것이었으나 미군 당국에 의해 잡지의 발행 허가가 나오지 않자 가지고 있던 원고를 돌려가며 읽고 토론하고 비판하는 과정에서 이 그룹이 형성된 것이다.

따라서 그들의 문학적 의식은 더욱 심화되고 표현 수단도 한층 세련되었으며 시대적 비판의 대상도 제3제국하에서 일어났던 일들에서 점차 서독 사회 전반의 여러 문제점들로 확대되었다.

그들의 비판은 무자비하고 현실적이어서 개인의 명예나 체면 따위는 고려하지 않고 비난할 것은 비난하고 또 비난받을 것은 기꺼이 비난받았다. 이런 과정을 거쳐 관문을 통과하는 인물은 이미 상당한 작가로 인정받아 마땅했다. 뒷날 일련의 비평가 팀이 가세된 이 모임은 작가들에게 공포의 대상이 되었다. 발터 옌스, 횔러러, 요하힘 카이저 등이 이 멤버이다.

이어서 각계로부터 답지한 기부금으로 1950년 이후로는 그룹 '47문학상을 제정, 수여하기에 이르렀는데, 한때에는 이 상을 수상하였다는 사실만으로도 곧바로 문학적인 성공을 의미하였다. 이러는 동안 사이비 작가들은 철저하게 비판의 대상이 되어 문단에서 발을 붙이지 못하게 만들었다.

그러나 70년대에 들어서면서 그룹 '47에 의하여 주도되어 오던 독일의 '전후 문학'도 종말을 고하고 새로운 문학이 시작되는 조짐이 드러나기 시작한다. 1966년 미국 프린스턴에서 열린 그룹 '47의 모임에서 당시 24세의 페터 한트케는 이 모임을 전면적으로 부정하였으며 68년에는 엔첸스베르거가 문학의 죽음을 선언한다. 이를 계기로 그룹 '47도 와해되기 시작하여 급기야 이 세대의 문학은 끝나버린다.

이와 같은 현상은 물론 문학 이외의 다른 영역들의 변화와 때를 같이 한다. 즉 베를린 장벽의 설치, 사회복지 제도의 점진적 안정, 정치와 경제면에서의 발전과 불안, 이러한 제반 여건의 변화와 함께 점차 달라져 가는 국민의 의식 구조 등과 맥락을 같이한 움직임인 것이다. 과거의 죄 의식에서 서서히 벗어난 이들은 분단된 독일의 장래에 대해 진지한 의문을 제기하기에 이르러, 빈곤이 사라진 곳에 필수적으로 따르는 인간 생활의 비인간화 과정을 문학의 소재로 등장시킨다.

이렇게 새로이 등장하는 시대는 자연히 새로운 문학 이론을 요구하게 마련이어서, 문학에 있어서도 서술상의 기법이라든지 소재나 테마 따위에서 새로운 시도를 요구할 뿐만 아니라 문학 그 자체에 대한 새로운 해석을 강요하고 도대체 문학의 기능이란 무엇인가라는 문제가 제기된다. 문학의 기능 문제가 달리 해석되면 거기에 따라 작가의 의도 역시 달라질 것이며 점점 복잡하게 변천되어가는 사회 속에서 문학의 기능 문제도 그만큼 여러 갈래로 갈라질 수밖에 없다. 이런 연유로 하여 독일의 최근 문학에서 어떤 통일된 양상을 찾아볼 수 없음도 당연하게 여겨진다. 이러한 계기를 열어준 작가군들이 이른바 40년대에 출생하여 60년대 중반 이후에 처음으로 문단에 데뷔한 제3작가군이다.

하인리히 뵐은 독일의 '전후 문학'을 주도했고 그룹 '47의 중요 멤버였으며 오랜 기간 펜클럽 회장을 역임하면서도 독일 문단을 이끄는 데 있어 시대 감각에 뒤떨어지지 않아 만년에 이르기까지 사회 비판의 선두에 서서 문필 생활을 계속하였다. 때문에 그의 작품 경향은 곧 전후 독일 문단의 변화와 상응하므로 그것에 대한 이해는 곧 40년대에서 현재에 이르는 독일 문학의 흐름에 대한 이해와 상통한다고 할 수 있다.

하인리히 뵐 문학의 특징을 몇 가지 점에서 간추린다면 대개 다음과 같이 정리될 것이다.

첫째, 그의 작품 의도는 명백하다. 문필 생활을 하겠다고 결심하게 된 동기가 대전의 발발이었던 만큼 그는 전쟁에서 비롯되는 여러 문제들을 고발하기 위해 글을 썼다. 때문에 그는 항상 뚜렷한 책임 의식을 갖고 작품을 썼다.

둘째, 시대의 변화에 따라 요구되는 새로운 시대 정신을 창출하기 위해 그가 누구보다도 더 노력했다는 점이다. 작품의 주된 대상이 한 시대의 인간과 그 인간의 체험이기 때문에 전통적인 가치관이나 의식 구조를 부정한다고 하여도 그것은 공리(空理)에만 사로잡힌 허구적 주장이 아닌 실증적인 부정이었다.

셋째, 뵐이 즐겨 다룬 작중 인물들은 대개가 소시민이며 영웅이 아닌 평범한 인물이었다. 영향력이 있고 탁월한 영웅에게서보다 이들에게서 쉽게 삶과 삶의 가치를 발견할 수 있다고 믿었기 때문이다. 또한 그렇게 하는 것이 독일의 전통적인 가치관에 저항하기가 훨씬 쉬웠다. 프로이센의 군국주의, 민족주의와 영웅주의에 대한 비판은 비단 뵐 한 작가의 의도만이 아닌, 전후 세대 독일 작가들 공통의 주제였다 하더라도 이 분야에 있어 그의 비판은 그 누구보다도 더 신랄하고 현실감으로 넘쳤다. 그의 주인공들은 권력이나 영향력을 지닌 인물도 아니었다. 전쟁을 다룬 작품에서도 그의 주인공들은 장군이 아닌 단순한 병사들이며, 전후의 사회상을 고발한 작품에서는 아무도 반겨줄 사람이 없는 귀환병과 어린 자녀들을 거느린 전쟁 미망인들이 주인공으로 등장하여 자신들과 자신들의 주변 이야기를 밀도 있게 들려준다. 작가는 이들에 대해 연민의 정을 노출시키지 않고 담담하게 표현함으로써, 그들의 이야기가 지닌 사실성을 더욱 짙게 해준다.

넷째, 뵐의 서술기법은 기존의 독일 작가들의 그것과는 전혀 다르다. 정확하게 관찰한 대상을 정교하고 흥미롭게 표현함으로써 독자들을 끝까지 끌고 가는 기법은 지나치게 관념 위주로 흘러온 독일 문학에서 매우 이색적인 시도였다. 관념을 배제하고 단순하고 소박하게, 있는 그대로를 표현하고자 하는 그의 노력은 향후 독일 소설에 있어서 기법상의 발전에 매우 커다란 역할을 맡게 된 것이다.

다섯째, 독일 문단에 끼친 그의 공로가 소홀히 취급되어서는 안 되리라는 점이다. 그는 전후 세대의 등장과 함께 그룹 '47을 결성하는 데 주도적인 역할을 담당했으며 그것이 와해된 다음에도 젊은 작가들에게 뒤지지 않고 모든 분야에서 팽배하는 복고주의적인 기운에 용감히 반기를 들었는가 하면 만년에 이르기까지 문단에서 중추적인 인물로 활약하면서 독일 문단을 대표해 왔다.

하인리히 뵐은 그가 보여준 작품상의 특징과 문단에 끼친 공로로 노벨상을 수상하였으나 일부 보수주의 작가들은 그의 공로를 과소평가하고 있다. 그러나 그가 거둔 문학적 업적은 시대가 점차로 범속해지고 복잡해짐에 따라 재음미될 날이 멀지 않아 올 것이다.

연 보

1917년   12월 21일 쾰른에서 조각가 빅토어 뵐의 아들로 태어남.
1936년   고등학교를 졸업함.
1938년   39년까지 서점에서 근무함.
1939년   대학에 입학하여 독문학을 전공하기 시작했으나 곧 육군 보병으로 입대하여 1945년까지 무려 네 번이나 부상을 당하고 미군의 포로가 됨.
1942년   안네마리 체크와 결혼함.
1945년   종전과 더불어 포로 생활에서 풀려나 쾰른으로 귀환되어 독문학을 전공하면서 가구상(家具商)의 조수로 근무함.
1947년   최초로 문단 데뷔를 시도함.
1949년   〈열차는 정시에 발착하였다〉로 문단에 데뷔함. 이 처녀작이 일대 선풍을 일으킴.
1950년   중단편을 한 권으로 묶어 출판한 《방랑자여, 슈파……로 오려는가》로 문명(文名)을 확인함.
1951년   장편 〈아담, 너는 어디에 있었느냐〉와 유머 소설 〈검은 양(羊)들〉을 발표하여 〈검은 양(羊)들〉로 리히터 등이 형성했던 그룹 '47 문학상을 수상. 이로써 문단에서 확고한 위치를 차지함.
1953년   장편 〈그리고 아무 말도 하지 않았다〉, 방송극 〈성자(聖者)와 도둑〉, 〈평일〉 등을 발표함.
1954년   《주인 없는 집》을 출판. 헤센주 예술원 회원이 됨.
1955년   《지난해의 빵》을 출판. 프랑스에서 해마다 시상하는 최우수 작품상을 수상함. 같은 해 독일 산업계에서 주는 문화상 중 장려상을

	수상함.
1956년	〈저녁과 아침에 있었던 일〉을 발표함.
1957년	《말발굽 진동하는 계곡에서》 출판함.
1958년	《무르케 박사의 침묵》을 출판함.
1959년	《아홉 시 반의 당구(撞球)》,《칼로 먹고 사는 사나이》,《침프렌 역(驛)》을 출판, 부파탈시(市) 문화상을 수상함.
1960년	스위스 살즈베이용상을 수상함. 바이에트주 예술원 회원이 됨. 단편, 방송극, 수필집 등을 출판하는 등 계속 활발한 저작 활동으로 쾰른시 문학상을 수상함.
1962년	《한 줌의 흙》을 출판함.
1963년	《어느 광대의 고백》을 출판함
1965년	장편《공판일(公判日)》을 출판함.
1966년	《직무 여행의 마지막》을 출판함.
1968년	체코슬로바키아 작가 동맹의 초청으로 프라하를 방문하여 마침 야기된 바르샤바 조약국 등의 체코 침입을 보고, 비밀 방송과 신문을 통해 체코의 자유를 호소함.
1970년	4월. 서독 펜클럽 회장에 선출됨. 7월《여인과 군상(群像)》을 출판. 이 작품은 노벨 문학상 수상의 직접적인 계기가 됨.
1971년	9월. 국제 펜클럽 위원장에 선출됨.
1972년	노벨 문학상 수상함.
1975년	〈카타리나 블룸의 잃어버린 명예〉를 발표. 이 작품에서 매스컴 시대의 병폐를 고발함. 이후로도 변화하는 시대를 예민한 후각과 시선으로 관찰하고 음미하여 현대 병리를 파헤치는 다수의 작품을 발표함. 만년에는 평화주의자, 핵무장 해제 주창자로써 더 알려짐.
1985년	69세로 세상을 떠남.

□ 옮긴이 홍 경 호

서울대학교 독문학과 및 대학원 졸업. 빈 대학에서 수학.
문학박사(독문학). 한양대학교 교수 역임.
역서 : 《늪텃집 처녀》, 《젊은 시인에게 보내는 편지》,
《완전한 기쁨·다니엘라》, 《잔잔한 가슴에 파문이 일 때》,
《마의 산(상·하)》, 《지와 사랑·싯다르타》 등이 있음.

아담, 너는 어디에 있었느냐(외)

1988년 2월 15일	초판 1쇄 발행
1990년 2월 10일	초판 4쇄 발행
1999년 11월 25일	2판 1쇄 발행
2015년 10월 30일	2판 4쇄 발행

지은이　하인리히　뵐
옮긴이　홍　경　호
펴낸이　윤　형　두
펴낸데　범　우　사

출판등록　1966. 8. 3. 제406-2003-000048호
413-120　경기도 파주시 광인사길 13 (문발동)
대표전화　(031)955-6900, 팩스 (031)955-6905

* 파본은 바꾸어 드립니다.

ISBN 89-08-07034-6 04850　(인터넷) www.bumwoosa.co.kr
　　　89-08-07000-1 (세트)　(이메일) bumwoosa@chol.com